OS SOMBRAS

J.R.
WARD

São Paulo
2015

UNIVERSO DOS LIVROS

Diretor editorial
Luis Matos

Editora-chefe
Marcia Batista

Assistentes editoriais
Aline Graça
Letícia Nakamura
Rodolfo Santana

Tradução
Cristina Tognelli

Preparação
Jonathan Busato

Revisão
Giovana Sanches
Raquel Siqueira

Design original de capa
Tony Mauro

Arte e adaptação de capa
Francine C. Silva
Valdinei Gomes

Dados Internacionais de Catalogação na Publicação (CIP)
Angélica Ilacqua CRB-8/7057

W259s

Ward, J.R.
Os sombras /J.R. Ward; [tradução de Cristina Tognelli]. –
São Paulo: Universo dos Livros, 2015.
640 p. (Irmandade da Adaga Negra, v.13)

ISBN: 978-85-7930-911-3
Título original: The Shadows

1. Vampiros 2. Ficção I. Título II. Tognelli, Cristina III. Série

15-0873 CDD 813.6

Universo dos Livros Editora Ltda.
Rua do Bosque, 1589 – Bloco 2 – Conj. 603/606
Barra Funda – Cep: 01136-001 – São Paulo/SP
Telefone/Fax: (11) 3392-3336
www.universodoslivros.com.br
e-mail: editor@universodoslivros.com.br
Siga-nos no Twitter: @univdoslivros

Dedicado com amor a vocês dois;
porque não há como separar um do outro.

AGRADECIMENTOS

Minha enorme gratidão aos leitores da Irmandade da Adaga Negra!

Muitíssimo obrigada por todo o apoio e orientações prestados por: Steven Axelrod, Kara Welsh, Claire Zion e Leslie Gelbman. Obrigada também a todos da New American Library – estes livros são resultado de um verdadeiro trabalho em equipe.

Com amor ao *Team Waud* – vocês sabem quem são. Isto simplesmente não teria acontecido sem vocês.

Nada disso seria possível sem meu querido marido, que é meu conselheiro e que cuida de mim, além de ser um visionário; minha maravilhosa mãe, que me deu amor em quantidades que eu jamais conseguirei retribuir; minha família (tanto os de sangue quanto os adotivos); e meus queridos amigos.

Ah, e minha assistente, Naamah.

GLOSSÁRIO DE TERMOS E NOMES PRÓPRIOS

Ahstrux nohtrum: Guarda particular com licença para matar, nomeado(a) pelo Rei.

Ahvenge: Cometer um ato de retribuição mortal, geralmente realizado por um macho amado.

As Escolhidas: Vampiras educadas para servirem à Virgem Escriba. São consideradas membros da aristocracia e, no passado, voltaram-se mais para assuntos espirituais do que temporais. Recentemente receberam ampla liberdade longe do Santuário, e cuidam das necessidades de sangue de alguns Irmãos. Algumas têm a habilidade de predizer o futuro..

Chrih: Símbolo de morte honrosa no Antigo Idioma.

Cio: Período fértil das vampiras. Em geral, dura dois dias e é acompanhado por intenso desejo sexual. Ocorre pela primeira vez aproximadamente cinco anos após a transição da fêmea e, a partir daí, uma vez a cada dez anos. Todos os machos respondem em certa medida se estiverem por perto de uma fêmea no cio. Pode ser uma época perigosa, com conflitos e lutas entre os machos, especialmente se a fêmea não tiver companheiro.

Conthendha: Conflito entre dois machos que competem pelo direito de ser o companheiro de uma fêmea.

Dhunhd: Inferno.

Doggen: Membro da classe servil no mundo dos vampiros. Os *doggens* seguem as antigas e conservadoras tradições de servir seus superiores, obedecendo a códigos formais no comportamento e no vestir. Podem sair durante o dia, mas envelhecem relativamente rápido. Sua expectativa de vida é de aproximadamente quinhentos anos.

Ehnclausuramento: *Status* conferido pelo Rei a uma fêmea da aristocracia em resposta a uma petição de seus familiares. Subjuga uma fêmea à autoridade de um responsável único, o *tuhtor*, geralmente o macho mais velho da casa. Seu *tuhtor*, então, tem o direito legal de determinar todos os aspectos de sua vida, restringindo, segundo sua vontade, toda e qualquer interação dela com o mundo.

Ehros: Uma Escolhida treinada em artes sexuais.

Escravo de sangue: Vampiro macho ou fêmea que foi subjugado para satisfazer a necessidade de sangue de outros vampiros. A prática de manter escravos de sangue recentemente foi proscrita.

Exhile dhoble: O gêmeo mau ou maldito, o segundo a nascer.

Fade: Reino atemporal onde os mortos reúnem-se com seus entes queridos e ali passam toda a eternidade.

Ghia: Equivalente a padrinho ou madrinha de um indivíduo.

Glymera: A nata da aristocracia, equivalente à corte no período de Regência na Inglaterra.

Hellren: Vampiro macho que tem uma companheira. Os machos podem ter mais de uma fêmea.

Hyslop: Termo que se refere a um lapso de julgamento, tipicamente resultando no comprometimento das operações mecânicas ou da posse legal de um veículo ou transporte motorizado de qualquer tipo. Por exemplo, deixar as chaves no contato de um carro estacionado do lado de fora da casa da família durante a noite.

Inthocada: Uma virgem.

Irmandade da Adaga Negra: Guerreiros vampiros altamente treinados para proteger sua espécie contra a Sociedade Redutora. Resultado de cruzamentos seletivos dentro da raça, os membros da Irmandade possuem imensa força física e mental, assim como a capacidade de recuperarem-se rapidamente de ferimentos. Não é constituída majoritariamente por irmãos de sangue. São iniciados na Irmandade por indicação de seus membros. Agressivos, autossuficientes e reservados por natureza, vivem apartados dos vampiros civis e têm pouco contato com membros das outras classes, a não ser quando precisam se alimentar. Tema para lendas, são reverenciados no mundo dos vampiros. Só podem ser mortos por ferimentos muito graves, como tiros ou uma punhalada no coração.

Leelan: Termo carinhoso que pode ser traduzido aproximadamente por "muito amada".

Lhenihan: Fera mítica reconhecida por suas proezas sexuais. Atualmente, se refere a um macho de tamanho sobrenatural e vigor sexual.

Lewlhen: Presente.

Lheage: Um termo respeitoso utilizado por uma submissa sexual para referir-se a seu dominante.

Libbertador: Salvador.

Lídher: Pessoa com poder e influência.

Lys: Instrumento de tortura usado para remover os olhos.

Mahmen: Mãe. Usado como um termo identificador e de afeto.

Mhis: O disfarce de um determinado ambiente físico; a criação de um campo de ilusão.

Nalla/nallum: Um termo carinhoso que significa "amada"/"amado".

Ômega: Figura mística e maligna que almeja a extinção dos vampiros devido a um ressentimento contra a Virgem Escriba. Existe em um reino atemporal e possui grandes poderes, entre os quais, no entanto, não se encontra a capacidade de criar.

Perdição: Refere-se a uma fraqueza crítica em um indivíduo. Pode ser interna, como um vício, ou externa, como uma paixão.

Primeira Família: O Rei e a Rainha dos vampiros e sua descendência.

Princeps: O nível mais elevado da aristocracia dos vampiros, só suplantado pelos membros da Primeira Família ou pelas Escolhidas da Virgem Escriba. O título é hereditário e não pode ser outorgado.

Redutor: Membro da Sociedade Redutora, é um humano sem alma empenhado na exterminação dos vampiros. Os *redutores* só morrem se forem apunhalados no peito; do contrário, vivem eternamente, sem envelhecer. Não comem nem bebem e são impotentes. Com o tempo, seus cabelos, pele e íris perdem toda a pigmentação. Cheiram a talco de bebê. Depois de iniciados na Sociedade por Ômega, conservam uma urna de cerâmica, na qual seu coração foi depositado após ter sido removido.

Ríhgido: Termo que se refere à potência do órgão sexual masculino. A tradução literal seria algo aproximado de "digno de penetrar uma fêmea".

Rytho: Forma ritual de lavar a honra, oferecida pelo ofensor ao ofendido. Se aceito, o ofendido escolhe uma arma e ataca o ofensor, que se apresenta desprotegido perante ele.

Shellan: Vampira que tem um companheiro. Em geral, as fêmeas não têm mais de um macho devido à natureza fortemente territorial deles.

Sociedade Redutora: Ordem de assassinos constituída por Ômega com o propósito de erradicar a espécie dos vampiros.

Symphato: Espécie dentro da raça vampírica, caracterizada pela capacidade e desejo de manipular emoções nos outros (com o propósito de trocar energia), entre outras peculiaridades. Historicamente, foram discriminados e, em certas épocas, caçados pelos vampiros. Estão quase extintos.

Transição: Momento crítico na vida dos vampiros, quando ele ou ela transforma-se em adulto. A partir daí, precisam beber sangue do sexo oposto para sobreviver e não suportam a luz do dia. Geralmente, ocorre por volta dos 25 anos. Alguns vampiros não sobrevivem à transição, sobretudo os machos. Antes da mudança, os vampiros são fisicamente frágeis, inaptos ou indiferentes para o sexo, e incapazes de se desmaterializar.

Trahyner: Termo usado entre machos em sinal de respeito e afeição. Pode ser traduzido como "querido amigo".

Tuhtor: Guardião de um indivíduo. Há vários graus de *tuhtors*, sendo o mais poderoso aquele responsável por uma fêmea *ehnclausurada*.

Tumba: Cripta sagrada da Irmandade da Adaga Negra. Usada como local de cerimônias e como depósito das urnas dos *redutores*. Entre as cerimônias ali realizadas estão iniciações, funerais e ações disciplinadoras contra os Irmãos. O acesso a ela é vedado, exceto aos membros da Irmandade, à Virgem Escriba ou aos candidatos à iniciação.

Vampiro: Membro de uma espécie à parte do *Homo sapiens*. Os vampiros precisam beber sangue do sexo oposto para sobreviverem. O sangue humano os mantêm vivos, mas sua força não dura muito tempo. Após sua transição, que geralmente ocorre aos 25 anos, são incapazes de sair à luz do dia e devem alimentar-se na veia regularmente. Os vampiros não podem "converter" os humanos por meio de uma mordida ou transferência de sangue, embora, ainda que raramente, sejam capazes de procriar com a outra espécie. Podem se desmaterializar por meio da vontade, mas precisam estar calmos e concentrados para consegui-lo, e não podem levar consigo nada pesado. São capazes de apagar as lembranças das pessoas, desde que recentes. Alguns vampiros são capazes de ler a mente. Sua expectativa de vida ultrapassa os mil anos, sendo que, em certos casos, vai além disso.

Viajante: Um indivíduo que morreu e voltou vivo do Fade. Inspiram grande respeito e são reverenciados por suas façanhas.

Virgem Escriba: Força mística conselheira do Rei. Também é guardiã dos registros vampíricos e distribui privilégios. Existe em um reino atemporal e possui grandes poderes. Capaz de um único ato de criação, que usou para trazer os vampiros à existência.

Preâmbulo

Território do s'Hisbe, palácio real

As pegadas que ele deixava no piso de mármore branco eram vermelhas. Vermelhas como rubis birmaneses. Vermelhas como o âmago do fogo. Vermelhas como a raiva em seu cerne.

O sangue era do próprio TrezLath, mas ele não sentia dor.

A arma utilizada no crime – uma faquinha de prata tão longa quanto sua mão e tão fina quanto seu indicador – ainda estava em sua palma. Ela pingava, mas não era a fonte das marcas deixadas no chão. Ele se machucara na briga. No quadril. Na coxa. Talvez no ombro, mas não tinha certeza.

O corredor era quilometricamente comprido e alto como o céu, e ele não sabia o que o aguardava no fim. Uma porta, era o que desejava. Devia haver uma porta de algum tipo – aquele era o caminho para fora do palácio, portanto, deveria existir... uma saída. E quando chegasse a ela? Ele não fazia a mínima ideia de como escaparia. Mas também não imaginara como poderia matar outro macho, e acabara de fazer tal coisa há poucos minutos.

Além disso, não tinha planos para o que estava do lado oposto do confinamento do palácio e como conseguiria chegar aos muros de contenção do Território. Não sabia para onde ir, o que fazer. Só o que sabia era que não poderia continuar dentro daquela cela. Era uma cela bastante luxuosa, com lençóis de seda sobre um colchão de plumas, e um banheiro com piscina própria, e um chef *exclusivo para alimentá-lo. Dispunha de livros escritos pelos Mestres dos Sombras, e uma equipe completa de especialistas, desde curandeiros, até assistentes de banho e comandantes de treinamento físico. Quanto às roupas?*

Suas vestes ora rasgadas estavam cravejadas com o tesouro: diamantes, esmeraldas e safiras cascateando do seu manto.

No entanto, seu corpo era considerado muito mais valioso do que aquilo que ostentava.

Trez era o bezerro gordo sagrado, o garanhão procriador premiado, o macho cujo mapa natal proclamava que ele seria o progenitor da geração seguinte da realeza.

Ainda não havia sido convocado para tais serviços sexuais. Mas isso um dia aconteceria, quando a Princesa com quem se comprometeria atingisse a maturidade astrológica.

Trez olhou por sobre o ombro. Não havia ninguém atrás dele, mas isso logo mudaria assim que o corpo caído do guarda que ele subjugara fosse encontrado, o que não demoraria muito a acontecer. Havia sempre alguém observando.

Se ao menos ele pudesse...

Adiante, uma porta que estava alinhada com a parede deslizou para trás, e surgiu uma imensa figura vestida de negro.

s'Ex, o executor da rainha, estava com seu capuz de cota de malha no lugar, as feições encobertas pelo metal entrelaçado. Mas ver seu rosto era desnecessário.

A voz, grave e maligna, era ameaça pura.

– Matou um dos meus machos.

Trez parou, o manto que se arrastava parado no chão. Relanceando para a faca na mão, soube que a "arma" delicada não o ajudaria com o Sombra que agora enfrentava. A lâmina de prata fora projetada para descascar peras e maçãs, não servia nem para cortar carnes de primeira.

E o executor não era como aquele guarda.

– Está tentando fugir. – s'Ex não deu um passo à frente, mas, mesmo assim, pareceu se aproximar. – O que, a meu ver, não só é inaceitável como contra a lei.

– Então, mate-me como punição – disse Trez numa voz cansada. – Destroce meu corpo e me enterre em pedaços do lado de fora do Território, como o traidor que sou.

– Eu faria isso. Em retribuição por você ter tirado a vida de um dos meus guardas. – s'Ex cruzou os braços pesados diante do peito largo. – Mas cada batida do seu coração e cada respiro em seu corpo são divinos. Portanto, essa alternativa não está a meu dispor, nem ao seu.

Trez fechou os olhos de leve. Os pais ficaram extasiados com a notícia de que um dos seus filhos gêmeos nascera no momento perfeito, num segundo predeterminado por astros alinhados que transformaria a família – uma bênção para eles, resultando em riquezas e ascensão social; uma maldição para ele que tivera a vida roubada, ainda que vivesse.

– Nem pense nisso – avisou o executor.

Ao levantar as pálpebras, Trez descobriu que levara a lâmina à própria garganta. A mão tremia incontrolavelmente, mas ele empurrava a lâmina o suficiente para rasgar a pele sobre a artéria.

O sangue escorreu quente e lento pelo punho cerrado.

O riso de Trez pareceu enlouquecido aos próprios ouvidos.

– Não tenho nada a perder, a não ser uma sentença perpétua pelo crime de ter nascido.

– Ah, mas acho que tem, sim. Não, não desvie o olhar, acredito que vá apreciar ver isto.

O executor acenou à porta aberta e algo foi empurrado através dela.

– Não! – exclamou Trez, a voz ecoando pelo corredor. – Não!

– Então o reconhece – s'Ex desdobrou os braços e subiu as mangas, deliberadamente expondo as mãos ensanguentadas. – Apesar dos meus esforços. Mas, pensando bem, vocês têm estado juntos há quanto tempo?

A visão de Trez ficou desfocada ao procurar os olhos do irmão. Não encontrou um olhar para sustentar. iAm estava inconsciente, a cabeça pendendo para um lado, o rosto tão surrado que o inchaço distorcia suas feições. O corpo estava envolto numa faixa larga de couro que passava por trás dos joelhos e seguia até os ombros, presa por um sistema de fivelas de latão. Manchas, recentes e antigas, marcavam o marrom das amarras e embotava o brilho das peças de metal.

– Dê-me-o! – ordenou s'Ex.

Enquanto o executor segurava a parte posterior das amarras, ergueu o corpo inerte de iAm do chão com o mesmo esforço que usaria para levantar uma garrafa de vinho.

– Por favor... – implorou Trez. – Ele não faz parte disto... Deixe-o ir...

Por algum motivo, a visão dos membros inferiores pendurados do irmão foi percebida com uma claridade nauseante. Apenas um dos sapatos estava no lugar, o outro se perdera em meio ao sequestro e à tortura pela qual passara. E os dois pés apontavam para dentro, os dedões se tocando, um virado num ângulo não natural a partir do tornozelo fraturado.

– Pois bem, Trez – disse s'Ex –, achou mesmo que a sua decisão não o afetaria? Estou ordenando que abaixe essa faca. Se não o fizer, vou pegar isto – o executor levantou e desceu o corpo inerte de iAm – e vou acordá-lo. Sabe como vou fazê-lo? Vou pegar isto – com a mão livre, ele mostrou uma faca de serra – e vou enterrá-la em seu ombro. E vou girá-la até que ele comece a urrar.

Trez começou a piscar para afastar as lágrimas.

– Solte-o. Isto não tem nada a ver com ele.

– Abaixe a faca.

– Solte-o...

– Preciso demonstrar?

– Não! Deixe-o...

s'Ex apunhalou iAm no ombro com tanta força que a lâmina cortou o couro e penetrou na carne.

– Giro? – s'Ex perguntou por sobre o grito. – Sim? Ou você vai largar essa faquinha?

O barulho da prata batendo no piso de mármore foi abafado pelo resfolegar áspero e arrastado de iAm.

– Foi o que pensei. – s'Ex puxou a faca e iAm começou a gemer e tossir, o sangue escorrendo pelo chão. – Vamos voltar para os seus aposentos.

– Deixe-o ir primeiro.

– Você não está em posição de fazer exigências.

Guardas surgiram pela porta escondida como um enxame, todos vestidos de preto com as máscaras de cota de malha. Não tocaram nele. Não tinham permissão para isso. Cercaram-no e começaram a andar, empurrando-o com os corpos, forçando-o a voltar para o local do qual escapara.

Trez lutou contra a maré, erguendo-se na ponta dos pés, tentando ver o irmão.

– Não o mate! – gritou. – Eu vou! Eu vou... Só não o machuque mais!

s'Ex ficou onde estava, a lâmina chanfrada e ensanguentada captando a luz quando ele a segurou no alto. Como se estivesse considerando órgãos essenciais para o golpe seguinte.

– Depende de você, Trez. Só depende de você...

Algo aconteceu.

Mais tarde, quando a luz branca sumiu das vistas de Trez e a onda se desfez, quando o rugido silenciou e uma dor desconhecida em suas mãos começou a subir pelos braços, quando já não estava mais de pé, mas ajoelhado, *percebeu que aquele primeiro guarda que matara naquela noite não seria o único.*

Percebeu que, de algum modo, havia matado com as próprias mãos todos aqueles que o cercaram...

... e que s'Ex ainda estava segurando seu irmão.

Mais do que as mortes causadas, e que o horror do aprisionamento de iAm com ele, mais do que o cheiro cuprífero do sangue tão rubro e que agora não apenas marcava suas pegadas, ele se lembraria do riso suave que atravessou os elos entrelaçados que cobriam o rosto do executor.

Um riso suave.

Como se o executor tivesse aprovado a carnificina.

Trez não riu. Começou a soluçar, erguendo as mãos machucadas e ensanguentadas diante do rosto.

– Os mapas astrológicos não mentiram – comentou s'Ex. – Você é uma força neste mundo, muito adequado para a procriação.

Trez caiu de lado, aterrissando no sangue, as joias bordadas em seu manto aderindo a sua carne.

– Por favor... Deixe-o ir...

– Volte aos seus aposentos. Voluntariamente e sem machucar mais ninguém.

– E você o soltará?

– Você não é o único que pode matar. E, ao contrário de você, fui treinado na arte de fazer seres vivos sofrerem. Volte aos seus aposentos e não faça seu irmão desejar, assim como você, nunca ter nascido.

Trez olhou para as próprias mãos.

– Não pedi por isto.

– Ninguém pede para viver. – O executor ergueu o corpo de iAm ainda mais. – E, às vezes, não pedem para morrer. Você, entretanto, está na posição de decidir no que se refere à vida *deste macho. Então, o que vai fazer? Lutar contra o destino que não pode mudar e condenar um inocente a um sofrimento infeliz e prolongado? Ou cumprir um dever sagrado, que muitos antes de você consideraram uma grande honra, em favor do nosso povo?*

– Deixe-nos ir. Nós dois.

– Isso não depende de mim. O seu mapa é o seu mapa. O seu destino foi determinado pelas contrações da sua mãe. Não pode lutar contra isto assim como não pôde lutar contra elas.

Quando, por fim, Trez tentou se levantar, viu que o chão estava escorregadio. Pelo sangue. O sangue que ele derramara. E quando se ergueu, teve que ultrapassar a bagunça de corpos retorcidos, passando por cima de vidas que ele sabia que não lhe cabia ter tirado.

As pegadas que deixou no chão eram vermelhas. Vermelhas como os rubis birmaneses. Vermelhas como o âmago do fogo.

E aquelas que ele deixava agora estavam paralelas aos seus primeiros passos, afastando-o da rota de fuga que ele tão desesperadamente buscava.

Ele se tranquilizaria em saber que vinte anos, três meses, uma semana e seis dias depois daquele momento, ele se libertaria e ficaria afastado por um bom tempo.

E ficaria extremamente chocado em saber que, algum tempo depois, retornaria por livre e espontânea vontade ao palácio.

O executor dissera a verdade naquela noite.

O destino era tão alheio e influente como o vento é com uma bandeira, tremulando o tecido da existência de um indivíduo de um lado para o outro, sujeitando aquele que oscila aos seus desejos, sem perguntar ao estandarte pelo que ele poderia aspirar.

Ou pelo que poderia ter implorado.

Capítulo 1

Boate shAdoWs, Caldwell, Nova York

Não bateram. A porta do escritório foi escancarada como se a tivessem atingido com explosivo plástico. Ou um carro. Ou...

Trez Latimer levantou o olhar da papelada sobre a escrivaninha.

– Big Rob?

... um míssel.

Enquanto o segundo no comando da sua equipe de segurança gaguejava e não sabia onde metia as mãos, Trez olhou por sobre o ombro para o espelho de seis metros por três, que ficava atrás da sua central de comando digna de um Capitão Kirk. Logo abaixo, sua nova boate estava lotada pelos humanos que tomaram o andar térreo de planta aberta do armazém reformado, cada um dos pobres coitados representando algumas centenas de dólares do seu lucro, dependendo do vício que tinham e quanto dele necessitavam.

Era a noite de inauguração do shAdoWs, e ele esperava ter problemas.

Não do tipo que faria um leão de chácara veterano se transformar numa menininha de doze anos diante dele.

– Que porra está acontecendo? – Exigiu saber ao se levantar e dar a volta na mesa.

– Eu... você... eu... O cara... ele...

Fale de uma vez, Trez pensou. *Ou vou ter que arrancar as informações a tapa, meu chapa.*

Por fim, o leão de chácara cuspiu:

– Vai precisar ver pessoalmente.

Trez seguiu Big Rob e desceu as escadas apressado. Seu escritório se trancava sozinho – não que ele tivesse algum segredo ali. Ele tinha, porém, sofás de couro legais e equipamentos de monitoramento que poderiam ser vendidos rapidamente no eBay. Além do mais, por princípio, não gostava que pessoas invadissem seu espaço.

– Silent Tom está contendo a situação – informou Big Rob por cima do barulho, ao chegarem ao andar térreo.

– Contendo como se fosse um derramamento químico?

A canção "About the Money" de T.I. estava tão alta que formava uma presença física no ar, algo que Trez teve que combater ao abrirem caminho até o segurança que guardava a entrada para o corredor reservado.

Assim como em seu outro clube, o Iron Mask, ali existiam lugares secretos "Que Ninguém Podia Saber" destinados aos seus clientes. Já era bem difícil gerenciar um cartel de prostituição em Caldwell, Nova York, sem que as pessoas ficassem expondo isso abertamente.

– Por aqui – disse Big Rob.

Silent Tom era uma parede humana diante da porta fechada do terceiro quarto privativo. Mas Trez não precisou de nenhuma informação para juntar dois mais dois: seu nariz conseguiu, sozinho, fazer essa conta muito bem.

O fedor adocicado nauseante de um *redutor* permeava o corredor, prevalecendo sobre o cheiro de suor e sexo humanos, que estavam em toda parte.

– Deixe-me dar uma olhada – disse com seriedade.

Silent Tom deu um passo para o lado.

– Ainda está se mexendo. O que quer que seja isso.

Isso mesmo, o assassino devia estar se mexendo. Aqueles malditos só podiam ser mortos de uma maneira bem específica ou continuariam a se mexer, mesmo dilacerados, aos pedaços.

– Vamos ter que chamar uma ambulância – disse Big Rob. – Fui eu quem fez isso. Não tive a intenção...

Trez ergueu a mão.

– Está tudo bem. E não chame a ambulância.

Abrindo a porta, ele fez uma careta quando o fedor se alastrou, depois entrou no quartinho de nove metros quadrados. As paredes e o piso estavam pintados de preto, o teto era espelhado, e uma única fonte de luz brilhava fraca no alto. O assassino estava enroscado no canto oposto debaixo da cama embutida, gemendo e sangrando o óleo espesso que recendia a uma morte por atropelamento, misturada a biscoitos de aveia recém-saídos do forno com talco de bebê Johnson & Johnson.

Nauseante. E, mais uma vez, isso o obrigaria a se manter afastado da Mrs. Fields*, cujos produtos ele já não gostava, e de crianças, com as quais ele não se importava.

Consultou as horas. Meia-noite. Xhex, a chefe da sua equipe de segurança, estava aproveitando uma rara noite de folga com seu parceiro, John Matthew; e Trez quase teve que forçar a fêmea a tirar essa folga, porque era a única noite da semana que seu *hellren* não estaria escalado pela Irmandade da Adaga Negra.

Ele mesmo teria que lidar com aquilo.

Trez voltou para o corredor.

– Muito bem, o que aconteceu?

Big Rob discretamente mostrou pacotinhos de celofane com pó branco dentro, bem como um maço de notas.

– Nós o encontramos vendendo isto aqui. Ele ficou bravinho. Dei um soco nele e ele revidou – parecia um demônio, e quando puxou a adaga, percebi que eu estava encrencado. Fiz o que tinha que fazer.

Trez praguejou ao reconhecer o símbolo estampado nos saquinhos de heroína. Não era nada humano e era a segunda vez que via aquilo.

Estava no Antigo Idioma. E a porcaria foi encontrada com um *redutor* de novo? E dessa vez um traficante?

Pegou as drogas e as guardou no bolso. Deixou o dinheiro com o leão de chácara.

– Teve sorte por ele não ter te matado.

– Falo com a polícia. Está tudo gravado.

Trez meneou a cabeça.

– Não vamos envolver a polícia nisso.

– Não podemos deixá-lo aqui. – Big Rob relanceou para seu companheiro mudo. – Ele vai morrer.

Foi uma questão de segundos para controlar as mentes humanas. As duas. Como um Sombra, Trez era como qualquer outro vampiro, capaz

---

* Marca americana de produtos alimentícios, tais como *frozen yogurt* e biscoitos. (N.T.)

de invadir o cerebelo e rearranjar pensamentos e lembranças, como poltronas e sofás numa sala de estar.

Ou retirá-los da casa de uma vez.

O corpo de Big Rob relaxou de imediato e ele assentiu.

– Sim, claro. Podemos ficar por aqui. Sem problema, chefe... E não se preocupe, não quer ninguém aí dentro? Pode deixar.

Trez deu um tapa nas costas do homem.

– Posso sempre contar com vocês.

Voltando ao escritório, continuou praguejando. Há alguns meses procurara os Irmãos, quando encontrara um assassino carregando consigo aquele mesmo tipo de droga. E quisera dar prosseguimento à investigação com eles. Mas a vida intercedera, coisas como o s'Hisbe indo atrás dele, e Selena e ele...

O simples pensamento da Escolhida fez com que fechasse os olhos e cambaleasse nos degraus.

Mas logo se desfez do mal-estar. Era isso ou regressar ao vórtice negro. A boa nova? Vivera boa parte dos últimos nove meses tentando tirar a cabeça, as emoções e a alma do assunto "Selena".

Portanto, estava acostumado a fazer isso.

Infelizmente, isso permanecia como uma preocupação, como se lhe causasse uma febre baixa constante, não importando o quanto ele tentasse dormir e se alimentar bem.

Em certas noites, era muito mais do que uma preocupação – motivo pelo qual ele tinha que sair da mansão da Irmandade às vezes e voltar para o seu apartamento no Commodore.

Afinal, machos vinculados podiam ser perigosos, e o fato de não estar com ela – e não deveria estar – não significava absolutamente nada para sua outra parte. Ainda mais quando ela estava alimentando os lutadores que não podiam, por quaisquer motivos, sugar as veias das suas companheiras.

Era uma loucura completa.

Ela era uma serva virtuosa da Virgem Escriba, ele um viciado em sexo em remissão com um tipo de sentença perpétua pendendo sobre a cabeça. Mesmo assim, de acordo com seu pau e suas bolas, aquela era a receita do verdadeiro amor.

Isso mesmo. Que bela matemática.

Deus, estava quase agradecido pelo fato de ter um assassino se esvaindo em um dos seus quartos dedicados ao sexo. Pelo menos assim ele tinha uma bomba para desarmar – o que era melhor do que ficar olhando para a multidão anônima de desconhecidos que satisfaziam seus próprios vícios graças às mulheres e à bebida fornecidas por ele.

Enquanto ele aguardava que a outra bomba explodisse em casa.

No s'Hisbe.

Capítulo 2

O Buraco, Mansão da Irmandade

Rhage levantou o olhar do *Diário Caldwell Courier*. Da sua posição no sofá de V. e de Butch, ele via mais do que desejava do descamisado Lassiter brincando sozinho.

Brincando de pebolim sozinho.

O anjo caído mexia na mesa de V. como um profissional, passando de um lado para o outro, resmungando insultos.

– Uma pergunta – murmurou Rhage, ao mudar a perna machucada de posição. – Alguma das suas personalidades sabe da sua maldita esquizofrenia?

– A sua mãe é tão burra... – Lassiter se desmaterializou e surgiu novamente do outro lado do jogo, girando as manoplas. – Acha que dá pra usar uma *California dime** para fazer ligações em telefone público, como se fosse uma moeda... – V. se aproximou e deu seu palpite:

– Isso é múltipla personalidade, Hollywood. Não é esquizofrenia.

O Irmão pôs um saquinho de couro com tabaco e uma folha de papel fino sobre uma pilha de revistas *Sports Illustrated*, bem quando Lassiter emitiu um grito de triunfo.

– Olha só – V. comentou baixinho –, o idiota finalmente está ganhando.

---

* Referência à moeda de dez centavos, *dime*, e da gíria *California dime*, que seria uma mulher atraente com aparência de californiana. (N.T.)

Rhage grunhiu ao tentar encontrar uma posição melhor para a perna. Ele e V. deveriam estar lutando – só que um *redutor* quis dar uma de Gordon Ramsay para cima dele com uma faca enferrujada, e V. também estava com um ferimento a bala no ombro esquerdo.

Pelo menos os dois voltariam ao trabalho em 24 horas, graças a Selena, em especial. Se ela não fosse tão generosa com a sua veia, eles não se curariam tão rapidamente – ainda mais que nenhuma das suas companheiras poderia atender à suas necessidades nutricionais dessa maneira.

Mas, caramba, ficar ali parado como os aleijados era um porre.

Sem falar no fator Lassiter.

O Buraco estava como basicamente sempre fora: cheio de sacos de exercícios, equipamentos de som e de computação, a mesa de pebolim e uma televisão do tamanho de telão de estádio. O canal SportsCenter estava sintonizado, discorrendo sobre futebol americano universitário e a liga de basquete, garrafas de Grey Goose vazias em toda parte; e o guarda-roupa de Butch agora já chegava até o corredor. Ah, sim, e "Hell of a Night" de Schoolboy Q. latejava os alto-falantes.

Mas aquilo já não era apenas mais um antro de solteirões. Pairando no ar estava o perfume de Marissa – algum da Chanel? – e a maleta de médico da doutora Jane estava sobre a mesinha de centro. E aquelas garrafas de vodca? Eram apenas daquela tarde e daquela noite, e V. limparia tudo antes de ir dormir. E também havia os periódicos da *Associação Médica Americana* e exemplares da revista *People*.

Ah, e a cozinha estava limpa, com frutas frescas numa tigela e uma geladeira repleta de outras coisas que não apenas sobras do Arby's e saquinhos de molho shoyu.

Rhage invadira o refrigerador assim que chegara e apanhara uma embalagem de sorvete de menta com gotas de chocolate. Isso cerca de meia hora atrás, e ele já estava irritadiço de novo. Talvez fosse hora de voltar para a mansão e...

Quando "Holy Ghost" de Jeezy começou a tocar, Lassiter se pôs a cantar rap.

A cantar rap.

– Por que você o convidou? – perguntou Rhage bem quando V. esticou a língua para lamber o papel do cigarro recém-enrolado. – E, Jesus, quando foi que você colocou esse *piercing*?

– Não convidei. Ele seguiu a gente pelo pátio. E cerca de um mês atrás.

– Por que você foi fazer uma coisa dessas?

V. lançou um olhar malicioso do outro lado do sofá, as pálpebras cobrindo os olhos de diamante.

– Jane gosta.

Rhage voltou a se concentrar no jornal.

– Informação demais, meu irmão.

– Como se você não fosse fazer o mesmo, caso Mary quisesse.

– A doutora Jane *pediu* para você fazer isso? Como se o seu cavanhaque já não estragasse o suficiente esse seu aspecto? Que é isso, cara...?

Tudo o que conseguiu foi outro daqueles sorrisos.

– Mudando de assunto... – Ele se concentrou no horóscopo. – Muito bem, qual o seu signo, Lassiter?

– Sou fabuloso – o anjo caído passou para o outro lado – com o sol se erguendo no quadrante de Beije a Minha Bunda. E antes que continue perguntando, fui feito, não nasci, portanto não tenho uma data de nascimento.

– Posso lhe dar uma data de óbito – V. intercedeu.

– Que tal uma camisa? – Rhage passou para a página seguinte. – Só uma camisa. Você morreria caso se cobrisse um pouco, anjo? Ninguém precisa ver isso aí.

Lassiter fez uma pausa... e começou a imitar Channing Tatum ao encontro da mesa, dando uma de *Magic Mike* por sobre o gol enquanto gemia como se estivesse tendo um orgasmo.

V. cobriu os olhos.

– Nunca pensei que gostaria de ser cego.

Rhage amassou o jornal e jogou na direção de Lassiter.

– Para com isso, cara! Vou querer usar essa coisa um dia desses...

O telefone de Rhage vibrou no bolso de trás da calça de couro e ele o pegou.

– Oi – disse sem olhar para o número que chamava.

A voz de Trez soou baixa.

– Tenho um problema.

– O que foi?

– *Redutor* incapacitado na minha boate. Apaguei as memórias dos meus seguranças, um pouco mais daquele que brigou com ele, mas isso não vai dar pra segurar.

Rhage se pôs de pé.

– Chego em cinco minutos.

– Obrigado, cara.

Encerrando a ligação, Rhage acenou para V.

– Vamos, sei que não estamos na escala, mas este não é pra lutar.

– Não precisa me pedir duas vezes. Pra onde vamos?

Lassiter se endireitou da sua posição toda retorcida.

– Trabalho de campo!

– Não.

– Não.

– Posso ser tanto útil quanto decorativo, sabem.

V. começou a se armar, fazendo uma careta quando amarrou a bainha da adaga e enfiou lâminas brilhantes, com os cabos para baixo.

– Duvido que precisaremos de um aríete.

– Talvez tenhamos sorte. – Rhage seguiu para a porta. – Mas eu não contaria com isso.

– Não quero ficar aqui sozinho...

– E você não é nem um pouco decorativo, anjo.

Do lado de fora, a noite estava bem outonal, o ar fresco de setembro já pairando, provocando as narinas de Rhage e fazendo a sua besta oscilar sob a pele enquanto ele atravessava o pátio até a entrada principal da mansão.

Caramba, mal podia esperar até que Mary voltasse para casa do seu trabalho no abrigo para mulheres.

Toda aquela conversa sobre línguas e sobre fêmeas gostando delas em certas partes – tudo bem que foram apenas três frases, mas só aquilo já bastava – o deixara excitado.

Dez minutos, duas .40, um par de adagas e três metros de corrente depois, ele se desmaterializava para um bairro barra pesada de Caldwell ao lado de V., do lado oposto do novo clube de Trez. O shAdoWs ficava num armazém remodelado, e, como sempre em qualquer estabelecimento de um Sombra, havia uma fila dando a volta no quarteirão, humanos parados como gado à espera da sua vez para se alimentarem no cocho.

Enquanto a música reverberava, fachos de luz atravessavam as múltiplas janelas de vidro, fazendo com que o lugar parecesse uma viagem psicodélica de três andares presa dentro de um teto de latão.

Quando os dois deram a volta até os fundos, todo tipo de cabeça se virava em sua direção, mas, que importava? Mulheres humanas tinham um jeito de notar os vampiros, talvez fosse alguma coisa hormonal; ou talvez fosse apenas pelo couro preto.

Por certo não podia ser o cavanhaque. Não isso.

E, sim, pode ter havido um tempo no passado em que ele tiraria vantagem daquelas mercadorias dúbias, mas não mais. Ele tinha a sua Mary e isso era mais do que o suficiente para ele. O mesmo que V. sentia com Jane.

Bem, com Jane, acrescente uma dose "saudável" de chicotes e correntes.

Doentio.

A entrada dos fundos do clube era uma porta dupla com tranca tripla e uma placa de SOMENTE FUNCIONÁRIOS, mas que, evidentemente, estava equipada com uma câmera de segurança, porque, no instante em que se aproximaram, um leão de chácara a abriu.

– Vocês são...?

– Isso mesmo. – V. entrou. – Onde está Trez?

– Por aqui.

Paredes escuras. Humanos idiotas e embriagados. Prostitutas não drogadas e sem doenças. E lá estava Trez, parado do lado de fora de uma porta escura, debaixo de uma luz negra.

O Sombra causava impressão, mesmo de longe. Era alto e tinha um tronco em forma de triângulo invertido, com ombros largos conduzindo a uma cintura fina, coxas grossas e pernas longas sustentando toda aquela estrutura no chão. Sua pele era da cor da mesa de jantar de mogno da mansão, os olhos negros como a meia-noite, o cabelo cortado rente ao crânio. Tudo aquilo funcionava bem para lavagem de dinheiro com elegância.

A verdade era que ele era muito mais perigoso do que qualquer coisa que você conseguisse comprar numa loja de armas.

Os Sombras são letais, capazes de truques que impressionavam até mesmo os membros da Irmandade, e os membros daquela raça costumavam ficar apenas entre eles, atendo-se ao Território do s'Hisbe bem longe da cidade. Trez e o irmão, iAm, eram exceção à regra.

Tinha alguma coisa a ver com Rehvenge. Não que Rhage um dia tivesse perguntado qualquer coisa.

– Onde está? – perguntou V. ao bater a mão espalmada com a do Sombra, em cumprimento.

– Aqui dentro.

Rhage fez o mesmo, saudando o Sombra com um abraço rude.

– E aí?

– Temos uma complicação. – Trez recuou um passo e abriu a porta. – E não é o que estão pensando.

O assassino "morto" estava se mexendo no chão, balançando os braços e as pernas devagar. Havia muitas partes quebradas, um pé apontava para a direção errada, um cotovelo dobrado num ângulo estranho. Também havia um vazamento considerável, empoçando o chão com o sangue oleoso negro do Ômega.

– Belo trabalho – comentou Rhage, pegando um pirulito de uva *Tootsie Pop* da jaqueta e abrindo a embalagem. – Foi o segurança que fez isso?

– Big Rob. – Trez esticou a mão. – E aqui está a complicação.

No meio da palma estava um punhado de saquinhos com droga...

Espere um minuto.

V. pegou as coisas com a mão enluvada.

– Igual ao que entregou a Butch, não é?

– Exato.

– Bem, isso é tráfico.

– Não descobriram nada sobre isso?

– Butch conversou com Assail, que negou, negou e negou que negociasse com eles. E foi isso. Sem nenhuma outra pista, acabamos pegando outras prioridades, entende?

Rhage mordeu o recheio de chocolate e se inclinou para dar uma espiada. As drogas estavam marcadas com um carimbo vermelho... Um símbolo de morte no Antigo Idioma.

O *Chrih*.

Assail estaria bem encrencado se estivesse usando o inimigo para vender o seu produto nas ruas.

V. passou a mão livre pelos cabelos negros.

– Agora entendo porque não apunhalou essa coisa, mandando-o de volta ao Ômega.

– O meu segurança disse que o assassino entrou disfarçado na multidão e começou a negociar o produto. Pediram que ele saísse, discutiram, eles brigaram e depois tive que apagar umas lembranças após Big Rob cuidar do assunto. Foi a primeira vez que este *redutor* apareceu, mas isso não quer dizer muita coisa, já que é a noite da inauguração. A questão é que não preciso de traficantes nos meus negócios, humanos ou não. Não quero ficar na rota de trabalho da polícia, mais do que já estamos...

Enquanto os dois continuavam conversando, Rhage limpou o palito branco e se viu avaliando o Sombra.

Interrompendo a reunião, perguntou:

– Por que não participa mais da Última Refeição?

O olhar de diamante de V. virou para trás.

– Meu irmão, foco.

– Não, estou falando sério. – Apoiou o quadril na parede escura. – O que aconteceu, Trez? Nossa comida já não é boa pra você?

Deixa para o Sombra pigarrear.

– Não, é que... Eu... só estava ocupado, sabe. A inauguração e...

– E quando foi a última vez que você se alimentou? Você está péssimo.

Vishous ergueu as mãos.

– Hollywood, você pode, por favor, voltar pro assunto...

– Sabe, usei Selena hoje à noite e o sangue dela, cara, incrível...

Tudo aconteceu muito rápido.

Num momento, V. o encarava enquanto ele ressaltava a importância do Sombra tomar uma veia.

No seguinte, a palma de Trez, do tamanho de uma raquete, o prendia pelo pescoço, interrompendo o suprimento de ar por completo.

Enquanto o cara arreganhava os dentes e rosnava, como se Rhage fosse o inimigo.

Num piscar de olhos, e apesar do grave ferimento no ombro, Vishous contra-atacou o Sombra, agredindo com força enquanto Rhage segurava o pulso grosso para tentar se soltar. Por mais incrível que parecesse, não conseguiram nada. Mesmo com os mais de 130 kg de V. tentando arrancar Trez e a ação de Rhage tentando se soltar, o Sombra era uma muralha que mal se mexia.

Em seguida, os três tiveram algo com que se preocupar de verdade.

Rhage piscou e, quando abriu os olhos, uma luz brilhante inundou o lugar escuro.

– Merda – ralhou V. – Solte-o, Trez! Temos problemas!

Por baixo da pele de Rhage, sua besta surgiu à vida, despertada pela morte iminente.

– Trez! Solte!

Algo foi captado pelo Sombra – talvez tenha sido toda aquela luz, ou o fato de que as feições de Rhage começavam a se modificar – e ele relaxou a pegada apenas um pouco.

V. assumiu a partir dali, lançando o Sombra ao chão liso e saltando sobre ele, a adaga negra aparecendo logo acima da jugular.

No mesmo instante, Rhage tossiu e inspirou fundo algumas vezes. Merda. A sua besta era difícil de controlar numa noite boa, quando ele estava bem nutrido, satisfeito sexualmente e exercitado adequadamente. Mas quando tentavam matá-lo?

Mesmo quando há um motivo válido para isso?

Obviamente, o Sombra se vinculara à Escolhida. Porque aquela reação tinha traços de hormônio masculino até não poder mais.

– Desculpe – murmurou Trez. – Não sei o que deu em mim. Juro pela vida do meu irmão.

– Por que você não... – Rhage tropeçou nas próprias palavras –... nos disse que se vinculou a ela?

Houve uma pausa. Em seguida, Trez disse:

– Eu... Cacete.

V. acrescentou uma série de palavrões.

– Vai ficar parado, Sombra, ou tenho que rasgar sua garganta?

– Estou tranquilo. Juro.

Um momento depois, V. se aproximou.

– Rhage...? Irmão?

Rhage levou as palmas até o rosto, escorregando na vertical contra a parede até ficar de bunda no chão. Inspirar. Expirar. Inspirar. Expirar.

Eles já tinham um *redutor* no clube.

A sua besta era a última espécie de freguês que precisavam.

Inspirar.

Expirar.

– O que está acontecendo? – perguntou Trez.

– Nunca ataque esse filho da puta. – Foi a última coisa que Rhage ouviu antes que o mundo desvanecesse numa corrente de ar.

Capítulo 3

Na sala mais sagrada do palácio real do s'Hisbe, s'Ex estava do lado de fora de uma porta sem maçaneta, nem trinco, quase sem nenhuma fenda que a distinguisse do painel na parede em que estava montada. Ele conseguia ouvir um bebê chorando do lado de dentro; e o som, aquela súplica melancólica por ajuda, socorro, amparo, chegou aos seus ouvidos e entrou em sua alma. Sua mão tremia ao apoiá-la na superfície fria. Sua filha. Sua descendente. A única que ele provavelmente teria.

A criança não estava sozinha na sala cerimonial. Também estava o sumo sacerdote, AnsLai, o astrólogo principal, e o Tretário, o encarregado de testemunhar e registrar eventos como aquele. A bebê fora envolvida numa coberta de lã branca por uma ama antes de ser levada para lá e deixada com aqueles três machos.

Para chorar por um pai que não poderia salvá-la.

O coração de s'Ex batia com tanta violência que o branco dos olhos registrava a pressão ritmada. Ele não antecipara aquela reação, mas talvez fosse por esse fervor que não lhe tivesse sido permitido tocar a criança... Ou ficar a sós com ela. Desde que a rainha parira a menina, há aproximadamente seis horas, recebera permissão para vê-la duas vezes: assim que a limparam e agora, quando fora levada à sala de mármore branco – sem janelas e com apenas uma porta que se fechava por dentro.

O segundo em que ela nascera determinara aquilo, exigira aquilo. Era o que os costumes ditavam. O alinhamento das estrelas fora tal que sua filha não estava destinada a ser herdeira do trono, portanto ela teria que ser...

Entre ali!, seu coração berrava. *Acabe com isso, acabe antes que...*

Silêncio.

Subitamente se fez o silêncio.

Um som como o de um animal ferido vibrou pela sua garganta e saiu de sua boca. s'Ex cerrou o punho, batendo na porta com força, criando fissuras no desenho de estrelas, que se irradiaram para fora a partir do ponto de impacto.

Perturbado e letal, ele sabia que tinha que se recolher antes que fizesse algo impensável como o que acabara de acontecer. Tropeçando em seu manto negro, girou e tropeçou nos próprios passos pelo corredor. Estava vagamente ciente de estar se chocando contra as paredes, seus movimentos fazendo-o ir da direita para a esquerda, os ombros batendo no mármore branco liso e frio.

Por algum motivo, pensou numa noite de tantos anos passados, pelo menos duas décadas atrás, quando ele esperara naquela saída que TrezLath, o Ungido, aparecesse para tentar escapar. Agora era ele quem estava fazendo exatamente o mesmo que aquele macho fizera outrora.

Fugia.

Ainda que, de fato, não estivesse se libertando.

Ao contrário de Trez, que não tivera permissão para sair do palácio, s'Ex, como executor da rainha, tinha essa permissão. Também era o responsável por monitorar todas as entradas e saídas.

Não haveria obstáculos para ele.

E isso pouparia vidas àquela noite.

O silêncio, aquele silêncio horrível e ressonante, corroía sua mente enquanto ele passava pelo labirinto de corredores, aproximando-se da saída buscada por Trez. Aquele macho também fora condenado, o posicionamento das estrelas no momento do seu nascimento mais determinante que sua natureza ou criação.

Aquelas constelações – tão distantes, tão desconhecidas à hora do nascimento e irreconhecíveis na maturidade – determinavam tudo. O seu status. O seu trabalho. O seu valor.

E sua filha, assim como Trez, nascera como presságio, valendo uma sentença de morte.

Por nove meses aguardaram o nascimento, a sociedade imobilizada pela gestação da rainha. Tanta ostentação, visto que só houve outra gestação em duzentos anos no reinado da monarca atual, aquele que resultara na princesa. Claro, o fato de que a concepção atual fora realizada pelo executor da rainha foi muito menos importante e nunca reconhecido publicamente. Teria sido melhor se fosse por um aristocrata. Um primo de segundo grau da linhagem real. Um macho marcado com significância pelo seu mapa natal.

Ou, ainda melhor, algum tipo de concepção imaculada.

Mas, não! O pai fora um que começara como criado e conquistara confiança, acesso e, muito mais tarde, direito ao ato sagrado do sexo. Mas tudo isso era absolutamente insignificante na tradição matriarcal; o macho ficava sempre em segundo plano. O resultado (a criança) e a mãe eram o mais importante.

Houve uma chance, quando o bebê nascera, por ser uma fêmea, de que ela pudesse sobrepujar a herdeira atual ao trono, a depender das estrelas.

Embora isso fosse resultar em outra morte, visto que só era possível existir uma herdeira ao trono; a atual princesa teria que ser sacrificada num ritual.

Todos aguardaram a notícia. Com dia e hora devidamente anotados, o Astrólogo Principal se retirara para seu observatório e completara a medição da noite estrelada...

s'Ex tomara conhecimento do destino da filha antes que a população em geral, mas depois dos cortesãos: o nascimento não seria anunciado. A rainha reconfirmaria a filha atual. Tudo continuaria como sempre foi.

E foi assim, sua tragédia pessoal enterrada pelo protocolo da corte e pela reverência à realeza e às antigas tradições astrológicas.

Ele sempre soubera que essa era uma possibilidade. Porém, quer por arrogância, quer por ignorância, desconsiderara a terrível realidade.

Esta terrível realidade.

Quando por fim, saiu para a noite, inspirou fundo, soltando o ar em lufadas. Nunca considerou a interseção entre a sua história pessoal e esse sistema determinado pelos astros, que tudo decidia.

De fato, algo muito estúpido da sua parte.

Apoiando as mãos nos joelhos, inclinou-se e vomitou na grama aparada.

Essa liberação pareceu clarear um pouco a sua mente, a ponto de quase querer repetir. Ele precisava fazer alguma coisa, qualquer coisa... Não poderia voltar ao palácio, pois provavelmente mataria o primeiro Sombra que cruzasse seu caminho apenas para aliviar a dor.

Seu resgate, por assim dizer, veio do dever. Com aquele acontecimento, havia assuntos oficiais a serem conduzidos e que ele, em seu papel de oficial de justiça, tinha que cumprir.

Demorou um pouco até que conseguisse aquietar a mente e as emoções o suficiente para poder se desmaterializar, e quando conseguiu transportar suas moléculas, saiu pelos muros do Território com uma sensação estranha de comiseração.

Ele tinha quase certeza de que a rainha não estava sentindo nada naquele instante. Como resultado de um mapa astral, a vida inocente que fora ceifada tão precocemente fora desvalorizada a ponto de não ter valor algum, apesar do fato de ter saído do ventre real.

O posicionamento das estrelas era mais significativo do que o vínculo do DNA.

Sempre foi assim. E sempre seria.

Apesar de ainda ser setembro, conforme ele se transportava para Caldwell, aquela era a noite mais fria que já vivera.

Capítulo 4

A Escolhida Selena entrou no Centro de Treinamento, pela porta dos fundos do armário do depósito. Ao passar, deu um salto de susto ante a imensa figura atrás da escrivaninha.

Tohrment, filho de Hharm, levantou o olhar da tela do computador.

– Ah, oi, Selena. Que surpresa.

Conforme seu coração se acalmava, ela levou a mão ao peito.

– Não esperava encontrar ninguém aqui.

O Irmão voltou a se concentrar no brilho azulado da tela.

– É, voltei ao trabalho. Logo reabriremos aqui.

– Reabrirão o quê?

– O Centro de Treinamento. – Tohr se recostou na mais feia poltrona de couro verde que ela já vira. Enquanto falava, afagava o apoio de braço como se a poltrona fosse uma preciosa obra de arte. – Antes dos ataques, tínhamos um bom programa aqui. Mas então, vários membros da *glymera* foram mortos durante os ataques, e aqueles que sobreviveram abandonaram Caldwell. Agora as pessoas estão voltando, e Deus bem sabe que precisamos de ajuda. A *Sociedade Redutora* está se alastrando como ratos num armazém.

– Sempre imaginei pra que servia esse lugar.

– Logo vai ver.

– Talvez – respondeu. Mas só se isso acontecer rápido...

– Você está bem? – perguntou o Irmão, levantando-se.

Com uma guinada abrupta, o mundo girou ao redor dela, fazendo a cabeça virar no alto da coluna – ou seria a sala que estava girando? De todo modo, Tohrment a amparou antes que caísse no chão, suspendendo-a nos braços.

– Estou bem, estou bem... – disse ela.

Pelo menos ela acreditou ter pronunciado as palavras em voz alta. Não tinha certeza, porque os lábios de Tohr estavam se movendo e os olhos dele concentravam-se nos seus, como se estivesse se dirigindo a ela, mas sem que ela ouvisse a sua voz. Nem a própria voz. Nada.

O que notou em seguida foi que estava em uma das salas de exames e a *shellan* de Vishous, a doutora Jane, a perscrutava, com seus olhos verde-escuros, o cabelo loiro curto e uma preocupação evidente.

A luz do alto era tão clara que Selena levantou a mão para cobrir o rosto.

– Por favor... Isso é desnecessário...

De repente, percebeu que conseguia se ouvir, e o mundo, antes diluído e embaçado, voltou em detalhes vívidos.

– De verdade, estou bem.

A doutora Jane apoiou as mãos nos quadris e só ficou ali, como se fosse um barômetro fazendo alguma espécie de leitura.

Por um instante, Selena se viu imobilizada pelo medo. Não queria que eles soubessem...

– Você alimentou alguém? – a médica da Irmandade perguntou.

– Cerca de uma hora atrás. E não comi ainda. Esqueci-me de comer. – O que não era uma mentira.

– Você tem algum problema médico que eu deva saber?

– Não. – O que era mentira. – Sou perfeitamente saudável.

– Tome – disse Tohr, pressionando algo frio em suas mãos. – Beba isto.

Ela obedeceu e descobriu que era Coca-Cola, numa latinha vermelha onde estava escrito BEBA COM BUDDY.

E, de fato, a bebida pareceu reavivá-la.

– Isto é bom.

– A sua cor está voltando. – A doutora Jane cruzou os braços sobre o peito e se recostou contra um dos armários de aço inoxidável. – Continue bebendo. E talvez deva considerar chamar outra pessoa para...

– Não – interrompeu ela. – Vou terminar o meu turno.

A importância de ir até ali e disponibilizar sua veia – para os Irmãos e para outros que não podiam se alimentar da veia das parceiras – era a única coisa que a fazia seguir em frente. Era a ligação com a vida normal, a firmeza de um trabalho com significância, o metrônomo de noites e dias sem o qual ela se consumiria em seu destino ruim, do qual não tinha controle algum.

A realidade era que seu tempo estava se esgotando, e ela não tinha certeza quando seu último momento aconteceria, quando ela faria uma coisa pela última vez. E isso tornava o seu serviço ali absolutamente essencial.

Ao continuar a tomar o refrigerante, muitas coisas foram ditas, perguntas feitas da parte da médica, respostas dadas de sua parte. O vocabulário pouco importava, ela diria qualquer coisa, qualquer mentira, verdade parcial ou invenção para se livrar da sala azulejada, a fim de dar prosseguimento à sua última visita da noite.

– Vou terminar meu turno. – Forçou um sorriso no rosto. – E depois vou descansar. Prometo.

Depois de um instante, a doutora Jane assentiu, e a luta foi, por fim, vencida.

A guerra, contudo, era uma fera completamente diferente.

– Estou bem – garantiu Selena, saltando da mesa. – De fato.

– Venha me procurar se isso voltar a acontecer, ok?

– Com certeza – sorriu para ambos. – Prometo.

Ao sair da sala de exames, imaginou que a mentira deveria tê-la incomodado. No entanto, ela já não se dava ao luxo de ter uma consciência.

Estava numa corrida contra a morte e nada, nem mesmo as pessoas a quem ela considerava... ou o macho que amava... poderiam ficar em seu caminho.

Para ela, a sobrevivência, mesmo daquele jeito, era uma obrigação solitária.

De volta ao shAdoWs, Trez precisou de um instante para que sua laringe voltasse ao normal ao se sentar. O que se podia dizer sobre Vishous? O Irmão sabia ser dominador.

Puxa.

Tanto faz, a situação estava ficando bem séria ali no canto.

Do outro lado do quartinho escuro do sexo, Rhage estava enrolado em si mesmo, formando uma bola, com os olhos fechados, o ar entrando e saindo pela boca aberta num ritmo calculado pelo qual ou ele estava se auto-hipnotizando ou entrando em coma.

– O que ele está fazendo? – perguntou Trez.

– Tentando não virar um monstro.

Trez levantou as sobrancelhas.

– Literalmente?

– Godzilla. Só que roxo.

– Jesus... Pensei que fossem apenas boatos.

– Nada disso.

V. segurou a adaga negra e suspendeu-a acima do ombro. Com uma punhalada feroz, o Irmão eliminou os restos do assassino atingindo a coisa no peito oco, e uma segunda luz brilhante reluziu como uma tocha, antes de desaparecer e levar consigo grande parte dos restos fedorentos. O brilho não eliminou o óleo espesso, mas Trez havia equipado o quarto com um ralo no centro e uma mangueira discretamente colocada debaixo da cama.

Os humanos também conseguiam ser nojentos.

– Então, você está vinculado? – comentou V. ao relaxar um pouco e ficar de olho no Irmão, como um lobo de matilha cuidando de outro abatido.

– Desculpe, o que disse?

– Selena, você se comprometeu com ela.

Trez praguejou e esfregou o rosto.

– Ah, não. Não mesmo.

– Uma pessoa muito perspicaz me disse um dia... "minta para quem quiser, só não minta para si mesmo".

– Olha aqui, eu não...

– Então é por isso que anda sumido da mansão?

Trez pensou em mentir, mas viu que não adiantaria. Acabara de atacar um macho que respeitava, um macho apaixonado pela própria companheira, só porque o cara tomara a veia – e nada mais – de uma Escolhida treinada para servir justamente dessa maneira.

Sabia que isso colava o aviso de "macho vinculado" em sua testa.

– Eu só... – Trez meneou a cabeça. – Cacete. Eu... Muito bem, nós nos unimos... E não consigo ficar por perto quando ela os alimenta. Quer dizer, sei que é um serviço necessário, e que a coisa para na veia, blá-blá-blá. Mas é perigoso demais. Fico propenso a fazer isto – apontou na direção de Rhage – a qualquer instante.

– Ela não te aceita? Sei que não pode ser por causa de Phury. Ele o respeita pra caramba.

Sim, ele e o Primale, que era responsável por todas as Escolhidas, se davam bem. Pena que a questão não era essa.

– Não vai dar certo.

– Por quê?

– Não podemos voltar aos motivos de um *redutor* estar traficando as drogas de Assail?

– Sem querer ofender, mas acabei de te fazer um tremendo favor ao não esquartejar a sua jugular. Acha que pode me dar a honra de ser franco?

Trez baixou o olhar para as mãos, flexionou os dedos e os abriu em seguida.

– Mesmo que eu não tivesse transado com mil humanas, não sou exatamente um homem livre.

– Rehv disse que o seu débito com ele já está mais do que pago.

– O que me prende não é ele.

– Quem segura as suas rédeas?

– A minha rainha.

Houve um assobio baixo e longo.

– De que modo?

Engraçado ele ter passado tanto tempo com a Irmandade e nunca ter dito nada sobre a espada sobre sua cabeça. Pensando bem, por tanto tempo ele fingiu para si mesmo que isso não acontecia.

– Tenho o dever de conceber o herdeiro ao trono.

– Quando isso aconteceu?

– Quando nasci.

V. franziu o cenho.

– A rainha sabe onde você está?

– Sabe.

– Você deveria ter contado isso antes de se mudar para a mansão. Não estou dizendo que não o teríamos recebido, mas o seu povo sabe ser bem específico quanto a quem se associa. Já temos problemas demais sem ter uma questão diplomática com o s'Hisbe.

– Pode haver uma circunstância atenuante, porém. – Quando seu telefone começou a vibrar no bolso da camisa, ele o pegou e recusou a chamada sem ver quem estava ligando. – Estou em compasso de espera. Com a possibilidade de dar de frente com uma bala ou escapar por pouco.

– Selena sabe de tudo isso?

– Sabe de uma parte.

O Irmão inclinou a cabeça.

– Bem, cabe a você contar, pelo menos no que diz respeito à Escolhida. No que isso impactaria em Wrath e no nosso trono? Tudo pode acontecer...

– Qualquer noite dessas... Sei que falta pouco, a rainha pode dar à luz a qualquer instante.

– Não escondo nada do meu rei.

Trez sentiu o telefone tocar de novo e o silenciou pela segunda vez.

– Apenas diga a ele que os dados ainda estão rolando. Não sabemos o que vai acontecer. Talvez o mapa astrológico não combine com o meu, então estarei livre.

– Vou informar isso.

Houve um instante de silêncio, mas logo Trez começou a se remexer.

– Por que está olhando assim para mim?

Quando não houve resposta, ele se levantou e limpou o traseiro. E ainda assim aqueles olhos de diamante o encaravam.

– Oi? V.? Que merda é essa?

– O seu tempo está acabando – o Irmão disse num tom baixo. – Nas duas questões.

O telefone de Trez tocou de novo, mas ele não teria atendido ao maldito aparelho mesmo que quisesse.

– Do que está falando?

– Há duas fêmeas. E, nos dois casos, o seu tempo está acabando.

– Não sei que porra você...

– Ah, sim, você sabe. Sabe exatamente do que estou falando.

Não, porque só havia *uma* bomba prestes a explodir na sua vida, graças a Deus.

– Rhage vai acordar ou vai precisar de um carrinho de mão?

– Não se trata dele.

– Bem, eu também não tenho nada a ver com isso. Sério, ele vai precisar de ajuda médica?

– Não. E não é sobre isso que estamos falando.

– Pronome errado, cara. *Eu* não estou nessa conversa.

Além disso, quem sabe, se aquela coisa com o s'Hisbe o favorecesse, ele poderia cuidar da situação com Selena. Afinal, se ele não fosse o Ungido, estaria livre para...

Merda, a menos que desistisse do seu trabalho ali, ainda seria um cafetão. Em recuperação do seu vício por sexo. Que precisaria de terapia para superar seu transtorno por estresse pós-traumático devido ao destino mal-arranjado.

Uau. Apresentamos o solteirão do ano.

Inferno, não parecia que Selena sentisse a sua falta, e ele não a culpava. Seu passado com todas aquelas humanas, mesmo tendo parado com suas safadezas assim que a beijara, não era nada romântico. Era absolutamente nojento.

Os meses de celibato mal compensavam seus esforços deliberados de macular o próprio corpo fisicamente...

– Estou tendo uma visão sua. – V. esfregou os olhos.

– Olha só, a menos que precise de mim, eu...

– *Para você, a estátua valsará.*

Quando o telefone de Trez tocou de novo, descobriu que um calafrio trespassava todo o seu corpo.

– Com o devido respeito, não faço a menor ideia do que você está falando. Cuide do Irmão pelo tempo que precisar, nada vai atrapalhar vocês aqui.

– Faça-se presente. Mesmo quando achar que isso pode te matar.

– Sem querer ofender, V., não vou ficar aqui ouvindo isso. Até mais.

Capítulo 5

Na suíte hospitalar do Centro de Treinamento, Luchas, filho de Lohstrong, estava deitado de costas no leito com tronco e cabeça apoiados no travesseiro. Seu corpo alquebrado esticado diante dele, como cenário marcado por bombas, cicatrizes e partes faltantes transformando o que um dia funcionara normalmente num misto de dor e disfunção debilitante.

A perna esquerda era o maior problema.

Desde que fora resgatado do tambor de óleo dentro do qual os *redutores* o aprisionaram, ele estava em "reabilitação".

Palavra estranha para o que estava de fato acontecendo com ele. A definição oficial, quando a lera no *tablet*, era restituir a alguém – ou algo – seu estado anterior de funcionamento normal.

Depois de tantos meses de terapia física e ocupacional, contudo, ele concluíra que os esforços mentais e físicos noturnos, tanto pequenos quanto grandes, não o aproximavam da sua antiga forma, assim como não o fariam voltar no tempo. As únicas coisas que sabia com certeza eram: ele tinha dores, ainda não conseguia andar, e as quatro paredes daquele quarto, que foi só o que viu desde que fora aprisionado naquela estase confinada, o estavam enlouquecendo.

Não pela primeira vez, perguntou-se como a sua vida ficara assim.

E isso era uma estupidez. Ele conhecia os fatos, conhecia muito bem. Na noite dos ataques, os assassinos invadiram sua casa grandiosa, assim como a de tantos outros. Assassinaram seu pai e sua *mahmen*, e fizeram o mesmo com a irmã. Quando chegou a sua vez, resolveram poupar sua vida a fim de utilizá-lo como um ratinho de laboratório, um teste para saber se um vampiro poderia ser transformado num *redutor*. Incapacitaram-no e confinaram-no num barril de óleo, conservando-o no sangue de Ômega.

No entanto, não existiu experimento algum. Perderam o interesse nele, ou se esqueceram dele, ou qualquer outra coisa pode ter acontecido.

Sem conseguir se libertar, sofreu no vácuo viscoso negro, vivendo, mas mal estando vivo – esperando que seu destino se concretizasse –, pelo que pareceu ser uma eternidade.

Sem saber se, de alguma maneira, ele fora transformado.

Sua mente, antes uma coisa da qual se orgulhava por suas conquistas e capacidade, ficara tão alquebrada quanto o corpo, revirando dentro de si mesma, uma linha de pensamentos claros misturando-se a um pesadelo sombrio de paranoia e terror.

E, então, seu irmão, aquele para quem ele nunca dispusera de tempo, aquele que ele desprezara, aquele ao qual sempre se considerara superior... chegara para se tornar seu salvador. Qhuinn, o estranho de um olho azul e outro verde, a vergonha da família por causa do seu defeito tão evidente, aquele que fora expulso de casa e, portanto, não estivera na casa quando o ataque ocorrera, foi a única razão pela qual ele se libertara.

Esse macho também acabou se revelando o membro mais forte da sua linhagem, vivendo e trabalhando com a Irmandade da Adaga Negra, lutando com honra, defendendo a Raça com distinção contra o inimigo.

Enquanto Luchas, o garoto dourado, o herdeiro da família que já não mais existia... era ele quem agora era defeituoso.

Carma?

Ergueu a mão destroçada, olhando para os tocos restantes de quatro dos seus cinco dedos.

Provavelmente.

A batida à porta foi suave e, quando ele inspirou, captou os cheiros do outro lado. Preparando-se, subiu os lençóis até o queixo.

A Escolhida Selena não estava sozinha como na noite anterior.

E ele sabia o motivo.

– Entre – disse ele numa voz que ainda não reconhecia. Depois de sua provação, a fala se tornara mais áspera, mais grave.

Qhuinn entrou primeiro e, por um instante, Luchas se retraiu. Todas as vezes que vira o irmão antes, o macho estivera em roupas civis. Não nesta noite. Obviamente acabara de voltar da cena de conflitos: couro negro cobrindo o corpo poderoso, as armas ainda amarradas ao quadril, nas coxas... no peito.

Luchas franziu o cenho ao perceber duas armas em especial: o seu irmão tinha um par de adagas pretas sobre o esterno, as empunhaduras voltadas para baixo.

Estranho, pensou. Pelo que sabia essas lâminas eram reservadas a apenas os membros da Irmandade da Adaga Negra.

Talvez eles permitissem que os soldados também as usassem agora?

– Oi – disse Qhuinn.

Atrás dele, a Escolhida Selena estava tão silenciosa quanto um fantasma, o manto branco esvoaçante ao redor do corpo delgado, o cabelo escuro preso no alto da cabeça no penteado tradicional da ordem sagrada.

– Saudações, senhor – disse ela com uma mesura elegante.

Relanceando para a própria perna, Luchas desejou desesperadamente sair da cama e demonstrar o respeito devido. Não era uma opção. O membro estava, como sempre, enfaixado com gaze dos dedos ao joelho. E debaixo da atadura estéril? Carne que não cicatrizava, o calor da infecção borbulhando como uma panela de água prestes a ferver.

– Disseram-me que você parou de se alimentar – disse Qhuinn.

Luchas desviou o olhar, desejando que houvesse uma janela para que pudesse fingir distração.

– E então? – insistiu Qhuinn. – Isso é verdade?

– Escolhida – murmurou Luchas. – Pode nos conceder um instante a sós, por gentileza?

– Claro que sim. Estarei aguardando o seu chamado.

A porta se fechou sem fazer barulho. E Luchas achou que todo o oxigênio do quarto tinha ido embora com a fêmea.

Qhuinn aproximou uma cadeira da cama e se sentou, apoiando os cotovelos nos joelhos. Os ombros eram tão largos que a jaqueta rangeu em protesto.

– O que está acontecendo, Luchas?

– Isto poderia ter esperado. Você não precisava ter vindo direto das suas lutas.

– Não de acordo com os seus sinais vitais.

– Então a médica ligou para você, não é?

– Sim, ela falou comigo.

Luchas fechou os olhos.

– Eu tinha uma... – pigarreou – ... antes de tudo isto, eu tinha uma visão do que eu faria, de como o meu futuro seria. Eu...

– Você seria como nosso pai.

– Sim. Eu quis... todas as coisas que me ensinaram que definiam uma vida a ser vivida. – Abriu os olhos e encarou o próprio corpo. – Não era nada disto. Isto... Sou como um bebê. As pessoas cuidam das minhas necessidades, trazem-me comida, me lavam, me limpam. Sou um cérebro enjaulado num recipiente quebrado. Não faço nada por mim...

– Luchas...

– Não! – Ele cortou o ar com a mão mutilada. – Não tente me apaziguar com promessas de saúde no futuro. Já se passaram nove meses, meu irmão. Precedidos por um cativeiro no inferno que durou um século. Cansei de ser prisioneiro. Não quero mais.

– Não pode se matar.

– Eu sei. Pois assim, eu não entrarei no Fade. Mas se eu não comer, e se não me alimentar com sangue, isso – apontou um dedo para a perna – vai levar a melhor e vai me matar. Não é suicídio. Morte por septicemia... Não é com isso que a doutora Jane está preocupada?

Com um movimento brusco, Qhuinn despiu a jaqueta e a deixou no chão.

– Não quero te perder.

Luchas levou as mãos ao rosto.

– Como pode dizer isso... Depois de toda a crueldade em nossa casa...?

– Não foi você. Foram os nossos pais.

– Eu tomei parte.

– Você se desculpou.

Pelo menos essa era uma coisa certa que fizera.

– Qhuinn, deixe-me ir. Por favor. Apenas me deixe...

O silêncio durou tanto tempo que Luchas começou a respirar mais fácil, pensando que seu argumento havia sido aceito.

– Sei o que é não ter esperanças – disse Qhuinn, com rouquidão. – Mas o destino pode surpreendê-lo.

Luchas abaixou os braços e riu com amargura.

– Temo que não de uma maneira positiva...

– Você está errado...

– Pare...

– Luchas. Estou te dizendo...

– Sou um maldito aleijado!

– Eu também era. – Qhuinn apontou para seus olhos. – A minha vida inteira.

Luchas desviou o rosto, fitando a parede cor de creme.

– Não há nada que você possa dizer, Qhuinn. Acabou. Cansei de lutar por uma vida que não desejo.

Outro silêncio se estendeu. Por fim, Qhuinn praguejou baixo.

– Você precisa se alimentar para recuperar as forças...

– Recusarei a veia dela. Você pode aceitar isso agora, sem desperdiçar tempo com argumentos que considero não convincentes. Já chega.

Enquanto Selena aguardava no corredor, a exaustão começava a envolvê-la em vestes pesadas, que mesmo invisíveis não deixaram de ser reais.

E ainda assim estava ansiosa. Remexia no manto, no cabelo, nas mãos.

Não gostava de tempo não aproveitado em suas tarefas. Sem nada para ocupar a mente, seus pensamentos e medos se tornavam audíveis demais para caberem dentro do crânio.

No entanto, imaginava haver uma utilidade nesta solidão. Se conseguisse tirar proveito dela...

O que precisava fazer enquanto aguardava era praticar o seu adeus. Poderia tentar compor as palavras que queria dizer antes que seu tempo terminasse. Deveria juntar a coragem necessária para dizer em voz alta o que lhe passava pelo coração.

Seguiria seu impulso de se despedir de Trez.

De tantas pessoas que deixaria para trás – o Primale e as suas irmãs Escolhidas, os Irmãos e as suas *shellans* –, Trez era por quem ela já sofria. Mesmo não o tendo visto em... muitas, muitas noites.

Mesmo não tendo ficado sozinha com ele há... muitos, muitos meses.

De fato, depois que terminaram seu... relacionamento, ou o que quer que aquilo tenha sido, faltou pouco para ele se mudar da mansão. Não importava a hora que chegasse ou partisse, ela não o via cara a cara, e apenas em uma ocasião tivera um vislumbre dos ombros largos enquanto ele tomava a direção oposta.

O fato de ele a evitar foi, a princípio, um alívio ilusório. Seria mais difícil deixá-lo, e ainda mais difícil, se tivessem continuado. Mas, recentemente, conforme seu tempo era encurtado, ela resolvera que precisava lhe contar...

Santa Virgem Escriba, o que diria?

Selena olhou para o corredor, como se o monólogo perfeito fosse surgir marchando, num passo lento o suficiente para que pudesse memorizá-lo.

Pelo que podia supor, ele esquecera por completo do tempo que passaram juntos. E já tinha admitido que era bem versado em encontrar distrações no mundo humano.

Sem dúvida, ele já deixara aquilo para trás.

E também existia o fato de ele estar prometido a outra.

Abaixou a cabeça entre as mãos. Durante toda a vida, extraíra conforto e propósito de seu dever sagrado, portanto era um choque descobrir que, conforme se aproximava da sua derrocada, a única coisa que a motivava a continuar era se despedir de um macho que não era seu, com quem tivera um caso muito rápido.

Passara muitas noites em seu quarto nos Grandes Campos, tentando se convencer de que o acontecido com Trez era pura loucura, mas, agora, que seu tempo se esgotava? Uma estranha clareza se abatia sobre ela. Não importava o motivo. Somente que ela completasse o objetivo de contar a ele como se sentia antes de morrer.

Entretanto, não queria abordá-lo cedo demais, não desejava se envergonhar abrindo o coração para um depositório potencialmente indiferente, e depois ficar noites, semanas ou meses pensando nisso.

Se ao menos sua morte viesse com uma data, como a validade numa caixa de leite...

Qhuinn saiu do quarto e a expressão fechada em seu rosto afastou as preocupações dela.

– Então... – murmurou. – Ele está se recusando novamente?

– Não consigo convencê-lo.

– A vontade de viver pode ser algo complicado. – Ela esticou o braço e apoiou uma mão em seu ombro. – Saiba que estou aqui para ambos. Se ele mudar de ideia, eu virei.

– Você é realmente uma fêmea de valor.

Ele lhe deu um abraço rápido e depois se afastou pelo corredor, como se fosse sair das instalações, mas acabou parando diante da porta fechada da doutora Jane. Depois de um instante, abriu-a.

Enquanto rezava para que houvesse uma solução para os dois irmãos, outra onda de exaustão, maior do que aquela que a assolara diante de Tohrment, percorreu seu corpo, fazendo-a apoiar uma mão na parede para não cair.

O pânico tomou conta dela, o coração batia forte, a cabeça inundada de *faça isso, faça aquilo, fuja*. E se aquilo fosse um ataque? E se fosse o momento final antes de...

– Ei, você está bem?

Direcionando os olhos na direção de onde vinha o som, descobriu que Tohrment saía da sala de exames.

– Eu...

De pronto, a sensação de torpor recuou inesperadamente, como se um assaltante tivesse se aproximado dela e, tendo se deparado com o Irmão, reconsiderasse o ataque.

Por baixo do manto, ela levantou uma perna, depois a outra, sem encontrar a resistência letal que tanto a aterrorizava.

– Selena? – disse ele ao se aproximar.

Recostando-se na parede, foi levar a mão ao coque e descobriu que a testa estava banhada de suor.

– Acredito que seja melhor eu ir até o Santuário – disse ao soltar o ar. – Vou descansar lá. É necessário.

– Ótima ideia. Mas tem certeza de que conseguirá...

– Estou bem.

Fechando os olhos, Selena se concentrou e...

... Com uma guinada no mundo e um giro em suas moléculas realizado pelo seu cérebro, em vez do seu corpo, viu-se no local sagrado e pacífico da Virgem Escriba.

No mesmo instante, como se tivesse bebido sangue, seu corpo relaxou e se fortaleceu, mas a mente não a acompanhou de súbito – apesar dos adoráveis tons de verde das folhas das árvores e da grama, dos tons pastéis das tulipas eternamente floridas, do branco resplandecente do mármore do dormitório, do Tesouro, do Templo das Escribas, da Piscina Refletora, ela se sentia perseguida mesmo estando segura.

Pensando bem, ter uma doença letal de duração indeterminada dificultava a diferenciação entre os sintomas do espectro "normal" daqueles de maior presságio.

Permaneceu no lugar que chegou por algum tempo, temendo que, caso se movesse, disparasse a manifestação da sua doença. Mas, no fim, começou a caminhar. A temperatura estava perfeita, nem muito quente nem muito fria, e o céu acima da cabeça brilhava num azul do tom das centáureas-azuis, e as águas reluziam sob a estranha luz ambiente... E ela sentiu como se estivesse sozinha num beco escuro em Caldwell.

Quanto tempo ainda?, perguntou-se. De quantas outras caminhadas ainda poderia desfrutar?

Estremecendo, apertou o manto ao redor do corpo quando uma sensação conhecida de tristeza e de impotência a invadia, esmagando seu peito, dificultando-lhe a respiração. Mas não cedeu às lágrimas. Derramara todas já há algum tempo, os "por que eu", os "e se" e os "preciso de mais tempo" foram chegando ao fim – prova de que podemos nos acostumar mesmo à água fervente se ficamos imersos nela por tempo bastante.

Fizera as pazes com a realidade de não ter sido agraciada com uma vida completa e de não ter vivido muito. Portanto, sim, claro que ela tinha que se despedir de Trez. Ele era o que havia de mais próximo a algo verdadeiramente seu, algo privado em vez de prescrito, conquistado – mesmo que brevemente –, não designado.

Ao dar o adeus a Trez, ela reconhecia aquela parte da sua vida que fora exclusivamente sua.

Ela o procuraria no dia seguinte.

Foda-se o orgulho...

Depois de um tempo, descobriu que seus pés a conduziram ao cemitério e, dado o direcionamento dos seus pensamentos, não se surpreendeu.

As Escolhidas eram essencialmente imortais, trazidas à existência há muito tempo como parte do programa de criação da Virgem Escriba, no qual os machos mais fortes se uniam às fêmeas mais inteligentes para garantir a sobrevivência da espécie. No início, o estoque de fêmeas procriadoras era mantido ali em cima, com o Primale servindo como único macho para inseminação. Conforme os milênios se passaram, porém, o papel das Escolhidas evoluiu a ponto de também passarem a servir espiritualmente à Virgem Escriba, registrando a história da Raça conforme ela se desenrolava na Terra, adorando a Mãe da espécie, e servindo como fonte de sangue para os membros descompromissados da Irmandade – pelos quais algumas quebraram a tradição e aceitaram a mortalidade em troca do amor, da liberdade e da possibilidade de terem filhos que não seriam condenados a papéis rígidos.

E, então, o atual Primale fora empossado e afrouxara ainda mais os papéis.

Selena olhou através da treliça em arco do cemitério; as estátuas de mármore das irmãs conseguiam pairar sobre ela, ainda que estivessem bem distantes e protegidas pela cerca verdejante.

Apesar de todo o bem que o antigo programa de criação realizara, houve um resultado traiçoeiro, uma prisão; e por mais liberal que o Primale fosse, ele não isentaria Selena e as suas irmãs.

Enterrada nas células das Escolhidas, jazia dormente uma doença difícil, um defeito surgido precisamente pela reprodução limitada que supostamente tornaria os vampiros invencíveis.

Um sacrifício objetivando a força. Prova de que a Mãe da Raça poderia e seria restringida pela Mãe Natureza.

As estátuas adiante a aterrorizavam. As figuras elegantes que circundavam o terreno não eram de fato feitas de pedra – porque não foram entalhadas a partir de blocos. Eram os corpos petrificados daquelas que sofreram da mesma doença que a acometia.

Aqueles eram os cadáveres das irmãs que trilharam o mesmo caminho onde pisavam seus pés, presas em poses por elas escolhidas, confinadas no gesso mineral delicado que, combinado com as propriedades atmosféricas estranhas do Santuário, as preservaria por toda a eternidade.

O tremor se renovou em seu corpo...

... E mais uma vez, não perdurou.

Desta vez, porém, a cessação não trouxe a normalidade.

Como se a visão daquelas congeladas em seu estado final fosse algum tipo de inspiração para o que a cometia, as juntas da parte inferior do corpo travaram, seguidas pela coluna, cotovelos, pescoço e pulsos. Ela ficou absolutamente fixa no lugar, imóvel ainda que ciente, o coração continuando a bater, os olhos enxergando com claridade, a mente num pânico hiperciente.

Com um grito, ela tentou se libertar daquilo, tentou erguer as pernas, debateu-se para movimentar os pés, os braços, qualquer coisa.

Ocorreu um leve movimento do lado esquerdo, e isso a desequilibrou. Com uma inclinação e um giro, ela caiu de cara no chão, os filamentos finos da grama entrando no nariz, na boca, nos olhos.

Sabendo que corria o risco de sufocar, colocou todas as forças que tinha em virar a cabeça para o lado para liberar as vias aéreas.

E esse foi o último movimento que fez.

De sua posição, ela era como uma câmera virada, o ângulo estranho do Santuário como algo projetado numa tela: faixas de grama grandes como árvores, com a Piscina Refletora do templo ao longe e nada além do telhado aparecendo.

– Socorro... – disse. – Socorro...

Debatendo-se contra os ossos, tentou lembrar de quando vira alguma das irmãs ali. Fora...

Muitas noites atrás. E, mesmo então, ninguém avançava tanto, o cemitério raramente era visitado, a não ser para os rituais sagrados de saudação – que não aconteceriam senão dali a alguns meses.

– Socorro!

Com uma força colossal, lutou contra o próprio corpo. Mas só o que aconteceu foi uma torção na mão, um leve arrastar dos dedos na grama.

E só.

Lágrimas inundaram seus olhos e seu coração martelava, e ela, absurdamente, desejou não ter pedido por uma data de validade...

Dos recônditos das suas emoções, uma imagem do rosto de Trez – os olhos negros amendoados, o cabelo rente, a pele escura – surgiu em sua mente.

Ela deveria ter se despedido antes.

– Trez... – gemeu contra a grama.

Conforme sua consciência recuava, foi como se uma porta se fechasse com suavidade, mas com determinação, bloqueando-a do restante do mundo ao seu redor...

... De tal modo que ela não percebeu, algum tempo depois, quando uma figura pequena e silenciosa se aproximou por trás, flutuando acima da grama, uma luz brilhante escapando por debaixo do manto negro esvoaçante.

Capítulo 6

Restaurante Salvatore's
Cercanias de Little Italy, Caldwell

Com uma imprecação, iAm terminou a ligação e apoiou as mãos na bancada diante dele. Depois de um instante de arritmia, vestiu a jaqueta, a preta com uma pistola escondida do lado esquerdo e um facão de 20 cm preso no forro do lado direito.

Ele poderia precisar das armas.

– *Chef*? Está tudo bem?

Ele relanceou para o lado oposto da cozinha industrial na direção de Antonio diSenza, seu *chef* executivo.

– Desculpe. Sim. Preciso ir, e já comecei a preparar o *mise en place*. – Pegou o celular novamente. – Pode terminá-lo amanhã.

Antonio tirou seu chapéu de cozinheiro e recostou o quadril no enorme fogão de doze bocas. Todo o equipamento utilizado no jantar já estava limpo, o vapor remanescente das lava-louças transformando a cozinha de seis por doze metros numa floresta tropical.

Tranquilo demais, iAm pensou. E o espaço muito iluminado tinha cheiro de água sanitária, em vez de manjericão.

– Obrigado, *chef*. Quer que eu escalde os tomates antes de sair?

– Está tarde. Vá para casa. Fez um bom trabalho hoje.

Antonio limpou o rosto com um pano de prato branco e azul.

– Obrigado, *chef*.

– Você tranca pra mim?

– Pode deixar.

Com um aceno, iAm saiu da cozinha e atravessou o corredor azulejado que dava para a saída dos fundos. Do lado de fora, dois dos garçons estavam à toa, fumando encostados no carro, as jaquetas haviam sido tiradas e as gravatas vermelhas estavam soltas, pendendo nos colarinhos.

– *Chef* – disse um deles, endireitando-se.

O outro logo se compôs.

– *Chef*.

Tecnicamente, ele era mais um patrão do que um *chef*, mas ele já cozinhara bastante, experimentando e reproduzindo receitas, e a equipe o respeitava por isso. Mas nem sempre foi assim. Ao assumir o comando do restaurante ao chegar a Caldwell, não fora exatamente recebido de braços abertos. Todos, desde os garçons até os *chefs* e ajudantes, deduziram que ele fosse afro-americano, e o orgulho e a tradição da cultura, cozinha e propriedade italianas entrariam em conflito com qualquer um que não tivesse sangue siciliano nas veias.

Como um Sombra, ele entendia do assunto mais do que eles imaginavam. O seu povo não queria se relacionar nem com vampiros nem com *symphatos* – e, por certo, tampouco com aqueles ratos sem cauda dos humanos. E o Sal's era um dos restaurantes mais famosos de Caldwell, não apenas como um regresso à década de 1950 do Rat Pack*, mas um lugar que de fato recebia homens importantes como o Presidente do Conselho e seus engravatados. Com seu papel de parede decorado, balcão de recepcionista e tudo mais que existia de formal, representava a elegância de um Sardi's – e sempre pertencera e fora dirigido por italianos.

Depois de um ano da aquisição do local, tudo melhorara. Ele provara seu valor ante todos, desde clientes até funcionários e fornecedores, não só assumindo o lugar de Salvatore Guidette III, mas superando-o. Agora? Ele era tratado com um respeito que beirava a adoração.

Perguntava-se o que diriam se soubessem que ele não tinha origens africanas, nem tampouco se identificava como sendo americano, e, mais precisamente, não era nem mesmo humano.

Um Sombra vivia entre eles.

---

* Apelido dado a um grupo de artistas populares muito ativo entre meados da década de 1950. (N.T.)

– Vejo vocês amanhã – disse aos dois.

– Até amanhã, *chef*.

– Boa noite, *chef*.

iAm acenou em sua direção e caminhou até a esquina oposta. Assim que saiu de vista, fechou os olhos e se desmaterializou.

Quando voltou a assumir sua forma, estava no décimo oitavo andar do Commodore, no terraço do apartamento que dividia com o irmão. A porta de vidro estava aberta, as cortinas brancas esvoaçavam para dentro e para fora como fantasmas tentando escapar e fracassando. Havia dois destinos possíveis para ele: ali ou o shAdoWs, e ele escolhera o apartamento dos solteirões devido a quem o aguardava em seu interior.

Havia novidades do s'Hisbe, e, colocando tudo na balança? iAm preferia ser o mensageiro para Trez em vez do macho que eles enviaram.

Colocando a mão dentro do casaco, encontrou o cabo da pistola e entrou.

– Onde você está?

– Aqui – respondeu uma voz grave e profunda.

iAm se virou para a esquerda, na direção do sofá branco de couro que estava recostado na parede oposta. Seu olhar afiado se ajustou numa batida de coração, e a figura enorme negra do executor da rainha entrou em foco.

iAm franziu o cenho.

– O que aconteceu?

O som de cubos de gelo num copo de vidro quebrou o silêncio.

– Onde está o seu irmão?

– É a noite de inauguração da boate dele. Está ocupado.

– Ele precisa começar a atender ao telefone – observou s'Ex com brusquidão.

– A rainha deu à luz?

– Sim. Deu.

Silêncio longo. Sem nada além do som dos cubos de gelo para interrompê-lo.

iAm inspirou profundamente e captou o cheiro do Bourbon. Além de uma tristeza tão pungente que o fez soltar a arma.

– s'Ex?

O executor saltou do sofá e se aproximou do bar, o manto rodopiando ao seu redor como sombras lançadas por um vento forte.

– Quer me acompanhar? – o macho perguntou ao se servir de outro copo.

– Depende. Qual a notícia, e como ela afeta o meu gêmeo?

– Você vai querer um drinque.

Certo. Maravilha. Sem mais comentários, iAm avançou e se aproximou de s'Ex no bar. Não importava o que houvesse no copo, caso houvesse gelo, se fosse uma dose de tônica. Bebeu o que se revelou ser vodca e se serviu de mais.

– Então não era a próxima rainha – disse. – O bebê que nasceu.

– Não. – s'Ex voltou para o sofá. – Eles o mataram.

– *O quê?*

– Foi... decretado. Pelas... – ele ergueu a mão acima da cabeça – ... estrelas. Por isso mataram o bebê. A minha... filha.

iAm piscou. Bebeu um pouco mais. E depois pensou, Jesus, se a rainha faz isso com uma criança inocente, nascida de seu próprio ventre, a líder do s'Hisbe seria capaz de qualquer coisa.

– Portanto – disse s'Ex num tom mais neutro. – O seu irmão mais uma vez é a principal preocupação de Sua Majestade. Existe um período compulsório de luto e eu tenho que ir para participar. Porém, seguindo-se à Cerimônia de Encerramento e seus rituais, serei enviado para buscar o Ungido.

A Cerimônia de Encerramento era o enterro formal de um morto sagrado, um direito reservado apenas aos membros da família real. E o luto durava um determinado número de dias e noites. Depois do que... Tudo indicava que a prorrogação deles chegaria ao fim.

– Merda – expirou iAm.

– Posso informar o seu irmão, mas...

– Não, deixa que eu faço isso.

– Foi o que pensei.

iAm se sentou na poltrona ao lado do executor. Fitando-o, avaliou a expressão do macho. s'Ex viera de uma classe ainda inferior; nascera de pais servos, mas, usando sua inteligência e força, alçou-se até seduzir a rainha. Era uma ascensão inédita em todas as camadas sociais.

– Lamento muito – sussurrou iAm.

– Pelo quê?

– Pela sua perda.

– Foi decretado. Pelas estrelas.

O dar de ombros casual do macho foi desmentido pelo modo como sua voz se partiu.

Antes que iAm pudesse dizer qualquer outra coisa, s'Ex inclinou-se em sua direção.

– Só para que não haja dúvidas, não hesitarei em fazer o que for necessário para levar seu irmão para casa e entregá-lo ao propósito para o qual nasceu.

– Você já disse isso. – iAm também se sentou mais para frente e o encarou. – Fala sério, você não acredita mesmo nessa asneira de astrologia, acredita?

– São os nossos costumes.

– E isso significa que seja certo?

– Você é um herege. Assim como o seu irmão.

– Deixe-me perguntar uma coisa. Você ouviu o bebê chorar? Quando mataram a sua filha, você...

O ataque não foi inesperado, o executor lançou-se sobre ele com tanta força que sua poltrona caiu para trás e os dois acabaram no chão, s'Ex montado em cima de iAm enquanto estremecia de raiva.

– Eu deveria matá-lo – o macho grunhiu.

– Fique bravo comigo se quiser – iAm replicou. – Mas, seja honesto, pelo menos consigo. Já não está mais tão ligado aos seus deveres. Está?

s'Ex afastou-se num safanão e acabou sentado sobre o traseiro. Apoiando a cabeça entre as mãos, respirou com dificuldade, como se tentasse se recompor no seu papel – e perdendo esta batalha.

– Não vou mais ajudar vocês dois – anunciou rouco o executor. – O dever exige ser atendido.

iAm se sentou e pensou que a constelação sob a qual nascera era como uma doença, algo ao qual ele não se dispusera, incrustada na vida que vivia, uma bomba em contagem regressiva à espera de explodir.

A detonação de Trez fora postergada por – puxa – tempo demais. No entanto, não seria mais negada.

Não foi a primeira vez que iAm desejou ter nascido antes de Trez. Preferia ser o amaldiçoado, o carregador daquele fardo. Não que quisesse ficar aprisionado a vida inteira, com nada além de tentar gerar o herdeiro ao trono como passatempo, mas ele era diferente de Trez.

Ou talvez estivesse apenas se enganando.

Mas do que tinha certeza? Faria qualquer coisa para salvar o irmão.

E estava preparado para se mostrar bem criativo.

Quando Trez voltou ao quarto privativo para ver como andavam as coisas, Rhage despertara do seu coma, transe, cochilo ou o que quer que fosse. E ainda que a diarreia verbal de V. tivesse sido um verdadeiro chute no saco, como proprietário do clube e quem atacara primeiro, Trez sentia que precisava se certificar de que o Irmão estivesse bem.

– Como estamos por aqui? – perguntou ao entrar.

Enquanto Hollywood se sentava devagar, ficou evidente que ele voltava à realidade, retornando de algum destino mental bem distante do clube.

– Ei, Bela Adormecida – murmurou V. ao pegar um cigarro enrolado à mão e um isqueiro. – Voltou?

– Não pode fumar aqui – anunciou Trez.

Vishous ergueu uma sobrancelha.

– O que vai fazer? Me chutar para fora?

– Não quero ter as portas fechadas na noite de inauguração.

– Seus problemas são maiores do que o Departamento de Saúde Pública.

Vá se foder, V., pensou Trez.

– Precisa de alguma coisa? – perguntou a Rhage. – Tenho um monte de bebidas não alcoólicas.

– Não, estou bem. – O Irmão esfregou o rosto depois ergueu o olhar. – Então se vinculou àquela Escolhida, há?

– Tenho até comida, se quiser...

– Vamos lá, cara. – Rhage balançou a cabeça. – Acabou de se candidatar a ser meu almoço.

Trez relanceou para o relógio de pulso.

– Na verdade, isso foi há uma hora.

– Quer dizer, sei lá... Qual é o problema? Por que não fica com ela?

– Você ainda está um pouco pálido.

– Tudo bem, tudo bem. Você quer apertar o botão de mudo, problema seu.

Houve um gancho para um silêncio constrangedor.

Puxa vida, que noite, pensou Trez. O que viria em seguida? Um meteoro atingiria Caldwell?

Não, provavelmente acertaria apenas a boate.

– Então... Vou ficar com as drogas – disse V., colocando os saquinhos de celofane no bolso. – Se encontrar mais...

O terceiro maldito flash no quarto foi brilhante o bastante para cegar, e Trez levantou o braço para proteger o rosto ao se pôr numa posição defensiva.

– Puta merda! – um dos Irmãos exclamou.

Bomba? Retaliação letal dos assassinos?

Toda aquela instalação elétrica nova em curto-circuito numa escala monumental?

Ou talvez ele não devesse ter sugerido ao universo aquela coisa do meteoro.

Enquanto Trez piscava para se livrar do pipocar de luzes, a situação se mostrou um caso de Nenhuma das Anteriores.

Havia uma figura parada onde estivera a explosão de luz – uma figura tão impressionante quanto um gnomo de jardim tornando-se gótico: o que quer que aquilo fosse, tinha 1,20 metro de altura, estava coberta da cabeça aos pés com um manto negro... e, evidentemente, era a fonte de luz. Por debaixo da barra, uma luz brilhante reluzia. Como se talvez a lingerie tivesse virado o Boulevard de Las Vegas ali em baixo.

Abruptamente, Trez parou de respirar ao somar tudo e ter o impossível como resultado. Puta merda, aquilo era...

– Olá, mãe – Vishous disse com secura.

... A Virgem Escriba.

– Vim com um propósito. – A voz feminina era dura como cristal e tão clara quanto. – E ele deve ser atendido.

– Verdade? – V. deu uma tragada no cigarro. – Vai tirar doce de uma criança? Ou hoje é noite de chutar filhotinhos de cachorro?

A figura deu as costas ao Irmão.

– Você.

Trez se encolheu, a cabeça batendo na parede.

– Como disse?

– Você não deve lhe fazer perguntas – V. ralhou –, para sua informação.

– Eu? – repetiu Trez. – O que quer de mim?

– Você foi convocado por uma das minhas.

– Vai levá-lo para a Disneylândia? – murmurou V. – Sorte a sua, Trez, mas ela deve ser amiga da Malévola, da Cruela, do Homem Invisível...

– Como é que você sabe tanta coisa sobre a Disney? – interferiu Rhage.

– Venha comigo – disse a Virgem Escriba, estendendo o braço coberto pelo manto.

– Eu? – Trez repetiu pela segunda vez.

– Você foi convocado.

– Selena...? – sussurrou ele.

Rhage balançou a cabeça.

– Será que eu devo ir buscar marshmallows? Por que você está prestes a ser tostado por fazer tantas perguntas, cara.

Essa foi a última coisa de que Trez se lembrou antes que um vórtice de energia o clamasse e o carregasse sabe lá Deus para onde.

O súbito reconhecimento de onde estava pôs fim a tudo isso.

Parkland. Fora realocado para algum tipo de cartão postal perfeito com gramados verdejantes entremeados por árvores frondosas, canteiros de flores e, ao longe, construções em mármore branco com inspiração greco-romana. A não ser pelo fato de que o horizonte lhe parecia todo errado. Havia uma fronteira de floresta oferecendo uma vastidão de plantas verdejantes ao longe, mas também um quê de sobrenatural naquilo, as mesmas árvores pareciam marcar o terreno, como se a natureza repetisse um padrão. E acima, o céu também estava estranho, seu brilho leitoso parecendo não ter uma fonte distinguível, como se apenas houvesse uma enorme luz florescente ali.

– Onde estou?

Quando não houve resposta, ele se virou. A pequena figura de manto havia desaparecido.

Beleza. E agora o que faria?

Mais tarde ele se perguntaria o que exatamente o fizera começar a andar... depois a correr. Um barulho? Seu nome? Algum instinto...?

Encontrou o corpo do lado oposto da subida de um terreno irregular. Quem quer que fosse, estava com o rosto para baixo, trajando as vestes tradicionais das Escolhidas, as solas daquelas sandálias...

– Selena! – exclamou. – Selena...!

Parando de súbito, deixou-se cair de joelhos.

– Selena?

O cabelo dela estava bagunçado, o nó costumeiro do seu coque revirado e solto, caindo pelo rosto. Ao levantar a mecha, a pele se revelou branca como papel.

– Selena... – Ele não sabia se ela estava machucada ou se havia caído e, sem treinamento médico, não sabia o que fazer.

– Respire... Você está respirando? – Ele abaixou o ouvido até as costas dela. Depois se inclinou sobre ela e pegou o braço para verificar a pulsação...

– Ai, meu Deus.

O membro era rijo como se o *rigor mortis* tivesse se estabelecido. Só que... quando apoiou dois dedos na parte interna do pulso dela, encontrou pulsação.

Selena gemeu e o pé dela estremeceu. Depois a cabeça dela se mexeu contra a grama.

– Selena? – Seu coração batia tão forte que ele mal conseguia ouvir qualquer outra coisa. – O que aconteceu?

Não havia motivos para perguntar se ela estava bem. A resposta seria um ressonante não.

– Está ferida?

Mais gemidos enquanto ela parecia se debater contra alguma coisa.

– Vou te virar.

Preparando-se, ele segurou o braço dela e começou a tentar movê-la, mas teve que parar. A posição dela não mudou, os membros retorcidos e o tronco endurecido estavam tão rígidos, como se ele estivesse lidando com uma estátua de pedra...

– Ai, merda!

Ante o som da voz de Rhage, Trez virou a cabeça para cima. V. e Rhage se materializaram de lugar nenhum, e por mais que nunca tivesse desgostado daqueles dois, naquele instante, ele teria sido capaz de beijar os guerreiros.

– Vocês têm que me ajudar – exclamou. – Não sei o que há de errado com ela.

Os Irmãos se ajoelharam, e Vishous procurou o pulso para verificar a pulsação.

– Ela parece que não consegue se mexer. Mas não sei por quê.

– Ela tem pulsação – murmurou V. – Está respirando. Cacete, preciso das minhas coisas.

– Podemos levá-la para... Que porra de lugar é este? – Trez exigiu saber.

– Sim, podemos transportá-la...

– Ninguém, a não ser eu, toca nela – ele se ouviu grunhir.

Sua inflexibilidade não seria positiva nessa situação. O macho comprometido dentro dele, porém, pouco se importava.

Uma conversa se desenrolou entre os Irmãos, mas ele não prestou atenção. Seu cérebro tropeçava em si mesmo, fragmentos dos meses passados surgindo enquanto ele procurava sinais de que houvesse algo errado com ela.

Não havia nada que ele tivesse visto ou ouvido em conversas. Se ela apenas tivesse desmaiado, poderia ser o resultado por ter oferecido demais a sua veia, mas isso não explicaria o fato de que o corpo dela tenha enrijecido daquele modo; ela, literalmente, parecia ter se transformado em pedra.

Alguém o cutucou no ombro. Rhage.

– Me dê a sua mão.

Trez estendeu a mão e se sentiu sendo erguido. Antes que conseguissem falar com ele, Trez disse:

– Tenho que carregá-la. Ela é minha...

– Sabemos disso – assentiu Rhage. – Ninguém vai tocar nela sem a sua permissão. Precisamos que você a segure, depois V. o ajudará a voltar, ok? Vamos lá, segure a sua fêmea.

Os braços de Trez tremiam com tanta violência que ele se perguntava se conseguiria sustentá-la. Mas, assim que se abaixou, um profundo sentido de propósito afastou todo o nervosismo e tremor. O objetivo de levá-la para a clínica do Centro de Treinamento lhe conferiu uma força física e uma clareza mental inéditas.

Seria capaz de morrer no esforço.

Deus, ela pesava tão pouco. Menos do que se lembrava.

E, por debaixo das vestes, ele sentia os ossos, como se estivesse sendo corroída.

Pouco antes da sensação de redemoinho atingi-lo novamente, seus olhos se detiveram na fileira de árvores interrompida por uma treliça. Do outro lado do arco havia uma espécie de pátio no qual estátuas de mármore de fêmeas em diversas posições estavam colocadas sobre pilares.

Será que ela estivera indo para lá?

Por algum motivo, a visão daquelas estátuas o aterrorizou até seu cerne.

Capítulo 7

Parada diante do espelho de corpo inteiro em seu quarto, Layla tentou puxar o suposto casaco folgado ao seu redor, mas fazer as dobras abundantes cobrirem o ventre era como pedir que uma colcha simples cobrisse uma cama *king-size*.

Olhando para baixo, mal enxergava os pés e, pela primeira vez na vida, seus seios estavam grandes o bastante para criar uma fenda por debaixo do manto.

Considerando a sua largura, era difícil crer que ainda tinha alguns meses de gestação pela frente.

Por que os vampiros não podiam ser mais como os humanos? Aqueles ratos sem cauda só precisavam de nove meses para fazer aquilo. A sua espécie? Experimente dezoito...

Relanceando por sobre o ombro, deu uma espiada no reflexo do espelho da cômoda do lado oposto. De acordo com os diversos programas televisivos sobre o nascimento humano, ela deveria estar se sentindo radiante. Deleitando-se com as mudanças em seu corpo. Aceitando o milagre que era a concepção, a incubação e a iminente expulsão.

Pelo visto, os humanos eram mesmo uma raça diferente.

A única coisa positiva que ela via naquela experiência – e, indiscutivelmente, a única coisa que importava – era que seu bebê era ativo e estava, aparentemente, saudável. As consultas regulares com a doutora Jane indicavam que a situação progredia na mais perfeita ordem, marcos atingidos e ultrapassados, etapas alcançadas e deixadas para trás com imensa graça.

Esses eram os pontos positivos. O restante da experiência? Não, obrigada. Detestava a maneira como se punha de pé. Os enormes melões no peito dificultavam a respiração. O inchaço dos tornozelos e das mãos transformaram membros elegantes em troncos de árvores. E também havia a questão dos hormônios...

Que a faziam querer fazer coisas que ela achava que fêmeas grávidas não deveriam fazer.

Ainda mais se levasse em conta com quem desejava fazer...

– Pare. Pare com isso!

Abaixando a cabeça, debateu-se com a culpa aguçada que vinha sendo a sua sombra nos últimos meses, aproximando-se da sua pele, pesada como um traje de cota de malha.

Ao contrário da gestação, que tinha uma data de expiração para toda essa preocupação e esse desconforto, não haveria alívio em relação à outra questão. Nenhum evento conclusivo – pelo menos não um que fosse acompanhado de alegria.

No entanto, fizera a própria cama. Agora teria que se deitar nela.

Aproximando-se da porta, entreabriu-a e aguçou os ouvidos. Vozes. O som dos aspiradores. Quando não ouviu mais nada, saiu para o corredor das estátuas e olhou para a direita e para a esquerda. Uma rápida consulta ao relógio lhe disse que faltava uma hora e meia para que o nascer do sol a forçasse a retornar à mansão da Irmandade.

Saiu do quarto e se apressou, mas mal conseguia sustentar as passadas rápidas ao se dirigir para a ala da criadagem.

Sua rota de saída era pré-planejada e bem utilizada, e já tinha calculado o tempo necessário. Seis minutos para chegar à escadaria dos fundos e à garagem. Dois minutos até o carro que lhe fora dado para seu uso e o qual dizia habitualmente às pessoas que utilizava para "clarear a mente".

Um trajeto de dezesseis minutos pelas estradas rurais ao leste da cidade.

Caminhada de dois minutos subindo o morro até o bordo.

Onde encontraria...

– Layla?

Tropeçou nos próprios pés ao virar. Blay estava no início do corredor das estátuas, vestindo ainda seu uniforme de combate, o couro manchado e o rosto exausto.

– Ah... Olá – respondeu. – Acabou de chegar da batalha?

– Está de saída? – Blay franziu o cenho. – Já é bem tarde.

– Apenas para uma voltinha rápida – disse com suavidade. – Você sabe, para clarear a mente.

Santa Virgem Escriba, odiava mentir.

– Bem, estou contente em tê-la encontrado. Qhuinn não anda bem.

Layla franziu a testa e andou de volta para junto do guerreiro. O pai de seu filho era a pessoa mais importante do mundo em sua vida, assim como Blay. O casal vinculado era a sua família.

– Por quê?

– Luchas. – Blay tirou o coldre das adagas do peito. – Ele está se recusando a se alimentar, e Qhuinn não sabe mais o que fazer.

– Já faz quase um mês.

– Até mais.

Costumeiramente, se um vampiro saudável tomasse a veia de uma Escolhida, ele conseguiria ficar vários meses sem se alimentar com bastante facilidade, dependendo do seu nível de atividade, estresse e saúde de modo geral. No entanto, para alguém tão doente quanto Luchas? Muito mais do que uma semana ou duas poderia equivaler a uma sentença de morte muito rapidamente.

– Onde está Qhuinn agora?

– Na sala de bilhar. Chamaram-me mais cedo do campo de batalha porque... – Blay balançou a cabeça. – Olha, ele não está muito bem.

Layla fechou os olhos e levou a mão ao ventre. Ela tinha que ir. Tinha que ficar...

– Preciso tomar um banho. – Blay relanceou para a porta do quarto que ele e Qhuinn partilhavam. – Você teria como ficar com ele até eu ir para lá?

– Sim, claro.

Blay estendeu o braço e apertou seu ombro.

– Você vai ter que me ajudar com ele. Isso está ficando...

– Eu sei. – Tirou o casaco e não se importou em levá-lo de volta ao quarto. Simplesmente deixou-o diante da porta. – Vou para lá agora mesmo.

– Obrigado. Deus, muito obrigado.

Abraçaram-se por um segundo e depois ela se afastou, seguindo para a escadaria principal e para o macho que lhe dera o mais precioso dos presentes, na forma da criança que trazia no ventre.

Não havia nada que não fizesse por Qhuinn e por seu *hellren*.

Layla, contudo, estava bem ciente do macho que a aguardava naquele instante, debaixo do bordo, naquele campo.

A sua consciência a torturava, ainda mais ao passar diante das portas duplas abertas do escritório do rei. Através da porta real, ela viu o trono atrás da enorme mesa entalhada... e foi lembrada do motivo pelo qual concordara com o acordo.

Vender seu corpo para o cabeça do Bando de Bastardos fora acordado para manter todos da mansão a salvo. O acordo ainda não fora consumado por causa da sua gestação, todavia – algo que a surpreendera, a princípio. Xcor era um guerreiro brutal, um que não apenas tinha a reputação, mas o caráter em si, de fazer o mal aos outros – e de apreciar fazê-lo. No entanto, com ela, ele parecia não se importar em esperar até conseguir o acordado.

De maneira regular, encontravam-se sob a árvore e conversavam. Ou, às vezes, simplesmente ficavam em silêncio, os olhos perscrutando-a como se...

Bem, às vezes ela achava que ele parecia obter forças apenas por olhar para ela, como se a conexão visual fosse uma espécie de veia da qual ele necessitava sugar com regularidade.

Outras vezes, ela sabia que ele a visualizava nua – e dizia a si mesma que deveria se ofender com isso. Deveria se assustar com isso. Preocupar-se com isso.

Nos últimos tempos, porém, uma estranha curiosidade se enraizara debaixo do seu medo, uma curiosidade atada ao corpo poderoso dele, seus olhos estreitos... aqueles lábios, mesmo o superior, arruinado...

Ela culpava os hormônios – e tentava não pensar em seus desejos. A única coisa que precisava ter em mente era que, contanto que continuasse a se encontrar com ele, ele havia jurado, em nome de toda a honra que tivesse, que não atacaria o complexo.

Afinal, o único motivo de ele saber a localização do complexo era ela. Indiretamente, talvez, mas era como se a brecha de segurança fosse culpa exclusivamente sua.

A coisa toda era um pacto com o diabo, executado para manter aqueles a quem ela mais amava e considerava a salvo. Odiava as mentiras, a vida dupla, a culpa... e o medo de que cedo ou tarde teria que cumprir a sua parte no acordo.

Mas não havia nada que pudesse fazer.

E, naquela noite, sua família teria prioridade em relação ao seu embuste.

Embaixo, na principal sala de exames do Centro de Treinamento, Trez estava tendo uma experiência extracorporal enquanto o redemoinho do transporte parava e ele, mais uma vez, recalibrava sua localização. Graças a Deus chegaram ali inteiros. Agora só bastava encontrar ajuda.

Aninhando o corpo rígido de Selena nos braços, relanceou por sobre o ombro. A doutora Jane, a *shellan* de V., estava parada completamente vestida em seu uniforme: jaleco azul, luvas de látex, botinhas descartáveis nos pés.

No entanto, ela não se aproximou de Selena. Apenas continuou onde estava, encarando-os, pelo que pareceu uma eternidade.

Merda. Trez não entendia essa coisa de médico, mas, de modo geral, quando é que alguém que tem "Dr." escrito antes do nome, fica parado diante de um paciente?

Isso não era um bom sinal.

Rhage e V. estavam do lado oposto, e também encaravam Trez e Selena, como se também não tivessem a mínima ideia de como ajudar.

A doutora Jane pigarreou.

– Trez...?

– Desculpe, o quê?

– Pode me deixar dar uma olhada nela?

Trez franziu a testa.

– Sim... Pode vir. – Quando a médica não se moveu, ele começou a perder a compostura. – Que diabos é o problema...?

– As suas presas estão expostas e você está grunhindo. *Esse* é o problema.

Ele parou para perceber como estava e descobriu, caramba, que estava bancando o *Cujo** para eles: apoiando o peso nas coxas, arreganhando os dentes e produzindo um barulho parecido com um moedor industrial no fundo da garganta.

---

* *Cujo* é um filme de terror (1983) produzido nos Estados Unidos, baseado no livro homônimo de Stephen King. (N.T.)

– Desculpem. – A essa altura, ele também notara que havia recuado para um canto, e segurava Selena junto ao peito como se alguém fosse tirá-la dele. – Acho melhor colocá-la na mesa.

– Seria um bom ponto de partida – V. observou.

Seu corpo levou o tempo que precisou para aceitar seu comando de seguir em frente e, no fim, somente o fato de Selena precisar do tratamento de alguém que estivesse raciocinando e tivesse um estetoscópio fez com que ele se aproximasse do meio da sala. Inclinando-se para frente, depositou-a na mesa de aço inoxidável e estremeceu, pois era como se manipulasse uma cadeira de madeira: o corpo dela permaneceu na exata posição em que ele a encontrara, com as pernas esticadas, o tronco torcido e braços ao encontro do peito. E o pior? A cabeça continuava naquele ângulo estranho, virado na direção oposta dos ombros como se estivesse sofrendo muitas dores.

A sua mão tremeu ao afastar o cabelo dela do rosto. Os olhos dela estavam abertos, mas ele não sabia se ela estava consciente. Ela não parecia estar se concentrando em nada, piscadelas periódicas eram o único indício de que poderia estar acordada.

E de que poderia ainda estar viva.

Trez posicionou o rosto em seu alcance visual.

– Você está no Centro de Treinamento. Eles vão...

Quando sua voz falseou, ele se obrigou a sair dali e deixar que a doutora Jane fizesse seu trabalho.

Cruzando os braços diante do peito, recuou até sentir uma mão pesada no ombro. Era Rhage. E Trez tinha quase certeza de que o gesto era parte compaixão, parte garantia, para o caso de o macho vinculado dentro dele resolver assumir as rédeas mais uma vez.

– Deixe-as cuidarem disso – disse Hollywood quando Ehlena, que era a *shellan* de Rehv e também enfermeira, passou pela porta. – Vamos só ver em que pé estamos.

Trez assentiu.

– Ok.

A boa médica se inclinou e olhou dentro dos olhos opacos de Selena. O que disse foi baixo demais para se ouvir, mas o padrão de piscadas de Selena se alterou – ainda que fosse difícil determinar se isso era bom ou ruim.

Pressão sanguínea. Pulsação. Pupilas. As três primeiras verificações foram rápidas, mas Jane não perdeu tempo anunciando quais eram os resultados. Ela e a enfermeira continuaram trabalhando rápido, medindo a temperatura de Selena, encontrando um acesso intravenoso no dorso da mão, visto que as dobras dos cotovelos estavam travadas.

– Quero um eletro, mas não consigo acessar o peito – disse a doutora Jane. Depois olhou por sobre o ombro para o companheiro. – Conhece alguma síndrome que provoque isto? É como se o corpo dela estivesse tenso, mas as pupilas reagem.

– Não sei. Quer que eu ligue para o Havers para perguntar?

– Sim, por favor. – Enquanto V. saía da sala, Jane balançava a cabeça. – Preciso saber o que está acontecendo no cérebro dela, mas não temos uma máquina de ressonância nem de tomografia.

– Então vamos levá-la para Havers – disse Trez.

– Ele também não tem esse tipo de tecnologia.

– Porra. – Enquanto Rhage o segurava com mais força, Trez se concentrava no rosto de Selena. – Ela está sentindo dor? Não quero que sofra.

– Sinceramente? – perguntou a médica. – Eu não sei. E até eu saber como está o estado neurológico dela, não posso administrar nenhum medicamento que possa suprimir suas funções. Mas vou agir o mais rápido que puder.

Pareceu levar uma eternidade, o tempo parando enquanto só o que ele podia fazer era observar a dança médica complexa acontecendo ao redor da mesa. E Rhage ficou bem ao seu lado, bancando a babá sentinela enquanto Trez ia entre os extremos de "Cagando nas Calças" a "Querendo Explodir os Miolos" sem nenhuma graciosidade.

E nessa hora a Escolhida Cormia passou pela porta.

No instante em que a fêmea viu Selena, arfou e levou as mãos à boca.

– Santa Virgem Escriba...

A doutora Jane ergueu o olhar do acesso pelo qual tirava sangue da mão de Selena.

– Cormia, você sabe o que poderia...

– Ela tem a doença.

Todos pararam. A não ser por Cormia. A Escolhida se apressou para junto da sua irmã e alisou o cabelo escuro de Selena, murmurando algo no Antigo Idioma.

– Que doença? – a médica perguntou.

– A tradução do Antigo Idioma seria "a Prisão". – A Escolhida enxugou os olhos. – Ela tem a Prisão.

Trez ouviu sua voz quebrar o silêncio.

– O que é isso?

– É contagioso? – perguntou Jane.

Capítulo 8

Enquanto a aurora ameaçava ao leste, Xcor, líder do Bando de Bastardos, reassumiu sua forma diante da modesta casa colonial. A casa, que ele e os seus soldados vinham usando como covil por quase um ano, localizava-se no fim de uma rua sem saída entediante em um bairro tomado por humanos da classe média a meio caminho dos seus túmulos. Throe garantira o aluguel com a opção de compra usando a teoria de se esconderem em plena vista, e a propriedade servira a contento.

O interior estava iluminado, a luz se infiltrando pelas laterais das cortinas fechadas, e ele imaginou que seus guerreiros estivessem lá dentro. Recém-chegados das lutas contra os *redutores* nos becos do centro de Caldwell, eles estariam despindo as roupas manchadas de sangue e partilhando a comida estocada na geladeira e nas prateleiras da cozinha. Também estariam bebendo, ainda que não o sangue que os fortaleceria, tampouco a água que os reidrataria, mas sim álcool, como um bálsamo interno para tratar das contusões recentes, cortes e hematomas...

De súbito, a nuca começou a formigar num aviso, informando-o – como se a queimação na pele exposta das mãos já não o tivesse feito – que ele dispunha de pouco tempo para ir até a segurança do interior.

No entanto, ele não tinha interesse em ir para lá. Ver os soldados. Consumir alimento antes de se retirar para a nauseante suíte cor framboesa no piso superior.

Fora-lhe negado aquilo pelo qual contava as horas, e o desapontamento era como a reação do corpo à aurora iminente. Sua pele doía, seus músculos estremeciam, seus olhos pesavam.

Seu vício não fora aplacado.

Layla não aparecera esta noite.

Com uma imprecação, sacou seu telefone e discou um número baseado num padrão memorizado na tela numérica. Levando o aparelho ao ouvido, ouviu o coração bater forte acima do toque do telefone.

Não havia nenhum serviço de secretária eletrônica personalizado ativado naquele número, portanto, após o sexto toque, um anúncio automático detalhando o número surgiu após a conexão. Ele não deixou nenhuma mensagem.

Seguindo para a porta, preparou-se para o ataque do barulho e do caos. Seus bastardos inevitavelmente estariam na crista da onda provocada pela adrenalina, a exaustão da sua existência de alta octanagem precisando de um tempo para se dissipar.

Abrindo a porta...

Xcor parou ainda na soleira.

Seus cinco guerreiros não estavam, de fato, falando uns por cima dos outros enquanto passavam garrafas de bebida juntamente com gaze e esparadrapo para tratar os ferimentos. Em vez disso, estavam sentados na mobília que também fora alugada juntamente com a casa. Não havia bebida em nenhuma das mãos, nem o som de metal das armas sendo limpas e das adagas sendo afiadas.

Todos estavam ali: Zypher, Syphon, Balthazar, Syn... e Throe, aquele que não pertencia ao grupo, mas que se tornara indispensável.

Ninguém o fitou nos olhos.

Não, isso não era verdade.

Throe, seu tenente, era o único macho que o fitava. Também era o único no grupo que estava de pé.

Então, era ele quem havia organizado aquilo... O que quer que fosse.

Xcor fechou a porta atrás de si. E manteve as armas a postos.

– Têm alguma coisa a dizer? – perguntou junto à porta, enfrentando o olhar de Throe.

Seu tenente pigarreou, e quando falou, seu sotaque não era apenas da classe alta, mas da mais alta na ordem social dos vampiros: aquela da *glymera*.

– Estamos preocupados quanto ao seu direcionamento – o macho olhou ao redor – mais recente.

– Verdade.

Throe pareceu esperar algo mais como resposta. Quando nada mais lhe foi dito, emitiu uma imprecação:

– Xcor, pra onde foi a sua ambição? O rei tem um único herdeiro e, de repente, você se esquece da nossa busca coletiva pelo trono? Coloca seus objetivos de lado como se agora não passassem de um recipiente vazio, despojado do conteúdo?

– Combater a *Sociedade Redutora* é um empenho integral.

– Talvez, se você estivesse de fato lutando.

– Os assassinos que eliminei hoje então eram imaginários?

– Não é só isso que você faz à noite.

Xcor expôs as presas.

– Cuidado onde pisa.

Throe ergueu uma sobrancelha em desafio.

– Não devo dizer nada diante deles?

Ao sentir os olhos dos outros sobre si, ele desejou bater em alguma coisa. Acreditara que seus encontros com Layla não tivessem testemunhas. Obviamente, calculara mal.

E se ele ordenasse a Throe que se calasse? Acabaria por se condenar a algo ainda pior do que aquilo que vinha fazendo.

– Não tenho nada a esconder – grunhiu.

– Discordo. Você passa tempo demais debaixo daquele bordo, como um apaixonado...

Xcor se materializou diante do macho, de tal feita que apenas um centímetro os separava. Não tocou em Throe, mesmo assim o soldado recuou um passo.

O tenente, entretanto, não voltou atrás no questionamento.

– Deseja contar quem ela é? Ou faço isso eu mesmo?

– Ela é irrelevante. E as minhas ambições não são refreadas por ninguém.

– Prove.

Num piscar de olhos, Xcor sacou a adaga de aço e a pressionou contra a jugular do macho.

– Aqui? Agora?

Enquanto Throe arfava, a ponta afiada perfurou sua pele, e uma linha vermelho vivo de sangue agraciou a lâmina tão pálida.

– Devo me provar em você – disse Xcor, sombriamente. – Isso deve bastar.

– Você anda distraído – Throe disparou. – Por uma *fêmea*. Está enfraquecido por ela!

– E você enlouqueceu! Escolhi não matar o rei da Raça eleito por direito, e esse é o crime que você usa para organizar um motim entre os meus guerreiros?

– Você estava tão perto! Quase conquistamos o trono! Os dominós estavam alinhados, e a *glymera* faria o que ordenasse...

Xcor pressionou a adaga uma vez mais, pondo um fim ao discurso dele.

– Esta reunião traidora é sobre a minha ambição... Ou a sua? Permita-me perguntar exatamente qual perda você está lamentando.

– Você não está nos conduzindo a lugar nenhum.

– Vamos perguntar a eles. – Xcor se afastou e andou pela sala, olhando para as cabeças pensas dos seus soldados. – O que dizem? Vão para o lado dele ou ficam comigo? – Enquanto imprecações explodiam no ar tenso, ele se virou para Throe. – Porque é isso que está fazendo, não? Dando a eles uma escolha: ou você ou eu. Portanto, digo que passemos para o fim do jogo sem mais demora. Onde vocês ficam, meus bastardos?

Houve uma longa pausa.

E, então, Zypher levantou o olhar.

– Quem é ela?

– Essa não é a resposta à pergunta que fiz.

– Essa é a pergunta que quero respondida.

Xcor sentiu seus ânimos se exaltarem.

– Ela não é da conta de vocês.

De modo algum, nem mesmo no inferno, ele explicaria a ligação com a sua Escolhida.

As narinas de Zypher inflaram quando ele inspirou fundo.

– Jesus... Você se vinculou a ela.

– Não.

– Também estou sentindo – disse outro. – Quem é ela?

– Ela não é importante.

Throe falou, alto e claro.

– Ela é uma Escolhida. Que vive com a Irmandade.

E, *nessa hora*, o caos antes previsto se fez: a sala estourou com as vozes masculinas, todos falando ao mesmo tempo, trechos no Antigo Idioma misturados com imprecações em inglês e alemão.

Nesse meio tempo, Throe pegou um lenço limpo e pressionou o quadrado branco na ferida do pescoço.

– Não entendo o motivo de ela se encontrar com você... Exatamente o que você tem? Deve haver algum tipo de persuasão, dinheiro? Ou ameaça de algum tipo?

Xcor deixou o insulto passar, pois estava muito perto da verdade, o macho acertara no alvo. O único motivo pelo qual a Escolhida Layla se encontrava com ele era por ele saber a localização da mansão da Irmandade da Adaga Negra, e ela estava aterrorizada com a possibilidade de um ataque à propriedade. Houve uma noite, quase um ano antes, quando ele seguira a trilha de sangue dela e se deparara com o grande segredo. E Throe tinha razão: ele usara essa descoberta em benefício próprio.

Ela lhe prometera seu corpo em troca de manter a localização em segredo.

E, apesar de ele ainda ter que recorrer a ela dessa maneira carnal, por respeito à gestação, à virtude, à posição dela... ele a teria.

No fim, tomaria o que era seu e a marcaria como sua...

Merda, estava *vinculado*?

Xcor voltou a se concentrar em Throe e nos Bastardos.

– Vamos nos concentrar neste motim e não na imaginação de alguém. Portanto, o que dizem? Todos vocês. – Houve uma longa pausa. – Qualquer um de vocês.

Xcor supôs, enquanto aguardava a resposta, que o fato de Throe ainda estar de pé, respirando, era prova de que ele, de fato, estava de alguma forma amansado. Treinado pelo Bloodletter, não se esquecera do que aprendera no campo de batalha, mas, recentemente, viera a perceber que a força bruta e o derramamento de sangue eram apenas meios para se chegar a um fim – e que existiam outros meios que poderiam ser mais eficientes.

Por exemplo, Wrath provara isso pelo modo como lidara com o último ataque desferido ao seu trono. Aquele rei e a sua companheira puseram um fim até mesmo no ataque mais perfeito contra a sua regência – e o fizeram sem que nenhuma vida fosse perdida, mas com uma castração tão absoluta que a *glymera* fora privada dos seus poderes.

E Wrath, como líder agora escolhido pelo seu povo, detinha um poder incontestável.

Throe interrompeu o silêncio, dirigindo-se aos Bastardos.

– Acredito que me fiz claro. Sinto, firmemente, que devemos direcionar nossa busca pela conquista do trono. Já alvejamos Wrath um dia, podemos voltar a atingi-lo. Ele pode ter sido democraticamente eleito, mas não poderá continuar a reinar se não estiver respirando. E também devemos voltar a reunir a *glymera*, hoje privada de seus poderes. Coordenando uma estratégia constitucional com os antigos membros do Conselho, podemos argumentar que Wrath foi além dos seus poderes e...

– Você é um tolo – Xcor disse num tom baixo.

Throe girou e cravou um olhar feroz nele.

– E você é um fracassado!

Xcor negou com a cabeça.

– O povo falou. Escolheram colocar Wrath no trono que ele já havia herdado, e não há luta a vencer quando existe não um, mas mil no fronte. As leis tradicionais e as normas culturais são mantos frágeis de poder e influência. A democracia, contudo, quando é de fato exercida, é uma fortaleza de pedras que não pode ser transposta, golpeada ou enterrada. O que você não compreende, tenente, é que não há mais o que disputar, admitindo que você esteja conduzindo este ataque com alguma esperança de vencer.

Throe estreitou o olhar.

– Diga-me uma coisa, essa Escolhida tem educado você? Nunca ouvi nada parecido com isso saindo de sua boca antes.

Xcor forçou-se a permanecer calado.

Ele e os seus guerreiros formaram aquele bando muito antes de Throe chegar. Mas e se aqueles machos não conseguissem enxergar além da ambição infeliz dele? Então, Throe poderia ficar com todos eles.

Xcor não se curvaria diante de nenhum deles.

No silêncio que se seguiu, Throe olhou para os guerreiros que um dia o evitaram pela sua fraqueza afetada, mas que acabaram por respeitá-lo como guerreiro nos últimos dois séculos.

– A manipulação é mais bem-sucedida quando promovida por alguém do sexo feminino. Não acreditam que ele esteja fazendo propaganda agora? Ensinada a ele precisamente por quem mais pode lhe seduzir a mente, o corpo e as emoções? Vocês mesmos sentiram o cheiro da vinculação. Saibam que a alma acompanha o coração, e o dele já não está mais conosco, com os nossos objetivos, com aquilo que podemos conquistar.

Isto não é a força que lhes fala, mas o tipo de fraqueza que outrora ele deplorou em outrem. Vejam! Mesmo agora ele permanece calado!

Xcor deu de ombros.

– Não aprecio a evangelização.

– Você, por acaso, sabia o significado dessa palavra há seis meses? – rebateu Throe.

– O que vocês dizem? – Xcor olhou ao redor com enfado duradouro. – A escolha é sua, mas saibam de uma coisa. Depois que ela for tomada, como tatuagem, isso será irreversível.

Zypher foi o primeiro a se pôr de pé.

– A minha lealdade é única.

Com isso, aproximou-se das suas armas e desembainhou a adaga de aço. Cortando a palma, aproximou-se de Xcor e estendeu a mão.

Xcor aceitou a oferta e descobriu que precisava limpar a garganta. Balthazar foi o segundo, pegando a mesma adaga e se cortando, oferecendo seu sangue – e Syphon se moveu com a mesma eficiência, comprometendo-se.

Syn observou tudo com olhos abaixados, permanecendo parado. Ele, como sempre, era a carta duvidosa, mas mesmo ele se levantou e se aproximou de Xcor. Pegando a lâmina, apunhalou a palma e a revirou, curvando o lábio superior como se apreciasse a dor.

Xcor aceitou a promessa do último dos seus soldados e depois olhou para Throe. Erguendo a palma ensanguentada, revelou as presas e sibilou, mordendo a própria carne e depois lambendo o sangue misturado.

– Como se isto pudesse ter tido outro resultado – sorriu com crueldade. – Você nunca foi um de nós.

O belo rosto de Throe se retorceu numa expressão vil.

– Você me forçou a me juntar a vocês. *Você* fez isto comigo.

– Mas você vai desfazer, correto? Muito bem, eu lhe dei a sua liberdade há um ano. Deixe que a sua ambição execute o seu destino, se desejar, mas assim que passar por aquela porta, será algo permanente. Você estará morto para nós, os seus feitos serão seus e de ninguém mais.

Throe assentiu uma vez.

– Que assim seja.

O macho andou até suas armas, pegou os coldres e o casaco, depois seguiu para a porta. Girando sobre os calcanhares, dirigiu-se ao grupo.

– Ele está errado a respeito de muitas coisas, porém, mais especificamente a respeito do trono. Uma guerra com mil na linha de frente? Acredito que não. Só o que precisa ser feito é eliminar Wrath. E então o manto será assumido pela mão mais forte, e esse macho já não está mais neste grupo.

O guerreiro fechou a porta atrás de si com um estrondo.

Xcor cerrou os molares, sabendo muito bem que Throe deveria ter um plano alternativo quando fez sua oferta a todos eles, ou não teria agido de maneira tão tranquila ao se retirar poucos minutos antes do nascer do sol.

Throe apostara e perdera, apenas no que se referia a eles. Onde isso o levaria a seguir? Xcor não fazia ideia.

Mas Wrath deveria se preocupar.

Houve um pouco de barulho. Pigarros. E, depois, claro, comentários.

– Então – Zypher disse. – Vai nos dizer qual a cor dos olhos dela?

– É o mínimo que pode fazer – interveio Balthazar. – Descreva a pintura.

– Uma Escolhida?

– Como foi que você...

De uma vez só, a casa voltou ao normal, as vozes masculinas tomando conta do ar, bebidas pedidas e servidas, bandagens sendo passadas por mãos machucadas.

Xcor exalou num alívio e se impressionou com isso, mas não se deixou enganar. Apesar de os seus guerreiros terem ficado ao seu lado, ele agora tinha um novo inimigo contra quem lutar, e Throe, graças aos treinos do próprio Xcor, era bem letal.

Sacando o telefone, olhou para a tela... e viu que sua ligação não havia sido retornada.

Considerando a deserção de Throe? Era essencial que conseguisse falar com a sua Escolhida, e agora ele se preocupava que, talvez, Throe a tivesse apanhado, motivo pelo qual ela não aparecera.

– E então? – insistiu Zypher. – Como ela é?

Um silêncio se fez, parecendo cair sobre o barulho.

E ele se surpreendeu ao descobrir que queria contar-lhes. Por quanto tempo escondera aquilo?

Com palavras hesitantes, disse:

– Ela é... a lua no meu céu noturno. E isso é o começo, o meio e o fim. Não há mais nada a ser dito sobre isso e eu nunca mais falarei sobre ela.

Ao sair e subir, sentiu os olhos dos outros sobre si, e eles não o encararam com desdém. Não, por mais que tentassem esconder, havia compaixão fluindo deles – o reconhecimento da feiura de seu rosto, e da natureza descombinada de um romance dele com qualquer fêmea, muito menos com uma com status de Escolhida.

Parou com a mão na balaustrada.

– Ao pôr do sol de amanhã, estejam com todas as provisões e a propriedade aprontadas. Precisamos sair deste local e encontrar outro. Esta casa já não é mais segura.

Subindo as escadas, ouviu a aquiescência dos lutadores. E sentiu gratidão profunda por eles o terem escolhido para que continuasse a liderá-los.

Em oposição à inteligência mais óbvia de Throe, do seu berço, passado... e aparência.

Deixem os deformados falarem, pensou, ao se trancar no quarto. Embora muito tivesse se perdido para ele nos séculos de sua vida, graças ao seu lábio leporino e à sua rudeza, aqueles soldados ali embaixo o valorizaram.

Em retribuição, ele também os valorizava.

Capítulo 9

iAm regressou à enorme mansão de pedras da Irmandade pouco antes do nascer do sol, galgando apressado os degraus da entrada similar a uma catedral, avançando pelo vestíbulo. Seguindo o protocolo, mostrou o rosto na câmera de segurança e aguardou.

Um momento depois, a porta interna se abriu e um velhote animado o recebeu, juntamente com os aromas de uma suntuosa Última Refeição.

– Boa noite, senhor – Fritz, o mordomo, disse, encurvando-se. – Como tem passado?

– Olá, por acaso viu meu irmão? Estou tentando encontrá-lo...

– Sim, ele retornou.

iAm quase praguejou em sinal de alívio.

– Que maravilha. Perfeito.

Pelo menos o pobre bastardo estava a salvo num ambiente seguro. Mas, puxa, Trez podia pelo menos ter mandado uma mensagem dizendo que estava vivo. Quantas vezes deixou de atender ao telefone?

Da sua esquerda, uma sombra veloz saltou do piso de mosaico, atingindo-o como um míssil.

iAm segurou o Maldito Gato, também conhecido como Boo, nos braços. Abominava o animal – quanto mais recentemente, quando o ninho de pulgas começara a dormir com ele durante o dia. Todo cheio de manha. Ronronando.

E o pior? Era que estava se acostumando à tortura.

–... clínica.

– O que disse? – iAm coçou o pescoço do gato, o que fez com que os olhos de Boo se revirassem de contentamento. – Não escutei o que acabou de dizer.

– Sinto muito. – O mordomo se curvou novamente, mesmo aquilo não tendo sido culpa sua. – A Escolhida Selena adoeceu e foi levada à clínica. Trez está junto com ela enquanto é cuidada; acredito que o Primale e Cormia também tenham ido para lá. Lamento informar, mas, ao que parece, a situação é bem séria.

– Maldição... – iAm fechou os olhos e deixou a cabeça pender para trás. Eles estiveram esperando outra bomba explodir, mas isso deveria acontecer no s'Hisbe. E não com a Escolhida por quem seu irmão estivera tão atraído. – O que há com ela?

– Não acredito que tenham encontrado um diagnóstico.

Merda.

– Ok. Obrigado, cara. Vou...

A Escolhida Layla apareceu no arco da sala de bilhar, Qhuinn e Blay logo atrás.

– Perdoem-me, mas acabei de ouvir algo sobre Selena?

Permitindo que o mordomo explicasse, iAm seguiu para a porta escondida debaixo da escadaria principal e não se surpreendeu quando os outros logo o acompanharam.

Bem quando inseria o código de segurança, um telefone tocou.

– É o seu de novo? – Qhuinn perguntou.

Layla apertou o botão do silencioso.

– Só pode ser engano de algum humano.

– Quer que V. bloqueie o número?

– Ah, não há motivo para perturbá-lo.

– Pode me dar, vou ver se ele...

Layla devolveu o aparelho para as dobras do seu manto.

– Não vão ligar novamente. Vamos.

Depois que um bip baixo soou, iAm abriu a porta e eles desceram uma escadinha até uma segunda porta. Do lado oposto havia um corredor subterrâneo que partia da mansão até o Centro de Treinamento, e mais além, até o Buraco, onde V. e Butch viviam com suas companheiras.

A cada passada no corredor de teto baixo e piso de concreto, a tensão nos ombros de iAm aumentava, os músculos das costas enrijecendo de modo que a dor se estendia às têmporas.

Quando surgiram no escritório, Tohr levantou o olhar do computador.

– Parece que temos uma convenção aqui esta noite.

– Selena está doente – murmurou Qhuinn.

O Irmão se pôs de pé.

– O quê? Eu a vi há poucas horas. Ela ia alimentar Luchas e...

E foi assim que acabaram formando cinco pares de sapatos e coturnos seguindo pelo corredor.

O Centro de Treinamento era uma instalação imensa que incluía desde uma piscina olímpica, um campo de treinamento de tiros, uma sala de musculação, academia, fisioterapia, até sala de equipamentos e um complemento com salas de aula que haviam sido usadas para treinamento antes dos ataques. Também havia instalações médicas de grande porte, com salas de cirurgia e de recuperação; era para lá que estavam indo.

O fato de haver um grupo de pessoas diante da sala de exames não era um bom sinal: Phury, Cormia, Rhage e Vishous demonstravam ansiedade, andando de um lado para o outro, fitando o chão, inquietos.

– Ah, graças a Deus – disse Phury ao ver iAm. – Trez vai ficar aliviado por você estar aqui. Estávamos tentando localizá-lo.

Motivo pelo qual, provavelmente, seu telefone vinha tocando, mas ele ignorara o aparelho ao sair do apartamento e tentar encontrar Trez no shAdoWs.

– Estão tirando radiografias – informou V. – É por isso que estamos aqui fora. Trez não quer sair de perto dela.

Layla franziu o cenho.

– Por que estão fazendo isso? Ela quebrou algum...?

Cormia se aproximou da outra Escolhida e pegou as mãos de Layla. Palavras sussurradas foram trocadas entre elas e, em seguida, Layla arquejou e cambaleou. Enquanto Qhuinn a amparava, iAm concluiu que, seja o que fosse, ele precisava estar lá dentro.

– Não vou esperar – anunciou, colocando o gato no chão e empurrando a porta.

A princípio, não conseguiu entender o que estava vendo. Quando a porta pesada se fechou logo atrás sem fazer barulho, ele se concentrou no que pareciam pernas de uma mesa sobre a mesa de exames. Só que... era Selena. Os tornozelos e as coxas delicadas estavam dobrados, afastados num ângulo anormal, como se ela estivesse com muita dor, e não era apenas a parte inferior do seu corpo que fora afetada. A cabeça estava mal posicionada, os braços encurvados junto ao peito, até mesmo os dedos dobravam formando garras.

Era como se ela estivesse sofrendo um espasmo.

A doutora Jane estava movendo uma peça de maquinário pesado sobre o ombro de Selena, e a enfermeira, Ehlena, a acompanhava para não deixar os fios se emaranharem. Trez segurava a cabeça de Selena, as mãos trêmulas afagavam o cabelo negro.

Ele nem levantou o olhar. Não pareceu ter percebido que alguém entrara no quarto. Nem estava respirando.

– Muito bem, Ehlena, a chapa. – A médica recebeu algo do tamanho de uma folha de papel, mas com a espessura de um dedo. Fios conectados a uma ponta dela ligavam a um laptop sobre um carrinho com rodas. – Vou tentar pegar o cotovelo.

A chapa foi deslizada por debaixo da junta, e a médica olhou para Trez.

– Quer segurar isto aqui também?

Ele assentiu e esticou a mão, fazendo sua obrigação.

– Dessa vez, não vou me mexer.

– São raios-X digitais, por isso podemos repetir, ok? – A médica deu um aperto de leve no braço de Trez. – Agora, nós duas vamos para trás da divisória.

A doutora Jane levantou o olhar e se assustou, pois também estivera tão concentrada na paciente que não o vira entrar.

– iAm, que bom... Escute, talvez queira sair enquanto...

– Não vou a lugar nenhum.

– Não consigo... – Trez praguejou. – Não consigo manter isto firme.

Sem dizer nada, iAm atravessou a sala azulejada e pôs a mão no ombro do irmão, detendo a vibração.

– Deixe-me ajudar.

Trez não se sobressaltou. Não se assustou. Mas seus olhos mudaram de direção e, ah, aqueles olhos... Poças negras de tristeza.

E foi então que iAm entendeu que aquilo não era ruim, mas RUIM.

O macho não estava aterrorizado.

Já estava de luto.

Trez não entendeu imediatamente quem era o seu salvador. Não reconheceu a mão que se juntou à sua, mesmo sendo praticamente igual à sua. Não percebeu o cheiro novo na sala. Foi só quando ergueu o olhar que o viu.

iAm, claro.

Como se pudesse ser outra pessoa.

A imagem do irmão ficou trêmula.

– iAm, ela está...

Não conseguiu pronunciar aquelas palavras. O processar dos seus pensamentos literalmente formava apenas uma linha imóvel, como se tivesse sofrido um derrame ou algo assim.

– Vamos segurar a chapa – disse iAm. – Juntos.

– Você deveria ir para trás daquela coisa de chumbo.

– Não.

Trez não se surpreendeu quando iAm ficou com ele, e pronunciou um agradecimento silencioso, porque achava que também sua voz não estava funcionando muito melhor que o cérebro ou a mão.

– Vamos ficar o mais imóveis possível – pediu a médica. Em seguida, um zumbido da máquina e a doutora Jane e Ehlena voltavam para a mesa.

Foi iAm quem segurou a chapa, o que foi bom, pois caso contrário Trez a teria derrubado. Ao inferno com as mãos, seu corpo inteiro tremia.

– Obrigada – agradeceu a médica. – Acho que temos o bastante por ora. Gostaria de chamar os outros?

Trez meneou a cabeça.

– Posso ter um instante a sós com ela?

– Nós precisamos ficar para analisar as imagens.

– Sim, sim, eu sei. Eu só... – Olhou para a porta, sabendo que aquelas pessoas tinham tanto direito quanto ele de estar ali. Na verdade tinham mais, até.

– Trez – disse ela com suavidade. – O que você quiser, é o que faremos.

Mas e quanto ao que Selena queria?, perguntou-se ele, e não pela primeira vez.

– Escute – murmurou a doutora Jane –, não parece ser um caso de emergência por enquanto. Haverá tempo para que os outros entrem depois e, se o estado dela mudar, tomaremos outras decisões dependendo do que acontecer.

– Ok. – Ele indicou o irmão. – iAm. Quero que ele fique.

O irmão concordou e pegou uma cadeira, mas não para si. Empurrou-a por debaixo dos joelhos de Trez, e as juntas, funcionando como estavam, desabaram na vertical bem rapidamente. Quando o traseiro bateu no assento, ele pensou mesmo que a cabeça estava meio tonta. Seria uma boa ideia se sentar um pouco.

Sem dizer nada, iAm se acomodou no chão ao seu lado, e foi incrível como a mera presença do macho na sala o acalmou.

Trez se concentrou em Selena. Ela ainda não se mexera da posição em que ele a encontrara, e todos aqueles ângulos que o corpo dela formava eram um completo pesadelo.

De fato, a situação toda parecia tão... devastadora.

Pelo que Cormia dissera, a Prisão era uma doença que acometia uma minoria das Escolhidas. Em toda a história, houve apenas uma dezena – menos, talvez – acometidas por ela, o que significava que a probabilidade estatística de sofrer dessa desordem era bem baixa. Infelizmente, a condição era sempre fatal.

Maldição, não queria que nenhuma delas ficasse doente, mas por que Selena?

Dentre todas, em toda a história da Raça, por que ela tinha que estar entre as que morreriam assim?

E era uma maneira horrível de morrer. Congelada dentro do próprio corpo, sem conseguir se comunicar, encarcerada numa prisão gradual até que tudo ficasse escuro e você...

Fechou os olhos.

Merda. E se ela não o quisesse ali? Ele estava vinculado, sim, e todos os outros o estavam tratando com o respeito que um macho vinculado receberia nesse tipo de situação, mesmo se questionassem de que forma isso acontecera sem que ninguém soubesse.

O problema era que ele e Selena não estavam juntos. Em um relacionamento. Nem mesmo estavam se encontrando.

Inferno, não passaram nem dois minutos juntos nos últimos meses.

– Trez?

Com uma sacudida, ele abriu os olhos. A doutora Jane estava diante dele, os olhos verdes escuros alerta e sérios.

– Dei uma olhada nas imagens.

Ele pigarreou.

– Talvez os outros queiram estar aqui para isto?

Merda, deveria dar o lugar para Cormia ou outra pessoa para segurar a mão dela? Isso seria melhor? Seu corpo odiaria isso, bem como sua alma. Mas a questão ali não era ele.

Muitas pessoas entraram, mais do que havia antes, e ele assentiu para Tohr, Qhuinn e Blay, e ficou contente que Layla estivesse ali, junto com Cormia e Phury. Forçando-se a ficar de pé, recuou um passo, mas o Primale se aproximou e o assentou na cadeira de novo.

– Fique onde está – disse Phury, apertando seu ombro. – Você está no lugar onde tem que estar.

Trez emitiu uma espécie de grasnido. Era o melhor que conseguia fazer.

A doutora Jane pigarreou.

– Nunca vi nada assim antes. – Ela chamou uma imagem à tela do computador ao lado da mesa. – É como se as juntas tivessem se solidificado.

A imagem em preto e branco parecia ser o joelho de Selena, e a doutora Jane indicou diferentes áreas com a ponta de uma caneta prateada.

– Nas radiografias, os ossos aparecem brancos ou cinza claro, enquanto outros tecidos, como tendões e ligamentos, não revelam nenhum tipo de contraste. Aqui – ela fez um círculo na junta – deveria haver áreas escuras entre a patela e o seu encaixe. Em vez disso, vemos apenas... calcificações. O mesmo acontece nas juntas dos pés, do cotovelo...

Mais daquelas imagens apareceram na tela, uma após a outra, e ele só conseguia balançar a cabeça. Era como se alguém tivesse enxertado cimento nas juntas.

– O que é particularmente preocupante... – Uma nova imagem ficou visível. – Este é seu braço. Ao contrário das outras juntas, o crescimento do osso aqui parece estar se alastrando, invadindo a musculatura. Se isso continuar, o corpo inteiro dela vai...

– Endurecer – sussurrou Trez.

Deus, aquelas estátuas de mármore no lugar em que a encontrara.

Aquilo não era um jardim, era um cemitério. Repleto de fêmeas que sofreram e morreram daquela doença.

– A única condição que conheço ser remotamente parecida com isso é uma doença humana, chamada fibrodisplasia ossificante progressiva. É uma condição genética extremamente rara que faz ossos se formarem onde existem músculos, tendões e ligamentos e, como resultado, com o passar do tempo há uma restrição completa dos movimentos. A ponto de os pacientes terem que escolher a posição em que querem ficar. O crescimento dos ossos acontece esporadicamente e pode ser disparado por traumas ou vírus, ou pode ser espontâneo. Não existe tratamento para a doença, e a remoção cirúrgica dos ossos apenas leva o corpo a produzir mais ossos. Selena está passando por algo assim, só que parece ter acontecido no corpo todo de uma só vez.

Trez se virou para as Escolhidas saudáveis na sala.

– Isso já foi tratado? Em algum momento no passado, alguém tentou descobrir um modo de deter essa doença?

Layla olhou para Cormia, que falou:

– Nós rezamos... Era só o que podíamos fazer. E mesmo assim os ataques surgiam.

– Então... Este é algum tipo de episódio? – perguntou a doutora Jane. – Não é terminal?

– Não sei quanto disso ela já teve. – Cormia enxugou uma lágrima da face. – Normalmente, acontece algumas vezes antes do ataque final, do qual elas não se recuperam.

A doutora Jane franziu a testa.

– Então o corpo destrava? Como?

– Não sei.

Trez falou com as Escolhidas.

– Alguma de vocês sabia que ela estava doente?

– Ninguém sabia. – Cormia se encostou em seu *hellren* para ter apoio. – Mas, considerando a condição em que ela está agora... Acredito que deve estar no final da doença. É sabido que os primeiros episódios afetam apenas partes do corpo. Mas agora... seu corpo inteiro está assim.

Trez murchou ao expirar, suas forças saindo pela boca. A única coisa que o impedia de sucumbir era a possibilidade de Selena estar ciente do que estava acontecendo, e ele desejava parecer forte para ela.

A doutora Jane apoiou o quadril na mesa e cruzou os braços.

– Não consigo entender como as juntas podem se recuperar desse estado em que estão.

Cormia balançou a cabeça.

– Os ataques, os poucos que presenciei, acontecem rápido e depois... Não sei o que acontece. Algumas horas ou uma noite depois, elas começam a se mexer de novo. Após um período, recuperam a mobilidade, mas sempre volta a acontecer. Sempre.

– Elas também escolhem uma posição – disse Layla, baixo, ao também enxugar as lágrimas. – Como os humanos de quem falou, nossas irmãs sempre escolhem, elas nos dizem como querem ficar e nós garantimos que...

Mais coisas foram ditas. Perguntas feitas. Explicações dadas de acordo com o conhecimento de todos. Mas ele deixou de acompanhar.

Como um trem em aceleração, sua mente, suas emoções, sua sensação de total impotência e seus arrependimentos começaram a abrir caminho, aumentando a velocidade e a intensidade.

Odiou que o cabelo dela estivesse aquela bagunça sem que ele pudesse ajeitá-lo.

Odiou as marcas de grama no manto dela, manchas verde-claras onde os joelhos bateram no chão.

Odiou que os sapatos tivessem caído.

Odiou que não pudesse fazer porra nenhuma para salvá-la.

Odiou o fardo que carregava com o s'Hisbe e tudo o que isso fez com seu corpo, porque talvez, se seus pais não o tivessem vendido à rainha, ele não tivesse fodido todas aquelas humanas e, talvez, ele a merecesse, nem que fosse só um pouquinho. E, então, ele não teria desperdiçado todos aqueles meses. E talvez tivesse notado algo, ou feito alguma coisa, ou...

A exemplo da conversa ao seu redor, os pensamentos continuaram a se desenrolar em sua mente. Contudo ele não conseguia mais acompanhá-los, assim como também não entendia mais o que se passava na sala. Um rugido violento tomou conta dele, como um tsunami assolando-o, derrubando tudo que não fosse a raiva que não conseguia mais conter.

Trez nem percebeu que se mexia. Num segundo estava segurando a mão de Selena com cuidado, no seguinte estava na porta da sala de exames, depois passando por ela, o corpo explodindo em movimento, sem coordenação alguma.

Correndo, correndo... Acompanhando os borrões de sua visão ao passar pelos corredores de concreto... Ele corria...

E havia muito barulho. Os corredores vazios ecoavam com algum tipo de barulho tremendo, como se o mecanismo de uma máquina grande tivesse sendo acionado ou...

Algo o alcançou por trás antes que ele chegasse à saída da garagem, uma barra de ferro prendendo-o.

iAm.

Claro.

– Largue – foi o grito em seu ouvido. – Largue. Vamos, agora, largue isso...

Trez balançou a cabeça.

– O quê...?

– Largue a arma, Trez. – A voz de iAm se partiu. – Preciso que você largue a arma.

Trez ficou imobilizado a não ser pela respiração resfolegante, e tentou compreender o que o irmão estava dizendo.

– Jesus, Trez, por favor...

Balançando a cabeça, Trez gradualmente compreendeu que, de fato, segurava uma .40 de alguém. Provavelmente a sua arma. Ele sempre tinha uma consigo no clube.

E, puxa vida, o cano estava encostado na têmpora e, ao contrário de quando segurava aquelas chapas de raio-X, sua mão não tremia.

– Largue, por mim, Trez. – Com o dedo no gatilho, seu irmão obviamente não ousaria tentar controlar a arma, temendo dispará-la acidentalmente. – Abaixe a arma agora.

Naquele instante, tudo ficou claro: ele correndo, fugindo, saindo da sala para o corredor. Correndo na direção da garagem enquanto pegava a pistola.

Com a intenção de estourar os miolos assim que saísse do Centro de Treinamento.

Cogitou que, se houvesse mesmo um Fade, ele e Selena se encontrariam do outro lado e ficariam juntos, da maneira que não conseguiram na Terra.

– Trez, ela ainda está viva. Não faça isso. Quer se matar? Espere o coração dela parar de bater, mas não antes disso. Nenhuma merda de instante antes disso!

Trez visualizou Selena deitada na mesa, e... *caralho*, pensou.

iAm, como sempre, tinha razão.

O tremor retornou quando ele começou a baixar a arma, e moveu-se com lentidão, temendo que um estremecimento a disparasse. Mas não precisava se preocupar com isso. Assim que o cano se afastou da sua massa cinzenta, o irmão assumiu o comando, desarmando-a num átimo e acionando a trava de segurança.

Trez ficou ali, entorpecido, enquanto iAm o inspecionava para ver se tinha mais armas, e depois se deixou ser levado de volta à sala de exames e ao grupo chocado, todos reunidos ao redor da porta.

Não antes de ela ir embora, disse a si mesmo. Não enquanto ela ainda estivesse ali.

Infelizmente, ele temia que isso não acontecesse por muito mais tempo.

Capítulo 10

Paradise, filha de Abalone, Primeiro Conselheiro do Rei, franziu a testa diante da tela do seu Macbook. Ela se abancara na biblioteca do pai desde que ele começara a trabalhar todas as noites para Wrath, filho de Wrath, porque na antiga mansão estilo Tudor, o wi-fi pegava melhor em sua escrivaninha. Não que um bom sinal fosse de ajuda naquele instante. Sua conta de Hotmail estava tomada de mensagens não lidas, porque, considerando-se o iMessage no celular e o Twitter, o Instagram e a conta no Facebook, não havia motivo para logar-se ali com frequência.

– Então, espera, qual era o assunto? – perguntou ao celular.

– "Nova Turma de Trainees" – Peyton, filho de Peythone, respondeu. – Encaminhei para você há... uma hora, mais ou menos.

Ela se adiantou na cadeira do pai.

– Tem tanto lixo aqui.

– Deixa eu te mandar de novo...

– Espera, achei. – Clicou na mensagem e, de novo, no arquivo anexado. – Uau. É uma carta oficial.

– Eu te disse.

Paradise perscrutou a tela, a abertura da carta personalizada para Peyton, dois parágrafos sobre o programa e a saudação de encerramento. – Caramba... Foi assinada por um Irmão.

– Tohrment, filho de Hharm.

– Bem, se isto for falso, alguém vai acabar em sérios apuros...

– Mas você leu o segundo parágrafo?

Ela se concentrou nas palavras.

– Fêmeas? Uau... Puxa... Eles estão aceitando *fêmeas*?

– Pois é. – Houve um som borbulhante e depois uma expiração antes de Peyton dar uma tragada. – Isso é inédito.

Paradise releu a carta, desta vez com mais atenção. As palavras chave saltando aos olhos: *Provas abertas para o programa de treinamento. Fêmeas e civis são bem-vindos para os testes de resistência física de ingresso. Aulas ministradas pelos próprios Irmãos.* Mensalidade? *Gratuita.*

– O que eles estão pensando? – murmurou Peyton. – Digo, isso não era apenas para os filhos da *glymera*?

– Pelo visto, não mais.

Enquanto Peyton deslanchava num comentário sobre o sexo frágil e sobre os papéis tradicionais em casa e no trabalho, Paradise se recostou na poltrona de couro. Ao seu lado, estilhas de madeira dispostas pelo *doggen* da casa queimavam chamas alaranjadas na lareira de mármore, o calor alcançando-a na lateral do rosto e na metade do corpo. Ao seu redor, a biblioteca do pai reluzia na luz amarelada e na mobília de mogno lustrada, e nos toque dourados das lombadas da sua coleção de livros de primeira edição.

A mansão onde moravam era uma das mais belas de Caldwell, seus quarenta cômodos decorados com o mesmo luxo daquele, se não mais: sedas penduradas diante dos vidros com treliças de chumbo em forma de diamante nas janelas; tapetes orientais estendidos no piso bem lustrado; retratos dos ancestrais em tinta a óleo ao longo de toda a escadaria e em destaque sobre as cornijas das lareiras; louça delicada em cada refeição, que era preparada e servida por uma criadagem extensiva.

Vivia ali com o pai ano após ano, sendo educada por damas da *glymera* a respeito de todas as coisas que tornava uma fêmea da aristocracia alguém com valor para uma possível união: vestuário, entretenimento, etiqueta. Ser a castelã da propriedade da família.

Os planos a seu respeito também voltariam a ser restabelecidos, todavia. O que restara da aristocracia voltara a se mudar de suas casas seguras para as propriedades em Caldwell, e, como ela atingira a maturidade, tendo já passado uns quatro anos de sua transição, era chegada a hora de encontrar um companheiro.

Deus, como ela temia tudo isso...

– Alô? – disse Peyton. – Ainda está aí?

– Desculpe, estou, sim. – Afastou o fone do ouvido quando um barulho alto se fez. – O que está fazendo?

– Abrindo um saquinho de batatas Cape Cod. – Mastigou e mastigou. – Caramba, isto é bom demais...

– Então, o que vai fazer?

– Ainda tenho uns 15 ml disso aqui pra terminar. Por isso, vou acabar com ele, comer estas batatas e depois, provavelmente...

– Não, com relação ao programa de treinamento.

– Meu pai já me disse que eu vou. Mas, tudo bem. Já faz uns três anos que não faço nada, e eu teria me matriculado quando abriram o Centro de Treinamento, mas... Bem, você se lembra do que aconteceu.

– Lembro, e é melhor você parar de fumar. Eles não vão gostar disso.

– O que eles não sabem, não conta. Além disso, tenho os direitos assegurados pela Primeira Emenda.

Ela revirou os olhos.

– Muito bem, em primeiro lugar, você não é humano, portanto a Constituição deles não se aplica a você. Segundo, ela se refere à liberdade de expressão, não à liberdade de fumar narguilé.

– Tanto faz.

Enquanto Peyton tragava de novo, ela visualizou o belo rosto dele, os ombros largos, e os olhos muito azuis. Os dois se conheciam a vida inteira, as famílias tendo se unido em matrimônio há gerações, assim como todos os membros da aristocracia faziam.

Era o segredo mais mal guardado da *glymera* que os pais dele e o pai dela recentemente vinham discutindo planos para que se comprometessem...

O som da argola de latão da porta de entrada fez com que ela girasse a cabeça.

– Quem é? – perguntou, pondo-se de pé e inclinando-se para poder ver o vestíbulo.

O mordomo, Fedricah, passou pelo átrio, e apesar de o pai nunca atender pessoalmente a porta, ele também surgiu do seu escritório do lado oposto.

– Senhor? – inquiriu o mordomo. – Está aguardando alguém?

Abalone ajeitou o paletó.

– Um parente distante. Eu deveria ter lhe avisado, perdão.

– Preciso desligar – disse Paradise. – Durma bem.

Houve uma pausa.

– Você também, Parry. E, sabe, pode me ligar se tiver pesadelos, ok?

– Claro. Você também. Bom dia!

– Para você também.

Ao desligar, sentiu-se contente por ter o amigo por perto. Desde a época dos ataques quando tantos dos amigos deles foram assassinados, os dois passaram a usar o telefone para passar as horas – às vezes intermináveis – do dia. Essa ligação fora indispensável logo após os ataques, quando ela e o pai foram para Catskills, e ela ficou sem ter o que fazer naquele grande celeiro vitoriano por meses seguidos.

Peyton era um bom amigo. E quanto à coisa do compromisso?

Não sabia como se sentia em relação a isso.

Dando a volta na escrivaninha, correu até o vestíbulo até o pai perceber sua presença e menear a cabeça.

– Fora das vistas, Paradise. Por favor.

As sobrancelhas dela se ergueram. Esse era o código do pai para que ela se refugiasse nos túneis da casa.

– O que está acontecendo?

– Por favor, vá.

– Disse que era um parente?

– *Paradise.*

Paradise voltou para a biblioteca, mas ficou sob a passagem, ouvindo.

O rangido suave da porta imensa abrindo pareceu-lhe muito alto.

– É você – disse o pai num tom estranho. – Fedricah, por favor, nos dê licença.

– Sim, senhor.

O mordomo se afastou, cruzando a extensão do vestíbulo que Paradise conseguia enxergar. Depois de um instante, uma porta nos fundos da casa se fechou.

– Pois bem – disse uma voz masculina –, não vai me convidar para entrar?

– Não sei.

– Vou morrer aqui fora. Em questão de minutos.

Paradise combateu o desejo de avançar a cabeça pela soleira para ver quem era. Não reconheceu a voz, porém a enunciação precisa sugeria que era alguém da aristocracia. O que fazia sentido, visto que ele era um "parente".

– Está usando roupas de combate – seu pai contra-argumentou. – Não as permito em minha casa.

– São as minhas relações ou as minhas armas que mais o assustam?

– Não temo nenhum dos dois. Vocês foram vencidos, se bem me lembro.

– Mas não abatidos, lamento dizer. – Sons sugeriam que alguém manejava objetos metálicos. E depois um estrépito, como se algo batesse na pedra do primeiro degrau da entrada. – Pronto, estou nu à sua frente. Desarmado e as minhas armas na sua soleira, não dentro de suas paredes.

– Não sou seu primo.

– É meu sangue. Temos muitos ancestrais em comum...

– Poupe-me. E quaisquer mensagens que seu líder queira enviar ao rei, faça-o através...

– Não estou mais afiliado a Xcor. De nenhum modo.

– Como disse?

– Laços foram rompidos. – Houve um suspiro exasperado. – Passei esses meses desde que a eleição devolveu Wrath ao trono tentando convencer Xcor e o Bando de Bastardos a desistir da traição. Mesmo após tal súplica e diálogo, lamento dizer que não os dissuadi dessa insensatez. Por fim, tive que partir. Saí às escondidas do local onde estávamos e agora temo pela minha vida. Não tenho para onde ir e, quando falei com Salliah, no Antigo País, ela me sugeriu que o procurasse.

Uma prima distante, lembrou Paradise. Reconhecia o nome.

– Por favor – pediu o macho. – Tranque-me em um quarto se for preciso...

– Sou leal ao rei.

– Então não recuse uma vantagem tática.

– O que está sugerindo?

– Em retribuição à segurança do seu teto, estou disposto a lhe dizer tudo que sei sobre o Bando de Bastardos. Onde passam as horas do dia. Quais os hábitos deles. Onde se reúnem à noite. Como pensam e lutam. Por certo isso vale uma cama.

Paradise não se aguentava mais. Tinha que ver quem era.

Avançando um pouco, curvou o corpo na soleira e olhou além dos ombros rijos do pai. Seu primeiro pensamento foi que as roupas de couro e a camisa surrada não combinavam com o sotaque. O segundo foi que os olhos deles estavam injetados, exaustos.

Ele parecia mesmo ter retornado de uma batalha, com algo adocicado impregnando o ar que resvalava seu corpo ao entrar na casa.

O macho a notou de imediato, e seu rosto registrou algo que ele escondeu rapidamente.

O pai relanceou por sobre o ombro e lhe lançou um olhar duro.

– Paradise – sibilou.

– Entendo o motivo da sua hesitação – disse o macho, sem desviar os olhos dela. – De fato, ela é preciosa.

O pai se voltou.

– Você tem que ir embora.

O macho se abaixou sobre um joelho e inclinou a cabeça, levando uma mão ao coração e erguendo a outra, a palma para cima, para o céu.

No Antigo Idioma, ele disse com suavidade:

– *Juro pelos nossos ancestrais em comum que não lhe farei mal, nem à sua filha, tampouco a qualquer ser vivo dentro destas paredes, ou que a Virgem Escriba acabe com a minha vida aqui, diante dos seus olhos.*

O pai voltou a olhar para ela, e cortou o ar com o braço, uma ordem para que ela saísse e se mantivesse afastada.

Ela ergueu as mãos no ar e assentiu, como se dissesse "está bem, está bem!".

Movendo-se rapidamente, ela voltou para a biblioteca e foi até os painéis ao lado da lareira. Apertando um mecanismo sob a terceira prateleira a partir do chão, pressionou a alavanca e conseguiu empurrar a carga inteira de livros em trilhos muito bem engraxados. Num movimento rápido, emergiu num corredor bem decorado que percorria um quadrado ao redor do primeiro piso da casa, dando acesso, tanto visual quanto físico, a cada cômodo através de portas e painéis de observação escondidos.

Era como algo saído de um filme de Alfred Hitchcock.

Fechando-se ali, Paradise seguiu para uma curta escadaria nos fundos, e, ao descer, desejou poder ouvir o que diziam. Como sempre, porém, estava no escuro; seu pai nunca lhe contava nada.

Era parte de seu modo antigo de pensar: fêmeas de boas famílias não precisavam ser incomodadas como coisas misteriosas, como parentes há muito perdidos que apareciam sem avisar e armados até os dentes. Ou, digamos, onde o chefe da família trabalhava, quanto ganhava ou quanto era a sua fortuna. Por exemplo, quando o pai fora nomeado Primeiro Conselheiro do Rei, isso foi tudo o que ficou sabendo. Ela não fazia ideia de como era o trabalho dele, o que ele fazia para o rei e para a Irmandade... Inferno, ela sequer sabia para onde ele ia todas as noites.

Acreditava que ele de fato pensasse que a estava poupando. Ela, porém, detestava ficar no escuro a respeito de tantas coisas.

No alto das escadas secretas, andou cerca de quatro metros e parou diante de um painel escondido. O trinco estava à esquerda e ela o soltou.

Seu quarto era todo feminino, suave, desde a cama cheia de babados até a renda na cortina, e os tapetes em ponto cruz que eram macios como chinelos – que não precisava usar.

Avançando, virou a chave na porta, sabendo que seria a primeira coisa que o pai verificaria assim que subisse e, caso não pudesse ir ao segundo andar por estar com seu "convidado"? Faria Fedricah vir e testar a maçaneta.

Sentou-se na cama e chutou os sapatos, deitando-se sobre a colcha. Fitando o dossel, balançou a cabeça.

Trancada no próprio quarto. Impossibilitada de agir.

Logo após os ataques, aquele era o único lugar onde queria ficar, o único lugar onde se sentia segura. Mas as noites de terror se transformaram em meses de preocupação... que passaram para uma normalidade inquietante... que voltaram à vida normal de sempre.

A ponto de agora sentir-se aprisionada. Naquele quarto. Naquela casa. Naquela vida.

Paradise olhou para a porta cerrada e trancada.

Quem era aquele macho?, ficou se perguntando.

Capítulo 11

Lentamente, Selena percebeu que já não estava mais no Santuário. No entanto, não reconheceu onde estava. Seu cérebro foi lento ao processar tanto sinais corporais quanto o ambiente que a cercava, como se o ataque tivesse congelado não só seu corpo, mas também sua mente.

Gradualmente, entretanto, ocorreu-lhe que já não havia grama em seu rosto. Nem árvores, tampouco templos ao longe. Nem o som suave da água corrente dos banhos.

Tentou levantar a cabeça e gemeu.

– Selena?

O rosto que entrou em seu campo de visão provocou lágrimas em seus olhos. Era Trez... Trez...

Como se o tivesse invocado de um sonho, ele apareceu bem diante dela, e ela se refestelou com essa visão: a pele escura suave, os olhos negros amendoados, o cabelo cortado rente, a presença imponente de seu peso e altura.

Seu primeiro instinto foi esticar a mão em sua direção, mas um arroubo de dor a deteve, fazendo-a arfar.

– Doutora Jane – exclamou ele. – Ela está acordada!

Trez?, ela disse. *Trez, espere, preciso lhe dizer algo...*

– Doutora Jane?

Não, não se preocupe com isso. Preciso...

– Ela não consegue respirar!

As coisas aconteceram rápido a partir daí. De uma só vez, uma máscara foi colocada sobre seu rosto, e algo forçava seus pulmões a inflarem. Vozes explodiram ao redor dela. Um bipe soou sugerindo que um alarme estava disparando...

Alguém tentara esticá-la, e as suas juntas rangeram em protesto. Ah, não, espere, era ela mesmo que tentava se mover, estava tentando se sentar para ver o que estava acontecendo.

– Ela está se mexendo! – Aquele era Trez, ela tinha certeza disso. – O braço dela mexeu!

– Ela está tendo uma parada cardíaca. Consegue esticar seu peito?

A dor que se seguiu foi tão grande que ela gritou.

– Desculpe – Trez lhe disse ao pé do ouvido, a voz se partindo. – Desculpe, meu bem. Desculpe, mas tenho que esticar você...

Selena gritou de novo, mas não achou que o som tivesse saído. E, então, sua visão embaçou, começando com a periférica e seguindo para o centro, como se uma neblina se desenrolasse a partir das beiradas.

De repente, ela estava olhando para a luz no alto, o que significava que eles, de alguma forma, tinham conseguido endireitá-la de costas. Em seguida, veio uma pressão nos ombros, na coluna, nos braços. A visão ia e vinha, aquele embaçamento recuando e retornando em grandes ondas de dor que a atravessavam.

– Não quero quebrar nada – Trez disse entre dentes.

Então eram as mãos dele em seus pulsos, forçando-a a ficar reta.

– Preciso ter acesso aí. Agora.

A doutora Jane apareceu do lado oposto da mesa em suas mãos havia blocos com cordinhas enroladas penduradas nas pontas.

– Tirem o manto dela. – A médica olhou para o lado oposto. – Vocês, machos, terão que sair, ou ele não vai nos deixar ter acesso ao seu tronco.

O alarme estava alto, um som contínuo sólido, não mais interrompido em intervalos.

– Afastem! – ordenou a doutora Jane.

Um choque elétrico atingiu o peito de Selena, alçando o corpo da mesa, estalando cada uma das suas vértebras, atingindo a coluna.

Enquanto ela voltava para o colchonete da mesa de exame, houve uma breve pausa durante a qual as três pessoas ao seu redor, a médica, a enfermeira e Trez, a encararam. Ela se concentrou em Trez, e foi então que viu uma quarta pessoa, de pé bem ao lado dele, um corpanzil de costas, uma cabeça escura virada para baixo e para o lado.

iAm.

Ah, que bom, ficou contente por ele estar ali para apoiar Trez.

Selena abriu a boca por debaixo da máscara, olhando diretamente nos olhos negros do Sombra. Se ao menos pudesse lhe dizer...

O caos disparou ao seu redor uma vez mais, seus pulmões empurrados ao encontro das costelas, vozes alteradas, as pessoas mudando de posição.

– Pare de ventilar – ordenou a doutora Jane. – Afastem!

Uma segunda corrente potente a atravessou, contorcendo-lhe o tronco. Dessa vez não houve nenhuma pausa. Aquele empurrão poderoso e firme em seus pulmões retornou de imediato e se repetiu e repetiu.

– O que fazemos agora? – Trez perguntou, com a voz entrecortada.

Ah, Santa Virgem Escriba, ele estava chorando.

Trez, ela o chamou em pensamento. *Eu te amo...*

Trez vivia e morria de acordo com a máquina de sinais vitais logo atrás da cabeceira da mesa de exames. Um fio conectava Selena a esse computador acoplado, e a tela mostrava todo tipo de informação que não significava muito para ele. Contudo, de uma coisa ele entendia, e muito bem: da linha amarela embaixo que deveria formar picos e vales em intervalos regulares conforme o coração batia.

Ela não estava subindo num padrão determinado, mesmo depois de ter oscilado quando a doutora Jane colocou aqueles blocos na lateral do peito, descarregando a corrente elétrica na Escolhida.

Reta. A linha estava reta de novo.

Ehlena continuava a inflar, as mãos apertando um balão azul claro que forçava ar para dentro do peito de Selena. E, nesse meio tempo, Trez olhava para a linha amarela, incitando-a a saltar, a reagir à batida do coração de Selena.

– Maldição, bata...

Algo resvalou em seu rosto e ele deu um salto, só para descobrir que era Selena quem tocara nele, a mão delicada e pálida distendida numa série de espasmos como se a junta estivesse enferrujada.

– Selena – disse ele, abaixando-se para que ela não tivesse que se esforçar. – Selena...

Ele a beijou na palma, nos dedos, depois deixou que ela lhe resvalasse o rosto. Seus olhos eram incrivelmente azuis, luminosos, radiantes. E, por um instante, tudo desapareceu, fazendo com que restassem apenas eles dois; as paredes da sala de exames, os instrumentos e a equipe médica, mesmo seu amado irmão, desapareciam.

Os lábios dela começaram a se mexer debaixo da máscara plástica.

– Ok, ok, ok. – Ele não fazia ideia do que ela estava dizendo. – Consegue ficar comigo? Por favor, fique, não vá.

Ela estava se mexendo, e isso era bom, certo?

– Selena! – Merda, os olhos dela estavam revirando para trás. – Selena...!

– Nós a estamos perdendo!

Não houve nenhum pensamento consciente para ele. No instante em que a doutora Jane pronunciou aquelas terríveis palavras, ele dissipou seu corpo e cobriu o de Selena com suas moléculas, com sua energia, sua alma, atravessando sua pele, mergulhando, dividindo tudo na esperança de fazer o que aquela máquina não conseguira.

Algo que, de algum modo, pudesse trazê-la de volta...

E, então, aconteceu.

Tão certo como se Selena tivesse esticado as mãos para agarrar o que ele tinha para lhe dar, um puxão vital se agarrou à sua essência, arrastando-a para dentro, tirando dele.

Isso está certo, ele pensou. Pode me usar.

– Tenho uma batida! – alguém exclamou.

– Ela está respirando!

Ele ouviu o comentário não como um som, mas como pensamentos dos outros. No entanto, não se deteve. Era cedo demais. Não havia doado o bastante.

Todavia, cedo demais, sua força começou a desvanecer, sua energia escoando numa descarga, não em algo gradual. Por mais que quisesse continuar com ela, sabia que teria que voltar à forma física ou se perderia em vapor, e isso seria uma sentença de morte.

Não até que ela se vá, pensou.

E poderia ajudá-la de novo, depois que...

Trez aterrissou no chão de azulejos como se tivesse sido empurrado, sem nenhuma graciosidade. Daquela posição, viu os Crocs vermelhos da doutora Jane de perto, os azuis de Ehlena e os joelhos do irmão, pois o macho imediatamente se ajoelhou ao seu lado.

iAm agiu de pronto, segurando-o debaixo das axilas e arrastando--o de volta para perto da cabeça de Selena, erguendo-o, já que ele não conseguia ficar de pé, ajoelhado, nem mesmo mantendo o tronco na vertical.

Não sabiam o que a doutora Jane e Ehlena estavam fazendo, ambas trocando de postos diante da forma prostrada de Selena com todo tipo de equipamento médico...

A porta do corredor se abriu num rompante. Manny Manello, o médico humano parceiro de Jane no centro médico, estava em roupas normais e muito apressado, como se tivesse corrido para chegar ao centro médico.

Gênero errado. Levando-se em consideração que Selena estava nua.

Os lábios de Trez se curvaram para trás, revelando as presas subitamente expostas, um grunhido escapando de dentro dele.

– Que trânsito! – disse Manny. – Desculpe, eu...

– Precisa sair – exclamou Jane ao parar de verificar os olhos de Selena com uma luzinha. – A menos que queira ser mordido.

Enquanto Manny lhe lançava um olhar questionador, Trez sentia todas as suas forças retornando. E não era o único a perceber isso. iAm passou os braços fortes ao redor do seu peito.

– Saio daqui um segundo para conversarmos, ok? – a médica disse para seu colega.

– Entendido. – Manny levantou uma mão para Trez. – Desculpe, cara.

Trez concluiu que o cara merecia respeito, pela velocidade com que se virou e saiu.

– Ela tem mobilidade limitada nos braços, dos dedos aos ombros – Ehlena anunciou ao ir para a base da mesa e segurar uma das pernas de Selena. – Quadril. Joelho. Tornozelo. Mesma coisa.

– Os sinais vitais estão estáveis – relatou a doutora Jane. – Quero mais raios-X assim que tivermos certeza de que ela está conosco.

Jane relanceou para Trez.

– Você a trouxe de volta. Salvou a vida dela.

Como se ouvisse as palavras e compreendesse, Selena olhou para ele. Trez abriu a boca para responder, mas não conseguiu. Como alguém desconectado do mundo, tudo ficou escuro e ele flutuou na inconsciência.

A única coisa sobre a qual tinha consciência? Mesmo depois de ter desmaiado?

Do *bipe-bipe-bipe* estável na máquina marcando as batidas do coração de Selena.

Capítulo 12

Escola Para Garotas Brownswick
Caldwell, Nova York

Denzel estava certo em *O Gângster*.

Os melhores traficantes eram grandes homens de negócio. E não era preciso frequentar Harvard para chegar lá.

O Sr. C., *Redutor Principal* da *Sociedade Redutora,* não era nenhum terno caro com um pedaço de papel emoldurado na parede. Fora nascido e criado nas ruas, e era bom pra cacete em movimentar a mercadoria.

Enquanto o pôr do sol acontecia do lado de fora das janelas quebradas do seu escritório, ele continuava juntando dinheiro, as notas surradas de vinte unidas por elásticos que ele roubara da seção de cópias de uma loja Federal Express. Não parecia muito, mas isso era algo em que os filmes normalmente erravam.

O Sr. C. se inclinou para a frente e pegou outro punhado de notas de Andrew Jackson* manchadas e amassadas de dentro de uma sacola de lona no chão. Fazia seus homens esvaziarem os bolsos a cada amanhecer ali no escritório do diretor e, mesmo que levasse o dia inteiro, ninguém o ajudaria a contar.

Àquela altura, depois de quase um ano naquele negócio, ele tinha quase uma centena de interceptadores trabalhando para ele, o número variando dependendo dos seus esforços de recrutamento e da eficiência

---

* As notas de vinte dólares possuem a efígie do presidente Andrew Jackson. (N.T.)

em matar da Irmandade da Adaga Negra. Sua ideia de colocar a *Sociedade Redutora* em ordem, naquela escola abandonada, fora bem astuta. Ele podia administrar seus assassinos como uma unidade militar, abrigando-os no mesmo local, mantendo-os na linha, monitorando cada respiração e cada venda pessoalmente.

Havia coisa pra cacete para ser reconstruída.

Logo depois que Ômega o procurara e o elevara ao posto de *Redutor Principal*, ele percebera que a promoção fora uma bosta. A *Sociedade* não tinha dinheiro algum. Nem armas ou munição. Nem abrigo. Nenhuma organização, tampouco um plano. Tudo estava diferente agora: uma aliança alarmante e singular resolvera o primeiro problema, e isto estava resolvendo o segundo e o terceiro. O quarto era por sua conta.

Àquela altura, só o que ele precisava fazer era continuar lucrando. Garantir que seus homens andassem na linha. Contar o dinheiro que entrava e saía. Começar a juntar alguns brinquedinhos de guerra. E depois que estivesse devidamente armado?

Ele acabaria com a Irmandade da Adaga Negra, e faria parte da história como aquele que, finalmente, dera conta dessa porra de tarefa.

O Sr. C. terminou de contar bem quando os últimos vestígios de luz sumiam para dar lugar ao céu noturno estrelado. Levantando-se, ajustou um par de pistolas e colocou os montes de dinheiro na sacola. O total era de 400 mil dólares.

Nada mal para um trabalho de 48 horas.

Ao sair, não havia por que trancar a sala, já que havia acesso por todas as partes. A sala do diretor tinha janelas que mais pareciam peneiras, as portas pendiam nas dobradiças e, numa escala maior, a propriedade decrépita da agora corroída escola estava cercada por grades de ferro com mais partes faltantes do que existentes.

O que mantinha as pessoas distantes?

Os assassinos que constantemente vagueavam pela propriedade, sentinelas cujo único trabalho era espantar qualquer um que se aproximasse demais.

O lado bom? Dizia-se que o lugar era assombrado, então, quando os pirralhos adolescentes tentavam entrar, alguns poucos truques de Ômega cuidavam da questão. Bônus? Seus garotos gostavam de assustar os tolos, e era bem melhor do que matar os safados. Cadáveres eram um pé no saco, e ele não queria a polícia humana envolvida.

Afinal, havia uma – e apenas uma – regra na guerra contra os vampiros: nenhum humano era bem-vindo na festa.

Do lado de fora, o Sr. C. entrou em seu Lincoln Nav todo preto e manobrou na grama seca alta. No crepúsculo, sentia seus rapazes se movendo pela propriedade mesmo sem conseguir vê-los, um eco do sangue de Ômega neles melhor do que qualquer GPS enfiado em seus rabos.

Portanto, sim, ele sabia que um de sua equipe se perdera na noite anterior. Sentira a morte por baixo da sua pele pálida. Irmandade filha da puta. E o idiota que fora assassinado tinha drogas e dinheiro consigo, o que equivalia a um prejuízo de pelo menos uns 5 mil.

Em qualquer noite normal, ele tinha de 20 a 25 traficantes nas ruas de cada vez, cada um trabalhando em turnos de quatro horas. Turnos eram essenciais. Um período maior do que 240 minutos e os assassinos detinham muitos ativos consigo, dinheiro demais a perder se fossem apanhados pela polícia, roubados ou assassinados pela Irmandade. Dinheiro demais que poderia lhes dar algumas ideias.

Aprendera a lidar com aquela atividade desde a época em que era ainda humano, ainda começando a se arriscar nas ruas, tentando crescer.

E a verdade, nua e crua? Ômega precisava dele pra cacete. E não o contrário.

A rota que tomava para chegar ao seu fornecedor era diferente todas as vezes, e ele tinha cuidado em rastrear qualquer carro atrás de si, para o caso de estar sendo seguido pela polícia de Caldwell ou pelo ATF*. Do mesmo modo, não havia comunicação por telefone com seu atacadista – os avanços tecnológicos por parte das agências locais e federais tornavam isso perigoso demais. Os planos eram organizados ou mudados pessoalmente e, caso uma das partes não aparecesse, um plano contingente previamente estabelecido garantia que soubessem quando e onde se reencontrarem.

Nenhum de seus homens conhecia a identidade do fornecedor, e ele precisava que isso continuasse assim. Estivera onde eles estavam agora, e a última coisa que precisava era um deles tentando tomar seu lugar.

E o fato de o atacadista ser um vampiro?

Engraçado demais.

---

* Agência norte-americana, dentro do Departamento de Justiça, responsável pelo controle de drogas, álcool, armas e munições, e tabaco. (N.T.)

A troca daquela semana estava marcada para 90 minutos após o pôr do sol, perto, mas não demais, da pedreira. Ele precisou de uns bons 45 minutos na estrada para chegar às proximidades, depois foi devagar e com calma. O caminho até a área descampada era de mão única, tão usado quanto uma trilha abandonada de cabras e tão bem mantido quanto um antro de drogas. Árvores e moitas tomavam conta do acostamento, transformando a trilha num túnel, e avisos sobre áreas alagadas brilhavam debaixo dos faróis.

Ele apagou os faróis cerca de duzentos metros mais à frente. Assim como seus fornecedores, ele modificara seu SUV para operar no escuro, e seus olhos demoraram apenas um segundo para se ajustarem.

Obrigado, Ômega.

A curva que ele esperava surgiu cerca de meio quilômetro à esquerda, e ele dirigiu na estrada de terra ainda mais devagar. No passado, quando era humano e fazia aquele tipo de troca, seu coração sempre batia forte enquanto entrava em ação. Agora, não só ele não tinha mais o equipamento cardíaco dentro do peito, como também não ficava nem um pouco alterado. Graças à modificação em seu chassi e na química de seu cérebro feita pelo chefe, conseguia lidar com tudo que pudesse acontecer, com ou sem uma retaguarda armada.

Portanto, não, não estava preocupado. Mesmo que quase meio milhão de dólares estivessem para trocar de mãos entre dois criminosos.

Quando, por fim, chegou ao ponto de encontro, o Range Rover do seu "sócio" já estava no meio da clareira, tendo amassado árvores pequenas e moitas ao manobrar o carro para ficar de frente. Com a aproximação e enquanto emparelhavam as portas do motorista, ambos baixaram os vidros.

O vampiro que administrava a parte de importação do negócio era um perfeito Drácula: cabelo negro penteado para trás, olhos como a mira a laser de uma Glock, a boca tomada pelas presas estendidas e a energia de quem gostava de machucar pessoas.

No entanto, a mente dele funcionava como a do Sr. C.

– Quatrocentos mil – disse o Sr. C., esticando a mão para pegar a sacola de lona.

Enquanto ele a segurava do lado de fora da janela, o vampiro a tomou e a trocou por outra idêntica.

– Quatrocentos.

– Quatrocentos e oitenta? – perguntou o Sr. C.

– Quatrocentos e oitenta. Cento e quarenta e nove, quilômetro 49?

– Pôr do sol. Depois de noventa.

– Pôr do sol. Depois de noventa.

Subiram seus vidros ao mesmo tempo e o vampiro pisou no acelerador, saindo sem ligar as luzes.

O Sr. C. foi eficiente do mesmo modo e tomou o mesmo caminho. Assim que chegaram à estrada asfaltada, o fornecedor virou à esquerda e ele foi pela direita.

Sem testemunhas. Sem complicações. Nada fora de sintonia.

Para dois inimigos que atuavam em lados opostos da guerra, eles se davam bem pra caramba.

Abalone, filho de Abalone, retomou sua forma diante de uma casa histórica em um dos bairros mais nobres de Caldwell.

Aquela era a ducentésima septuagésima primeira noite que ele ia até a bela residência.

Era tolice contar, evidente, mas ele não conseguia deixar de fazer isso. Com sua *shellan* falecida, e a filha prestes a ser apresentada à *glymera* para se casar, sua posição como Primeiro Conselheiro de Wrath, filho de Wrath, era o único aniversário que tinha pela frente.

Não havia uma noite sequer em que não se orgulhasse de estar à altura do legado do pai, vivendo em serviço ao trono.

Ou, pelo menos, esse era tipicamente o caso. Pela primeira vez, todavia, ele sentia como se estivesse decepcionando seu rei e seu reino.

Aproximando-se da porta de entrada, engoliu em seco e apanhou a chave de cobre que a Irmandade lhe entregara há quase um ano. Ao entrar na mansão, inspirou fundo e sentiu o perfume de lustra-móveis, um misto de limão e mel.

Era o perfume da fortuna e da distinção.

O Rei ainda devia chegar, e Abalone apanhou o celular para se certificar de não ter deixado de atender algum telefonema. Nenhum. As três vezes que ligara para Wrath e deixara recados não resultaram em nenhum retorno da parte do Rei.

Sem conseguir ficar parado, foi para a sala à esquerda, de decoração amarelo-clara, com um retrato em tamanho real de um rei francês, e as novas poltronas estofadas perfiladas ao longo da parede, como numa luxuosa sala de espera de consultório médico. Ligando o computador na mesa junto ao arco de entrada, não conseguiu se sentar.

Wrath retomara a venerável tradição de conceder audiências para a população civil, e aquilo que fora uma ligação vital entre os governantes da Raça e seus cidadãos evoluíra numa curiosa mistura do antigo com o novo. Horários eram agendados por mensagens de texto e e-mail. As confirmações eram enviadas do mesmo modo. Indagações eram catalogadas em planilhas eletrônicas que podiam ser organizadas por data, assunto, família ou resolução. Os estatutos das Antigas Leis também eram pesquisados, não como antigamente, em seus tomos, mas no banco de dados criado graças a Saxton.

A interação pessoal, contudo, permanecia inalterada e antiga, nada além do vassalo e do rei, conversando reservadamente, reafirmando o elo importante e fortalecendo a união dentro da Raça.

Abalone criara, e mantinha, os novos procedimentos de manutenção de registros, e o sistema vinha se mostrando valioso. Todavia, com o aumento no número de pedidos – no último trimestre, esse número mais que quadruplicara –, ele vinha começando a se afundar na papelada e no agendamento.

Os atrasos eram inaceitáveis, um desrespeito tanto a Wrath quanto aos demais requisitantes.

Do mesmo modo, estava ficando claro que ele precisaria de ajuda. No entanto, não fazia ideia de onde consegui-la.

A confiança era um problema. Precisava de alguém em quem pudesse depositar total confiança.

A questão era que ele sequer sabia por onde começar a procurar – ainda mais porque as únicas pessoas que conhecia eram aristocratas, e a *glymera* não apenas fora a origem de planos traiçoeiros que quase destronaram Wrath, como também estava desprovida dos seus direitos políticos.

Seria tolice imaginar que os dissidentes magicamente sumiram.

E esse era apenas um dos motivos pelos quais a aparição repentina de Throe em sua soleira ao alvorecer se mostrava tão perturbadora.

Forçando-se a se concentrar, Abalone imprimiu o sumário da noite e depois foi para a sala do trono improvisada para verificar se tudo estava como deveria estar. O espaço previamente utilizado como sala de jantar hoje era onde as audiências com Wrath aconteciam – mas, como tudo relacionado ao Rei, era bem simples. Não havia tronos dourados nem mantos de arminho, tampouco cortinas de veludo ou tapetes grandiosos. Apenas algumas poltronas, uma diante da outra, em frente à lareira que aquecia com suas labaredas no outono e no inverno, e guardava flores frescas do jardim durante a primavera e o verão.

A lenhas já estava arrumada e ele a acendeu.

O trono verdadeiro, aquele em que o pai de Wrath se sentara, e o pai dele antes disso, e o pai dele antes ainda, estava na mansão da Irmandade. Ou, pelo menos, assim Abalone ouvira dizer. Ele nunca estivera no complexo secreto e não tinha interesse algum em saber a localização ou visitar o local.

Certas informações eram valiosas demais para se saber.

E, no fim, esse era o único motivo pelo qual não chutara o seu primo em pleno dia quando ficou claro que não conseguiria se comunicar com o Rei.

Mesmo que Throe surpreendesse Abalone? O macho não descobriria nada de importante, nada que pudesse ferir Wrath e a Irmandade. Aquele local era protegido pelos Irmãos sempre que Wrath estava no recinto, e o Irmão Vishous insistira em instalar vidros à prova de balas, portas corta-chamas, estruturas entrelaçadas com aço em toda a sala de jantar e cozinha, e outras medidas de segurança que Abalone sequer conseguiria imaginar.

Aquela residência era mais fortificada que o Forte Knox.

Ali ele não teria o Bando de Bastardos. Nem a *Sociedade Redutora.*

Além disso, Throe simplesmente se recolhera a um dos quartos de hóspede e dormira como se estivesse se recuperando de um ferimento vital. Ele não causaria nenhum problema a mais do que um hóspede comum.

Ainda.

Enquanto os minutos passavam, Abalone andava de um lado para o outro na sala de audiências...

– Você está bem?

Abalone se virou com tanta rapidez que seus sapatos Bally rangeram no piso bem polido.

– Meu senhor...!

Wrath, de algum modo, conseguira não apenas entrar na casa, mas também naquele cômodo sem fazer som algum – e não pela primeira vez, Abalone se viu mesmerizado por aquele macho. O Rei tinha quase 2,15 metros de altura, era muito musculoso, de natureza guerreira, uma presença física que fazia com que as pessoas quisessem colocar as mãos sobre suas cabeças só para sair do caminho dele. Com o cabelo negro cascateando do V formado na testa até o quadril, e óculos esportivos escuros escondendo os olhos cegos de todos a não ser da sua amada rainha, ele era belo aristocraticamente e brutalmente altivo. E também havia as representações tangíveis da sua augusta posição: o anel de diamante negro no dedo médio da mão da adaga, as tatuagens densas de sua linhagem subindo pela parte interna dos antebraços.

O macho era sempre um choque, pouco importando quantas horas Abalone passasse em sua presença. Mas isso parecia particularmente verdadeiro numa noite como aquela.

O Rei se inclinou e soltou seu cão-guia, George, da coleira, e depois olhou por sobre o ombro.

– Butch? Me dê um segundo aqui, sim?

O Irmão com sotaque de Boston deslizou as portas de correr e assim que elas se fecharam Abalone pôde dizer honestamente que jamais pensou que ele próprio estaria em audiência com seu governante.

As narinas de Wrath inflaram.

– Algo o preocupa.

Por algum motivo, Abalone sentiu vontade de se ajoelhar.

– Tentei entrar em contato, meu senhor.

– É, eu sei. Tirei um raro dia de folga em Manhattan com a minha *shellan*. Só recebi suas mensagens há cinco minutos. Imaginei que, àquela altura, poderíamos muito bem falar pessoalmente.

– Sim. De fato.

– O que foi?

Santa Virgem Escriba, era assim que os infiéis aos seus companheiros deviam se sentir, Abalone pensou.

– Eu...

– O que quer que seja, pode me contar. Então daremos um jeito.

– Eu... Hum... Recebi uma visita esta manhã, pouco antes do amanhecer. De um primo meu.

– E isso não é uma boa notícia?

– Era... Throe.

Em vez de se retrair ou praguejar, o Rei emitiu uma risada suave – como um felino que ronrona quando apresentado a uma refeição.

– As coisas nunca são simples... Você não tem como escolher a sua árvore genealógica. – Mais uma vez as narinas inflaram. – Imagino que ele não tenha sido bem recebido em sua casa.

– Não, meu senhor. Só deixei que ele ficasse porque ofereceu informações sobre o Bando de Bastardos. Ele alega que os abandonou e está disposto a informar a localização, a estratégia e as ações deles.

O Rei sorriu, revelando presas tão longas quanto adagas.

– Então, sem dúvida, quero me encontrar com ele.

Abalone cedeu aos instintos, aproximou-se e se ajoelhou no chão duro de madeira.

– Meu senhor, precisa entender que...

O Rei apoiou a mão no ombro de Abalone, a palma tão grande que parecia engolfar todo o seu tronco.

– A sua lealdade é minha e apenas minha. Sinto isso no ar. Em meus instintos. Deixe a culpa de lado. Ele está na sua casa agora?

– Sim.

– Então vou até lá.

– Não prefere enviar um emissário?

– Não tenho nada a esconder, e não temo nem a ele nem ao bando de garotinhas de Xcor. Tentaram me matar uma vez, lembra? Não deu certo. Tentaram me destronar? Ainda estou aqui. Os putos não podem me atingir.

Como se Wrath conseguisse ler mentes, estendeu o anel de diamante negro, e Abalone segurou o que lhe era oferecido, pressionando os lábios na pedra sagrada que estava aquecida pela pele do grande macho.

– Butch – Wrath o chamou. – Convoque a Irmandade. Temos que fazer uma visita.

O Irmão gritou em resposta do outro lado da porta enquanto o Rei baixava a cabeça, como se pudesse olhar dentro dos olhos de Abalone.

– Agora, Primeiro Conselheiro, quero que remarque as duas primeiras horas de minhas audiências esta noite.

– Sim, meu senhor. Imediatamente.

– Em seguida iremos para a sua casa.

– O que desejar, meu senhor.

Capítulo 13

No fim, quem salvou Trez de sua prisão não foi uma pessoa. De fato, nem mesmo um objeto.

Sua liberdade surgiu da cortesia de um simples duto de ventilação localizado no canto superior direito da suíte em que permanecia aprisionado.

Três noites antes da fuga, ele estivera deitado de costas, contemplando absolutamente nada, quando um jorro de ar fresco atingiu as joias de seu manto e refrescou sua pele. Franzindo o cenho, ergueu o olhar e viu a grade parafusada na lisa superfície branca.

Câmeras de segurança de primeira geração observavam cada um dos seus movimentos, portanto ele sabia que não deveria revelar nenhum interesse específico. Mas aquilo o fez pensar. Os Sombras podiam se desmaterializar, e também virar fumaça – o que o possibilitaria viajar grandes distâncias, permanecendo invisível enquanto seguisse seu caminho.

Tentara fazer as duas coisas inúmeras vezes e fracassara – e, a princípio, descartara qualquer pensamento de fuga baseado nisso.

Contudo, na noite seguinte, sem nenhum motivo aparente, olhou para o que colocaram em seu corpo. As pedras preciosas... as reluzentes pedras preciosas que ele deduzira serem incrustadas em ouro. O metal era prateado. Ouro branco, certo?

A menos que... fosse aço inoxidável. Que era o único material através do qual os vampiros, mesmo os da linhagem dos Sombras, não poderiam se desmaterializar.

Olhou através do quarto coberto de mármore para o banheiro anexo. Mesmo enquanto se banhava, quando seu corpo era lavado segundo os rituais...

eles o mantinham adornado por safiras e diamantes, colares de pedras ao redor do seu pescoço, ombros, pulsos e tornozelos antes que entrasse na água. E assim que saía? A corrente de joias era mais uma vez colocada em seu corpo.

Fechou os olhos. Por que nunca pensara nisso?

Precisou de mais duas noites, dois ciclos de amanhecer e anoitecer, antes de conseguir desenvolver um plano. Os horários das refeições, dos banhos, dos exercícios e dos estudos nunca eram os mesmos, como se manipulados para que não houvesse um padrão, e as idas e vindas de iAm também eram aleatórias, visto que, por não ser o Ungido, ele tinha certa liberdade de movimento, ainda que isso não fosse imutável.

Enquanto ponderava, Trez tomou muito cuidado para não mudar nada, suas atitudes, seus hábitos, mas, internamente, sua mente criava, planejava, testava teorias para complicações e potenciais fracassos.

Antecipara que se demoraria ainda mais, contudo o momento surgira inesperadamente, graças a uma bandeja de alimentos derrubada sem querer. Uma das criadas escorregara no piso recém-lustrado, e a comida e a louça se espalharam por todos os cantos. iAm, sempre servil, se prontificara a ajudar a limpar a bagunça, e ele e a criada saíram para procurar os produtos de limpeza no depósito.

Ele trancou a porta escondida da sua cela.

E assim foi.

Agindo rapidamente, Trez se despiu, arrancando a malha entrelaçada de pedras preciosas do corpo, quebrando os ganchos, arrebentando todo tipo de cinto, fivela e trava de segurança. Então, nu e sangrando pelos esforços, fechou os olhos e se concentrou.

Sua ansiedade fora tão grande que ele quase fracassara, ainda mais ao ouvir os sons do lado externo da porta, já que as câmeras de segurança reportaram pronta e acuradamente suas atividades.

A convicção de que aquela seria sua única oportunidade o fez conseguir juntar uma força maior dentro de si.

Imediatamente antes de se desfazer no ar, s'Ex escancarou a porta e eles se encararam por um átimo de segundo.

E logo ele subiu pelo duto de ventilação.

Puf!

Seguira o sistema de ventilação acompanhando a corrente que ia ao seu encontro, imaginando que ela lhe mostraria o caminho para o lado externo. Estava certo. Momentos depois, escapou para a noite, sendo expelido de seu confinamento, tão surpreso por ter conseguido escapar que quase reassumiu sua forma, caindo no teto do palácio.

Rapidamente se recompondo, saiu dali, sem destino, sem planos, sem suprimentos, nem dinheiro...

Mas a liberdade não tinha preço... E o levaria, no fim, a cruzar o caminho de um vampiro que mudara o direcionamento da sua vida...

– Trez? Meu chapa?

Trez explodiu de seu sono exatamente como explodira do sistema de ventilação e, por uma fração de segundo, não fazia ideia de onde estava.

Na batida seguinte de seu coração, porém, um par de olhos ametista diante do seu rosto fizeram com que tudo voltasse à sua memória: o Centro de Treinamento, Selena. O presente, não o passado.

– Selena...

Rehvenge levantou uma mão.

– Opa, devagar. Estão terminando de banhá-la.

– De banhá-la... – Trez esfregou o rosto e olhou ao redor, vendo muitas paredes de concreto.

Cristo, estava tão exausto que apagara no corredor do lado de fora da sala de exames nos 4,2 segundos que levou para sentar a bunda no chão e inspirar fundo.

Rehvenge grunhiu ao usar a bengala para se acomodar no chão de concreto. Esticando as pernas, dobrou o casaco de pele de furão comprido ao redor das coxas, mesmo não estando muito frio.

– A minha Ehlena me chamou. – Rehv olhou para Trez de alto a baixo e, por sua expressão, ele parecia não gostar do que estava vendo. – Eu teria chegado antes, mas estava cuidando de uma situação no norte.

– Como estão seus colonos? Ainda loucos?

– Como você está?

– Uma maravilha, Alteza.

– Não tente me foder, ouviu?

– Desculpe. – Trez deixou a cabeça pender para trás, na parede. – Não estou no meu melhor.

Rehv relanceou para a porta fechada da sala de exames.

– Onde está iAm?

– Vestiário. Acho que foi tomar uma chuveirada.

– Sabia que ele estaria aqui com você.

– É.

Houve um período de silêncio. Depois Rehv disse:

– Há quanto tempo nos conhecemos?

– Um milhão de anos.

O devorador de pecados deu uma risada tensa.

– Parece isso mesmo.

– É.

– Então por que não me contou?

– Sobre...? – Quando Rehv apenas ergueu uma sobrancelha, Trez inspirou cansado. Claro que o cara queria saber sobre Selena e a vinculação. – Olha só, nem eu queria saber direito como me sentia por ela. Eu só... Merda... Você sabe como eu era com as prostitutas. Como é que eu vou levar algo assim para perto de uma Escolhida? E agora isso... Cacete. Tanto tempo perdido... Não que, necessariamente, teríamos ficado juntos, mas... Talvez eu pudesse ter ajudado. Ou...

Ainda que, segundo as outras Escolhidas disseram, parecia que a doença ou a desordem, ou que porra aquilo fosse, seguiria seu próprio curso, a despeito do que qualquer pessoa fizesse.

– Tenho alguma experiência com isso – murmurou Rehv. – Quando conheci Ehlena? Ela não sabia que eu era mestiço de devorador de pecados, muito menos herdeiro do trono dos *symphatos*. Porra, não tive pressa nenhuma em contar pra ela, mas eu não tinha como esconder as marcas nos meus braços, ou meus impulsos, ou quem eu era. E, lembre-se, eu tinha o mesmo trabalho noturno que você tem agora. Não era exatamente o tipo de notícia que se dá a uma fêmea. Lutei contra isso o quanto pude, e quando a verdade veio à tona? Eu sabia que ela iria embora. Estava convencido disso. E, por um tempo, ela foi, e eu não tinha nada além do meu amor por ela, de todo modo. Mas, no fim? Deu certo.

Trez desejou poder se inspirar com aquilo.

– Selena vai morrer.

– Talvez, talvez não. Olha só, não sou fã da minha subespécie, mas temos conhecimento no norte. Deixe-me ver o que consigo descobrir para você.

Trez virou a cabeça e o encarou.

– Você não precisa...

– Pare.

Trez teve que desviar o olhar.

– Não me faça chorar. Odeio me sentir como uma garotinha.

– Você faria o mesmo por mim.

– Você já me salvou uma vez.

– Gosto de pensar que salvamos um ao outro.

Trez pensou na noite em que se conheceram. Como e onde: naquele chalé nas montanhas, que foi a primeira estrutura com que Trez se deparara quando, por fim, caiu do ar... Também onde Rehv tivera que cumprir seu dever com aquela sórdida princesa *symphato* que o estava chantageando.

Trez havia se abrigado ali quando Rehv chegara para foder a cadela algumas vezes, de pé mesmo. Depois, ela o deixara largado no chão, o veneno que colocara na pele neutralizando Rehvenge.

Cuidar do cara lhe pareceu algo natural.

E, em troca? Ele e o bastardo de olhos violeta se tornaram uma espécie de irmãos. Ao ponto de, quando iAm apareceu ali, os três acabarem juntos, a lealdade e a gratidão de Trez unindo ele e o irmão ao devorador de pecados.

Se ele sabia pelo menos uma coisa sobre Rehvenge depois de todos aqueles anos, era que o macho tinha o seu valor. Apesar de ser um cafetão e dono de boate, degenerado e depravado, um filho da puta malvado e sádico... ele era, e sempre seria, um dos melhores machos que Trez já conhecera.

– Vou indo, então – disse Rehv.

Com mais uma rodada de gemidos, o macho se pôs de pé, e, já na vertical com seu casaco de pele de furão varrendo o chão do Centro de Treinamento, pigarreou e não olhou para Trez. Nenhuma surpresa, e uma espécie de presente. Trez também não lidava bem com fortes emoções.

– Obrigado – disse, rouco.

– Guarde sua gratidão para quando eu voltar com alguma coisa que valha a pena.

– Não é disso que estou falando.

Rehv se inclinou para baixo, oferecendo-lhe a mão da adaga.

– O que eu tiver é seu.

Trez teve que piscar algumas vezes. Depois passou a mão pelos olhos.

– Só preciso da sua amizade, cara. Porque ela é preciosa pra caralho.

Enquanto iAm saía do vestiário masculino, deu uma olhada para ver se havia abotoado certo a camisa. A chuveirada demorara menos de cinco minutos, mas a água estava tão gelada que ele achou que estava se sentindo um pouco melhor.

Difícil ter certeza com a cabeça fritando como estava.

Parou ao ver que Rehv e Trez tinham as mãos unidas. Por algum motivo, aquele momento tranquilo entre os machos o levou de volta para a noite em que Trez fugira.

Estranho como os caminhos se cruzam quando você menos espera.

Rehv olhou na direção dele quando soltou a mão.

– Ei, iAm.

– E aí, cara.

Como se estivessem em um funeral, os dois se encontraram no meio do caminho e deram o abraço masculino com tapas nas costas, desses quando há emoções demais pairando no ar. Um instante depois, Rehv saiu sem olhar para trás, andando para o escritório, o casaco comprido se arrastando atrás dele, a bengala vermelha batendo no chão para ajudar no equilíbrio.

– Que bom que ele veio – disse iAm ao olhar para a porta fechada da sala de exames. Eles ainda deviam estar limpando Selena.

Que noite maldita. Ou dia. O que quer que fosse.

– É.

iAm olhou para o relógio. Ora, quem diria. Eram oito da noite. Já anoitecera. Estavam ali há... mais de doze horas direto.

– Então, vai me dizer o que está se passando na sua cabeça?

iAm abaixou o braço e olhou para o irmão.

– Do que está falando?

– Para com isso, cara – Trez emitiu uma imprecação cansada. – Acha que eu não sei que está acontecendo alguma coisa com você? Mesmo?

iAm andou alguns metros. Voltou. Se sentou.

– Mais boas notícias, então... – murmurou Trez.

– Por aí.

– Desembuche. Pelo menos um de nós vai se sentir melhor.

– Duvido.

– E as coisas podem piorar?

– A rainha deu à luz.

– E...

– Não é.

Trez fechou os olhos e pareceu murchar dentro da pele.

– Que hora para isso acontecer. Inacreditável.

– Era por isso que s'Ex estava ligando para você. Ele me procurou quando você não atendeu e, bem, é isso aí.

Trez expirou com força.

– Sabe qual é a minha fantasia? Não é nada pornográfico. Pelo menos uma vez na porra da minha vida, eu queria receber boas notícias.

– Eles estão de luto. – Quando Trez só balançou a cabeça, iAm se sentiu no inferno de novo. – Temos uma semana e depois...

– Eles vão querer o pau deles, vivo e respirando, de volta, certo?

Enquanto Trez se concentrava na porta fechada da sala de exames, ele aparentou envelhecer diante dos olhos de iAm, a pele do rosto parecendo derreter sobre a estrutura óssea, os cantos dos olhos pendendo para baixo, a boca ficando mole.

– Trez...

– Diga a s'Ex que quero me encontrar com ele. Não posso sair agora porque...

– Não está pensando em voltar, está?

O olhar de Trez não se desviou da porta fechada.

– Trez, responda. Não está pensando em voltar...?

Conforme o silêncio se estendia, iAm praguejou.

– Trez!

– Tenho que me encontrar com s'Ex. Mas tem que ser depois... – Trez pigarreou. – Sim, depois.

iAm assentiu, porque o que mais poderia fazer? Não havia como culpar o cara por fazer aquele tipo de escolha.

Infelizmente, o s'Hisbe não seria tão compreensível assim. Mas era aí que iAm entrava. Não haveria jeito de alguém arrancar seu irmão à força com a merda da situação de Selena.

Pouco se importava com o que tinha que fazer: Trez ficaria livre para cuidar da sua fêmea.

A rainha que se fodesse.

Capítulo 14

Layla se sentia perseguida ao manter o pé no acelerador e as mãos no volante do Mercedes azul-claro. Qhuinn lhe comprara o seu E350 4matic – o que quer que isso significasse – há uns três meses. Ele pretendia algo maior, mais veloz, mais vistoso; no fim, ela acabou se sentindo mais confortável com o pequeno sedã. E escolhera aquela cor porque lhe lembrava as águas dos banhos no Santuário.

As terras na periferia de Caldwell se desenrolavam entre vales e morros, e ela amava aqueles campos ondulantes que se erguiam com o milharal em julho e agosto, e depois eram cortados, como a barba de um macho nos meses seguintes. Àquela altura, ela já conhecia de cor todo o cenário, aquela rota muito utilizada para ir a uma colina específica, num campo determinado, até uma significativa árvore.

Quando chegou à base da pequena colina, desligou os faróis e parou o carro. Nunca se sentia muito bem por ter que ir até lá, mas depois de ver o estado de Selena e saber o que aquilo significava, seu coração estava ainda mais pesado que de costume.

Suspendendo-se no assento do motorista, pôs as mãos na lombar e arqueou as costas, tentando relaxar os músculos, que pareciam eternamente tensos...

– Chegou cedo.

Com um arquejo, ela se virou. Xcor estava parado a poucos metros do para-choque traseiro, e ela de pronto viu que havia algo errado nele. Não que o rosto rude estivesse diferente: do lábio leporino que o fazia sustentar um rosnado permanente, os olhos astutos e o maxilar pesado, todas as feições eram as mesmas. E não havia mudança no corte do cabelo, ou no longo casaco, nem na roupa de couro e nas botas de combate, tampouco nas armas que ela sabia que ele trazia consigo, apesar de sempre escondê-las da sua vista

Não conseguia determinar exatamente o que era. Mas seus instintos não mentiam, e eles não estavam errados.

– Não está se sentindo bem? – perguntou.

– E você?

Ela levou a mão ao ventre.

– Estou bem.

– O que aconteceu ontem à noite? Por que não veio?

Uma imagem de Qhuinn andando de um lado para o outro na sala de bilhar enquanto ela e Blay permaneciam sentados no sofá lhe veio à mente. E depois os três na sala de exames do Centro de Treinamento, parados enquanto Selena era examinada, e mais más notícias eram dadas.

– Tive uma emergência familiar – disse. – Bem, duas, na verdade.

– De que tipo?

– Nada que lhe interesse.

– Há muito pouco a seu respeito que não me interessa.

Erguendo o olhar para a árvore sob a qual normalmente se encontravam, Layla estremeceu.

– Eu...

– Você está com frio. Vamos entrar no carro.

Em seu modo costumeiro, Xcor assumiu o comando, abrindo-lhe a porta e ficando de lado, numa exigência silenciosa. Por um instante, ela hesitou. A despeito do seu nobre ímpeto em manter o Rei e a Irmandade a salvo, ela sabia, bem no fundo, que ninguém aprovaria esses encontros, aquelas palavras, o tempo passado com o inimigo jurado da Irmandade.

Aquele que planejara a derrocada de Wrath não uma, mas duas vezes.

Sentar-se ao lado de Xcor – no carro que Qhuinn lhe dera de boa vontade – era uma violação de todos os relacionamentos que ela tanto prezava.

Só que ela estava protegendo aqueles que amava, lembrou-se.

– Entre – Xcor lhe disse.

Foi o que ela fez.

Fechando a porta, Xcor foi até o lado do passageiro e, quando ele bateu à janela e ela destrancou a porta, ela pensou na falsa mitologia humana sobre os vampiros, na qual, supostamente, os mortos-vivos tinham que ser convidados antes de poderem passar pela soleira da casa de alguém.

Tão distante da realidade.

O corpo feito para a guerra de Xcor, ao se sentar no banco, tomou todo o espaço do sedã, que era grande demais para ela, mesmo estando grávida. Ao inspirar fundo para se fortalecer, odiou gostar do cheiro dele, mas, de fato, gostava. Na verdade, ele sempre se esmerava em se lavar antes de se encontrarem, a pele rescendia a uma colônia picante que ela desesperadamente queria considerar desagradável.

Tudo aquilo seria muito mais palatável se ela permanecesse concentrada no fato de estar sendo coagida àquele contato, àquela proximidade.

Porque estar ali de livre e espontânea vontade...

Deus, porque estava tão introspectiva aquela noite?

– Dirija – disse ele. – Por favor.

– O quê? – Seu coração começou a bater forte. – Por quê...

– Não é mais seguro aqui. Temos que nos encontrar em outro local.

– Por quê? – A realidade de quão pouco sabia e confiava nele a fez perceber exatamente o quanto estavam isolados. – O que mudou?

Ele a fitou.

– Por favor. Pela sua segurança. Jamais a machucarei, já deve saber disso, portanto lhe digo que já não é mais seguro ficarmos aqui.

Ela sustentou o olhar dele por um bom momento.

– Para onde vamos?

– Encontrei outro lugar. Vá para o oeste. Por favor.

Quando ela não se moveu, ele pôs a mão sobre a dela e apertou de leve.

– Aqui não é mais seguro.

Soltou-a, mas seu olhar não se desviou. E, um instante depois, ela apertou o botão da ignição para dar partida no motor.

– Muito bem.

Ao colocar o câmbio automático na posição D para dirigir, um alarme começou a tocar.

– O seu cinto de segurança – disse ela. – Você precisa ajustá-lo.

Ele obedeceu sem dizer nada. Esticou bem o cinto para dar a volta no peito imenso antes de amarrá-lo.

– É longe? – perguntou, quando uma onda renovada de medo fez seu coração disparar.

– Quinze quilômetros. – Xcor abaixou um pouco o vidro da janela e inspirou como se sentisse algum cheiro no ar. – É um local seguro.

– Está me sequestrando?

Ele se retraiu.

– Não. Como sempre, você tem a liberdade de ir e vir.

– Ok.

Ela desejou que ele estivesse dizendo a verdade. Rezou para que estivesse. E aquilo não melhorava em nada o jogo letal do qual estava participando...

Aquilo tinha que parar, pensou. Havia uma guerra contra os *redutores*. Ele era um traidor do seu Rei.

E ela estava cada vez mais grávida.

O problema era que não sabia como desatar os nós que os uniam.

Rhage foi o último dos Irmãos a se materializar no gramado da propriedade, praticamente saída de uma revista para ricos. Ao olhar para a casa imponente, foi como se estivesse ouvindo o narrador da antiga série televisiva Batman: *Enquanto isso, de volta à mansão Wayne...*

A mansão ao estilo Tudor ficava no fim de um gramado meticulosamente aparado, como se fosse boa demais para confraternizar com qualquer coisa que não fosse a Casa Branca, e as luzes internas estavam acesas, brilhando o luxo amarelado como se, por exemplo, houvesse cúpulas de ouro em todos aqueles abajures. Com rápida eficiência, pôde ver um mordomo cruzando a dianteira de um conjunto de vidraças com treliças em forma de diamante. Seu uniforme era algo que Fritz usaria.

Provavelmente tinham o mesmo alfaiate.

– Estamos prontos para Vossa Alteza Real? – V. perguntou, seco.

Houve um grunhido de concordância entre eles cinco e, em seguida, Vishous desapareceu em pleno ar. O plano era que ele se juntasse a Butch no novíssimo Range Rover do policial, estacionado a cerca de seis quilômetros a leste dali, onde o Rei estaria no banco de passageiro, reclamando de todas aquelas medidas de segurança. Os dois levariam Wrath de carro até ali – possibilitando ao grupo um número de alternativas para retirar o macho se coisas saíssem erradas.

Rhage odiava o fato de estar ali para se encontrar com Throe, mas Wrath se recusara a enviar um representante, e o que eles podiam fazer? Amarrá-lo numa maldita cadeira para que não resolvesse vir sozinho?

– Para a sua informação – disse Rhage ao desembainhar uma das suas adagas –, não estou dando nenhuma garantia de que não vou fatiar aquele filho da puta.

– Pode deixar que eu o seguro pra você – outro deles replicou.

Um vento frio soprou do norte, espalhando as folhas caídas ao redor dos coturnos, e Rhage olhou por sobre o ombro. Nada se mexia à esquerda. Não havia ninguém nos arbustos. Nenhum cheiro estranho pairando no ar.

Mas ele se sentia atento como um demônio.

Novidade... Qualquer coisa relacionada ao Bando de Bastardos dificilmente era o mesmo que uma noite no sofá fingindo não estar, na verdade, assistindo à série *Scandal*.

Ou a *Real Housewifes of New Jersey*, se Lassiter estivesse segurando o maldito controle remoto.

Dez minutos mais tarde, o Range Rover fazia a curva da entrada para carros e subia uma ladeira, os faróis iluminando a frente da casa e todos eles.

Butch fez um círculo diante da mansão a fim de deixar o SUV de frente para uma possível rota de fuga, e logo Wrath abriu a própria porta e saiu do banco de passageiros. Em seus coturnos, o macho ficava acima do teto do veículo e, ao contrário de todos os outros, não estava vestindo nenhum casaco.

Apenas uma camisa preta. Sob a qual estava o obrigatório colete Kevlar.

Muito obrigado, Beth.

Rhage se colocou em formação atrás dos outros e protegeram Wrath com seus corpos ao seguirem em frente. No instante em que chegaram à porta de entrada, Abalone a abriu como se estivesse espiando o jardim pela janela à espera da aproximação deles.

– Meu senhor. Irmandade. Bem-vindos à minha casa.

Enquanto o Primeiro Conselheiro se curvava, Rhage teve que aprovar o cara. Applebottom, como eles o chamavam, era um dos poucos aristocratas com quem Rhage se deparara que não só tinha pelo menos meio cérebro, mas um coração inteiro, por baixo de toda aquela afetação.

– Se puderem vir por aqui? – disse, indicando o caminho com a mão.

Parte dos arranjos combinados era o encontro se dar na biblioteca, com uma das janelas entreaberta, para o caso de Wrath ter que se desmaterializar dali. Throe, que estaria esperando num outro cômodo, seria levado até a biblioteca por um dos Irmãos, e acompanhado na saída por outro.

E haveria também algumas outras condições.

Uma vez dentro da sala perfilada por livros, Rhage fez uma inspeção rápida porém completa do local e disse:

– Deixe-me ir até o idiota.

– Tem certeza? – perguntou V.

– Não vou comê-lo. Ainda.

Deu por encerradas as conversas, voltando ao vestíbulo onde Abalone o aguardava, mais parecendo estar dividido num debate sobre se deveria vomitar em seus sapatos ou tentar ir até o banheiro antes.

– Então, onde está o seu primo? – Rhage lançou um sorriso confiante. Como se fosse apenas envolver o bastardo em plástico bolha e nada mais. – Ali?

Abalone indicou uma porta fechada do lado oposto do corredor com a cabeça.

– Sim, ele está na sala de estar masculina.

Rhage pôs uma mão no ombro do Primeiro Conselheiro.

– Não se preocupe, Applebottom. Isto vai ser molezinha.

Você tinha que sentir pena do cara quando ele expirou fundo em sinal de alívio.

– Sim, meu senhor. Obrigado.

Mais um sinal de OK com a mão e Rhage passou pela porta da sala de estar, fechando-a atrás de si.

Throe estava do outro lado da sala coberta de painéis, parecendo o macho distinto que um dia fora lá no Antigo País, apesar de vestir roupas comuns.

– Rhage? – disse o macho, adiantando-se.

– Isso mesmo.

Throe teve a oportunidade de esticar a mão para cumprimentá-lo... E só. Rhage o agarrou pelo pulso, virou-o como se ele fosse uma bailarina e afundou a cara dele na parede mais próxima.

– O que está...

– Estou te revistando, cretino. – Ok, talvez "socando" fosse mais acurado. – Afaste.

– Você está me machuc...

– Se eu encontrar uma arma, vou usá-la em você. Entendeu?

– Você precisa ser tão...

– De frente. – Rhage o virou, segurando pela cintura, e o empurrou de costas para a parede. – Nada disso, cabeça pra cima.

Ele afundou uma mão no queixo do cara e empurrou o belo otário para cima. Depois de executar uma impressionante mamografia no peito dele, Rhage foi descendo dando tapinhas e apertou as bolas de Throe com tanta força que ele entoou um dó agudo.

– Como ousa!

– Nada aqui. O que não é uma surpresa.

Descendo pelas coxas. As panturrilhas. De volta ao olho no olho.

– Aqui vão as regras. Se tentar se aproximar do meu Rei, de qualquer modo, e eu não gostar? Vai morrer antes de cair no chão. Estamos entendidos?

– Vim aqui em paz. Não quero mais lutar...

– Estamos entendidos? Se espirrar perto dele, ou tentar cumprimentá-lo com um aperto de mão, ou olhar duas vezes pros malditos coturnos dele? Vou colocar uma etiqueta de identificação no seu dedão.

– Você é sempre assim tão extremo?

– Estou calmo, frio, composto, seu viadinho. Você não vai querer me ver irritado.

Rhage empurrou o cara na direção da porta, abriu-a e travou a mão na nuca do Throe.

– Consigo andar sozinho – o macho disse de modo arrastado.

– Consegue mesmo? Tem certeza?

Rhage mudou a posição da pegada, passando a esmagar o rosto do macho com a palma, direcionando Throe pelo conjunto formado pelos olhos, nariz e boca.

– Assim está melhor? Não? Puxa, acho que devia ter ficado com a porra da sua boca fechada.

Enquanto deliberadamente desequilibrava Throe, apreciou o estilo de Fred Astaire enquanto o cara passou por Abalone antes de entrar na biblioteca.

– Puxa, tudo já está indo muito bem – murmurou V. ao acender um dos seus cigarros.

– Pelo menos não houve molho de churrasco envolvido – o policial replicou.

– Ainda – V. exalou. – A noite é uma criança.

Rhage pigarreou.

– Meu senhor e soberano, Wrath, filho de Wrath, pai de Wrath, apresento-lhe Throe, Apenas um Merdinha.

Dito isso, ele deu mais um empurrão no macho na direção do tapete oriental e, vejam só, de pernas para o ar, o filho da puta acabou bem onde era o seu lugar.

Aos pés de um verdadeiro rei.

Capítulo 15

– Pode deixar, eu a pego.

Enquanto Trez falava, lançou um sorriso para Ehlena, porque não queria que a enfermeira se ofendesse ao dispensá-la. Mas a verdade era que estava mais do que pronto para ser aquele que tiraria Selena da sala de exames. Para longe do Centro de Treinamento. Levando-a para... qualquer lugar, qualquer outro lugar.

Ainda que isso não fosse acontecer. Mal se passaram duas horas desde que aquela linha amarela estivera reta, que ela sofrera descargas elétricas de dois bilhões de Joules na região peitoral e depois, de algum modo, conseguira voltar da beira do precipício graças à ousadia dele de se transformar em cobertor para a sua alma.

Bem, você sabe, apenas mais um dia como qualquer outro.

Ou teria sido noite?

– Pronta? – perguntou para Selena.

Pareceu-lhe algo saído de um sonho que ela, de fato, o fitasse nos olhos e assentisse. Ele jamais teria imaginado que aquela reconexão seria possível; ou o fato de que seu corpo estava se dobrando como deveria nos pontos em que ele a segurava debaixo dos joelhos e atrás dos ombros.

– Vou... tomar cuidado. – Enquanto sua voz se partia, ele quis se chutar no traseiro. – Bem devagar.

Ela assentiu mais uma vez, e depois arfou quando ele a ergueu da mesa de exames e a afastou das luzes suspensas próximas ao seu corpo.

– Pra que lado? – perguntou novamente, apesar de já lhe terem dito duas vezes.

Ehlena, que estava encarregada de segurar o saco de soro intravenoso, liderou o caminho.

– Por aqui.

Do lado oposto, a sala de recuperação não era nada daquilo que ele desejava para sua fêmea. A cama era um leito hospitalar com amplas grades dos dois lados, cobertas finas e lençóis simples brancos. Havia um gancho para o acesso intravenoso e muitos equipamentos de monitoramento. Os travesseiros pareciam duros.

Pensando bem, ele poderia estar deitando-a numa cama de plumas feita à mão, e mesmo isso seria inadequado.

Selena estremeceu quando deitaram-na com cuidado. Em seguida, quando ele tentou tirar suas cobertas, ela fechou os olhos e meneou a cabeça.

– Um minuto? – ela gemeu, como se tudo doesse.

– Sim. Claro. Claro...

E, agora, ele não tinha nada para fazer. Olhando ao redor, viu uma cadeira e imaginou que, se pelo menos seu traseiro se acomodasse ali, ele não estaria invadindo o espaço pessoal dela.

Ao se sentar, e quando Ehlena saiu para lhes dar alguma paz, ele pensou: *Caramba, Selena está tão imóvel.* Pelo menos as juntas delas estavam em ângulos quase normais, e ela respirava sem ajuda. E estava consciente.

No entanto, ainda estava muito pálida. Quase da cor dos lençóis. E embora seu cabelo tivesse sido penteado, ainda havia alguns nós nas madeixas escuras.

– Eu... sinto muito...

– O quê? – Ele se movimentou para a frente. – O que você disse?

– Desculpe...

– Pelo quê? Como se você tivesse desejado isso?

Quando ela começou a chorar, ele abandonou a cadeira e foi para a cama, ajoelhando-se ao seu lado. Esticou-se e abaixou a grade, segurando sua mão.

– Selena, não chore. – Havia uma caixa de lenços ao lado da cama e ele mudou a mão que a segurava para poder tirar um e enxugar o rosto dela. – Não, não chore. Não pode pedir desculpas por algo assim.

Sua inspiração estava intercalada.

– Não queria que você soubesse. Eu não queria... Desculpe.

– Eu queria que você tivesse me contado.

– Não há nada a fazer.

Ok, aquela era uma faca cravada bem no meio das suas malditas costelas.

– Não temos certeza disso. Manny vai se consultar com alguns dos colegas humanos dele. Talvez...

– Eu te amo.

As palavras dela o atingiram como um tapa de mão aberta, e Trez tossiu, arfou, gaguejou e ofegou ao mesmo tempo. Bela reação. Bem masculina mesmo – lembrando-o, absurdamente, do sintetizador no filme *Curtindo a Vida Adoidado*, quando Ferris Bueller estava no telefone com os seus colegas da escola.

Qual era o seu problema, diabos? A fêmea que ele amava, aquela que ele desejava acima de tudo no mundo, acabara de lhe dizer as "Três Grandes Palavras"... e ele se transformava numa gigantesca massa de executar funções corporais.

Tão romântico.

– Eu... – gaguejou.

Antes de conseguir dizer qualquer outra coisa, ela apertou-lhe a mão e virou a cabeça de um lado para o outro no travesseiro.

– Não precisa dizer nada. Queria que soubesse. Era importante... você saber. Não há mais tempo...

– Não diga isso. – A voz dele ficou aguda. – Preciso que você não diga isso nunca mais. Temos tempo. Sempre há mais tempo.

– *Não.*

Deus, seus olhos azul-claros pareciam envelhecidos enquanto ela lhe falava. Mesmo em seu belo rosto bem delineado, com a beleza emanando apesar da sua condição, o olhar exausto fazia ela parecer uma velhinha.

Era tão injusto. Ela naquela cama, ele ajoelhado, sadio e em boa forma ao seu lado, sem nenhuma possibilidade real de partilhar a saúde que tinha em abundância. Claro, enquanto ela sofria a parada cardíaca, ele fora capaz de trazê-la de volta, mas ele não queria apenas arrastá-la para longe da morte. Ele queria curá-la.

Ele desejava... ter anos ao lado dela.

E, quando esse pensamento surgiu, percebeu que isso jamais aconteceria: mesmo que o destino dela mudasse, o dele se manteria.

– Eu te amo... – ela arfou.

Por um instante, ele se sentiu em seu próprio precipício, o coração e a alma estremecendo, prestes a despencar nas palavras dela, em seus olhos, em tudo que a tornava fêmea, misteriosa e maravilhosa... Mas, então, lembrou-se de que ela quase havia morrido, estava apenas parcialmente acordada, e provavelmente não fazia ideia do que estava dizendo.

Além disso, a doutora Jane anunciara que ele havia lhe salvado a vida. O que poderia ou não ser verdade, mas, devido ao seu drama, a gratidão poderia fazer com que uma pessoa dissesse aquilo que não diria costumeiramente.

Ou, talvez, reacender as chamas do afeto numa emoção temporariamente muito mais forte.

– Não precisa dizer que me ama – ela murmurou. – Eu só precisava que você soubesse.

– Selena, eu...

Ela ergueu a outra mão, a palma voltada para a frente.

– Não precisa mesmo.

Houve um silêncio ressonante, mas apenas no quarto. Na sua cabeça? Seu cérebro era um fio desencapado espasmódico, todo tipo de pensamentos e imagens bombardeando sua consciência, como se sua massa cinzenta tivesse se transformado num macaco que ficava jogando fezes por toda a gaiola.

Voltando a se concentrar nela, ele se fez controlar e tentar ajudá-la.

– Você gostaria de se alimentar? – Ergueu o braço livre, mostrando o pulso. – Por favor?

Quando ela assentiu foi um alívio total, e ele furou a própria pele com as presas antes de esticar o pulso, oferecendo-lhe a veia. A princípio, ela mal encostou nele, apenas engolindo um pouco. Em seguida, porém, assumiu o controle, sugando, tirando o que ele tinha a lhe oferecer.

Ele se excitou.

Não conseguiu evitar, mas não tinha desejos sexuais. Estava distraído demais se preocupando com ela, imaginando se, a qualquer instante, seu corpo começaria a ceder novamente.

Estável, a doutora Jane lhes dissera. Ela estava estável como qualquer outra pessoa poderia estar 120 minutos após um completo colapso molecular. Mas, pelo menos, os segundos exames de raios-X se revelaram uma espécie de milagre. Enquanto nos primeiros havia osso onde deveria haver outras partes móveis em suas juntas, agora, de acordo tanto com a doutora Jane quanto com Manny, aquelas partes estavam “anatomicamente adequadas”.

Ninguém sabia onde a doença maldita tinha ido parar. Ou por que sumira. Ou quando voltaria a aparecer. O que sabiam com certeza era que onde não houvera movimento, agora havia.

Depois de um tempo, os lábios de Selena relaxaram e as pálpebras pesaram. Puxando o braço, ele lambeu a ferida para fechá-la e depois apoiou o antebraço no colchão, e o queixo nele.

– Como me encontrou? – ela perguntou com voz sonolenta. – Caí enquanto estava no Santuário...

– Alguém foi me buscar.

– Quem...?

A Virgem Escriba, ele pensou consigo, quando ela emitiu um ronco.

– Selena?

– Sim? – Ela tentou se concentrar, erguendo a cabeça e forçando os olhos a ficarem abertos. – O que foi...?

– Quero que saiba uma coisa.

– Pode falar.

– Não importa o que aconteça, não vou te abandonar. Se me quiser por perto, não importa como... como isso vai acontecer, vou ficar bem ao seu lado. Isto é, se você quiser isso.

O olhar dela vasculhou seu rosto.

– Você não sabe o que está dizendo.

– Diabos que não sei.

– Eu vou morrer.

– Eu também. Mas não sei quando, nem você.

Os olhos luminosos dela brilharam com uma emoção complicada.

– Trez. Testemunhei minhas irmãs passando por isso. Sei o que...

– Você não sabe porra nenhuma, com todo o respeito.

Ele se levantou e foi para o pé da cama. Puxando o lençol e a coberta debaixo do colchão, olhou para o pé dela.

– O que está fazendo?

Com uma mão gentil, girou um dos tornozelos para poder ver a planta do pé.

– Nada aqui.

– O que disse?

– Não estou vendo nenhuma data de validade aqui. – Fez o mesmo com o outro pé. – Nem neste.

Abaixou as cobertas. Voltou a prendê-las debaixo do colchão. Olhou para o corpo dela, e tentou fugir do fato de que aquela pele que ele cobiçava poderia ser aquilo que, potencialmente, os separaria para sempre.

Só que, nesse instante, se lembrou daquilo que iAm lhe contara no corredor.

Merda, ele também tinha seus empecilhos.

– Não vou te abandonar – prometeu.

– Não quis te contar tudo isso. – Os olhos dela ficaram marejados, transformando aquele azul em pedras preciosas. – Não queria que soubesse e ficasse com pena de mim.

– Não tenho pena de você.

– Não faça isso com você, Trez. Apenas... saiba que te amo, e me deixe em paz.

Ele voltou para junto dela.

– Posso segurar sua mão?

Quando ela se virou com rigidez na cama e lhe estendeu o braço, ele segurou a palma dela e a conduziu para a junção das suas pernas, sobre a parte rija que forçava o zíper. O contato o fez sibilar, as presas se alongaram rapidamente, o quadril de movendo para a frente.

– Para você, isso parece pena? – perguntou entre dentes.

Cacete, tinha de recuar um passo. Fizera aquele gesto rude só para provar algo, mas, em vez disso, descobriu-se no limite do gozo, o corpo indo de zero a cem em milésimos de segundo.

– Trez...

– Não estou sugerindo que a gente faça alguma coisa a respeito. Nada disso. Mas não estou aqui por pena, ok?

– Não posso pedir que fique aqui.

– Não está pedindo. Sou eu quem decide isso. Eu decido escolher... você.

Ao dizer aquilo, ele percebeu que, cacete, era verdade. Pela primeira vez na vida, sentia como se estivesse escolhendo algo e, de uma maneira esquisita, isso era bom. Mesmo tudo aquilo sendo muito, muito triste, era liberador sentir que era seu.

Aquela situação... era algo que ele cuidaria pelo tempo que durasse, para onde quer que os levasse.

Desde que Selena quisesse ele ali.

No silêncio que se seguiu, ele olhou para as paredes nuas e soube que teria de tirá-la do quarto do hospital. Sim, claro que ficariam perto de todos os equipamentos médicos caso ela tivesse problemas, mas o clima era deprimente, bem do tipo "Você está doente".

Trez voltou a se concentrar nela.

– Qualquer coisa que precisar, pode contar comigo, ok?

Depois de um momento, ela disse com voz rouca:

– Quero você.

– Tudo bem, então – ele exalou com força, e depois ergueu um dedo. – E mais uma coisa: nada de data de validade, entendeu? Vamos levar isso adiante como se fôssemos viver para sempre.

A expressão dela se mostrou descrente, mas ele apenas sacudiu a cabeça.

– Não. Essa é a *minha* regra.

Ele não era idiota. Ouvira o que as outras Escolhidas haviam dito, vira as radiografias, estivera ao lado do corpo contorcido. Tinha uma convicção interna de que a perderia e, provavelmente, mais cedo do que tarde. Mas o que poderia lhe dar no presente? A coisa mais importante – inferno, talvez a única coisa – que ele poderia dar?

Esperança.

E ele não tinha que acreditar que ela iria se curar para ter isso, para partilhar disso, ou viver com isso.

Estar presente. Amá-la até o fim. Não se afastar dela até o último respiro.

Era assim que ele a honraria com seu coração e sua alma, mesmo não valendo nada.

– Sem data de validade – repetiu. – Vamos viver cada noite como se tivéssemos mil delas à nossa frente.

Selena afastou, piscando, mais uma rodada de lágrimas. Por tantos motivos, ela não conseguia acreditar que Trez estivesse ao lado do seu leito hospitalar, olhando dentro de sua alma com uma certeza que sugeria que apenas sua força de vontade a manteria viva e saudável pelo tempo que ele desejasse.

– Não acho que tenhamos mil noites, Trez – disse.

– Sabe disso? Certeza?

– Não, mas...

– Então por que desperdiçar o tempo que temos pensando assim? Aonde isso vai nos levar? Sério, como isso vai nos ajudar...?

– Pode ficar aqui na cama comigo?

Ele pigarreou.

– Tem certeza disso?

– Sim. Por favor.

Ela admirou a graciosidade com que ele se moveu, subindo no colchão alto, virando de lado e ajudando-a a abrir espaço para ele. E, como se lesse a sua mente, ajeitou-a nos braços para que ela ficasse de lado com a cabeça em seu peito.

Suspiro. Entrecortado.

Dos dois.

– Estou aliviada – ela se ouviu dizer. – Queria que você soubesse, mas...

– Psiu. Você precisa dormir.

– Sim.

Fechando os olhos, ela conseguia senti-lo numa dimensão diferente agora, o sangue dele abrindo caminho em seu sistema, fortalecendo-a após o episódio. Em sua mente, calculou exatamente quando acontecera o último congelamento. Treze noites. E o anterior a esse? Dezesseis.

Mas, talvez, se ela não estivesse oferecendo a veia para todos, ela teria tido um adiamento. E talvez a força que ele acabara de lhe passar através do sangue a ajudasse a combater outros episódios também...

– Fiquei afastada – disse ela – por causa disso tudo. Não por sua causa. Não me importo com o seu passado. Só quero que saiba disso.

Trez começou a afagá-la nas costas, a palma imensa fazendo círculos.

– Psiu... Apenas tente descansar.

Selena levantou a cabeça.

– Você tem que me deixar dizer isso. Você precisa ouvir e acreditar. Sei que ficou afastado porque pensou que eu... o julgasse, ou algo assim. Mas eu me afastei por causa disso tudo, e não porque você ficou com muitas... humanas. Tampouco por causa do seu compromisso.

Ele fechou os olhos numa careta. Depois balançou a cabeça.

– Tenho que ser honesto com você. A última coisa que quero pensar agora é...

– Não o considero impuro, Trez.

– Por favor. Pare.

Ela o segurou pela mão e apertou, tentando alcançá-lo, sentindo a necessidade de dizer tudo de uma só vez, de colocar todas as cartas na mesa. A teoria dele sobre as mil noites era boa para a saúde mental, e chegara à mesma conclusão que ele: ela não tinha uma data de validade estampada na pele. Mas ela vivera aquela realidade desde o primeiro episódio, muitas décadas atrás, e sua trajetória de sobrevivência era a de um carro deslizando na pista e caindo num precipício.

Não havia como sobreviver.

– Preciso dizer tudo isso, Trez. Esperei muito tempo para conversar com você. Não vou deixar a oportunidade escapar.

Sem querer, percebeu que estava falando com mais ênfase, sentindo-se mais como antigamente, recuperando-se ainda mais graças à veia dele.

– Você é um macho de valor, e eu acho que me apaixonei por você na primeira vez...

Trez explodiu para fora da cama e, por um átimo de segundo, ela pensou que ele seguiria em frente, saindo às pressas do quarto, afastando-se dela e da sua imobilidade. E, por um momento, ele parou diante da saída.

Mas, então, ele apenas começou a andar ao redor do quarto.

– Por que é tão difícil para você aceitar isso? – ela se perguntou em voz alta. – Que você é um bom macho? Que tem o seu valor...

– Selena, você não sabe o que está falando.

– Você está andando pelo quarto como se estivesse sendo caçado. Portanto, acho que estou perto de alguma verdade.

Ele parou e meneou a cabeça.

– Olha só, a questão aqui é você. Isto... – Ele movimentou a mão entre os dois. – Isto é sobre você. Estou aqui para você e para as suas necessidades, quaisquer que sejam. Vamos me deixar fora disso, ok?

Selena subiu um pouco de sua posição no travesseiro. O esforço dos ombros e cotovelos a fez cerrar os dentes, e ela precisou inspirar fundo enquanto a dor passava.

Mas era melhor do que estar congelada.

Quando os olhos dele se estreitaram em sinal de preocupação, ela disse:

– Não, não preciso da doutora Jane. Verdade.

Enquanto ele esfregava o rosto, ela o fitava propriamente pela primeira vez. Ele emagrecera um pouco, as faces estavam encovadas, tornando os ossos malares mais pronunciados, o olhos afundados, os lábios mais cheios. E, mesmo assim, ele continuava sendo um imenso macho da espécie, os ombros do triplo do tamanho dos dela, o peito e o abdômen entalhados com força, faixas musculares descendo pelos braços e pernas.

Ele era lindo. Desde a pele negra aos olhos escuros, do alto do cabelo cortado rente até a sola das botinas.

– Você tem muito valor – murmurou. – E vai ter que aceitar isso.

– Verdade? – argumentou com secura. – Não tenho tanta certeza disso...

– Pare.

Trez a encarou de longe e depois franziu o cenho.

– Sabe, não sei por que você está fazendo isto. Sem ofensas, mas você quase morreu na sala ao lado. Há quanto tempo? Parece que só faz dez minutos. Os meus problemas não são importantes.

Selena olhou para o próprio corpo. Estava usando uma camisola hospitalar azul-clara com pequenos espirais num tom mais escuro com desenhos repetitivos. A coisa estava amarrada nas costas, e ela sentia os nós incomodando onde deveria estar seu sutiã – se estivesse usando um – e mais abaixo, na lombar.

Parecia estranho pensar que as coisas e seu corpo estavam funcionando com relativa normalidade. E a realidade de que isso não duraria muito lhe trouxe uma clareza atordoante.

– Sabe – murmurou –, nunca pensei que pudesse haver um lado positivo em uma doença letal.

– E qual seria?

Ela voltou o olhar para ele.

– Ela nos deixa sem medo de dizer o que queremos. A honestidade pode ser algo assustador, a menos que se tenha algo ainda mais assustador em comparação – como a perspectiva de morrer. Portanto, vou lhe dizer exatamente por que acho que o seu "problema", como você mesmo disse, é importante. O que quer que o esteja motivando, o que quer que esteja causando – ela fez um movimento circular, envolvendo o próprio corpo – ou tenha causado esse vazio dentro de você... Acho que usou todas aquelas mulheres para tentar fugir disso. Acho que transou com todas aquelas humanas durante aqueles anos como forma de distração. E o fato de nem reconhecer isso? Faz com que eu me preocupe por você estar me usando como uma forma ainda maior e melhor de evitar a si mesmo.

O que poderia ser mais sedutor ou eficiente para não lidar com suas próprias questões do que uma fêmea específica com uma doença letal?

– Jesus Cristo, Selena, não penso assim. De jeito nenhum...

– Bem, talvez devesse. – Ela inclinou a cabeça, outra conclusão acertando-a como uma parede de tijolos. – E vou lhe dizer outra verdade. Mesmo que eu tenha mil ou apenas duas noites. Quero que elas sejam com você, mas apenas de uma maneira franca. Não quero ser a sua nova desculpa, Trez. Quero você aqui, quero você comigo, mas quero que as coisas entre nós sejam reais. Não tenho energia nem tempo para menos do que isso.

No longo silêncio que se seguiu, ela aguardou a resposta. Mas, não importando o quanto as coisas ficassem estranhas, não retiraria nenhuma palavra.

Dissera exatamente o que pensava.

Na verdade, era algo bem libertador.

Capítulo 16

Abalone não estava acostumado com violência. Não no mundo exterior, e certamente não na casa em que sua filha dormia, praticava aulas de canto e comia com ele.

Quando faltou pouco para que Rhage lançasse Throe pelos ares diante de Wrath, Abalone abafou um arquejo com a palma. Era uma covardia absoluta demonstrar qualquer tipo de choque diante da Irmandade, e ele rezou para que ninguém tivesse percebido.

Parecia que não. A concentração deles estava toda voltada para o macho loiro vestido com simplicidade que era, para todos os efeitos, nada além de um tapete diante dos coturnos do Rei.

Wrath sorriu, arreganhando as presas que pareciam mais longas que os dedos de Abalone.

– Não espere que eu o ajude a se levantar. – Enquanto Throe começava a se ajoelhar, o Rei cruzou os braços sobre o peito. – E não me peça o anel. Ficarei tentado a socar seu rosto.

Uma vez de pé, Throe limpou as roupas e empertigou os ombros. Não chegava ao tamanho de Wrath, mas estava muito longe de ser um peso pena, o corpo mais para um soldado do que uma das figuras delicadas que os machos da sua classe tendiam a ostentar.

– Não fiz nada que merecesse a apresentação do seu anel – disse ele, num tom baixo e grave.

– Ora, veja, algo com que concordamos. – Os óculos escuros de Wrath se voltaram na direção da voz de Throe. – Então, o meu garoto, Abalone, disse que você tem algo em mente.

– Abandonei Xcor e o Bando de Bastardos.

– Ele quer ganhar um selo comemorativo – murmurou Butch.

– Posso estampá-lo com o para-choque do meu carro? – lançou Rhage.

As sobrancelhas de Wrath se uniram sobre o arco dos óculos escuros, como se não apreciasse as interrupções dos machos.

– Uma mudança de curso, não?

– Os objetivos de Xcor já não são os meus.

– De fato.

– Isso vem acontecendo há algum tempo. – Throe relanceou por sobre o ombro, e Abalone preferiria não ser o alvo do seu olhar. – Como o meu primo distante se lembra, não sou um soldado. Em decorrência de circunstâncias além do meu controle, fui forçado a me aproveitar da gentileza dúbia de Xcor. Ele exigiu que eu o retribuísse com meus serviços. Como sabem, tendo me encontrado sangrando naquele beco há vários e vários meses, os métodos por ele empregados para garantir lealdade não são nada diplomáticos.

Ah, sim, isso mesmo, Abalone se lembrava. Há algum tempo, Throe fora encontrado pela Irmandade, deixado para sangrar até morrer devido a uma facada nas entranhas não desferida por um *redutor*. De fato, pelo que Abalone ouvira, o macho fora ferido pelo próprio líder do Bando de Bastardos. Throe fora levado pela Irmandade, que buscara obter informações dele, e depois o soltaram de volta no mundo com uma mensagem para Xcor.

Boatos diziam que Layla alimentara o guerreiro que estivera à beira da morte. A Escolhida lhe oferecera a veia como alguém que ela deduzira que fosse um soldado nobre, em vez de um inimigo de seu Rei.

Tudo aquilo fora muito confuso.

As narinas de Wrath inflaram como se estivesse farejando o macho.

– Então, o que espera que eu faça com essa novidade? Sem ofensas, mas onde você fica e com quem se associa não afeta o meu mundo de jeito nenhum.

– Mas saber a localização onde dorme o Bando de Bastardos afetaria.

– E você vai me contar – disse o Rei, num tom enfastiado.

– Acha que estou mentindo?

– Já ouviu falar da porra do Cavalo de Troia? – disse V. num rompante. – Porque estou olhando para ele.

O maxilar de Wrath ficou rijo.

– Dê-nos o endereço se quiser. Mas assim como as suas alianças políticas, o covil do Bando de Bastardos não está no topo da minha lista de afazeres.

– Então você é um tolo que...

Ao mesmo tempo, todos os membros da Irmandade se adiantaram e, obviamente, o grito imponente de Wrath foi a única coisa que manteve a pele de Throe colada a seus ossos.

O Rei se inclinou para a frente e baixou a voz para um quase sussurro.

– Faça um favor a si mesmo, idiota, e baixe a bola. Este bando de coelhos raivosos tem sérios problemas auditivos no que se refere a atender às minhas ordens, e eles odeiam você mais do que eu. Quer viver o bastante para ver outro pôr do sol? Melhore um pouco sua atitude.

– Você deveria se preocupar com Xcor – disse Throe, destemido. – Ele é capaz de qualquer coisa, e os soldados que lutam com ele sofrem da mesma devoção resoluta que os seus machos demonstram por você.

Wrath deu uma risada leve, o som mais maligno e letal do que a agressão franca que os Irmãos tinham acabado de demonstrar.

– Obrigado pela dica. Vou pensar nisso. Abalone?

Abalone emitiu um guincho e deu um passo à frente.

– Sim, meu senhor.

– Pretende permitir que este macho permaneça com você? Já que é um parente?

– Não, e eu lhe disse que precisa ir embora esta noite.

– Não o expulse por minha causa. Pouco importa para mim se ele ficar ou for embora.

Abalone franziu o cenho, e teve que se perguntar se estava sendo despedido.

– A minha lealdade é sua, e sua somente. Ele está maculado ante meus olhos, não importando o que diga quanto às suas afiliações.

Wrath emitiu um som de indiferença na base da garganta, e realinhou o rosto na direção de Throe.

– Você diz que as prioridades de Xcor não são as suas.

– Isso.

– E que não pretende seguir os objetivos dele.

– Não, não pretendo. Definitivamente não.

Houve uma pausa na qual as narinas de Wrath inflaram como que testando o cheiro do macho.

– Muito bem, então. – Wrath acenou para sua guarda particular. – Vamos embora. Tenho trabalho a fazer.

Ninguém se mexeu. Nem os Irmãos. Nem Throe. Por certo não Abalone, que sentia seus sapatos pregados no chão.

– V. – ralhou o Rei. – Vamos embora.

Houve um momento de inquietação, e então o Irmão Vishous e o Irmão Butch se colocaram ao lado do Rei. Parados ao lado dos seus ombros, eles acompanharam Wrath, com Zsadist logo atrás.

Os outros ficaram para trás, obviamente montando guarda junto a Throe até que o Rei estivesse em segurança, longe daquela propriedade.

– Abalone – disse Wrath ao parar diante da porta.

Ante o som do seu nome, Abalone saiu apressado da biblioteca e cruzou o vestíbulo com o coração aos saltos. Há tempos tinha ciência do quanto amava o Rei, mas a ideia de perder a sua vocação também? Ajudar a população civil nos encontros e auxiliá-los em...

– Não, você não está despedido – sussurrou Wrath. – Pelo amor de Deus. O que eu faria sem você?

– Ah, meu senhor, eu...

– Preste atenção, Abalone. Quero que o deixe ficar aqui pelo tempo que ele quiser. Não estou acreditando em toda essa asneira. Ele pode muito bem ter abandonado Xcor e o Bando de Bastardos, mas não confio nele, e eu acredito em manter meus inimigos por perto.

– Claro, meu senhor. Sim, o que quiser. – Abalone se curvou, mesmo sentindo uma onda de desconforto o abatendo. – Farei o que desejar.

Como se, mais uma vez, o Rei lesse mentes, Wrath disse:

– Sei que está preocupado com a sua filha. Até que isso se resolva, por que não a deixa ficar na minha casa de audiências? Ela pode levar uma dama de companhia, e a segurança é monitorada 24 horas por dia, sete dias por semana.

V. se adiantou.

– Temos dois túneis subterrâneos saindo a partir das suítes do porão, e enviaremos o nosso *doggen* para cuidar dela. Estará perfeitamente a salvo.

Ah, Santa Virgem Escriba, Abalone pensou.

Acabou se lembrando de que Paradise vinha se mostrando irrequieta, e não por estar apaixonada ou ansiosa para se casar. Era uma fêmea jovem e vibrante com muitas qualidades; no entanto, era uma aristocrata, e suas opções eram limitadas.

Talvez fazer com que saísse da casa por um tempo fosse benéfico.

E, por certo, ele não desejava que ela ficasse perto de Throe.

Dividido entre a preocupação paterna, o dever para com o Rei e a tristeza por sua filha estar crescendo, ele concordou em meio a uma onda de náusea.

– Sim, por favor. Acredito que ela gostará disso.

– Eu mesmo cuidarei da segurança dela – disse Zsadist, inclinando a cabeça uma vez, como se estivesse fazendo um juramento. – Tenho uma filha. Sei o que está sentindo.

Sim, pensou Abalone. Ouvira dizer que o Irmão Zsadist, apesar do seu aspecto, era, na verdade, um macho de família, com uma filha muito amada.

De pronto, Abalone se sentiu melhor, e se curvou diante do guerreiro desfigurado.

– Obrigado, senhor. Ela é o meu amor mais precioso.

– Ótimo. Combinado. – Abruptamente, o rosto de Wrath mudou de posição, como se ele estivesse olhando para a biblioteca por sobre o ombro. – Xcor é previsível em sua brutalidade, um exemplar perfeito da velha escola de Bloodletter. Mas o último ataque ao meu trono foi tático, envolvendo a lei e a minha amada rainha mestiça. Esse é o modo como os aristocratas lutam. Xcor não tirou esse plano da bunda, só pode ter sido algo armado por Throe. É a única explicação. Portanto, ele pode mesmo ter abandonado Xcor, mas, mesmo ele não tendo mentido em nada ali dentro? Não vamos saber quem, de fato, são seus aliados por algum tempo ainda.

Abalone não teve a intenção, mas antes que se desse conta, as mãos estavam se esticando para segurar a palma de Wrath. Erguendo o diamante negro para os lábios, ele beijou o anel.

E pensou, uma vez mais que, graças à Virgem Escriba, o macho certo estava naquele trono.

– A minha lealdade é sua, meu senhor – inspirou –, e somente sua.

Depois que Wrath saiu, não só daquela propriedade, como também do bairro, era hora de mostrar o dedo médio para Throe e brincar de *Hardy Boys** com o endereço que o bastardo lhes dera.

---

* Irmãos adolescentes detetives amadores, Frank e Joe Hardy, personagens da série de livros para crianças e adolescentes surgida na década de 1920, *The Hardy Boys Mystery Stories*. (N.T.)

Rhage foi o último a sair da biblioteca, e só para irritá-lo, ao passar por Throe, avançou como se dissesse *Bu!*, o que fez o filho da puta saltar para trás e cobrir o rosto com o braço.

Covarde.

No gramado, pegou o celular e mandou uma mensagem de texto: *Tudo bem. Wrath e demais ok. Saindo para outro lugar.* Fez uma pausa. Depois digitou: *O q vc está vestindo?*

Estava guardando o aparelho quando franziu o cenho e mandou uma segunda mensagem para outra pessoa. *Onde vc está? Precisa de algo?*

– Ok. Prontos? – perguntou Vishous.

Phury e Z. assentiam enquanto Rhage guardava o celular e estalava os ossos.

– Quero que os Bastardos estejam lá. Preciso de um bom corpo a corpo. Preciso de ação.

– Sinto o mesmo – alguém murmurou.

Um a um, eles desapareceram e viajaram em moléculas dispersas, seguindo para um tipo diferente de bairro. Quando reassumiram suas formas, foi na rotatória de uma rua sem saída, numa região tomada por casas de 200 a 300 mil dólares, onde provavelmente viviam pessoas cheias de filhos e dois empregos na parte mais baixa das organizações corporativas, desesperadas para trocar seus BMWs Série 3 por um Série 5.

Yuppies em ascensão.

Poupe-os.

Ninguém fez som algum ao passarem de passivamente armados para totalmente armados, porém tranquilos. A aproximação da casa em questão foi feita por todos os lados, os quatro se dividindo e chegando à casa colonial por cada ponto da bússola.

Subindo o capuz preto para que o cabelo claro não fosse um farol na escuridão, Rhage foi pela esquerda, desmaterializando-se na floresta, aproximando-se por trás das árvores. Lançando mão dos seus instintos, investigou o que poderia haver debaixo daquele teto, atrás daquelas paredes sólidas, ficando afastado das janelas escuras.

Nada o alertou de qualquer presença. Não havia luzes. Nenhuma sombra se movimentando. Nenhum som, nem dentro, nem no exterior periférico.

Verificando Z., que conseguia ver à sua esquerda, e Phury, que avançava pela sua direita, ele se movimentou para cima... e se materializou no telhado.

As telhas lhe davam boa tração, e ele ficou agachado, muito ciente do alvo que era, sua silhueta evidente contra o céu noturno. Não havia lua naquela noite, o que era um bônus, mas ele era um alvo fácil ali em cima. Seguindo até a chaminé, encostou o ombro nos tijolos e aguçou os ouvidos.

De novo, nenhum som.

Quando o assobio surgiu, veio de baixo, e ele fechou os olhos e voltou a se materializar no chão.

Z., Vishous e Phury estavam juntos nos fundos.

– Nada ali em cima – sussurrou Rhage.

– Não vejo nada dentro da casa – concordou Phury.

V. fitou a casa.

– Então temos que concluir que há uma bomba.

Isso. Era exatamente isso o que ele pensava.

– Tem alguma coisa para desarmar essa merda? – perguntou Rhage.

V. revirou os olhos.

– Sou um filho da puta de escoteiro. O que acha?

– Qual a abordagem?

Decidiram entrar por uma das janelas da cozinha. As portas eram óbvias demais, assim como a chaminé, e nada de entrar pela garagem.

Dando a volta na varanda de trás, V. retirou a luva forrada de chumbo, pegou a adaga negra e foi para a janela acima da pia. Apoiando a ponta da arma no vidro, movimentou a lâmina num círculo, depois apoiou os dedos reluzentes pela parte interna do corte e retirou aquele segmento para que ele não caísse.

Três. Dois.

Um...

Silêncio.

Rhage relanceou ao redor, atento a qualquer coisa: uma passada na folhagem, o clique de uma pistola sendo destravada, o sussurro de uma roupa.

Nada.

V. enfiou a mão livre por dentro do buraco que havia feito e ligou sua lanterna de bolso. No interior, uma cozinha sem nada de especial foi iluminada pelo facho de luz: geladeira, fogão, armários. Mais especificamente, não havia nada suspeito, nenhuma caixa, nenhuma bolsa com fios saindo de dentro no meio do cômodo, nenhuma luz piscante, nem mesmo um painel de alarme que fosse evidente.

– Pronto? – V. perguntou.

Rhage inspirou fundo, testando o ar que saía da casa. Havia cheiros de suor, bebida, cigarro, limpador de pistola... pizza... carne assada.

E tudo era recente.

– Vou na frente – disse Rhage. Com a sua besta, era ele quem mais provavelmente sobreviveria a uma explosão de bomba: ante qualquer temperatura extrema, dor ou agressão, seu outro lado seria disparado numa fração de segundo, conferindo-lhe escamas muito melhores do que qualquer tipo de Kevlar.

– Tome cuidado, meu irmão – disse Phury.

– Como sempre. Ainda tenho muitas refeições pela frente.

Rhage desapareceu e tomou forma novamente no linóleo da cozinha. Outro momento de espera.

Mas nenhum alarme soou. Nenhuma armadilha. Nada que gritasse ou sequer sussurrasse um ataque.

Deu um passo à frente. E outro. Um terceiro, à espera que uma mina escondida fosse acionada.

Debaixo do seu coturno, tábuas gemiam e rangiam.

Era isso.

– Está bem assim, Hollywood – ordenou V. do outro lado do vidro. – Deixe-me entrar.

Vishous se juntou a ele enquanto os gêmeos ficavam monitorando o exterior. Com movimentos rápidos e precisos, V. colocou um equipamento na cabeça e olhou ao redor. Pegou uma lata de aerossol e esguichou num movimento circular.

– Tudo limpo, pelo que posso ver.

Rhage relanceou para a porta dos fundos.

– Então é aí que está o painel de segurança.

O painel do alarme não tinha nenhuma luz acesa, nenhum verde significando entrada livre. Nenhum vermelho significando que estivesse armado.

– Temos que vasculhar a casa toda – disse V. com seriedade.

Rhage assentiu.

– Cuido do térreo.

– Vamos fazer isso juntos.

Com passos calculados, foram para a frente da casa, V. com seus óculos de luz noturna, a pele de Rhage formigando nas costas quando sua besta se juntou ao desfile de instintos.

A sala da frente era onde, evidentemente, os Bastardos passavam mais tempo. Os sofás e as poltronas estavam dispostos formando um círculo, e os cheiros eram mais fortes ali – a ponto de Rhage imaginar que os guerreiros fechavam as cortinas e chegavam a dormir no térreo durante as horas iluminadas do dia.

Havia detritos espalhados pelo chão: caixas de munição vazias sugeriam que eles tinham tanto espingardas calibre doze quanto pistolas .40; garrafas vazias de Jack Daniel's e de Jim Beam; sacolas de supermercado cheias de embalagens vazias de barras de cereal, frascos de analgésico sem tampa, chumaços de gaze cirúrgica manchados de sangue seco; uma caixa aberta de uma pizzaria com apenas uma fatia restando, que estava fria, mas não embolorada.

– Eles não moram mais aqui – deduziu V.

– E levaram tudo – Rhage murmurou ao cutucar outra sacola plástica com a ponta do coturno.

Não havia nenhuma mochila. Sacola de lona. Maleta de qualquer espécie. E, embora não considerasse nenhum membro do Bando de Bastardos do tipo que assinava a *Town & Country*, não havia sequer uma meia perdida, um par de coturnos largados, ou um maldito pente deixado para trás.

Enquanto Rhage dava a volta na base da escada, sentiu o telefone vibrar no bolso interno da jaqueta de couro. Mas não iria atender. Ele não pretendia explodir pelos ares dentro daquela casa, e, quanto mais ele e o Irmão entrassem, maiores as chances de se depararem com algo que lhes custasse um braço. Ou uma perna.

Ou suas vidas.

Aquela era a realidade do trabalho deles, algo que ele aceitava, primeiro porque não permitiria que ninguém humilhasse alguém da sua Raça ou o Rei, quer fossem um bando de assassinos fedidos ou os idiotas do círculo de Xcor. Segundo, ele não parecia ter talento para outra coisa.

Bem, a não ser comer e trepar, e Deus bem sabia que ele cuidava dessas duas coisas muito, mas muito bem durante as horas do dia.

Inferno, mesmo com todo o sinal de alerta disparado ali, bem no fundo da sua mente, ele já estava contando as horas até conseguir ficar com sua Mary totalmente nua.

Noites como aquela o faziam pensar com carinho em ficar dentro dela por sete horas consecutivas.

Voltando a se concentrar, aproximou-se do primeiro degrau.

– Vou subir – avisou.

– Espere por mim.

Mas, evidente, ele não esperou. Seguiu em frente, pé ante pé. Um movimento estúpido, provavelmente, mas ele nunca foi muito bom em esperar.

Simplesmente não fazia parte da sua natureza.

Capítulo 17

Parado no canto do quarto, no leito onde Selena estava internada, Trez se sentia... Merda, completamente acuado.

Não queria ficar bravo com a fêmea. Puta que o pariu, ela quase morrera diante dele.

– O quê? – perguntou ela. – No que está pensando?

A boa nova era que, enquanto a observara nos últimos vinte minutos, mais ou menos, a cor voltara ao seu rosto, os olhos estavam mais alerta, assim como o corpo, embora ainda um pouco duro, estava muito mais próximo do estado normal.

A má notícia era que a pequena dissertação sobre a natureza do seu vício sexual e de ele estar tentando fazer a coisa certa a respeito dela não era uma coisa que estava disposto a ouvir. E torceu para que ela não continuasse insistindo no assunto.

– Selena, acho que você precisa descansar.

– Não se afaste de mim, Trez.

Ele passou uma mão na cabeça. Desejou ter cabelos compridos até a bunda, como Wrath, para poder ter algo para puxar.

– Olha só, não quero brigar com você.

– Então me diga que estou errada. Mesmo que eu não acredite nisso. Mas diga alguma coisa. Qualquer coisa.

Trez fez uma careta e balançou a cabeça.

– Vou embora agora e...

– Trez...

– Não, não vamos fazer isso agora.

– Por quê? Se eu tenho mil noites, o que significa *uma* conversa embaraçosa?

– Isto é muito mais do que embaraçoso, querida. – Deus, conseguia distinguir a aspereza em sua voz. Sentir a agitação em seu corpo. – É, acho que vou voltar...

– Ainda vai estar aqui quando você voltar. – Ela movimentou a mão entre eles e, por um instante, ele ficou tão grato pelo movimento que se esqueceu sobre o que estavam conversando. – A distância não vai ajudar nisto.

Seu coração começou a bater forte. Como se ele estivesse com medo ou alguma merda assim.

Mas não era isso o que estava acontecendo.

Verdade. Não mesmo.

– O que quer que eu diga? – murmurou. – Me dê as palavras e a inflexão correta e eu digo. Qualquer coisa para fazer isto desaparecer.

– O que não está me contando?

– Nada.

Longa pausa.

– Muito bem – disse ela, derrotada.

Ah, que legal. Isso fazia com que ele se sentisse muuuito melhor.

Como ultrapassaram a distância entre o alívio por ela ter sobrevivido para chegarem a toda aquela tensão, tão rápido assim?

Ele não lhe contaria a novidade ocorrida no s'Hisbe. Ela tinha mais do que o suficiente com que se preocupar consigo própria, e ele não queria que ela se preocupasse se o executor da rainha o acorrentaria e o arrastaria dali até o Território a qualquer momento.

– Selena, escute... – Ele balançou a cabeça. – Se estou envergonhado com o que fiz com todas aquelas humanas? Absolutamente. Se tenho arrependimentos? O tempo todo. Se eu acredito que estou maculado? De acordo com a minha cultura, estou completamente contaminado. Mas você tem que entender que, às vezes, um vadio é apenas um vadio. Uma prostituta não é nada mais que uma prostituta. Eu tenho um desejo e não tenho para onde ir com isso.

Desviou o olhar, tracejando as tábuas do assoalho com os olhos.

O silêncio ficou mais alto que um grito.

– Acho que você tem razão – disse ela.

Trez exalou, aliviado. Graças a Deus ela estava acreditando...

– É melhor você sair agora.

– O quê?

– Até você conseguir ser franco? Acho melhor você ficar afastado. Porque, ou você está mentindo para si mesmo ou está mentindo para mim. De todo modo, você tem que... como dizem os Irmãos, ver se consegue acertar essa porra dessa sua cabeça.

Ele balançou a cabeça.

– Uau. Não foi assim que eu imaginei que seria.

– Nem eu.

– Ok. Então...

Enquanto ela o encarava, parecia que o ar tinha sido sugado do quarto. Pelo menos no que lhe dizia respeito.

Trez pigarreou.

– Porra... Já vou.

Ele saiu, usando a porta que dava para o corredor em vez de correr o risco de se deparar com a doutora Jane ou com Ehlena na sala de exames.

Sim, porque ele estava com muita vontade de ter uma plateia agora.

Ainda bem que iAm tinha ido dar uma olhada no shAdoWs, no Iron Mask e no Sal's. Seu irmão era a última pessoa de quem ele queria estar perto no momento.

Movendo-se com rapidez, seguiu pelo corredor e parou antes de passar pela porta de vidro do escritório. Quando não ouviu nenhuma voz, espiou ao redor. Vazio.

Ponto.

Passou pelo armário de suprimentos e entrou no túnel sem contratempos, e depois correu até a escada. Digitou o código. Subiu os degraus. A porta debaixo da escadaria se abriu silenciosamente.

O som do aspirador de pó na biblioteca não foi surpresa nenhuma. Mas a ausência de Irmãos era. Normalmente, àquela hora da noite, aqueles que não estavam escalados normalmente ficavam relaxando na sala de bilhar, assistindo à TV. Jogando. Bebendo.

Aproveitou-se da rotina cidade-fantasma e se aproximou do bar. Ao alcançar a primeira prateleira, parou um instante para considerar suas opções e depois escolheu um Woodford Reserve. E uma Grey Goose. E uma garrafa de vinho branco que estava na bancada do bar, já na temperatura ambiente.

Como se ele fosse se importar com o que beberia.

A escadaria principal foi moleza, e não se surpreendeu ao ver que o escritório do Rei estava vazio, visto que Wrath passava a maioria das noites em reuniões com os civis. Fazendo a curva no corredor das estátuas, desacelerou diante de todo aquele mármore e abriu a porta que o levaria ao terceiro andar.

A suíte da Primeira Família ficava escondida atrás de uma caixa forte, mas o seu quarto e o do irmão tinham fácil acesso, apenas duas portas, uma ao lado da outra.

A despeito da sua discussão com Selena, não iria para o Commodore. Queria estar perto para o caso de ela...

Isso.

Fechando-se no quarto, colocou seus novos melhores amigos na mesinha de cabeceira e acendeu o abajur. As cortinas de veludo estavam puxadas, e ele as deixou assim ao prosseguir para o banheiro, arrancando as roupas. Girou a torneira no chuveiro, deixando a água correr, e tomou cuidado em deixar as luzes apagadas.

Não havia por que enfrentar seus olhos no espelho.

Esperou até que o vapor se formasse antes de entrar no enclave de mármore. Já tinha coisas demais que lhe eram desconfortáveis, muito obrigado.

Sabonete – em todos os lugares. Enxaguar – todos os lugares. *Shampoo* – na cabeça, seguido pelo condicionador. Lâmina – no queixo, no maxilar, nas faces.

Em seguida foi só se enxugar e deitar nu na cama.

Deitou-se debaixo das cobertas por força do hábito, o cérebro se esvaziando de todo e qualquer pensamento, somente a prática levando-o ao lugar e à situação em que conseguiria se embebedar na horizontal.

Abrindo a tampa do Grey Goose, deu uma bela golada e cerrou os molares enquanto o ardor descia pela garganta e acendia seu estômago como o Fenway Park*.

Como V. bem poderia ter dito.

Como diabos aquela noite fora acabar daquele jeito...

---

* Estádio de baseball de Boston, Massachusetts, casa dos Boston Red Sox. (N.T.)

iAm não iria perder tempo no shAdoWs, nem no Iron Mask, tampouco no Sal's. Ao inferno com tudo aquilo. Havia equipes mais do que eficientes nos três lugares para dar conta dos negócios. Só contara essa mentira ao irmão porque não queria que Trez ficasse ainda mais assustado.

Materializando-se no terraço do seu apartamento, olhou para o relógio e depois entrou. Andando ao redor, acendeu algumas luzes, abriu a geladeira, mesmo sabendo que não havia muito ali dentro, e deu uma olhada nos armários de mantimentos.

Não comia desde... a noite anterior no Sal's, na verdade. E não se alimentara desde... cacete, ele nem sabia há quanto tempo.

Provavelmente teria que cuidar disso, mas, como sempre, demonstrava pouco interesse pela veia. Não que não apreciasse e respeitasse a Escolhida que o servia e ao irmão. Ele só não gostava daquela história de sugar o pulso de uma desconhecida. Sim, sim, o dever. Tanto faz.

Ele devia ser bem mais Sombra que o irmão...

Na cultura deles, qualquer coisa física era sagrada. O que era uma merda, porque as necessidades biológicas o forçavam a se alimentar umas seis vezes por ano e, toda vez que o fazia, era um exercício de autodisciplina – e não porque quisesse transar com quem quer que fosse.

Ele ainda era, com toda aquela idade, virgem.

Botava a culpa do seu celibato naquela coisa com Trez, e nos ensinamentos e nas tradições de sua espécie, que, às vezes, ele achava que levava um tantinho a sério demais...

Uau. Estava tão agitado que falava sozinho.

Sobre coisas que já sabia.

E que, para começar, nem eram assim tão interessantes.

Andou ao redor, olhou mais uma vez para o relógio e depois para o terraço. Onde diabos ele...

– É você?

iAm se virou na direção do quarto de onde viera a voz masculina. Avançou na direção do corredor, segurando a pistola na mão; mas, levando-se em consideração a inflexão da voz? Não haveria problema.

Exatamente como previsto, ao virar a esquina do que antes era seu quarto, encontrou s'Ex estendido sobre a cama, os lençóis revirados no corpo nu, uma garrafa dupla de Ciroc aninhada em seu braço como um bebê.

– Pensei que estivesse de luto – disse iAm ao guardar a arma.

– Estou. – s'Ex ergueu a garrafa quase vazia. – Essa é minha caixa de lenços.

– A rainha não o quer no Território?

– Na verdade, não. – O macho cortou o ar com a mão. – Embaraçoso demais. Eu valho pra foder atrás de portas fechadas, mas, à vista de todos? Nada feito. Claro, tudo seria perdoado se o mapa astral fosse o correto. Mas não.

iAm se inclinou no batente da porta e cruzou os braços.

– Há quanto tempo está aqui?

– Desde que você foi embora... Isso foi ontem? Você precisa de mais bebida aqui. Quando pode trazer? E quero algumas fêmeas.

O primeiro instinto de iAm foi mandar o cara se foder. Naturalmente. Mas ele precisava de um favor do filho da mãe.

– Posso conseguir isso para você – disse.

s'Ex fechou os olhos e revirou o quadril debaixo dos lençóis.

– Quando?

– Primeiro você tem que fazer uma coisa para mim.

As pálpebras se ergueram lentamente, e os olhos negros reluziram.

– Não é assim que funciona.

– Na verdade, é.

– Vá se foder.

– Vá *você*. – iAm sustentou o seu olhar. – Preciso entrar no palácio.

s'Ex calou a boca. Depois ergueu o tremendo torso, os lençóis deslizando, cercando-o pela cintura. Na luz do banheiro, as tatuagens que cobriam cada centímetro de pele brilhavam como se fossem luzes fluorescentes na pele negra.

– Não é o que achei que fosse dizer – murmurou ele. – Sem uma pistola apontada para a sua cabeça.

– O que preciso de você é uma saída garantida.

– Então vai roubar alguma coisa.

– Só quero acesso à biblioteca.

– Tem muita leitura recreativa aqui no mundo humano.

– E preciso ir agora.

s'Ex o encarou por um tempo. E depois bocejou como um leão, as grandes presas reluzindo com o esforço.

– *Agora* – repetiu iAm.

– O palácio está fechado pelo luto.

– Você saiu.

s'Ex fez um som de pouco caso.

– Que tipo de informação você procura?

– Nada relevante para os seus propósitos.

– Até parece.

– Olha só, preciso ir agora e tenho que voltar antes do nascer do sol. Isto é uma emergência. Não faço isso para te provocar.

s'Ex franziu o cenho.

– Como já disse, o palácio está fechado.

– Então vai ter que me fazer entrar escondido.

– Por que diabos você acha que eu vou te ajudar?

iAm sorriu com frieza.

– Me ponha lá dentro e me tire, e você vai poder foder aquela sua rainha.

– Nossa. Se eu quiser fodê-la, só tenho que ir para a cama dela.

– Acha que ainda tem estômago para fazer isso?

– Não me faça de romântico – disse s'Ex com seriedade.

iAm deu de ombros.

– Tanto faz. O que importa é que você nunca vai conseguir pegar Trez a esta altura. Tenho que tentar ajudá-lo.

Se Selena morresse? Todos o perderiam. Merda. Só o que iAm tinha que fazer era pensar no irmão saindo em disparada daquela sala de exames, correndo pelo corredor com uma pistola apontada para a têmpora, pronto para atirar.

s'Ex o encarou por um bom tempo.

– Que diabos está acontecendo?

– Vou ser franco. Os seus interesses e os meus estão alinhados. Não quero que meu irmão morra, nem você. Quando isto terminar, brigamos para ver o que vai ser dele, mas agora? Você tem que me ajudar a tirá-lo de uma crise.

– Defina "crise".

iAm desviou o olhar.

– Alguém próximo a ele está doente.

– Mas ele não?

– Não.

– Você?

– Pareço doente? – iAm enfrentou o olhar do executor novamente. – Olha só, você e eu temos um problema de conduta com ele. Acha que gosto de confiar em você? Se existisse qualquer outra opção, eu aceitaria. Mas, como você sabe em primeira mão, precisamos lidar com o que a vida nos dá. E eu preciso daquela maldita biblioteca.

O s'Hisbe tinha uma longa e distinta tradição de curandeiros. E como os Sombras eram, assim como os *symphatos*, uma ramificação evolutiva dos vampiros, parecia lógico que essa doença chamada Prisão pudesse ter aparecido no passado de sua raça, e, em caso positivo, isso estaria registrado naquela biblioteca.

Caso tivessem sorte, os curandeiros poderiam ter algum tipo de tratamento, e, com isso, a parada número dois seria no imenso cofre farmacológico do s'Hisbe. Os Sombras vinham sintetizando drogas a partir de plantas e animais há séculos, catalogando todo tipo de mistura para lidar com doenças e desordens – e, assim como na manutenção dos registros, os curandeiros eram meticulosos a respeito dos seus experimentos e estudos.

O seu povo levara o racionalismo à medicina muito antes de os humanos saírem do misticismo e abraçarem o pensamento científico.

Talvez houvesse esperança. Ele tinha que descobrir.

– Não quero depender de você – iAm disse com secura. – Mas preciso. Assim como você vai ter que fazer isso comigo se quer ter uma chance de colocar Trez na linha. Ele morrerá em menos de uma hora se aquela fêmea morrer.

– Fêmea? – Quando iAm não disse nada mais, s'Ex praguejou. – Vocês são dois grandes pés no saco, sabia?

– Sinto a mesma coisa a seu respeito e à sua rainha.

– Nossa. Você é um membro do s'Hisbe, não importando onde escolha viver.

Claro que era uma total besteira aquela coisa de Trez voltar para o Território e andar na linha em relação ao seu mapa astral. Isso nunca aconteceria. Mas iAm tinha que usar qualquer tipo de barganha que houvesse, e s'Ex devia estar bêbado o bastante para não analisar atentamente as motivações envolvidas ali.

E, vejam só, deu certo.

Com uma imprecação, o imenso macho afastou os lençóis e se pôs de pé e, por um instante, iAm olhou para todas aquelas tatuagens. Cristo. A pele do executor estava coberta do pescoço aos tornozelos, do ombro aos pulsos, com todas aquelas marcas brancas. Os únicos lugares não cobertos eram o rosto, o pau e as bolas. Até mesmo iAm se impressionou. A "tinta" na verdade era um veneno que descolorava a pele. A maioria dos machos se orgulhava de suportar a dor e o mal-estar causados por um pequeno símbolo de suas famílias no ombro ou o nome de uma companheira sobre o coração.

O fato de s'Ex ter suportado tudo aquilo era a confirmação de que ele era um durão. Ou um psicótico masoquista.

Deixando o cara se vestir, iAm foi para a sala de estar. Ao se aproximar das portas de correr, olhou para a vista noturna de Caldwell: as luzes aleatórias nos arranha-céus, as vias gêmeas com luzes brancas dos faróis e vermelhas das traseiras na curvas do rio Hudson, um avião ou dois com suas luzes piscantes no horizonte.

Entrar e sair, disse a si mesmo. Era assim que teria que ser.

E, caso existisse um Deus, ele conseguiria encontrar algo que ajudaria Selena.

Capítulo 18

— Virar aqui? — Layla perguntou, ao se inclinar no volante do sedã.

– Sim, aqui.

Ela acionou a seta e, quando o Mercedes começou a emitir o som ritmado, lembrou de Qhuinn lhe ensinando os quandos e os ondes dessa coisa de dirigir. O palpite de que ele jamais imaginaria que ela usaria essas habilidades para levar Xcor para algum lugar era garantido.

– Para onde estamos indo? – perguntou. Os faróis só iluminavam uma estradinha de terra com muitas árvores outonais tomando as laterais dessa dita "estrada". Uma mureta baixa de pedras parecia estar mantendo afastada essa agressão arbórea, embora o estreito acostamento estivesse repleto de arbustos espinhosos e mato crescido.

– Não muito longe. Apenas mais alguns quilômetros.

Chegara a sua hora?, ela se perguntou. Seria aquela a noite em que a sua paranoia se revelaria justificada, quando Xcor tomaria controle da situação de uma maneira que não só a machucaria, mas também faria mal ao seu filho e a Qhuinn, dois absolutos inocentes naquilo tudo?

Santa Virgem Escriba, ela precisava sair dali...

Os faróis fizeram a curva e o que ela viu fez seu coração parar e o pé desgrudar do acelerador.

Era um chalezinho, que, apesar do mato crescido ao redor, era absolutamente encantador. A porta de entrada era vermelha, e com duas janelas salientes e duas águas-furtadas no segundo andar, o lugar parecia estar sorrindo de olhos arregalados. Também havia uma grande árvore frondosa à esquerda, com folhas douradas da cor do nascer do sol que ela vira apenas na TV e em livros, bem como um caminho de ardósia que conduzia a essa vista acolhedora.

– Gosta? – ele perguntou com rigidez. Como se temesse a resposta.

– Talvez isto seja ingenuidade minha – sussurrou ela. – Mas parece que nada de ruim poderia acontecer aqui.

– É o chalé da zeladora da casa principal, que fica mais acima naquela estradinha e foi abandonada há tempos, mas a *doggen* morava aqui até o mês passado. – Relanceou para ela. – Vamos para dentro.

Ela saiu sem desligar o carro, mas Xcor cuidou disso, esticando a mão e silenciando o ronco enquanto ela ficava na direção dos faróis. Quando a luz foi cortada, ela viu que havia velas acesas dentro da casa, ou pelo menos era isso que acreditou que estivesse produzindo a luz tremeluzente dourada.

À porta, ela tocou na pintura. Era antiga, craquelada, mas não descascada. Vermelho como uma maçã do amor, concluiu. E, sem dúvida, era muito brilhante quando fora aplicada na madeira.

– Abra – ele disse. – Por favor.

A tranca era de latão antigo e bem usado, mas lustrado nos lugares em que as mãos o seguravam. Um leve rangido foi emitido quando ela empurrou a madeira surpreendentemente pesada, mas o som era mais alegre que sinistro.

E não havia velas. Era a lareira.

A sala de estar era ampla e coberta por painéis de madeira avermelhada, a lareira era feita de pedras do rio de vários tamanhos, formatos e cores. O piso estava descoberto, as tábuas largas conversavam conforme ela pisava nelas, tagarelando como se tivessem sentido falta de uma companhia. Inspirando fundo, ela sentiu o cheiro da fumaça da lareira e da fragrância subjacente de madeira.

Havia um sofá amplo numa das laterais da lareira, posicionado de tal forma que, sentando nele, era possível ver a vista da janela saliente. O móvel estava coberto por uma coleção de mantas, umas sobre as outras, os tecidos e as cores tão variáveis que o conjunto formava um padrão único. Também havia uma grande poltrona estofada, alguns livros antigos nas prateleiras e um tapete redondo entremeado unindo tudo.

– A cozinha é por ali – apontou Xcor ao fechar a porta.

Ela passou por ele, o imenso corpo imóvel demais, os olhos se recusando a se encontrar com os dela. O banheiro era simples e equipado com um chuveiro, vaso sanitário e uma pia. As escadas que conduziam ao segundo andar eram altas e estreitas, cobertas com um carpete gasto. Quanto à cozinha, no lado oposto, estava tomada de eletrodomésticos antigos, entremeados por pedaços de bancada.

Layla se virou.

– Há quanto tempo tem este lugar?

– Como já disse, a zeladora morreu há um mês. Ela era uma *doggen* que cuidava de nós, sem parentes. – Ele lhe deu as costas e começou a tirar o casaco pesado. – A família de quem ela cuidava morava na casa grande, mas foram mortos durante os ataques. Ela permaneceu na propriedade porque não tinha mais para onde ir. Os *redutores* não voltaram, então ela viveu.

Xcor começou a se desarmar, os ombros largos flexionando enquanto ele retirava a bainha que mantinha as adagas sobre o peito. Em seguida, desafivelou o coldre da cintura, os cotovelos se mexendo enquanto a faixa de couro se soltava.

Por algum motivo, ela notou o corpo por debaixo das roupas que ele vestia, como os músculos se tensionavam e relaxavam por baixo do algodão preto fino da camisa, como as calças se esticavam nas coxas, nas panturrilhas, na parte posterior.

Ele falava devagar, com sílabas mensuradas, mas ela não estava ouvindo.

Xcor se virou. Encarou-a. Calou-se.

– Não deseja ficar? – perguntou numa voz baixa.

– Por que me trouxe aqui?

Ele pigarreou.

– Não posso tolerar que, estando grávida, permaneça no frio nas noites em que nos encontramos. Não nesse estágio adiantado da gestação.

Sem saber de onde, ela sentiu uma onda de calor. Mas não achou que fosse proveniente da lareira.

– Venha. – Ele se encostou na porta. – Está mais quente aqui.

Ela andou na direção dele. E continuou a andar.

Sentando-se na poltrona, ajeitou o manto. Envolveu-se no casaco. Olhou para as chamas.

Xcor avançou pela sala, fechando as cortinas antes de relaxar o corpo no sofá.

– Obrigada – ela se ouviu dizer. – Assim é muito mais confortável.

– Sim.

O silêncio se estendeu entre eles. Foi estranho: no campo, com a vastidão do céu acima e a campina se desenrolando ao redor, ela não o notara tão intensamente. Contudo, entre aquelas quatro paredes a presença dele parecia estar amplificada; qualquer movimento feito, quer fosse apenas uma respiração ou um piscar de olhos, era captado de maneira multiplicada.

Havia um embaraço curioso entre eles. A conversa alegre do fogo na lareira fracassava na tentativa de aliviar a aflição crescente na casa.

– Pretende consumar nosso acordo? – ela disse de repente. – Chegou... a hora?

– Isto aqui parece uma cidade fantasma, hein?

Quando V. falou no sótão da casa colonial, Rhage recostou-se na porta do banheiro da suíte principal.

– Nada aqui também. Só esse monte de merda cor-de-rosa.

Voltando para o quarto, ele deu uma segunda olhada nas coisas rosadas. A porcaria estava em todas as partes, desde o tapete até as cortinas, do papel de parede até os lençóis, e o cheiro de Xcor estava em todo lugar. Ficou claro que aquele era o quarto dele, e ele encontrou uma medida de satisfação em ver que o puto teve que se acomodar naquele pesadelo de estrogênio.

Era o mesmo que dormir dentro de um maldito útero.

Rhage estremeceu ao sair para o corredor.

– Fico pensando se ele não ficou com vontade de andar de salto alto.

– Que imagem linda. – V. apareceu no buraco do teto e desceu pela escada que se dobrava. – Abandonada. Eles simplesmente desapareceram daqui.

Nada. Não encontraram absolutamente nada suspeito, nem ameaçador, nenhuma armadilha, nenhuma bomba armada para detonar, nenhum alarme.

Também não deixaram nenhum objeto pessoal para trás no segundo andar; assim como na sala de estar, deixaram um pouco de lixo aqui e acolá, mas nenhuma roupa, nenhuma arma, nenhum computador, nem celulares.

Movendo-se com rapidez, desceram as escadas e refizeram seus passos para sair da casa. Depois de se desmaterializarem pela janela aberta da cozinha, reuniram-se com Phury e Z.

– Nada – anunciou V.

Rhage pegou o celular para uma olhada rápida e, vendo que não havia nenhuma resposta para as suas duas mensagens, franziu o cenho e guardou o aparelho novamente. Ansioso, enfiou a mão no outro lado da jaqueta e apanhou um Tootsie Pop. Quando viu que era laranja, trocou o pirulito por um de uva. A embalagem saiu com facilidade, como se o doce estivesse ansioso para servi-lo, e ele enfiou a bola açucarada na boca.

– Totalmente limpo? – perguntou Phury. – Isso não pode estar certo.

Rhage tirou o brinquedinho da boca:

– Não me leve a mal, considero desarmar bombas e armadilhas algo muito aborrecedor, mas eu estava pronto para fazer isso. Não entendo. Deixam a casa porque Throe os abandonou e, provavelmente, desertou? Eles tinham que saber que, cedo ou tarde, teríamos informações daquele traidor.

Os olhos de V. voltaram-se para a casa.

– Perderam uma oportunidade e tanto.

– Não acho que Xcor seja tão burro assim... Nem tão preguiçoso. – Rhage deu de ombros. – Talvez estejam com a grana curta.

– Duvido que seja pela falta de recursos – murmurou Phury. – Estão bem armados, se nos basearmos nas mortes no centro da cidade.

Conversaram rapidamente e decidiram voltar para relatar a Wrath que Throe não havia mentido. Contudo, antes de se desmaterializarem, Rhage falou ao redor do pirulito:

– Tudo bem se eu fizer um pequeno desvio?

– Sem problemas. Nós começamos o relatório – disse V.

– Obrigado, irmãos. Só preciso de uns dez minutos.

Bateu as palmas das mãos nas dos lutadores e depois, um a um, eles desapareceram...

Mas em vez de se materializar no jardim da antiga casa de Darius, onde Wrath concedia as audiências ao seu povo, Rhage surgiu diante de uma casa igualmente grande, mas menos opulenta, no subúrbio. Um

Volvo XC70 azul estava estacionado na entrada de carros e, apesar das cortinas fechadas, havia luzes em cada uma das janelas da casa de três andares.

Rhage sacou o telefone, foi até os favoritos e apertou o botão verde. Enquanto a chamada era realizada, ele mudava a posição do peso do corpo para frente e para trás.

– Oi – disse quando atenderam. – Tudo bem?

– Oi. – Sua Mary, sua brilhante e absolutamente bela fêmea, não estava com a voz boa. – Como você sabia?

Na mesma hora, a besta debaixo da sua pele rugiu, pronta para atacar qualquer um ou qualquer coisa que ameaçasse sua companheira.

– O que aconteceu?

– Estamos tendo problemas com uma das nossas mães.

Os olhos de Rhage perscrutaram as janelas.

– Posso ajudar?

– Onde você está?

– No seu jardim.

– Estou descendo.

Rhage desligou e se ajeitou rapidamente, alisando o cabelo, certificando-se de que a jaqueta estivesse reta ao puxar as pontas de couro.

O Lugar Seguro fora inaugurado por Marissa a fim de atender às necessidades das fêmeas vitimas de violência doméstica ocorrida entre a Raça. Embora os humanos tivessem diversos programas e recursos para as suas mulheres e os filhos, as vampiras e seus filhos não tinham ninguém a quem procurar até Marissa abrir aquela instituição. Com assistentes sociais treinadas graças ao mundo humano – escolas noturnas ou pela internet – e enfermeiras administradas pela doutora Jane e por Ehlena, as residentes tinham permissão para ficar, sem pagar nada, pelo tempo que precisassem até voltarem a ser independentes e adquirir segurança.

Machos não eram permitidos dentro da casa.

Até onde ele sabia, devia haver pelo menos umas doze na casa naquele momento, ainda que esse número oscilasse, e, graças ao anexo Wellessandra, construído como presente de Tohr em memória da sua amada primeira *shellan*, havia espaço mais que suficiente.

A porta de entrada se abriu e Mary saiu, olhando para trás. Enfiando as mãos debaixo dos braços, ela estremeceu ao correr pelo jardim, e ele precisou de cada grama de autocontrole para não ser aquele que diminuiria a distância entre os dois. Mas tinha que respeitar os limites da propriedade.

Abrindo bem os braços, ajoelhou-se para que, quando ela estivesse perto, ele pudesse segurá-la e erguê-la nos braços. Para ele, ela não pesava nada, mas – ah, Deus – como era vital. O corpo quente ao seu encontro, os braços ao redor do seu pescoço apertando, o perfume atingindo-o como um Xanax e uma dose de café expresso ao mesmo tempo.

– Minha Mary – suspirou. Dentro dele, sua besta se deleitou de satisfação. – Minha menina Mary.

Ele começara a chamá-la assim há algum tempo. Nem sabia o motivo. Provavelmente porque, toda vez que o fazia, ela sorria.

Rhage voltou a colocá-la no chão, mas continuou segurando-a. Afagando os cabelos castanhos, não gostou de ver o quanto ela estava pálida.

– Que diabos está acontecendo?

O som que ela fez foi de exasperação. Exaustão. Tristeza.

– Você se lembra daquela mãe e da criança que você resgatou com Butch uns dois anos atrás, talvez dois e meio? A mãe era vítima há anos, assim como a filha.

– Sim, elas foram as primeiras no seu programa.

– Bem, a mãe não está bem. Ela não contou a ninguém que estava grávida quando veio para cá. Escondeu por completo, nenhuma de nós fazia ideia do que estava acontecendo. Uma gestação típica dura dezoito meses, mas, pelo que Havers nos disse, alguns bebês podem morrer no útero e ficar ali, o que não é possível com humanos. No entanto, Havers disse ter visto casos raros como esse antes.

– Espere. O quê? Está dizendo que...

– Sim. É tão terrível...

Rhage tentou imaginar a fêmea com um bebê morto no ventre.

– Jesus.

– Ela foi ficando mais fraca e doente – até desmaiar e nós chamarmos a doutora Jane e Ehlena. Jane conseguiu tirar o bebê, mas a mãe... – Mary balançou a cabeça. – A mãe não está se recuperando. Ela tem uma infecção que se recusa a ir embora, e não parece estar bem. E, para piorar a situação, ela está recusando tratamento e não há nada que a faça mudar de ideia.

O que significava que Mary estava na linha de frente.

Rhage a aninhou ao seu encontro e se sentiu um cretino por assediá-la em sua mensagem de texto enquanto ela lidava com aquela situação de vida ou morte.

– Posso fazer alguma coisa?

Ela se afastou um pouco e ergueu o olhar.

– Na verdade, esta folga está me reanimando. Você não poderia ter chegado em melhor hora.

Ele pensou no que estava acontecendo com Selena na clínica. Aquilo estava pesando em seus ombros por algum motivo, mesmo ele não sendo muito próximo de Trez.

Que era um bom macho. Duro e com bom coração.

– Bem, me avise. – Ele alisou o cabelo da companheira para trás. – Sobre qualquer coisa que precisar, a qualquer hora.

Quando ela se ergueu na ponta dos pés, ele a encontrou na metade do caminho, beijando-a nos lábios uma vez, duas e de novo. Ela era, até mais do que seu coração pulsando ou os seus Irmãos, a coisa mais importante na sua vida. Do instante em que ela lhe falou pela primeira vez, e ele fechara os olhos, cambaleando com o som da sua voz, perdera-se nela.

Sem ela como seu norte magnético? Ele estaria muito pior do que se fosse amaldiçoado.

– Eu te amo – sussurrou. – Agora e para sempre.

– Vou tentar chegar ao amanhecer, mas não sei como isto aqui vai se desenrolar.

– Faça o que tem que fazer. Ligo mais tarde e você me conta como estão as coisas, se puder.

– Você é sempre tão compreensivo.

Como se ela soubesse que estar separado dela durante o dia fosse uma espécie de inferno para ele.

– Você faria o mesmo por mim, menina Mary. E o seu trabalho aqui é muito importante.

Ela inclinou a cabeça, os olhos se arregalando, sérios.

– Obrigada. Sabe... isto é... muito gentil da sua parte.

– É a verdade. – Ele a beijou de novo. – Pode ir agora. Volte para a sua paciente.

Sua Mary segurou sua mão e a apertou.

– Eu também te amo.

Ele ficou onde estava, observando-a correr pelo jardim, pegar a chave e entrar na casa. Pouco antes de entrar, ela acenou.

Quando a porta se fechou, ele a imaginou fechando os ferrolhos, garantindo que todas estivessem seguras. Trabalhando para melhorar as vidas das fêmeas e das crianças ali dentro.

Depois de um instante, ele pegou o celular e o verificou novamente. Nada. Trez ainda não lhe retornara.

Aquela fora a segunda mensagem que mandara.

Com uma imprecação, dissipou suas moléculas para a antiga casa de Darius e, enquanto viajava, a imagem de Trez explodindo da sala de exames o acompanhou. Atormentou-o.

Merda, esperava que Selena estivesse bem.

Por algum motivo, aquilo era de vital importância para ele.

Capítulo 19

O coração de Xcor batia com irregularidade ao se aprumar no sofá à frente de Layla. Ela escolhera a poltrona do canto para se acomodar, por isso apenas as pernas eram iluminadas pela lareira. Ele a via por completo, contudo. Cada detalhe do seu rosto, da garganta, do corpo era-lhe conhecido como o seu próprio.

A pergunta dela era como uma presença física entre ambos.

– E então? – perguntou ela. – Chegou... a hora?

O tremor em sua voz era evidente, e ele ergueu a mão para esfregar o rosto. Ao contrário dela, ele estava todo iluminado, e não queria que ela conseguisse enxergá-lo. Se ela já estava nervosa, vê-lo assim em nada ajudaria.

– Xcor.

– Não sou um animal.

– O que disse?

– Eu jamais... a tomaria na sua atual condição. Seria bestial.

A respiração profunda dela foi audível até mesmo acima do barulho dos estalos da lenha na lareira. E não pela primeira vez, odiou a posição em que a colocara. Ele a dominava ativamente pelo que descobrira, forçando-a a estar ali para entretê-lo, mesmo ficando claro que ela não escolheria aquilo livremente, sabendo que isso a colocava em perigo.

A Irmandade da Adaga Negra não perdoava seus inimigos, assim como ele. E relacionar-se com um traidor conhecido era uma ofensa capital, de acordo com as Antigas Leis.

Levando-se em consideração que ele e seus Bastardos conseguiram enfiar uma bala no pescoço do Rei no outono passado? Isso não os colocava numa... como era chamada? Lista dos camaradas.

– Nove meses – disse ela.

– O que disse?

– Desde que estamos nos encontrando.

Ele relembrou o início, quando ela o alimentara com o punho debaixo daquela árvore. E, mais tarde, quando ele se desarmara diante dela e entrara em seu carro. Ele a beijara, e então...

– Está excitado?

Ao se retrair, o corpo dele se moveu segundo sua vontade, o quadril empinando antes que ele conseguisse deter o movimento.

– Está? – sussurrou ela.

– Quer mesmo que eu responda...?

– Perguntei, não perguntei?

– Sim.

Houve uma longa pausa.

– Está concordando que eu perguntei?

Ele abaixou a mão e fitou o canto escuro, dando-lhe a chance de se lembrar exatamente com quem estava falando.

– Acredito que temos que mudar de assunto.

– Responda.

– Já respondi.

Dado o som que ela produziu na garganta, ele soube muito bem que ela engolia em seco, e não lamentou, de modo algum, tê-la deixado pouco à vontade. Depois de tantas vezes encontrando-se, normalmente duas noites por semana, ele nunca levara a situação ao patamar seguinte.

Pelo menos não enquanto ela estava em sua presença.

Quando ficava a sós com as lembranças dela? Nada era impossível.

Naquele instante, todavia, ele sentia como se o limite – que ele tinha toda intenção de cruzar um dia – não devesse, de modo algum, ser ultrapassado. E disse a si mesmo que era por causa da gestação.

Claro que era...

– Quero ver.

Xcor ficou absolutamente imóvel, a respiração congelando no peito assim como seu coração.

– Por quê? Posso lhe garantir que tenho os requisitos anatômicos necessários aos machos. De todo modo, não consigo imaginar o motivo das dimensões precisas serem do seu interesse até a hora chegar, como você mesma disse.

– Mostre-me.

Ele franziu o cenho e relanceou para as janelas. Havia fechado as cortinas. Seus Bastardos estavam lutando, e só voltariam para a propriedade perto do amanhecer. Mas ferimentos no campo de batalha aconteciam e, de vez em quando, necessitavam de tratamento longe dos becos escuros do centro...

Espere um instante. Ele *não iria* abaixar as calças. Portanto, aquela análise era desnecessária.

Xcor se pôs de pé e se recusou a pensar além do fato de não querer se expor para ela.

– Vamos por um fim a este encontro agora.

– Por quê? Eu gostaria de vê-lo. É um pedido bastante simples.

Nem perto disso, ele pensou.

– Por que quer fazer isso?

– Pensei que quisesse fazer sexo comigo. É o objetivo disso tudo, não é?

Xcor rondou até junto dela, a irritação crescente, juntamente com o calor em suas veias. Apoiando as mãos nos encostos de braço da poltrona, inclinou-se, forçando-a a se recostar nas almofadas.

– A minha intenção – ele rebateu –, quando chegar a hora, é poupar-lhe o visual. Portanto, não entendo porque uma demonstração a ajudaria a suportar o que lhe será feito.

A onda de raiva que surgiu dela foi um choque. Ela lhe mostrara medo. Cortesia. Uma reserva graciosa que o fizera respeitá-la tanto quanto a cobiçava.

Aquilo era novo.

– O que a incomoda? – perguntou. – O que fez você ficar assim?

Sem aviso, e com força surpreendente, ela o afastou com um empurrão e saltou da poltrona.

Layla andou de um lado para o outro, formando um círculo pequeno diante do fogo, e suas emoções eram tantas que faziam o ar vibrar ao seu redor.

No fim, ela parou diante das chamas, pousando as mãos nos quadris como se discutisse com ele em sua mente.

– A minha irmã está morrendo – revelou.

Xcor exalou o ar com uma imprecação.

– Lamento muito.

– A vida dela está chegando ao fim. – As mãos de Layla foram para o ventre distendido. – Nunca tive um amante de fato. A despeito desta gestação, sinto como se fosse ainda virgem.

Xcor apoiou o peso no braço da poltrona. Ou, mais exatamente, despencou sobre ele. Primeiro, odiava pensar no método que ela usara para conseguir engravidar. Segundo...

Meneou a cabeça, livrando-se de tais pensamentos.

– O macho não a destratou, não é mesmo?

– Ah, não. E eu amo Qhuinn. Ele é minha família. Mas, como lhe disse, o acasalamento se deu durante o meu cio puramente com o propósito de eu ter este filho. Mal me lembro do que aconteceu. – Olhou para ele, a luz tremeluzente tornando-a impossivelmente bela. – A minha irmã está morrendo. Eu estou viva e não vivi. É por isso que lhe digo... Mostre-me.

Não era para ser assim entre eles.

Layla não tivera a intenção de revelar essa sua verdade a Xcor. Ou lhe pedir o que acabara de pedir. Mas desde que entrara naquela casinha, seu cérebro vinha funcionando em duas frequências: uma ali com ele, a outra na sala de exames do Centro de Treinamento.

Onde ficara ao lado do corpo retorcido de sua irmã, horrorizada em descobrir que outra delas fora abatida pela Prisão.

A paranoia a fez pensar se ela não tinha a doença; se poderia transmiti-la ao filho. Não lhe ocorrera nenhum episódio, mas quando começou para Selena? Layla era mais jovem que a outra Escolhida... Seria apenas questão de tempo?

Claro, havia uma grande possibilidade de que aquela roda mental estivesse ligada aos seus hormônios. Notara que seus pensamentos vinham se tornando mais distorcidos e menos precisos conforme a gestação avançava.

Isso, no entanto, não mudava a realidade de que, apesar de não ser virgem e estar grávida, tinha medo de nunca saber o que era o sexo. Tinha raiva daquilo que lhe fora negado pelo destino. Grata pelo filho, e, mesmo assim, sufocada pela transformação natural do seu corpo.

E Xcor era o único para quem podia se voltar. Os Irmãos eram todos vinculados e, além disso, ela não pensava neles de modo sexual. Além do mais, ela não iria se aproximar de nada masculino num futuro próximo.

Xcor era a sua saída para expressar a mistura intoxicante de medo e desejo.

Ele pigarreou.

– Você precisa considerar isso mais a fundo.

Abaixando os olhos, ela se concentrou no quadril dele, na extensão retesada por trás do zíper da calça de combate.

– Estou considerando.

A inspiração profunda inflou o peito poderoso e ele abaixou as mãos para se cobrir. As veias percorrendo os dedos ásperos eram mais um símbolo do poder naquele corpo e, abruptamente, ela ficou imaginando como aquelas mãos ficariam sobre seu sexo.

– Saia agora – disse ele. – Reconsidere...

– Não.

– Não sou um brinquedo, Layla. Não sou algo que possa pegar para brincar e depois guardar quando lhe der vontade. Uma vez que esta porta se abrir, ela não poderá ser fechada. Entende? Tenho toda a intenção de tomá-la, mas me empenharei em honrá-la e em respeitar sua posição. Isto vai contra a minha natureza, contudo, e se forçar demais, eu retrocederei. Especialmente no que se refere a sexo.

Enquanto suas palavras permeavam o ar tenso, os olhos baixaram para o corpo dela, fazendo com que ela se sentisse nua, ainda que estivesse totalmente vestida. E muito grávida.

– Eu só quero vê-lo. – Ela se ouviu dizer. – Quero ver como você fica quando se dá prazer. Quero começar com isso.

Xcor fechou os olhos e cambaleou.

– Layla.

– Meu nome está escapando dos seus lábios como se fosse um "não"?

– Não vou lhe negar nada – grunhiu ele, erguendo as pálpebras. – Mas você deve ter certeza de que quer isso. Pense mais um dia.

Dito isso, ele se segurou, fechando o punho sobre a virilha excitada.

– Amanhã à noite, então. – Ela se ouviu dizer.

Mas ela já sabia que o adiamento não mudaria nada, mesmo sabendo que, de certa forma, ele tinha razão. Era como se estivesse compensando, ricocheteando o sofrimento de Selena para algum tipo de expressão selvagem de um problema interno seu.

– Amanhã – confirmou ele. – E agora você tem que ir.

Ela olhou para a porta e depois de novo para ele. Ele estava tenso, os ombros erguidos e contraídos, os braços tremendo, as pernas se remexendo como se ele fosse saltar a qualquer instante.

– Xcor...

– Vá – rugiu. – Saia daqui agora. Inferno, saia daqui.

Debatendo-se com o ferrolho, ela abriu a porta e saiu para a noite fria. Em comparação com o calor do chalé, o ar estava gelado e desagradável em seu nariz, e o casaco oferecia pouca proteção. Ela não deu atenção ao próprio desconforto...

Xcor fechou a porta atrás dela, batendo-a com força, e Layla ouviu o clique do mecanismo quando ela foi trancada.

Precisava ir embora.

Tinha que ir.

Em vez disso, ficou onde estava, o ar saindo de sua boca em lufadas que se erguiam no ar até serem consumidas pelo frio. Olhando ao redor, não havia indícios de ninguém mais na propriedade, nenhum som de pessoas andando ou conversando, nenhuma luz surgindo pelas árvores.

Não conseguia ir embora.

Andando com cautela para evitar galhos caídos que pudessem se quebrar e revelar sua presença, ela se aproximou da janela protuberante. Uma fenda entre as cortinas num dos lados possibilitava que ela enxergasse dentro, vendo a lareira e a sala aconchegante.

Onde ele estava?

De repente, Xcor apareceu em seu campo de visão, andando como um animal enjaulado, de um lado para o outro, para a frente e para trás. O rosto estava contraído num esgar, as presas alongadas, os músculos retesados na coluna do pescoço. Por fim, ele se virou para a lareira e socou a chaminé, cravando o punho no desenho feito de pedras.

Ela se retraiu, mas ele não pareceu demonstrar dor alguma.

Abrindo as mãos, ele apoiou o peso na cornija, o corpo se curvando enquanto ele ficava de costas para ela, de frente para o fogo. O sangue escorria das feridas dos dedos pelo dorso da mão e pelo pulso, listras gêmeas escuras se unindo e descendo por baixo do punho da camisa preta.

Um momento depois, a mão ensanguentada abaixou. A princípio, ela acreditou que ele fosse sacudi-la para aliviar a dor. Mas, então, as calças se mexeram, repuxando do lado esquerdo, do lado direito.

Os ombros se curvaram e a coluna ficou ressaltada.

Ele estava se segurando.

Layla mordeu o lábio inferior e se aproximou mais, até o nariz encostar no vidro frio. Ressaltado contra o alaranjado da lareira, o corpo de Xcor formava uma silhueta escura conforme ele afastava as pernas e deixava a cabeça pender para frente.

O cotovelo se mexeu para trás e para frente.

Ele estava se masturbando.

Fechando os olhos brevemente, ela se apoiou na janela. Quando levantou as pálpebras novamente, ele estava mexendo mais rápido. E mais rápido.

Xcor virou a cabeça para o lado e expôs as presas. Cravando os caninos afiados no músculo protuberante do ombro, mordeu a camisa, o rosto se retraindo como se estivesse numa agonia erótica.

Em seguida, o quadril se moveu para a frente, na direção das chamas, uma vez após a outra enquanto ele gozava.

Recuando, ela...

... tropeçou numa raiz e cambaleou em pleno ar. Considerando-se a barriga grande e a sua distração vital, ela tentou se virar para se reequilibrar, lançando a mão à frente para não cair com tudo no chão. Aterrorizada com a segurança do filho, caiu estatelada, o quadril levando a pior no impacto, o braço ficando preso.

A agonia foi imediata e esmagadora, uma súbita onda de náusea deixando-a enjoada.

Gemendo, ficou absolutamente parada.

Ok, ok... Você está bem.

Ela tinha mesmo que sair dali naquele instante.

Esforçando-se para ficar de pé, abriu caminho até o carro enquanto protegia o braço junto ao corpo. Quando chegou a hora de abrir a porta, teve que amparar o braço machucado na janela de trás para abri-la com a mão livre, e precisou respirar fundo antes de se colocar atrás do volante.

Ligar o Mercedes e colocá-lo em movimento quase a fez desmaiar, mas, no fim, ela conseguiu descer pela trilha de carros e seguir até a estradinha principal.

Foi nesse instante que percebeu que, sem as orientações de Xcor, não fazia a mínima ideia de como voltar para casa.

Lágrimas de frustração se formaram em seus olhos e ela invejou a habilidade de Xcor de socar alguma coisa. Se pudesse, ela teria socado.

Mas já quebrara um braço.

Não precisava de outros ossos esfolados.

Capítulo 20

iAm seguiu as instruções de s'Ex ao pé da letra, esperando uma boa hora e meia antes de se desmaterializar no Commodore para as cercanias do Território do s'Hisbe. Quando reassumiu sua forma na floresta, andou cerca de 300 metros até o rio, que contornava a formação de granito no formato da cabeça do presidente humano Abraham Lincoln.

Encontrou o traje – que o executor lhe mandou vestir – enfiado debaixo da fenda do que seria o queixo do rosto na pedra. Ao se despir das próprias roupas e colocar as vestes tradicionais *farshi* de um servo solteiro de classe social baixa, surpreendeu-se ao se ver completamente vulnerável por debaixo da roupa folgada cinza.

Obviamente mantivera a adaga e a pistola consigo: acreditar em s'Ex era uma obrigação da situação, mas ele não confiava no filho da puta. Apenas perto o suficiente para lançar o cara pelos ares.

O Território ficava ao norte de Caldwell, nas terras entre os picos do Parque Andirondack e a planície ao redor de Plattsburgh. Disfarçando-se de colônia de artistas, a propriedade de oito quilômetros quadrados era delimitada por um muro substancial de concreto tão alto e resistente quanto um carvalho em todo o perímetro. Os poucos humanos das comunidades da região há tempos estavam acostumados à presença dos "artistas", e pareciam ter um prazer perverso em proteger a santidade da propriedade e a "arte" produzida em seu interior.

O que funcionava muito bem para o s'Hisbe.

A ironia, claro, estava no fato de que a meros trinta quilômetros ao norte, do lado oposto da montanha, os *symphatos* também tinham estabelecido sua presença.

A proximidade fazia sentido. Nenhuma das subespécies tinha pressa para confraternizar com ninguém mais; os devoradores de pecado não respeitavam os humanos, tampouco os vampiros, assim como os Sombras; portanto, quanto mais isolados, melhor. De acordo, nunca houve quaisquer laços diplomáticos entre as duas nações. Eram tão separados quanto dois estranhos sentados lado a lado num ônibus, não pedindo nada ao outro e deixando-se mutuamente em paz.

Não conseguia acreditar que estava voltando.

Deixando suas roupas antigas no lugar onde encontrara as novas, continuou andando. As tiras de couro nos pés eram mais luvas que calçados e, à medida que avançava pelo terreno acidentado, sentia a presença dos galhos caídos, pedras aleatórias e a terra desigual. A vantagem era o silêncio: a não ser pelo estalo ocasional, ele estava tão silencioso quanto o luar que se derramava dos céus.

Não demorou a se aproximar do muro de contenção. Erguendo-se para o alto, a vasta construção estava marcada por manchas de terra e algumas trepadeiras ocasionais; aqui e acolá, galhos caídos apoiados em ângulos estranhos.

Todavia, ele não se deixou enganar pela aparência supostamente dilapidada e, ao se desmaterializar para cima e para o outro lado, percebeu que havia se esquecido de como aquilo era alto.

Reassumindo sua forma, precisou de um instante para se orientar. Fazia tanto tempo que não pisava nas terras do seu povo, mas não deveria ter se preocupado se algo teria mudado: ao contrário da face mostrada para o mundo externo, a cerca do lado Sombra era imaculada, o concreto pálido, banhado pela luz solar, eternamente lavado, e sequer uma lâmina de grama crescendo fora do seu devido lugar na base do muro.

E nada de floresta indomável. Nada disso. As árvores que tinham permissão de estar ali estavam espaçadas como peças de xadrez num tabuleiro preto e branco, cada uma em seu lugar delineado, até mesmo os galhos cortados para ficarem dentro de seu limite estabelecido. O gramado também era mantido rente e limpo como um carpete. Apesar do outono se anunciando na mudança das cores e da queda inevitável das folhas, não havia sequer um fragmento de qualquer coisa maculando a grande extensão.

iAm muitas vezes comparara o Território a um globo de neve, uma versão fabricada da realidade existindo em uma cápsula artificial.

Essa impressão ainda permanecia.

Acelerando o passo, correu por sobre a grama amarronzada. Logo apareceram as primeiras construções, as unidades residenciais pouco mais do que tendas feitas de madeira pintada de preto, com telhados de latão deixados prateados. Assim como as árvores, os abrigos foram ordenados em filas organizadas, sem luzes em seu interior, nenhum cheiro de comida sendo preparada, nenhuma conversa lá dentro. Era ali que os servos do palácio moravam, e eles usavam as construções frágeis apenas para dormir e fornicar. Fora isso, alimentavam-se, banhavam-se e trocavam as vestes na ala dos criados, no grande enclave da rainha.

As paredes do palácio apareceram ao longe pouco mais adiante, e eram ainda mais altas que a primeira barreira. Com fachada de mármore branco muito bem polido, as paredes eram bem mantidas dos dois lados, esfregadas à mão durante o dia pelo pessoal da limpeza em escadas de nove metros de altura.

Isso se as coisas ainda fossem feitas desse modo. Mas, pensando bem, nada nunca mudava ali.

Seguindo paralelo à parede, prosseguiu até chegar a uma porta embutida marcada por símbolos.

Acertou na primeira tentativa.

Consultando o relógio, aguardou. Andou de um lado para o outro. Ficou imaginando onde s'Ex estaria.

Não havia ninguém por perto. Ali eram os fundos do palácio, bem longe de onde os aristocratas e a classe média viviam na parte anterior do Território, mas, pensando bem, por causa do período de luto, esperava-se que todos os cidadãos estivessem em casa, de joelhos, oferecendo seus respeitos ao céu noturno pela perda da rainha.

Portanto, até mesmo entrar pela frente teria servido.

O plano era o executor abrir a porta e deixá-lo entrar, auxiliando-o pelo labirinto de corredores até a biblioteca. Como iAm estava vestido como um criado, nenhuma pergunta seria feita. s'Ex sempre tivera liberdade de comando no palácio e entre a criadagem, graças à sua posição de principal seguidor fiel da rainha...

O golpe veio de trás e acertou o crânio de iAm, fazendo seus sinos internos tocarem tão alto que tudo ficou escuro num só segundo.

Ele nem percebeu que caiu de cara no chão. E não houve tempo para praguejar contra o fato de ter cometido um erro ao confiar naquele macho, ou para tentar sacar suas armas.

Tarde demais.

De volta à mansão da Irmandade, Selena emergiu do túnel subterrâneo e teve que respirar fundo para se reorientar no amplo vestíbulo. Pareceu que se passaram cem anos desde que estivera naquele espaço.

Como as coisas chegaram neste ponto?, pensou, ao dar a volta na escadaria ornamentada.

De certa forma, ela não esperara estar viva, quanto menos podendo se mexer... mesmo que parcialmente. Por outro lado? Passara do ponto em que se apressara para contar a Trez o que sentia por ele até... arrancar-lhe a cabeça, como diriam os Irmãos.

– ... para a Primeira Refeição. Após o preparo, devemos...

Ao som da voz de Fritz, o mordomo, ela começou a subir. As pernas estavam fracas, os músculos se esforçando para ativar as juntas que permaneciam rígidas e doloridas. A fim de manter o equilíbrio, ela tinha que agarrar a balaustrada banhada a ouro com uma mão e depois, ao se aproximar mais do alto, com ambas. Suas vestes, que foram lavadas a certa altura, pareciam pesar cinquenta quilos.

Uma onda de alívio a atingiu quando chegou ao segundo andar sem ser avistada. Não que ela desgostasse de Fritz, nem de qualquer empregado, muito menos da Irmandade; ela só estava se sentindo exposta. Parte do que a ajudara a lidar com a doença foi o fato de a ter mantido em segredo. Então, quando estava junto das outras pessoas, podia fingir que era como eles, com uma expectativa de vida grande, e prioridades que envolviam coisas normais como trabalho, sono e alimento.

Mas agora? Todos saberiam.

Não existia privacidade na mansão, e não havia problema nisso. As pessoas eram adoráveis e apoiavam umas às outras. Era só que... ela precisara de anos e mais anos para se conformar com a sua doença.

Os outros acabariam se conformando com a sua realidade rapidamente, e ela não queria ser alvo de piedade.

Seguindo para o início do corredor das estátuas, parou ante uma porta discreta à esquerda. Abrindo-a com a mão trêmula, confrontou outro lance de escadas e teve que aguardar um momento para juntar forças.

Acabou subindo esses degraus com mais vagar do que os anteriores. Pensando bem, era menos imperativo correr e se esconder. As únicas pessoas que usavam aquela escada eram a Primeira Família, que vivia no espaço triplamente trancado e isolado para o qual nem mesmo Fritz tinha acesso... e iAm e Trez.

A porta do quarto de iAm estava aberta, um abajur aceso num dos cantos iluminando o espaço limpo e organizado com suas antiguidades e tecidos finos.

A de Trez estava fechada.

Selena bateu e depois apoiou o ouvido na madeira. Quando não houve resposta, bateu novamente.

Talvez ele não tivesse subido?

Sabia que ele tinha negócios no mundo humano, mas ele lhe parecera tão exausto ao sair da clínica que parecia apenas sensato que...

– Pois não?

Engolindo em seco, ela disse:

– Sou eu.

Longo silêncio. Tão longo que ela se perguntou se ele entreabrira uma janela para se desmaterializar do quarto a fim de evitá-la.

Mas, no fim, a voz dele surgiu de novo:

– Você está bem?

– Posso...?

– Espere um instante.

Um minuto depois a porta se abriu, e ela teve que recuar um passo. Ele era tão grande... e estava tão nu – não que estivesse mostrando nada. Vestia um roupão, a pele escura e despida do peito revelada pelo v da lapela.

Foi impossível não imaginar como o restante dele estaria ali debaixo.

– Você está bem? – repetiu.

Por algum motivo, ela ficou frustrada com a preocupação dele. O que era loucura. Ele estava se mostrando educado e solícito... e fazendo com que ela sentisse sua existência resumida à sua doença.

– Eu... Hum... – Ela olhou ao redor. – Podemos fazer isto com privacidade?

Como resposta, ele foi para o lado e mostrou o caminho com o braço. Depois que ela passou pela soleira, ouviu o clique da porta.

– Quero me desculpar. – Ela parou junto à janela e se virou. – Sinto muito. Minhas emoções estão à flor da pele e a sinceridade falou mais alto.

Trez cruzou os braços sobre o peito e se recostou contra a saída. Seu rosto estava inescrutável; os olhos negros, graves; as sobrancelhas, abaixadas.

Conforme o silêncio se alongava, ela pigarreou. Mudou o peso de um lado para o outro. Preencheu o tempo olhando para a cama desfeita. Para a roupa preta dobrada sobre o canapé. Para os sapatos que foram chutados junto ao closet. Para a toalha pendurada na porta aberta do banheiro de mármore.

– Então... – Ela limpou a garganta. – É por isso que eu vim.

Santa Virgem Escriba, o que havia entre eles?

– Quanto tempo? – ele perguntou com voz rouca.

– O que disse?

– Quanto tempo você tem? Até o próximo... sei lá o que foi isso. Quando foi a última vez?

Duas semanas... Ou, mais precisamente, treze dias.

– Há um mês. Talvez um pouco mais.

Os ombros dele relaxaram.

– Quis perguntar isso antes.

Mais uma vez, ele ficou calado.

– Trez, sinto muito por...

– Você não tem por que se desculpar. Você está onde tem que estar. Não estou ofendido, e não vou tentar fazer com que mude de ideia quanto ao que sente.

– Você parece ofendido.

– Não estou.

– Trez...

– Como você está se sentindo?

– Bem – ela ralhou. E depois controlou a irritação. – Desculpe. Eu só... É como se você estivesse me isolando.

– Não estou.

– Não está conversando comigo.

– Meus lábios estão se mexendo.

– Como é que isto está acontecendo de novo... – murmurou ao imitar a pose dele, cruzando os braços sobre o peito. – Eu só quero que tudo... fique normal entre nós.

– Está normal.

– Até parece! Você está aí parado como uma estátua, e esse é o meu papel, ok? Sou eu quem deveria estar congelada. Por que não pode agir de maneira normal, me dizendo que eu fui uma idiota por...

– Quer que eu seja franco?

– Sim! Merda... – Deus, ela estava cada vez menos parecida com uma Escolhida. Imprecando, usando linguagem coloquial... Mas, pensando bem, sentia-se cada vez menos uma Escolhida. – Oi? Vai dizer alguma coisa?

– Tem certeza?

– Pelo amor de Deus! Olha só, quer que eu vá embora...

– Não. Quero você de costas, na minha cama, com as pernas abertas e a minha boca em cima de você todinha.

Selena parou de falar. De respirar. De pensar.

Ele ergueu uma sobrancelha.

– Fui franco o bastante pra você? Ou quer que eu volte a fingir que não estou pensando em sexo neste exato segundo? Com você.

Ok, agora era a vez de ela ficar calada. E ele riu com aspereza.

– Não era exatamente o que você tinha em mente, hein? Não a culpo. – Abriu a porta e repetiu o gesto "você na frente". – Se quer continuar a conversar, sugiro que deixe eu me vestir e nos encontremos num ambiente mais neutro.

Selena olhou para o quadril dele. Vira o corpo inteiro dele apenas uma vez, quando ele lhe tirara a virgindade, e ela sabia muito bem que ele era *ríhgido*.

Estaria excitado agora?

– Selena? – Uma centelha de aborrecimento passou pelas feições dele. – Vamos nos encontrar lá embaixo. Na cozinha.

Com um pensamento consciente, ela ergueu as mãos doloridas para o nó de seu manto.

Os olhos dele acompanharam o gesto de pronto.

– O que está fazendo? – exigiu saber.

Ela soltou o nó e deixou a faixa de seda solta. A cada respiração, o manto se abria um pouco mais, até revelar uma extensão de pele da garganta até o sexo. O olhar de Trez, aquele olhar escuro, se abaixou, e, de uma só vez, o cheiro dele se espalhou, preenchendo o ar com sua fragrância erótica.

Selena deslizou o manto pelos ombros, deixando o tecido macio cair até o chão.

– Feche a porta, sim? Eu gostaria de um pouco de privacidade.

Capítulo 21

O pênis de Trez tinha os seus próprios batimentos cardíacos. E isso antes mesmo de Selena se revelar por completo diante dele. E depois? A maldita coisa tinha pensamento próprio.

Minha.

Quando ele ouviu a porta se fechar, ficou sem saber se sua mão tinha voltado a fechá-la ou se, simplesmente, mentalizou a coisa se fechando.

– Tem certeza disso? – grunhiu, já dando um passo na direção dela. – Porque não vou conseguir parar.

– Sim. – Os olhos dela não se ergueram até os dele. Estavam concentrados em seu quadril. – Sim, sim. Deixe-me ver você.

Quando parou diante dela, ele disse:

– E quanto a todas aquelas humanas com quem estive?

– Vai falar disso agora? – Ela pegou o cinto do roupão dele com uma das mãos. – Mesmo?

Ele a impediu de desnudá-lo.

– Nada mudou em relação a mim.

– Isso é um problema seu, não meu.

– Segundo a minha tradição...

– Que não é a minha.

– ... estou contaminado.

Com isso, ela empurrou a mão dele e o descobriu, soltando o cinto, afastando as dobras do tecido preto de cima do seu corpo. O sexo dele estava completamente ereto, erguendo-se entre ambos.

E foi nessa coisa que ela colocou as mãos em seguida.

Trez gemeu e deixou a cabeça pender para trás.

– Você está quente – ela inspirou ao se inclinar e beijar a pele sobre o coração. – E duro.

– Selena, estou falando sério. – Ele tentou impedi-la antes que ela começasse a bater punheta. – Quero honrá-la...

– Está desperdiçando tempo.

Com isso, ela se ajoelhou e assumiu o comando. Como era uma fêmea alta, a boca parou na altura perfeita, e que Deus se apiedasse deles, ela começou a usá-la, estendendo a ponta rosada da língua para lamber a cabeça. O resvalar aveludado o deixou totalmente trêmulo, e, antes que ele se amontoasse com ela na porra do chão, inclinou-se para a frente e apoiou-se com as duas mãos no que encontrou mais próximo de si.

Na cômoda. Ou poderia muito bem ter sido o capô de um carro. O trenó do Papai Noel. Uma geladeira.

Quente e úmida, ela o engoliu, a sucção e todas aquelas lambidas apagando o resto do mundo, levando-o de imediato ao limite.

Cerrando os dentes, ele gemeu.

– Vou gozar... Porra, eu vou goz...

Ele chegou a pensar alguma coisa sobre não desrespeitá-la gozando dentro dela...

Selena se afastou, abriu a boca e esticou aquela língua maravilhosa. Olhando para ele, começou a mexer a mão com força ao mesmo tempo em que langorosamente lambia a ponta.

Trez durou, puxa, talvez um segundo e meio. E quando seu gozo explodiu para fora, ela o absorveu, engolindo, lambendo, afastando-se um pouco a fim de que ele cobrisse seus lábios e rosto. Que Deus a ajudasse, ele continuou gozando, um ímpeto sexual infinito em seu corpo enquanto a marcava, seu cheiro cobrindo-a numa demarcação primitiva.

Defender. Proteger. Amar.

Tudo isso estava naquele local sagrado.

Minha.

Quando, por fim, ele parou, ela se sentou sobre os calcanhares e depois, com uma série de movimentos lentos de matar, lambeu os lábios. Levantou os dedos, capturou a trilha pelo queixo e limpou tudo, sugando. Selena baixou o olhar para os seios perfeitos.

Espalmando-os, sorriu para o que tinha caído ali, fazendo os montes e os mamilos rijos reluzirem.

– Você me melou todinha.

– Onde aprendeu a fazer isso? – A voz dele saiu falha.

Pelo menos foi o que ele teve a intenção de dizer. As sílabas saíram numa confusão desconexa de sons.

– O que disse? – ela sussurrou, antes de erguer um dos seios e descer a língua.

Para se lamber.

O grunhido que saiu da boca de Trez foi algo que, se ele fosse ela, o teria aterrorizado.

Selena não se assustou. Apenas riu com a voz rouca.

– Deseja marcar mais alguma coisa?

Liberdade.

Enquanto estava sentada sobre os calcanhares diante de Trez, com o gosto dele na boca e o cheiro dele na pele, ela se deleitou com a liberdade sexual que a assolara. A liberação lhe pareceu tão dissonante da sentença de morte sob a qual vivia; no entanto, foi a escassez de tempo disponível que a poupou de quaisquer preocupações com embaraço ou constrangimento. Flanava acima das amarras que há muito a prendiam ao chão, seu treinamento como *ehros* permitindo que flutuasse nas correntezas do sexo que corriam, grossas como cordas tangíveis, entre seus corpos.

Sem saber de quanto tempo ainda dispunha, e com a frustração de já ter perdido tempo demais, sentia uma urgência em se expressar pessoalmente, aceitando quaisquer desejos que tivesse e agindo de acordo com eles.

E todos eles com Trez.

E, como se estivesse sentindo o mesmo, Trez se inclinou e a suspendeu do chão. As juntas dela protestaram com a mudança de posição, mas as reclamações não eram nada além de murmúrios em comparação com o desejo evidente que sentia por ele.

Ela necessitava da penetração. Do corpo dele.

Trez a levou para a cama e a deitou de barriga, as mãos grandes e quentes afagando-a dos ombros até as coxas antes de erguê-la de quatro e afastar-lhe os joelhos. Abaixando a cabeça, ela quis vê-lo, e olhou além dos montes pesados dos seios, observando-o chegar por trás dela, o sexo balançando ao se posicionar...

Não foi a ereção que a roçou.

Enquanto as mãos a seguravam pelo quadril, os polegares se enterraram nas nádegas e as afastaram, até o sexo se expor para ele. E depois ele desceu a boca, os lábios encontrando-a, acariciando a umidade, sugando-a, comendo. Com total dominação, a língua lambeu para cima e para baixo, penetrou, cutucou a parte superior do seu sexo até ela ter um espasmo de êxtase, cada estocada de prazer enterrando-a ao encontro do rosto dele.

Quando ele terminou, ergueu-se e apoiou os punhos cerrados no lençol, um de cada lado dela.

– Eu vou te foder agora – ele grasnou junto ao seu ouvido.

– Ai, Deus, por favor...

Selena gritou alto quando ele a penetrou, esticando seu interior até quase o ponto de ruptura. A dor era do tamanho certo... e logo ele começou a bombear. Nada devagar e ritmado; força bruta e firme, que a fez ver estrelas até perder a pegada da cama com a parte superior do corpo. Caindo com o rosto nos lençóis que tinham o cheiro dele, ela se esforçou para respirar, adorando a sufocação a cada estocada que fazia seu rosto se enterrar no travesseiro.

Bang! Bang! Bang!

A cabeceira da cama estava recebendo o mesmo tratamento que ela, batendo na parede, o som reverberando juntamente com os grunhidos dele, que eram puramente animalescos.

Girando o pescoço, ela tentou enxergá-lo.

Trez estava magnífico, os peitorais e ombros tensos, os braços imensos entalhados mostrando os músculos, o abdômen definido enquanto o quadril a golpeava. No instante em que ele chegava ao ápice, sua cabeça pendeu para trás exatamente como quando ela o tomara, e ele uivou, as presas brancas brilhantes se revelando longas e perigosas, o pescoço esticado, o quadril batendo no dela, enquanto penetrava, penetrava, penetrava...

Ele a preencheu.

E o sexo dela o ordenhou, incitando-o até ela sentir a umidade no interior das coxas.

Ele não chegou a desengatar, apenas despencou para o lado, como se cada fragmento das suas forças tivesse se extinguido. A cabeceira emitiu um último *bang*! quando ele aterrissou e balançou na cama, mãos e braços, tronco e pernas relaxando devido a todo o esforço.

A boca dele se moveu, os olhos escuros se deparando com os dela e ali parando.

Ela não fazia ideia do que ele estava dizendo. Não se preocupou. Sua bunda ainda estava empinada, a boceta zunia pelo uso implacável, seu corpo estava tão saciado quanto parecia estar. Correntes de ar, da ventilação logo acima, desceram do teto, resvalando em tudo que estava exposto, arrepiando, esfriando.

Aquele foi o sexo da sua vida. Firme, implacável, do jeito que lhe disseram que deveria ser, e para o qual fora treinada.

Antes que Selena se permitisse deitar e dormir, sorriu tão amplamente que suas bochechas doeram.

Pela primeira vez, ela não se sentiu apenas bem e devidamente comida, mas marcada pelo macho que amava.

Mesmo diante do futuro que tinha que enfrentar, foi difícil não se sentir abençoada.

Capítulo 22

iAm recobrou a consciência, mas manteve os olhos fechados. O que o despertou foi a dor excruciante na parte de trás da cabeça – isso e o piso gelado sobre o qual seu corpo nu estava deitado. Por um instante, considerou se fingir de morto para tentar perceber onde estava, através da audição, do olfato e dos instintos, mas não havia por que fazer isso.

Ele sabia exatamente onde o haviam colocado.

Traidor filho da puta.

Erguendo as pálpebras, viu muito de coisa nenhuma. Pensando bem, estava deitado de barriga para baixo com um braço preso sob o corpo como se o tivessem largado...

Uma porta se abriu num canto atrás dele. E soube disso não por conta de alguma dobradiça rangendo, mas pela súbita adição de vozes e de passadas na cela.

– Por que tenho que verificar a marcação dele? – perguntou uma voz masculina. Que não pertencia a s'Ex.

– É o procedimento.

Isso mesmo. Nada havia mudado.

iAm fechou os olhos e ficou absolutamente imóvel, a não ser pela respiração superficial conforme as passadas se aproximaram.

Houve um arquejo. Em seguida dedos apalpando sua lombar, como se estivessem esticando sua pele onde ela fora marcada, no local em que todos os machos a recebem ao completar seis anos de idade.

– Isso não pode estar certo.

Os passos se afastaram apressados, e ele deduziu que o painel se fechara novamente.

Levantando a cabeça, sua visão ficou embaçada e depois voltou a ficar clara. Não havia mais ninguém na cela de seis por seis metros bem iluminada, as paredes brancas lustradas tão lisas que ele via seu reflexo negro nos painéis de mármore.

A cabeça doía demais, e ele se forçou a voltar a deitar, o rosto encontrando o local exato na pedra que fora aquecida pela temperatura do seu corpo enquanto estivera desacordado. Seu braço o matava, o membro estava dolorido e adormecido ao mesmo tempo, mas ele não tinha energia para libertá-lo do peso do corpo que o prendia. Deitado ali, respirando, vivendo, ele não fazia a mínima ideia de quanto tempo ficara desmaiado, o que fariam com ele ou se algum dia sairia com vida daquela sua brilhante ideia.

Do nada, veio-lhe à mente sua imagem saindo do Sal's na noite anterior, deixando o restaurante que amava, conversando com os garçons.

Percebeu-se querendo voltar no tempo, retornar àquela encarnação de si mesmo, para as lembranças de como a noite lhe parecera fresca no rosto, e como a fumaça dos cigarros dos garçons se erguera em espirais a partir das pontas acesas, de maneira tão clara que, por um instante, pareceu impossível não conseguir retornar para aquele momento... refazendo os passos que fizera então... reassumindo o terno que era sua pele ao voltar para a sua forma depois de se desmaterializar.

Mas, claro, o tempo não funcionava assim. E a memória não passava de um programa de tevê da sua própria vida, uma tela de cinema na qual você fazia o papel de testemunha, mas com a qual não podia interagir, mudar o curso, redirecionar.

O desespero por Trez, o grande motivador da sua vida, o incitara a voltar para o covil do inimigo que ele e o irmão partilhavam.

E havia grandes chances de que aquela merda levaria a melhor sobre ele.

Com um gemido, rolou de lado e piscou algumas vezes. Suas armas, assim como as vestes que estivera usando, já tinham sido levadas. E não havia nada mais naquela cela...

A porta abriu, o painel deslizando sem produzir som algum na parede. E o que surgiu foi uma figura coberta em tecido preto da cabeça aos pés, o rosto coberto, os pés cobertos; até as mãos tinham luvas.

Seria a Morte?, perguntou-se. Teria desmaiado e estaria sonhando...

Um perfume sutil foi captado.

Mas não pelo seu nariz. Por todo o seu corpo.

Como uma corrente de eletricidade.

A porta foi fechada atrás da figura alta toda coberta. E, conforme o macho se aproximava, iAm fez seu melhor para assumir algum tipo de posição defensiva.

Não conseguiu ir muito longe.

Uma mão enluvada se esticou; ele foi rolado de barriga para baixo e, em seguida, um toque na base da sua coluna.

– Eu... vou... te... matar – murmurou iAm. – Você... vai sofrer...

Como, ele não fazia a mínima ideia. Mas ele iria lutar, isso era bem certo.

A figura recuou um passo. Inclinou a cabeça como se considerasse o método de homicídio que seria utilizado.

No s'Hisbe, a maioria dos prisioneiros era torturada primeiro; *amaciada*, era o que iAm sempre pensara. Depois eram assassinados, enterrados ou comidos pelos guardas de s'Ex, dependendo da ofensa.

Esse último era uma tradição de orgulho. E também resolvia o problema do que fazer com o corpo.

iAm cerrou os punhos e se preparou para o que quer que estivesse para acontecer.

Só que a figura simplesmente o fitou por um bom tempo. Depois recuou para a porta e saiu.

Ah. Ok. Verificaram quem ele era e não havia motivos para matá-lo antes de obrigarem Trez a voltar para lá. Isso seria desperdício de poder de barganha.

Merda.

Relaxando os músculos, tentou se acalmar e rezou para que as habilidades naturais de cura do seu corpo cuidassem rapidamente daquela concussão.

Ele iria precisar reforçar suas palavras de oposição com mais do que um corpo inerte e membros feitos de chumbo.

Maldição, jamais deveria ter confiado em s'Ex.

* * *

De volta a Caldwell, Paradise estava sentada na cama, com as pernas debaixo do corpo, os olhos no céu noturno do outro lado das duas janelas trancadas.

– Então, você vai fazer isso? – perguntou no celular.

Peyton riu.

– Claro, poxa, tá de brincadeira? Estou doido para ir para lá. Desde os ataques, vivo trancafiado, e o fato de os meus pais permitirem que eu vá para o programa de treinamento é um milagre.

Ela se concentrou nas travas na porta do seu quarto, que, de fato, estavam trancando a porta.

– Fico pensando se o meu pai me deixaria ir – murmurou.

Houve uma pausa. Depois uma gargalhada.

– Ah, meu Deus, Paradise. Não. De jeito nenhum. Nem pensar.

– É, você deve ter razão. Ele é meio superprotetor mesmo...

– Esse programa não é um lugar para fêmeas.

Ela franziu a testa.

– Com licença, mas a carta da Irmandade disse que somos bem-vindas para os testes de admissão.

– Ok, número um: "teste de admissão" não significa "aceitação". Alguma vez na vida você fez uma flexão?

– Bem, tenho certeza de que conseguiria caso eu...

– Número dois, você não é uma fêmea comum. Isto é, caramba, você é um membro de uma família fundadora. O seu pai é o Primeiro Conselheiro do Rei. Você tem que ser preservada para dar continuidade à espécie.

A boca de Paradise ficou escancarada.

– Não acredito que você acabou de dizer isso.

– O quê? É verdade. Não finja que as regras são as mesmas para fêmeas como você. Por exemplo, se algum cidadão comum, que por acaso usa saias, quiser tentar, tudo bem. Essa perda não significa nada para a espécie. Mas, Parry, não há muitos de nós sobrando. E para machos como eu? Não queremos nos vincular a ninguém que não seja como você, e existem, o que, umas quatro ou cinco sobrando?

– Esse é o pensamento mais repugnante que já ouvi. Tenho que desligar.

– Ah, para com isso. Não faça isso...

– Vá se foder. Sou mais do que um par de ovários nos quais você pode colocar uma aliança.

Desligou e considerou jogar o aparelho para o outro lado do quarto. Quando não conseguiu seguir seus impulsos, ficou preocupada que todas as boas maneiras nas quais nascera e em que fora criada significavam que Peyton tinha razão.

Era apenas uma flor de estufa, não servindo para nada além de chás e bebês e...

Quando o celular voltou a tocar, ela o jogou sobre a colcha, foi para o chão e apoiou as palmas das mãos no tapete. Esticando as pernas, equilibrou-se nas pontas dos pés.

– É isso aí – disse ela, cerrando os dentes. – Para cima e para baixo. Umas cem vezes.

Conseguiu se abaixar na primeira vez, os braços mais do que solícitos. Quando o nariz encostou no desenho de um vaso de flores, ela estava pronta para tudo, para subir e continuar.

Subir foi... só mais ou menos.

De novo para baixo no tapete. E subiiiindo.

Quase lá. Os músculos dos braços começaram a tremer, os cotovelos vacilaram, os ombros doeram.

Conseguiu fazer três. Ou mais para duas e meia. Antes de despencar no...

– O que está fazendo?

Com um grito, Paradise virou de costas. O pai estava na soleira da porta, guardando a chave que usara para entrar, e suas sobrancelhas tinham subido tanto que quase chegavam à raiz dos cabelos.

– Flexões – disse ela, arfando.

– Mas por quê?

Peça para ele, pensou. *Seja sincera e diga: quero me juntar ao programa do Centro de Treinamento da Irmandade...*

O celular voltou a tocar.

– Não quer atender? – o pai perguntou.

– Não. Pai, eu queria...

– Uma coisa aconteceu, minha querida. – Ele fechou e voltou a trancar a porta. – E preciso ser franco com você.

Paradise suspendeu as pernas e passou o braço ao seu redor.

– Fiz alguma coisa de errado?

– Ah, não, isso não. – Ele meneou a cabeça e a fitou. – Você é a melhor filha que um macho poderia querer.

Enquanto o celular silenciava, ela teve que se perguntar com quantas das opiniões de Peyton seu pai concordava. E quantas vezes mais Peyton tentaria falar com ela.

– Preciso que faça suas malas.

Paradise se encolheu.

– Por quê?

– Vou lhe pedir para que saia de casa por algumas semanas.

Uma lufada fria a acometeu.

– O que eu fiz?

– Ah, meu amor. – Ele se aproximou e se ajoelhou. – Nada. É que eu... achei que você gostaria de ter um emprego.

Foi a vez de ela erguer as sobrancelhas até o teto.

– Verdade?

Ela abordara o assunto alguns meses atrás, quando outra noite de aulas de piano e de execução de complicados pontos cruz a fez pensar que estava enlouquecendo. Mas ele lhe legara isso com imensa polidez, alegando ser em favor da sua segurança – um ponto que ela respeitava, mas também a frustrava.

Era difícil argumentar que o mundo não fosse um lugar perigoso para os vampiros.

– O que mudou? – Então ela pensou naquele parente distante. – Espere, aquele macho vai continuar hospedado aqui?

– Uma coisa não está relacionada à outra. No entanto, o meu trabalho como Primeiro Conselheiro tem se tornado mais complicado e oneroso, e necessito de alguém em quem possa confiar para me ajudar com esses assuntos do Rei. Não consigo pensar em ninguém mais adequado do que você.

– É isso mesmo? – perguntou ela, estreitando o olhar. – Não existe nenhum outro motivo?

– Verdade. Eu juro. – Ele sorriu. – Então, o que me diz? Gostaria de trabalhar comigo?

Com uma súbita onda de felicidade, ela atacou o pai com um abraço.

– Ah, obrigada! Sim! Estou tão feliz!

Ele riu.

– Muito bem, mas terá que se mudar para a casa de audiências do Rei. Não se preocupe, você não ficará sozinha. Pode levar sua *doggen* consigo, e a Irmandade tem a residência completamente atendida por criados...

Paradise pôs-se de pé num salto e correu para o closet. Escancarando a porta, começou pegando malas com o monograma Louis Vuitton.

– Estarei pronta em meia hora! Quinze minutos! – Puxou as gavetas, apanhando calcinhas, sutiãs e camisetas. – Ah, pode chamar Vuchie? Ela vai ficar tão animada!

Ao longe, ela ouviu o pai rir.

– Como quiser, minha senhora. Como quiser.

Capítulo 23

Rhage voltou à forma no gramado da antiga mansão de Darius e avançou a passos largos para a entrada da frente. No segundo em que entrou na casa, ouviu uma série de arquejos, e relanceou para a esquerda. Na sala de estar havia alguns civis agrupados de pé, desconcertados, como se não estivessem à vontade caso se sentassem na mobília estofada de seda, e seus olhos se arregalaram ao vê-lo.

Pois é, sua reputação o precedia.

Caramba, você é um vadio por alguns séculos e as pessoas não conseguem deixar esse estigma de lado mesmo depois que você se vincula propriamente.

Era um pé no saco e, numa noite normal, iria até eles para se apresentar só para trazer sua Mary para a conversa.

Nesta noite, porém, seguiu para as portas fechadas da sala que antes fora de jantar. Batendo duas vezes, disse:

– Sou eu.

Tohr abriu, dizendo:

– E aí?

Rhage entrou no espaço cavernoso, quase desprovido de móveis: só o que havia ali era um punhado de poltronas, uma mesa e uma cadeira de escritório e algumas cadeiras auxiliares para o caso de a audiência ter mais bundas para acomodar.

– Nada de explosivos – Wrath dizia de uma das poltronas. – Nenhuma armadilha.

V. estava acendendo um dos seus cigarros enrolados à mão e, ao exalar, o cheiro do tabaco turco permeou o ar.

– Hollywood e eu passamos o pente fino no lugar. Ficou claro que estiveram lá. Deviam ter acabado de sair, pelo que sabemos. Mas não se deram ao trabalho de foder com a gente.

Com a mão da adaga, Wrath afagava a cabeça dourada do golden retriever que o ajudava a se movimentar. George, sempre adorador do seu mestre, tinha o focinho voltado para o Rei, a garganta exposta para mais carinhos.

– Então, Throe não mentiu.

– Pelo menos não sobre isso – V. murmurou.

– Interessante.

Rhage relanceou para os rostos dos seus irmãos. Z. e Phury estavam juntos como sempre. Qhuinn ao lado de Z., e depois Blay e John Matthew, apesar de eles não serem membros, logo ao lado dele. Butch estava diante do rei, com os antebraços recostados no encosto de uma poltrona, apoiando seu peso nela; V. estava logo atrás. Tohr permanecia junto à porta.

– O que fazemos agora? – perguntou Rhage.

– Esperamos. – Wrath desceu a mão para afagar o pescoço do cão. – Se ele tiver merda para espalhar, vai acabar se enforcando. A aristocracia terá que ser monitorada, precisamos de uma fonte ali. Alguma ideia?

Naquele instante, houve outra batida à porta. Tohr levou o ouvido à tabua de madeira, depois entreabriu a porta.

– Peça e receberá.

– Meu senhor? Lamento interromper, mas gostaria de apresentar a minha filha antes que comecemos as audiências desta noite.

Wrath gesticulou com a mão livre para que o macho se adiantasse.

– Sim. Traga-a.

Abalone saiu e houve um pouco de conversa sussurrada. Logo ele reapareceu, fazendo uma moça entrar consigo. Com seu cabelo loiro, silhueta delgada e pernas longas, ela se encaixava no espectro de princesa do Ártico do sexo frágil.

Bonita. Muito bonita. Talvez até mesmo linda, ainda que não chegasse aos pés da sua Mary.

Abalone avançou com a moça, uma mão em seu cotovelo, o orgulho paterno estufando seu peito.

– Meu estimado regente, grande rei de todas...

– Tá bom, tá bom, já chega dessa baboseira – Wrath interrompeu. – Paradise, vejo que está se mudando para esta casa de minha *shellan* e do irmão dela. Seja bem-vinda.

Quando o diamante negro lhe foi estendido, Paradise fez uma mesura, as mãos tremendo tanto que pareciam piscar na luz do candelabro.

– Meu senhor – sussurrou antes de beijar a pedra.

Soltando a mão, ela se endireitou e fitou o chão, os ombros se curvando em direção ao peito, os pés unidos.

– Quer conhecer o meu cachorro? – perguntou o Rei.

George, sempre disposto a um bom afago, começou a bater o rabo no chão, o som se parecendo com o de uma corda grossa nas tábuas de madeira.

– Afague-o – disse Wrath. – Você tem permissão.

A moça relanceou para a Irmandade, os olhos se atendo ao nível dos coturnos. E foi nessa hora que Rhage se compadeceu dela. Muito da aristocracia se depositava nas suas fêmeas, por isso elas raramente se encontravam com machos que não fossem seus parentes; sem dúvida aquela era a primeira vez que ela ficava numa sala com tanta testosterona.

– Vá em frente, George. Vá dizer olá.

Ante o incentivo de Wrath, o cachorro se adiantou e apoiou o traseiro peludo bem diante dela, as orelhas se erguendo, o rabo varrendo o chão.

– É... um garoto? – perguntou ela com suavidade ao se abaixar no chão e esticar a mão na direção dos pelos.

– Isso mesmo. – Wrath olhou para a frente. – Muito bem, idiotas, apresentem-se, sim? E mantenham a classe.

Apenas pigarreios. Pelo menos até Phury se adiantar e dar início às apresentações. O que foi muito bom, já que ele era o mais próximo a um cavalheiro de que dispunham.

– Fico contente que esteja aqui – disse o Primale. – Sou Phury... A propósito, amamos seu pai. É um cara decente.

Com isso, Abalone pareceu levitar dentro dos seus sapatos Bally.

Ela ergueu o olhar para os olhos amarelos e lhe ofereceu um sorriso tímido.

– Olá.

– Este aqui é o meu irmão gêmeo. – Indicou Z., e Zsadist, sempre ciente da aparência causada pela cicatriz que lhe cruzava o rosto, permaneceu atrás, erguendo a mão quando Paradise se encolheu. – Zsadist é casado e tem uma filha chamada Nalla. Ela é linda... Aqui está uma foto.

Quando Phury lhe estendeu o celular, a garota olhou para a imagem. Relanceou para Z. Voltou para a foto.

– Minha filha – disse Z. com voz grave. – Ela tem dois anos e se parece com a *mahmen*.

No mesmo instante, a moça relaxou. Em seguida, Phury apresentou Vishous, que apenas acenou, e Butch, que a cumprimentou com seu sotaque de Boston. John Matthew, Blay e Qhuinn foram os próximos, e depois Phury indicou Rhage.

– E o Brad Pitt ali é Hollywood.

Ele sorriu.

– Fico feliz que esteja aqui.

O olhar de Paradise se fixou nele, arregalado, mas não porque estivesse assustada. Longe disso.

– É, pois é, ele é um gato – alguém disse. – Até você conhecê-lo melhor.

– Ah, para com isso – Rhage redarguiu. – Não me odeie.

Começaram a conversar, e Wrath fez algumas perguntas a Paradise para que ela falasse um pouco de si. Enquanto a garota se concentrava em Wrath, Rhage relembrou os tempos antes de conhecer Mary. Sem dúvida teria tentado conquistar aquela inocente, e teria sido bem-sucedido. Sua taxa de fracasso era zero, uma vez que controlara sua besta fodendo qualquer coisa e qualquer um que se movesse. O que funcionara para ele. Mas não tanto para as fêmeas que quisessem manter a virtude.

E, sem dúvida, Paradise era uma delas.

Portanto, sim, estava feliz em conhecê-la agora, quando não havia absolutamente nenhuma chance de avançar sobre ela. Vinculara-se à sua virgem, como Vishous previra, e sua vida fora salva.

Por algum motivo, uma sensação ruim se abateu sobre ele.

Enterrando a mão no bolso, sacou o celular. Verificou as mensagens.

Trez, o pobre coitado, ainda não respondera. Parecia idiotice incomodar o cara, considerando o que ele tinha que enfrentar, mas foi difícil não tentar falar com ele mais uma vez.

Rhage desejou poder fazer mais para ajudar o cara e a Escolhida dele. De verdade.

Não havia como dar a seta.

Enquanto Layla levava o Mercedes de volta à mansão da Irmandade, apoiara o braço machucado no apoio entre os bancos, uma jaqueta que estava sobrando por ali dobrada para aumentar a altura e oferecer um pouco mais de conforto.

A dor era excruciante, do tipo tão ruim que se fazia sentir no estômago.

Por isso, não, nenhuma sinalização para a direita nem para a esquerda.

Pelo menos não havia ninguém nas estradas do interior àquela altura da noite.

Levou horas, talvez anos, até ela conseguir chegar à saída que levava à montanha do complexo, e o *mhis* era um pesadelo. A distorção no cenário criada por V., uma medida de segurança para mantê-los a salvo, significava que tudo ficava borrado, como se uma neblina tivesse tomado conta da floresta. A exaustão por lutar contra a vontade de vomitar, combinada à visão que começava a falhar, significavam que ela estava se sentindo absolutamente perdida, e seu instinto era o de se inclinar e aproximar-se do para-brisa, o que não ajudou em nada.

Só o que conseguiu foi irritar ainda mais o braço machucado.

Quando as luzes da mansão finalmente surgiram no seu campo de visão, ela rezou, rezou para que os Irmãos estivessem fora lutando, a fim de que pudesse ir para o quarto sem que ninguém a visse. Dando a volta na fonte já desligada para o inverno, estacionou ao lado do GTO roxo de Rhage e do novo brinquedinho de Butch, um Mercedes preto que mais parecia uma caixa para guardar pão.

Ela teve que passar o braço por cima do volante para mudar a marcha para posição de estacionamento, e descobriu que tinha que se esticar ainda mais para pressionar o botão de partida e desligar o motor do sedã. Depois só restou respirar pela boca até se recuperar do esforço. Olhando pelo retrovisor, captou a entrada da mansão... e ficou sem saber como chegaria até lá. Quanto mais subir até o quarto.

Não havia muita escolha. Ou fazia aquilo sozinha, ou teria que pedir para alguém mentir por ela: não tinha como esconder seu ferimento, não assim, tão recente. E não poderia permitir que Qhuinn descobrisse o que havia acontecido.

Ou, pior, o que de fato estivera fazendo quando caíra.

Maldição, aquela situação era o castigo pela sua vida dupla; eram as suas duas realidades se chocando, atordoando-a, expondo-a.

Potencialmente.

Hora de entrar.

Layla recebeu uma nova lição sobre o que era sentir dor ao abrir a porta e tentar se endireitar no assento de couro, o braço gritando quando o osso fraturado se mexeu.

Inspiração de recuperação. Algumas inspirações.

Em seguida, de algum modo, ela saiu do carro.

A mansão sempre esteve assim tão longe do estacionamento?

Passar pela fonte não foi muito uma questão de colocar pé ante pé, mas de atravessar as pedras do caminho tentando não desmaiar. Quando chegou aos degraus de pedra que conduziam às portas de catedral da entrada, ela quis chorar. Em vez disso, superou-os um de cada vez.

Empurrando a porta do vestíbulo, percebeu que cometera dois erros: deixara a porta do carro aberta e... de fato, teria que interagir com alguém, visto que não havia como entrar na casa sem mostrar o rosto na câmera de segurança e aguardar alguém atender.

Relanceando para o Mercedes, não tinha energias para voltar lá e fechá-lo.

E tentar dar a volta pela entrada dos empregados junto à garagem era...

E foi nessa hora que tudo terminou.

Enquanto a mente se debatia com suas opções limitadas, seu corpo apertou o botão de desligar da sua consciência: luzes apagadas e a ação da gravidade cuidaram de tudo por ela, a entrada da casa subindo para recebê-la num abraço duro e firme.

Que ela não sentiu.

Capítulo 24

Eram quatro da manhã quando Assail dirigiu seu Range Rover blindado para longe das margens do rio Hudson. O caminho em que estava tinha a largura de um lápis e era liso como uma pista de obstáculos. Ao seu lado, Ehric estava calado, a pistola .40 do macho apoiada na coxa, um dedo nervoso pronto para apertar o gatilho num piscar de olhos.

Um olhar rápido no espelho retrovisor mostrou que o gêmeo de Ehric, Evale, também estava alerta e preparado para qualquer coisa.

Há quanto tempo vinham trabalhando com aqueles importadores? Nove meses? Mais tempo? Ele já não se lembrava. Contudo, apenas um tolo baixaria a guarda.

Cerca de vinte metros adiante na "estrada", ele chegaria a uma clareira na margem. O procedimento era o mesmo todas as vezes: pararia o SUV próximo às árvores, manobraria o carro para o caso de algo dar errado e poder fazer uma saída rápida, ou com o dinheiro ou com as drogas. Em seguida, esperaria com os machos, uns dez minutos, como de costume, antes que o barco se aproximasse com seu barulho típico.

Seus primos usavam coletes à prova de balas. Ele não.

Eles estavam sóbrios. Ele não.

Nenhuma dessas duas coisas era uma surpresa. Nunca se importava com proteção para o peito, e quanto ao segundo? Àquela altura, ele teria que passar vários dias sem usar cocaína para que a droga sumisse por completo do seu sistema.

Enquanto continuava dirigindo, descobriu que sua mente vagava, a imagem de outra costa, uma formação de água diferente, apresentando-se e recusando-se a ir embora.

Ele viu a praia. O oceano. As palmeiras. Tudo reluzindo à luz do luar.

Viu a fêmea solitária caminhando entre as ondas do mar, os braços ao redor do corpo, a cabeça pensa, a aura de uma sobrevivente que tinha arrependimentos...

– Cuidado! – exclamou Ehric.

Assail voltou a se concentrar pouco antes que o Range Rover consumisse um carvalho como Última Refeição – ou, mais provavelmente, o contrário.

Felizmente, o trajeto chegou ao fim em poucos minutos, e ele fez a manobra sem problemas, esmagando a vegetação até que o prodigioso para-choque do SUV estivesse apontado para fora. Não precisou desligar os faróis; a ausência completa de luzes dentro e fora foi outra modificação que ele encomendara com a blindagem do carro.

O motor se calou e seus dois passageiros saíram. Antes de se juntar a eles, pegou o frasco de dentro do bolso do casaco de lã. Girando a tampa. Erguendo a colherinha.

Inalada. Inalada.

E mais duas para a outra narina.

Depois de uma rápida fungada para garantir que as coisas ficariam onde deveriam ficar, ele saiu do carro. Recolocando seu estoque no seu lugar seguro, envolveu o corpo com o casaco. O ar noturno estava bem frio, e as folhas caídas se quebraram debaixo das suas botas conforme ele se aproximava dos primos.

Não disseram nada.

No entanto, a desaprovação ante o seu consumo ficou óbvia na forma como os maxilares estavam travados.

Contudo, isso não lhe era importante. Quer eles desperdiçassem saliva com palavras ou o encarassem com desprezo como agora, ele não tinha intenção alguma de mudar seus hábitos.

O barco monomotor com velocidade reduzida se aproximou tão silenciosamente que, a princípio, não se poderia distingui-lo dos sons ambientes da floresta e do rio. Mas, sem demora, a embarcação fez a curva do rio, bem baixo, rente à água. Havia dois indivíduos sentados no descoberto, ambos trajando roupas de pescador, com bonés e roupas camufladas, somente as máscaras pretas indicando algo nefasto. Varas de pescar também estavam apoiadas em ambos os lados para promover a aparência de algo inócuo, as linhas invisíveis se arrastando na correnteza, esticando-se atrás da popa.

O capitão aproximou a embarcação pelo lado da proa, desligando o motor, de modo que se aproximaram com um beijo em vez de um murro.

Os primos se aproximaram enquanto Assail ficava para trás, a pistola a postos. Os cheiros daqueles dois humanos eram diferentes, ainda que relacionados, aos dois que vieram da última vez. E da vez anterior. E assim por diante.

– Onde estão os outros? – Assail exigiu saber.

Os homens detiveram-se no processo de apanhar três das cinco sacolas que estiveram escondidas debaixo da cobertura de lona.

Assail lançou um sorriso estreito ante a surpresa deles.

– Acharam que eu não saberia?

– Sou irmão – disse o da esquerda com um forte sotaque inglês. – Ele é primo.

Assail inclinou a cabeça, aceitando a explicação. Na verdade, pouco importava quem fizesse a entrega do produto, contanto que cumprissem o prazo, o preço acordado e a potência da substância requisitada, e sem interferência da força policial humana.

Portanto, até ali, nenhum problema com aqueles dois.

Momentos depois, Ehric e seu irmão receberam as sacolas e se afastaram, um de costas para o outro para poderem cobrir suas retaguardas.

– Um instante – disse Assail. – Se não se importam.

O humano parou novamente, e ele sentiu a ansiedade deles como uma reverberação na superfície de uma mesa, a transferência de energia trafegando com facilidade pelo ar que separava seus corpos.

– O que mais tem aí embaixo? – perguntou, apontando para a lona. – Há mais duas sacolas, não?

O menor dos dois, o primo, puxou a lona para voltar a cobrir tudo e foi para o painel de comando do barco.

– O agendamento do mês que vem – disse o outro – continua o mesmo?

– Entrarei em contato com o chefe de vocês.

– Muito bem.

E assim eles se afastaram, com o barulho baixo característico do barco contra a corrente de água fria, a mercadoria de outra pessoa com eles.

Franzindo o cenho, Assail observou enquanto eles cortavam a água e seguiram em paralelo à margem oposta.

Um momento depois, ele voltava para o Range Rover e, quando bateu na janela do passageiro, Ehric abaixou o vidro.

– Sim?

– Vou segui-los. – Assail indicou a direção do barco com a cabeça. – Estão negociando com outra pessoa. Quero descobrir quem é.

Com um aceno curto, Ehric se materializou atrás do volante e ligou o SUV.

– Também vi isso. Ligue se precisar de alguma coisa.

Enquanto o Range Rover se afastava, Assail se virou e voltou para perto da água. Fechando os olhos, teve que lutar contra a cocaína a fim de se acalmar, e demorou um pouco até conseguir se desmaterializar no vento frio. Quando reassumiu a forma, alguns quilômetros descendo o rio, esperou até que o barco ressurgisse uma vez mais. Os homens ignoravam a sua presença enquanto ele permanecia imóvel em meio às árvores coloridas e à vegetação marrom, observando enquanto passavam.

Mesma velocidade de motor. Mesmo protocolo de entrega de mercadoria. E a pergunta: quem era o cliente seguinte?

E que tipo de droga vinham traficando?

Os chefes deles haviam concordado em negociar exclusivamente com ele naquela parte do estado de Nova York. E, por mais que a competição fosse boa para o capitalismo, não era bem-vinda em seu território, e também desnecessária para seus lucros. As suas encomendas eram grandes o bastante e suficientemente bem estabelecidas para que ele representasse uma clientela de respeito.

Os malditos.

De fato, era necessário existir honra entre os transgressores da lei. Para o bem de todos. E ele cumprira o seu lado do acordo, sempre apresentando o dinheiro. Mês após mês, após mês...

No entanto, estava preparado para resolver aquela questão.

Com presteza.

Com letalidade.

Rhage, Tohr e V. voltaram à mansão pouco depois de conhecerem o orgulho e a alegria de Applebottom, sendo que Butch os seguira dirigindo o Range Rover. Quando os três reassumiram sua forma física no pátio, uma luz vinda dos carros estacionados lhes chamou a atenção.

Rhage foi até a porta aberta do Mercedes azul-claro.

– Layla...?

Só que não havia ninguém ali pegando uma bolsa ou tentando sair de trás do volante antes de seguir para o pátio da casa.

Fechou a porta.

– Ela não está...

– Layla! – exclamou Tohr. – Ai, caralho!

Rhage ergueu o olhar para a entrada da mansão. A porta pesada do vestíbulo estava entreaberta, uma perna aparecendo do lado de fora, no chão, o tornozelo e o pé obrigando a porta a ficar aberta.

Os três subiram a escada correndo. Enquanto Rhage empurrava o peso tremendo, V., com sua experiência médica, saltou por cima do corpo caído da Escolhida e começou a procurar pelos sinais vitais.

– Tohr – disse Rhage. – Ligue para...

Mas o irmão já estava com o celular apoiado na orelha.

– Jane? Precisamos de você no vestíbulo. Layla desmaiou... V., situação?

Quando o irmão apoiou o telefone no rosto de Vishous, ele disse para sua companheira:

– Coração ritmado, mas lento. Assim como a respiração. Nenhum sinal de trauma que eu consiga ver.

– Ouviu isso? – perguntou Tohr, voltando a falar. – Ok. Obrigado. – Assim que encerrou a ligação, iniciou outra. – Ela está vindo com Manny e Ehlena. – De volta ao ouvido. Espera. Espera.

Obviamente estava ligando para Qhuinn...

Por algum motivo estranho, o mundo cambaleou para Rhage: num minuto ele estava olhando para Layla, pensando que não existia nada mais apavorante do que uma fêmea gestante de cara no chão. No instante seguinte, o vestíbulo começou a girar ao seu redor como uma bola na ponta de uma corda, sua cabeça o ponto central do giro, seu equilíbrio estranhamente comprometido pelo...

– Ele vai cair!

Hum? Ele não devia estar tão firme quanto imaginava.

Quando sentiu uma pegada em seu braço, olhou para baixo e viu a mão de Tohr firme em seu bíceps, sustentando-o.

Uau. *Quanta virilidade*, Rhage pensou.

Uma rodada de vapores vitorianos só porque uma fêmea estava...

– Layla!

A aparição assustada de Qhuinn ao seu lado foi seu despertar necessário, a mente clareando quando o macho o empurrou para alcançar a fêmea que levava seu filho no ventre. Blay, como sempre, estava logo atrás dele, pronto para fazer o que fosse necessário para apoiar seu companheiro.

– Que diabos aconteceu? – perguntou Qhuinn.

V. começou a falar. A doutora Jane e sua equipe chegaram. Equipamento médico foi retirado de uma antiga maleta preta de médico.

Virando-se para Tohr, que ainda o segurava, Rhage ouviu uma estranha versão da sua voz dizendo:

– Não estou conseguindo respirar direito, irmão.

Tohr virou a cabeça na direção dele.

– O que foi?

– Não sei. Acho que... não consigo respirar. – Massageou o peito com a mão livre. – É como se tivesse um balão aqui dentro. Ocupando todo o espaço.

Enquanto os médicos viravam Layla de costas, houve imprecações do público. O braço dela estava num ângulo estranho, a parte abaixo do cotovelo com uma fratura feia que devia ter ocorrido quando ela caiu.

– Rhage? – alguém o chamou. – Oi?

Ele olhou para Tohrment.

– O que foi?

Tohr se inclinou.

– Quer um pouco de ar fresco?

– Não estamos do lado de fora? – Ele levantou o olhar para o céu. – É, estamos...

– Que tal darmos uma voltinha?

– Quero ajudar.

– Sei, entendi. Mas acho uma ótima ideia ir dar uma caminhada. Você está branco como cera, e se desmaiar, não posso garantir que não vai transformar a pessoa que estiver debaixo de você num carpete, e não precisamos de nenhuma outra emergência médica.

– Hum?

– Venha.

Enquanto o Irmão o puxava, Rhage continuava massageando o coração.

– Não sei por que não consigo respirar...

A última imagem que viu, ao ser puxado, foi o rosto de Layla virado de lado, os olhos arregalados, mas sem ver nada.

– Ela está morta? – sussurrou. – Ela morreu?

– Venha, irmão...

– Morreu?

– Não, não morreu. Ela está viva.

Toda vez que piscava, ele via o cabelo loiro no piso de mármore como um líquido derramado, os lábios pálidos como o rosto, os olhos verde jade opacos, imóveis.

– Mary? Oi, Mary, estou tendo um problema com o seu garoto aqui. Pode vir para casa agora?

Quem estava falando? Ah, sim, Tohr. No telefone. O Irmão estava falando no celular.

Rhage balançava a cabeça.

– Não, ela não pode vir. A mãe no Lugar Seguro. Ela precisa ficar...

– Ok, obrigado. – Tohr encerrou a ligação. – Ela já está voltando.

– Não, precisam dela...

– Irmão? – Tohr aproximou o rosto do de Rhage. – Não sei se você faz ideia de como está a sua cara agora. Mas me faça um favor e fique aqui. Isso, assim, sentado nesta pedra. Isso mesmo, cara, você está indo bem.

Eram os joelhos de Rhage que seguiam as ordens, o cérebro estava ocupado demais com o quanto sua *shellan* não precisava gastar seu tempo precioso com ele. Mas, ao que tudo levava a crer, aquele trem já havia deixado a estação.

Apoiando a cabeça nas mãos, Rhage se inclinou para a frente e ficou se perguntando se não havia algo errado com seus pulmões. Uma gripe vampírica super-rápida. Algum veneno.

A mão grande do irmão fazia círculos em suas costas e, por baixo da palma pesada, a besta, em sua forma de tatuagem, oscilou e se moveu como se o mal-estar de Rhage a estivesse deixando nervosa.

– Estou me sentindo estranho – disse Rhage. – Não consigo... respirar...

Capítulo 25

Nos primeiros quilômetros, Assail não se importou em se desmaterializar acompanhando o barco. Mas na quarta vez em que reassumiu sua forma, já estava impaciente para chegar ao seu destino e que a troca fosse realizada, que a identidade do terceiro transgressor fosse revelada.

E também havia outra razão para sua inquietação. Quanto maior a distância que percorriam, mais os dois homens se aproximavam de Caldwell, o que era uma ideia idiota.

Mesmo no meio da noite, o centro da cidade não era o subúrbio, e provavelmente encontrariam humanos; claro, dificilmente aqueles com credenciais como a polícia, mas olhos interessados eram olhos interessados, e todo rato sem cauda tinha celular nos tempos atuais.

Ele podia se desmaterializar, mas aqueles dois no barco não conseguiriam fazer esse truque, e ele queria ser aquele que ensinaria uma lição ali, e não a polícia.

Desaparecendo uma vez mais, retornou à sua forma no meio de umas árvores plantadas num dos parques públicos ao longo das margens em Caldwell. E mesmo assim o barco seguiu em frente.

Inacreditável.

Enquanto esperava para ver se eles passariam por sua nova posição, e havia bons motivos para acreditar que sim, pois não havia mais proteção nenhuma na costa, aquele incômodo conhecido na base da nuca começou, disparando a necessidade por mais coca.

Nos últimos tempos, essa necessidade ressurgia cada vez mais rápido. A ponto de ele reconhecer a sorte por se recuperar tão rapidamente. Se ele fosse um mero humano? Teria seu septo desviado há vários meses.

Colocando a mão no bolso, pegou o frasco. Só de sentir a vidro liso da embalagem já se via relaxando. Ele queria abri-lo e fazer o que sempre fazia, mas não podia correr o risco de não conseguir se desmaterializar. O problema com o seu vício era que a necessidade de consumir mais aparecia antes mesmo de os efeitos começarem a sumir, o verme em suas entranhas virando e revirando, exigindo mais e mais, mesmo quando seu cérebro e seu corpo se debatiam para lidar com o estímulo acelerado da última dose consumida.

Mas, de novo, a última coisa que queria era entrar em dificuldades por estar agitado demais para sumir.

Deus, ter isso em comum com os *Homo sapiens* com quem lidava era simplesmente degradante demais para pôr em palavras...

– Ah, isso não pode ser verdade... – murmurou para si mesmo quando o barco finalmente seguiu para o que parecia ser seu destino.

Mas que não parecia seguro.

Os dois guiaram a embarcação em direção a um antigo abrigo para barcos vitoriano. Tudo bem que as janelas estavam escuras, mas havia luzes de segurança acesas do lado de fora, e, sem dúvida uma patrulha da polícia de Caldwell fazendo rondas regulares no parque atrás da estrutura.

No entanto, se eles entrassem, ele também teria que entrar.

E entraram.

Sem saber como o interior se apresentaria, ele se conformou em aparecer nas sombras entre aquelas incômodas luzes externas, as roupas escuras mimetizando a lateral desgastada do abrigo de barcos. Quando a embarcação entrou numa das vagas, o som do seu motor patético ecoou, parecendo um velhote num acesso final de tosse tísica.

Virando na direção de uma das janelas, focou seus olhos aguçados através do vidro com bolhas. O interior era bem espaçoso, e assim que ele identificou seu alvo, desmaterializou-se e passou pela mesma entrada que os rapazes haviam usado. Tomou cuidado ao reassumir sua forma física, atendo-se a uma reentrância apertada no canto oposto, entre canoas apoiadas em seus cascos em cavaletes e uma floresta de objetos de flutuação laranja pendurados em ganchos.

O motor foi desligado e o par conversou baixinho numa língua estrangeira. Depois que se calaram, o único som foi o da água ondulando e batendo no casco do barco e nas docas vazias.

Assail odiou o cheiro de peixe estragado, de flora em decomposição, das lonas úmidas.

Odioso.

Depois que um tempo se passou, a aproximação de algo pelo lado externo chamou sua atenção. Em seguida, a luz de um farol penetrou o interior. Encontrando uma janela empoeirada, ele olhou para fora e encontrou um caminhão do Departamento de Parques Públicos de Caldwell estacionando.

Ora, ora, aquilo logo ficaria interessante.

Ou a entrega seria interceptada e a polícia acionada... ou algum humano trabalhando para os parques acabaria aumentando sua renda mensal ao flagrá-los.

No fim, ele errou os dois palpites.

A porta principal se abriu, rangendo nas dobradiças, e no instante em que um macho apareceu entre os batentes, o vento frio soprando por trás arrastou consigo o cheiro do *redutor* para dentro do abrigo para barcos.

Era o *Redutor Principal* com quem Assail fazia negócios, entrando com uma sacola de lona.

Filho da puta.

Como é que o bastardo ousa tentar me passar a perna?, Assail pensou, quando as presas se expuseram por vontade própria. E como foi que o assassino conseguiu contatar o importador?

Formulando uma emboscada, Assail sacou suas duas pistolas, e desejou ter se dado ao trabalho de colocar silenciadores nelas. Não tinha antecipado que as usaria no maldito centro de Caldwell, pelo amor de Deus.

– Deixe-me vê-las – ordenou o *Redutor Principal.* – Abra as sacolas e deixe-me vê-las.

Assail deu um passo à frente, pensando que poderia...

O entregador desceu o zíper da sacola e inclinou o seu conteúdo.

Nada de drogas.

Nada disso.

Em vez de grandes blocos selados por camadas e mais camadas de celofane, ali havia...

Armas. Armas de cano longo, que se esfregavam uma contra a outra, metal contra metal nas sacolas de lona.

Era difícil, na escuridão, determinar exatamente as especificações das armas, mas pareciam uma variedade de espingardas e rifles.

O lábio superior encurvado de Assail voltou ao seu lugar.

Embora estivesse preparado para intervir no caso de uma troca de dinheiro por drogas, ele não sentiu mais essa compulsão.

Se o *Redutor Principal* queria usar seu lucro comprando armamento, aquilo era assunto dele.

Saindo do abrigo para barcos do modo como havia entrado, Assail se lançou pelo rio, na direção da sua casa envidraçada na península.

A única coisa com que se importava era se o *redutor* continuaria a entregar o produto nas ruas e nas boates de Caldwell de maneira pontual, confiável e honesta.

Sua responsabilidade começava e terminava ali.

– Não, não. Eu estou bem, verdade.

Enquanto Rhage falava, sentou-se à mesa antiga da cozinha da mansão da Irmandade. O restante da casa estava se reunindo para a Última Refeição, os *doggens* entrando e saindo pela porta vaivém, levando bandejas de prata do tamanho de mesas tomadas por todo tipo de carnes recém-preparadas, acompanhamentos e legumes.

Do lado oposto, Mary se recostou na ilha de tampo de granito, os braços cruzados diante do peito, os olhos fixos nele como se estivesse avaliando uma das suas pacientes do serviço de assistência social.

Contorcendo-se por dentro, ele queria se juntar aos irmãos e suas *shellans*, mas, considerando-se a expressão dela, isso não aconteceria tão cedo.

– Fritz? – disse ela. – Vou preparar alguma coisa para ele, ok?

O mordomo parou enquanto levava um conjunto de pratos e talheres.

– Eu estava indo preparar um prato na sala de jantar e trazer para cá...

– Vou cuidar do meu marido – disse ela com gentileza, porém também com firmeza. – Contudo, se preferir, ainda que isso vá contra a minha natureza autossuficiente, deixarei a panela e os pratos para que você lave.

O rosto envelhecido e enrugado de Fritz assumiu uma expressão de basset round que teve um frango negado com a promessa de um belo bife mais tarde: preocupada e animada.

– Posso ajudá-la de alguma maneira?

Três membros da equipe em seus uniformes cinza e branco voltaram de mãos vazias da sala de jantar, o trio se dirigindo para a última entrega, que deveria ser levada e acomodada nas diversas mesas de apoio no imenso espaço iluminado pelo grande candelabro.

– Na verdade – sua Mary murmurou –, acha que nós poderemos ter alguma privacidade aqui?

– Ah, sim, senhora. – Fritz se iluminou com isso. – Assim que a apresentação das provisões for feitas, dirigirei minha equipe para o átrio. Ficarão satisfeitos por aguardarem ali.

– Obrigada. – Ela deu um leve aperto no braço dele, fazendo-o corar. – E apenas até a hora de servirem a sobremesa. Sei que vai querer ter tudo sob controle aqui para isso.

– Sim, senhora. Obrigado, senhora. Eu mesmo limparei tudo para os dois mais tarde.

O mordomo se curvou profundamente, apanhou a última bandeja de prata e fez todos saírem. Quando a porta vaivém parou, a amada *shellan* de Rhage o fitou.

– Ovos? – sugeriu.

Com essa única palavra, o estômago de Rhage roncou.

– Puxa, isso seria maravilhoso.

Mary assentiu e foi até a Sub-Zero. Tirando uma embalagem de ovos, também pegou uma caixa de leite e manteiga, depois foi para o armário, apanhando uma frigideira, uma tigela para misturar tudo e vários utensílios.

– Então – ela disse ao quebrar o primeiro dos doze ovos. – Eu gostaria muito de ouvir o que de fato aconteceu por aqui.

Até aquele momento, Rhage fora bem-sucedido em evitar essa pergunta. Pelo visto, o adiamento fora suspenso.

– Estou bem, verdade.

– Ok. – Ela parou e sorriu. – No entanto, como sua esposa, o que você está se sentindo é muito, muito importante para mim. Portanto, se existe alguma coisa o incomodando, eu me sentirei excluída se não souber do que se trata.

Urg! Simplesmente... *Urg!*

Quando ela começou a bater o leite nos ovos, o som o fez se lembrar da própria cabeça.

Baixando o olhar para o tampo da mesa, ficou cutucando um dos veios das tábuas de carvalho.

– A verdade é que não sei o que aconteceu. Só me senti esquisito e tive que me sentar. Mas agora estou bem. Deve ter sido uma dessas coisas que acontecem.

– Hum... Bem, conte-me como foi a sua noite.

– Nada de mais. Fui até o refúgio do Bando de Bastardos e o inspecionei...

– Não começou na clínica com Trez e Selena?

– Ah, sim. Mas isso foi ontem... quando ela, você sabe, foi levada para lá. – Meneou a cabeça. – Não quero pensar sobre isso agora, se não se importar.

– Ok, então hoje você foi para a casa do Bando de Bastardos?

– Bem, primeiro fomos até a de Abalone. O primo dele abandonou a tropa de Xcor e nos revelou seu esconderijo. De todo modo, eu e V. inspecionamos o lugar.

– O que estavam procurando?

Ele deu de ombros.

– Bombas. Armadilhas. Esse tipo de merda. Nada de mais.

Ela emitiu mais um *hummmm* ao despejar o conteúdo da tigela numa panela do tamanho do assento do Hummer de Qhuinn.

– Esteve preocupado com a possibilidade de se ferir lá?

– Não. Bem... Claro que me preocupei com meus irmãos. Mas isso faz parte do trabalho.

– Ok. Depois, para onde você foi?

– Fui ver você. Depois fui para a casa de Darius. Nos reportamos para Wrath e depois voltamos para cá. Eu tinha que ir procurar Manny só para garantir que o meu ferimento já havia sarado por completo. E V. também.

– Ok. – Ela foi para a torradeira para seis fatias e encheu o utensílio com o seu tipo predileto de pão, de farinha branca, absolutamente processada, fantástico. – Então, você voltou para casa e o que viu?

Ele piscou ao ver o pé de Layla para fora do vestíbulo. Depois visualizou o rosto de Qhuinn quando o Irmão se agachou ao lado da fêmea caída que carregava seu filho.

– Ah, você sabe.

– Hum? – O aroma dos ovos sendo preparados acionou ainda mais seu botão "Coma agora". – O que foi?

– Bem, você sabe o que aconteceu.

Quando Mary chegou, uma maca já havia sido trazida da clínica e Layla estava sendo transportada, o corpo sendo erguido, com cuidado, pela cabeça por Qhuinn e pelos pés por Blay.

Rhage se calou e massageou o peito.

Pop! As torradas saltaram e, um momento depois, um prato com tudo do jeito que ele mais gostava era colocado diante dele.

Junto com uma caneca de chocolate quente, um guardanapo, os talheres... E o mais importante, sua adorada Mary.

– Esta é a refeição mais deliciosa que já tive – disse ele, apenas olhando para a comida.

– Você sempre diz isso.

– Só quando você cozinha para mim.

Era engraçado. Sendo humana, sua Mary nunca conseguia entender de fato o modo como um vampiro macho reagia quando a fêmea com a qual estava vinculado lhe preparava comida com as próprias mãos. Esse tipo de coisa era um ato sagrado, porque ia contra os instintos inatos do macho de prover e antecipar as necessidades da sua companheira antes de todos os outros, incluindo as próprias, as dos seus irmãos, do Rei e de quaisquer filhos que pudessem ter.

Rhage sentia necessidade de alimentá-la antes, e depois comer o que sobrasse. Mas antes de pedir que Fritz e os outros *doggens* saíssem, ela lhe disse que estava satisfeita, tendo comido um lanche rápido no Lugar Seguro apenas uma hora antes.

– Está esfriando – ela disse, esfregando o braço dele.

Por algum motivo, seus olhos ficaram embaçados, e ele teve que piscar algumas vezes para conseguir enxergar bem de novo.

– Rhage? – sussurrou. – O que quer que seja, pode falar.

Com um movimento brusco, ele balançou a cabeça.

– Estou bem. Só quero apreciar este banquete.

Pegou o garfo e começou a alternar: uma garfada de ovos, uma mordida na torrada, uma garfada de ovos, uma mordida no pão, golada, golada, golada, golada de chocolate quente. Repetindo até limpar o prato.

– Como anda a fêmea? – perguntou ao limpar a boca e se recostar na cadeira de madeira.

– Não sei. – Mary meneou a cabeça. – Eu não sei como isso vai terminar.

– Ruim assim, é? – Quando ela deu de ombros, ele disse: – Se existir qualquer coisa que eu possa fazer...

– Bem, na verdade...

– Pode falar.

Ela esticou o braço, segurou sua mão e a virou de palma para cima. Demorou um pouco até que falasse, mas quando ele estava começando a se preocupar, ela disse:

– Quero que você considere, apenas por um instante, que pode ter sido perturbador para você ver Selena quase morrer e testemunhar a dor de Trez. Quero que considere que isso não é uma coisa normal, para ninguém, entrar na casa de alguém na qual nunca esteve antes, sem saber se haverá uma explosão ou uma emboscada que matará você ou aqueles que mais ama. Quero que reflita que ir até Wrath sem poder lhe dizer que encontraram os Bastardos ou desarmaram algo ou conseguiram algum tipo de informação pode ser sentido como se fosse um fracasso. E, por fim, quero que entenda que você chegar em casa e ver Layla desmaiada, sabendo que ela está grávida, e se preocupar com ela, com Qhuinn e com Blay, é mais um trauma. Acho que teve 24 horas bem difíceis, e todas essas emoções ficaram represadas em você.

– Mas não me senti incomodado, minha Mary. Por nada disso. Eu estava bem...

– Até ter um ataque de pânico na frente de casa.

– Não tive um ataque de pânico.

– Você disse que não conseguia respirar. Que as suas mãos e os seus pés estavam formigando. Que teve dificuldade para se conectar com a realidade. Parecem sinais clássicos de um ataque de pânico para mim.

Ele balançou a cabeça.

– Não acho que tenha sido isso.

– Ok.

Rhage respirou fundo e se concentrou no rosto da sua amada.

– Você é a fêmea mais linda que já conheci.

– Tenho quase certeza de que isso não...

Ele capturou o rosto dela nas mãos, aninhando-a com carinho. Enquanto os olhos perscrutavam as feições conhecidas, não conseguia se fartar delas. Deus, nunca bastaria. Nenhuma noite – ou mês, ou ano, ou década, sequer a eternidade que a Virgem Escriba miraculosamente lhes dera – seria o bastante para ele.

– Você é a fêmea mais linda que já conheci. – Resvalou-lhe os lábios com os seus. – Não sei o que fiz para merecer um destino com você, mas nunca, jamais vou me acostumar com isso.

O sorriso que recebeu como resposta foi melhor do que o nascer do sol que ele jamais veria, envergonhando a grande bola flamejante que sustentava toda a vida, mesmo a daqueles que não suportariam sequer um dos seus raios.

Ainda estavam sentados assim, fitando os olhos um do outro, quando o *doggen* voltou para pegar a sobremesa.

– Você quer subir? – perguntou ele com voz grave, profunda, sua besta começando a se fazer notar por debaixo da pele. – Estou pronto para a sobremesa.

O cheiro dela emanou.

– É mesmo?

– U-hum.

– Quer que eu pegue sorvete?

Ele estreitou o olhar para a boca dela.

– Nada disso. Quero lamber outra coisa.

– Bem, então – sussurrou ela, aproximando a boca do ouvido dele – vamos alimentá-lo.

Capítulo 26

Suor frio.

Trez acordou com um total e absoluto suor frio, cada centímetro da pele encharcado, sua temperatura interna um completo Ártico, o coração tão disparado que parecia que alguém o substituíra por uma batedeira. Erguendo-se de pronto do travesseiro, gritou...

Seu quarto. Em vez de algo terrível e chocante... só o que viu foi muito do seu quarto, e tudo estava bem normal, desde o abajur aceso ao seu lado até as roupas dobradas sobre o canapé e seus sapatos largados onde os chutara na madrugada anterior.

Por um momento, ficou confuso. Virgem Escriba. Um lugar estranho, místico. Selena na grama, na clínica, imobilizada, congelada...

Um gemido suave interrompeu o espaço entre o pesadelo e a realidade.

Virando-se, viu Selena deitada em sua cama, os ombros nus aparecendo por baixo dos lençóis, o cabelo escuro solto e espalhado em sua fronha branca, o rosto e o corpo virados para o lado oposto ao dele.

Fechando os olhos, vacilou e desejou que tudo não tivesse passado de um sonho ruim.

Mas, em seguida, voltou a se concentrar apenas em sua fêmea, puxando a colcha para cima para mantê-la aquecida, inclinando-se discretamente para se certificar de que ela ainda respirava, perguntando-se se deveria ir atrás de comida para ela.

Como se pressentisse sua presença, rolou de lado, o rosto se contraindo no sono como se mexer-se lhe fosse incômodo.

Cacete. O sexo fora descontrolado, selvagem. Logo depois de o corpo dela ter passado por tanta coisa.

Maldito fosse!, pensou ao esfregar uma palma no rosto. Como pôde fazer aquilo com ela? Deveria ter batido punheta até que seu pau tivesse perdido todos os sentidos.

O pior? Não tinha certeza se tinham resolvido todas as questões pendentes entre eles. Uma coisa era certa: ele ainda se sentia como um filho da puta.

Esticando o braço na direção da mesinha de cabeceira, pegou seu celular e verificou as horas: 5h44 da manhã.

Não conseguiria voltar a dormir. Saindo debaixo dos lençóis, silenciosamente dirigiu-se ao banheiro, fechou a porta, usou as instalações e tomou uma chuveirada rápida. Depois voltou, pegando os fones de ouvido da mesa ao lado da cômoda e colocando-os nas orelhas antes de voltar a se deitar.

Movendo-se devagar, tomou o mesmo cuidado de quando evacuou antes, manobrando seus quase 140 kg no colchão sem deslocá-la, como se ela estivesse numa cama elástica.

Quando se acomodou novamente, deu uma olhada rápida em sua fêmea e ficou aliviado em ver que ela ainda dormia. O que, de certa forma, o aterrorizou. E se ela estivesse em coma ou...

Como se estivesse procurando por ele, ela tateou a colcha.

– Estou bem aqui – ele sussurrou.

No mesmo instante, ela parou de procurar e, quando ele segurou sua mão, a palma dela estava quente, cheia de vitalidade, como sempre estivera.

Demorou-se um instante observando-lhe os dedos, dobrando um, medindo a extensão do seu movimento, verificando sua resistência. O que não era certo, ele achou.

Era injusto tentar conseguir informações do corpo dela sem seu conhecimento e consentimento, e, como se pedisse desculpas, conteve-se e alisou as unhas rosa com pequenos semicírculos brancos que ela mantinha aparadas.

Enquanto o sono voltava a se apossar dela, ele se sentiu... entorpecidamente sozinho. Mesmo estando lado a lado, ele recostado na cabeceira, ela aninhada junto ao seu corpo, ele parecia não conseguir se conectar a ela. Tentou dizer a si mesmo que era uma questão de sono e vigília. Que essa era a divisão, nada mais assustador do que o fato de que as ondas cerebrais dela e dele seriam percebidas de modo diferente numa tomografia.

O que era uma cretinice, claro. E quanto mais tentava se forçar a acreditar nessa mentira, mais aprisionado ele se sentia. Portanto, para se desviar do seu embate interno, sintonizou a rádio SiriusXM no celular, enfiou o fone no aparelho e tentou ficar confortável. De uma maneira um pouco confortável.

Ou... pelo menos não consumido pela necessidade de saltar para fora da própria pele.

Naturalmente, porque a sua sorte era uma merda, a primeira coisa que ouviu no rádio foram mais más notícias.

– Tá de brincadeira? – disse em voz alta enquanto a voz de Howard Stern enchia a sua cabeça. – Eric the Actor está mor...

As sobrancelhas de Selena se contraíram, como se ela estivesse considerando a ideia de despertar, e ele fechou o bico. Mas não conseguia acreditar que mais um dos caras do Wack Pack* se fora. Isso lhe pareceu tão cruel diante de tudo o que estava enfrentando.

Merda, era como se notícias ruins estivessem se esforçando para sair das sombras e encontrá-lo.

Selena despertou lentamente, o cheiro de Trez foi a primeira coisa que percebeu. E depois o som da voz dele. A sensação da mão dele na sua foi a terceira.

Erguendo as pálpebras, viu que ele estava sentado ao seu lado na cama, os olhos negros concentrados no telefone, as sobrancelhas abaixadas como se ele tivesse recebido más notícias em alguma mensagem ou...

– Está tudo bem? – perguntou.

Quando ele não respondeu, ela viu que havia fios ligando o telefone aos seus ouvidos, como se ele estivesse ouvindo alguma coisa.

No instante em que ela apertou sua mão, ele deu um salto tão alto que os fios escaparam.

– Ai, meu Deus! Você acordou!

– Desculpe, não quis...

---

* Nome dado a um conjunto de pessoas que fazem parte do programa de rádio americano *The Howard Stern Show*. (N.T.)

– Não. Caramba, não... Você está bem? Quer chamar a doutora Jane...?

– Não, não... – Ela tentou fazer com que o cérebro funcionasse. – Estou bem. Eu só... você parece aborrecido...

Ao olhar para ela, o único som no quarto era o sibilo que saía daquilo que estivera em seus ouvidos.

Ela ergueu mais a colcha.

– Algo errado comigo?

– Ah, Deus, não, não... Eu... hum... Não é nada. – Olhou para o telefone. – Só alguém que participava do programa de Howard Stern mor...

Quando ele parou e arregalou os olhos, foi quase como se tivesse dito algo imperdoável.

– Morreu? – Ela terminou por ele.

– Hum...

– Você ainda pode dizer essa palavra, sabe? – Apertou a mão dele uma vez mais. – De verdade.

Trez pigarreou e deixou o aparelho de lado.

– Está com fome?

– Na verdade, não.

– Com sede?

– Não.

Ele remexeu nos lençóis. Na colcha.

– Está quentinha?

Franzindo o cenho, ela se soergueu e se recostou nos travesseiros. Olhando para ele, sorriu.

– Estou feliz por ter vindo aqui. Por falar com você e... fazer todas aquelas outras coisas.

– Está? – Os olhos dele, naquele lindo formato amendoado, se voltaram para ela. – Mesmo? Acho que fui brusco demais com você quando nós...

O sorriso dela se ampliou.

– Agora perdi *mesmo* a minha virgindade.

Ele corou. Corou de verdade, uma mancha rubra surgindo no rosto.

– Fiquei preocupado em ter te machucado...

– Nem um pouco. Quando podemos fazer de novo?

O acesso de tosse de Trez foi repentino e muito alto, e ela teve que bater nas suas costas antes que ele conseguisse voltar a respirar normalmente.

– Você está bem? – perguntou ela, ainda sorrindo.

– U-hum. É que você tem um jeito de me surpreender...

Por uma fração de segundo, ela se lembrou de Trez indo até ela no Santuário. Mesmo sendo atacada pela Prisão no momento, soubera o instante em que ele chegara. Fora um milagre. Mas como ele ficara sabendo?

– Como me encontrou? Lá no Santuário?

Ele balançou a cabeça devagar.

– Você não acreditaria se eu te contasse.

– Experimente.

– Foi a Virgem Escriba. Eu estava na boate cuidando de umas coisas... Rhage e V. estavam comigo. De repente aquela... figura... apareceu... num manto negro, com luzes debaixo da bainha, uma voz que eu ouvi aqui dentro – ele bateu na cabeça – e não pelos ouvidos. E depois? Eu... Bem... Eu estava com você.

Agora foi a vez de Selena se remexer nos lençóis.

– Eu sinto muito mesmo.

– Pelo quê?

– Por você ter me visto daquele jeito. Por... tudo isto.

– Inferno... Como já disse antes, até parece que você pediu para ficar doente.

– Eu sei, mas, mesmo assim. Eu queria... – Ela tentou inclinar a cabeça para trás para poder olhar o teto, mas seu pescoço estava dolorido demais.

– Você está com dor.

– Nada fora do normal. É sempre assim que eu me sinto depois... Bem, você sabe.

Ficou claro que os dois sabiam jogar o jogo de esquivar-se.

– Isto é tão fora do normal – ela deixou escapar.

– O quê?

Ela teve que virar o tronco para poder olhá-lo de frente. E, sem querer, pensou como era bonito o contraste entre a pele escura dele e os lençóis brancos, as duas cores ficando ainda mais ressaltadas.

Selena tentou encontrar as palavras certas.

– Sinto como se houvesse uma imensa... sei lá, divisão entre nós. Não faz sentido algum. Quero dizer, você está aqui ao meu lado... Mas existem palavras em que ficamos tropeçando, assuntos que não queremos conversar. Isso... sei lá... é uma merda. Porque agora, neste instante? Esta é a parte boa. Quero dizer, olha só pra mim.

Ela levantou a mão livre e esticou os dedos, depois os remexeu.

– Móvel e desperta é muito melhor do que como eu estava antes, certo? – Quando ele só ficou olhando para ela, sentiu-se uma tola. – Desculpe, isso deve ter parecido estranho...

Trez se inclinou para frente e a beijou, os lábios se demorando sobre os dela.

– Não. – Afastou-se. – É... Sei o que quer dizer. Não é loucura, e você está certa. Agora é a parte boa...

– Você é tão sensual.

Trez voltou a tossir.

– Maldição, fêmea. O que você é?

– Eu te disse ontem à noite... Ou, puxa, que horas são? Não importa. Já te disse antes, sou a favor da completa honestidade agora.

As pálpebras dele se abaixaram.

– Sou totalmente a favor disso. Portanto, deixe-me perguntar, se eu a pegasse no colo e a levasse para o chuveiro agora, você...

– Ficaria de joelhos debaixo do jato quente de água só para ver se o seu gosto é tão bom quanto eu me lembro?

O som que emanou dele não foi uma tosse. Mas também não foi uma expressão coerente. Foi parte rosnado, parte grunhido, com um gemido para melhorar a mistura, como se ele estivesse pronto para suplicar...

Foi basicamente a coisa mais sexy que ela já ouviu.

– Isso é um *sim*? – perguntou ela, com a voz arrastada.

Ele a beijou de novo, com mais avidez. E mais demoradamente também. Depois a prendeu com um olhar fervente.

– Caramba, estou morrendo aqui...

Quando Trez se conteve de novo, ela foi pega de surpresa pela palavra. No que se referia aos dois, um deles, de fato, estava morrendo. Mas era ela, e não ele.

– Desculpe – sussurrou ele. – Nunca mais vou dizer isso.

– Tudo bem. – Ela se forçou a sorrir. – Vamos deixar as preocupações de lado...

– Vou encontrar uma cura para isto – disse ele com seriedade. – Não vou deixar que você perca essa briga, Selena. Literalmente, vou mover céu e terra para manter você ao meu lado, sem barreiras, nada a não ser nossas peles nuas... nossas almas.

Lágrimas surgiram em seus olhos, e ela as refreou, desejando que fossem embora e não voltassem mais. Erguendo a mão para o belo rosto dele, resvalou as pontas dos dedos nas feições.

– Eu te amo, Trez.

– Deus, eu também te amo...

Capítulo 27

Quando Layla despertou, estava deitada de lado sobre uma superfície muito mais macia que o piso do vestíbulo. Em pânico, levou a mão ao ventre.

Tudo parecia igual, o volume, o tamanho da barriga... Mas, Santa Virgem Escriba, teria feito mal ao seu filho? Lembrava-se de ter saído do carro, de ter se esforçado para chegar à entrada da mansão, de ter desmaiado...

– Filho... – murmurou. – Ok...? Meu filho?

No mesmo instante, o olhar verde e azul de Qhuinn se postou diante dela.

– Você está bem... – Como se ela se importasse consigo naquele instante.

– Meu filho!

Com uma imprecação, pensou por que havia reclamado de estar grávida. Talvez aquilo fosse uma punição por ter...

– Está tudo bem. – Qhuinn relanceou para o outro lado do quarto, concentrando-se em alguém que ela não conseguia ver. – Bem... Simplesmente bem...

O alívio foi tão grande que lágrimas se empoçaram nos olhos dela. Se ela tivesse perdido o filho por ter se encontrado com Xcor? Por ter ficado olhando enquanto ele... fazia aquilo com seu sexo?

Jamais se perdoaria.

Com uma imprecação, ficou se perguntando por que pedira ao macho que fizesse aquelas coisas. Era errado de tantas maneiras, aumentando a culpa que já a sufocava.

Afinal, seria muito mais fácil assumir o papel de vítima se você não estivesse pedindo ao seu chantageador que se masturbasse.

– Ai, Deus... – gemeu.

– Está com dor? Cacete, Jane...

– Estou bem aqui. – A boa médica se ajoelhou ao lado de Qhuinn, parecendo cansada porém alerta. – Oi. Que bom que recobrou a consciência. Só para você saber, Manny recolocou seu braço no lugar. Estava fraturado. Colocamos um gesso e...

Houve certa conversa sobre o seu tempo de recuperação e quando tirariam o gesso, mas ela não prestou atenção em nada disso. A doutora Jane e Qhuinn estavam escondendo alguma coisa dela: seus sorrisos de tranquilidade eram como fotografias: muito acurados, mas sem vida.

– O que não estão me contando? – interrompeu.

Silêncio.

Enquanto se esforçava para levantar, foi Blay quem a ajudou, segurando-lhe o braço bom com gentileza para que ela tivesse algo em que se segurar.

– O quê? – exigiu saber.

A médica olhou para Qhuinn. Qhuinn olhou para Blay. E Blay... foi quem acabou enfrentando o seu olhar.

– Apareceu algo inesperado – disse o guerreiro. – No ultrassom.

– Se me fizerem dizer "o quê" de novo – disse com os dentes cerrados –, juro que vou começar a jogar coisas pelo ar. Ao inferno com o meu braço quebrado.

– Gêmeos.

Como se o tempo e a realidade fossem um carro cujo freio tivesse sido acionado de repente, ocorreu o som de uma freada mental em sua cabeça.

Layla piscou.

– Desculpe... O que disse?

– Gêmeos – Qhuinn repetiu. – O ultrassom mostrou que você está grávida de gêmeos.

– E os dois estão perfeitamente saudáveis – acrescentou a doutora Jane. – Um é bem menor, e seu desenvolvimento foi tardio, mas parece ser viável. Não percebi o segundo feto nos exames anteriores porque, pelo que entendi, após me consultar com Havers, as gestações das vampiras são diferentes das humanas. Ao que tudo indica, havia outro óvulo fecundado e implantado, mas só entrou num estágio embrionário mais significativo muito mais tarde; o seu último ultrassom foi realizado há dois meses, e eu não vi nada àquela vez.

– Gêmeos? – Layla repetiu com voz partida.

– Gêmeos – um dos três repetiu.

Por algum motivo, relembrou o momento em que de fato havia concebido. Ainda que a gravidez tivesse sido o seu objetivo, e ela e Qhuinn tivessem feito o que era necessário fazer para alcançá-lo, a notícia de que o seu cio fora bem-sucedido a deixara atordoada. Pareceu-lhe tão miraculoso, e desarmante – um golpe de alegria, que ela não sabia muito bem se não acabaria levando a melhor sobre ela.

Aquilo era a mesma coisa.

Só que sem a alegria.

Conhecera duas de suas irmãs que ficaram grávidas de gêmeos, e uma das gestações se perdera. A outra resultara em apenas uma criança viva.

Lágrimas começaram a cair de seus olhos.

Aquilo não era uma boa notícia.

– Ei. – Blay se aproximou com um lenço de papel. – Isso não é ruim. Não é, não.

Qhuinn assentiu, ainda que seu rosto continuasse uma máscara.

– É... inesperado. Mas não é nada ruim.

Layla levou as mãos à barriga. Dois. Havia duas crianças que agora ela teria que levar até a linha de chegada.

Duas.

Santa Virgem Escriba, como foi que aquilo acontecera? O que faria?

Enquanto as perguntas viravam em sua cabeça, ela percebeu... Bem, inferno... Como tantas coisas na vida, aquilo estava fora do seu alcance. Uma impossibilidade se manifestara, sua tarefa agora era fazer o que pudesse para ajudar a si mesma e aos seus filhos a conseguirem descansar, se alimentar e receber os cuidados médicos de que necessitassem.

Era a única coisa que poderia fazer. O resto?

Estava nas mãos do destino.

– Podem existir outros? – perguntou.

A doutora Jane deu de ombros.

– Acredito que isso seja bem improvável, mas eu gostaria de mandar uma amostra do seu sangue para Havers. Ele tem muito mais experiência nisso do que eu, e depois de examinar o hormônio gestacional vampírico, ele acredita poder determinar qual a sua situação. No entanto, afirmou que nunca se ouviu falar de um caso de trigêmeos, e a sua gestação é bem típica no caso de múltiplos. Se uma fêmea vai ter gêmeos, a menos em casos extremamente raros de gêmeos idênticos como Z. e Phury, o segundo embrião retardará seu desenvolvimento até que a gestação esteja mais avançada. É quase como se ele esperasse para ver se a situação está boa antes de resolver se juntar à festa.

Layla relanceou para o ventre distendido, e jurou que nunca, jamais, voltaria a reclamar de absolutamente porcaria nenhuma. Não reclamaria dos tornozelos inchados, nem dos seios pensos ultrassensíveis, ou de ter que fazer xixi a cada dez minutos. Nem. Mais. Uma. Reclamação.

Nunca mais.

O fato de ter de alguma forma perdido a consciência, caído de cara no piso de mármore e ainda ter a possibilidade de ter esse filho...

Esses filhos, corrigiu-se, ainda chocada.

... dentro do seu corpo, a salvo, foi um lembrete de que as dores e os desconfortos eram coisas pequenas em comparação com o todo, com o objetivo maior, sua grande preocupação.

Dar à luz na hora certa, e que eles sobrevivessem.

– Então, você consente? – perguntou a doutora Jane.

– Desculpe, o que disse?

– Tudo bem se eu mandar uma amostra do seu sangue para Havers examinar?

– Sim, sim. – Ela esticou o braço bom. – Faça isso agora...

– Não é preciso. Já colhemos antes.

Ah. Isso explicava o algodão na curva do seu cotovelo.

Sua mente não estava funcionando muito bem.

– É por isso que ela desmaiou? – perguntou Qhuinn. – Por causa do outro bebê?

A médica deu de ombros de novo.

– Os sinais vitais dela estão bons e estáveis há algum tempo. Quando foi a última vez que se alimentou, Layla?

O problema não era se ela havia ingerido sangue recentemente.

– Eu...

– Vamos cuidar disso agora – anunciou Qhuinn. – Blay e eu podemos lhe dar as nossas veias.

A doutora Jane assentiu.

– Seria lógico que com o segundo bebê começando a necessitar de mais nutrição, suas necessidades calóricas e de sangue possam ser maiores do que você pensava. Acredito que seja bem possível que você estivesse se esforçando e que isso acabou levando a melhor.

Layla se sentiu absolutamente entorpecida e teve que forçar um sorriso.

– Tomarei mais cuidado. E obrigada. Agradeço por terem cuidado de mim.

– De nada. – Jane apertou o pé dela por sobre os lençóis. – Descanse. Você vai ficar ótima.

Enquanto a médica se retirava, Layla pensou nos desejos sexuais que vinha apresentando, bem como no aumento repentino dos seus sintomas físicos. Seria por causa do segundo bebê?

– Quer algo mais confortável do que isso? – Qhuinn perguntou.

Ela balançou a cabeça para se concentrar.

– Desculpe, mais confortável do que...?

– Essa camisola hospitalar.

Olhando para si mesma, viu que já não estava com suas roupas.

– Ah. Isso. Bem, para falar a verdade é meio frio aqui embaixo. Um dos meus roupões seria bom, mas não quero incomodar você.

– Incômodo algum. Vou levar as suas coisas de volta para o quarto e pegar uma camisola e um roupão, nesse meio tempo... Blay, quer lhe oferecer a sua veia?

Em resposta, o pulso do guerreiro apareceu diante dela.

– Tome tudo o que precisar.

Nesse instante, ela sentiu uma necessidade esmagadora de contar tudo para eles. Colocar tudo às claras. Acabar com o estresse do último ano, sem pensar nas repercussões.

Só queria se libertar daquele fardo terrível que pesava sobre seus ombros. Que a assustava.

Que a provocava. Sem dúvida isso aumentaria as chances de ela levar a gestação a termo, menos estresse era bom para fêmeas gestantes, certo? E agora havia duas vidas em risco além da sua.

– Layla?

Ela engoliu em seco. Ergueu o olhar para os dois parados ao lado da cama, preocupados. Não queria trair a única família que tinha. Além disso, talvez, se lhes contasse sobre Xcor, eles poderiam... tornar o complexo mais seguro. Ou transferir todos de lá. Ou...

Layla pigarreou e segurou as cobertas como se fossem uma barra de segurança antes de uma curva fechada.

– Escutem, eu preciso...

Quando ela não concluiu o pensamento, Qhuinn preencheu o vazio.

– Você precisa se alimentar. É isso o que você tem que fazer.

Como se suas presas estivessem ouvindo, desceram das gengivas e ela percebeu que, de fato, precisava de sangue.

E não, ela não deveria lhes contar. Ela só... Aquilo não seria bom. Não havia uma boa solução para ela. Eles a odiariam por colocar em perigo a si e à sua gestação e, mesmo assim, Xcor ainda saberia onde eles viviam, porque a Irmandade nunca abandonaria o complexo. Aquele era seu lar, e eles o defenderiam quando fosse atacado, assim que deixasse de ir se encontrar com ele.

Pessoas seriam mortas. Pessoas que ela amava.

Merda.

– Obrigada – disse rouca para Blay.

– Faço qualquer coisa por você – ele respondeu, afastando o cabelo dela do rosto.

Ela tentou morder com o maior cuidado, mas Blay sequer se retraiu. Pensando bem, quando ele e Qhuinn faziam amor, ele, sem dúvida, estava acostumado a mordidas muito mais fortes e profundas.

Bem quando ela começou a sugar da fonte conhecida, recebendo a nutrição que seu corpo necessitava e poderia obter somente como presente de um macho da sua espécie, Qhuinn foi para perto das roupas dela, que estavam numa cadeira no canto. Ao pegá-las nas mãos, franziu o cenho e abaixou o olhar. Depois mexeu nas dobras como se estivesse procurando alguma coisa.

Um momento depois, seu olhar despareado passou para ela, e seu corpo ficou rígido, imóvel.

Abaixando os olhos, fingiu se concentrar no que estava fazendo. Não fazia a mínima ideia do que ele encontrara, ou o motivo de olhá-la daquele jeito.

Mas, por causa do modo como estava vivendo, ela tinha muito a esconder.

– Quando é que você tem que ir?

Quando Trez fez essa pergunta, Selena se concentrou na tigela de mingau quente que ele acabara de lhe preparar. Como já passara do amanhecer, todos os *doggens* da casa estavam descansando em seus quartos; portanto, ela e Trez estavam sozinhos na enorme cozinha, sentados lado a lado à mesa de carvalho.

– Selena. A que horas é a sua consulta?

Ele devia ter ficado de boca fechada. Dois segundos antes, estiveram apreciando a deliciosa mistura da Quaker Oats, com seus afluentes de leite e campinas de açúcar mascavo, os dois desfrutando ainda os prazeres que partilharam no chuveiro, em paz, relaxados.

E agora?

Nem tanto, como dizem.

– Logo cedo.

Trez olhou para o celular.

– Ok, tudo bem. São quase oito horas. Então, mesmo quando terminarmos aqui, ainda podemos chegar mais ou menos na hora.

– Não quero ir. – Ela sentiu que ele a encarava. – Não quero. Não estou com muita pressa de voltar para lá.

– A doutora Jane disse que precisamos de novas chapas de raios-X das suas juntas para monitorarmos...

– Bem, não quero ir. – Levou à boca uma colherada que não tinha sabor de nada. Era apenas textura. – Lamento, mas estou bem agora. E não quero ir lá agora para ser cutucada e examinada de novo.

Sua reticência estava fundada no fato de que aquela era a parte boa, e de ela não saber quanto tempo duraria. Uma vez que nada poderia deter aquilo, por que tinham que se importar com...

– Significaria muito para mim se você procurasse a doutora Jane.

Ela levantou o olhar. Trez estava fitando as janelas atrás dela, apesar de as persianas estarem fechadas e não haver nada para ver nelas.

Seus olhos estavam atormentados. Como se ele soubesse que ela não iria para a clínica, e que não havia nada que pudesse fazer sobre isso.

– Sabe do que mais tenho medo? – Ela se ouviu dizer.

O rosto dele se virou para o dela.

– Do quê?

Ela mexeu no mingau. Provou mais uma colher e ainda estava um pouco quente.

– Tenho medo de ficar presa.

– Como assim?

– Não quero ficar presa aqui – disse isso com a voz entrecortada. Depois pôs a mão no peito, nos braços, nas coxas debaixo da mesa. – No meu corpo. Tenho medo dos episódios. Estou viva aqui dentro, sabe, trancada e... quando acontece, é difícil ouvir e enxergar, mas as coisas ainda são perceptíveis. Eu sabia que tinha ido atrás de mim. Isso fez toda a diferença. Enquanto esteve comigo, eu não estava... tão aprisionada.

Quando ele não disse nada, ela voltou a encará-lo. Trez estava, mais uma vez, olhando para as janelas que não revelavam nada do lado externo: se o dia estava nublado ou ensolarado, se estava chovendo ou se havia vento varrendo as folhas outonais ao longo da grama queimada.

– Trez? – ela o chamou.

– Desculpe. – Ele se recobrou. – Desculpe, eu me perdi aqui por um segundo.

Virou a cadeira, apoiando os pés embaixo do assento dela. Depois segurou a mão que não segurava a colher e a esticou em sua palma.

– Você tem as mãos mais lindas que já vi – murmurou.

Ela riu.

– Suspeito que você esteja sendo parcial, mas aceito seu elogio.

Ele franziu o cenho, as sobrancelhas se unindo.

– Acho que consigo imaginar... – Ele exalou longa e profundamente. – Não consigo pensar em nada mais assustador no mundo do que ficar trancado num lugar sem conseguir sair... e a prisão sendo o corpo? Isso é inconcebível. É de pirar a cabeça de qualquer um.

– Pois é.

Houve um período de silêncio no qual ele ficou diante da sua tigela que esfriava sem tocar na comida, e ela ficou mexendo no seu mingau, fazendo pequenos "Ss" com a ponta da colher.

A discussão que estavam tendo pairava no ar entre eles, o "por favor, vá, pelo seu próprio bem" dele contra o "não até ser absolutamente necessário" dela. Não havia um motivo real para pronunciar as palavras. Ela não cederia. E isso significava que a única alternativa dele seria colocá-la sobre os ombros e levá-la como um homem das cavernas até o Centro de Treinamento.

No fim, quando já não aguentava mais, Selena mudou de assunto.

– Às vezes fico pensando... – Deu de ombros. – Sabe, e se todos se enganam em relação à morte? E se não existir nenhum Fade, mas, em vez disso, você só fica preso no seu corpo para sempre, consciente, mas sem conseguir se mexer?

Beleza. E ela tentara melhorar o humor...

Bela. Tentativa.

– Bem, os corpos... – Ele pigarreou. – Bem, eles apodrecem.

– Hum, bem pensado.

– Apesar de que, se quer falar de pesadelos, para mim? Eu me preocupo com toda aquela história de apocalipse zumbi. – Pegou a colher e começou a comer, ainda segurando a mão livre dela. – Isso seria péssimo. Você morre e depois começa a vagar pelo mundo, empesteando todos os lugares numa espécie de dieta de Atkins que nunca, nunca termina.

Ela levantou a colher para detê-lo.

– Não, mas, espere um instante... Você estaria com fome, certo? E se encontrar pessoas para comer, então a vida é bem tranquila para um zumbi.

– Não se a parte de baixo do seu rosto cair. Sem mandíbula, como é que vai comer? Com isso, você passa fome e não pode fazer nada a respeito. Uma merda total.

– Canudos.

– O quê?

– Você só precisa de canudos.

– Tente passar um fêmur por um canudo.

– E um liquidificador. Canudos e um liquidificador. Tudo certo.

Ele pendeu a cabeça para trás e gargalhou tão alto que foi um milagre não ter acordado metade da mansão.

– Ai, meu Deus, isso é muito doentio. – Ele se inclinou e a beijou. – Doentio pra caralho.

De repente, ela também estava sorrindo com tanta vontade que suas bochechas doíam.

– Completamente doentio. É isso o que chamam de humor negro?

– É. Ainda mais se formos continuando a lógica. – Trez ficou sério. – Tudo bem. Você não vai.

– O quê? Virar zumbi? Isso é um alívio.

– Procurar a doutora Jane. Se não quer ir, não vou te obrigar.

Selena exalou fundo.

– Obrigada. Fico muito grata por isso.

– Não me agradeça. Não sou eu quem tem que decidir. É você. – Ele passou a colher pela lateral da tigela. – Acho que é importante você decidir toda e qualquer parte da sua vida, ainda mais sobre essa doença e como lidar com ela. Fico pensando que você deve achar que não tem muita escolha a respeito desse... destino... que se abateu sobre você, e isso torna todas as oportunidades de tomada de decisão importantes. – Olhou para ela. – Posso ter uma opinião, e fique bem certa de que vou te dizer qual é, mas a última coisa que quero é que sinta pressão da minha parte. Você já tem muito em cima de você. Não vou piorar a situação.

– Como sabia? Deus... É como se você soubesse exatamente o que estou pensando.

Ele deu de ombros e aquele olhar distante retornou. Depois cutucou a têmpora.

– Um bom palpite. – Voltou a se concentrar nela. – Então, a pergunta agora é: aonde quer ir?

– Como assim?

– Para onde quer ir? Se a clínica não está na sua lista... O que está?

Selena se recostou na cadeira. Agora era ela quem estava olhando para a janela.

– Gosto dos Grandes Campos de Rehvenge, é isso o que está perguntando?

– Seja mais audaciosa. Pense mais alto. Vamos lá, tem que haver algum lugar excitante. O Taj Mahal. Paris...

– Não podemos ir para Paris.

– Quem disse isso?

– *Ahhh*...

– Nunca conheci *Ahhh*, não me importo com o tamanho dele. E, se ele estiver atrapalhando? Mato o filho da puta.

– Você é tão adorável. – Selena se inclinou e o beijou na boca. Depois forçou o cérebro a expelir alguma coisa, qualquer coisa. – Que sorte a minha! Finalmente tenho passe livre... e não consigo pensar em n... Ah! Já sei!

– Pode me contar que eu faço acontecer.

– Quero ir ao Circle the World.

Trez também se recostou.

– O restaurante?

– Esse mesmo. – Ela limpou a boca com o guardanapo. – Quero ir ao Circle the World e jantar.

– Esse é aquele que fica girando, que fica no alto...

– Do prédio mais alto em Caldwell! Eu vi na TV uma vez em que estava com a Layla em seu quarto. Dá para sentar junto das janelas de vidro e ver toda a cidade enquanto janta. – Ela franziu o cenho quando ele pareceu engasgar... E não tinha levado uma colherada grande demais à boca. – Você está bem?

– Ah, sim, claro. – Trez assentiu e estufou o peito, mostrando-se todo macho para ela. – Acho que é uma grande ideia. Vamos pedir ao Fritz que faça a reserva para hoje à noite, tenho alguns contatos na cidade, então isso não deve ser problema. E eles servem o jantar até nove, dez horas da noite.

Selena começou a sorrir, visualizando-se numa das suas vestes de Escolhida, o cabelo adequadamente preso, o corpo normal... e Trez do lado oposto da mesa preta reluzente que eles mostraram na propaganda da TV, com os guardanapos imaculadamente brancos, os pratos quadrados, os talheres de prata brilhante sob os candelabros.

Perfeito.

Romântico.

Nada relacionado à doença.

– Estou *tão* animada – exclamou.

A colherada seguinte que levou à boca estava tão doce e cremosa, um absoluto e perfeito... Como os humanos chamavam aquilo? *Dez jejum?*

Não, aquilo não fazia sentido. Mas quem se importava?

– É um encontro, não é? – percebeu. – Que seja louvada a Virgem Escriba, eu tenho um encontro!

Trez riu, o som reverberando no peito largo.

– É melhor acreditar nisso. E vou te tratar como uma rainha. A *minha* rainha.

Ao recomeçarem a comer, ela pensou: uau, que tremenda paisagem emocional aquela, vales profundos de desespero, seguidos por belas vistas que eram tão puras e belas emocionalmente que ela se sentia honrada por vivenciá-las. Era quase como se sua vida, que fora comprimida a um período curto, tivesse sido enrolada, como um rolo de tecido, que poderia ter sido liso e sem nada de especial, mas agora ondulava com grande alarde.

Ela teria preferido o luxo dos séculos. Mas, naquele instante, naquela hora, sentia-se muito viva, profundamente viva. De uma forma que não poderia dizer já ter se sentido antes.

– Obrigada – disse de repente.

– Pelo quê?

Ela fitou o mingau, sentindo um calor subir ao rosto.

– Por hoje à noite. É a melhor noite que já tive.

– Ainda não chegamos a ela, minha rainha.

– Ainda assim, já é a melhor noite – ela o fitou bem fundo dos olhos negros – de toda a minha vida.

Capítulo 28

iAm despertou com o cheiro da sopa e, quando seu cérebro voltou a funcionar, não houve nenhum "isto é um sonho?". Embora tivesse desmaiado por causa de uma concussão, nenhum segundo do que lhe acontecera ali na cela do palácio da rainha lhe passara despercebido: lembrava-se da rápida troca de roupas diante do quase Abraham Lincoln, da aproximação dentro do Território, da pancada na cabeça seguida do seu breve despertar mais tarde.

A sopa, porém, era uma surpresa. Era algo que o remetia à infância, uma mistura de abóbora com creme, especiarias e arroz.

E também havia outro cheiro na cela. O mesmo que atingira seu nariz quando o sacerdote viera conferir sua marca.

Abrindo os olhos, ele...

Se retraiu.

Uma *maichen*, ou criada, estava ajoelhada diante dele, o corpo e a cabeça encobertos pelo azul-claro da sua posição social, o rosto coberto por uma máscara de malha que não mostrava absolutamente nada de seus olhos ou feições. Nas mãos, uma delicada bandeja de madeira com uma tigela, uma colher, uma garrafa e um copo, assim como um naco de pão partido.

Nenhum sacerdote. Não havia ninguém com eles ali.

Inspirou novamente, e percebeu que aquela fêmea deve ter entrado antes, com o funcionário da corte, sem que ele tivesse visto.

Empurrou o chão. E foi então que descobriu que estava nu.

Tanto faz. Não queria deixar a *maichen* embaraçada, mas, se ela não gostasse da vista, podia muito bem sair.

Não que ela estivesse olhando para ele. Sua cabeça estava abaixada em submissão, como fora treinada.

Pelo visto, s'Ex estava preparado para cuidar um pouco dele enquanto estivesse preso ali – ou pelo menos mantê-lo vivo, por enquanto. E, por um instante, se apiedou daquela pobre fêmea cuja posição social era tão baixa a ponto de ser mandada para lá, sozinha, diante de machos potencialmente perigosos sem qualquer consideração pela sua segurança ou seu sexo.

Pensando bem, segundo a hierarquia, ela não tinha, essencialmente, valor algum.

Era triste. Mas ele tinha outras coisas com que se preocupar.

Sem se preocupar com a *maichen* ou com o seu terno de recém-nascido, pôs-se de pé e foi para trás da tela, no canto oposto. Foi usar as instalações hidráulicas ali, recebendo mais um lembrete de que já não estava mais no Kansas.*

Ao se inclinar sobre a pia simples para lavar o rosto, só havia uma torneira para abrir, em vez de uma quente e outra fria.

Não porque ele fosse um prisioneiro: aquela questão de quente-frio foi uma das coisas a que teve que se acostumar longe do Território. Os humanos insistiam em testar uma mistura dos dois para chegar a uma temperatura perfeita. Enquanto ali no s'Hisbe? Todas as águas estavam sempre a 36 °C. Para beber, lavar ou escovar os dentes, ela era sempre constante, nem fria, nem quente.

Molhando o rosto, apanhou uma toalha preta pendurada num gancho e se secou. Macia. Tão macia. Nada como as humanas, e ele era apenas um prisioneiro.

Pendurando o pano úmido por força do hábito, saiu de trás da tela.

– Diga a s'Ex que quero vê-lo.

Costumeiramente, os prisioneiros não podiam fazer pedidos, mas ele pouco se importava. Também se recusava a falar no Antigo Idioma ou no dialeto dos Sombras. Por causa da predominância da cultura humana, o inglês era ensinado nas escolas dos Sombras, e era esperado que

* Referência a *O Mágico de Oz*, quando Dorothy diz: "Totó, tenho a sensação de que não estamos mais no Kansas". (N.T.)

mesmo os empregados possuíssem um domínio mesmo que rudimentar da língua.

– E não vou comer isso. – Indicou a bandeja. – Por isso, pode levar embora.

Só Deus sabia o que poderia haver naquela coisa, quer fosse uma droga ou veneno; ele tinha bastante certeza de que o seu tratamento não continuaria assim tão benigno. Provavelmente eles acabariam puxando-lhe as pernas e os braços a certa altura, ainda que só depois de notificarem Trez sobre sua captura.

Merda. Jamais deveria ter confiado...

A *maichen* depositou a bandeja no chão. Depois, esticou a mão, pegou a colher, mergulhou-a na sopa e a ergueu. Com a mão livre, suspendeu parte da máscara, apenas expondo a boca, e provou um pouco. Depois, repetiu o gesto com o pão e com a cidra de maçãs fermentadas que estava na garrafa.

Permitindo que a máscara voltasse a cobri-la, ela se acomodou sobre as solas das sandálias que cobriam seus pés.

Infelizmente, o gesto não mudou em nada suas suspeitas. *Maichens* ficavam tão abaixo na cadeia alimentar que mesmo a própria palavra recebia pouco respeito no início das frases. Caso ela acabasse envenenada ou comprometida de alguma maneira? Ninguém se importaria.

O seu estômago, entretanto, foi seriamente encorajado quando ela continuou a respirar.

Antes de conseguir se conter, adiantou-se na direção dela e da bandeja. A *maichen* não levantou o olhar, mas, pensando bem, ela tinha medo dele, e com bons motivos.

O cheiro do medo dela se misturava agradavelmente ao aroma da sopa.

Bem como a essência do corpo dela.

Inalando pelo nariz, ele sentiu outro choque em seu sistema, os músculos se contraindo... bem como seu pau.

O que não fazia sentido algum. Ali estava ele, com merda até o pescoço, e seu sexo decidia se mostrar interessado? Mesmo?

Não era de se admirar que chamassem aquilo de cabeça sem cérebro.

Pairando acima dela, pousou as mãos no quadril e procurou por sinais de que ela estivesse para cair no chão. Quando ela permaneceu ereta, ele esperou um pouco mais. Ela estava tremendo, mas tremia desde que ele ficara de pé.

iAm se ajoelhou no piso frio de mármore, espelhando a pose dela. Quase de imediato, seus joelhos protestaram – outro lembrete de quanto tempo passara longe do seu povo. Aquela forma de sentar era muito comum ali no Território.

Muito conveniente também, caso você estivesse de bunda de fora. Assim as suas coisas não ficavam todas à mostra.

Ele comeu rápido, mas sem fazer sujeira, o que foi bom. O seu cérebro precisava das calorias, e o corpo também pretendia escapar dali.

E esse era o plano.

– s'Ex – exigiu quando terminou. – Traga-o aqui.

Dito isso, empurrou a bandeja na direção da fêmea. Como era o costume, ela se inclinou para a frente em sinal de súplica, a testa coberta quase se enterrando na tigela vazia.

Ela apanhou a bandeja, endireitou o tronco e, com graciosidade, pôs-se de pé, sem derrubar, nem desequilibrar nada. Recuando dentro da cela, ela acionou a porta ao colocar a sola do pé contra uma seção da parede. Um instante depois, porque a saída era evidentemente monitorada, alguém abriu a porta remotamente – ou isso, ou a saída era autorizada, de alguma maneira, pelo pisar da sola do pé.

E ela se foi.

Quando o painel se fechou com um som de Jornada nas Estrelas, ele soube que de nada teria adiantado tentar subjugá-la para usá-la como instrumento de barganha. s'Ex e seus guardas estariam mais inclinados a negociar se fosse um cachorro.

Andando de um lado para o outro, visualizou o irmão ao lado de Selena enquanto ela estivera deitada na mesa da sala de exames, debaixo daquela luz forte, o corpo todo contorcido, uma expressão congelada no rosto.

Deus, ele nunca deveria ter feito aquilo. Pense numa situação que não se pode vencer: Trez haveria de querer ir até ali para resgatá-lo, mas deixar a sua fêmea iria matá-lo.

Nada como apagar o incêndio com gasolina. Junto com cinquenta quilos de dinamite.

Trez falara com absoluta franqueza no que se referia a Selena e à sua liberdade de escolha.

Enquanto caminhava pelos túneis subterrâneos, encaminhando-se para a clínica do Centro de Treinamento, ele tinha cem por cento de certeza de uma coisa – bem, duas, na verdade; mas o fato de amá-la era a coisa certa. A outra coisa que ele sabia com certeza era que Selena, e somente ela, iria decidir como lidariam com a sua situação, e se qualquer pessoa tentasse forçá-la de alguma forma? Ele chutaria seus traseiros de uma maneira que fosse acabar na manchete dos jornais.

Mas isso não significava que não procuraria a doutora Jane.

Para falar sobre a sua rainha.

Deus, esse apelido carinhoso para Selena era engraçado. Na hora em que saiu da sua boca, pegou. Como se o seu vocabulário tivesse se ligado a essa palavra assim como seu corpo tinha se vinculado ao dela.

Esfregando a palma no rosto, forçou os pés a continuarem andando, ainda que uma grande parte sua quisesse sair em disparada até a clínica. No entanto, não havia pressa, pelo menos no que se referia à sua fêmea. Selena estava no quarto dele, nua na banheira, relaxando o belo corpo na água quente e perfumada.

Ela não estava sem dor. Escondia bem a rigidez remanescente e seu desconforto, mas o que a denunciava eram as caretas sutis e a maneira espasmódica com que movia os braços e as mãos. Contudo, o banho e algumas aspirinas a ajudariam. E depois que ela tivesse tomado seu longo banho relaxante, iria se deitar na sua cama para descansar antes do "encontro" deles.

A alegria dela com a perspectiva de jantarem juntos era contagiosa. Ele, literalmente, se sentiu aquecer em seu esqueleto, como se a felicidade dela possuísse uma magia cinética que, através da vinculação deles, se amplificava dentro das carnes de Trez. Inferno, tudo o que ele tinha que fazer era pensar nela à mesa do café da manhã, sorrindo ante as tigelas de mingau, ou pensar no som da voz dela se animando com o que iriam fazer... e ele se sentia absolutamente em paz.

Nunca existiu nada assim para ele antes. Nem mesmo o amor e o comprometimento que sentia pelo irmão chegavam perto desse sentimento.

De uma maneira doentia, ele concluiu que a doença dela fora boa para ele e para Selena. Não conseguia imaginar como teriam se livrado de toda aquela merda entre eles com tanta eficiência e tão completamente sem...

Mas que mudança infernal, hã?

Ao chegar ao local de acesso ao Centro de Treinamento, digitou o código e depois passou pelo armário de suprimentos entrando no escritório de Tohr. O Irmão não estava atrás da mesa, o que era uma coisa boa, não uma surpresa. Deviam ser umas cinco da tarde, e Tohr, sem dúvida, devia estar acordando em sua cama de casal ao lado de Autumn, prestes a se preparar para a noite que se seguiria.

O que o surpreendera fora o fato de a doutora Jane se dispor a vê-lo àquela hora disparatada. Com os horários que ela vinha fazendo nos últimos tempos, em meio a ferimentos e doenças e o irmão de Qhuinn, parecia que ela, Ehlena e Manny vinham fazendo turnos ininterruptos.

O que ganhou seu imenso respeito.

Através da porta de vidro. Seguindo pelo corredor de concreto. Muitas portas à esquerda.

Abrindo a porta da sala de exames, ele...

– Puta que o pariu!

Saltando de volta para o corredor, escondeu o rosto na curva do braço, rezando para que o que acabara de ver não ficasse gravado permanentemente nas suas retinas.

Havia algumas coisas que você não precisaria saber a respeito das pessoas com quem você vivia, pouco importando o quanto as adorasse.

Uma fração de segundo mais tarde, V. abriu a porta e o som do zíper da calça de couro subindo foi bem alto.

– Ela vai recebê-lo agora – disse ele de modo prático.

Como se dois segundos antes ele não estivesse dando um trato em sua *shellan,* que estava sentada na mesa.

– Posso voltar mais tarde...

– Não, ela está pronta. Tudo ok com a Selena?

– Eu... hum... sim. Ela está se mexendo. Ela está... Bem, vou sair com ela hoje à noite.

V. pegou um cigarro.

– Sério? Aonde vão?

Enquanto ruminava tudo, Trez vinha meticulosamente evitando pensar no destino exato deles. A ideia de saírem era incrível, a comida seria maravilhosa... Só havia um problema que ele teria que suportar e dar um jeito de resolver.

– Aquele restaurante. – Ele apontou para o teto. – Você sabe, aquele no centro, que fica virando.

– Ah, sei. Lá em cima. – O Irmão expirou a fumaça. – Tremenda vista.

U-hum. Mais de cinquenta andares. Ele entrara no site só para ter certeza de quão ruim aquilo seria.

– Pois é. Uma vista e tanto.

– Avise se eu puder fazer alguma coisa. Para qualquer um de vocês.

V. lhe deu um tapa no ombro e começou a se afastar.

– Vishous.

O Irmão parou, mas não se virou. Sob a luz do teto, a coluna de fumaça do cigarro formou uma curva elegante no ar.

– Quanto tempo tenho com ela?

O Irmão virou a cabeça, fazendo com que seu poderoso perfil de cavanhaque cortasse parte da iluminação, as tatuagens na têmpora parecendo mais sinistras do que de costume.

– Quanto? – repetiu. – Sei que você viu.

Houve um sibilo sutil quando o Irmão tragou, a ponta do cigarro brilhando num laranja vivo.

– O que vejo nunca é específico. Lamento.

– Está mentindo.

A sobrancelha escura saltou.

– Vou perdoar esse golpe baixo. Uma vez apenas.

Dito isso, o macho voltou a andar, os ombros imensos se movimentando junto com o quadril, seu corpo de guerreiro não exatamente o tipo de coisa que qualquer um, mesmo alguém do tamanho de Trez e com suas habilidades de Sombra, se prontificasse a combater.

Ainda mais com aquela mão brilhante dele.

Mas não haveria nenhuma briga. Pelo menos não por causa daquele assunto.

Ambos sabiam que ele havia mentido.

V. era o Irmão com a inteligência, com as visões místicas, nascido diretamente do corpo da Virgem Escriba. Também era incapaz de enganar qualquer pessoa a respeito de qualquer assunto. Não era parte da sua natureza, aquele seu cérebro incrível era ocupado demais para se importar se ofendia alguém, ou se falava adequadamente, ou arranjar as coisas de modo a torná-las mais palatáveis para quem lhe perguntasse algo.

Portanto, quando se recusou a se virar? Quando só o que lhe mostrara fora o seu perfil?

Ele respondera à pergunta muito bem.

Vishous jamais, nunca magoaria, nem feriria intencionalmente um macho que respeitasse. Isso estava mais arraigado do que a coisa de não mentir. Sim, Trez ouvira dizer que as visões de V. sobre a morte não costumavam respeitar uma linha do tempo, mas, evidentemente, isso era diferente naquele caso.

Talvez porque o que tivesse visto se relacionasse menos com a Escolhida e mais com o que aconteceria com Trez depois.

Há duas fêmeas. E, nos dois casos, o seu tempo está acabando.

– ... Trez? – a doutora Jane o chamou, como se tivesse tentado lhe chamar a atenção antes. – Está pronto para falar comigo?

Não, ele pensou, enquanto V. desaparecia pelas portas de vidro do escritório. Não estava.

Capítulo 29

— Achou que ninguém saberia?

Quando *maichen* saiu da cela, ficou imobilizada. A voz atrás dela era tão grave, tão baixa que as palavras foram mais grunhidas que proferidas, e a última coisa que ela esperava.

Passadas, produzidas pelo dobro da sua altura e pelo triplo do seu peso, circundaram seu corpo, e através da malha que cobria seu rosto, ela ergueu o olhar, mais, mais e mais alto.

As feições de s'Ex também estavam encobertas, mas, no executor, uma cota de malha, e não os delicados fios de prata, que escondiam seus detalhes, ainda que não sua identidade.

O medo reverberou em seu peito, um golpe fundo que provocou o suor debaixo das suas axilas e entre os seios muito bem escondidos.

– Você o alimentou?

Quando ela não confirmou nem negou a declaração, o executor ergueu as mãos em sinal de frustração, contudo, tomando cuidado para não tocá-la, nem em nada que estivesse indiretamente ligado ao corpo dela, e isso incluía a bandeja, tudo sobre ela, assim como as vestes e até mesmo o grande quadrado de mármore sobre o qual seus pés estavam parados.

Era proibido para qualquer macho entrar em contato com ela, um crime punido com a morte, pelas mãos de s'Ex – o que significava que ele teria que cometer suicídio, concluiu ela.

– Conte-me – ele exigiu saber –, você o envenenou?

– Não! Já fazia mais de doze horas que ele não comia...

– Você normalmente se preocupa com os meus prisioneiros?

– Ele não é um prisioneiro normal. – Ela ergueu o queixo. – E você não tem cuidado dele como se deve.

– Há milhares de outros para cuidar desses detalhes.

– Não sou uma dos milhares que aqui vive?

Ele se inclinou para frente.

– *Não* entre mais ali.

maichen retirou a máscara tão rapidamente que ele não teve chance de desviar o olhar a tempo. Quando ele arfou ao virar de lado e esconder o rosto debaixo as dobras da manga, a voz dela combinou com a autoridade dele.

– Você não me dirá aonde posso ou não ir.

– Abaixe a máscara! – exclamou ele.

– Não. Não recebo ordens suas. – Ela afastou a manga do rosto dele a fim de que ele não tivesse nada a lhe encobrir os olhos. – Estamos entendidos?

O executor fechou os olhos com tanta força que todas as feições do seu rosto ficaram distorcidas.

– Você vai fazer com que nós dois sejamos mortos...

– Não há ninguém aqui. Agora, ordeno que me olhe nos olhos.

A virada de mesa foi tal que agora era ele o acovardado a se demorar a erguer as pálpebras, como se seu rosto não quisesse obedecer às ordens da sua mente.

Quando, por fim, olhou para ela, foi a primeira vez em sua vida que um macho olhava para seu rosto – e, por uma fração de segundo, o coração dela bateu tão rápido que ela ficou tonta. Mas a imagem daquele prisioneiro na cela superou seu incômodo.

– Ele – ela apontou o dedo na direção da porta da cela – não deve ser ferido de modo algum. Fui compreendida?

– Você não tem a autoridade para...

– Ele é inocente. É o irmão do Ungido, não é ele quem deve servir ao trono. Sei disso pela tatuagem...

– Olhou para o corpo dele! – Uma série de palavras explodiu da boca de s'Ex, palavras desconhecidas que soaram como "Mas que porra, meu Deus".

O que quer que aquilo significasse... Ela sabia apenas o inglês formal.

s'Ex se inclinou na direção dela e sussurrou:

– Preste atenção, fique fora disso. Você não sabe o que está acontecendo.

– Sei que é injusto responsabilizar um inocente por algo ao qual ele não esteja relacionado.

– Não vou perder a vida por sua causa. Estamos entendidos? E não vou mudar de curso apenas para agradar uma centelha moral que deseja favorecer por um instante.

– Sim, você irá. – Foi a vez de ela se inclinar e, apesar do seu tamanho, s'Ex recuou. – Conhece muito bem meu poder. Não se intrometerá nisso ou em qualquer outro desejo meu, e quando eu trouxer a próxima refeição, você e os seus machos me deixarão passar em paz. Não confio em você para alimentá-lo adequadamente, nem com segurança. E *não* revele a ele quem eu sou.

Dito isso, abaixou a malha sobre o rosto e se afastou.

– Qual o seu ganho? – perguntou s'Ex.

Ela parou. Olhou por sobre o ombro.

– O que isso significa?

– O que vai fazer? Vai mantê-lo aqui como seu ratinho de laboratório até o fim dos dias dele?

O que seria um ratinho de laboratório?

maichen estreitou os olhos debaixo da máscara.

– Isso não lhe diz respeito. A sua única preocupação é se algo acontecer com ele. E traga-lhe uma cama.

Pelo menos ele ficaria confortável até que ela descobrisse uma maneira segura de libertar o pobre macho.

maichen fez a curva e saiu de vista, antes de começar a tremer... antes de ter que se apoiar na parede para continuar de pé.

Fechando os olhos, só conseguia ver o macho aprisionado saindo de trás da tela, atrás da qual se banhara.

O corpo dele... era de tirar o fôlego, a figura nua capturando o seu olhar, seus pensamentos, sua respiração. Ombros largos, peito musculoso, tronco longo, ele parecia ter sido entalhado por um artista, em vez de nascido de uma mortal.

E também havia as outras partes do seu corpo. Que a fizeram corar com tanto ardor que ela se preocupou em ter a máscara derretendo diante do rosto.

Disse a si mesma que só o ajudaria, e isso era verdade. Era, sim.

Mas seria tolice desconsiderar a sua curiosidade ardente. Talvez até mesmo perigoso.

Estrelas do céu, o que ela estava fazendo?

Quando Trez saltou para a mesa de exames, a cabeça quase bateu no equipamento de iluminação, e quando ele se abaixou para abrir um pouco de espaço, a doutora Jane se aproximou.

– Deixe que eu afaste essas luzes.

Com esse pequeno problema resolvido, ele agarrou o colchonete fino debaixo do seu traseiro como se estivesse para começar a descida de uma montanha-russa.

E ele abominava montanhas-russas.

A doutora Jane aproximou uma cadeira de rodinhas e se sentou, juntando as duas metades do jaleco branco e unindo as mãos sobre os joelhos. Fitando-o, parecia preparada para esperar pelo tempo que fosse preciso para que ele ordenasse seus pensamentos.

Pigarreando, anunciou:

– Ela não vem para cá. Não quer ser cutucada enquanto está se sentindo bem.

– Entendo.

Ele esperou que ela dissesse mais, e lembrou de ser cortês com ela, visto que ela era a *shellan* de V.

Quando a boa médica não continuou, ele franziu a testa.

– Só isso?

– O que quer que eu diga? Que Manny e eu vamos obrigá-la a nos consultar? Não posso fazer isso; *não vou* fazer isso.

Quando não sentiu alívio algum ante a declaração dela, Trez de deu conta de que quisera que a médica forçasse Selena a ir até ali.

Quanta hipocrisia... Isso não era bem uma afirmação da sua declaração de liberdade de escolha, era?

– Como posso saber se ela vai passar bem a noite? – ele perguntou com franqueza.

– Sem ter um episódio da doença?

– Isso.

– Você não tem como saber. – A doutora Jane afastou o cabelo loiro para trás. – Mesmo se eu a examinasse agora, eu não saberia dizer quando será o próximo episódio. Não conheço essa doença, mas, pelo que descobri, esse é o problema. Não existe um estágio de pródromo.

– O que é isso?

– Você tem enxaquecas, correto? – Quando ele assentiu, ela apontou para os olhos. – E você percebe uma aura uns vinte ou trinta minutos antes que a dor chegue, certo? Bem, às vezes, quem sofre de enxaqueca sente um formigamento ou uma dormência nos braços e nas pernas; outros têm anomalias sensoriais, como sentir um cheiro inexistente no momento ou ouvir alguma coisa. Na doença de Selena, não há nenhum aviso de que a fase aguda vai acontecer. A imobilidade parece acontecer de repente.

– Você falou com aquele tolo do Havers?

– Na verdade, ele nunca ouviu falar dessa doença. O mais perto disso com que ele já lidou foram sintomas relacionados à artrite. – Ela balançou a cabeça. – Isso me faz pensar se existe um gene recessivo ali em algum lugar... Numa população isolada, como a delas, é de se esperar exatamente esse tipo de doença. – Deu de ombros. – Mas, voltando para Selena... eu gostaria de poder dizer o que vai acontecer, ou mesmo o que esperar. Mas não posso. Fiz um exame de sangue completo nela, e a contagem de leucócitos está ligeiramente elevada, assim como indicadores inflamatórios, mas, fora isso? Tudo normal. Só posso dizer que, se ela está andando e se mexendo, suas juntas estão funcionando bem, e são elas que nos dirão quando não estiverem mais.

Ele estalou os dedos, um a um.

– Não há nada que possamos fazer por ela?

– Nada que eu consiga pensar até agora. Um dos desafios é que não entendemos o mecanismo da doença. A minha suspeita é que depois que o crescimento ósseo é disparado por só Deus sabe o quê, o sistema imunológico dela ataca o material agressor, destruindo-o como se fosse um vírus ou uma infecção. E o mecanismo de defesa sabe quando parar, visto que o esqueleto original fica intacto em seguida. Muito provavelmente, existe algo inerentemente diferente no osso "crescido", mas não temos como ter certeza ao menos que façamos uma biópsia.

– Então, por que ela tem que... – Merda, toda vez que ele piscava, ele via Selena deitada naquela mesa, o corpo naquela contorção horrenda. – Por que ela não pode simplesmente continuar a combater isso e depois se recuperar?

– O meu palpite é que o sistema imunológico falha. Se pensar bem, acontecem repetidos eventos extraordinários a nível celular. Quando vi os primeiros raios-X, jamais imaginei que o corpo dela pudesse voltar daquilo para algum tipo de funcionalidade.

Ele se calou e fitou o piso de azulejos.

– Quero levá-la para sair hoje à noite. Num encontro, sabe? – Quando a médica ficou calada, ele levantou o olhar. – Não é uma boa ideia, é?

A doutora Jane cruzou os braços sobre o peito, e empurrou a cadeira para a frente e para trás sobre as pequenas rodinhas pretas, a versão sentada de andar de um lado para o outro.

Caralho. Ele deveria ter tido aquela conversa antes de sugerir uma excursão...

– Quer que eu seja franca? – ela perguntou.

Trez teve a imagem do perfil de Vishous delineado debaixo da luz do teto do corredor.

– Preciso saber em que pé estamos.

Mesmo que isso o matasse.

Jane demorou um ou dois minutos para responder, e ele deduziu que ela estivesse passando todos os possíveis cenários na cabeça.

– O caminho mais seguro seria ela não sair do complexo, eu fazer um check-up completo nela, incluindo biópsias múltiplas, uma ressonância, uma tomografia no mundo humano, nos consultarmos com médicos humanos através dos contatos de Manny. Em seguida, provavelmente começaríamos um tratamento agressivo com esteroides. Mesmo isso sendo apenas um palpite mais do que uma certeza, tenho que acreditar que o processo inflamatório tem alguma coisa com tudo isso. Poderíamos tentar outras drogas, talvez outros procedimentos, mas é complicado considerá-los pelo pouco que sei agora. – Esfregou o cabelo curto até ele ficar todo espetado. – Teríamos que agir rapidamente porque não sabemos quanto tempo temos, e tudo seria na base de tentativa e erro, o que resultaria, provavelmente, em mais tempo, não em uma cura. Porém, repito, isso tudo é mais um palpite e nada de concreto.

Ele fechou os olhos e tentou se imaginar dizendo para sua rainha que, em vez de irem ao restaurante que ela tanto queria, iriam...

– Mas não é isso o que eu faria se fosse ela.

Trez escancarou as pálpebras e encarou a médica.

– Então, existe outro caminho.

Ela deu de ombros.

– Sabe, no fim das contas, precisamos considerar qualidade de vida. Não sei quanto avançaríamos no tratamento e nem o quanto entenderíamos essa doença mesmo partindo com tudo para cima dela. Estou me baseando no fato de que ela é, pegando emprestado um termo de doenças infecciosas, nossa paciente "zero". Ninguém viu isso, apesar de uma minoria das irmãs dela terem sofrido dessa condição há gerações. Há uma série complexa de coisas acontecendo e eu... há muito o que tentar entender. Para quê? Quer arruinar o restante das noites dela...

– Noites? – ele exclamou. – Jesus Cristo. É só isso o que temos?

– Não sei. – Ela ergueu as mãos. – Ninguém sabe, e é essa a questão. Será que você... que *ela*... prefere passar o resto de vida que tem vivendo, ou simplesmente esperando para morrer? Eu te digo agora, se fosse uma escolha minha, eu escolheria a primeira alternativa. É por isso que não vou obrigá-la a descer aqui, nem vou tentar fazer com que ela se sinta mal porque não está com nenhuma pressa de se deitar na minha mesa de exames.

Trez soltou o ar que nem percebeu que estava prendendo.

– Rehvenge foi para o norte. Para as colônias. Para ver se existe alguma coisa na tradição *symphato* que possa ajudar.

– Eu sei, Ehlena me contou. Estamos esperando por alguma notícia.

Deu para perceber, pelo tom profissional na voz da fêmea, que ela não tinha muitas esperanças em relação a isso.

– O que acontece se Selena tiver... um episódio... enquanto estivermos jantando?

– Ligue para nós. Já mostrei o novo brinquedinho de Manny?

– Como assim?

Ela se pôs de pé e deu um tapinha no joelho dele.

– Venha comigo.

A doutora Jane o levou para fora da sala de exames, para o corredor, atravessando porta atrás de porta, desde salas de aula desocupadas até a porta de aço da garagem. Abrindo-a, ela indicou além dos batentes.

– Rufem os tambores!

Trez foi para o ar mais frio e úmido. A ambulância enorme brilhava como uma moeda, quadrada como um LEGO, e maior que o Hummer de Qhuinn. Maior até que as ambulâncias dos humanos que ele vira em Caldwell.

Era um maldito trailer.

– Isso é coisa séria – comentou.

– É mesmo. Uma das coisas com que Manny e eu vínhamos nos preocupando...

As portas de trás do veículo se abriram, e o médico humano, parceiro da doutora Jane, saiu de dentro.

– Pensei mesmo ter ouvido vozes. – O homem se mostrou sério assim que viu Trez. – E aí, cara, como estão as coisas?

Os dois se cumprimentaram e Trez indicou o veículo.

– Então conseguiu, é?

– Venha ver do lado de dentro.

Trez enfiou as mãos nos bolsos do jeans e deu a volta no carro. Através das portas duplas traseiras, ele viu... um corredor central amplo com duas macas, uma atrás da outra, cercadas por todo tipo de equipamentos médicos mantidos atrás de compartimentos de vidro, além de armários trancados que perfilavam as laterais, como prateleiras de livros, contendo esteroides.

– Parece uma minissala de cirurgia – murmurou Trez.

Manny assentiu ao voltar a sair.

– É essa a ideia. Queremos poder tratar ferimentos do campo de batalha potencialmente letais com rapidez. Às vezes, trazer os pacientes para cá ou levar para a clínica de Havers é arriscado demais.

O médico começou a abrir gavetas e armários, mostrando uma coleção de instrumentos estéreis e até mesmo um microscópio com um braço retrátil que podia se virar para os dois leitos.

Ele deu um tapinha no instrumento como se fosse seu bichinho de estimação.

– Este bebê aqui também é uma máquina de raio-X portátil, e temos tecnologia de ultrassom. Ah, e como bônus, o trailer é blindado.

– Essa foi a contribuição do meu marido – informou Jane.

– E V. também acrescentou um sistema de computador aqui dentro.

– Como ele mesmo diria, pode crer. – A médica relanceou para o colega. – Então, Trez vai levar Selena para jantar fora hoje.

– Ótima ideia. Para onde vão?

Trez fez um movimento circular com o indicador.

– Aquela coisa no céu. Que fica girando.

– Ah, sei, sei qual é – disse o cara. – No hospital nós o chamávamos "Central do Noivado", porque era lá que todos os médicos levavam as namoradas quando estavam prontos para pôr a aliança. Muito romântico.

– Pois é.

Trez ficou olhando para o volume da sala de operações móvel, tentando decidir se ficava aliviado ou deprimido com aquela coisa. Deduziu que a boa notícia era que as luzes piscantes no teto do veículo e o lendário pé de chumbo de Manny fariam com que chegassem ao centro em dez minutos. Ainda mais se não houvesse trânsito.

Mas e se não dispusessem de tempo suficiente? E se Selena precisasse...

– Trez? – o médico chamou.

Ele tentou se livrar do pânico iminente.

– Oi?

– Que tal se eu for com vocês? Não, não como motorista – ele explicou ao ver que Trez se retraía. – Estaciono atrás do prédio e fico esperando para o caso de você precisar da gente. Essa coisa tem insígnias falsas nas laterais, na frente e atrás, e toda a papelada adulterada. Ninguém vai me incomodar, e posso levar um Irmão comigo, para o caso de ter que apagar a memória de algum humano.

Trez piscou.

– Deus, não posso pedir que você faça...

– Não pediu. Fui eu quem ofereci.

Trez encarou a ambulância de tecnologia de ponta. Não conseguia acreditar que o cara estivesse preparado para...

– Trez? – disse Manny. – Ei, Trez, olhe para mim.

Trez voltou os olhos para o humano. Manny era bem corpulento para um não vampiro, com um corpo atlético que continuou mantendo depois de se vincular a Payne, irmã de V. Mas o mais forte nele? Sua confiança. Treinado no mundo humano, o antigo chefe do Departamento Cirúrgico do Hospital St. Francis, no centro da cidade, irradiava uma postura do tipo "do meu jeito ou de jeito nenhum" que significava que ele combinava com os Irmãos.

– Cuido de você – disse o cara com seriedade. – Cuido de vocês dois.

Manny ofereceu a palma e, por um instante, Trez só conseguiu piscar. Mas logo apertou a mão que o homem oferecia.

A voz de Trez se partiu.

– Não sei como posso retribuir.

– Apenas vá e aproveite a noite com a sua mulher. É só isso o que importa.

Quando a doutora Jane pousou uma mão em seu ombro, Trez se sentiu comovido ante tanto apoio. E esperançoso também, de que talvez Rehvenge conseguisse encontrar alguma coisa lá nas bandas dos *symphatos*.

Depois de agradecer aos dois uma vez mais, voltou para o Centro de Treinamento, a médica ficando para trás com o colega, como se soubesse que ele precisava de um minuto para se recompor.

Deus, sua cabeça estava girando.

E o engraçado era que não sentiu vontade de beber para afastar a angústia. Nem um pouco. Tampouco sentiu necessidade de sair e foder uma centena de humanas aleatórias. Não teve a mínima vontade de falar com Big Rob e Silent Tom para ver como estavam as coisas nas boates, ou investigar as drogas que encontraram com aquele *redutor*. Nem mesmo de subir até o terceiro andar da mansão, acordar iAm e colocá-lo a par da situação.

Estava curiosamente oco. E isso o assustou.

Aquela noite deveria ser especial para sua rainha.

Tinha que ser.

Capítulo 30

Eram cerca de seis da tarde quando Selena saiu do chuveiro no banheiro de Trez. Dormira como um bebê o dia inteiro, ciente apenas das indas e vindas ocasionais de Trez para ver como ela estava. Como resultado, sentia-se melhor do que quando...

Santa Virgem Escriba, ela não sabia há quanto tempo não se sentia assim.

Enxugando-se com uma toalha, enrolou o cabelo e vestiu o roupão preto de Trez. O peso volumoso apequenou seu corpo, arrastando-se pelo chão, o cinto tão comprido que quase emaranhava em seus pés. Mas era gostoso estar envolvida pela peça, sentir o perfume dele ao seu redor tal qual um abraço, o tecido aquecendo-a.

De cima da pia de cuba dupla, ela pegou uma toalha e enxugou a condensação formada no espelho. Sob as luzes, sua pele reluzia, o resplendor no rosto e um rubor na boca, tudo resultado do sexo que partilharam.

E haveria mais à noite. Sabia disso porque toda vez que Trez entrara no quarto, aquela fragrância picante dele fora uma promessa do que estava por vir.

Tirando a toalha da cabeça, deixou o cabelo escuro solto, as mechas molhadas caindo pelas costas. Fez o melhor que pôde para tirar o excesso de umidade em todo o comprimento, esfregando a toalha em tudo que alcançava sem se esforçar demais. Então pegaria o secador, só que...

Não havia secador.

Olhando ao redor, procurou no armário debaixo da pia, mas só encontrou um estoque de papel higiênico, sabonete, shampoo e condicionador. Lâminas de barbear. Toalhas de rosto e de banho. Indo para um armário na parede, encontrou... mais toalhas. Com uma fragrância marcante e macia como pães recém-assados, mas que não lhe serviriam no momento.

Secar completamente era o seu objetivo. Um pouco úmido era a segunda opção.

Ok, estava em apuros. Os dois sairiam às 19h30, e seu cabelo, sem ajuda alguma, levava umas 800 horas para secar...

Uma batida à porta fez com que levantasse a cabeça.

– Olá?

– Isso é um "pode entrar"? – uma voz feminina perguntou do corredor.

– Sim? Claro? – Apertando o roupão de Trez, foi para o quarto e... parou quando a porta se abriu. – Ah... Olá... Hum...

Beth, a rainha, entrou no quarto de Trez. E com ela estavam Marissa... Autumn, Mary... Ehlena e Cormia. Bella. Payne. E também Xhex, que com seu cabelo curto e calças de couro parecia deslocada do grupo.

Ou talvez por causa da sua postura desconcertada, como se não soubesse o que estava fazendo ali com as outras.

– Precisam de alguma coisa? – perguntou à rainha e às outras.

Mesmo tendo ciência de apenas Layla e Cormia terem ido vê-la, seria um palpite seguro imaginar que todos na casa sabiam das suas dificuldades – e ela desejou muito, muito mesmo que as fêmeas não tivessem vindo lhe oferecer condolências antes da sua morte de fato.

Felizmente Beth sorriu, em vez de sair correndo para pegar lenços de papel.

– Precisamos que você nos deixe dar um *up* em você.

Selena levantou as sobrancelhas e olhou para baixo.

– Como assim? Estou *down* e não estou sabendo?

– Bem, é que ouvimos uns boatos...

Marissa falou:

– Na verdade foi o meu *hellren* quem me contou. E ele ficou sabendo por Vishous.

– Que você vai ter um encontro – terminou Beth. – E pensamos que talvez gostasse de receber um embelezamento.

Cormia ergueu as mãos.

– Não que você já não seja bela o suficiente.

Nesse ponto, houve vários "ah, não, linda mesmo" e "só se você quiser". Selena só conseguiu levar as mãos às bochechas.

– Eu ia colocar um dos meus mantos e prender o cabelo como de costume.

– Tédio – disse Xhex. Quando todas as meninas olharam para ela, ela levantou as mãos. – Eu disse que não era boa nisso! Deus, por que me fizeram subir?

Beth se virou.

– Selena, você sempre teve uma linda aparência, mas temos algumas roupas contemporâneas que gostaríamos que você considerasse, algumas talvez um pouco mais...

– Você não vai mais ficar parecida com uma cortina – Xhex revirou os olhos. – Eu sei, eu sei, vou calar a boca agora. Mas é a verdade.

– Pareço uma cortina? – perguntou Selena, relanceando para o tecido que cobria as janelas, que tinham acabado de se abrir. – É tão ruim assim?

Beth se adiantou e lhe segurou as mãos, apertando-as de leve.

– Confia em nós?

– Claro, minha rainha, é só que... Eu não sei... Não consigo encontrar o secador de cabelo e...

Marissa se adiantou com uma sacola de lona cheia de... todo tipo de cosméticos e coisas relacionadas a cabelos.

– Não se preocupe, tenho tudo aqui!

E foi assim que Selena acabou sentada num banquinho no meio do banheiro de Trez com um punhado de fêmeas circundando-a com secadores de cabelo, escovas, uma coisa chamada mousse e modeladores.

No meio do processo, seus olhos se encheram de lágrimas.

– Ah... estou perto demais – disse Autumn por sobre o ruído dos secadores.

Selena levantou uma mão, tentando disfarçar as lágrimas. Aquela gentileza foi tão inesperada; ela literalmente sentia como se toda a casa estivesse apoiando-a e a seu macho.

Xhex, a durona, foi quem lhe entregou uma caixa de lenços de papel. E quando a mão de Selena tremeu tanto a ponto de deixá-la cair, foi Xhex quem resolveu o assunto, tirando uma folha do quadrado branco e macio e enxugando o que vazava dos seus olhos.

Selena mirou aquele olhar de aço e disse "obrigada" apenas mexendo os lábios.

Xhex apenas assentiu e continuou enxugando disfarçadamente, seu toque gentil em contraste com o rosto determinado, a roupagem masculina e a arma que trazia no coldre na cintura, apesar de estarem todas seguras dentro do complexo.

Selena não pensava em nada, apenas sentia emoções fortes demais para manter dentro do peito.

Quando os secadores finalmente silenciaram, ela sabia que chegara a hora de se recompor. Todo aquele som e confusão enquanto seu cabelo estava sendo secado lhe oferecera algo para se esconder, mesmo quando todas as viram chorar.

– Seu cabelo é lindo – disse Cormia, passando os dedos pelas mechas. – Acho que você deveria deixá-lo solto...

– Obrigada a todas – disse Selena. – Obrigada por tudo isto.

Beth se ajoelhou diante dela.

– É um prazer para nós.

E uma mão se apoiou no ombro de Selena. Outra no braço. Mais nas costas. E Xhex estava bem ao seu lado com a caixinha de lenços.

Selena se viu no espelho. Circundada pelas fêmeas da casa, nenhuma delas sentindo pena; ela ficou muito grata por isso. Pelo contrário: estavam ao seu lado, fazendo o que podiam para mostrar que ela era importante.

E, por algum motivo, isso lhe pareceu indescritivelmente importante.

Provavelmente porque percebeu, pela primeira vez, que seria lembrada por todas aquelas pessoas depois que partisse... E ter sua morte lamentada por pessoas tão boas era o melhor legado que alguém podia deixar.

– Solto? – Ouviu-se dizer. – Mesmo? Acham que devia deixar o cabelo solto?

– Permita-me apresentar meu amiguinho. – E Marissa mostrou uma varinha prateada que se ligava à tomada da parede por um fio preto. – E agora a guerra vai começar.

Selena teve que rir. Olhando para Xhex, perguntou:

– Você já...

– Se usei um desses? – A fêmea puxou o cabelo curto. – Até parece. Mas acho que você deve fazer o que elas estão dizendo. Você está olhando para o melhor da espécie no que se refere a ficar sexy.

– Então eu me rendo. – Selena viu que se alegrava com a ideia da transformação. – Façam o que quiserem comigo.

Beth deu um amplo sorriso.

– Acha que isso vai ser bom? Espere até ver o vestido.

– Desculpe. Eu tentei.

Enquanto Rehvenge se desculpava por algo que não era sua culpa, e não era nenhuma surpresa, Trez meneava a cabeça. Os dois estavam parados no átrio na entrada da mansão, os pés plantados no mosaico de uma grande macieira em flor.

Apoiou a mão no ombro coberto por peles do macho.

– Sério, Rehv. Obrigado por tentar.

Rehv apoiou a bengala vermelha no chão e começou a andar por ali.

– Procurei em todos os registros. Perguntei para as pessoas...

– Rehv, escute, agradeço por você ter ido para a colônia. Mas, de verdade, não esperei que encontrasse alguma resposta mágica. – Deus bem sabia que ele já estava acostumado a más notícias àquela altura. – Portanto, não fique se martirizando com isso.

Aquele casaco de marta de corpo inteiro esvoaçava atrás do macho, que continuava andando de um lado para outro. No fim, ele acabou parando.

– Lembra-se da noite em que nos conhecemos?

– Como eu poderia esquecer?

– Sempre achei que aquilo era pra acontecer. – O macho fitou os sapatos de pele de avestruz. – Não desejo... isto para você. Ainda mais se pensarmos no que mais o aguarda.

Rehv era um dos poucos que sabia que ele era o Ungido no s'Hisbe.

Deus, Trez pensou. Aquela confusão lá no Território nem vinha passando pela sua cabeça. Selena era a causa de ele ter esquecido suas preocupações, não apenas apagando tudo, mas removendo completamente, como numa *tabula rasa*.

– Vou ficar junto a Selena neste momento – ele se ouviu dizer. – Não vou a parte alguma enquanto ela... Bem, você sabe.

– O que precisar, pode contar comigo. – Rehv se aproximou. – Eu só...

Era perturbador ver um macho tão poderoso, conhecido por sua arrogância, parecer tão abatido.

Trez tinha que pôr um fim em toda aquela compaixão, ou isso o derrubaria.

– Olha só, você não precisa dizer mais nada. De verdade, prefiro que não diga. Não por nada, mas preciso ficar concentrado neste momento; Selena vai descer a qualquer instante, e eu não posso ficar com a cabeça cheia esta noite.

– Entendido. Mas eu ia te abraçar.

– Por favor, não... Ah, não, cara, para com isso...

Ao ser envolvido pela pele de marta, ele ficou rijo, e se sentiu um idiota. Droga, o cara só estava sendo genuíno, mas, caramba, só o que Trez queria era correr para a sala de bilhar. Talvez golpear a própria cabeça com um taco.

Até que a maldita coisa se partisse.

A cabeça, não o taco.

– Uau, essa coisa é macia mesmo – disse, afagando o casaco.

Rehv recuou um passo.

– Vou lá pra cima num dos quartos de hóspede. Estou acabado e Ehlena ficou o dia inteiro com Luchas. Acho que vamos dormir a noite inteira.

– Parece o paraíso pra mim.

Momento. Desconcertante.

– Você tem que parar de ficar olhando desse jeito pra mim. – Trez esfregou o rosto. – Ela ainda não morreu.

– Eu sei, eu sei. Desculpe. Vou deixá-lo em paz.

Rehv deu-lhe um tapa nas costas e subiu a escadaria com a ajuda da bengala. Enquanto Trez ficava onde estava, entendeu o motivo de não ter ido atrás do irmão para conversar sobre o que estava acontecendo. Normalmente, ele e iAm já teriam se falado umas oito vezes, e ainda eram sete da noite.

Mas se ele já ficara emocionado com Rehv se mostrando um cara legal. Trez não conseguiria lidar com a merda toda com seu irmão gêmeo naquele instante. Mal estava se controlando... Olhar nos olhos de iAm?

Achava que não conseguiria se levantar dos escombros.

Às vezes, a realidade era pesada demais...

Ah, foda-se... Estava mesmo citando um mantra de elevador agora?

Andando, andando, andando. Ele e Selena tinham combinado de sair às 19h30, e ele havia planejado ajudá-la a descer para o carro. No entanto, isso não aconteceria: cerca de uma hora atrás, subira até o terceiro andar para ver como ela estava, mas Xhex barrara sua entrada, informando que ele não era bem-vindo em seu próprio quarto. Em seguida, a guerreira lhe jogara um dos seus ternos pretos, junto com uma camisa social preta, sapatos sociais pretos e meias de seda, além do seu relógio Audermars Piguet preto com mostrador preto.

E bateu a porta na sua cara.

Fêmeas. Por favor.

Mas ele trocara de roupa. Como um bom garoto. E descera para esperá-la.

Enquanto a figura de Rehv desaparecia no andar superior, Trez pegou o celular para verificar suas mensagens. Esperava encontrar algo da parte de iAm, mas, coisa típica do irmão, o cara sabia quando ele precisava de espaço, e era isso o que estava lhe dando.

Mandou uma mensagem rápida para ele, dizendo que sairia com Selena e que se falariam mais tarde quando voltassem. Depois mandou outra mensagem para Rob e Silent Tom, informando que tudo relacionado às boates teria que ser reportado a Xhex, desde que ela conseguisse se liberar daquela transformação extrema que devia estar acontecendo no seu quarto. Estava para guardar o aparelho quando viu que não lera uma mensagem.

De Rhage.

O Irmão havia escrito e...

– Ei, pronto pra sair? Onde está sua fêmea?

Falando no Hollywood... Ele veio descendo as escadas trotando, armas balançando como sinos natalinos nos vários coldres que ele ainda tinha que prender ao corpo.

– Acabei de ver sua mensagem – disse Trez. – Desculpe não ter respondido.

– Você já tem merda demais na cabeça. Deixa pra lá.

Os dois bateram as palmas. Se aproximaram. Bateram os ombros. Recuaram.

– Olha só. – Rhage deu a volta nele. – Tá bonito...

Trez puxou as duas mangas.

– Não posso fazer a fêmea passar vergonha.

– Desse jeito, ela vai ter sorte de estar ao seu lado. – Rhage parou diante dele. – Viu, é isso o que eu digo para minha Mary. Ela quer colocar cor no meu guarda-roupa... Esse tem sido um problema... Sei lá, acho que já faz uns dois anos...

Enquanto o Irmão estremecia como se sua *shellan* tivesse sugerido que ele vestisse lingerie por baixo das calças de couro, Trez começou a rir.

– Você está mais para o preto, Hollywood? – perguntou.

– Ela quer que combine com os meus olhos. – Rhage apontou para os inacreditáveis olhos azuis neon. – Francamente. Acho que já tenho bastante água marinha em mim com estes dois. Pra que ser redundante?

– Então, quanta cor tem no seu armário?

– Não quero falar sobre isso. É deprimente demais...

Lassiter botou a cabeça para fora da sala de bilhar.

– Ei, garoto-dragão, Project Runway está passando, se quiser assistir. Talvez para pegar umas dicas de moda pra você...

O olhar de Rhage se estreitou, mas ele se recusou a olhar para o anjo.

– Não tem nenhuma maratona de *Uma Galera do Barulho* pra você assistir?

– Não odeie o Zack. Ele parece a porra do seu irmão, belezinha – Lassiter se aproximou, o dourado nele criando uma aura ao redor do cabelo preto e branco. Ou talvez fosse mesmo sua aura. – Então, aonde vocês vão? Para sua boate, Sombra?

– Não.

– Para um baile de embalsamadores, então? Com todo esse preto, é como se vocês fossem partir para as artes funerárias...

Rhage se moveu com tanta rapidez que foi impossível acompanhá-lo. Num momento, ele estava cerrando os dentes ao lado de Trez; no seguinte, ele estava cara a cara com o anjo, a mão travada no pescoço de Lassiter.

Palavras foram ditas baixinho, Trez não as ouviu, mas, no momento seguinte, o rosto e a postura sabichonas do anjo sumiram.

Rhage o soltou e se afastou.

– Bem, aconteceu – murmurou ao voltar e começar a prender os coldres. – Melhor dizer tudo de uma vez. Vou acompanhar Manny hoje à noite.

– Ah, é? – Trez inspirou fundo. – Bem, obrigado por...

– Mas só porque ele me prometeu um bifão.

Trez ergueu uma sobrancelha.

– O que disse?

– Um bifão. De vaca, sabe? O paraíso num prato. Você já deve ter experimentado.

– Sim, conheço bem. Mas você vem ajudar pelo...

– Consumo de carne. É por isso que eu vou.

Houve uma pausa inquietante, durante a qual Rhage apenas o encarou, como que declarando que não entraria na zona emotiva.

E, Jesus, aquilo deve ter sido a coisa mais útil que o Irmão podia ter feito. Era como se tivesse lançado uma corda salva-vidas para fora da porra da zona emotiva, e Trez a agarrou.

– Bife, é? Vai pedir para entregarem comida do Circle the World?

Rhage se retraiu como se tivesse levado um tapa.

– Muito bem, parece que você não sabe, o que é um lapso chocante na sua educação formal, mas a melhor casa de carnes em Caldie, o 518, fica do outro lado da rua do arranha-céu onde fica o seu restaurante. O meu plano? Enquanto você e a sua garota estão lá em cima, animadinhos, girando em círculos, eu vou estar lá embaixo comendo, sei lá, um filé mignon, um rosbife, um hambúrguer de Kobe, um contrafilé suculento.

– Parece tudo muito bom. Qual vai escolher? Já decidiu?

Rhage franziu o cenho.

– Todos. Com purê de batata de acompanhamento. Veja bem, você tem que acertar a proporção do purê com a carne. Isso faz toda a diferença. Ah, e pãezinhos. Vou pedir umas três cestas.

Trez levantou o indicador.

– Sabe o que você precisa? Uma refeição no Sal's. Você tem que ir comer no restaurante do meu irmão.

– Italiano?

– É. O melhor da cidade...

– Cacete, por que é que eu ainda não...

– Santa... Mãe fodida do céu...

Ante a imprecação de Lassiter, Trez e Rhage olharam para o anjo. O pé no saco não olhava para eles, no entanto, seus olhos estranhamente coloridos se concentravam em algo no alto, como se a Segunda Aparição tivesse chegado ao topo das escadas.

Nesse instante, uma fragrância reveladora atingiu as narinas de Trez, invadindo seu sangue, o impacto fazendo sua cabeça e corpo girarem...

E ele acabou deixando de lado todos os pensamentos. A respiração. E também a sua alma por completo.

Selena estava no alto dos degraus acarpetados de vermelho, a mão adorável apoiada na balaustrada dourada, o corpo empertigado, como se não estivesse muito certa quanto aos sapatos, ou o vestido, ou mesmo em relação aos cabelos.

Não havia absolutamente nada com que se preocupar.

A menos que ela tivesse algum problema em ser uma bomba H.

O cabelo escuro longo descia em ondas pelos ombros, caindo por trás da lombar. Enrolado das pontas até a raiz, era a mais absoluta glória feminina, tão irresistível em seu comprimento, seu brilho, que ele teve que cerrar os punhos e soltá-los porque desejou tocar neles, cheirá-los, afagá-los. Mas isso não era nem metade. O rosto dela era a única coisa que poderia, possivelmente, fazer com que os cabelos ficassem com vergonha, a pele radiante, os olhos reluzentes, os lábios cheios pintados de vermelho.

E depois também havia aquele vestido.

Preto. Corte simples. Com um corpete baixo e uma saia que terminava ao norte do meio das coxas.

Bem ao norte. Do meio das coxas.

Selena esticou um pé, delicadamente revestido por um sapato de salto alto, preso no tornozelo e na panturrilha perfeitamente curvada que fez com que ele cerrasse os dentes.

Teve que engolir em seco quando ela começou a descer lentamente, cada passo que ela dava deixando-a mais perto do seu toque, do seu beijo... de poder tomá-la para si.

Cara, aquele vestido era de arrasar, apenas uma faixa de tecido seguindo o contorno do quadril, dos seios, preso de um lado bem na cintura e também em um dos ombros. Ela não estava usando nenhuma joia, mas por que usaria? Não existia nenhum diamante, nenhuma esmeralda, nenhum rubi nem safira que se aproximasse da sua perfeição devastadora.

Ao chegar ao pé da escada ela hesitou, olhando para a esquerda, depois para a direita, provavelmente para Lassiter e para Rhage... Eles ainda estavam ali no átrio com ele? E quem sabia? Quem se importava com isso?

Selena alisou a... O que era aquilo, seda? Lã? Tafetá?

Papel alumínio? Sacola de papel?

Ela levantou a mão e afastou o cabelo. Depois fez uma careta.

– Você não gostou, não é? Posso mudar de roupa. Eu ia usar...

Algo bateu na lateral do corpo dele.

– ... minhas vestes tradicionais. Mas as meninas pensaram... – Ela olhou por sobre o ombro onde as fêmeas estavam no topo da escada. – Posso ir me trocar.

Lassiter praguejou.

– Porra. Não. Nem pense nisso. Você está...

O lábio superior de Trez se curvou revelando as presas estendidas. E ele fechou o maxilar num estalo, na direção do anjo caído, como um pastor alemão. Ou talvez um tubarão testando a mandíbula antes de abocanhar sua presa.

Lassiter levantou as mãos.

– Tudo bem, cara, eu ia dizer que ela está de dar dó. Parece um juiz de futebol. Uma imitação da Martha Stewart. Quer que eu continue? Posso mencionar os personagens da Disney. Tem tantos deles...

O cutucão nas costelas se repetiu. Depois Rhage se inclinou em sua direção.

– Trez – o Irmão sibilou. – Você tem que dizer alguma coisa aqui, porra.

Trez pigarreou.

– Eu... eu... eu...

Teve uma leve impressão de ter visto as fêmeas no segundo andar erguendo as palmas e batendo-as umas nas outras, comemorando. Mas sua rainha continuava preocupada.

Ok, precisava se recompor antes que o cotovelo de Rhage o atingisse no fígado de novo, e Selena voltasse correndo para o quarto.

– Você está... Eu estou...

Afrouxou o colarinho da camisa, mesmo ele estando desabotoado.

– Gostou? – ela perguntou.

Ele só conseguiu assentir. Já não passava de hormônios dentro de um terno.

– Mesmo?

Mais acenos de concordância.

– Uh-hum. *Mesmo.*

Selena começou a sorrir. Depois relanceou para as fêmeas, que estavam pulando e fazendo sinais de positivo com o polegar.

A rainha de Trez se voltou para ele. Aproximou-se. Segurou as suas mãos e se esticou para lhe sussurrar ao ouvido:

– A única coisa que não me deram foi uma calcinha.

Nua.

Ela estava *nua* debaixo daquilo tudo.

Capítulo 31

Nada de dormir.

Paradise não conseguira, de jeito nenhum, dormir naquela linda casa. A princípio porque estava tão animada para conhecer a casa que passara por todas as salas, quartos e banheiros, maravilhando-se com as peças de arte, a mobília, a decoração – duas vezes. Depois teve que decidir em qual quarto ficaria no subterrâneo (acabara escolhendo o da esquerda) e desfazer as malas e arrumar tudo.

Sua adorada *doggen*, Vuchie, começara a montar um catre para si no corredorzinho de paredes de pedra entre as duas suítes subterrâneas, mas Paradise insistira que a criada ficasse do outro lado do corredor, acomodando-se no outro quarto. Isso levara a uma série de protestos, nos quais a criada, numa encruzilhada entre acatar uma ordem direta e seu desconforto por se acomodar em meio a tanto luxo, quase teve um ataque de nervos.

No fim, porém, como de costume, os desejos de Paradise foram atendidos.

Depois disso, ela se retirara para o "seu" quarto, trocara de roupa e tivera a grata surpresa de ver que o wi-fi não exigia uma senha. Esticando-se sobre a colcha, entrou nas suas contas de Twitter e Facebook, leu alguns blogs e os jornais *New York Post* e *Daily News* – continuando a ignorar as mensagens de Peyton. Quando as pálpebras por fim começaram a pesar, ela puxou metade das cobertas, sendo que a blusa de moletom do time de basquete de Syracuse e suas calças de ginástica cumpririam muito bem as vezes de pijama, como em tantos outros dias.

E, foi aí que a parte do "sem sono" teve início.

Mesmo com os olhos fechados, a mente zunia com o que o pai lhe dissera que ela estaria fazendo quando a noite caísse para ajudá-lo com o Rei.

E também havia o fato de que aquele primo distante estava sozinho com seu pai na casa deles. E se ele o ferisse?

Então era isso, pensou ao se colocar diante do espelho do banheiro. Nada de fechar os olhos... Mesmo quando seus olhos estivessem fechados.

A boa notícia era que a espera chegava ao fim. O pai lhe enviara uma mensagem de texto informando que estimava sua chegada para dali a quinze minutos – portanto, evidentemente, passara bem o dia.

Engraçado, ficou surpresa ao constatar o quanto precisava vê-lo. Depois de tantos anos rezando por um pouco de liberdade, descobrira que a experiência de fato estava marcada por muitas saudades de casa.

– Mas agora tenho trabalho a fazer.

Virando de lado, ajeitou o blazer azul-marinho. Puxou a camisa branca. Mexeu no colar de pérolas.

Ao recuar um passo, decidiu que estava parecida com uma das aeromoças da PanAm dos anos 1960. Como as do filme *Prenda-me se for Capaz.*

– Ah, deixa disso. – Puxou o laço que prendia o cabelo e afofou as mechas. – Ah, isso, assim está bem melhor.

Ah, bom.

O cabelo solto não melhorou muito a situação, mas ela já estava sem tempo e, mais exatamente, quem estava tentando impressionar?

Ok, pergunta descabida se você está para começar no seu primeiro emprego, não só para o seu pai, mas também para o rei de toda a sua Raça, e sua guarda pessoal de assassinos implacáveis.

Isso bastava para ela começar a rezar para a Virgem Escriba.

Saindo do quarto...

– Por favor, senhorita, permita-me que eu prepare seu desjejum.

Vuchie estava parada do lado de fora do quarto, vestindo seu eterno uniforme cinza e branco, o peso passando da frente para trás sobre os sapatos de crepe. A *doggen* tinha cabelos castanhos, olhos castanhos e pele branca como o pão de trigo, mas era adorável do seu jeito – e só devia ter uns cinquenta anos a mais que Paradise. As duas se conheciam desde sempre, pelo que Parry se lembrava – era assim com muitas filhas de pais aristocráticos. As duas foram pareadas na esperança de que um relacionamento duradouro entre patroa e criada fosse formado. Em muitos casos, a criada era o que de mais importante era levado para a casa nova após uma fêmea se casar com um macho da mesma estirpe.

Era o seu vínculo com o passado. Sua sanidade. E, muitas vezes, a única pessoa na qual você podia confiar.

Puxa, ela preferia muito mais essa atual realocação – ocorrida por causa de um trabalho e não devido a um *hellren* muito bem-educado.

– Estou bem, Vuchie – ela tentou sorrir. – Você está com fome?

– Senhorita, mas também não se alimentou na Última Refeição.

Parry não tinha intenção alguma de lhe dizer a verdade: se ela comesse uma migalha sequer, acabaria ficando um desastre, pondo um fim ao seu estilo de aeromoça. Essa franqueza só resultaria em mais uma contenda que provavelmente acabaria com Vuchie ligando para o seu pai em busca de reforços para que ela descansasse e se recuperasse.

– Sabe o que eu adoraria? – Parry forçou um sorriso. – Se você pudesse preparar alguma coisa para eu comer à escrivaninha. – Aproximou-se e passou o braço pelo de Vuchie. – Venha, vamos cuidar disso.

– Mas... Mas... Mas...

– Fico feliz que esteja de acordo. Não é ótimo quando pensamos da mesma forma?

No alto da escadaria curva de pedras, passaram pelo retrato de algum monarca francês, saindo na sala onde estava localizada a recepção.

– Está tão silencioso aqui – disse Paradise, parando.

A sala, assim como o restante da casa, era lindamente decorada, antiguidades por todos os lados, sedas e cetins nas paredes e no piso. Até mesmo as cadeiras onde as pessoas aguardavam eram tapeçadas com tecidos finos. Aquilo a fez se lembrar dos artigos em revistas como *Vogue* e *Vanity Fair*, sobre Babe Paley e Slim Keith, a combinação na decoração absolutamente perfeita, as peças de arte com pequenos detalhes de jade, dourado e latão, com cores contidas, mas não sem personalidade.

– Acho que papai ainda não chegou.

E nessa deixa, as persianas automáticas se ergueram nas janelas, um som sutil que a sobressaltou mesmo assim.

– Vou até a cozinha – disse Vuchie – preparar sua Primeira Refeição.

Enquanto a criada se afastava, Paradise quase a chamou de volta. Mas, pelo amor de Deus, ela não era o seu cobertorzinho de segurança.

Determinada a se aprontar, mesmo sem saber o que faria, andou até a escrivaninha, sentou-se e... mexeu no mouse, o que a levou a uma tela na qual deveria entrar com uma senha que ela nem se deu ao trabalho de tentar descobrir.

O wi-fi subterrâneo era uma coisa. O computador dali? Estaria mais do que bem protegido.

Abriu cada uma das gavetas, encontrando material de escritório, material de escritório e, ah, sim, mais material de escritório...

Primeiro ela ouviu as vozes. Graves. Profundas. Bem masculinas.

E depois a porta da entrada se abriu. Em seguida, um coro grave de muitos, muitos, muitos pés em botas passando pela soleira...

O primeiro pensamento de Paradise foi o de se esconder debaixo da mesa.

Membros da Irmandade da Adaga Negra encheram a casa, todos trajando couro preto, cada um deles coberto de armas aparentemente letais.

Eram maiores do que se lembrava pela apresentação na noite anterior. E não era que ela os tivesse catalogado na memória como pessoas de menor importância. Nada disso.

– ... um monte de porrada na cabeça deles – um deles dizia.

Risadas até outro dizer:

– Ou na bunda. Não sou orgulhoso.

Deixa para uma freada de pneus na conversa quando todos pararam e olharam para ela. Ainda bem que ela estava sentada. E a mesa lhe oferecia uma espécie de barreira entre ela e todos aqueles guerreiros.

– Ei – um deles disse, aquele com sotaque de Ben Affleck. – Primeira noite, né?

Assim que ela começou a assentir, o pai passou apressado pela porta.

– Cheguei, cheguei! – O pai passou pelo grupo. – Paradise, como você está?

Quando ele se aproximou, ela se pôs de pé e o abraçou com força. Ela conseguiria fazer aquilo, disse para si mesma. Absoluta e perfeitamente, sim, ela podia fazer aquilo.

De verdade.

Sério.

Deus, havia muitos machos naquela casa.

Gêmeos. Ela estava grávida de *gêmeos*.

Deitada no leito hospitalar, Layla esfregava a barriga com a mão livre, aquela que não estava presa pelo gesso que chegava até o cotovelo. As dores causadas pelas duas quedas tinham acabado, e o osso fraturado que Manny tratara já estava unido. O gesso, ou nylon, ou o que quer que aquilo fosse, seria cortado dali a pouco tempo.

Gêmeos.

Mesmo tendo todo o dia para se acostumar com a notícia, ela ainda estava chocada, e o que piorava a situação era que ela e Qhuinn ainda não tinham conversado sobre o assunto.

Ou no que quer que o tenha interessado tanto quando ele saiu para apanhar as roupas que ela estivera usando.

Quando ele retornara com a sua camisola de flanela e seu roupão predileto rosa, ela estava dormindo. Fora bondoso o bastante ao acomodar o roupão sobre seu corpo, deixando-a descansar.

Estaria bravo com ela? Será que tinha adivinhado que ela vinha mentindo sobre o destino dos seus passeios de carro?

Maldição, como diriam os Irmãos...

A batida à porta do quarto fez com que ela levantasse a cabeça.

– Pois não?

Como se tivesse lido seus pensamentos, Qhuinn inclinou a imensa parte superior do corpo para dentro do quarto.

– Oi. Só quis ver como você estava antes de sair. Como está se sentindo?

Layla respirou fundo e tentou não revelar nada em sua expressão.

– Estou bem. E você?

– Bem.

Longa pausa. Que fez seu coração bater mais forte.

– Obrigada por me trazer o roupão. – Ela afagou o tecido macio. – Fico muito grata. Acabei de acordar e já vou me trocar.

Depois de um instante, ele entrou e fechou a porta. Os olhos despareados subiram e desceram pelo seu corpo e, pela primeira vez, mostraram-se reservados.

– Então, como você está? Isto é, em relação à questão dos gêmeos.

– Bem. Quero dizer, é uma surpresa... – Ela deu de ombros. – Mas estou me ajustando. Estou feliz. Dois. São uma bênção...

– Bom. É. Uh-hum.

Silêncio. Preenchido por ele enfiando as mãos no bolso frontal das calças e ela mexendo na lapela do maldito roupão.

E também pelo suor que começou a brotar em sem corpo debaixo dos lençóis hospitalares.

– Precisa me contar alguma coisa? – Qhuinn perguntou.

As batidas em seu ouvido soavam tão altas que ela tinha quase certeza de ter respondido gritando:

– Sobre o quê?

– O que esteve fazendo ontem à noite?

Ela se obrigou a sustentar seu olhar.

– Saí para andar de carro.

– Por que as suas roupas estavam cheias de folhas?

– O que disse?

– Suas roupas. Ontem à noite. Quando as levei para cima, elas estavam sujas de terra e com folhas grudadas. Se andou pelo pátio e caiu no vestíbulo, como elas ficaram assim?

Ela abaixou os olhos, mesmo sabendo que isso a faria parecer culpada. Mas, pensando bem, ela *era* culpada.

– Layla? – ele imprecou baixinho. – Olha só, você é uma fêmea crescida. Mesmo estando grávida por minha causa, não tenho direito algum de saber o que você faz da sua vida a não ser no que se relaciona à gestação. Só quero ter certeza de que você está segura. Para o seu bem. E para o bem das crianças.

Merda.

Agora era a hora, ela pensou. Agora... tinha que ser a hora.

– Sinto-me presa – ouviu-se dizer.

Entre Xcor e a Irmandade. Entre o perigo e a segurança. Entre o desejo e a danação.

– Foi o que imaginei – Qhuinn assentiu. – Os passeios de carro. Você tem saído bastante.

– Eu caminho.

– Onde?

– Do lado de fora. – Em sua cabeça, ela experimentou uma variedade de confissões, trocando substantivos e verbos, tentando encontrar um modo de descrever o que vinha fazendo sem que ele explodisse. – Do lado de fora... Nos campos.

Qhuinn andou pelo quarto e alinhou um quadro de um salgueiro que já estava reto.

– As pessoas fazem isso quando estão assimilando alguma coisa. Na cabeça.

Acertou em cheio, ela pensou.

Santa Virgem Escriba, ela queria contar para ele. Queria mesmo... Mas a revelação estava presa em sua garganta.

Pela primeira vez, começou a ficar irritada. Consigo. Com Xcor. Com toda aquela maldita situação.

– Você tropeçou e caiu enquanto caminhava? – ele perguntou.

– Sim. – Respirou fundo. – Fui uma idiota. Tropecei em uma raiz.

Tão perto da verdade. Apenas as palavras importantes não ditas.

Caramba, aquilo estava acabando com ela.

– A maioria das fêmeas... – Qhuinn se aproximou do pé da cama, levando as mãos ao quadril ao fitar os pés dela. – A maioria das fêmeas tem um parceiro que a acompanha numa situação assim. Quero estar ao seu lado. Blay também. Não queremos desapontá-la.

Maravilha, agora ela lacrimejava por ele estar pensando que não a apoiava o bastante.

– Você é incrível. Vocês dois são. São absolutamente maravilhosos. É só que... tem tanta coisa acontecendo.

Pelo menos isso não era mentira.

– E mais agora, com os gêmeos. – Ele balançou a cabeça. – Gêmeos... Dá pra acreditar?

– Não. – Ela esfregou a barriga. – Não sei como eles vão caber. Já estou me sentindo enorme, e quantos meses mais ainda tenho?

– Escute, por favor, tenha certeza de uma coisa. Estou do seu lado para qualquer coisa que precisar...

Um alarme estridente começou a tocar no quarto ao lado. Os dois franziram o cenho ao mesmo tempo em que se viraram para procurar a fonte de todo o barulho.

– Isso está vindo do quarto do Luchas? – ela perguntou. – Ah, meu Deus, o que...?

Gritos no corredor. Passos apressados. A voz de Jane distribuindo ordens.

– Cacete, preciso ir. – Qhuinn disse ao se virar e partir para a porta. – Preciso ajudar...

Enquanto ele disparava para o quarto do irmão, Layla se sentou. Se levantou. Se equilibrou.

O que quer que estivesse acontecendo na porta ao lado, só podia ser notícia ruim. E maldita fosse se permitisse que Qhuinn enfrentasse aquilo sozinho.

Capítulo 32

Sentada no banco de trás do Mercedes, o carro de Fritz e que ele estava, de fato, dirigindo, Selena sorria tanto que as bochechas estavam entorpecidas e o queixo doía.

À frente do sedã, os arranha-céus de Caldwell brilhavam como sentinelas místicos de algum reino fantasioso, e ela se recostou na janela, tentando divisar exatamente aquele para o qual estavam indo, o mais alto dos gigantes, o pináculo de todos.

– Não estou nem aguentando a espera para ver a vista de lá. – Ela se virou para Trez. – Estou *tão* feliz.

Quando ele não respondeu, mas apenas ficou olhando para ela, seu sorriso se ampliou ainda mais. O macho não desviara o olhar desde que ela descera as escadas, os olhos se detendo, se movendo entre os lábios, os seios, as coxas e panturrilhas, e voltando para o cabelo, o rosto, o pescoço.

Sua excitação era evidente dentro da calça preta. E mesmo com ele tentando escondê-la com a jaqueta, o braço ou com uma mão casual no colo, ela conseguia sentir seu sexo como se ele estivesse nu.

Inclinou-se em sua direção.

– Me beija?

– Não confio em mim.

– Isso parece horrível. – Esticando-se, ela mordiscou o lóbulo dele. – Perigoso...

O gemido que reverberou do peito dele foi o som mais erótico que ela já ouvira.

– Talvez seja melhor cuidarmos disso? – Quando ela pôs a mão em seu sexo ele deu um salto. – Isso foi um "sim"?

Enquanto ele se segurava no assento e colocava o quadril na direção da mão dela, ela relanceou para frente do carro, que, por causa do tamanho do veículo, parecia estar em outro bairro. Fritz estava concentrado na estrada, o rosto velho e enrugado demonstrando preocupação. Talvez eles pudessem...

Sem despregar os olhos pretos dos dela, Trez tateou ao seu lado. Um segundo depois, houve um sibilo enquanto uma divisória opaca subia, isolando-os do gentil condutor.

– Não temos muito tempo – disse ela ao afastar o braço dele.

– Não vamos precisar de muito.

Do bolso do paletó, ele puxou um lenço branco e, sacudindo-o, libertou-o dos rigores impostos pelo ferro de passar.

Enquanto ela libertava a ereção dele.

Já estava pensando em capturá-lo com a boca quando Trez tomou seu rosto entre a mão livre e a que segurava o lenço e a beijou, a língua penetrando fundo, encontrando a dela.

Ele estava duro e quente, aveludado e espesso, e ela passou a mão ao redor do membro, dando estocadas. Quanto mais ela mexia, mais desvairado ficava o beijo, até a pélvis dele avançar na direção dela, o peito se debatendo, e ela arfando tanto quanto ele.

Quando chegou ao orgasmo, ele exclamou o nome dela e abaixou o lenço – e ela estava tão excitada, tão tonta com a sensação da boca dele na sua e nos movimentos da sua mão no sexo dele, que sentiu uma umidade se empoçando entre as coxas, uma reação ao que estivera fazendo, e que era tão menos do que os dois desejavam fazer.

O próprio gozo foi uma surpresa, mas ela o aceitou, absorvendo os espasmos de prazer, aumentando-os ao apertar as coxas e balançar o quadril. Nesse meio tempo, continuou a afagá-lo ritmadamente, apertando a cabeça, trabalhando toda a extensão.

Quando terminaram, Trez caiu contra o banco, as pálpebras baixas, quase cerradas, os lábios entreabertos, a cabeça pensa de lado como se não tivesse forças para sustentá-la.

– Essa foi uma rapidinha? – ela sussurrou, ao pressionar os seios no peito dele e beijá-lo.

Antes que ele conseguisse responder, ela passou a língua em seu lábio inferior, sugando-o. Recostando-se, perguntou:

– E então? Foi?

– Cuidado, fêmea, sou capaz de te arrancar do vestido que você está usando.

– E isso seria ruim?

– Se outro macho a vir nua, sim – ele sorriu e passou uma presa no lábio inferior dela. – Sou protetor.

– E ainda está duro, não está?

Com uma pegada rápida em sua nuca, ele a trouxe para perto e a beijou com ardor. Apesar de ela ter estado no controle na primeira parte, agora era ele quem assumia o comando, dominando o corpo dela, passando uma mão entre os joelhos e subindo, subindo, até...

Ela gozou contra os dedos dele que a penetraram fundo, seu cerne indo de uma rodada à seguinte de prazer.

– Essa é a minha rainha. – Ela o ouviu dizer de uma vasta distância. – Goza pra mim...

Não houve como saber quantas vezes ele a atiçou com aquele seu toque talentoso, mas, no fim, ela acabou percebendo que o carro fazia uma curva ampla que a fez deslizar no assento. Concentrando o olhar do lado de fora das janelas escurecidas, viu que estavam saindo da estrada, prestes a entrar num sistema arterial complexo de vias asfaltadas que alimentavam os inúmeros arranha-céus.

– Estraguei seu batom – disse ele com satisfação ao se limpar. – Trouxe mais?

Foi a vez de ela se desconcertar.

– Deixe-me ver se tem mais aqui. – Ela mexeu dentro da bolsinha que Marissa havia lhe dado. – Pronto. Sem problemas.

Como se as fêmeas soubessem exatamente em que tipo de situação ela acabaria se metendo, havia uma pequena embalagem de lenços de papel, o delineador de lábios que a ensinaram a usar e o fabuloso batom vermelho que haviam passado nela.

– Tem um espelhinho aqui. – Trez esticou o braço e puxou uma partição no teto. – E é iluminado.

Ela conferiu seu reflexo e teve que rir.

– Puxa, acho que você tirou tudo.

Um lenço cuidou dos borrões, e depois foi só passar o delineador ao redor da boca... enquanto o carro sacudia em cima de uma estrada quase, mas não totalmente, lisa.

– Caramba – disse ela, pegando outro lenço quando acabou com um traço rosado no nariz. – Deixe-me tentar...

Trez segurou a mão dela e a abaixou. Quando ela olhou para ele, os olhos negros e destroçadores de alma pareciam estar memorizando tudo a seu respeito.

– Você não precisa disso – ele disse. – Gosto mais de você sem.

Selena sorriu timidamente.

– Verdade?

– É. – O olhar desceu pelo corpo dela. E depois voltou. – Isso tudo é maravilhoso. Você está incrível. Você será a fêmea mais linda da cidade hoje, e quando entrarmos no restaurante, os garçons vão derrubar as bandejas. Mas você precisa saber... Qual é o meu visual preferido seu?

Quando ele parou, ela se descobriu engolindo em seco.

– Qual é?

– O seu melhor visual, minha rainha, é como você nasceu. No que me diz respeito, a perfeição não pode ser melhorada, nem pelos homens, nem por Deus. – Inclinando-se, ele a beijou com suavidade. – Achei que você gostaria de saber o que o seu macho andou pensando esse tempo todo em que esteve te olhando.

Selena começou a sorrir, ainda mais ao perceber que, às vezes, eu te amo pode ser dito sem que essas três palavrinhas sejam diretamente proferidas.

– Viu? – ela disse com suavidade. – Eu te disse que esta seria a melhor noite da minha vida.

Ao lado de Manny na sua ambulância, Rhage comia Doritos direto da embalagem e discordava do médico:

– Não, não sou do tipo *Cool Ranch*. Pra mim, só o sabor original.

– Está perdendo uma experiência incrível. – Manny acionou a seta ao sair da estrada. – Não consigo acreditar que você, dentre todas as pessoas, seja tão rigoroso no que se refere a tipos de salgadinho.

– Mas essa é a minha opinião. Por que melhorar o que já é um presente divino?

Inclinando o pacote, olhou seu interior e xingou. Estava acabando, restando apenas umas partes quebradas e o pozinho laranja cósmico. O que não significava que ele não poderia comer de uma vez, virando a embalagem na bocarra aberta. Mas essa seria a parte chata da destreza manual de toda a experiência.

Continuando a mastigar, concentrou-se na traseira do carro "ditador de Terceiro Mundo" de Fritz. O Mercedes era tão grande, tão preto e tão completamente insulfilmado que acabava atraindo mais atenção ao passar do que o contrário. E, só para se divertir, Rhage ficou imaginando o que os humanos pensariam se soubessem que havia vampiros ali.

E que a coisa estava sendo pilotada por um mordomo de séculos de idade com um pé tão pesado que faria Jeff Gordon* ficar tremendo.

– Viramos aqui? – Rhage perguntou ao se aproximarem de um cruzamento.

– Aí é contramão.

– Como disse, viramos aqui?

Manny olhou para ele.

– Não se não quisermos ser presos.

– Estamos numa ambulância.

– É, mas eles não.

Ah, é. Que pena.

– Sabe, eu só queria ligar as luzes desta coisa.

No instante depois de dizer isso, sua caixa torácica tinha se contraído sobre os pulmões e o obrigou a abaixar um pouco a janela para poder respirar.

– Você acabou de sujar minha porta inteira com salgadinho.

Rhage esfregou a parte laranja com o antebraço.

– Não sujei, não.

Mantiveram-se colados na traseira de Fritz como um selo num envelope, virando à esquerda, afastando-se do rio, indo em frente até chegarem ao coração do distrito financeiro. Nenhum beco sujo. Nada de entulho. Nada de lama nem nos meses chuvosos. E nenhum cheiro de nada estragado, resíduo de restaurantes vagabundos.

---

* Jeff Gordon é um dos principais pilotos de automóvel dos Estados Unidos. (N.T.)

Aquela era a parte luxuosa da cidade, onde as pessoas vestiam ternos e se apressavam, enfileiradas como gado indo para o abate, para os seus Trabalhos Importantes e Urgentes.

O arranha-céu que abrigava o restaurante para onde estavam se dirigindo fora concluído há alguns anos, a incorporadora alegando que a elevação vertical enorme seria o prédio mais alto de Caldwell. Apinhado com seus escritórios para grandes negócios, para Rhage aquilo não passava de um móvel arquivo de humanos, cada um deles trancado em seu devido compartimento.

Entediante.

– Você está bem?

Rhage olhou para o médico.

– O quê?

– O que foi?

– Nada.

– Então por que parou de comer? O pacote ainda não terminou.

Rhage olhou para baixo. Verdade, ainda havia um resto, mas ele não sentiu vontade de terminar.

– Hummm...

– Cuidando do peso?

– É. É isso.

Ao amassar a embalagem, deixou marcas laranja nas etiquetas e na propaganda, até o pacote ficar todo alaranjado e maltratado.

E acabando com as mãos todas alaranjadas.

– Merda. Não tenho nada pra limpar.

– Está brincando? – Manny lançou um rolo de gaze para ele. – A gente podia limpar e lustrar metade da cidade com o que tenho aqui dentro.

Rhage desenrolou e se limpou, depois jogou a coisa no cesto de lixo que estava afixado no piso entre os bancos.

Manny desacelerou ao se aproximar no prédio envidraçado, e depois estacionou do lado oposto enquanto Fritz parava por completo diante da entrada ostentosa, os faróis do Mercedes brilhando vermelhos.

Um momento depois, Trez saiu e deu a volta no sedã, o vento forte abrindo a jaqueta antes que ele fechasse os botões, revelando o par de automáticas que trazia nos coldres sob os braços.

Com um movimento galante, ele abriu a porta para sua fêmea, e Selena emergiu, os incríveis cabelos escuros esvoaçando do corpo, como uma flâmula negra balançando de um lado para o outro.

– Belo casal – Manny observou baixinho.

– Ela nem parece estar doente.

– Eu sei.

Trez acomodou o braço dela no seu e a acompanhou até os degraus de granito cinza, e enquanto outro casal saía pela porta giratória, os humanos pararam e os observaram.

– Manny.

– Sim.

– Você tem que fazer alguma coisa, cara. Tem que dar um jeito na merda desses dois.

Manny pisou no acelerador, aumentando o giro do motor do veículo, fazendo-o avançar para darem a volta no quarteirão.

– Você me ouviu?

– Ouvi – Manny respirou fundo. – Sabe qual é a coisa mais difícil de aprender na Medicina?

– Bioquímica.

– Não.

– Anatomia humana. Porque isso é nojento.

O pisca-pisca piscou quando o bom médico anunciou para o mundo, ou pelo menos para aquela rua, que eles virariam mais uma vez à esquerda no perímetro daquele prédio.

– É que existem situações em que não há nada a se fazer.

Rhage esfregou os olhos. Alguma coisa no seu subconsciente estava voltando à tona, alguma coisa que ele não queria saber.

– Rhage?

– Hum?

– Você fez um som estranho agora.

Quando Manny se aproximou da entrada de serviço, fez uma manobra perfeita para ficar de ré para o prédio. Desligando a coisa, se virou no banco.

– Tem certeza que está bem?

– Hum. Uh-hum. Tenho.

– Você não me parece bem. E olha só o que eu estou vestindo. Jaleco. Sabe o que isso significa.

– Que você gosta de sair usando pijama?

– Que sou médico e sei o que estou falando.

– Não fique paranoico, grandão.

Houve um segundo de silêncio. Ou doze. Depois Manny disse:

– Não há nada que eu não faça para mantê-la com ele. Nada.

Foi a vez de Rhage se virar.

– Era isso o que eu precisava ouvir, doutor.

– Só não ponha muita fé em milagres, Hollywood. É uma aposta muito perigosa.

– Mas aconteceu comigo e com Mary. Quando precisamos, recebemos um.

Manny ficou olhando para fora do para-brisa, e não pareceu enxergar nada na rua escurecida.

– Não sou Deus. Nem Jane é.

Rhage voltou a se endireitar no banco.

– Você precisa ter esperanças. Eles só têm que ter esperanças.

Capítulo 33

Quando a porta da cela deslizou pela parede, iAm se virou. Mas ainda não era s'Ex. E não era outra cama. Assim como também não eram livros que ele não leria, nem cobertas que não usaria, tampouco travesseiros com os quais pouco se importava.

Era a criada com mais uma refeição.

– Ah, pare com isso – exclamou, erguendo as mãos para o alto. – Onde é que está a porra do s'Ex?

A fêmea nada disse; apenas avançou com aquela bandeja enquanto a porta voltava a se fechar, trancando-os ali.

Quando ela se ajoelhou, ele quis gritar. Por isso, gritou.

– Não vou comer essa droga! Jesus Cristo, o que vocês têm de errado?

A única coisa que o impediu que marchar em frente, pegar aquela bandeja e jogar tudo pelos ares foi o fato de que aquilo não era culpa da *maichen*. A traição de s'Ex não tinha nada a ver com ela, e aterrorizar a maldita criada não o aproximaria da liberdade nem o levaria para junto de Trez.

Ela era uma terceira parte inocente no meio de toda aquela merda em que ele estava.

Exalando com força, deixou a cabeça pender. Demorou algumas batidas de coração para que voltasse a ter algo que se assemelhasse a controle.

– Desculpe.

Nisso, ela levantou a cabeça e, por um momento, ainda mais quando o cheiro dela o atingiu, ele desejou poder ver seus olhos.

Que formato teriam? Como seriam os cílios? As íris seriam escuras como as suas...?

Que porra ele estava pensando?

Afastando-se dela, começou a andar de um lado para o outro.

– Preciso sair daqui. O tempo está se esgotando.

Quando a cabeça dela se inclinou para o lado numa pergunta muda, ele pensou: *Não, não vou entrar nessa.*

Apontou para a bandeja com a cabeça.

– Se quiser deixar a comida, eu a jogo no vaso sanitário para que você não tenha problemas por não me alimentar.

E foi nessa hora que ela falou.

– Não está envenenada.

Sem nenhum motivo, aquelas três palavras o detiveram de pronto. A voz dela era mais grave do que ele esperara; toda a sua subserviência parecia combinar melhor com um tom mais agudo, superfeminino. E também havia um meio-tom rouco... que o fez pensar em sexo.

Sexo selvagem. Do tipo que deixava as fêmeas roucas por gritarem os nomes dos seus amantes.

iAm piscou.

De repente, sentiu necessidade de cobrir sua nudez. Isso era besteira, não era? Sempre soubera que ela era uma fêmea e nunca esteve vestido diante dela.

Cedendo ao impulso, foi para trás da tela, para a pilha de toalhas que tinham sido colocadas ao lado da banheira acoplada. Ao enrolar uma ao redor do quadril, sentiu que devia se desculpar por ter ficado o tempo todo à mostra diante dela.

Quando retornou, ela estava, uma vez mais, experimentando a sopa e o pão.

– Pode parar – disse ele. – Eu não vou comer.

– Por quê?

Aquela voz de novo. Mesmo que apenas duas palavras.

– Tenho que sair daqui – murmurou. Por tantos motivos malditos. – Tenho que sair.

– Algo o aguarda?

Ele pensou em Trez e em Selena.

– Apenas a morte. Nada de mais, sabe.

– Como assim?

– Olha só, tenho que falar com s'Ex. É isso o que preciso fazer. Falou com ele?

Mesmo que ela não tivesse autoridade alguma.

– Quem está morrendo?

– Nada. Ninguém.

– Quem está definhando? É o seu irmão?

– Olha aqui, preciso que você vá. E não volte a menos que esteja trazendo s'Ex com você.

– Quem?

E... ele parou de novo. Criadas nunca eram imperativas, mas foi assim que o tom dela pareceu. Pensando bem, suas emoções estavam tão alteradas que ele seria capaz de interpretar qualquer coisa chegando a uma conclusão equivocada.

– Vim aqui atrás de ajuda, ok? – Levantou as mãos. – s'Ex me disse que me faria entrar no palácio para que eu pudesse pesquisar os livros dos curandeiros.

– Para quem?

– Para a companheira do meu irmão.

A cabeça da criada se ergueu subitamente.

– Ele vai se unir à princesa daqui, não? Ouvi dizer que é o Ungido.

– Ele se apaixonou. – iAm deu de ombros. – Isso acontece. Ou foi o que ouvi dizer.

– E é ela quem está morrendo?

– Ela não está nada bem.

Quando ele voltou a andar, conseguia sentir os olhos escondidos detrás da máscara seguindo-o.

– É por isso que tenho que sair daqui. Meu irmão precisa da minha ajuda.

– Ele está de luto. O executor.

iAm levantou o olhar, depois voltou a andar pela cela.

– É, eu sei, mas teve liberdade o suficiente para poder falar comigo do lado de fora. A viagem é mais curta agora que estou no palácio.

– É essa a questão. Ele saiu e ninguém sabia para onde tinha ido. O palácio quis que ele participasse. O palácio... insistiu para que ele se apresentasse à rainha. Está com ela agora.

Que sorte a sua.

– Mas não fazem pausas entre os rituais? Não pode falar com ele nessas horas?

– Bem... Talvez eu consiga levá-lo até os textos.

iAm virou a cabeça bem devagar.

– O que foi que você disse?

A. Maior. Subida. De. Elevador. Da. Sua. Vida.

Parado ao lado de Selena na câmera de tortura envidraçada, Trez fitava as portas fechadas com determinação – e rezava para que alguma coisa meio ao estilo dos episódios de *Dr. Who* o arrancasse daquela maldita coisa naquele instante.

Com os globos oculares grudados na fileira de números iluminados acima das portas cromadas, ele quis vomitar.

Andar... 44, 45, 46, 47, 48, 49, 50.

O 44 ainda tinha que se iluminar, porque estavam na parte rápida, aquela em que seu fígado se derrama sobre seus sapatos, expressão daquele trajeto jovial.

– Ah, você tem que ver isso – disse Selena, virando para o acesso completo à vertigem. – É tão divertido!

Um relance rápido sobre o ombro e ele quase vomitou. Sua bela rainha não estava apenas perto do vidro, mas apoiara as palmas e se inclinara para a frente, para a vista cada vez mais elevada.

Trez rapidamente voltou a se virar.

– Quase lá. Estamos quase no topo.

– Podemos descer de novo e depois subir? Fico imaginando como deve ser a descida!

Na verdade, talvez fosse bom voltarem para o térreo. Ele tinha quase certeza de ter deixado a sua virilidade ali quando o lançamento daquele foguete foi acionado.

– Trez! – Tapinha, tapinha, tapinha no seu braço. – Olha só isso.

– Ah, é incrível. Demais.

Eles nunca chegariam ao 444° andar. Quanto menos ao 15.000º trilhão onde o maldito restaurante ficava.

McDonald's, pensou ele. Por que ela não quis hambúrguer? Ou um pedaço de Pizza Hut? Taco Bell...?

Pim!

Com esse som, ele se preparou para um instante *Duro de Matar*, onde um gênio do crime com sotaque britânico explodiria o telhado do prédio.

Nada.

Pim! 45. *Pim!* 46.

E mais boas notícias chegaram quando a corrida para o paraíso desacelerou.

– Trez?

– Hum?

– Tem alguma coisa errada?

– Só estou muito animado com o jantar. Ah, meu Deus, não consigo mais *esperar* para chegar lá.

Ela enfiou o braço no dele e recostou a cabeça no tríceps.

– Você sabe mesmo como tratar uma fêmea.

Maldição se não sabia. Por exemplo, ele sabia que seria considerado bem pouco romântico ficar em posição fetal e chupar o dedão só porque você é um completo eunuco no que se refere às alturas.

Pim! E as portas se abriram.

Obrigado, Jesus menino, usando as palavras de Butch.

Agora, disse a si mesmo, vê se dá um jeito na porra dessa sua cabeça, maravilha sem bolas, e se concentre em sua fêmea.

Lançando para a sua rainha um sorriso cheio de presas de Cary Grant com um quê a mais, conduziu Selena para fora da armadilha até um átrio feito de mármore preto que, por uma fração de segundo, o fez regressar para o seu pesadelo no s'Hisbe: tantas pedras pretas lustrosas no piso, paredes e teto, com luzes embutidas bem no alto e nada mais.

– Trez?

Estremecendo, ele sorriu:

– Está pronta?

– Ah, sim.

Uma placa discreta preta com uma seta preta indicava o caminho para o restaurante, mas seus sentidos aguçados de audição e de olfato já tinham lhe dado essa informação, muito obrigado. Ao avançarem, um casal de humanos vinha na direção deles, o salto alto da fêmea soando como se a palavra começada com F fosse usada a cada passada.

– ... nenhuma reserva? – ela sibilou. – Como pôde deixar de fazer reserva?

O homem ao lado dela olhava fixamente para a frente. Como você faria se estivesse ao lado de uma criança de três anos num ônibus.

– Não consigo acreditar que não fez reserva. E tivemos que sair assim. Na frente de todas aquelas pessoas...

Enquanto ela continuava martelando aquela canção-tema, os olhos do homem se fixaram em Selena – e o pobre bastardo se retraiu mesmerizado como se um verdadeiro anjo tivesse aparecido na sua frente.

Depois que Trez disse para o seu macho vinculado interior que uma entrada apropriada não incluía Filé de Idiota, também percebeu que não havia telefonado para garantir uma mesa para dois. Merda. Esquecera-se por completo de pedir a Fritz que fizesse o maldito telefonema. E controle da mente funcionava com humanos, incluindo *maîtres* esnobes, mas não descolava mesas livres.

Ahh...

– Sabe, ouvi dizer que a comida não é lá grande coisa – disse meio atordoado.

– Tudo bem. Estou aqui por causa da vista mesmo.

A entrada para o Circle the World não estava marcada por nenhuma placa; caso você precisasse perguntar, provavelmente aquele não era o seu lugar. Só havia portas fumê tão amplas e altas como uma casa.

Adiantando-se para segurar uma das maçanetas pretas, entreabriu uma e deixou Selena entrar na frente.

Encarceramento total.

Essa foi a primeira impressão do local: preto reluzente em todos os lugares, desde as mesas e suas cadeiras geométricas até os suportes quadrados no teto. Nenhuma flor. Nenhuma vela. Nada complicado. E a noite escura além daquelas janelas? Também preta, tanto que parecia não haver uma divisão entre o céu e o interior.

A única extravagância? As luzes de LED penduradas no teto alto em fios pretos, a iluminação se refletindo em todo aquele brilho negro.

Ah, e também havia uma soprano cantando junto ao piano, sua voz melodiosa permeando todo o ambiente.

– Nunca vi nada parecido com isso antes – Selena sussurrou. – É como se houvesse estrelas em todas as partes.

Ele olhou ao redor.

– Parece mesmo.

Ok, onde estaria o homem com terno de pinguim encarregado de expulsar as pessoas endinheiradas? Não havia balcão de recepção. Apenas uma extensão de carpete preto que conduzia à primeira fila de mesas minimalistas.

– Estão olhando para nós.

Ante as palavras sussurradas, ele franziu o cenho e se concentrou nos outros clientes. Ora essa. Todos os humanos nas mesas pareciam ter parado de comer e olhavam na direção deles...

Vinda de lugar nenhum, uma mulher se aproximou. Assim como com a decoração, ela estava toda de preto; até os cabelos eram de um preto reluzente.

– Como estão? – disse ela com um sorriso amplo. – Bem-vindos ao Circle the World.

Autodestruição em três... dois...

– Bem, eu não liguei antes.

– Sr. Latimer, claro que ligou. O seu assessor, o Sr. Perlmutter, nos avisou que os senhores nos agraciariam com sua presença. Ficamos muito satisfeitos em poder acomodá-los à janela.

Poooorra.

Obrigado, obrigado, Fritz, supremo mordomo salva-vidas, que, obviamente, ouvira este agradecimento.

Enquanto a sua rainha irradiava, a mulher indicava o caminho a seguir e eles a acompanhavam. Trez percebeu que haviam pisado num círculo amplo e lentamente giratório. O restaurante inteiro se movia ao redor do fosso do elevador e do que deveria ser a cozinha.

Foram bem para a ponta. Para uma mesa para dois que tinha um dos seus quatro generosos lados apoiado diretamente na parede de vidro.

Debaixo do qual a cidade inteira de Caldwell se estendia mil quilômetros abaixo.

Hora de se sentarem, ele pensou, rezando para que seu súbito ataque de vertigem não o deixasse de joelhos antes de acomodar sua rainha.

Ajudando Selena a se sentar, manteve os olhos desviados ao ir para a sua cadeira e se sentar em algo duro como pedra.

A *maître* esticou a mão pálida sobre a mesa na direção da maldita janela.

– Este será o tempero dos pratos da sua refeição.

Não, querida, isso será a náusea.

Ela se voltou para o resto do ambiente.

– O interior foi projetado para parecer a noite, o pano de fundo perfeito para saborearem o que o *chef* lhes oferecerá para apreciação.

Quando ficaram sozinhos, Selena mudou de posição para virar para a janela.

– É... incrível. As luzes dos prédios. São como estrelas caídas.

Trez enxugou as palmas úmidas no guardanapo. Preparando-se, olhou para fora e descobriu... sim, era tão ruim quanto imaginara. Espiando para fora da janela, era como se nada o separasse de uma queda para a morte, a ausência de um parapeito fazendo com que mesmo uma fração de segundo de contato visual se transformasse numa arremetida para dentro de um abismo.

Hora de levar o guardanapo à testa.

– Trez? – Ela se voltou para ele. – Você está bem?

Controlando-se, ele esticou a mão e segurou a dela.

– Já te disse como suas mãos são lindas? – murmurou.

O sorriso dela era radiante.

– Sim, mas nunca vou me cansar de ouvir.

– Tão lindas. – Passou a palma sobre a dela. Depois se inclinou e depositou um beijo em sua pele. – Lindas, adoráveis. Fortes também.

Quando, por fim, ergueu o olhar, foi para fitá-la nos olhos, e então as coisas melhoraram. Apenas uma batida de coração mais tarde, e ele não estava mais aterrorizado pelo seu medo de altura, e não pensava nos humanos ao seu redor, e estava cagando para a vista que girava ao redor deles.

Com a mão dela na sua, e o seu lindo rosto fitando-o, ele foi transportado para longe dali.

– Eu te amo – disse, esfregando o polegar na parte interna do pulso dela. – Ninguém conseguiria fazer isto por mim.

– Fazer o quê?

– Me fazer esquecer todos os meus medos.

Ela corou.

– Não quis tocar no assunto, mas, por que não me disse que tem medo de altura? Pensei que você fosse saltar de dentro da própria pele no elevador. Poderíamos ter ido a outro lugar.

– Era aqui que você queria vir. Acha que eu não iria aguentar por você?

– Quero que nós dois possamos aproveitar esta noite.

Ele abaixou as pálpebras.

– Eu me diverti no carro. Já estou pensando no trajeto de volta para casa.

Quando o cheiro dela emanou, ele emitiu algo parecido com um ronronado.

Mais tarde, muito mais tarde, ele se lembraria daquele momento... e do modo como pareceu durar para sempre, estendendo-se ao infinito divino. Todos os detalhes permaneceram com ele também, desde o brilho nos olhos dela até a maciez dos cabelos, além do modo como ela sorriu com o rosto corado.

As lembranças são especialmente preciosas quando são tudo o que resta da sua amada.

Capítulo 34

– O que está acontecendo? O que... o que quer dizer esse alarme?

Layla estava bem atrás de Qhuinn quando ele invadiu o quarto do irmão e começou a falar. Por cima do ombro dele, ela viu a doutora Jane ao lado da cama e Luchas deitado, a camisola hospitalar abaixada até a cintura, as cobertas afastadas do corpo inerte, os travesseiros caídos no chão.

Um equipamento havia sido aproximado e Ehlena estava inicializando algo no computador desse equipamento enquanto a médica apanhava pás conectadas por cordinhas espiraladas.

– Afaste! – exclamou, e depois apoiou as pás metálicas no peito de Luchas.

Houve um som se acumulando e depois uma miniexplosão na cama, suspendendo o tronco.

E ainda assim o alarme tocava, uma única nota que era um tipo mecânico de grito.

– Luchas! – exclamou Qhuinn. – Luchas!

Alguma coisa fez Layla segurá-lo, por isso ela envolveu o tronco amplo com os braços, pressionando a barriga nele.

– Fique aqui – disse ela numa voz entrecortada. – Deixe-as fazerem o q...

– Afaste! – repetiu a doutora Jane.

A cama sacudiu quando o corpo de Luchas recebeu nova descarga e, quando ele caiu de novo, o coração de Layla acelerava. Ela não conseguia acreditar que estava testemunhando aquilo de novo. Ontem fora Selena, agora...

Bip. Bip. Bip.

– Tenho batimentos cardíacos. – A doutora Jane deixou de lado o equipamento que segurava, largando as pás sobre a máquina. – Preciso que você...

Ehlena respondeu aos comandos tão rápido quanto a médica os dava, entregando seringas cheias de medicamento, uma após a outra, antes de ajustar a máscara de oxigênio no rosto de Luchas.

Cerca dez minutos mais tarde – ou poderiam ter sido dez horas –, a doutora Jane se aproximou deles.

– Preciso falar com você. – Indicou o corredor. – Por aqui, por favor.

Ao saírem para o corredor, ela fechou a porta, que poderia se fechar sozinha.

– Qhuinn, não tenho tempo de dourar a pílula. Mal consegui estabilizar os batimentos cardíacos e a pressão dele, e ele não vai ficar assim por muito tempo. Para que ele sobreviva, vou precisar amputar a perna, e tenho que fazer isso agora. A infecção está o matando, e essa é a origem de todos os problemas. Diabos, mesmo se eu amputar abaixo do joelho pode ser tarde demais. Mas, se quiser lhe dar uma chance, é isso o que temos que fazer.

Qhuinn sequer piscou. Não praguejou. Não argumentou.

– Tudo bem. Pode arrancar esse maldito pedaço.

Layla fechou os olhos e levou a mão para a base da garganta.

– Ok. Quero que fiquem aqui fora. Não precisam ver isso. – Quando Qhuinn abriu a boca, ela o interrompeu. – Não. Não é uma opção. Se chegarmos a tanto, permitirei que entre para se despedir. Fiquem aqui fora.

Dessa vez a porta se fechou sozinha, lentamente voltando ao lugar.

Fechando os olhos por um instante, Layla não conseguia imaginar o que elas estavam fazendo ali dentro. Mas havia muitos instrumentos médicos com elas, como se a doutora estivesse preparada para aquilo.

Dada a resposta pronta de Qhuinn, ele também estava.

– Ele vai me matar – disse ele rouco – se sobreviver.

– Você não tem escolha.

– Eu poderia deixá-lo morrer.

– A sua consciência permitiria isso?

– Não.

– Então não há escolha. – Ela levou as mãos ao rosto e tentou tirar a imagem de Luchas no leito hospitalar da sua mente. – Deus, como chegamos a este ponto?

– Talvez eu devesse pedir a ela que pare.

– E depois?

– Não sei. Não tenho a mínima merda de ideia.

Ficaram no corredor pelo que pareceu uma eternidade, e Layla tentou não ouvir os sons do outro lado da porta, ainda mais quando um zumbido que se pareceu com o de uma minisserra começou. Enquanto ela ficava parada, Qhuinn andava para frente e para trás, a cabeça baixa, os olhos fixos nas botas, as mãos no quadril. Depois de um tempo, ele parou e a fitou.

– Obrigado. Sabe, por não me deixar aqui sozinho.

Ela abriu bem os braços e ele foi para junto dela, inclinando-se, apoiando a cabeça em seu ombro. Enquanto aguardavam juntos, ela o abraçou, porque era só o que podia fazer.

E isso não lhe pareceu o bastante.

Aproximadamente dez quadras e cinquenta andares abaixo do Circle the World, Xcor estava grudado numa parede de tijolos.

O *redutor* que ele e Balthazar vinham perseguindo estava atrás e à esquerda de onde eles estavam, o fedor do seu corpo flanando com a brisa que soprava a fumaça e a poeira industrial junto dele.

Seu corpo estava ávido para lutar; tudo o que acontecera com Layla na noite anterior fizeram seus demônios internos incitarem-no, até que ele se mostrara tão desagradável que todos os seus soldados o deixaram sozinho no pavimento subterrâneo durante as horas iluminadas do dia.

Melhor enfrentar o risco da luz do sol do que lidar com o seu humor.

Pelo menos ele antecipava uma boa matança à frente.

Ao seu sinal, Balthazar se desmaterializou pelo asfalto úmido, misturando-se à sombra do prédio do outro lado da rua. A noite estava límpida, mas o acréscimo do luar era uma complicação irrelevante. O centro de Caldwell já tinha iluminação suficiente caso ele resolvesse ler um romance naquele beco estreito.

Isso se ele se alfabetizasse num passe de mágica.

Permanecer nas sombras não era apenas parte do mito dos vampiros, mas uma realidade bem prudente para eles.

Com um movimento muito bem ensaiado, deslizou a foice de sua bainha, libertando a arma da faixa que lhe cruzava as costas. Balthazar, por sua vez, preferia armamentos mais convencionais como as adagas duplas, lâminas pálidas reluzindo quando ele se agachou de cócoras.

Passadas se aproximaram deles. Rápidas, múltiplas, mas não correndo.

Dois humanos, com as mãos nos bolsos, os pés se movendo com rapidez, entraram no beco. Não prestaram atenção ao passar, e isso provavelmente lhes poupou suas vidas inúteis.

E então começou o jogo de espera.

Um único par de passadas agora, muito mais lento. Acompanhado pelo fedor que precedia os mortos-vivos.

Quando o *redutor* surgiu no campo de visão, dando a volta na esquina e indo direto na direção deles, ele também não estava atento. Tinha dinheiro nas mãos e parecia obcecado pelo montante, contando e recontando ao passar.

Xcor se revelou assim que ele passou.

– Quanto conseguiu com eles?

O *redutor* girou, enfiando o dinheiro dentro do casaco largo. Antes que pudesse responder, Balthazar saltou da sua posição, pulando muito alto e aterrissando primeiro com as adagas. O assassino gritou quando aquelas lâminas penetraram no seu ombro e na garganta, provando que, apesar de não ter alma nem coração, os malditos ainda tinham sistema nervoso central, que registrava dor com bastante eficiência.

E foi nessa hora que as balas começaram a voar.

Xcor virou de costas, preparado para girar sua amada foice assim que Balthazar se soltou rolando, quando um espocar revelador ecoou aos seus pés. E mais um.

Seguido de um furor deles.

A rajada era rápida demais para ser de automáticas.

O primeiro tiro o atingiu no ombro. O segundo na coxa. O terceiro raspou em sua orelha, deixando uma queimação como se ele agora tivesse um pisca-pisca de carro ali.

Balthazar também tinha sido atingido.

Não tiveram alternativa a não ser fugir e rezar. Seriam humanos? Era pouco provável, mas não inédito. Não podiam ser os assassinos; os coitados eram pobremente armados, sendo que o melhor que tinham eram a 9 milímetros, e bem poucas delas.

Uma esquiva rápida para a direita e ele e Balthazar entraram numa ruela mais estreita, temporariamente afastados do ataque. Isso mudaria assim que o atirador ou os atiradores dobrassem a esquina.

– Esquerda! – exclamou Balthazar.

E ali se apresentou mais uma oportunidade em meio ao labirinto de ruas, e eles acabaram em mais um beco, ironicamente se deparando com os dois humanos que avistaram anteriormente. Os dois homens também estavam indo o mais rápido que conseguiam, obviamente tendo ouvido os tiros. No entanto, a velocidade deles era muito menor.

Portanto, quando o rifle apareceu, eles serviram como escudos-vivos.

Gritos do fundo da garganta, aterrorizados, explodiram quando a nova rajada de fogo se abateu, os humanos recebendo todo o seu impacto.

– Esquerda! – disse Xcor, inclinando-se na virada.

A coxa estava dormente, mas ele não perdeu tempo olhando para baixo para avaliar o estrago. Isso veria mais tarde, caso sobrevivesse.

Outra bala passou perto, o sibilo rente ao ouvido alto o bastante, sobrepondo mesmo o som da respiração resfolegante e das botas reverberantes.

Balthazar estava bem ao seu lado, o corpanzil em disparada.

Mais balas ricocheteando numa lata de lixo ao passarem. Nas paredes de tijolos. No chão. De tempo em tempo havia pausas, como se as armas ou pistolas estivessem sendo recarregadas, ou talvez houvesse dois trabalhando juntos, um com a munição enquanto o outro atirava.

Seguir em frente. Era só o que podiam fazer.

Nenhum dos becos por onde passaram oferecia algum lugar significativamente seguro para se esconderem; na verdade, não havia sequer portas para invadir.

Aquela era uma questão unicamente que escapar das rajadas que os atiradores soltavam para cima deles. Isso se ele e seu guerreiro não fossem abatidos antes.

Quando a nova saraivada os alcançou, ele soube sem ter que olhar para o ombro que tinha que ser o inimigo – e não humanos – em seu encalço.

Somente assassinos conseguiriam correr tão rápido, por tanto tempo... e aparentar dispor de energia estocada para seguir em frente.

Era possível, registrou no fundo da mente, que ele e o seu soldado estivessem em maus lençóis.

Capítulo 35

— A conta já foi paga.

Trez, que puxava a carteira, parou.

– O que disse?

– A conta já foi paga – o garçom sorriu e se curvou. – Foi um prazer servi-los.

Jesus, se ele não soubesse que o cara era humano, teria imaginado que um dos funcionários da equipe de Fritz os seguira até ali. O serviço fora fenomenal a noite inteira.

– Fiquem o tempo que precisarem para saborear seus cappuccinos.

Trez olhou para Selena por sobre a mesa. Seus olhos estavam voltados uma vez mais para a vista, mas ela não sorria. Seu perfil perfeito revelava linhas sérias.

Esticando o braço, segurou-lhe a mão, com uma pontada de medo espalhando-se pelo peito.

– Você está bem?

Furtivamente, ele enfiou a outra mão no casaco para agarrar o celular.

– Ah, sim, sim. – Só que ela não o fitou.

A conversa ao redor deles pareceu diminuir de volume, e os movimentos largos dos garçons desapareceram da sua visão periférica.

– Selena, o que está acontecendo?

– Não quero que isto chegue ao fim.

– Podemos voltar outro dia.

– Sim. – Ela lhe apertou a mão. – Claro.

Enquanto o restaurante continuava a girar e girar, o perfil do Commodore apareceu mais uma vez, a construção alta se destacando com algumas luzes acesas, inclusive algumas na cobertura.

Rehv devia estar em casa.

Trez baixou o olhar para a xícara intocada. A fumaça que se erguia tinha cheiro de canela, da qual ele nunca fora muito fã. Pedira a bebida apenas porque sua rainha parecia não querer ir embora.

– Foi muito generoso da parte deles – murmurou ela – pagar pelo jantar.

– Vou cuidar disso quando chegarmos em casa.

– Você deveria deixá-los fazer isso.

Trez olhou o que podia ver do corpo dela, à procura de sinais de que ela estivesse tendo problemas que necessitassem de um rápido telefonema para Manny e Rhage lá na rua.

– Selena?

Ela se recompôs e olhou na sua direção.

– Desculpe.

– Quer pedir outra sobremesa?

– Não. – Ela lhe deu um novo aperto na mão antes de soltá-la e dobrar o guardanapo, colocando-o na mesa. – Vamos?

Ele saltou tão rápido da cadeira para ajudá-la que os dois pisaram ao mesmo tempo no chão reluzente.

– Sim, deixe-me...

Mas sua rainha se pôs de pé sozinha num movimento elegante, o corpo absolutamente estável, perfeitamente à vontade. Pelo menos fisicamente. Ele pressentia sua mudança de humor.

Acompanhando-a para a saída, notou os olhos do ambiente sobre eles mais uma vez, comentários sussurrados por trás das bordas das taças de vinho e dos guardanapos quadrados enquanto os humanos tentavam identificá-los no ranking das celebridades. Havia alguma satisfação em saber que jamais conseguiriam.

Ele abriu uma das grandes portas de vidro, e quando Selena estava para passar, parou e olhou por cima do ombro, como se estivesse preocupada em se esquecer de algum detalhe da aparência do lugar, ou dos seus sons e cheiros.

– Podemos voltar – ele repetiu.

– Sim...

Ela lançou um sorriso e continuou pelo ambiente minimalista onde estavam os elevadores. Seguindo em frente, ele apertou o botão e ficou ao seu lado, apoiando uma mão em suas costas.

– Então, qual a próxima parada? – ele perguntou.

– Está se referindo a hoje? Estou um pouco cansada...

– Não. Amanhã à noite.

Ela o fitou.

– Eu...

– Vamos lá. Me dê o próximo destino para que eu possa providenciar as coisas para amanhã.

As portas do elevador se abriram e ele a incitou a entrar, e, por estar muito concentrado nela, mal notou a aterrorizante parede de vidro que se abria para o vestíbulo. Pressionando o botão T, afagou o ombro de Selena.

– E então...? – Quando ela não respondeu, ele se inclinou e beijou a lateral de seu pescoço. – Esta não é a única noite que teremos.

– Como sabe disso? – Selena o fitou nos olhos. – Não quero arruinar a noite, mas como pode saber?

– Porque não aceito que seja de outro modo.

Virando o rosto dela em sua direção, deliberadamente apoiou o quadril em seu corpo e abaixou os lábios até os dela.

– Ao menos que tenha se cansado de mim. Ou esteja completamente pouco impressionada por eu ser um covarde no que se refere a alturas.

Seus olhos estavam muito azuis e muito assustados quando se prenderam aos dele.

– Barco.

Ele esperara outra coisa.

– Pode repetir?

– Eu, hum... quero passear de barco pelo rio.

– Rápido ou devagar?

– Os dois?

– Feito.

– Assim? – ela sussurrou. – Você consegue fazer tudo acontecer?

Ele encostou a boca na orelha dela e sussurrou:

– Volte para o quarto comigo para eu poder mostrar o quanto sou talentoso.

Quando o cheiro dela se alterou, ele a afagou com o nariz, beijando-a no pescoço, mordiscando-lhe a veia. Claro que sabia que não estava jogando limpo. Sabia que ela provavelmente acabaria se distraindo, e queria que isso acontecesse. A verdade era que não tinha como garantir a noite seguinte para ela, sequer o alvorecer que se aproximava, mas, assim como as lembranças eternas, a ilusão de terem todo esse tempo teria que se sustentar até que o destino chegasse.

Beijando-a, abraçando-a, sentindo o corpo dela contra o seu, ele discretamente sacou o celular e o levou para trás das costas dela. A mensagem para Manny e Rhage foi direta ao ponto: *P/ ksa. Vlw.*

Para casa. Valeu.

O elevador chegou ao térreo sem problemas, e todos aqueles beijos também o ajudaram a se distrair. Logo saíram do prédio, sendo recebidos pela fria noite outonal de ventania. Fritz estava do lado oposto da rua, dentro do Mercedes, e o *doggen* aproximou o carro no segundo em que os avistou.

Não esperou que o mordomo saísse do carro para abrir a porta.

Trez queria ser aquele que a serviria.

Bem quando ela escorregava para dentro do interior aquecido, o último som que ele desejava ouvir na presença dela chamou sua atenção:

Bang! Bang! Bang!

Tiros.

Merda.

Trez saltou para dentro do sedã logo atrás dela, acomodando-se entre os bancos.

– Tire-nos daqui! Dê a volta agora!

Fritz não parou para pensar. Passando a ré no S600, pisou com tanta força no acelerador que Trez quase se transformou num daqueles sachês de carro no vidro de trás. Rapidamente se recobrando, cobriu Selena com seu corpo, a fim de puxar o cinto de segurança dela. Passando-o por sobre o seu corpo, acabara de prendê-lo quando a força da aceleração o lançou para o lado oposto do banco, fazendo com que batesse a cabeça. Apoiando os pés na elevação interna das rodas e as palmas no teto e no batente da porta, evitou se chocar contra Selena quando terminaram o giro que os fez ficar virados para a direção certa.

Na verdade, na contramão da rua de mão única pela qual tinham chegado.

– Vamos em frente – Fritz exclamou por sobre os pneus que cantavam.

O rugido do motor do Mercedes e a explosão que os impeliu a avançar fez com que Trez pensasse na decolagem de um avião. E quando seu corpo foi sugado pelo banco, olhou para Selena.

Os olhos dela estavam arregalados.

– O que houve? O que está acontecendo?

Os prédios nos dois lados da rua de três pistas eram de aço, vidro e concreto, e começaram a passar rápido por eles, cada vez mais rápido. Olhando para frente, Trez se concentrou na rua, os para-choques dos carros estacionados fitando-os como pais desaprovadores enquanto eles seguiam na direção errada.

– Nada, nada! – exclamou por cima do barulho. – É só que mal posso esperar pra te ver nua...

As sobrancelhas de Selena se ergueram ainda mais.

– Trez, eu ouvi algo...

– ... porque estou desesperado pra te possuir!

– ... que pareceram tiros!

Os dois gritavam acima do ronco do motor, por cima um do outro, enquanto Fritz os afastava da saraivada de balas.

E foi então que a verdadeira diversão começou.

Tinham avançado cerca de dois quarteirões quando carros da polícia de Caldwell começaram a aparecer. E, ao contrário do Mercedes, os azuis e brancos com luzes acesas estavam indo na direção certa.

– Terei que ir pela calçada – anunciou Fritz. – Preparem-se para alguns solavancos...

O filho da mãe do mordomo maluco virou o volante para a esquerda e subiu na calçada, derrubando um hidrante que imediatamente explodiu assim que passaram, lançando um jorro d'água pelos ares. E depois, pela graça de Deus, o Mercedes aterrissou como uma pluma, seus amortecedores de primeira qualidade absorvendo o que, sem dúvida, foi um choque e tanto.

Virando para trás, Trez olhou pelo vidro de trás. Os carros de polícia estavam virando para segui-los enquanto Fritz derrubava uma banca de jornal, lançando as caixas azuis, amarelas e vermelhas pelos ares, que de tão frágeis se espatifaram no chão. Os jornais se espalharam como pombas libertadas da gaiola.

Ao se voltar para Selena, preparou-se, tentando encontrar uma maneira de assegurar-lhe que...

Au contraire.

Selena estava radiante de tanta emoção, as presas aparecendo graças ao imenso sorriso, uma gargalhada escapando enquanto ela se segurava à porta.

– Mais rápido! – gritou para Fritz. – Vamos mais rápido!

– Como desejar, senhorita!

Um rugido renovado daquele impressionante motor alemão debaixo do capô fez com que não apenas descessem da calçada, mas também desafiassem as leis da física.

Selena olhou na direção dele.

– Esta é a melhor noite da minha vida!

– Ok, hora de ir embora.

Rhage assentiu para Manny.

– O que será que eles comeram? – Consultou o telefone de novo e desejou ter ido mesmo àquela casa de carnes. Só dissera aquilo a Trez para deixar o cara despreocupado. – Ele não falou nada da entrada, nem da sobremesa. Poxa, cara, ele podia ter dado alguns detalhes. Só recebemos umas oito letras dele.

– Na verdade, foram sete.

– Foi o que eu disse.

O Doritos fora digerido uma hora atrás. Mas, pensando bem, às vezes ele podia dizer o mesmo de uma refeição de três pratos.

Manny engatou a marcha na ambulância e começou a sair, o veículo passando por cima de uma tampa de esgoto, depois ganhando velocidade.

– É melhor eu acelerar. Fritz tem o pé pesado.

– Será que pediram rosbife? Vi uma foto daquelas de revista...

Bum!

Bem quando chegaram ao cruzamento de dois becos, algo grande apareceu na frente deles e saltou sobre o capô. Enquanto Manny pisava no freio, o peso imenso rolou para fora.

– Jesus Cristo, isso foi um veado? – o médico exclamou.

– Está mais para alce.

Rhage segurou duas pistolas e estava para saltar do veículo quando a saraivada de balas começou. Os *bangs* metálicos ricochetearam no trailer e produziram padrões de teia de aranha nos vidros.

– Puta que o pariu! – reclamou Manny. Depois gritou para os atiradores através do para-brisa: – Acabei de ganhar esta coisa!

Rhage pôs a mão na maçaneta, mas não conseguiu sair.

– Me deixa sair!

Bang! Bang! Bang!

– De jeito nenhum! Vai acabar morrendo!

– Somos um alvo fácil!

– Não, não somos.

De uma vez só, o trailer desceu uns dez centímetros e placas metálicas deslizaram por cima de cada centímetro de vidro que havia. Na mesma hora, o som dos tiros ficou abafado.

Rhage o fitou em meio ao silêncio relativo.

– Você é um gênio.

– Harold Ramis é quem é.

– Quem?

– Nunca assistiu *Recrutas da Pesada*? É o meu filme predileto. Baseei esta coisa no carro do Bill Murray.

– Eu sabia que gostava de você. – Rhage rapidamente olhou para o telefone. Nenhum Irmão nas imediações, o que era bom, considerando-se o poder de fogo. – Só tem um problema, a gente não pode ficar aqui esperando. A polícia humana logo vai chegar...

Uma tela de LED subiu verticalmente a partir do painel, tomando conta de basicamente todo o para-brisa agora bloqueado. E em sua superfície surgiu uma imagem verde da rua em HD. Com isso, tiveram visão desimpedida dos atiradores quando a dupla apareceu correndo diante dos seus faróis. Ambos seguraram armas de cano longo, provavelmente fuzis AK-47, e cada disparo provocava uma centelha de luz explodindo dos canos conforme continuavam a atirar.

Não pararam ao passar diante do veículo de Manny.

– São *redutores* – murmurou Rhage. – Estão avançando rápido demais para serem humanos. Além do que só assassinos seriam idiotas a ponto de causar tamanha confusão. Me deixa sair dessa porra.

– Você não vai atrás del...

Rhage esticou o braço e agarrou a frente da camisa do homem, arrastando-o até a metade dos bancos.

– Me. Deixa. Sair.

Manny o encarou. Praguejou.

– Você vai acabar se matando assim.

– Não. Não vou.

– Como pode ter certeza?

– Tenho uns truques que ninguém dá conta. – Acenou para a janela. – Abaixe um pouco para eu poder sair por entre as placas metálicas. Ao menos que tenha aço nessa coisa.

Manny começou a murmurar todo tipo de imprecação ao apertar o botão que desceu o vidro de Rhage.

– Assim que eu sair, acelere – Rhage ordenou. – Você tem que ficar na cola do Trez. Sem brincadeira.

Fechando os olhos, ele se concentrou...

... e se desmaterializou do interior, reassumindo a forma ao lado do trailer e dando um tapa na porta. Os atiradores já tinham passado atrás de sua presa, o que o colocava numa posição vantajosa. Quando o motor debaixo de todo aquele metal roncou e a pequena clínica portátil de Manny se mexeu, ele começou a correr. O cheiro no ar lhe disse que eles estavam certos, aquela era uma dupla de assassinos com brinquedinhos bem caros... Algo que não viam desde... quando?

Não desde que Lash, o maldito, fora o *Redutor Principal.*

Com os músculos das coxas contraídos, as armas preparadas, ele diminuía a distância quando as sirenes se aproximaram por trás. Com duas automáticas nas mãos, eles só poderiam deduzir que ele era o maldito problema, em vez da solução que tentava alcançar o inimigo.

E, claro, uma voz masculina foi projetada por um alto-falante no beco:

– Polícia de Caldwell! Pare! Pare ou atiramos!

Mal-di-ção.

Humanos: o remédio da natureza para uma hora que, de outra forma, seria divertida.

Capítulo 36

Enquanto isso, na cela do palácio, iAm se ocupava em fazer uma trilha no piso de mármore lustrado, indo de um lado para o outro entre a cama nova e a prateleira de livros.

Quanto mais tempo sozinho ficava, mais ele acreditava que a oferta que a *maichen* lhe fizera de levá-lo até os textos de cura fora devido à abundância de uma compaixão impotente. Mas, inferno, mesmo que ela tivesse falado sério e aparecesse de novo com algum plano, não aceitaria sua oferta. Já havia muitas pessoas envolvidas naquela confusão, e ele não tinha certeza se ela sabia para o que estava se oferecendo: ele era prisioneiro do executor, o que significava que, apesar de muitos poderem ter acesso a ele, só existia um filho da puta com a chave da sua libertação.

E não era aquela fêmea humilde.

Caso ela o libertasse? Mesmo que não para fora, mas até a biblioteca? O sistema de monitoramento certamente os delataria, e a morte súbita seria a melhor consequência que ela poderia esperar.

O que seria mais provável? Um período de longa tortura durante o qual ela rezaria para...

A porta deslizou, abrindo-se, e ele certificou-se de que seu sexo estivesse coberto antes de se virar.

Era a criada, e ela segurava um tecido nas mãos. Quando a porta voltou a se fechar, ela enfiou algo no batente para impedir que ela se fechasse por completo e se apressou para perto dele.

– Vista isso. Não temos tempo...

– Espere, espere...

– Vista! A equipe de segurança está mudando de turno e são obrigados a fazer uma oração em sinal de pesar pela morte da criança. Temos que levá-lo para os corredores agora...

– Não posso permitir que você faça isso...

– Você quer ajuda, correto? Para o amor do seu irmão, correto?

iAm cerrou os dentes. Rocha, permita-me lhe apresentar esta pedra.

– Porra!

– Não sei o que isso significa.

Ele apanhou o que quer que ela tivesse nas mãos, mas continuou discutindo enquanto se enfiava pelas dobras do tecido.

– E quanto à volta?

– Criarei uma distração. Você precisará de algum tempo na biblioteca... A menos que saiba exatamente o que está procurando.

As vestes pesadas chegavam-lhe às pernas.

– E quanto a aqui dentro?

Sem aviso, as luzes se apagaram.

– Ativei o sistema circadiano.

Ah, sim, a alteração de luz e escuridão sem a qual não se consegue dormir.

Clic!

Uma lanterna minúscula mostrou o caminho até a cama, onde ela rapidamente arranjou os travesseiros e as cobertas de modo a fazer parecer que havia alguém ali deitado. Depois, voltou rápido para junto dele e lançou algo em seu rosto.

Pshh!

Ele tossiu quando um perfume forte de lavanda e algo cítrico entrou em seu nariz.

– Mas que diabos...

Mais esguichos.

– Esse é um uniforme de criada. Ninguém estranhará se nos virem juntos, mas o seu cheiro é masculino demais. Isto disfarçará o suficiente para que possamos passar. Agora se abaixe, você é alto demais para essas vestes. Não podemos deixar que os seus pés apareçam, ou eles descobrirão. *Venha.*

Ele a acompanhou até a porta, mas, antes que ela a abrisse, segurou-a pelo braço e a girou.

– Você não deveria estar fazendo isso.

– Não temos tempo...

– Vai acabar morrendo.

– O seu irmão precisa de ajuda. Para a companheira dele. Você tem outra solução para sair daqui e ler aqueles textos?

Quando ela começou a se virar, ele a puxou de novo.

– Qual o seu nome?

– *maichen*.

– Não, essa é a sua função. Qual é o seu nome?

– É esse. Agora venha, chega de conversa – disse ela com urgência. – E não esqueça de se abaixar.

E foi assim que ele saiu da cela e foi para o corredor. Quando ele olhou para a direita e para a esquerda, ela o cutucou com o cotovelo.

– Abaixe – sibilou. – Por aqui.

Dobrando os joelhos, ele encurvou os ombros e a seguiu de perto, tentando imitar seus movimentos contidos. Ela andou rápida e decididamente pelos corredores, virando à esquerda e à direita numa sequência que o deixou completamente perdido naquele labirinto. Por incrível que parecesse, não se depararam com ninguém, mas era assim o luto no s'Hisbe. Todos trancados.

Talvez ela devesse simplesmente levá-lo para a saída mais próxima depois daquilo?

Sim, mas e o que aconteceria com ela?

– A gravação da segurança – disse ele.

– Fique calado.

– Quando voltarmos, você terá que cuidar dos vídeos de monitoramento, ou eles saberão o que você fez.

Ela não respondeu, apenas seguiu em frente, conduzindo por inúmeros corredores.

De acordo com a tradição do s'Hisbe de que a simplicidade elevava a alma, havia pouca sinalização no palácio, nada além de placas sutis acima das molduras das portas para ilustrar as entradas escondidas para os diversos lugares e depósitos e saídas. Aos poucos, seus anos no palácio lhe voltaram, e ele se surpreendeu em descobrir que sabia onde estavam: ela o estava levando pelo caminho mais comprido até a biblioteca, mas isso foi inteligente. Aquela era a parte posterior do palácio, onde, caso encontrassem alguém pelo caminho, seria muito provavelmente outro criado.

O que, levando em consideração seu disfarce, fazia daquela a rota mais segura.

– Por aqui – disse ela, fazendo uma última entrada à direita e parando diante de um quadrado preto de mármore, cujo veio corria ao encontro dos veios predominantes dos outros. Apoiando a palma na parede, ela acionou a porta, que se abriu de pronto.

Ao entrarem na escuridão, luzes sensíveis ao movimento se acionaram, iluminado fileiras e mais fileiras de volumes em capa de couro. O ar estava seco e vagamente empoeirado, mas a biblioteca estava imaculadamente limpa, o piso bem polido a ponto de parecer um espelho, as prateleiras lustrosas. Não havia cadeiras e nenhuma mesa, caso você desejasse ler alguma coisa – a expectativa era que pegasse e levasse consigo o que precisava para ler em seus aposentos.

Merda, como iriam encontrar alguma coisa ali?

– Os periódicos médicos foram transferidos – sussurrou ela, indo em frente.

Ele a seguiu uma vez mais sem se preocupar em se encolher; não havia ninguém ali, e aquela parte do palácio não era monitorada.

O sistema de catalogação era composto de números escuros nas laterais das estantes. Mas era algo vago, presumindo que você já soubesse onde encontrar o que estava procurando.

– Aqui – disse ela. – Vamos por aqui.

No fim, ela parou e indicou uma fileira de livros.

– Foi para cá que eles foram trazidos.

Franzindo o cenho, ele se adiantou. O sistema numérico na lombada não ajudava em nada, por isso ele puxou um dos volumes e abriu a capa. Quando conseguiu entender algumas palavras no dialeto dos Sombras no Antigo Idioma, descobriu que estava lendo um tratado sobre realinhamento de fraturas.

Seguindo para a fileira seguinte, pegou outro tomo aleatório. Algo sobre visão.

Mais adiante, chegou a informações sobre gestação e parto.

– Doenças – murmurou. – Estou procurando por doenças. Ou defeitos congênitos... Ou... genes recessivos.

– Vou ajudar. – *maichen* começou a pegar volumes. – Pode me falar sobre a doença?

– É chamada de Prisão. Elas congelam... Elas... É como se os ossos crescessem espontaneamente... É algo fatal...

Deus, ele não sabia o suficiente sobre o que estava falando.

Enquanto os dois continuavam pela fileira de livros, as categorias e a organização dos volumes começaram a ficar mais claras. Como com todos os vampiros, os Sombras não tinham que lidar com vírus humanos ou câncer, mas havia muitas outras coisas que os acometiam, ainda que não tantas quanto os *Homo sapiens* tinham que combater. A cada livro que pegavam, ele ficava mais ciente da passagem do tempo, e ficava mais e mais preocupado com a possibilidade de *maichen* ser apanhada do que consigo próprio.

Mais rápido, a leitura foi mais veloz, assim como o pegar e o devolver de mais um dos livros.

Tinha que haver alguma coisa ali, iAm pensou. *Tinha* que haver.

O corpo inteiro de Trez estava rígido enquanto ele continuava se segurando no interior do Mercedes. Fritz ainda seguia pela calçada, o que teria sido ótimo se o *doggen* fosse um pedestre. Fazer um sedã no tamanho de um iate transoceânico caber numa faixa de concreto projetada para abrigar de quatro a cinco pessoas de uma vez?

Não tão legal assim...

Selena emitiu um tipo de grito animado quando chegaram à outra esquina e fizeram voar mais caixas do *Diário Caldwell Courier*.

Trez estava muito contente por ela estar se divertindo.

Só desejou que estivessem assistindo ao filme de ação em vez de participarem dele.

– Fritz – gritou acima do ronco do motor. – Vá na direção do rio.

– Como desejar, senhor!

Sem aviso, Fritz virou abruptamente para a esquerda, fazendo-os voar na direção de um centro comercial à margem de outros prédios. O Mercedes enfrentou a escadaria como um homem de muletas, sacudindo, chacoalhando na subida desconjuntada do tipo que faz seus molares cerrarem e seus rins clamarem por piedade. Mas logo chegaram à área horizontal que propiciava todo tipo de escolha em quatro diferentes entradas.

Fritz, naturalmente, escolheu a rota mais reta.

Através de um maldito saguão.

Painéis de vidro explodiram quando o S600 chocou-se contra a parede transparente, estilhaços voando por todos os lados antes de aterrissar no piso liso e deslizar como neve na superfície de um lago congelado.

Relanceando pela janela, Trez deu uma boa olhada no vigia noturno que saltava de trás da bancada do saguão. Pareceu-lhe mal-educado não cumprimentar o pobre bastardo, então Trez o saudou com a mão, como faria a Rainha Elizabeth, conforme voaram pelo interior e explodiram para fora do lado oposto.

Crash!

O segundo round com os vidros foi igualmente impressionante, com o para-choque do Mercedes quebrando tudo ao voltarem para o ar noturno.

– Acredito que vamos flanar – avisou Fritz. – Segurem-se.

Entendido, cara.

Trez ficou duro quando se aproximaram dos degraus, e depois...

Gravidade zero, ou o mais próximo que se consegue chegar disso sem dar uma guinada a 30 mil pés de altitude, aconteceu ao flanarem, a jornada se mostrando bem suave e relativamente tranquila, nada além do motor rouco chegando aos ouvidos.

Tudo isso mudou quando saltaram pela calçada e aterrissaram na rua asfaltada. A suspensão absorveu boa parte do impacto, mas faíscas surgiram quando uma porção da parte inferior do veículo recebeu uma raspagem odontológica.

– Perdoem-me, por favor – disse Fritz, olhando pelo espelho retrovisor.

– O terreno não é culpa sua – Trez berrou de volta –, mas não tenho tanta certeza com relação a todo aquele vidro.

Olhou de lado para ter certeza que Selena ainda estava se divertindo. Isso mesmo. Ela estava sorrindo e gargalhando, os olhos brilhantes como luzes natalinas.

Quando Trez voltou a olhar para a frente, o mordomo ainda olhava pelo espelho retrovisor e falava com ele.

– Senhor, lamento terrivelmente, mas devo retornar...

– Fritz! Olho na rua, cara!

– Ah, sim, senhor...

Freaaaaada quando o mordomo corrigiu o curso e evitou por pouco aparar uma fileira de carros estacionados.

– Como eu dizia, senhor, devo retornar para casa – continuou o mordomo sem piscar. – A preparação da Última Refeição precisa ser supervisionada.

Como se aquilo fosse um vídeo que poderiam pausar?

– Hum, Fritz...

De súbito, o Mercedes ficou todo escuro de lado de dentro e de fora, as luzes se apagando. E, bem nessa hora, bem do alto no céu, uma luz ofuscante iluminou o chão e a eles por uma fração de segundo.

– Helicóptero – murmurou Trez. – Fantástico.

Virando para trás, olhou pelo vidro. Luzes azuis e vermelhas passaram correndo, mas os policiais atravessaram o caminho deles em vez de segui-los, o que lhes daria uma folga de um ou dois quarteirões antes que a polícia se redirecionasse.

Merda, como sairiam daquela?

Antes de se dar conta, Fritz os fizera descer ao longo do rio, mas não na estrada. Em vez de tomar umas das vias legais, ele saltou sobre outra calçada e começou a voar debaixo de um viaduto. Pilares do tamanho de sequoias passavam pelas janelas, o *doggen* desviando deles pela direita e pela esquerda, como um corredor de obstáculos.

Não havia ninguém atrás deles, mas não poderiam continuar ali indefinidamente. A Northway, que estava acima deles, acabaria reencontrando o chão...

E, como esperado, a descida da via elevada começou a acontecer, e com tamanha velocidade que Trez se convenceu de que acabariam virando purê ante a iminente junção de asfaltos.

Só que não. Fritz saiu de baixo, dirigindo sobre uma saliência do pavimento ao redor das ruas que iam paralelas ao rio Hudson. De algum modo, ele conseguiu colocá-los no meio de um intervalo entre os *guardrails* e, simples assim, subiram a rampa de acesso que os conduziria para a estrada na direção correta.

Seguindo para casa.

Trez esperou ver uma fila de unidades policiais com suas luzes disparando como se fossem os fogos de artifício de 4 de julho na traseira deles.

Em vez disso, viu uma frota dos caras de azul seguindo na direção oposta da Northway, dirigindo-se para o local de toda aquela diversão.

Fritz desacelerou e reacendeu as luzes. Juntou-se ao tráfego. Flanou a modestos cem quilômetros por hora.

– Como *diabos* conseguiu fazer isso, cara? – Trez perguntou, admirado.

– É fácil despistar os humanos. Eles têm a tendência de rastrear a luz, como gatos atrás de um ponto iluminado. Sem a luz? Isso nos dá imensa vantagem... Bem, isso e o dobro de potência em cavalos.

Trez se virou para a sua rainha.

– Você está...

Selena o alcançou e o puxou para um beijo. E mais um.

– Mas que noite! Acho que isso foi a coisa mais excitante que me aconteceu!

A adrenalina rapidamente se transformou em desejo quando ele retribuiu o beijo, pressionando-a no banco. Lambendo-a na boca, encontrou um dos seios com a mão.

– É melhor eu pedir para ele acelerar de novo? – Trez grunhiu ao encontro da boca dela. – Porque acho que não vou conseguir esperar...

– Logo chegaremos em casa – murmurou ela, sorrindo. – E gosto dessa antecipação. Estou louca por você desde o trajeto da ida.

Trez gemeu no fundo da garganta ao alcançar o botão que ergueria a divisória.

– Fritz?

– Sim, senhor.

– Um pouco mais rápido, se não se importar.

– O prazer é meu, senhor!

Capítulo 37

Pouco depois que Xcor e Balthazar fizeram mais uma curva às pressas em meio ao labirinto de becos, Xcor foi atingido por uma coisa tão grande e tão dura que o deixou completamente atordoado e o fez voar pelos ares, o mundo girando enquanto ele continuava parado, ou melhor, era ele quem estava girando.

Em pleno ar, ele se preparou para o impacto desagradável, mas, por algum motivo absolutamente idiota, aterrissou sobre as botas de combate. Foi um golpe de sorte, mas não uma bênção duradoura, e sentiu a força cinética. Para evitar cair no chão, avançou, tentando continuar correndo.

Algo estava muito errado. Suas pernas não estavam funcionando como deveriam.

Esforçando-se para se erguer, estava vagamente ciente de Balthazar ter gritado seu nome e depois, de repente, seu soldado apareceu ao seu lado, segurando-o pelo braço e arrastando-o para a frente.

No fundo da mente sentiu uma presença saindo do enorme veículo, do modo como um vampiro faria. E depois mais sons do impacto de balas disparadas. *Bangs* agudos substituíram os barulhos do chumbo se enterrando em tijolos, asfalto e pedra.

Os *redutores* se depararam com aquele trailer.

O que significava que ele e Balthazar teriam um ou dois segundos de cobertura, e Balthazar se aproveitou disso. Com um puxão forte, Xcor sentiu o corpo inteiro ser puxado do caminho.

E, um momento depois, estava atrás de uma estrutura grande.

Não, não era outro veículo ou algo assim. Era uma gigantesca caixa quadrada com algum tipo de inscrição na lateral.

P... O... D... S...

Seu cérebro hiperativo acompanhou o traço das letras, mas aquele padrão não significava nada para ele. O que ele entendia claramente?

Que estavam prestes a levar um tiro.

Levantou a arma na mesma hora que Balthazar fez isso.

Forçando os pulmões a diminuir os arquejos sôfregos, esperou... esperou... esperou... esperou...

A chuva de balas foi ficando cada vez mais alta conforme os atiradores avançavam na direção deles. E de tão entretidos nos barulhos e na perseguição, os assassinos nem se importaram em diminuir o passo ao se aproximarem da cobertura que funcionava tão bem, e seguiram em frente.

Num acordo tácito, Xcor mirou o da esquerda enquanto Balthazar atacava o da direita.

Duas balas. Não duas mil.

Duas muito bem colocadas balas .40 no meio das costas fizeram com que os atiradores caíssem para frente, o rosto batendo no piso sujo primeiro.

– Pode deixar comigo – exclamou Balthazar, trocando as pistolas pelas adagas.

Xcor teria discutido, mas estava começando a sentir a extensão de seus ferimentos.

Bali saltou para fora do esconderijo, as adagas reluzindo. Atingiu o mais perto primeiro, e uma grande explosão de luz iluminou o beco como se fosse meio-dia. Sem pausa, rolou de lado e esfaqueou o segundo atirador. Retraindo-se da segunda explosão, o soldado conseguiu embainhar as adagas e apanhar os rifles antes que...

... aquele imenso veículo – o que atropelara Xcor – surgisse no beco.

Balthazar correu para se proteger, batendo os ombros no cubo metálico, e os dois ficaram olhando adiante, imobilizados ali enquanto aquela coisa saía da área.

Mas a diversão ainda não tinha acabado.

Calma.

Eles precisavam se...

... acalmar.

Desmaterializar-se dali do centro era a única maneira de escapar: as sirenes dos carros da polícia humana cada vez mais altas, e logo os faróis apareceram no fim do beco, a iluminação brilhante criando sombras em todos os cantos.

– Vá – ordenou Xcor, sabendo que seu soldado estava em melhor forma do que ele.

– Não vou te deixar morrer aqui.

– Ficar aqui pode custar a sua vida.

– Então morreremos juntos.

Enquanto Xcor inspirava e expirava profundamente, tentando desacelerar as batidas do coração e diminuir a pressão sanguínea, o cheiro de metal aquecido e munição aguçava suas narinas, junto com a fumaça do diesel queimado pelo veículo e o fedor remanescente do suor e da incineração dos assassinos.

Suas pernas o estavam matando. As duas... Àquela altura, a dor era tanta que ele teria que se sentar ou... desmaiar.

Merda.

Os carros de polícia passaram por eles a toda velocidade... Um, dois, três em rápida sucessão, os narizes e luzes estroboscópicas sumindo depois que passaram.

Haveria mais. E o seguinte viria mais devagar, no modo de reconhecimento em vez de perseguição.

– Qual a gravidade do seu ferimento? – Balthazar perguntou.

Ele quis mentir.

– As pernas são um problema. Uma foi atingida, a outra deve estar quebrada.

– Quando foi a última vez que se alimentou? Isto é, de uma fêmea.

Meses e meses. Desde a primeira vez que vira Layla. Seu sangue ultrapuro o sustentara por um tempo recorde, e quando a força finalmente começou a ceder, ele se alimentara de veados que caçara na floresta, sem contar aos seus machos que recorrera a tal coisa.

Mas Bali sabia. Todos eles deviam saber.

– Tanto tempo assim? – seu soldado resmungou.

Xcor olhou ao redor, sem intenção de continuar a conversar. Do lado oposto, havia uma saída de incêndio, mas ele não tinha forças para se arrastar até lá numa velocidade suficiente, e não conseguiria se desmaterializar.

– Vá – disse a Balthazar.

– Você consegue.

– Não tenho forças para voltar para...

Balthazar apontou para cima.

– Ali. No telhado. Você só precisa ir até ali.

Cachorros latindo. Pelo menos dois. No início do beco.

Ah, sim, os humanos trouxeram narizes que funcionavam numa busca. Em vez dos inúteis que traziam no rosto.

– Você tem que fazer isso – disse Balthazar. – Só até ali. Não mais do que isso.

Xcor olhou o caminho até o telhado, além de uma série de janelas, uns quinze andares acima. Imaginou que podia ser muito pior.

– *Agora.*

Fechando os olhos, ele sabia que não daria certo.

– Quero que você vá. Isto é uma ordem.

Xcor suspendeu um braço cansado e estapeou o rosto do seu soldado. Com a voz fraca, disse:

– Os outros precisam de organização e cuidado. E você tem tudo isso. Vá e leve essas armas com você. Elas são preciosas. Vá! Alguém tem que liderá-los!

Balthazar ainda imprecava ao desaparecer... E os cachorros estavam ainda mais próximos da posição de Xcor. Com o cheiro fresco de sangue derramado que ainda se empoçava, eles o encontrariam em questão de segundos.

Dessa vez, suas pálpebras baixaram de exaustão, não com algum tipo de esperança de que poderia se desmaterializar.

Só que, pouco antes de ser capturado, ao erguer o cano da pistola e saber que estava prestes a perder a vida num combate armado muito ruim...

A imagem de Layla surgiu tão vividamente como se estivesse bem diante dele.

Se não saísse dali, morreria e nunca mais poria os olhos nela.

Enquanto uma profunda sensação de perda se espalhava no meio de seu peito, ele soube aquilo que vinha negando há algum tempo.

Frente à realidade de ser-lhe negada uma última audiência com aquela fêmea, uma última chance de ouvir sua voz, sentir o cheiro dela no ar noturno, ficar diante da sua presença física... o macho vinculado dentro de si gritou de ódio por tal crime.

Bem quando um pastor alemão fazia a curva do contêiner de metal, seu soldado logo atrás, a curta distância da guia, bem no instante em que o humano gritou algo como "parado" ou alguma tolice do tipo...

Xcor se desmaterializou.

Somente o desejo de ver sua fêmea mais uma vez lhe deu as forças para se lançar no ar noturno, espalhando seu corpo surrado e enfraquecido até o telhado que Balthazar apontara.

Enquanto o policial na rua exclamava seu choque e outro se aproximava começando a conversar, Xcor caiu em pleno ar, aterrissando com força no telhado horizontal cheio de pedregulhos do prédio logo acima.

– Obrigado, Santa Virgem Escriba. – Ele ouviu alguém murmurar.

Gemendo, Xcor rolou de costas. Zypher estava logo acima dele. Balthazar também.

– Ele está muito machucado.

Essa foi a última coisa que ouviu antes que a hemorragia e os ferimentos o arrastassem para a inconsciência.

Um quarteirão adiante, Rhage tinha a própria lista de problemas graças a todos aqueles malditos humanos que inundaram o beco. Com as mãos acima da cabeça e de costas para os caras de azul que se aproximavam, ele estava aborrecido. E entediado.

A festa em si, aquela com os assassinos, estava mais adiante, por onde fora a coisa blindada e cheia de equipamentos médicos de Bill Murray – ou seja, a ambulância de Manny Manello. Nesse meio tempo, ele estava ali, empacado com o melhor que existia na polícia de Caldwell.

– Não se mexa.

Como nos filmes, pensou, revirando os olhos.

– Tudo bem, seu guarda.

Sua audição aguçada já os localizara com total acuidade. E não havia nada à frente no beco. Nenhum carro, nenhum pedestre perdido no meio da noite, nenhum outro policial.

Só Deus sabia onde Manny ia acabar parando. Ou o que estava acontecendo com Trez e Selena.

Não tinha tempo para isso.

– Seu guarda?

– Não se mexa.

– Sem querer ofender, mas tenho que ir.

E assim, só porque o Departamento de Polícia de Caldwell não o estressava nem um pouco, ele se desmaterializou.

Estava sorrindo em seu estado molecular enquanto seguia em frente, imaginando todas as expressões incrédulas.

Mas o que ele fizera não era uma coisa muito boa. Existia apenas uma regra naquela guerra contra a *Sociedade Redutora*: não se deve bancar o idiota. Ou seja, era de interesse de todos que os humanos não soubessem que os vampiros eram muito mais do que um mito de Hollywood, e que *The Walking Dead* não era apenas uma série de televisão.

No entanto, às vezes não se tem muita escolha. E, apesar de ter dado ao Tico e ao Teco, os irmãos das algemas, e seus outros camaradas um tremendo show, isso era melhor do que perder tempo apagando memórias enquanto Manny Manello precisava dele, e talvez Trez e Selena também.

Seguindo em frente, reapareceu a três quarteirões do rio no telhado de um estacionamento. Bem quando Manny surgiu acelerando em seu tanque armado, com seu séquito de carros de polícia logo atrás, Rhage apareceu diante dos faróis de xenônio e fez um sinal para que o doutor seguisse em frente.

Depois, com muita tranquilidade, ficou atrás da ambulância e abriu fogo contra os alvos que seguiam o veículo. Mas não deu uma de cretino. Sua Mary já fora humana – meio que ainda era, a não ser pelo detalhe da imortalidade. Por isso, mirou nos pneus dianteiros e no motor do primeiro que apareceu. A unidade que liderava rapidamente perdeu o controle e girou, e isso dificultou o tiro certeiro no segundo. Mas ele acabou acertando e inutilizou-os.

Tchau, tchau.

Alcançou Manny uns dois quarteirões à frente, materializando-se no banco de passageiro do mesmo modo como saíra antes.

Manny emitiu um grito de surpresa, mas não perdeu a concentração. Seguiu em frente no meio do beco.

– Temos que sair daqui – disse o bom médico.

– Vá para o rio. Sei exatamente o que fazer.

– Tem tiras pra todos os lados.

– Eu te digo quando virar. – Rhage pegou e celular e começou a escrever uma mensagem. Um quarteirão depois, gritou: – Direita! Agora!

Rhage se segurou firme quando Manny deu um giro de noventa graus e acelerou de novo.

– Eles colocaram um helicóptero atrás de nós – Manny anunciou.

E, por certo, a tevê mostrava uma adorável imagem de um foco de luz se acendendo sobre eles, o facho reluzindo em círculos ao redor enquanto o helicóptero os mantinha em vista lá do alto.

– Daqui a dois quarteirões, vire à esquerda.

– Eles vão se aproximar de nós...

– Agora!

E, dessa forma, acabaram debaixo da estrada, perdendo de vista aquele facho de luz.

– Mais um quarteirão – murmurou Rhage, inclinando-se para frente, rezando para que... – Ali!

À direita, uma porta se erguia lentamente, os painéis revelando uma garagem às escuras do tamanho de uma casa pequena.

– É aqui!

– Puta que o pariu, como fez isso?

– Agradeça ao V.

E assim, o trailer de Manny, junto com todas as seringas e gazes e bisturis e os dois pobres filhos da puta no banco da frente, se abrigaram, ficando seguros naquela garagem.

Manny desligou o motor, mas não tirou as mãos do volante. Como se esperasse ter que dirigir de novo.

– O que fazemos agora?

Rhage abaixou o vidro e ficou atento aos barulhos das viaturas do lado de fora.

– Nós esperamos...

Seu celular tocou e ele atendeu.

– Belo trabalho, meu irmão.

A voz de Vishous soou clara como um sino.

– E você pensou que nunca íamos precisar.

– Ainda bem que existe ativação remota.

– Pelo telefone. Bum! Estão bem?

– Sim, mas acho que vamos ficar aqui um tempo, ao menos que alguém venha nos buscar.

– Que porra está acontecendo aí?

– Venha nos buscar e te conto no caminho.

– Chego em vinte. A não ser que eu tenha que me preocupar com a polícia...?

– Ah, não – Rhage fez sinal de silêncio com a mão. – Você está garantido. Não tem nenhum policial por aqui.

Quando ele desligou, Manny o encarou.

– Ficou louco? Esse bairro está tomado de policiais.

– Ele precisa se exercitar.

Com uma imprecação, Manny bateu a cabeça no encosto algumas vezes.

– Maldição! Nem consegui usar esse garotão aqui e ele já está todo arrebentado.

– Bem, pelo menos você conseguiu brincar com alguns botões. E foi um teste e tanto para essa parte da blindagem. – O celular de Rhage emitiu um som de recebimento de mensagem. – Ah, boa notícia: Trez e Selena chegaram bem em casa. Acho que conseguiram sair da cidade antes da diversão começar.

– Isso é um alívio. – Manny inspirou fundo, depois praguejou: – Como é que vamos tirar esta coisa daqui? Todas as delegacias da cidade vão ter uma foto dele.

Rhage olhou ao redor e deu de ombros.

– Peça por peça, se for o caso.

– Isso não me inspira muita confiança.

– Nunca viu seu cunhado com uma chave de fenda. Aquele filho da puta consegue desmontar qualquer coisa.

– E quanto à parte de remontar?

– Ele é ótimo.

– Está mentindo pra mim só para eu não chorar como uma criança?

– Ah, não. Nada disso.

Rhage se virou para trás e ligou a lanterna do celular.

– Procurando caroneiros? – perguntou Manny.

– Tem alguma coisa aqui pra comer?

– Não, ao menos que goste do sabor de coisas esterilizadas.
Rhage se reacomodou no banco e inclinou-o.
– E o ruim fica pior ainda...
– Você não pode se alimentar no meu carro.
– E de você, eu posso?
– Não!
Fechando os olhos, mostrou o dedo do meio para o médico.
– Estraga-prazeres...

Capítulo 38

Na biblioteca do palácio, iAm pegou o último livro da última prateleira da última fila sobre textos médicos. Ao virar a capa de couro, o grito em sua mente foi tão alto que ele não conseguiu se concentrar na leitura do índice.

– Dê-me-o – disse *maichen*. – Permita-me.

Mesmo que isso o rotulasse como covarde, deixou-se escorregar ao chão de bunda, o piso duro machucando atrás da proteção fina conferida pelo uniforme de criada azul-claro.

Ele já sabia o que *maichen* encontraria. Ou não encontraria.

A falha em seu raciocínio, quando entrou naquela loucura, foi que ele jamais ouvira falar dessa doença. Não que ele fosse um dos curandeiros do s'Hisbe, com conhecimentos extensos quanto ao que afligia seu povo e como curá-los, mas algo como o que Selena tinha? Os Sombras a encarariam como uma aberração e se afastariam como se aquilo fosse uma praga – portanto, haveria algum tipo de conhecimento coletivo a respeito dela.

Deveria saber. Mas, no que se referia ao irmão, iAm era capaz de fazer qualquer coisa para salvar o filho da mãe.

– Ele tem uma doença semelhante? – perguntou *maichen*.

– O quê?

– Você disse que faria qualquer coisa para salvar seu irmão...

Maravilha, agora estava pensando em voz alta.

– É melhor voltarmos.

Ela fechou o volume.

– Lamento não termos encontrado...

– Venha, vamos embora.

iAm se pôs de pé e lhe estendeu a mão. No processo de revisar o último livro com todas aquelas palavras inúteis, ela também tinha se sentado no chão.

O rosto encoberto se ergueu como se ela estivesse olhando para a mão dele.

– Precisamos ir – ele murmurou, desejando que ela simplesmente voltasse a guardar o maldito livro e saísse dali com ele.

Quando, por fim, ela estendeu o braço, a manga pesada escorregou para baixo, expondo o pulso fino e a mão longa e fina. Que estava tremendo.

Ele adorou a cor da pele dela. Mais escura que a sua.

– Não vou machucá-la – disse com rudeza, antes de tocar nela.

– Eu sei – ela sussurrou.

Quando fizeram contato, seu corpo se retorceu, uma corrente elétrica o atravessando, viajando do ponto de conexão até seu coração e fazendo o ritmo vital bater ainda mais rápido. Não tinha certeza, mas pensou que ela também tivesse sentido esse choque, as vestes que a cobriam se movendo rapidamente, como se tivesse dado um salto.

No entanto, não tinham tempo para pensar naquilo.

Pegando o livro com a mão livre, ele o recolocou no lugar vazio deixado e começou a refazer o longo trajeto até a saída. Percorrera uns cinco metros quando se deu conta de que ainda não a soltara.

Teve que se forçar a soltar a mão dela.

Quando chegaram à porta camuflada, ficou de lado enquanto ela a abria, para o caso de existir algum rastreador de segurança ativado.

No corredor, ela disse:

– Fique abaixado, lembre-se. Você é muito alto e muito grande.

iAm seguiu com o programado.

– Obrigado.

Deixando que ela assumisse o comando, descobriu-se observando o modo como ela andava, a oscilação em seu corpo quase completamente camuflado por baixo das vestes. Como ela seria? E seu rosto?

Assim que esses pensamentos vieram, ele os abandonou. Aquele dificilmente seria o momento para desperdiçar sequer um segundo com algo parecido com aquilo.

Tinham percorrido uns quarenta quilômetros, pelo que lhe parecia, quando um destacamento de guardas da prisão veio em sua direção. Por baixo da máscara que lhe cobria o rosto, iAm acompanhou a aproximação, preparando-se para lutar, para fugir. Em conformidade com a equipe de s'Ex, estavam vestidos de preto, tinham o físico de leões de chácara, as adagas de lâmina longa à cintura bem ao alcance. Seus rostos estavam descobertos, e ele não se lembrava mais... aquilo significaria que estavam se encaminhando para uma guerra?

Merda, teriam sido descobertos?

À frente dele, *maichen* não titubeou. Parou, levou as duas mãos adiante do coração formando um bico e inclinou a cabeça em súplica. Ficando ao lado dela, copiou-lhe a pose exata, os músculos das coxas contraídos conforme se obrigava a sustentar a posição agachada.

Os guardas olharam para eles, e iAm rezou para que o perfume de lavanda os enganasse. Se eles percebessem sequer um vestígio de alguma coisa próxima a violência bombeando em suas veias...

Mas não, eles apenas acenaram com a cabeça e seguiram em frente.

Mas que porra de sorte.

Alguns metros mais tarde, ela parou de súbito... e ele quase a abalroou.

– Chegamos – disse ela, olhando de um lado para o outro no corredor.

Ele aguardou que ela acionasse o mecanismo de abertura da sua cela. Quando ela não fez isso, ele se inclinou em sua direção e disse com suavidade:

– Não é culpa sua. E muito obrigado.

A cabeça dela estava abaixada, e a voz que surgiu por trás da máscara parecia comovida.

– Sinto muito. Por tudo isto.

– Você não tem por que se preocupar com isso. E não quero mais que venha me ver. Mude seu turno, não se envolva mais nisso. Já temos pessoas demais envolvidas neste pesadelo.

O tecido da máscara se mexeu quando ela levantou o olhar para ele.

– Quero fazer mais. Deixe-me ajudar a libertá-lo...

– Não.

– Não quero que seja um rato de laboratório.

– O quê?

– Não quero que seja mantido aqui para sempre.

– Não vai ser tanto tempo assim, eu prometo. – Embora ele precisasse mesmo sair dali o mais rápido possível. – Agora, por favor, pode ir embora?

Quando ela continuou hesitante, foi ele quem acionou a porta da cela, segurando a mão dela e posicionando-a na parede...

As luzes no interior estavam acesas e não mais apagadas. Na cama, com as costas apoiadas na cabeceira, estava s'Ex, as pernas esticadas e cruzadas na altura do tornozelo.

Em uma mão ele tinha uma pedra de amolar. Na outra, uma adaga.

Com movimentos lentos e precisos, ele a estava amolando.

Nem se deu ao trabalho de levantar o olhar.

– Imagine minha surpresa quando vim pessoalmente dar uma olhada em você.

iAm colocou o corpo diante de *maichen*, bloqueando-a por completo.

– Ela não tem culpa. Eu a forcei.

– Isso é mentira. – O executor ergueu os olhos, que reluziam, negros. – Mas quer você tenha ou não feito isso, é o menor dos seus problemas.

Enquanto Fritz parava diante da mansão da Irmandade, Selena saltou para fora do Mercedes antes mesmo do carro parar por completo. A saída repentina era uma expressão da sua excitação, algo em que estava se apegando e que a fazia se sentir bem demais...

Só que ela estava usando salto alto, e a aterrissagem não foi muito boa: quando as pontas finas dos saltos deslizaram no piso de pedras, a gravidade se apoderou dela, que esticou os braços, o peso se desequilibrando...

Trez a pegou nos braços num salto poderoso, capturando-a antes que caísse, trazendo-a para junto do peito imenso.

Segurou-a como se ela não pesasse nada.

Passando os braços ao redor do seu pescoço, ela se inclinou para trás e riu tão amplamente que devia estar parecendo uma lunática. Ela nem ligou.

– Isso foi incrível!

Trez sorriu ao galgar os degraus para chegar à porta do vestíbulo.

– Foi uma coisa diferente, concordo.

Esticando-se ao redor dos tríceps de Trez, Selena chamou o mordomo:

– Fritz, podemos repetir isso amanhã?

O mordomo os acompanhou.

– Mas claro, senhorita! Qualquer coisa que precisar. Devo comentar, todavia, que o carro necessitará de alguma atenção antes de outra excursão como esta.

Ele devia ter razão, e talvez por isso o *doggen* o tivesse estacionado paralelo à porta da frente, em vez de levá-lo para junto dos outros veículos, do lado oposto à fonte. Será de aquela coisa ainda andava de ré?

Houve uma breve pausa ao entrarem no vestíbulo, e depois foram recebidos no interior aquecido e luxuoso da mansão por um criado da equipe de Fritz.

– Se me permitem – disse o mordomo –, preciso cuidar dos preparativos para a Última Refeição, conforme já lhes disse.

– Obrigado por nos trazer de volta inteiros – murmurou Trez.

– Foi um prazer.

Enquanto o *doggen* seguia na direção da sala de jantar, Trez começou a ir na direção das escadas, as passadas longas cruzando o piso em mosaico do átrio. Selena começou a rir por um motivo novo, que não era a recente adrenalina pura.

Mas ele não a levou para seu quarto. O macho deu a volta na base da escada pela esquerda, levando-os para a porta decorada do lavatório.

– Abra a porta para mim – ele grunhiu.

Ela levantou o olhar e se embebedou com o que viu no rosto dele. Desejo puramente sexual travava seu maxilar e estreitava seu olhar, transformando-o numa versão animalesca dele mesmo.

A reação dele à perseguição de carro, ela concluiu.

Esticando o braço, ela segurou a maçaneta de latão e abriu a porta, liberando o acesso.

Era um lindo cômodo, com uma baia reservada para o vaso sanitário e um perfume adocicado no ar, o mármore pêssego, vermelho e rosado que cobria as paredes e o chão. Cetim vermelho e pêssego caía pelas laterais do espelho sobre a pia, como se fosse uma janela para enxergar o exterior, e o barrado de veludo debaixo da cuba era vermelho com franjas douradas. Candeeiros a gás antigos ardiam incessantemente ao redor do cômodo, a luz amarelada baça como a de velas.

– Você vai querer usar aquela tranca – disse ele, inclinando-se para que ela pudesse alcançar o trinco. Acioná-lo. Dando-lhes um pouco de privacidade.

Havia um banco comprido com uma bainha na parede oposta, e ele a levou até lá, segurando-a com uma mão enquanto afastava todo tipo de almofadas de seda bordadas no chão. Estendendo-a, ele grunhiu bem fundo na garganta enquanto a acariciava nos ombros, na cintura, nas pernas.

– Pensei nisso a noite inteira – disse ele.

Arqueando-se para cima, ela sentiu a carícia do vestido subindo pelas coxas conforme ele subia mais e mais as palmas.

– Ah, meu Deus – ele suspirou ao ver seu sexo.

– Já tinha esquecido? – ela sorriu ao abaixar as pálpebras. – Que elas me deram tudo, exceto a calcinha?

– Humm, não, eu lembrava...

Ele a movimentou, puxando-a para frente para poder afastar-lhe as pernas ao redor do quadril. Inclinando-se sobre ela, apoiou a boca na lateral de seu pescoço e traçou um caminho com a língua até o lóbulo.

– Sabe o que é mais difícil?

Ele pontuou a pergunta com uma investida da pélvis, a excitação empurrando o sexo nu dela através do tecido da calça. Quando ela arfou, seus dedos foram para o corpete.

– Hum? – ele murmurou, mordiscando-a de novo como que para castigá-la. – Sabe?

– Não faço a mínima ideia – ela gemeu.

– Não é isso. – Ele pressionou o centro dela de novo, atiçando-a com sua ereção. – Acredite ou não.

– O q-quê...?

Ele aproximou a boca da orelha dela.

– É não dilacerar o seu vestido com os dentes. Quero levá-la para a Última Refeição depois disso e, por mais que eu respeite os Irmãos... – Trez beijou o caminho até os ombros. – Terei que matar todos, se a virem nua. E isso iria requerer muita limpeza.

– Então o que você vai fazer?

– Sente-se...

Ela estava tonta ao fazer o que ele pediu, mas de paixão... desejo... euforia.

– E agora?

– Nós tiramos essa coisa com muito cuidado. – Segurando a barra, ele puxou o tecido até a cintura, por sobre os seios... – Uaaaaau! – Ao lançar a seda pelos ares, ele só ficou admirando o que fora revelado. – Ah, é isso o que eu quero.

Com as palmas subindo e descendo pelas coxas, ele abaixou a cabeça para um dos mamilos, sugando-o, alimentando-se dela, a cabeça escura em contraste com a pele branca. Deixando a cabeça pender para trás, ela lhe deu todo o acesso que ele queria, afastando os joelhos ainda mais.

O som que ele emitiu foi o de um macho animal, e a forma como se encaixou mais nela ao trazê-la para frente foi rude.

– Dá pra mim – ele exigiu. Houve um rápido *zip!* quando ele se libertou, e depois aquele grunhido voltou. – A noite toda. Pensei nisso a noite inteira.

Ele a penetrou com uma investida do quadril, e ela segurou os pulsos dele, arqueando-se de novo. Com estocadas fortes, ele se soltou e tomou tudo que ela tinha para dar, um orgasmo potente se aproximando de imediato. Tão quente, tão sensual... o culminar do jantar atencioso, da perseguição enlouquecida de volta para casa, a constante antecipação que sempre tinha quando estava perto dele.

Arrastando-o para sua boca, ela se agarrou à força que ele representava, procurando os lábios e sugando a língua dele até o ritmo da penetração embaixo impossibilitar isso. Mais rápido, mais fundo. E então, o orgasmo a atingiu.

E foi o mesmo que atravessar aquelas porta de vidro, uma aceleração seguida de um estilhaçamento espetacular.

Só que desta vez foi seu corpo que se desfez.

De uma maneira maravilhosa.

Bem quando ela começava a flanar de volta para baixo, descobriu o pulso dele em seus lábios.

– Tome de mim – ele grunhiu. – Quero sentir seus dentes em minha pele.

No mesmo instante, o desejo voltou a alçar e ela afastou o braço dele. Quando suas presas desceram apressadas, ela sibilou e atacou a lateral de seu pescoço, bem na veia grossa que subia do coração.

Trez exclamou o nome dela a segurou junto de si, inclinando a cabeça para encorajá-la a beber mais, a sorver tudo que necessitava – enquanto seu quadril permanecia travado nela, a ereção invadindo-lhe o corpo.

O clímax dele provocou outro nela, levando-a ao limite mais uma vez.

E, durante todo o tempo, ela se sentiu mais protegida e mais amada do que nunca.

Capítulo 39

Enquanto a porta da cela se fechava atrás dele e de *maichen*, iAm arrancou a máscara e a deixou de lado.

– Deixe-a ir.

s'Ex girou as pernas para a lateral da cama e se levantou.

– Sabe qual é o meu maior defeito? Não gosto de receber ordens.

– Ela não faz parte disso. Isto é entre mim e você.

– Hum, sabe, você está entendendo tudo errado. Você e eu somos apenas dois jogadores no drama real, mas isso não vem ao caso.

O executor avançou e iAm ergueu as mãos, protegendo *maichen*.

– Pare.

– Ou o quê?

– Ou te mato.

s'Ex parou diante dele e o encarou de cima a baixo.

– É mesmo?

– É. – iAm cerrou os punhos e sentiu as presas descerem. – Se for para decidir entre você ou ela sobre quem terá o direito de sair andando desta cela, garanto que será ela a de pé quando estas portas se abrirem. E pouco me importo de morrer no processo.

s'Ex franziu o cenho e relanceou para a criada. Dirigindo-se a ela, disse:

– Irmão errado. Você sabe disso, não sabe?

iAm se inclinou para o lado, impedindo o contato visual.

– Então, vamos entrar nessa?

– Você seria um tolo em lutar comigo. Considerando que vim aqui para te ajudar a sair.

iAm se recusou a ser distraído.

– Vai dar o primeiro golpe ou eu dou?

– Não ouviu o que eu disse? Vim aqui levá-lo para a maldita biblioteca, mas deduzo que é de lá que vocês dois estão voltando. Ou passamos lá antes de sair.

No silêncio que se seguiu, iAm repassou as palavras do executor de trás para frente, verificando as sílabas e seus significados. Depois fechou a cara.

– Não estou entendendo.

– Se não se importa, precisamos fazer isso agora, porque tenho que voltar para a corte em vinte minutos.

Que porra era aquela?, iAm se perguntou.

s'Ex revirou os olhos.

– Eu disse que o traria para cá e tiraria, não foi?

– Foi você quem me colocou aqui! Me acertou na cabeça e...

– Não, idiota. Foi um dos meus guardas que fez isso. Tenho agido por trás dos panos para tentar te libertar... Não era para você estar nesta maldita cela. Não foi esse o acordo.

Piscada.

– Já fomos à biblioteca – interveio *maichen*. – Não fomos bem-sucedidos. E eu também vou. Quero ter certeza de que ele sairá daqui vivo.

s'Ex e iAm olharam para ela e disseram ao mesmo tempo:

– Não.

– Viu? – disse o executor ao passar por eles e ir até a porta. – Conseguimos concordar com alguma coisa. Então, podemos fazer isso agora?

E o filho da mãe não estava se referindo a brigar.

Puta. Merda. Ao que tudo levava a crer, sua confiança não estivera depositada no lugar errado, como pensara.

iAm olhou para *maichen*. Num tom suave, sussurrou:

– Não nos siga.

– Não pode dizer a ela o que fazer – disse s'Ex ao acionar a saída. – Agora, vamos em frente... Ao menos que queira apodrecer nesta cela.

iAm meneou a cabeça na direção da criada.

– Não...

– Estou esperando – disse s'Ex.

– *maichen*...

– Vou segui-los se eu assim desejar – foi só o que ela disse ao passar a todo vapor por ele e se juntar a s'Ex no corredor.

iAm sentia o cabelo pegando fogo ao segui-los, ainda usando aquele uniforme de criada com o qual andara sorrateiro pelos corredores do palácio.

– Se você for morta por um motivo idiota qualquer, isso não vai pesar em minha consciência.

Enquanto desciam o corredor, ela não prestou atenção às reclamações dele. É claro Ela não parecia ter um cérebro dentro daquela cabeça.

Ou talvez esse fosse ele... porque descobriu que não queria deixá-la.

O que era loucura.

s'Ex os conduziu pelos corredores, pegando um caminho diferente daquele que *maichen* fizera. E, durante todo o trajeto, iAm preparou-se para uma emboscada, um confronto, uma conclusão enganadora que foderia com ele.

Porém, uns dez ou quinze minutos mais tarde, estava fora do palácio, além das moradias dos criados... bem diante do muro que separava o Território do mundo humano.

iAm olhou para o executor.

– Vai me deixar ir embora? – sussurrou na escuridão.

– Como já disse, esse foi o nosso acordo, não foi? – Quando iAm não respondeu, s'Ex meneou a cabeça. – Neste ponto, nós três terminamos. Pelo menos até o fim do luto, quando irei buscar seu irmão.

– Não vão perceber que eu sumi?

– Por que alguém se importaria com isso? Despacho delinquentes com certa regularidade. E já apaguei a memória da sua marca em todos que souberam dela. – s'Ex relanceou para *maichen*. – Ainda que isso tivesse sido muito mais fácil se você não insistisse em transformar aquela cela numa loja mostruário de móveis.

iAm estendeu a palma.

– Não esperava que você fosse honesto.

– Vá se foder você também. – s'Ex aceitou o aperto de mãos. – Agora vá.

E assim o caminho ficou livre para ele, que não teve nem que se desmaterializar por sobre a barreira.

iAm parou e olhou para trás na direção da criada.

No silêncio que se seguiu, s'Ex emitiu uma imprecação violenta.

– Não aprovo isso entre vocês. Mas você sabe trancar tudo depois que ele se for.

E, dito isso, o executor saiu andando, as vestes negras ondulando atrás dele.

Era tão estranho, iAm pensou, ao ser deixado sozinho com a fêmea. Estava a meio metro da rota de fuga de que precisava, mas parecia não ser capaz de se mover.

– Posso ver seu rosto? – Ouviu-se dizer. – Antes de ir embora.

Quando ela não respondeu, ele esticou a mão e resvalou o tecido que lhe cobria a cabeça, descendo até os ombros.

– Tenho que ver como você é ou isso vai me assombrar pelo resto dos meus dias.

Ele tinha a sensação de que ela o assombraria, de todo modo.

– Eu... – a voz dela tremia. – Não sei.

iAm assentiu e se sentiu um canalha.

– Desculpe, isso não é da minha conta. – Cedeu ao impulso e se curvou em reverência diante dela, como se fosse muito mais do que uma serva. – Obrigado novamente.

Girando, ele passou pelo portão aberto.

– Amanhã à noite – ela disse num rompante. – Pode se encontrar comigo?

Ele ficou parado, um pé para fora do Território e outro dentro.

– Onde?

– Não sei. Em algum lugar... De algum... modo.

iAm franziu o cenho e pensou no lugar onde encontrara Trez, na montanha entre o s'Hisbe e a colônia dos *symphatos*. Aquele chalé ainda deveria estar lá; a maldita construção já devia ter uns cem anos quando Trez se refugiara lá.

E ele bem sabia que Rehv já não a usava mais.

– Conhece a montanha Black Snake?

– Sim – ela sussurrou.

– Na metade do caminho ao leste, na trilha Lightning Strike, existe um chalé. Chegarei primeiro e acenderei a lareira. Você pode se desmaterializar daqui e encontrar a luz. Encontre-me lá à meia-noite.

Ele conseguiu imaginá-la mordendo o lábio enquanto hesitava.

– Eu jamais lhe faria mal – jurou.

– Sei disso.

– Preciso ir. – Ele a encarava com grande intensidade, tentando enxergar debaixo daquelas vestes. – Pense a respeito. Estarei lá e esperarei por uma hora. Se você não for, eu entenderei.

Ela não era "importante" ante os olhos do s'Hisbe, mas, mesmo assim, as fêmeas tinham razão em ser cautelosas, pouco importando sua posição social, ao saírem do Território.

Ainda mais se não tinham poder algum.

– Adeus – disse ele, antes de se virar e começar a correr.

Momentos mais tarde, quando se desmaterializou, sentiu que nunca mais a veria. Contudo, mesmo isso sendo certo, ele estaria naquele lugar na montanha na noite seguinte.

Pontual.

Pelo visto, mesmo virgens cínicos como ele tinham um lado romântico.

Quando Trez e Selena por fim saíram do lavatório do térreo, já tinha passado muito da meia-noite. Na verdade, ao ver as horas no celular, ele se surpreendeu e descobriu que já eram três da manhã. Tinham passado umas boas três horas ali dentro.

Ele não conseguia pensar num modo melhor de passar o tempo.

As pessoas evidentemente estavam começando a voltar para casa, as vozes emanando da sala de bilhar.

– ... uma saraivada de balas! – Hollywood estava dizendo. – Como se estivesse chovendo chumbo!

– Minha pobre clínica móvel – a voz de Manny estava muito menos entusiasmada. – Seu trajeto de inauguração, e vejam o que aconteceu com a pobre coitada.

Bem, pelo menos aqueles dois voltaram para casa em segurança. Jesus, nem pensara neles... Podia ser mais egocêntrico?

– E este filho da puta me disse que não tinha polícia lá – V. interrompeu. – Para a evacuação. Inacreditável... Entrei numa convenção de distintivos.

Trez passou um braço ao redor de Selena.

– Quer se juntar à festa?

– Temos que contar a nossa parte!

Beijando-a na testa, ele a conduziu pelo átrio, passando pelo arco que levava à terra de mesas de bilhar, sofás e uma tela de TV grande o bastante para passar filmes como num drive-in.

– Olha só, aparecemos na CNN – alguém disse quando a TV foi ligada.

Na tela imensa, o vídeo de uma câmera de segurança mostrava o Mercedes numa cena de *Duro de Matar*, entrando naquele saguão violentamente. Depois a declaração de um policial que estivera envolvido na perseguição. E uma ou outra testemunha.

Trez acenou na direção de Rhage e Manny. Levantou a mão para V. e Butch. Ficou com sua fêmea ao lado de Z. e Bella.

– Ampla cobertura – alguém disse, lúgubre.

– Merda – outro ecoou.

Mesmo a excitação de Selena diminuiu um pouco, como se ver como tudo aconteceu tornasse aquilo mais real.

Quando a porta interna do vestíbulo se abriu, Trez percebeu uma lufada de ar frio entrando no cômodo. Um momento depois, uma mão pousou em seu ombro.

Ao virar, iAm estava atrás dele.

– Ah, oi, cara. – Foi abraçar o irmão, mas se retraiu. – Que porra de cheiro é esse?

– Novo sabonete líquido no restaurante.

Trez acabou abraçando-o.

– Livre-se dele. Isso faz você ter um cheiro de velha... O que é isso? Lavanda?

– O que aconteceu com o Mercedes? Aquela coisa está bem surrada.

Trez apontou para a tela.

– *Aquilo* aconteceu.

Mas, em vez disso, iAm se concentrou em Selena, traçando seu perfil e sentindo uma surpresa que disfarçou rapidamente.

– Tivemos um encontro hoje – Trez explicou.

Selena relanceou na direção deles, e quando viu quem era, esticou os braços.

– Olá – disse ao abraçar o irmão dele. – Acho que destruímos o centro de Caldwell.

Engraçado, iAm era o único macho a quem não desejava matar se fizesse contato com a sua fêmea. Achava que o macho vinculado dentro dele reconhecia que iAm nunca, jamais cruzaria nenhum limite, nem em pensamento, quanto mais de fato.

iAm sorriu um pouco.

– Pelo menos agora entendo por que o Mercedes vai requerer uns cinquenta mil só de funilaria. Quer um drinque enquanto me sirvo?

Trez balançou a cabeça.

– Não, estou bem assim.

Só que quando o irmão foi até o bar, Trez pediu licença e o seguiu.

– Ei, escuta só, quero me desculpar por não ter me comunicado... Opa!

Quando a garrafa que iAm pegara escorregou da sua mão, Trez a interceptou antes que caísse no chão, e foi então que percebeu como as mãos do irmão tremiam.

– Nossa, iAm, você está bem?

– Uh-hum. Claro.

– Toma – disse ele, devolvendo-lhe a vodca. – Tem certeza de que consegue preparar seu drinque?

– Tenho.

– Espere, deixe que eu pegue um copo. – Deu a volta no bar e pegou um copo da prateleira enquanto iAm desrosqueava a tampa. – Suco de *cranberry*, certo?

– Não.

– Pura? Você não costuma tomar vodca assim.

– Eficiência, meu irmão. Hoje eu só quero eficiência.

Trez segurou o copo e ficou olhando iAm servir uma dose generosa do líquido transparente e relaxante. Ficou esperando que o nível parasse de subir, e, quando não parou, tentou esconder a surpresa.

iAm era o moderado entre os dois.

Se ele bebesse tudo aquilo, a quantidade de álcool no sangue o faria entrar em coma. Mas, pensando bem, as últimas 24 horas tinham sido longas demais.

– Como estão as coisas no restaurante? – Trez perguntou ao transferir a propriedade do copo.

– Hum, bem. É, tudo bem.

– E nas boates?

– Mesma coisa.

iAm bebeu a coisa como se fosse água, virando a carga completa numa tragada só.

Trez praguejou.

– Eu sinto muito.

– Pelo quê? – iAm murmurou.

– Você sabe.

O grunhido que veio em resposta poderia significar uma gama de coisas.

– Olha só, tenho que ir deitar. Estou acabado.

– É, acho que também vamos fazer isso.

– Como ela está?

Trez relanceou na direção dela e teve a intenção de voltar a fitar o irmão, mas seus olhos se recusaram a se mover. Traçando a curva graciosa das costas de Selena, ele a viu nua naquele banheiro, as pernas afastadas, os seios fartos expostos para a sua boca, para as suas mãos. Depois a visualizou rindo desvairadamente no banco de trás do Mercedes. Lembrou-se dela fitando a noite enquanto jantavam.

– Ela está incrível – disse rouco. – Absolutamente incrível.

– Que bom, irmão. Isso é muito bom. – iAm tampou a garrafa e a enfiou debaixo do braço. – Olha só, vou me deitar, mas estarei na porta ao lado se precisar de alguma coisa, ok?

– Obrigado.

Quando iAm se virou e não olhou para trás, foi difícil não sentir cada grama do fardo que Trez era para aquele cara.

Algum dia, ele jurou, encontraria uma maneira de compensar aquilo tudo.

Capítulo 40

Não havia como sair.

Parada no meio do grupo na sala de bilhar, Layla estava muito ciente de que, caso tentasse sair às escondidas, levando seu carro para um passeio despreocupado, teria que enfrentar perguntas que não conseguiria responder com tranquilidade. E, mais importante, Luchas estava numa condição estável porém grave na clínica. Qhuinn ainda estava com ele, com Blay ao seu lado, e ela subira apenas para pegar algo para comer.

Sair da propriedade seria errado demais.

Ainda mais para ver Xcor.

E talvez fosse melhor assim. Estivera no limite de cruzar um limiar na noite anterior, limite que a levaria a um território que – após muita reflexão – ela sabia que não conseguiria assimilar. Santa Virgem Escriba!, não conseguia imaginar o que estivera pensando, e aquela separação forçada foi uma coisa boa, mesmo não desejando que Luchas sofresse.

Na tela imensa acima da lareira, imagens de um tiroteio e de carros derrapando passavam como um filme.

Inacreditável o que acontecera no centro. Ainda bem que ninguém saíra ferido.

– Então, onde está o seu trailer de luxo agora? – alguém perguntou a Manny.

– Ainda às margens do rio. Tivemos que deixá-lo no armazém de V. – O médico esfregou os olhos como se tivesse uma tremenda dor de cabeça. – Buracos de bala em toda parte, e acertei alguma coisa grande com ele.

– *Redutor*? – perguntou um dos Irmãos.

– Não. Quando saí e dei uma olhada, havia sangue vermelho nos faróis dianteiros e no para-choque. Então, ou era um humano ou um de vocês, mas com a contagem de cabeças e a ausência de manquejos, deve ter sido o primeiro.

– Ou um Bastardo.

– Pode ser. Quem quer que tenha sido, tenho certeza que ficou com bastante dor depois.

Layla franziu o cenho.

– Alguém foi ferido?

– Nenhum de nós, não se preocupe – alguém respondeu.

Uma estranha premonição a assolou.

Sem dizer mais nada, saiu da sala. Depois de ver que ninguém notara sua saída, pegou do bolso o celular que emprestara da doutora Jane e enviou uma mensagem rápida. Assim que a enviou, apagou-a e deixou o aparelho no modo de vibração antes de guardá-lo novamente.

Andando de um lado para o outro diante da porta, ficou com a mão no bolso, cobrindo o telefone enquanto aguardava uma resposta. Dez minutos mais tarde, ainda sem resposta, pegou o aparelho de novo só para garantir que não o desligara.

– Oi.

Girando, viu Qhuinn e Blay emergindo pela porta do túnel escondido sob as escadas.

Corando, ela disse:

– Eu já ia descer.

– Ele está descansando. A doutora Jane disse que seus sinais vitais estão melhorando. Está fora de perigo imediato.

Blay intercedeu:

– Por isso vamos deitar. Antes de desmaiar.

Qhuinn bocejou com tanta vontade que o maxilar deu um estalo.

– A doutora Jane vai ficar lá. Acho que já está lá embaixo uns dois dias direto. Ela vai avisar de pronto se alguma coisa mudar.

– Se precisarem de mim, me avisem? – ela pediu.

– Acho que estamos bem por agora. Obrigado por tudo. Mesmo.

Abraços foram trocados junto a despedidas, e ela deve ter se saído muito bem tentando parecer normal, porque, momentos depois, os dois seguiram juntos pelas escadas.

Sem desconfiança quanto à preocupação dela.

Layla relanceou para a sala de bilhar. Pegou o telefone e viu as horas.

Três da manhã.

E nenhuma mensagem.

Antes de perceber o que estava fazendo, passou pela sala de jantar e pela cozinha. Os *doggens* estavam ocupados preparando a Última Refeição, e Fritz mal lançou-lhe um aceno respeitoso quando ela passou.

Ninguém percebeu quando foi para a garagem. Ou se apressou para a porta trancada do lado oposto. Depois de inserir a senha no teclado, ouviu um sinal baixo quando a tranca se abriu.

Momentos depois, estava atrás do volante e saiu acelerando.

Enquanto descia a montanha, o *mhis* a refreou, e a demora fez seu coração bater ainda mais forte. Mas chegou ao pé da montanha e, quando se viu na estrada rural, acelerou fundo.

Não havia muito tempo disponível.

Deus, ter um vício era aquilo, pensou, atordoada, ao agarrar o volante com tanta força que suas juntas doeram.

O chamado da droga ou da bebida... Ou, no seu caso, de Xcor... era irresistível. E não havia prazer ao ceder, apenas uma culpa dolorosa e uma autocomiseração ressonante pelo fato de, mais uma vez, ter deixado de lado seus instintos e cedido àquilo que poderia muito bem acabar por matá-la.

Ou, pelo menos, arruinar sua vida.

Mas que a Virgem Escriba se apiedasse da sua alma, ela se sentia incapaz de não ir até Xcor ver se ele estava bem.

Na casa de audiências do Rei, Paradise sorria para o macho ancião diante da sua mesa.

– De nada. Fico feliz por tê-lo recebido hoje.

– Você muito me auxiliou. – Ele se curvou diante dela com o chapéu na mão. – Fique bem até a aurora.

– O senhor também.

Quando ele atravessou a sala, ela se recostou na cadeira e fechou os olhos. Era o último agendamento da noite. Wrath recebia de duas a quatro pessoas por hora durante oito horas, portanto isso perfazia de dezesseis a trinta pessoas. E para cada uma delas, ela seguira o protocolo ensinado pelo pai: recepção, registro (caso aquela fosse a primeira vez diante do Rei), oferta de comida e bebida antes de serem recebidos. Depois, ela desejava um bom dia e entrava no banco de dados para inserir as anotações que o pai lhe fornecia a respeito da reunião, e quaisquer decisões feitas ou permissões concedidas.

Ela não estava exausta. Estava destruída. Tanto a aprender, tantos nomes e assuntos, árvores genealógicas e linhagens, e não havia espaço para erros.

Além disso, ela se mostrara graciosa com todos, entretendo-os conversando enquanto aguardavam, especialmente se estivessem sozinhos.

Não que isso fosse um requisito do trabalho estabelecido pelo pai. Mas ela sentia que era importante.

Talvez por causa da sua roupa de aeromoça.

Muito mais provavelmente por sua educação junto à *glymera*.

– Muitas cadeiras vazias por aqui.

Ela ergueu as pálpebras e se sobressaltou.

– Peyton! Jesus, não sabe bater?

– Eu bati. E um dos Irmãos abriu para mim, o que quase me fez perder o controle urinário. – Ele relanceou para a arcada aberta. – E você não tem uma porta, caso contrário eu teria batido, sim. Desculpe se te assustei.

Mexendo no mouse, ela removeu as bolhas transparentes da tela de descanso.

– O que você quer?

– Você não tem respondido às minhas mensagens. Nem aos meus telefonemas.

– Estou irritada com você.

– Parry, pare. Não faça isso.

– Tenho uma pergunta para você. – Desviou o olhar da planilha eletrônica na qual vinha trabalhando para aqueles olhos azuis. – Você gostaria que lhe negassem o direito de escolha porque tem cabelo loiro?

Ele ergueu as mãos.

– Que diferença isso faz? Não estamos falando de cor de cabelo...

– Estou falando sério. Pare de discutir e responda à minha pergunta.

– Eu iria até uma farmácia comprar tinta preta para cabelo.

Balançando a cabeça, Paradise pegou o caderno com a lista de coisas a fazer e viu o que já tinha feito.

– Não entendo por que isso é tão importante... – murmurou Peyton. – E por que você quer estar numa guerra? Os aristocratas vão morrer lá, sabe disso, não sabe? Por que não quer ficar a salvo...?

– Atrás de uma mesa, certo? Ou melhor, num vestido, dentro de um casarão. Correto?

– Não é errado protegermos o sexo frágil.

– Você não tem que voltar pro seu baseado?

Ela o sentia encará-la do alto.

– Não se lembra dos ataques, Parry? Não se lembra de como foi? Pessoas assassinadas dentro de suas casas. Com pedaços arrancados dos corpos enquanto ainda estavam vivas. Encontraram os pais de Lash sentados ao redor da mesa de jantar, os cadáveres dispostos nas cadeiras como se estivessem jantando. Por que quer tomar parte disso?

Paradise enfrentou o olhar firme de novo.

– Eu não quero!

– Então por que estamos discutindo?

– Porque eu quero escolher. Quero ser capaz de assumir os riscos que quiser, e não venha me lembrar de todas aquelas mortes como se eu tivesse esquecido. Membros da minha família também foram mortos. Não tenho permissão para querer me vingar? Ou isso também só é permitido aos que têm pinto?

Ele plantou as mãos na mesa e se inclinou na direção dela.

– Os machos não dão à luz.

Ela se levantou da cadeira e o enfrentou cara a cara.

– Nisso você tem razão. Eu adoraria ver um de vocês tentar passar por essa experiência. Estariam chorando como criancinhas em dez minutos.

O olhar de Peyton recaiu sobre a boca dela por uma fração de segundo, e essa distração a surpreendeu.

Em todos aqueles anos de amizade, isso nunca acontecera.

Nem sequer fora considerado, de fato.

– Muito bem – disse ele com seriedade. – Então pare de falar e comece a agir.

– O que disse?

– Inscreva-se no programa. – Ele deslizou a mão pela mesa. – Saia daí, faça sua inscrição e tente passar no teste físico.

– Talvez eu faça mesmo...

Nesse instante, o pai dela apareceu.

– Ah, olá, Peyton. Como tem passado, filho?

No mesmo instante, Peyton recuou.

– Senhor. Estou muito bem, obrigado.

Enquanto os dois se cumprimentavam com um aperto de mãos, ela teve bastante certeza de que o pai estava alheio à tensão na sala, e de que Peyton não estava. Os ombros ainda estavam tensos, como se continuasse a discutir com ela mentalmente.

– ... gentileza sua vir para apoiar Paradise – o pai sorriu. – Ainda mais na primeira noite dela. Tenho que dizer, você superou minhas expectativas, minha querida. Esta será uma ótima maneira de se manter ocupada até a sua apresentação.

– Obrigada, pai – disse ela, se curvando.

– Bem, tenho que ir. Peyton, talvez você queira lhe fazer companhia até o amanhecer?

Aqueles olhos azuis aguçados voltaram-se para ela.

– Não está mais na sua casa?

– Não fique alarmado – o pai interveio com suavidade. – Ela está muito bem acompanhada por sua dama de companhia. Agora, se me permitem, tenho que partir.

Para dar uma espiada no "visitante" deles, sem dúvida.

– Os Irmãos já acompanharam o Rei – disse o pai ao dar a volta na mesa para abraçá-la. – Os *doggens* estarão limpando tudo pela próxima hora, pelo menos. Chame se precisar de qualquer coisa, está bem?

– Eu ligarei.

E assim ele se foi.

– Não consigo acreditar que ele vai deixar você aqui – comentou Peyton.

– Ele não tem escolha.

– O que isso quer dizer?

– Nada. – Passou a mão pelo cabelo, sacudindo as mechas. – Você não precisa ficar. Na verdade, prefiro que não fique.

Ela o sentia encarando-a e, quando ele não respondeu, ela o encarou.

– O que foi?

Aqueles olhos estavam semicerrados como ela nunca vira antes.

– Você nunca esteve tão...

– Detestável?

– Não – murmurou ele. – Não é isso.

– Bem, o que, então? – Quando ele não respondeu, ela balançou a cabeça. – Vá pra casa, Peyton. Vá pra casa, acenda um baseado e prepare-se para virar homem no campus do Centro de Treinamento. É o papel que você nasceu para encenar.

Dito isso, ela deu a volta por ele e saiu da sala. Não se importava com o que ele fizesse, se saía... ou se continuava junto à sua mesa até que um *doggen* o tirasse de lá com o espanador.

Para ela, aquele era o fim.

Da noite. E com relação aos machos, de forma geral.

Capítulo 41

— Não. Aqui. Coloquem-no perto do fogo.

Xcor se soltou dos braços que o seguravam.

– Não sou um inválido.

Ao claudicar pela sala do chalé que comprara para Layla, manteve para si o fato de estar gelado até os ossos e apreciou o calor das chamas que ardiam nas achas da lareira.

– Sua perna está fraturada – disse Zypher.

Enquanto se acomodava no sofá, uma náusea ameaçou esvaziar seu estômago, mas ele também sufocou essa reação, engolindo a bile.

– Vai consertar sozinha.

– Temos comida aqui.

Ele não sabia quem havia dito aquilo. Não se importava.

– Onde está a bebida?

– Aqui.

Uma garrafa de sabe-se lá o que apareceu diante dele, que aceitou o que lhe foi oferecido, arrancando a tampa e levando o gargalo aos lábios. Vodca. O líquido transparente queimou o fundo da garganta, acendendo uma segunda rodada de chamas em suas entranhas.

A volta para casa fora demorada, muito demorada, ele tendo que se desmaterializar mais ou menos a cada quilômetro, visto que não tinha um veículo motorizado à disposição. Agora, ele só queria ser deixado em paz, mas temia, uma vez que todos ali preocupavam-se com ele, que precisaria de mais energia de que dispunha para mandar seus soldados irem embora sossegados.

– Você quase foi morto – disse Balthazar, próximo à porta.

Ele bebeu mais um gole.

– Você também...

– Chegou alguém – disse Syphon junto à janela. – Um carro...

Imediatamente, todas as armas foram sacadas e apontadas para o vidro, a não ser a sua. Debaixo da jaqueta fina, o braço pendia frouxo, provavelmente deslocado do ombro.

E ele não largaria a vodca.

– Quem é? – exigiu saber, pensando que deveria seria a *doggen* que ele tentara contratar.

– É uma fêmea – alguém disse. – E não da classe servil.

No mesmo instante, Xcor se virou e expôs as presas. Mas não precisou de confirmação visual. Só havia uma fêmea que conhecia aquele lugar e viria de carro.

– Saiam – ordenou. – Agora.

Quando o seu Bando de Bastardos apenas continuou formando um semicírculo, hipnotizados pelo que estava do lado de fora da porra da janela, ele emitiu um rugido de leão:

– Saiam!

Zypher pigarreou.

– Ela é mesmo muito bonita, Xcor...

– E será a última coisa que você terá visto se não sair daqui agora!

Um a um, seus soldados se desmaterializaram contra a vontade... De tal feita que, quando sua fêmea bateu à porta, ele estava sozinho.

Buscando mais forças na garrafa, deu uma bela golada; depois se levantou do sofá com esforço, andou até lá e abriu a porta.

No segundo em que Layla o avistou, exclamou:

– Você está ferido!

O choque nas feições dela foi tamanho que ele até olhou para si mesmo e para as roupas sujas de sangue.

– Sim, pelo visto, estou mesmo. – Interessante: agora, com ela ali na sua frente, ele já não sentia mais dor. – Por que não entra e se aquece diante do fogo?

Como se não houvesse nada de errado. Como se ela não o tivesse deixado esperando quando deveriam ter se encontrado à meia-noite – para que pudesse comunicar-lhe sua decisão.

Todavia, ele sabia qual era sua resposta. A ausência no encontro era a resposta que ele precisava – obviamente, ela caíra em si.

Layla entrou, percorrendo-lhe o corpo de alto a baixo.

– Xcor, o que aconteceu?

– Nada. – Ele os fechou dentro do chalé. – Pensei que você tivesse deixado claro que não poderia vir.

– Vi o que aconteceu no centro da cidade. E tive que...

– Teve que o quê? Vir aqui e ver se eu morri, libertando-a assim da sua obrigação? – Quando ela não respondeu, ele riu e retornou para o sofá. – Perdão, mas preciso me sentar.

Ele estava muito ciente do olhar dela acompanhando-o. Sem dúvida, também sua audição aguçada ouvira o gemido que ele se esforçou para suprimir.

– Você deveria procurar um médico.

Xcor gargalhou e deu mais uma golada.

– Acredita que isto necessita atenção? A Irmandade da Adaga Negra deve ter um padrão diferente do meu no que se refere a ferimentos. Já tive coisas muito, muito piores no decorrer dos séculos. Isto não é nada importante, nada que não terá se curado ao cair da noite.

– Quando foi a última vez que se alimentou?

Abruptamente, o corpo dele ficou imóvel.

– Está se prontificando?

Quando ela se ocupou de olhar para todos os cantos do chalé, exceto para ele, ele riu mais uma vez.

– Considero isso como um não. Além disso, você já ajudou e encorajou o inimigo uma vez, e nós sabemos que fim isso teve.

– Por que está me atacando?

Ele bebeu novamente, engolindo com dificuldade.

– Porque estou com vontade. E sou um bastardo, lembra-se? Um bastardo que a forçou a vir a mim noite após noite enquanto ficava pesada com a gestação do filho de outro macho.

– Você está com dor.

– Na verdade, agora que você está aqui, já não estou mais.

Isso a aquietou por um momento.

Então ele se surpreendeu quando ela avançou, aproximando-se do sofá... Porque, quando chegou perto, puxou a manga que cobria o braço direito.

– O que está fazendo? – exigiu saber.

– Vou lhe dar a minha veia. – Parou diante dele. Perto o bastante para que ele a segurasse. Não tão perto a ponto de ele puxá-la para o seu colo. Encontrando os seios dela com as mãos, com a boca. – Você está em pior condição do que imagina.

– Ah, sim – disse ele com secura. – Mas não em relação aos meus ferimentos.

Ela ergueu o pulso na direção dele.

– Você foi atingido por um carro da Irmandade, não foi?

– Com isso você acredita estar em débito comigo? Interessante troca de afiliação.

– Então você não nega.

– Não consigo entender aonde está tentando chegar, fêmea. Você não encontrou conforto algum ao ser desleal antes. O que mudou?

– Você não os atacou esta noite, atacou? Teve a oportunidade, quando a luta se desencadeou, de ir atrás da Irmandade, mas, em vez de ordenar aos seus soldados que atacassem Rhage e Manny, ou os outros Irmãos que estavam por lá, saiu de cena sem ferir nenhum deles.

Sim, pensou ele. Imaginara que aquele trailer pertencia à Irmandade. Percebera o cheiro desmaterializado para fora do carro. Nenhum outro vampiro podia se dar a todo aquele luxo.

Xcor deu uma gargalhada.

– Nunca ouviu falar em autopreservação? Se eu estava tão ferido como supõe que eu esteja, saí de lá para me salvar.

– Tolice. Conheço sua reputação. Você teve uma oportunidade esta noite e não a aproveitou. Na verdade, tem tido a oportunidade de atacar o complexo há quase um ano, e não fez nada a respeito.

– Devo lembrar-lhe da natureza do nosso acordo? – perguntou num tom entediado. – Você aparece para me agradar os olhos e eu não os dilacero.

– Uma jura dada a uma fêmea jamais o deteria. Você é filho de Bloodletter.

Ah, mas uma jura dada a você faria isso, pensou ele.

A voz dela se fortaleceu.

– Você não vai atacá-los, vai? Não hoje. Nem amanhã. Nem daqui a um ano. E não porque tenho vindo visitá-lo; se assim fosse, você teria matado um ou mais naqueles becos hoje. Isso estaria fora do escopo do nosso acordo, não estaria?

Ao fitá-la, seus olhos estavam tão perspicazes que ele se sentiu diminuído, e não por estar sentado enquanto ela permanecia em pé.

– Por qualquer que seja o motivo, eles já não são um alvo para você, são? – ela perguntou. – São?

Enquanto Layla pairava sobre Xcor, ela contou em voz alta a conclusão a que chegara durante o trajeto do complexo da Irmandade até o chalé.

Foi como se estivesse caminhando num morro íngreme e tivesse subitamente se deparado com uma clareira em meio aos arbustos, que lhe revelava um cenário mais amplo, do qual ela não tinha ciência.

– Responda – exigiu.

Ele ergueu uma sobrancelha.

– Disse que sou um macho desonrado, que uma jura a uma fêmea não deteria minhas ações. Por que lhe dar uma resposta que não pode ser confiável?

– O que mudou? Sei que não tem nada a ver comigo, mas alguma coisa se alterou.

– Visto que é boa em responder por mim, acredito que vou me recostar e permitir que você continue com os dois lados desta conversa.

Enquanto ele continuava a fitá-la, o rosto tão calmo e composto como uma máscara, ela sabia que ele não lhe diria mais nada. E talvez ele estivesse certo: ela não poderia confiar no que dissesse.

No entanto, podia confiar nas ações dele.

– Tome a minha veia – disse ela, esticando o pulso – e cure-se.

– Você é uma fêmea perversa. E quanto ao seu filho?

– As fêmeas podem continuar a alimentar os machos, desde que eles não suguem em demasia.

Ela alimentara tanto Qhuinn quanto Blay até o mês anterior, quando, por excesso de zelo, eles passaram a se alimentar de Selena. De todo modo, ela mesma tomara uma veia há meras doze horas, portanto estava em seu estado mais fortalecido.

E ele não.

– Não tem se alimentado adequadamente desde que sorveu da minha veia, não é verdade?

Os olhos dele se desviaram para a lareira.

– Claro que tenho.

– Mentira.

– Por favor, faça uso daquele seu carro, saia daqui e volte para a Irmandade.

– Não.

Ele estreitou os olhos ao encará-la.

– Está testando a minha paciência.

– Porque estou certa quanto a tudo isso...

Com isso, ele se levantou de pronto, e, apesar de mancar, ainda conseguiu pressionar-se contra ela, forçando-a a recuar um passo para não cair para trás. E mais um. E outro.

Até encostar na parede.

E se ver presa pelo corpo dele.

– Talvez deseje repensar a sua conclusão, Escolhida.

Layla teve dificuldade para respirar, mas não por ele estar colocando alguma pressão direta em seus pulmões.

– Sei mais uma coisa.

– E o que seria isso?

Pensou no que ouvira Qhuinn e Blay comentando sobre a noite anterior, sobre como Rhage, V. e os gêmeos foram ao local em que o Bando de Bastardos se alojara.

– Sei que teve outra chance de matá-los. Sei que eles foram para a casa onde vocês moraram, e vocês não deixaram nada para trás que pudesse feri-los. Você poderia muito bem tê-los emboscado ou preparado algum tipo de ofensiva, mas não fez nada disso.

Com isso, ele se afastou dela.

Era penoso vê-lo mancando, as roupas manchadas de sangue, rasgadas, e testemunhar sua exaustão.

Inflexível, ela disse:

– Portanto, já não estou mais alimentando o inimigo, estou?

No fim, ele parou diante da lareira. Pousando uma mão no quadril, fitou as chamas e pareceu curiosamente derrotado.

– Vá embora.

– Por que escolheria esconder o que, para mim, é uma boa notícia? – A ideia de que ele já não estaria mais tentando matar nem a Irmandade nem Wrath seria um tremendo alívio. – Por quê?

– Se não tivéssemos nosso acordo, você viria me ver?

Layla sentiu um calor estranho se espalhar dentro dela, e ficou vagamente ciente de que, mais uma vez, estavam se aproximando de uma espécie de impasse.

E que houvera uma segurança perversa da parte dela na posição que tomara.

Significava que podia se esconder atrás de um dever feito em favor da Irmandade.

Significava que podia fingir estar sendo forçada a fazer aquilo.

A verdade... era muito mais complicada.

Uma imagem dele da noite anterior, parado bem onde ele estava agora, diante da lareira, fez com que ela tirasse o agasalho; se antes já estava com calor, agora pegava fogo.

Xcor olhou por sobre o ombro. Com a luz tremeluzindo sobre suas feições, sua deformidade facial parecia ainda mais acentuada. E por mais que ele pudesse ser considerado feio por alguns... ele não era feio para ela.

Tentou visualizá-lo sem roupas.

– Então – ele zombou. – Você ainda viria aqui? E não se preocupe em ferir meus sentimentos. A fêmea que me pariu não me quis. Estou muito familiarizado com o desprezo feminino.

Depois de mais silêncio, ele cortou o ar com o braço.

– Acredito que essa, então, seja a sua resposta...

– Eu viria – disse ela com violência. – Eu viria vê-lo.

Viu-se amparando a barriga com as mãos, desejando poder proteger seus filhos ainda não nascidos daquela crua realidade.

Os olhos dele se arregalaram de surpresa. Depois se estreitaram.

– Por quê?

A voz dele saiu cortante, uma exigência que a desafiava a dizer a verdade.

– Não sei o motivo – Ela deu de ombros. – Mas racionalizar a respeito não altera os fatos, altera?

Mais uma longa pausa.

Quando Xcor voltou a falar, foi com tamanha suavidade que ela não teve certeza do que ele disse. Pareceu algo semelhante a "eu não estava querendo ser transformado".

Nem se deu ao trabalho de pedir que ele repetisse. Sem dúvida, se ele quisesse que ela ouvisse as palavras, teria falado mais alto.

– Tome a minha veia.

Ao dar essa ordem, ela sabia que não havia como recuar. Tendo entrado nos domínios em que não existia fingimento, apenas escolha, ela estava bem ciente de que seu destino estava mudando. Mas, pelo menos, não por meio de alguma decisão aleatória e irrelevante como ir para a direita ou para a esquerda.

Aquilo era consciente. Tão consciente que era como se aquela agradável saleta do chalé pitoresco tivesse sido pintada em cores vivas e infundida com uma fragrância mais vívida do que seu nariz suportaria. Sua audição também estava mais aguçada, a ponto de perceber cada estalido na lareira, respiro saído de sua boca, ou a ressonância dele como se fosse um eco num grande vale.

Dessa vez, quando ele se aproximou, não foi de maneira rápida, tampouco com agressão.

Os olhos dele estavam pregados nos seus, mas cautelosos, como se o predador agora tivesse medo da sua presa.

Pondo-se ao seu lado, Xcor lhe ofereceu o braço. Quando ela o fitou, ele disse:

– Vi isto uma vez. Um macho cavalheiro para uma fêmea valorosa?

– Sim – ela disse rouca. – É feito dessa forma.

Depois de ela passar a mão no braço dele, ele a conduziu até o sofá e a fez se acomodar entre as almofadas. Depois se virou e saiu da sala.

– Aonde você vai? – ela perguntou.

Capítulo 42

— Você tem as mãos mais lindas do mundo.

Trez e Selena estavam deitados juntos na cama, nus e totalmente expostos. O sexo fora tão ardente que as cobertas estavam largadas no chão; suas peles apenas agora começavam a esfriar na brisa suave da ventilação no quarto escuro.

– Você já me disse isso antes – disse ela com um sorriso.

Ele fez um uh-hum no fundo da garganta.

– Gosto delas em mim. Gosto de olhar para elas. Gosto de senti-las.

Alisando a palma sobre a dela, sentiu o contato em todo o corpo. Tanta paz, pensou. Aquilo era o paraíso.

– Gosto de ver as estrelas – ela comentou depois de um pouco. – Pela janela logo ali.

– É...

Passavam das cinco da manhã, e as persianas estavam prestes a baixar. Com o outono se apossando não só da temperatura, mas também da duração das horas do dia, a aurora vinha surgindo mais tarde naqueles dias.

– Sabe, nunca tive nada assim antes – ele se ouviu dizer.

Ela se virou de lado, apoiando a cabeça na mão que ele acariciava. E, como se soubesse que ele sentia falta do contato, lhe estendeu a outra para que se divertisse.

– Teve o quê?

– Esse tipo de tranquilidade.

Durante todos aqueles anos de orgasmos vazios, ele desejou ter conhecido aquele tipo de comunhão profunda que estava à sua espera. Isso teria tornado aquela fartura insaciável totalmente desnecessária.

– Quer ouvir música ou algo assim? – perguntou de repente, para o caso de apenas ele estar curtindo a quietude.

– Não, isso está... perfeito.

Com isso, teve que se virar e beijá-la na boca. Depois, voltou a se ajeitar sobre os travesseiros e a brincar com a mão dela... tracejando cada um dos dedos, esticando e puxando, antes de mexer nas pontas duras e firmes.

– Eu amo as estrelas – disse ela, como se estivesse falando consigo mesma.

– Tenho uma ideia sobre hoje à noite.

– Tem, é?

Ele emitiu mais um daqueles uh-hums.

– É surpresa. Mas, por isso, vai ter que postergar o passeio de barco.

E ele muito provavelmente necessitaria de um Valium. Mas ela iria amar.

– Trez?

– Oi...

– Quero que faça uma coisa por mim.

Ele sorriu na escuridão.

– Por acaso tem a ver com a minha língua? É só mencionar qual parte do corpo, minha rainha.

– Não.

A mudança na voz dela o deteve. E, por uma fração de segundo, ele quis dizer: por favor, não. Podemos falar sobre isso à noite. Vamos deixar as horas do dia para a fantasia da eternidade.

Mas, como sempre, não conseguia lhe negar nada.

– O que é?

Selena demorou um tempo para responder, e isso devia significar que estava escolhendo as palavras com cuidado.

Ele tentou ficar calmo.

– Não se apresse.

– As minhas irmãs... – hesitou. – Aquelas que faleceram... estão lá em cima, no cemitério. Sabe, ao lado de onde me encontrou?

Aquela fileira de cerca viva, pensou. Por onde viu todas aquelas estátuas de mármore... que agora ele temia não serem de mármore.

– Sim, eu me lembro.

– Não deixe que me levem para lá. – Ela afastou a mão e se sentou. Ao fitá-lo, o lindo cabelo escuro se espalhou pelos ombros, cobrindo um dos seios, tocando a pele das coxas. – É o que vão querer fazer. Supostamente, escolhemos uma posição... sabe, quando a hora chegar, eles nos põem em qualquer posição que desejarmos. Depois espalham gesso sobre o cabelo, rosto e corpo. É um ritual. É por isso que todas estão diferentes lá... quero dizer, em poses diferentes.

Trez esfregou o rosto. O que não aliviou em nada a dor que trespassava seu peito.

– Selena, não vamos falar sobre isso...

Ela o segurou pelo braço. Com força.

– Prometa. Não serei capaz de me defender quando a hora chegar. Preciso que faça isso por mim.

E, mais uma vez, ele não teria como lhe negar nada, e, como um macho vinculado, isso não só parecia certo, mas também algo saudável. Só que em relação ao pedido? Concordar o partiu ao meio.

– Tudo bem – pigarreou. – Ok, vou garantir que isso não aconteça.

De imediato o corpo dela relaxou e ela emitiu um suspiro. Depois, ao voltar a se deitar ao lado de Trez, ela balançou a cabeça.

– Sei que isso vai contra tudo que me ensinaram e contra todas as tradições... Mas uma parte minha fica paranoica com a possibilidade de elas estarem presas lá.

– Como assim? As suas irmãs?

Ela assentiu.

– Como podemos ter certeza de que o Fade é real? E se tudo que nos disseram que é verdade de fato não for? Como todos no Santuário, procurei evitar o cemitério... Odeio o silêncio e a imobilidade de lá e, Deus, aquelas pobres fêmeas, algumas que conheci e com quem partilhei refeições, e com quem trabalhei a serviço da Virgem Escriba – imprecou baixinho –, elas estão presas naquele cemitério, não apenas imobilizadas dentro dos seus corpos, mas esquecidas pelo restante de nós que não suportou lidar com elas. E se elas puderem nos ver? E se puderem nos ouvir? E se o tempo apenas se estende para a eternidade com elas aprisionadas...? – Selena estremeceu. – Não quero isso. Quando eu partir, quero ser livre.

Seus olhos voltaram-se para a janela, para as estrelas piscando bem alto no céu.

– Toda espécie tem a sua versão do pós-morte – ele disse. – Os humanos têm o Paraíso. Os vampiros, o Fade. Para os Sombras é o Eternal. Não podemos estar todos errados. Cada um é uma versão da mesma coisa. Portanto, faria algum sentido existir algo depois de tudo isto.

– Mas não existe nenhuma garantia, e não temos como saber até ser tarde demais. – Ela pareceu recuar para dentro de si. – Sabe, quando estou na Prisão, consigo ouvir as coisas... Quando estou naquele lugar onde meu corpo está... fora do meu controle, consigo ouvir, sentir cheiros, enxergar. Tenho consciência, estou lá, mas não consigo fazer nada. Como já disse antes, não existe pânico maior do que aquilo que se sente quando o cérebro está funcionando e nada mais está.

Não se descontrole, ele disse para si mesmo. Não ouse se descontrolar.

Concentre-se e fique ao lado dela. Aqui, agora.

Conforme ela foi ficando quieta, ele se colocou naquele lugar que ela descreveu, ciente de tudo, mas impossibilitado de falar ou de reagir.

Esticando a mão, afagou o cabelo longo. Em seguida começou a beijá-la, suave e lentamente. Um momento depois, rolou por cima dela e juntou o sexo dela com o seu. Quando a penetração aconteceu, enquanto o aperto conhecido, mas ainda surpreendente, o envolveu, ele assegurou a promessa por meio do ato físico.

Às vezes, o mal que se combate não é nada que se possa socar, alvejar nem desmembrar. Às vezes, nem sequer se pode atingi-lo.

E isso era uma merda total.

À medida que ele a embalava e ela o envolvia nos braços, ele manteve o ritmo suave e cuidadoso, a fim de poder beijá-la o tempo todo.

No meio, porém, sentiu o cheiro de suas lágrimas.

Ambos estavam chorando.

Na academia do Centro de Treinamento, Rhage corria como se estivesse sendo perseguido pela própria besta.

A esteira nem sentia. Ele tinha quase certeza que o grito que vinha da faixa rolante – alto o bastante para ele conseguir ouvir acima da música de T.I. que bombardeava seus tímpanos como heroína – significava que a máquina falharia a qualquer momento. Mas ele não queria quebrar o ritmo para terminar ir parando na sala ao lado.

No entanto, quando a coisa começou a cheirar como um *redutor*, ele soube que a decisão fora tomada por ele. Saltando para as laterais, apertou o botão vermelho de pare e a redução na velocidade foi praticamente instantânea. Ou isso ou ele sincronizaria sua saída com a falência mecânica da máquina.

Recuperando o fôlego, enxugou o rosto com um dos quadrados de tecido áspero. Aquela coisa era praticamente uma lixa, mas era assim que eles preferiam. Fritz tentava, de tempos em tempos, trocá-las por algo mais macio, mas ele e os Irmãos sempre protestavam. Aquelas eram toalhas de academia. Deveriam mesmo ser incisivas e malvadas, o equivalente aos coiotes do mundo dos tecidos.

Quando você sua como um porco e nem sente mais as solas dos pés, não quer se secar com um lulu da Pomerânia.

Completara mesmo quase quarenta quilômetros?

Caramba, há quanto tempo estaria ali?

Tirando o fone de ouvido, percebeu que não só as coxas estavam entorpecidas como a virilha pegava fogo, e o ombro que machucara algumas noites atrás estava rangendo.

Acabou estacionando num dos bancos de madeira que ladeavam a parede oposta da sala. Conforme sua respiração gradualmente voltava ao normal, sentiu como se estivesse cercado pelos seus Irmãos, apesar de estar sozinho ali. Talvez porque o supino inclinado estivesse ainda com os pesos usados por Butch no dia anterior, ou as barras que Z. utilizara, ou a barra onde Tohr fizera flexões, ele conseguia visualizar cada um dos guerreiros ali com ele, ouvir suas vozes, vê-los passando, sentir seus olhos enquanto conversavam.

E tudo isso deveria fazê-lo se sentir mais conectado, em vez de menos.

A verdade era que, mesmo que aquele espaço de doze por dezoito metros estivesse lotado com todos aqueles corpos imensos, ele ainda se sentiria isolado.

Passando a toalha no rosto de novo, fechou os olhos e se sentiu transportado para um lugar diferente, para outra época... para uma lembrança que agora ele sabia que tentava enterrar desde que ela ameaçara ressurgir à superfície.

A casa de Bella. Aquela varanda, a que dava a volta e que era tão acolhedora, ao estilo Nova Inglaterra, onde ou você queria vomitar... ou sentar para comer uma maçã. Ele, saindo pela porta de frente, a cabeça pensa como se tivesse sido decapitada pela metade, apenas a cartilagem da nuca sustentando seu globo.

Sua amada Mary no quarto do andar de cima, tendo acabado de lhe mandar se foder.

Embora ela não tivesse sido tão explícita.

A vida dele se acabara quando saíra daquela casa. Ainda que estivesse ostensivamente vivo, ele fora um morto-vivo caminhando...

... até que, subitamente, ela saiu explosiva para fora da casa, descalça.

Não estou bem, Rhage. Não estou bem...

– Por que está pensando nisso, cara? – Esfregou aquela toalha áspera mais uma vez no rosto. – Deixa essa merda de lado... Vamos, pense em outra coisa...

Só que seu cérebro não quis ser redirecionado. E a lembrança seguinte foi ainda pior.

Um quarto de hospital, mas não aquele do complexo, nem mesmo um da clínica de Havers. Um quarto hospitalar humano e a sua Mary deitada na cama.

Merda, ele ainda se lembrava da cor do rosto dela. Errado, muito errado. Não apenas pálido, mas começando a ficar cinza.

Para salvá-la, fizera a única coisa que pôde pensar, lançara mão da única Ave-Maria de que dispunha: procurara a Virgem Escriba. Saíra do hospital humano e fora para casa, lançando-se sobre diamantes cortados até os joelhos sangrarem.

Rezou por um milagre.

Com uma imprecação, esticou-se no banco, inclinando o tronco para trás na madeira impiedosa enquanto mantinha os pés em cada um dos lados.

Sua Mary não voltaria para casa hoje. Ela ficaria no Lugar Seguro.

A mãe daquela criança fora levada de volta para a clínica de Havers. Depois de entrar em coma.

A equipe decidira manter a criança na casa durante o dia, e Mary quis ficar com a garota.

Deus, lembrou-se da angústia das horas do dia quando Mary estivera doente no hospital. Não podia permanecer com ela durante as horas de sol, e ficara aterrorizado que ela morresse em sua ausência.

Imaginara que poderia levar a menina para ver sua *mahmen* se as coisas se complicassem. Sendo uma pré-trans, ela podia se expor mesmo ao meio-dia.

Fitando o teto, pensou em Trez e em Selena. No encontro deles. Na fuga do centro da cidade. Na diversão que tiveram ao despistar a polícia.

Valia a pena lutar por isso. Por tudo isso.

Sua Mary não voltaria para casa hoje, e ele não sabia como conseguiria atravessar as doze horas seguintes até que voltasse a vê-la pessoalmente de novo. E isso mesmo sabendo que poderia telefonar, ou mandar uma mensagem, ou falar por Skype a qualquer hora, pelo tempo que desejasse.

Aquela garotinha provavelmente perderia sua *mahmen.*

E Trez provavelmente perderia Selena.

Rhage tinha quase certeza de que todos eles estavam rezando por um milagre assim como ele rezara. E talvez fosse com isso que vinha tendo problemas.

Por que ele tivera tanta sorte? Tohr não tivera. Bem, sim, o Irmão conhecera Autumn, e isso era uma bênção sem comparação. Porém, por mais que amasse aquela fêmea, perder Wellsie quase o matara.

Ele não conseguia entender. A menos que a Virgem Escriba intercedesse novamente, ou alguém encontrasse uma cura...

Por que ele e Mary foram poupados?

Assim que seu cérebro começou a travar naquele ponto, teve que pôr um fim em todos os pensamentos. Não queria enlouquecer ali, sozinho.

Sim, pensou com perversão. Por que era muito melhor partilhar tal coisa com os entes amados.

Tempos assustadores. Tempos assustadores.

Se as mortes aconteciam de três em três, pensou entorpecido, *quem seria o terceiro?*

Capítulo 43

Quando Xcor saiu da sala, Layla estava preparada para segui-lo até o lado de fora e obrigá-lo a se alimentar de qualquer jeito, se fosse necessário. Porém, bem quando estava para se levantar do sofá, ela ouviu o som... do chuveiro.

Continuando seu impulso vertical, atravessou a sala e virou no corredor, parando diante da porta fechada do banheiro.

– ... merda... – ele murmurou do lado de dentro.

– Xcor?

– Deixe-me. Volto em um minuto.

Quando outra imprecação atravessou o espaço entre batente e a porta, ela segurou a maçaneta e abriu-a.

Xcor estava parado diante da pia, a camisa meio vestida, meio despida, o tronco virado num ângulo estranho enquanto ele tentava tirar a camisa por sobre a cabeça, sem tocar o ferimento à bala na lateral.

– O que está fazendo? – ele exigiu saber, em meio às dobras do tecido preto.

Por um instante, só o que ela conseguiu fazer foi encarar o abdômen definido, os músculos estriados atravessando a barriga, tão profundos que faziam sombra. Mas também havia o quadril, côncavo e com os ossos saltados debaixo da pele, a calça de combate pendendo tão baixo que apenas os volumosos músculos da coxa a sustentavam.

Ele era inacreditavelmente forte. Mas também estava magro demais.

Sacudindo-se para voltar a se concentrar, ela disse:

– Vou ajudá-lo.

– Consigo fazer isso sozinho, só... – Ao se virar, ele emitiu mais um gemido de dor.

Ignorando-o, ela fechou a porta para impedir que o pouco vapor que se formava escapasse.

– Pare. Vai acabar se machucando.

– Estou bem – ele rebateu.

No instante em que ela pôs a mão no braço dele, ele ficou imóvel.

– Deixe-me ajudá-lo – sussurrou.

A boa notícia era que ele tinha boa parte da camisa cobrindo a cabeça. Portanto, não havia como ele ver o quanto suas mãos tremiam ao segurar o tecido e puxar para cima com suavidade, revelando os músculos que percorriam as laterais do tronco e também os montes impressionantes do peitoral.

Ele arfava, inspirando e expirando, o peito subindo e descendo num compasso que se apressou quando ela tirou a camisa de seus braços.

Braços pesados. Braços grossos que se estreitavam no cotovelo e nos pulsos, mas eram largos em todo o resto.

Quando o que o cobrira foi tirado, ela só conseguia pensar que ele era um assassino. Um assassino impiedoso cujo corpo refletia o trabalho que desempenhava.

– Espere por mim lá fora. – Ele se recusava a fitá-la nos olhos. – Não tomarei de você enquanto eu estiver sujo.

– Você tem um ferimento feio aqui.

Quando ela tocou a pele quente e pálida debaixo da faixa de vermelho vivo na lateral, ele se retraiu. Mas a voz permaneceu forte.

– Isso já terá cicatrizado ao cair da noite.

– Somente se você se alimentar.

O grunhido que ela obteve como resposta foi um tipo de dispensa que ela nunca ouvira. E que ele acompanhou com:

– Se você não sair, vai ver muito mais do que apenas meu peito.

– Seus ferimentos são mais graves na perna. – Ela observou a crescente mancha de sangue na calça.

Sua mão foi para o zíper.

– Então?

Como se ele estivesse lhe dando uma última oportunidade.

– Então? – Ela deu de ombros. – Acha mesmo que vou deixar que fique debaixo daquela água quente sem ajuda? Você está pálido como um fantasma. Sua pressão só pode estar baixa. Vai acabar desmaiando.

– Ah, pelo amor de...

Nessa hora ele a fitou. E com eficiência veloz, soltou o botão da cintura. A parte superior da calça caiu. A inferior ficou presa naquelas coxas.

Mas algo foi revelado.

E estava... ereto.

Xcor arqueou uma sobrancelha.

– Pode parar de encarar. Custo a acreditar que esteja apreciando a vista.

Ela tentou desviar o olhar. Desviou. Mas seus olhos tinham vontade própria.

– Você é tão grande – sussurrou.

Ele se retraiu. Como se aquilo fosse a última coisa que ele esperasse ouvir. E, quando ele voltou a falar, sua voz havia mudado.

Agora ele implorava:

– Layla... Escolhida Layla... Você precisa sair.

Enquanto Xcor permanecia nu diante da fêmea, ele não conseguia se mexer. E não só porque suas calças tinham se acumulado ao redor dos joelhos, tornando-se um estorvo.

Os olhos verdes de Layla estavam impossivelmente arregalados quando se concentraram no sexo dele... e ali permaneceram.

Ele se questionou se aquela noite poderia sair ainda mais dos trilhos...

Espere – talvez fosse melhor não dar essa opção para o destino.

Nesse meio tempo, seu pau estava adorando toda aquela atenção. A maldita coisa avançou como se estivesse sugerindo que ela o cumprimentasse para se tornarem amigos.

Ele cobriu a extensão rígida com as duas palmas, esticando-a sobre o baixo abdômen.

– Layla.

Em vez de ser sensata e se afastar dele com horror e desgosto, ela se inclinou e segurou a cintura da calça. Antes que ele conseguisse dispensá-la, sua calça tinha passado das coxas e agora estava nos tornozelos.

– Venha, vamos colocá-lo debaixo d'água.

Ela não lhe deu chance de protestar. Um segundo depois, seu corpo surrado e abatido estava debaixo d'água, os ossos doloridos e os ferimentos gritando e suspirando com o impacto. Puxando a cortina, ela lhe deu a privacidade que ele queria... só que o *tum* da tampa do vaso sanitário sugeriu que ela não tinha saído, em vez disso abaixando a tampa para se sentar.

Não havia por que não seguir em frente com o sabonete e o shampoo, e ele tentou fazer tudo bem rápido. Infelizmente, a bala que por pouco não atingira seu pulmão ardia como ácido em sua pele. E o sabonete não ajudou muito.

A outra razão para ser rápido era que ele estava muito ciente tanto da sua nudez quanto da sua excitação. Quanto mais eficiente fosse, mais prontamente se vestiria.

Nada de roupas, porém. Estava sem roupas limpas.

Fechando os olhos em sinal de derrota, enxaguou o shampoo do cabelo, inclinando a cabeça para trás. O que foi um erro. O jato d'água atingiu seu pau e, maldição, aquilo lhe pareceram mãos, as mãos dela.

Ou talvez a boca...

O clímax não foi inesperado. Foi, contudo, indesejado. Enquanto sua ereção saltava e o orgasmo o trespassava, ele cerrou os dentes...

– Você não tem que esconder – ela disse com voz rouca. – Consigo ver sua sombra.

– Então pare de olhar – ele grunhiu enquanto o quadril se movimentava com a ejaculação.

– Não consigo.

Recostando-se na parede de azulejos, ele entendeu que havia perdido qualquer domínio que acreditara ter da situação. Aquela fêmea descobrira a terrível verdade a seu respeito. Ela sabia que seus objetivos tinham mudado. E parecia não querer manter a relação que tinham – qualquer que fosse – em termos nos quais os dois pudessem ter honra e dignidade.

Mas pelo menos ela não sabia que tudo era baseado nela.

Que a sua vida... por mais patética que fosse... agora se baseava nela.

Se isso viesse à tona, seria a sua ruína.

Xcor girou a torneira, determinado a pôr um fim naquilo e mandá-la embora para que pudesse erguer novamente suas defesas. Bem quando ia arrancar a cortina do trilho para passá-la pelo corpo, o peso de uma toalha foi lançado por cima da cortina.

– Para o seu recato – disse ela.

Estaria zombando dele?

Sem se preocupar em secar-se, cobriu a parte inferior do corpo e afastou a cortina. Ela estava mesmo sentada no vaso, o agasalho camuflando o corpo modificado pela gestação.

Sem dizer nada, ela puxou a manga e estendeu o braço.

Havia um desafio nos olhos dela.

– Está bem – vociferou, bravo consigo mesmo. Com ela. Com aquele território novo em que entravam.

Ajoelhando-se – porque ela tinha razão, ele estava bem tonto –, cravou as presas na carne dela.

Faminto. Estava faminto por ela.

E mesmo assim perfurou-a com a maior das gentilezas possível.

Ao primeiro gole ele gemeu, o corpo cambaleou, seu peso batendo no gabinete da pia. O sangue dela era escuro como vinho, e o deixou mais sedento em vez de saciar sua boca seca. Entre suas pernas, o pau latejou e latejou.

Estava gozando de encontro à toalha, o prazer atravessando suas veias, seus ossos, suas carnes...

Minha.

De seus recônditos, a necessidade de tomá-la surgiu com violência, e ele começou a agir de acordo, o corpo prestes a saltar sobre ela, arrastando-a para o chão para poder montá-la.

Grávida ou não, ele chegaria ao seu sexo e deixaria sua marca dentro...

Interrompendo o contato, afastou-se, empurrando os pés contra o gabinete, a porcelana fria da banheira atrás golpeando seus ombros quando ele se enrijeceu na tentativa de se controlar.

– O que foi...?

– Vá! – ele gritou.

Dentro dele, sua fera sexual rondava e estava pronta para atacá-la – somada à sua necessidade de sangue. Ele sabia que não conseguiria controlar esses dois instintos juntos. Seria capaz de arrancar fora o pulso dela ao mesmo tempo em que a fodia até não poder mais.

– Xcor, você não sorveu o suficiente...

Cerrando os dentes, ele fechou os olhos e se retesou.

– Saia desta porra de lugar! Se quer que seu filho viva... saia! Ou eu a atacarei! *Suma!*

Isso chamou sua atenção.

Assim como, sem dúvida, o fato de ele ainda estar gozando em cima dele mesmo, a toalha tendo caído, os jatos explodindo e marcando-lhe as coxas e a barriga enquanto os músculos das pernas tremiam com a força que ele fazia – para garantir que não a atacaria.

– Vá!

Uma fração de segundo depois, ela saiu do banheiro; no segundo seguinte, do chalé. E, por estar com pressa, deixou as duas portas abertas, permitindo, assim, que ele visse as lanternas traseiras do carro formarem um círculo na grama queimada da frente da casa antes de dispararem pelo caminho.

Foi só depois que ele já não enxergava mais os faróis nem ouvia o barulho dos pneus que ele soltou um pouco sua resistência.

Segurando o pau, começou a bater enquanto visualizava os olhos dela sobre ele, e ouvia o estranho tom de voz que ela empregara ao declará-lo avantajado.

Ele não estava interessado em se masturbar.

Mas o que ele não queria mesmo era que seu lado racional o desertasse por completo, fazendo-o segui-la no meio da noite, parando-a em algum lugar inseguro para que pudesse fazer com ela o que não queria fazer.

Não, dessa maneira ficaria ali, quietinho.

Ah, Deus... O modo como ela o fitara, pensou, ao gozar mais uma vez.

Capítulo 44

— Ele disse que eu precisaria de uma parca.

Na noite seguinte, enquanto a escuridão se assentava sobre o complexo e as persianas voltavam a subir, Selena olhava para os dois casacos que Fritz segurava. Um era vermelho, o outro, preto; os dois eram de lã e relativamente longos.

– Ah, perdão, senhorita. – Ele voltou para o armário na área de entrada próxima à garagem. – Que tal um destes dois?

Dessa vez, ele lhe oferecia escolher entre uma jaqueta inchada na altura da cintura que parecia ser feita de gomos de pãezinhos e outra mais comprida. Os dois eram pretos com etiquetinhas pequenas onde se lia PATAGÔNIA.

– A noite está agradavelmente fria – Fritz comentou. – Talvez o mais curto dos dois?

– Sim, acho que você tem razão.

Vestindo a jaqueta, ficou encantada em sentir como era leve e, depois de subir o zíper, experimentou os bolsos.

– Fantástico.

O mordomo ficou radiante.

– Foi um prazer, senhorita. Luvas?

– Acho que vou ficar com as mãos aqui dentro.

– Como quiser, senhorita.

Saindo pela cozinha, sentia-se flanar como uma bolha no ar. Trez havia se recusado a lhe contar qualquer coisa sobre aonde iriam, e o desconhecido era como um vinho encorpado, deixando-a tonta e com o corpo flutuando.

Hesitou ante as portas vai e vem da sala de jantar. Os sons e os aromas da Primeira Refeição estavam evidentes e eram amigáveis; as vozes conhecidas e os aromas fizeram seu estômago roncar. Mesmo assim, virou-se e foi para a outra saída da cozinha, aquela que se abria ao lado da grande escadaria.

Todos tinham sido tão gentis na noite anterior, todas as fêmeas se desdobrando em atenções e apoiando-a.

Não queria incomodá-las novamente e não desejava os cuidados adicionais.

Estava se sentindo um pouco cansada, e queria poupar suas energias para o encontro.

Ao sair no vestíbulo, viu que Trez e Manny estavam bem próximos, do lado oposto do piso da macieira em mosaico. Conversavam concentrados, sérios.

O coração dela parou. Será que o médico estava insistindo para que ela ficasse em casa? Ou a obrigaria a descer para a clínica?

Olhou para trás e pensou em recuar. Mas não para o túnel subterrâneo...

– Precisa tomar cuidado – avisou Manny.

– Pode deixar. Juro pela vida do meu irmão.

Puxa... caralho...

Manny tirou algo do bolso. Uma espécie de chave.

Sacudindo-a diante do rosto de Trez, disse.

– Ninguém mais nunca chegou perto.

– E por que está dando para mim?

– Porque vocês têm que ir com estilo. Vai sair com a sua mulher, não é o caso de usar uma BMW.

– Você é um esnobe com carros.

Selena franziu o cenho. Carros? Eles estavam falando de...

Trez se virou como se tivesse captado o cheiro dela no ar e, no instante em que a viu, começou a sorrir.

– Ei, olá! Está pronta, minha rainha?

Atravessando o amplo espaço, ela retribuiu o sorriso. Deixara os cabelos soltos de novo, porque sabia que Trez os preferia assim, pelo modo como ele os olhava, brincava com eles e os afagava. E, na verdade, não apenas estava começando a se acostumar com o estilo como também passara a preferi-lo.

O coque formal que as Escolhidas deviam usar era capaz de provocar uma bela dor de cabeça depois de algumas horas.

Erguendo-se na ponta dos pés, beijou-o nos lábios e depois se aninhou na lateral do corpo dele, encaixando-se perfeitamente debaixo do braço.

– Estou mais do que pronta!

Manny bateu a palma na de Trez e depois disse, baixinho:

– Deixe conosco.

– Obrigado, cara.

Então o médico piscou para ela e seguiu na direção da sala de jantar, onde todos os outros estavam.

– O que ele quis dizer – Selena perguntou, quando Trez abriu a porta para o vestíbulo – com "deixe conosco"?

– Nada.

Inclinando-se, ele puxou a segunda porta e o frio noturno entrou, fazendo o nariz dela formigar e seu rosto corar.

– Demais? – perguntou ele.

– O quê?

– Frio demais? Você está tremendo.

– Eu adoro o frio.

– É bom, porque quero baixar a capota.

Estacionado diante dos degraus de pedra estava um carro preto de aparência maligna, com rodas pretas e um tipo de cauda na parte de trás.

– Santa Virgem Escriba! O que é isso? – perguntou ela.

– É chamado de Porsche 911 Turbo.

– Puxa... Uau.

Descendo os degraus, ela se aproximou da máquina, tirando uma mão do bolso e passando as pontas dos dedos em sua lateral. Suave, brilhante, frio como gelo.

– Mas tem um teto, não?

– Ele tem seus truques.

Abrindo a porta, ele a acomodou no banco do passageiro.

– É o novo bebê do Manny. Ele comprou na semana passada. É do mesmo modelo que seu último, mas o interior é diferente... Sei lá! Foi o que ele falou.

Dentro, ela sentiu cheiro de couro, de uma fragrância humana e o cheiro de Payne.

Trez se pôs atrás do volante e fechou a porta. Quando girou a chave e um rugido alto surgiu, uma vibração sutil reverberou no interior.

– Olha só isso. – Ele apertou outro botão. – Olhe pra cima.

Num passe de mágica, tudo que estava em cima se soltou e se moveu, retraindo numa série de dobras até o compartimento traseiro.

– Imaginei que você quisesse ver as estrelas. – Ele sorriu e aumentou a calefação. – Tem uma tela, então não precisamos nos preocupar com o vento vindo de trás.

Inclinando-se para trás, ela viu... o céu aveludado com suas estrelas piscantes.

Emitindo um grito de alegria, passou os braços ao redor dele e o puxou para um beijo.

– Isto é incrível!

Ele gargalhou.

– Não acredito que nunca viu um conversível antes.

– Nunca andei de carro. Só com você.

– Bem, afivele o cinto, pois esta coisa vai voar!

Assim que ele acelerou, o carro deu um salto como um cavalo saindo de um portão, e ela não pôde deixar de olhar para o céu estrelado e sorrir até sentir as bochechas doerem.

Mesmo com o *mhis*, ele foi rápido, descendo em disparada pela montanha até chegar à estrada de baixo. Onde virou à esquerda.

– Para onde vamos? – perguntou quando ele voltou a acelerar, fazendo com que ela se espremesse no contorno do banco conforme o motor rugia.

– Você vai ver – relanceou para ela. – Quente o bastante?

– Perfeitamente!

Era espalhafatoso e excitante, o ar frio passando pela sua cabeça, o quente soprando em seus pés, o carro rugindo e se inclinando nas curvas, seu estômago dando cambalhotas. Ela sentiu combustível nas veias.

– Espero que a viagem seja longa! – exclamou.

– O que disse?

– Nada!

Ela perdeu a noção dos minutos e dos quilômetros, mas, gradativamente, percebeu o cenário de floresta que começava a ser salpicado de casas humanas. Logo lojas e bairros inteiros, um parque e prédios de apartamentos surgiram.

– Onde estamos? – perguntou quando ele parou num farol vermelho.

– Perto de Caldwell.

– Vamos para a cidade de novo?

– Não – ele sorriu –, mas estamos quase no nosso destino.

Um carrinho rebaixado quase até o chão, cor de banana, parou ao lado deles, e ela sentiu o olhar do motorista. A música tocava alto no interior do outro veículo, e a rotação do motor aumentava.

– Ele está tendo algum tipo de espasmo? – ela perguntou. – No pé?

– Não, em outro lugar... – murmurou Trez.

Quando a luz ficou verde, o carrinho avançou numa explosão, os pneus cantando, e um desagradável cheiro de queimado em seu rastro.

– O que foi isso? – ela se perguntou.

– Espere e verá.

E, realmente, um carro com luzes azuis e brancas saiu de um estacionamento e começou a seguir o outro. Não o Porsche de Trez e Selena.

Trez balançou a cabeça.

– Esse merdinha deveria saber que não deve fazer isso nesta estrada. Além disso, é louco por esnobar o carro. – Esticou a mão e apertou a dela. – Pronta?

– Ah, sim, estou. – Olhou ao redor e não viu nada a não ser uma série de lojas unidas por um telhado em comum e um estacionamento. – Chegamos?

– Quase.

Na verdade, seguiram mais um pouco em frente, passando por outro conjunto de lojas com a palavra *outlet* junto a cada nome. E depois passaram por mais uma extensão de árvores e uma colina, seguida por...

Estacionamentos. Estacionamentos vazios, maiores que os jardins do Santuário.

Exceto pelo que viu do outro lado.

– O que é... isso?

– Bem-vinda a Storytown.

Selena avançou no banco. Na parte oposta do maior dos estacionamentos havia uma série de placas iluminadas, tão altas e largas que desafiavam a sua compreensão. Mas o que havia depois delas? Algo ainda mais surpreendente. Vastos mecanismos indo bem alto no céu, iluminados como arco-íris, as luzes piscando e as partes superiores girando como se fossem brinquedinhos de gigantes.

Trez girou o carro de Manny e atravessou o terreno, dirigindo-se para o portão à esquerda do que parecia uma recepção. Quando parou diante da entrada lateral, tiveram que aguardar um momento até que um humano num uniforme azul escuro acionasse um botão e lhes desse entrada.

– Olá, Sr. Latimer.

Trez esticou o braço e lhe estendeu a mão.

– Pode me chamar de Trez.

– Sou Ted. – Deram um aperto de mãos e o homem acenou com a cabeça para Selena.

– Vamos cuidar muito bem de vocês hoje. Por aqui, por favor.

– Entendido. Obrigado, cara.

– Sem problemas.

Quando ele acelerou, Selena ficou encantada com todas aquelas luzes neon.

– O que é este lugar? É tudo tão... mágico.

– E é todo nosso. Não há mais ninguém aqui, só você e eu.

– Como... Como isso é possível?

– Um dos meus seguranças é irmão do segurança deles. Falaram com o proprietário e eles estão me fazendo um favorzinho.

Quando chegaram ao segundo guarda, Trez parou o carro e desligou o motor.

– Você gostou daquela fuga maluca de ontem voltando pra casa, certo?

– Ah, sim, adorei.

Ele se inclinou e a beijou.

– Espere até ficar de ponta-cabeça, minha rainha.

iAm estava no alto de uma torre de segurança no meio do parque de diversões enquanto Trez pilotava o Porsche pelo primeiro portão e parava no segundo posto de inspeção.

– Quer os binóculos?

Olhou por sobre o ombro para Big Rob.

– Não. Estou bem.

O leão de chácara do shAdoWs assobiou quando voltou a erguer o aparelho.

– Seus olhos são excelentes se consegue enxergar de tão longe.

iAm só deu de ombros e bebeu o que havia dentro da garrafa térmica. O café estava forte e quente o bastante para fazer da sua língua uma pizza. Bem do jeito que ele gostava.

Ele não dormira apenas, estivera praticamente em coma, quando o irmão o despertara com a sua brilhante ideia lá pelas dez da manhã. Claro que o plano era uma loucura. Quem diabos alugaria um parque inteiro por três horas?

Ainda mais quando a coisa fora fechada na semana anterior por causa da mudança de estação?

Trez faria isso. Eis alguém que faria.

E iAm o ajudara a conseguir isso.

Fazer tudo aquilo para Selena exigiu uma quantia inacreditável de dinheiro, e alguns telefonemas sinceros e difíceis. Mas, graças a Big Rob logo ali do seu lado, ao irmão dele, Jim, também conhecido como Jimbo, e à mulher do proprietário que acabara de perder o pai de câncer no verão passado, conseguiram organizar tudo: os funcionários foram reconvocados do descanso pós-temporada, as máquinas que estavam para ser guardadas para o inverno foram chamadas ao trabalho novamente. Até conseguiram fazer com que as barraquinhas de comida abrissem, graças aos funcionários do Sal's.

A alegria no rosto de Selena e o orgulho do seu irmão – evidentes mesmo dali de cima – fizeram com que tudo valesse a pena.

E, sabe, seria impossível desdenhar dos humanos naquela noite.

Pelo amor de Deus, os proprietários nem ficariam com o dinheiro restante após os funcionários serem pagos. Eles o doariam para a Sociedade Americana do Câncer.

Às vezes, as pessoas surpreendiam. De verdade.

– Então, quem é ela? – perguntou Big Rob. – Digo, ouvi dizer que ele tinha uma namorada, mas não sabia que ela estava... sabe, doente. Faz tempo que estão juntos?

– Tempo suficiente.

Houve um silêncio pesado.

– Ele não vai voltar a trabalhar, vai?

– Não por um tempo.

– Vocês vão nos vender?

– Não sei. Não chegamos a discutir isso.

E não é que isso era mesmo verdade? Sobre tantas coisas...

iAm consultou o relógio: 8h30. Em ponto para uma saída às 11h30. O centro cirúrgico motorizado de Manny estava preso no centro da cidade, pois a região ainda estava muito monitorada depois da festa da noite anterior para que o retirassem de lá, mas eles tinham um bom plano de contingência para Selena. Manny ainda tinha a sua antiga ambulância e a coisa estava a postos, a administração do parque mais do que obsequiosa em permitir que ela ficasse estacionada, bem como o médico dentro dela, na propriedade.

– Dá pra entender por que ele não disse nada – murmurou Big Rob ao afastar os binóculos. – E não é por nada, mas, uau, ela é extraordinária.

– Em mais de um sentido.

– Ela sabe o que ele faz...? Ah, você sabe. Uma mulher classuda como essa, quero dizer...

– Para ser franco, acho que essa merda nem passa pela cabeça deles.

– Ah. É. Claro.

iAm relanceou para o cara.

– Não se preocupe, eu cuido deles. Pode voltar para a boate.

O humano assentiu.

– É melhor eu ir mesmo.

Quando o homem hesitou, iAm levantou a palma da mão.

– Quanto ao futuro dos negócios, prometo que vamos cuidar de todos. Não importa o que aconteça.

Big Rob bateu na mão dele.

– Obrigado, cara. Mas tenho que dizer, gostamos muito de trabalhar com vocês. Além disso, não sei se o Silent Tom consegue passar por mais uma entrevista de emprego. Isso quase acabou com ele há cinco anos quando foi falar com Trez.

– É, acho que só ouvi umas doze palavras vindas dele em todo esse tempo. Dirija com cuidado.

– Obrigado. Chame se precisar.

Big Rob colocou os binóculos sobre a mesa e parou um instante, olhando para Trez e Selena, que caminhavam entre os carros bate-bate e as xícaras rodapiantes. Balançando a cabeça, foi para a saída e fechou a porta atrás de si.

iAm olhou uma vez mais para o relógio.

Três horas.

E depois, o quê? Que diabos faria a respeito da *maichen*?

E se Trez e Selena precisassem dele... e ele estivesse se encontrando com a fêmea?

Jesus, depois de uma vida de celibato, era chocante saber que ele havia feito arranjos para se encontrar sozinho com um membro do sexo oposto. E não para conversar.

Não, não estava com vontade de conversar.

Esfregando os olhos, visualizou a fêmea envolta naquelas vestes azul--claras, e a necessidade de entrar debaixo daquela máscara ganhou um toque de obsessão. Inferno, se não por causa da exaustão molecular, teria passado o dia olhando para o teto acima da cama, pensando no que iria fazer com ela. Do jeito como estavam as coisas, fora dormir com uma ereção e despertara com outra.

Não fizera nada a respeito de nenhuma das duas.

Caso se masturbasse, aquilo, de algum modo, seria mais real.

E, por algum motivo, não contara nada ao irmão sobre a sua viagem para o s'Hisbe, nem sobre a fêmea que conhecera, tampouco do "encontro" marcado.

Comparado com o que Trez enfrentava, tudo aquilo não tinha importância. E também havia algo de surreal na situação, algo que, surpreendentemente, ele queria manter.

Talvez porque isso tornava as coisas menos intimidantes?

Mas, caramba, não achava que iria. Como poderia ir...?

Não, não iria. Pela primeira vez na vida, achava que não poderia confiar em si e não virar um animal partindo para cima de uma fêmea. E, inferno, ela também devia estar arrependida. Encontrar-se com um macho desconhecido no meio de uma floresta? Ela seria insana se fizesse algo do tipo.

Ainda mais porque deveria saber o que ele tinha em mente.

Não, disse a si mesmo. Nenhum dos dois apareceria naquele chalé à meia-noite. E isso seria melhor para todos.

Mesmo.

Claro.

Capítulo 45

— Já está morto! Meu Deus, já era... Você pode parar?

Não, Xcor pensou. Não podia.

Enquanto continuava a apunhalar o *redutor*, sangue negro esguichava em seu rosto, peito, braços. Sangue negro se empoçava no asfalto frio do beco. Sangue negro o atingia nos olhos.

E mesmo assim ele continuava com o ataque, o ombro impulsionando a lâmina em todas as partes do tronco exceto o peito oco, enquanto Zypher gritava com ele, puxando-o e imprecando.

E tudo aquilo por nada. Desvairado, ele era uma fera desacorrentada, sua mente flanando acima do esforço, levando-o adiante para matar, matar, matar...

O puxão que finalmente o soltou da sua presa foi como o de um reboque, a força grande o bastante para separá-lo da carcaça gotejante e destroçada.

Ele não apreciou muito sua situação. Virando num giro, cortou o ar com a adaga, quase cortando a garganta de Zypher. Quando seu soldado saltou para longe do seu alcance, desembainhou a própria arma, preparado para lutar.

Dividido entre dar o bote ou recuar, Xcor arfou, grandes nuvens saindo da sua boca. Deixara o chalé deserto sem nenhum dos homens, saindo desvairado e indo parar no meio da cena do conflito, seminu e absolutamente enlouquecido.

E isso pelo bem dos seus próprios soldados.

– O que aconteceu com você?! – Zypher o interpelou. – Qual é o problema?

Xcor expôs as presas.

– Deixe-me em paz.

– Para acabar se matando?

– Deixe-me!

O eco de seu grito ressoou pelo beco, as palavras rebatendo nos tijolos das construções antes de sumirem na escuridão como morcegos saindo de uma caverna.

O rosto de Zypher revelava fúria absoluta.

– Eles têm armas, você lembra? Ou a noite anterior não passa de uma vaga lembrança?

– Eles sempre tiveram armas!

– Não como aquelas!

Xcor olhou para o assassino. Mesmo quase totalmente desmembrado, ainda se movia, os braços se debatendo no ar, as pernas se retorcendo num ensopado de entranhas e óleo negro.

Rosnando para a coisa, ele emitiu um grito e o apunhalou para o esquecimento. A luz foi tão forte que ele piscou com o espocar, suas retinas reagindo ao brilho. Mas se reacostumou rapidamente, cada piscada aclarando mais a visão.

Ele só precisava de mais. Precisava encontrar mais – e também precisava de outra coisa.

– Consiga-me uma prostituta – ordenou.

Zypher se retraiu.

– O que disse?

– Você me ouviu. Me arranje uma. Leve-a até o chalé.

– Humana ou vampira?

– Tanto faz. Apenas tenha certeza de que ela receba o bastante para estar disposta.

Esperou perguntas. Nenhuma foi feita.

Zypher apenas inclinou a cabeça.

– Como quiser.

Xcor girou, preparado para caçar e para lutar e matar. Antes de sair correndo, olhou por sobre o ombro.

– Loira. Quero que seja loira. E deve ter cabelos longos.

– Sei quem chamar.

Com um aceno, Xcor correu pelo beco, os coturnos ecoando sobre o asfalto áspero. Inspirando a brisa, seu cérebro filtrou cheiros de fumaça de diesel, de restaurantes baratos, de humanos sem-teto e sem banho, e de peixe podre no rio.

Sua raiva consigo mesmo aguçava todos os seus sentidos...

– Ei, cara, quer uma amostra?

Parando de pronto, virou-se, mas soube pelo cheiro que o atingia por causa do vento que não era um humano quem estava nas sombras.

O inimigo que procurava o encontrara; o *redutor* ainda não sabia com quem estava falando.

– Sim – disse ele –, gostaria de provar.

– Filho da puta estrangeiro – disse o assassino –, o que você quer?

– O que você tem?

– Coisa boa. Puro pó branco colombiano, não aquela mistura escura mexicana...

Xcor não permitiu que a venda continuasse. Com um avanço maligno, saltou para a frente e girou a adaga num arco, acertando o assassino no rosto na altura dos olhos. No mesmo instante, o morto-vivo levantou as mãos, dobrando-se ao meio, gritando de dor – e Xcor tirou vantagem disso: levou o coturno direito para trás e girou, chutando o crânio como se fosse uma bola de futebol, lançando o morto-vivo pelos ares.

Pulando bem alto, aterrissou no *redutor*, rolou e segurou as mãos dele sobre a cabeça com uma das mãos. O fedor era de leite azedo e suor fétido, e atiçou seus reflexos assassinos.

O ódio que não conseguira conter desde que Layla partira surgiu uma vez mais. Guardando a adaga, cerrou o punho dominante e socou o rosto pálido do *redutor*, vez após a outra e mais ainda, até que as feições dele estivessem praticamente liquefeitas pela surra, os ossos partidos, a mandíbula pensa. A cada inspiração seu braço subia; a cada expiração, ele descia o punho, o ritmo constante da respiração conduzindo os impactos.

Era melhor Zypher ir rápido.

Precisava transar para sair daquele estado de humor.

Sentada na beira da cama, as mãos de Layla tremiam ao segurar o telefone com as duas mãos. Já lera o texto que lhe fora enviado, e não apenas uma vez. Na verdade, vinha lendo aquelas palavras desde que acordara ao entardecer com o som do celular vibrando na sua mesinha de cabeceira.

Não venha mais me ver. Não estarei mais naquele chalé, nem na casa da fazenda, tampouco consinto estar em sua presença. Não tenho interesse por nada que possa me oferecer.

Xcor deveria ter ditado isso para o seu iPhone. Nunca antes lhe enviara uma mensagem escrita, e ela sempre suspeitara que ele não sabia ler nem escrever.

Dentre todas as maneiras que imaginara o relacionamento deles terminando, dentre todos os modos que os via se separando, nada era como aquilo. Não porque ela acabara despindo-o e forçando-o a se alimentar dela.

– ... oi?

Ela deu um salto, o telefone voando pelos ares e caindo no carpete. Enquanto Qhuinn avançava para apanhá-lo, ela entrou em pânico e saiu desajeitada da cama para apanhá-lo primeiro. Ou tentou sair desajeitada.

Com sua barriga, não conseguiria ir longe muito rápido e prendeu a respiração quando a mão delgada segurou o celular.

– Você está bem? – perguntou. – Parece um pouco pálida.

Não olhe. Não olhe para a tela...

– Ah, meu Deus, você está chorando?

– Não. – Esticou a mão. – Não estou.

Me dê o telefone. Me dê o telefone...

Qhuinn se aproximou e ergueu o rosto dela.

– O que está acontecendo?

Enquanto o polegar resvalava seu rosto, ele colocou o maldito celular onde estivera antes, ao lado da cama. Com a tela para baixo.

– Bati e ninguém respondeu – disse ele. – Fiquei preocupado.

Com um estremecimento, ela fechou os olhos, os nervos à flor da pele vibrando com aquele apuro.

– Eu só estava lendo sobre uma história triste. Acho que estou mais emotiva do que imaginei.

Ele se sentou ao lado dela.

– Muita coisa ruim acontecendo nos últimos dias...

Antes que se desse conta, ela explodiu em lágrimas e se recostou no peito largo.

Circundando-a com os braços fortes, ele a abraçou com suavidade e a deixou chorar à vontade. O fato de ele ter deduzido que as lágrimas só se deviam à gravidez de gêmeos, com o excesso de hormônios, só fez com que ela chorasse ainda mais.

Ela chorou pelos meses seguidos de mentiras e traições; chorou por todas aquelas viagens até a campina; pelas saídas e entradas sorrateiras; por usar o carro que Qhuinn lhe comprara para fazer isso.

E, acima de tudo, pior de tudo, chorou por uma sensação de perda tão forte como se alguém tivesse morrido na frente dela sem que pudesse ter feito nada para impedir.

Imagens de Xcor a bombardeavam, das suas tentativas de se apresentar belo, cuidando para aparecer sempre limpo mesmo recém-chegado do campo de batalha... sua aparência naquele chuveiro, a silhueta do seu corpo em clímax atrás da cortina... até a derrota que fizera sua cabeça pender diante daquela lareira como se alguma parte vital dele tivesse sido exposta e o fizesse sangrar, enfraquecendo-o, transformando-o.

Tentou dizer a si mesma que fora melhor assim. Bastava de vida dupla. Sem mais falsidade. Bastava de esconder o telefone e de se preocupar se as suas andanças seriam descobertas.

Bastava de Xcor...

– Vou ligar para a doutora Jane – Qhuinn disse com urgência antes de pegar o telefone fixo da casa.

– O quê? Não, eu estou...

– Qual a intensidade da dor no seu peito?

– O quê? – perguntou entre fungadas. – O que está...

Ele apontou para o esterno dela. Olhando para baixo, ela descobriu que agarrara a frente da camisola de flanela, o tecido macio amarrotado em seu punho.

Aquela era a origem das suas lágrimas, pensou.

Elas vinham do coração.

– Estou sendo sincera – sussurrou. – Estou bem. Só precisava tirar isso de dentro de mim. Desculpe.

A mão de Qhuinn pairou sobre o aparelho. E, mesmo quando retraiu o braço, ela sabia que ele não estava muito convencido.

– Acho que preciso comer alguma coisa – disse ela.

Aquilo estava longe de ser verdade, mas ele logo passou para o modo mandão, chamando Fritz em vez dos médicos, pedindo todo tipo de comida.

A preocupação dele com o seu bem-estar e os cuidados só fizeram com que ela voltasse a chorar.

Santa Virgem Escriba... Ela estava enlutada.

Capítulo 46

— Então, agora a gente entra nisso.

Selena segurou a mão que Trez lhe oferecia para passar por cima da beira do primeiro carrinho numa fileira de seis. A pequena estrutura em forma de cápsula estava apoiada sobre um trilho e tinha bancos, lado a lado com uma barra elevada por sobre a capota rasa. Depois que Trez se juntou a ela, um operador uniformizado lhes acenou do painel de controle na ponta oposta da plataforma.

– Isso vai pra lá? – ela perguntou, apontando para a elevação da montanha-russa. – Vamos subir ali?

Trez teve que pigarrear. Duas vezes.

– Ah... É. Vamos.

– Ai, meu Deus, isso é tão alto!

– Eu... hum... É mesmo.

Ela se virou para ele assim que a barra desceu sobre suas pernas.

– Trez, sério! Você vai odiar isso...

Houve um solavanco e eles começaram a se mover para frente nos trilhos, um pequeno *tec-tec-tec* criado pelas rodas que começaram a girar em velocidade crescente.

– Você, por outro lado, vai adorar – disse ele, beijando-a. – Talvez queira se segurar.

Assim que iniciaram a subida quase vertical, as costas dela pressionaram o banco acolchoado e as mãos agarraram a barra metálica. Por um momento, desejou ter ficado com as luvas que lhe ofereceram na casa, mas logo se esqueceu de todo o desconforto.

Alto, mais alto, mais alto ainda... Impossivelmente alto.

Virando o pescoço de lado, deu um amplo sorriso.

– Ai, meu Deus, estamos tão alto!

E só estavam na metade do caminho até o topo.

O *tec-tec-tec* ficou bem alto, e os solavancos ficaram mais fortes até ela sentir como se alguém estivesse empurrando seus ombros. A brisa ficou mais forte e mais fria, jogando seus cabelos para o lado, o casaco sendo desafiado a manter o calor do torso intacto.

– A vista é incrível – suspirou.

Não estavam tão alto quanto na noite anterior, mas sem o anteparo entre ela e a vastidão à frente, sem nenhuma janela para protegê-la da queda, nada além dos trilhos adiante e da distância crescente até o chão, ela sentiu como se estivesse planando.

E as luzes do parque eram magníficas. Multicoloridas e piscantes, estavam em todos os lugares para onde olhava lá embaixo, marcando os contornos de cada atração, refletidas nos espelhos e nas coberturas vermelhas, amarelas e azuis das barraquinhas de comida.

– É como se o céu tivesse sido invertido e as estrelas estivessem ali embaixo!

– Uh-hum... Isso mesmo. É... acho que chegamos ao topo... Uau. Uh-hum...

De repente, nivelaram-se e tudo se aquietou, a não ser pelo vento que soprava em seus ouvidos, e o passeio seguiu tranquilo ao fazerem uma curva aberta.

Com uma rápida olhada para o seu macho, ela viu que, apesar da pele negra, ele estava pálido como um fantasma.

Soltou uma das mãos da barra e cobriu a dele.

– Trez, que tal ficarmos com os pés no chão depois disso?

– Ah, não, tudo bem... Eu estou bem...

Uh-hum. Certo. O maxilar dele estava tão travado que ela se preocupou com seus molares, e o pescoço, aparecendo por fora da jaqueta de couro preto, estava rígido. Na verdade, a única coisa que se movia no corpo dele era o joelho direito. Que subia e descia, subia e descia, subia--e-descia-subia-e-descia...

– Lá vamos nós – murmurou ele. Como se estivesse preparando o corpo para levar um soco.

Ela virou a cabeça bem a tempo de não ver absolutamente nada diante deles. Apenas o céu aberto, como se os trilhos tivessem caído.

– Onde...

Uôôôuuuuu!!!!

De uma vez só estavam a toda velocidade, voando sem peso, descendo, descendo, descendo...

Selena gritou como uma louca, soltando a barra e erguendo os braços.

– *Aaaaaahhhhhh!*

Tão rápido, o vento açoitando seus cabelos, estapeando-lhe o rosto, prendendo-a contra o banco; depois, curva brusca para a direita, para a esquerda, *zum-zum-zum* outra subida íngreme com o *tec-tec-tec* voltando em seguida...

– Ai, meu Deus! – exclamou Trez.

Para cima e para trás, como se o mundo estivesse de ponta-cabeça antes de se endireitar novamente. E mais um *looping* adiante, seguido por outro que os deixava de lado.

Foi como o trajeto de volta para casa da noite anterior, só que mais vívido, temerário e maravilhoso.

– Eu poderia fazer isto para sempre! – ela gritou quando outra sequência se aproximou. – Para sempre!

– Ai, Cristo, de novo não!

Quatro vezes.

Seguidas.

E fora Trez quem insistira.

Quando o pequeno carrinho dos horrores voltou para a plataforma uma vez mais, ele se preparou para a tortura continuar.

Selena estava extasiada, e isso fez com que tudo tivesse valido a pena, mesmo os *loopings* intestinais no meio do passeio da montanha-russa.

Que transformaram suas entranhas numa massa efervescente.

– Vamos mais uma vez – disse ele, tentando incentivá-la. Mesmo que, àquela altura, alguém tivesse que remover cirurgicamente suas mãos da barra.

– Não, acho que já foi o bastante.

– Está brincando? Adorei esta merd...

– Já chega para nós – ela disse ao funcionário.

– Estou com as fotos – o humano disse ao baixar uma alavanca, e um mecanismo invisível fez com que o carrinho parasse. – Estão acabando de imprimir.

Oh, hora de levantar... Isso...

– Trez?

Esforçando-se para soltar a barra, viu seu salvador metálico subir e emitir um clique quando travou na posição elevada.

– Uh-hum, estou indo. – Agora. – Lá vamos nós.

Quando Selena se pôs de pé e se equilibrou na barra, ele estava pronto para segui-la. Para acompanhá-la até o atendente. Para pegar aquelas fotos que ele nem sabia que alguém tinha tirado.

Em vez disso, só continuou sentado ali, arfando. Vamos, pensou, não seja covarde. Forçando-se a se levantar, descobriu que as pernas estavam moles do meio da coxa para baixo, mas, meio que tropeçando, ele conseguiu, de algum jeito, sair do carrinho para a plataforma sem se envergonhar por completo.

Ainda que o fato de Selena ter que estabilizá-lo não fosse um reforço para a sua altivez.

– Ah, obrigado. – Ouviu-a dizer ao atendente. Depois ela se virou para ele. – Venha, vamos até aquele banco ver as fotos.

Antes que se desse conta, estava sentado num banco metálico frio, olhando para as fotografias nas quais Selena estava se divertindo e ele parecia alguém com as bolas esmagadas num torno. Nesse meio tempo, a mão dela acariciava suas costas, formando pequenos círculos sobre sua jaqueta de couro.

– Aqui está, senhorita.

– Muito obrigada. – Ela lhe entregou uma coisa. – Por que não dá um gole nisso?

Ele estava acabado demais para dizer que "zuzu bem". Simplesmente segurou o que quer que aquilo fosse, levou aos lábios e fez o que lhe disseram para fazer.

– Puxa, isto é bom – suspirou quando, finalmente, abaixou a lata.

– Refrigerante. Aprendi isso com a doutora Jane.

Uns dez minutos mais tarde, ele já conseguia focar naquilo que supostamente vinha olhando.

– Você está linda – disse ao fitar a imagem dos dois juntos.

– Não tenho tanta certeza disso, mas vou te dizer uma coisa: aí está a maior diversão da minha vida... Como está se sentindo?

Ele esfregou o polegar sobre a foto do rosto dela.

– Você está viva. Olhe só para você, seus olhos estão incríveis.

Uma a uma, ele olhou todas as fotos que tinham sido tiradas durante a queda inclinada depois da segunda subida, quando faltou pouco para voarem, o vento os açoitando, a dúvida sobre se as coisas terminariam bem ao fim da queda.

Ele praticamente sentia a vibração do corpo de Selena, a excitação, o prazer, a energia vibrante da vida transformando-a num raio contido de alegria.

O lado dele? Nunca se vira tão pálido antes, a pele escura esmaecida, o que, evidentemente, era possível.

Quem haveria de imaginar.

– Devemos fazer um calendário com isto – anunciou. – Pelo menos com a metade bonita delas.

– Você está bem melhor agora. Menos verde. Você estava meio verde, sabia?

– Eu andaria nessa filha da puta um milhão de vezes se fosse isso o que você quisesse.

Ela se inclinou, virou o rosto dele para o seu e o beijou.

– Sabe o que acabou de provar?

– O quê? Que mesmo machos às vezes precisam de sacos para vomitar?

– Não. – Ela o beijou de novo. – Que alguém pode dizer "eu te amo" sem pronunciar as palavras.

O peito dele se estufou. Não teve como reprimir a sensação.

– Olha só eu. Um Casanova... Quem haveria de dizer?

Terminando o refrigerante, lançou a latinha vazia no lixo ali perto e colocou as fotos no bolso.

Pondo-se de pé, ofereceu-lhe o braço.

– Gostaria de uma comida deficiente em valor nutritivo, mas que sacia totalmente? Estamos falando de substâncias químicas ultraprocessadas. Do tipo de coisa que os humanos costumam ingerir em lugares como este e depois vão para casa tomar antiácidos.

– Parece delicioso. – Manteve o braço estendido. – Aceito o que for oferecido.

Acenou para o atendente em despedida e pensou em fazer umas poses de musculação só para recuperar sua estampa de durão.

As barraquinhas de comida estavam atrás e à direita. Quando deram a volta na montanha-russa, ele levantou os olhos, bem lá para cima, para o topo da armação metálica que sustentava os trilhos no ar. Caramba, ficou muito feliz por não ter tido aquela vista dali da base antes de terem subido.

Quanto mais pensava a respeito, mais sua tontura ameaçava retornar, o suor se formando nas palmas e no buço, mas a boa notícia veio na forma da distração de uma barraquinha de cachorro-quente aberta somente para eles.

Aproximando-se do balcão, segurou Selena firme ao seu lado, aspirando o perfume dela, assim como a fragrância do shampoo e do sabonete que ela usara antes de saírem de casa.

Uma fêmea humana com o corpo arredondado e um sorriso gentil apareceu, deixando de lado a revista *People* que lia.

– Como posso servi-los?

– Céus, são tantas opções... – disse Selena.

O cardápio era um painel iluminado vermelho com letras em amarelo, oferecendo coisas que, seguramente, teriam um gosto maravilhoso na hora de comer, mas causariam problemas depois que estiverem dentro de você.

– O que você vai pedir? – Selena perguntou.

– Vou de Coney Island especial – anunciou. – Com Coca-Cola e muito gelo.

– Pode deixar – disse a mulher. – Senhorita, já sabe o que quer?

Selena franziu o cenho.

– Eu queria mesmo é um hambúrguer. Mas será que vou me arrepender se não comer o cachorro-quente?

– Você pode comer um pouco do meu.

– Maravilha, então eu gostaria de um hambúrguer com queijo e fritas.

– Tudo bem. – A mulher apontou para outra seção do cardápio. – Quer alguma coisa nelas?

– Como assim?

– Nas suas fritas. Como *chilli*, queijo, *jalapeños*... A lista está logo aqui.

Enquanto Selena considerava sua segunda rodada de opções, Trez se aproveitou da oportunidade para estudar o perfil da sua rainha. Aqueles lábios eram praticamente irresistíveis, e, quanto mais olhava para eles, mais a queimação residual da descarga de adrenalina se transformava rapidamente em desejo puro e concentrado.

Com um movimento discreto, teve que se rearranjar.

Mal conseguia esperar para voltar para casa. Para despi-la.

Seus olhos desceram para os seios dela. A jaqueta Pata-Gucci que vestira diligentemente se adaptara àquelas curvas que ele tanto amava...

– Trez?

– Hum?

– Você tem dinheiro? Nem pensei em trazer dinheiro humano...

Ele a interrompeu.

– Você não vai pagar nada. – Pegando a carteira, ele perguntou à mulher: – Quanto lhe devo?

– É por conta da casa.

– Permita-me dar alguma coisa, então.

– Ah, não, está tudo bem. Sei por que vocês...

Trez se adiantou, colocando uma nota de cem na fórmica e deslizando-a para frente.

– Pegue. Por ter sido tão gentil conosco.

Os olhos da mulher se arregalaram.

– Tem certeza?

– Absoluta.

Primeiro, porque ele não queria que ela continuasse falando e fizesse Selena sentir-se um caso merecedor de caridade. Segundo, a humana saíra numa noite fria só por um punhado de horas de trabalho. As festividades estavam se aproximando para a raça dela. Sem dúvida ela faria bom uso daquele dinheiro extra.

– Uau. Obrigada.

Assim que a mulher foi preparar os pedidos, ele sentiu Selena o fitando com respeito, e foi assim que sentiu seu peitoral estufar de novo.

Lá estava seu selo de macho devolvido, enquanto posava como o maldito Schwarzenegger. Do jeito que ela olhava para ele? Sentia-se grande como uma montanha.

Alguns minutos mais tarde, encaminharam-se para a mesa de piquenique pintada num tom vivo de azul, sentando-se lado a lado.

O ar estava frio, a comida superquente, as bebidas espumantes e doces. Dar cabo dos pãezinhos super-recheados foi complicado, ambos com as cabeças abaixadas e guardanapos para limpar a boca, mas isso também era divertido. E a conversa, quando conseguiam falar, foi sobre os sabores e os condimentos e a língua que ardia... Sobre a montanha-russa... Sobre o que fariam em seguida... Se pegariam algodão-doce ou sorvete com cobertura de chocolate quente para sobremesa.

Tudo normal, magnífico, belo e ressonantemente normal.

E, enquanto permanecia sentado ao lado da sua fêmea, talvez limpando o canto da boca dela com o guardanapo, ou partilhando o refrigerante, ou rindo por ela sugerir que seria melhor seguirem dali para o carrossel porque ele só se erguia a um metro do chão, ele se refestelava nas lembranças que permeavam sua mente, seu corpo e sua alma com um calor que nunca sentira antes.

Só por estar com ela. Sem fazer nada de extraordinário. No meio de um parque de diversões.

Era um milagre.

Uma bênção sem medida.

Franzindo o cenho, percebeu que, não fosse pela realidade à espreita daquele momento perfeito, sorrateira atrás deles como uma sombra maligna... ele poderia muito bem estar desperdiçando seu tempo preocupando-se com a inauguração do shAdoWs, ou imaginando o que estaria acontecendo no s'Hisbe, ou se fixando no que quer que estivesse irritando sua bunda com uma pluma em determinando momento.

Poderia ter desperdiçado isto, como um homem muito rico deixando diamantes caírem dos bolsos apenas por ter vários em casa.

A raridade andava de mãos dadas com a reverência.

– Eu poderia ficar sentado aqui para sempre – disse, ao dar a última mordida. – Este é o meu paraíso.

Selena relanceou para ele e sorriu.

– O meu também.

Capítulo 47

Pouco antes do primeiro súdito chegar para sua audiência com o Rei, Paradise apresentou uma pasta ao pai com certa medida de orgulho.

– Reorganizei a planilha de audiências. Acredito que acharão que assim fica mais fácil para o senhor e para o Rei.

Seu pai sorriu ao abrir a capa e viu a planilha listando o nome de cada cidadão, a linhagem, o assunto em pauta e quaisquer outros assuntos que Wrath já tenha resolvido.

– Isto é... muito útil – disse ele, ao passar o indicador pelas colunas.

– Pensei em aprimorar o que já estava sendo feito.

Ele ergueu o olhar.

– E aprimorou.

– Em seguida – ela puxou a segunda de muitas folhas soltas –, há um dossiê para cada súdito que se estende em detalhes.

Abalone franziu o cenho ao revisar as anotações, depois folheou os relatórios.

– Como descobriu tudo isto?

– Tenho as minhas fontes – ela sorriu. – Ok, uma parte vem das páginas das pessoas no Facebook, e outra foi por intermédio de amigos meus.

– Isto é... Eu não sabia que ele havia se comprometido. – O pai inclinou a pasta na direção dela. – Ele?

– No ano passado. Foi algo muito simples. – Paradise baixou o tom de voz, mesmo estando sozinha com ele. – Dizem que ela estava grávida.

– Ahhhh. Então ele quer que o casamento seja validado.

– Ela está prestes a dar à luz. Se eu fosse Wrath, pouparia o pobre de dar detalhes a respeito da data provável e simplesmente lhe concederia o respeito que ele quer dar ao filho...

– Tentando fazer o trabalho do seu pai? – a voz de Wrath a interrompeu.

Quando o Rei cego apareceu no arco de entrada da sala, Paradise deu um salto de susto.

– Não tive a intenção, puxa, hum, eu...

O Rei sorriu.

– Estou impressionado com o seu raciocínio. Continue assim, Paradise.

Dito isso, ele e o cachorro de pelo claro cruzaram o caminho até a sala de jantar.

– Não consigo sentir os meus pés... – sussurrou ela.

O pai a abraçou.

– Você está superando quaisquer expectativas que eu pudesse ter.

Ela se afastou e empurrou os cabelos para trás do ombro.

– Gosto disto. Gosto mesmo.

– Você está me deixando muito orgulhoso.

Para esconder seu rubor, ela se sentou diante do computador que já sentia como seu.

– Como estão as coisas em casa? Com...

– Muito bem. Eu estou bem, apesar de sentir sua falta.

– Eu posso voltar.

– Não, não. É melhor você continuar aqui. – Enfiou a pasta debaixo do braço. – Você e Peyton se divertiram ontem?

– Ele saiu logo depois de você.

Abalone franziu a testa

– Espero que não tenham discutido...

– Ele tem uma forma antiquada de encarar as coisas.

– Ele vem de uma família tradicional.

Ela apanhou uma das canetas Mont Blanc que encontrou na escrivaninha. Batendo-a em sua palma, ajustou a saia azul-marinho por cima dos joelhos.

– Hum... Pai?

– Pois não?

Inspirando fundo, abriu a gaveta de cima e pegou o formulário de inscrição para o programa do Centro de Treinamento.

– Pai, o senhor me deixaria fazer uma coisa como esta?

Ao lhe entregar o papel e vê-lo passar os olhos sobre a escrita, preocupou-se.

– Não estou dizendo que quero entrar num combate nem nada assim. É só que... Eles estão aceitando fêmeas, e eu...

– Para lutar? Isto é... para *lutar*.

– Eu sei. Mas veja... – ela se esticou e apontou para uma parte na introdução. – Eles estão dizendo que podem treinar fêmeas...

– Paradise.

E o ponto de vista dele foi basicamente resumido ao modo como pronunciou seu nome: uma combinação de "fale sério" e "não corte meu coração".

– Você não foi feita para isso – disse ele.

– Porque sou uma fêmea, certo? – argumentou com amargura. – O que me restringe a escrivaninhas e papéis, no máximo. E só até eu me casar.

– Isto é *guerra*. Entende o que significa? – Levantou e abaixou o formulário. – Isto é a morte esperando acontecer. Não é um filme de Hollywood nem uma fantasia romântica.

Ela ergueu o queixo.

– Sei disso.

– Sabe mesmo?

– Não sou tão protegida quanto imagina que eu seja. A família que você perdeu durante os ataques também era minha, pai. Amigos meus morreram. Sei muito bem do que isto se trata.

– Não, Paradise. Eu não permitirei. – Ele se inclinou e largou o formulário no cesto de lixo. – Isto não serve para você.

Sem dizer mais nada, ele se virou sobre os calcanhares e se afastou, de algum modo conseguindo fechar a porta na cara dela, mesmo com as folhas de madeira continuando onde estavam.

Throe se materializou cerca de duzentos metros da casa para onde Abalone ia todas as noites.

O localizador GPS que Throe inserira no bolso interno do paletó do macho funcionara muito bem. E o bairro luxuoso era digno de admiração.

Nada mal, nada mal mesmo.

Passando a caminhar com casualidade, analisou a casa ao se aproximar do sinal para onde seu celular o direcionava. Na verdade, o termo apropriado para aquelas casas seria *mansões*. Aqueles locais eram grandes demais para serem apenas casas: com múltiplos andares, extensos, afastados da rua, jardins dramaticamente iluminados na parte externa, como se os humanos abastados que ali viviam não pudessem suportar ser ignorados durante as horas noturnas.

Ao avançar, teve que controlar a frustração. Sentia falta das lutas mais do que imaginara. De fato, a ausência do derramamento de sangue – de qualquer variedade – era uma insatisfação chocante. Quando começara com o Bando de Bastardos, horrorizara-se com a violência e a carnificina. Após vários séculos, contudo, assuntos de guerra tornaram-se algo normal.

A mansão de pedras que surgiu em seguida era afeminada, uma versão moderna da pilha de rochas medievais na qual o Bando de Bastardos vivera no Antigo País, e ele parou diante da imensa construção. Silhuetas se moviam no interior, cruzando janelas adornadas por metros de tecido pesado enquanto as luzes internas ressaltavam nuances de dourado e de prateado nas paredes.

E, de repente, já não estava mais pensando no covil de Xcor.

Estava se lembrando do lugar do qual viera, sua verdadeira origem de privilégios e fortuna.

Ao buscar vingança para a irmã, pactuara com o diabo. Agora, do outro lado dessa barganha, estava pobre e solitário, sem perspectivas.

Seu único lar era a ambição.

Pelo menos havia calor suficiente nisso para aquecê-lo nos meses vindouros de inverno.

Throe continuou, o frio entrando pelo couro do casaco que vestia, aquele que ainda estava manchado com a mortes que causara nas noites anteriores.

Antes de tudo ter mudado.

A casa que era o seu alvo era a da esquerda, do lado oposto da rua. Era uma mansão ao estilo clássico do fim do século XVIII, grandiosa e histórica, com a estrutura verdadeiramente épica e a manutenção bem cuidada que somente os muito ricos poderiam conferir às antiguidades: nada de tinta descascada naquela casa; nenhum arbusto sem corte; nenhum telhado penso, nem varandas.

Ao contrário das outras casas, não havia como ver seu interior.

As cortinas pesadas estavam bem fechadas, a ponto de não se ver a luz de dentro. Não havia carros estacionados na entrada, mas, conforme ele aguardava escondido atrás de uma moita, notou dois indivíduos se aproximando da porta da entrada... Mesmo que não tenham chegado à propriedade usando um veículo motorizado.

Porque eram vampiros que se desmaterializaram até o local.

Dez minutos mais tarde, outro visitante chegava. Quinze minutos depois, outros dois.

Eram discretos, e nem todos usavam a porta da frente, sem dúvida para evitar suspeitas.

Throe consultou o celular, apesar de saber que tinha a localização correta do lugar. Sim, Abalone estava ali.

Mantendo-se nas sombras, ficou mais tempo ali, não por planejar se infiltrar, mas, pelo contrário, porque ainda tinha que formular esses planos. Sua ambição, por maior que fosse, ainda não era uma força motriz – tinha reconhecimentos a fazer, fraquezas a descobrir, estratégias a definir.

Um carro fez a curva na esquina e desceu a rua.

Ao passar debaixo do poste de luz do lado oposto, viu que era um Rolls-Royce, preto, com a estatueta que era sua marca registrada no capô.

E cá estava ele sem um veículo.

De fato, a falta de perspectivas era um problema.

Como conseguiria reunir recursos?, perguntou-se. Como se sustentaria até formar uma guerrilha?

A resposta, quando surgiu, foi tão óbvia como se o destino tivesse lançado um facho de luz num caminho em meio à sua escuridão. Sim, pensou, era esse o caminho.

Um momento depois, retornou às mais do que generosas acomodações de Abalone com um sorriso no rosto.

Capítulo 48

No leito hospitalar, Luchas entrava e saía do seu estado de inconsciência. Ondas de dor o atravessavam, abatendo-o até ficar sem forças. Quando já não suportava mais, tateou ao redor com a mão que ainda tinha dedos. Encontrando o botão de chamada, pressionou o polegar até ouvir um alarme.

A porta se abriu e a doutora Jane entrou.

– Luchas?

– A minha perna – gemeu. – Está doendo...

Ela se aproximou, verificou as máquinas, os acessos intravenosos e sabe-se lá o que mais.

– Vou lhe dar algo para a...

– A infecção... – balbuciou, virando a cabeça de um lado para o outro. – A minha perna...

Ele tivera o plano de definhar, mas, em vez disso, parecia que havia decidido se matar entrando numa fogueira primeiro com os pés, aterrissando com o tornozelo e a canela ruins.

Num acesso de força desvairado, sentou-se e começou a puxar as cobertas. A doutora Jane segurou-o pelos ombros e tentou deitá-lo, enquanto, ao mesmo tempo, alguém entrava no quarto. Qhuinn... Era seu irmão.

– Luchas. *Luchas*, pare...

Esse era Qhuinn, aproximando-se, tentando segurar-lhe as mãos e fazê-lo voltar a se deitar. Não foi uma luta justa. Ele estava fraco, tão fraco, e então partiu numa viagem, uma viagem flutuante que subitamente substituíra a sensação de queimação que sentia embaixo.

Virando de lado, viu que a doutora Jane extraía uma seringa do tubo plástico que corria até o seu braço.

O rosto de Qhuinn apareceu acima do seu, aqueles olhos despareados intensos.

– Luchas, relaxe. Nós cuidamos de você.

– A minha perna...

A droga estava fazendo maravilhas, acalmando-o como se seu corpo tivesse sido mergulhado numa banheira de água quente. A dor ainda estava ali; ele só não estava se importando tanto com ela.

– Está ficando pior – ele se ouviu dizer. – A infecção... Pensei que, a esta altura, eu já estaria morto.

– Luchas...

Algo no tom de voz do seu irmão foi captado, algo na voz, na rigidez ao redor da boca e dos olhos.

– O quê? – perguntou Luchas. – O quê?

Qhuinn olhou para a doutora Jane como se estivesse esperando o providencial resgate aéreo de uma zona de combate.

– Luchas – repetiu o irmão. – Eu tive que te salvar.

Salvá-lo? Mas essa era a razão de tudo aquilo. Queria sumir.

– O quê?

– Eu pedi a ela que amputasse a sua perna. Para salvar a sua vida.

Luchas se calou. Só podia ter ouvido errado, as palavras distorcidas pelos analgésicos que tinham acabado de lhe dar.

– Era a única saída. Estávamos perdendo você.

– O que fez comigo...? – disse lentamente. – O que você...

– Acalme-se.

Luchas se sentou, afastando-se do travesseiro, um horror indescritível drenando o sangue da sua cabeça. Olhando para a parte inferior do corpo, notou que os lençóis finos revelavam os contornos da coxa, do joelho, da canela e pé esquerdos... Mas apenas a coxa e o joelho da perna direita.

Com um grito, esticou-se na direção do que deveria estar ali, puxando os lençóis, arrancando-os como se, de algum modo, estivessem escondendo dele o que já não existia mais.

– O que você fez! – Virou-se para o irmão, segurando-lhe a camisa, puxando com os dedos que lhe restavam. – Que porra você fez comigo?!

– Você estava morrendo...

– Porque eu queria! Como teve coragem!

Ele bateu em Qhuinn, um esvoaçar ineficiente de punhos, as mãos arruinadas estapeando.

Qhuinn não se defendeu. Apenas permitiu que a surra, tal como era, continuasse a acontecer – não que houvesse muito poder de ataque. E Luchas não aguentou muito. Logo suas forças se esvaíram, ele caiu contra o travesseiro, o peito afundado subindo e descendo, o sangue escorrendo pelo acesso intravenoso, a visão sumindo e voltando a clarear.

E, mesmo não estando mais ali, sua perna doía.

– Saia – disse entorpecido. – Não quero mais te ver.

Virando o rosto para a parede, ouviu a conversa baixa entre os dois e depois a porta se abrindo e fechando silenciosamente.

– Como está a dor? – perguntou a doutora Jane.

– Por que ela dói...? – murmurou. – Se você a arrancou...

Deus, ele agora estava ainda mais mutilado, mais daquilo que ele fora desaparecera.

– Isso é chamado de dor fantasma. Mas a sensação é bem real.

– Você cortou... foi você quem me amputou?

– Sim.

– Então saia daqui também! Não dei permissão para nada disso...

– Você estava morrendo...

– Não estou ouvindo. Saia daqui.

Houve uma pausa, e ele odiou o modo como ela o fitava, com preocupação, cuidado e gentileza.

– Com o passar do tempo, Luchas, quando estiver se sentindo melhor...

Ele virou a cabeça bruscamente.

– Você me negou minha própria morte. Estraçalhou o meu corpo sem a minha permissão. Portanto, vai ter que me desculpar, mas não tenho interesse nenhum no que tenha para dizer.

A médica fechou os olhos brevemente.

– Mandarei Ehlena com comida.

– Não se dê ao trabalho. Vocês apenas postergaram o inevitável. Pretendo eu mesmo terminar essa tarefa.

Luchas segurou o acesso intravenoso até que ele se soltou, líquido transparente e sangue se espalhando por toda parte...

Pessoas entraram por todas as portas disponíveis, apressadas e em pânico, segurando-o, falando em voz alta. Debateu-se contra elas, retorcendo-se e empurrando, esforçando-se para ficar ereto por causa da canela e do pé que faltavam...

Alguém deve ter lhe dado outra injeção, porque, de repente, seu corpo relaxou. Mesmo com o cérebro ordenando todo tipo de movimento, nada respondia.

Quando seus olhos se reviraram, ele notou Qhuinn parado na soleira da porta, seu corpo grande, forte e saudável bloqueando a passagem.

Podia muito bem ser a porta do Fade que o macho bloqueava.

– Eu te odeio! – Luchas berrou. – Eu te odeio!

De volta à casa de audiências do Rei, Rhage estava na sala de jantar, parado com as costas voltadas para a porta fechada e os braços cruzados sobre o peito. Grande parte da Irmandade estava na sala, inquietos por causa da energia cinética acumulada.

Wrath estava em sua poltrona, as pernas cruzadas, um tornozelo sobre o joelho, a cabeça do seu cachorro no colo.

– Ele está atrasado. O filho da puta está atrasado.

Rehv assentiu de seu lugar diante da lareira, esfregando as mãos como se estivesse com frio.

– Ele virá.

– Tenho pessoas para receber.

Hollywood consultou o relógio.

– Quer que eu vá buscá-lo? Posso laçá-lo, arrastando-o até aqui pelo pau...

A campainha tocou e V. entreabriu a cortina do outro lado.

– Falando no diabo...

– Deixe que eu o recepciono – murmurou Rhage ao sair da sala.

– Ele não está sozinho – exclamou V.

– Nem eu.

Fechando a porta, ele foi até a sala de estar.

– Paradise? – Quando a moça olhou para ele atrás da escrivaninha, ele sorriu. – Vou fechar a sua porta por um instante. Me faça um favor e fique aqui até eu voltar, ok?

Os olhos grandes dela ficaram ainda mais arregalados.

– Está tudo bem?

– Sim. Mas quero que fique aqui.

– Ok. Claro.

Ele deu uma piscadela.

– Boa garota. E tranque depois que eu sair, ok?

– Ok.

Fechando-a, ele esperou até ouvir o fecho de cobre ser trancado, depois foi até a porta da entrada. Abrindo-a, olhou para Assail de alto a baixo. O cara parecia ter saído do guarda-roupa de Butch, tudo bem cortado e combinando, ajustado ao corpo como se tivesse sido desenhado nele. Atrás, dois assassinos idênticos estavam lado a lado. Puxa, usavam roupas pretas folgadas, que surpresa.

Ele já conseguia imaginar o poder de fogo que escondiam debaixo daqueles casacos.

– Pensei que viesse sozinho – comentou.

– O seu rei queria conhecer a minha equipe. Aqui está ela, meus primos.

Rhage se inclinou.

– Essa não é a sua equipe inteira, é?

– Posso lhe garantir, utilizo apenas estes dois.

Rhage recuou um passo e acenou para que entrassem no vestíbulo.

– Preciso revistá-los.

– Estamos muito bem armados.

– Verdade?

Quando os três entraram, Rhage apontou para uma grande bandeja de prata na mesa debaixo de um espelho emoldurado de ouro.

– Deixe-as aqui. E certifiquem-se de deixar todas as suas armas. Se eu encontrar qualquer coisa em vocês, vou ficar bem irritado.

Clinque, clanque. Clinque, clanque...

Rhage não queria ficar impressionado, mas teve que dar-lhes algum crédito. Belas armas e adagas bem afiadas.

– Você primeiro – disse para um dos gêmeos.

O outro avançou um passo.

– Primeiro eu. O meu irmão é um pouco nervoso.

– O que disse? Esqueci de ler o memorando que o encarregava de tudo por aqui, idiota! – Gesticulou para que o senhor Ansiedade se adiantasse e o apalpou. – Prontinho, quer um pirulito porque isso foi muito difícil? Agora você, com a lista de exigências, venha aqui.

Dispensou o número dois e depois se aproximou de Assail, que estivera observando o espetáculo como uma cobra.

– Colônia cheirosa – murmurou Hollywood ao erguer os braços do cara e apalpar um tronco surpreendentemente musculoso. – Onde comprou, na farmácia?

– Você é sempre rude assim? – perguntou Assail, num tom entediado.

– Você é a segunda pessoa que me pergunta uma coisa assim nas últimas 48 horas. – Afastou os sapatos italianos luxuosos com um chute. – Tem algum problema comigo? Preencha uma ficha de reclamações nos recursos humanos.

– Muito corporativo.

Rhage se endireitou depois de revistar a parte de baixo.

– Para a sua informação, Vishous, filho de Bloodletter, é o nosso contato. Ele prefere que as reclamações sejam feitas pessoalmente. Bom divertimento.

Tendo terminado com aqueles três, seguiu para as portas fechadas da sala de audiências, sabendo que eles o seguiriam. Abrindo-as, ficou de lado e encarou a entrada dos filhos da puta, um de cada vez.

– Assail – Wrath disse de modo arrastado. – Então voltamos a nos encontrar.

– E, desta vez, sem balas – respondeu o traficante.

– Ainda não – murmurou um dos Irmãos.

Os olhos de Assail passaram por todos os presentes.

– Bela proteção você tem hoje aqui.

Wrath deu de ombros.

– Foi uma questão de escolher entre eles e os bonecos de porcelana Hummel. Tirei na sorte.

– A que devo a honra desta convocação?

– Rehv? Faça as honras, já que sabe do que está falando.

O devorador de pecados afastou-se da lareira e sorriu como se estivesse prestes a comer alguma coisa.

– Temos motivos para acreditar que você esteja participando do tráfico de drogas em Caldwell.

Assail não demonstrou nenhuma reação.

– Nunca escondi meus negócios.

– Já viu isto antes?

Quando Rehv lançou um pacote no ar, Assail o pegou e o inspecionou.

– Heroína.

– O símbolo é seu, não?

– Quem disse?

Foi Rhage quem falou:

– Encontramos alguns desses num assassino em uma boate que, por acaso, é de propriedade de um amigo nosso.

Wrath sorriu com frieza ao baixar a mão e afagar o pelo do cachorro.

– Portanto, entende como isso coloca a todos nós numa posição desconfortável. Você está usando o inimigo para disseminar o seu produto. Não está?

Mais uma vez, Assail não demonstrou nenhuma reação.

– E se eu estiver, qual é o problema?

– Está colocando dinheiro nos bolsos deles.

– E...? Qual o problema?

– Não seja ingênuo, cacete. Como é que você acha que eles vão gastar a porra desse dinheiro?

– Ontem à noite – disse Rhage –, ficamos no meio de um fogo cruzado entre o Bando de Bastardos e alguns assassinos. Adivinha o que os mortos-vivos estavam usando? AK-47. É a primeira vez que vimos armamento desse calibre na cidade desde os ataques.

Assail deu de ombros e ergueu as mãos.

– E o que isso tem a ver comigo? Sou um empresário...

Wrath avançou na poltrona.

– Os seus *negócios* estão colocando a vida dos meus rapazes em perigo. E isso me incomoda demais, idiota. Portanto, os seus *negócios* agora também me interessam.

– Você não tem o direito de me impedir.

– Se nenhum de vocês três sair vivo daqui esta noite, será uma forma de impedi-los, não?

Como um só, cada um dos Irmãos na sala desembainhou uma adaga.

Rhage se preparou para algum tipo de ataque, mas Assail continuou frio como um cubo de gelo. Não se mexeu, não piscou, não fez nada.

Talvez o filho da puta não tivesse um sistema nervoso central.

– O que achou que aconteceria – perguntou Wrath – quando eu descobrisse? Achou mesmo que eu deixaria essa porra de conflito de interesses passar sem consequências?

Houve um período longo de silêncio.

Por fim, Assail abaixou a cabeça.

– Muito bem. Vou parar de vender para eles.

As narinas de Wrath se inflaram ao testar o cheiro do macho. Um momento depois, ele disse:

– Bem, agora saia daqui. Mas saiba que se eu encontrar essa merda em mais um assassino, vou atrás de você, e não será para conversar.

Rhage franziu o cenho, mas quando Wrath acenou com a cabeça na direção da porta, ele a abriu e ficou observando do batente enquanto os três foram até o *poutpourri* de armas e consertaram a deficiência coletiva de armamento. Depois seguiram para a porta, saindo da propriedade.

– Ele mentiu – disse Wrath, sério.

– Eu sabia que estava fácil demais – murmurou Rhage. – Por que o deixou ir embora?

– Quero que o sigam – Wrath murmurou para Rhage e para V. – Vocês dois. Se matarmos Assail agora, não conseguiremos descobrir quem é o fornecedor, e não teremos como garantir que a *Sociedade Redutora* perca acesso ao produto. Sigam o filho da puta, descubram onde ele consegue a mercadoria, e depois certifiquem-se de que o inimigo não terá mais nada para vender em Caldwell. – O Rei foi mais para a frente na poltrona. – Em seguida, ponham uma bala no peito de cada um dos três.

– Sem problemas, meu senhor. – Rhage relanceou para V., que acenou de volta. – Considere feito.

Capítulo 49

Movendo-se com presteza, mas não tão rapidamente, *maichen* passou pelos corredores vazios do palácio, direcionando-se para a câmara de rituais da rainha. De tempos em tempos ela passava por guardas, outras criadas, até mesmo um ou outro Primário. Ninguém prestava atenção nela.

Porque ela se escondia sob o disfarce de seu humilde alter ego.

Se qualquer um deles soubesse quem estava por baixo daquelas vestes azul-claras, uma grande comoção se seguiria.

Em vez disso, quando ela chegou ao seu destino, os guardas parados à direita e à esquerda mal olharam na sua direção. Estavam exaustos no fim dos seus turnos, motivo pelo qual aquela era a hora perfeita.

– Limpeza para a rainha – disse ela, com uma mesura obediente.

Abriram-lhe a porta e ela entrou silenciosamente.

O local sagrado era todo de mármore preto do chão ao teto, e não havia nada para diminuir o impacto dos efeitos de estar cercada por tanto *noir* reluzente: nenhum tapete, nenhuma mobília, apenas alguns armários embutidos num canto onde a comida era colocada e reabastecida. A iluminação vinha de abajures com chamas em pavios, os óleos especiais consumidos emitindo uma centelha branco-esverdeada.

Ela não olhou ao redor. Há muito aprendera a não fazer isso.

Havia algo de aterrorizante naquele cômodo, ainda mais depois de passar um tempo considerável dentro dele. Quanto mais se ficasse lá em confinamento, mais se perdia a orientação, até não saber mais se as quatro paredes e tudo acima e abaixo desaparecera, colocando você no meio de uma noite estrelada, suspensa pela gravidade, em outra dimensão, de onde você não sabia se um dia se libertaria.

Ela odiava aquele cômodo.

Mas fora obrigada a ir até ali.

Sua mãe, a rainha, estava sentada no centro, de frente para o norte, as vestes negras com certo brilho espalhadas no chão ao seu redor, derramando-se desde a cabeça, caindo para se tornar um só com o mármore.

Até parecer que a pedra se liquefizera e estivesse querendo consumi-la.

Sua mãe estava absolutamente imóvel. Sequer respirava.

Ela estava imersa na meditação do luto.

Era uma boa notícia.

maichen andou silenciosamente até o canto e abriu a escotilha do armário sem fazer nenhum som. Nada da comida que fora deixada ali antes fora tocada. Outro sinal positivo.

Em menos de uma hora, à meia-noite, o sumo sacerdote AnsLai viria junto com o astrólogo principal e rituais seriam realizados, fragmentos de meteoritos esmagados e consumidos em chás sagrados, de modo a comungar com as estrelas que determinavam tudo para os Sombras. Depois haveria a sangria e o ritual do sexo. Após o qual a rainha seria deixada a sós novamente para se elevar da terra e encontrar conforto em seu luto.

Ou "luto" seria mais adequado.

Era difícil acreditar que aquela fêmea de fato sentisse algo por aqueles a quem ela dava à luz.

Agora segura de que os rituais ainda avançavam, *maichen* recuou até a porta. Antes de passar por ela, relanceou para a mãe. Vira a fêmea apenas em ocasiões formais durante toda a sua vida, quando *maichen* fora levada à corte em suas vestes nobres completas, da mesma forma como alguém colocaria em exposição algum vaso premiado ou uma obra de arte. A não ser por essas aparições, que eram realizadas em benefício do Território, ela vivia em seus aposentos sagrados cercados por guardas.

Nunca recebera visitas da fêmea que, logo após ter lhe dado à luz, a entregara aos cuidados de uma equipe especificamente treinada naqueles aposentos que eram uma prisão.

Assim era a vida da princesa do s'Hisbe.

No entanto, encontrara um modo de escapar.

Desde então, vinha passeando pelo palácio debaixo do disfarce de uma criada, de uma sacerdotisa de pouca importância, e até mesmo como astróloga.

maichen saiu sorrateira e voltou a caminhar rapidamente.

Nada como encontrar s'Ex, o amante predileto da mãe, tendo um encontro amoroso com duas fêmeas humanas que ele, evidentemente, levara para lá às escondidas – muito provavelmente pela entrada dos fundos. *maichen* não tivera a intenção de descobrir o segredo dele, mas descobrira que existia uma grade no alto da parede, e descobrira que, caso se desmaterializasse por ela, poderia trafegar pelo sistema dos dutos de ventilação.

Por algum tempo, aquilo não passara de um jogo com o qual passava o tempo, e ela não encontrara nada interessante em suas espiadelas. Isso mudara certa noite, contudo, enquanto ela, em sua forma de Sombra, espiara por uma das ripas e tivera seu primeiro e único vislumbre do ato de acasalamento.

Embora... Bem, eram muitas partes de corpos.

Portanto, ela não tinha bem certeza do que vira.

Ela deve ter feito algum som, porque s'Ex ficara parado e erguera o olhar, deparando-se com os olhos dela enquanto as humanas continuaram a se mover e a se balançar contra ele...

s'Ex fora à cela dela imediatamente em seguida, e eles chegaram a um acordo então. Em troca de manter em segredo aquilo que vira e não usar mais o sistema de ventilação, ela tinha permissão para sair de seus aposentos desde que permanecesse dentro do palácio e se mantivesse devidamente disfarçada.

A indiscrição de s'Ex poderia muito bem ter significado sua morte: Sombras acreditavam que o acasalamento era um ato sagrado. E a rainha teria ficado enfurecida em saber que certas partes do seu corpo essencialmente foram... expostas a... partes do corpo de humanas por meio das aventuras de s'Ex.

Aquele macho deveria ser dela, e dela somente. Todos sabiam disso.

E aquelas humanas? Poderiam muito bem ter sido ovelhas na cama com ele.

Enquanto *maichen* seguia em frente, atravessando os corredores, seu estômago começou a dar cambalhotas. Com o passar dos anos, recebera certa privacidade, de tal feita que poderia mandar suas criadas saírem dos aposentos – e ela estava se aproveitando desse privilégio mais uma vez esta noite: antes de verificar se a mãe estava, de fato, absorvida pelo processo do luto, comandara à servas que saíssem, pois estava exausta pelo estresse e desejosa de alguma privacidade para executar os rituais que lhe eram requisitados.

Ninguém a questionara. E ninguém regressaria até o amanhecer.

Seria fácil usar o sistema de ventilação e escapar para o mundo exterior.

Para se encontrar com o irmão do seu noivo.

E...

Bem, ela não sabia o que mais.

Estrelas do céu, faria aquilo mesmo? Não estava bem certa da localização do chalé que ele mencionara.

Não, aquilo seria tolice. Estupidez. Insensatez...

Uma imagem de iAm parado nu diante dela interrompeu todos os pensamentos.

Conforme seu corpo começou a se aquecer por dentro, percebeu que, apesar do que sua mente lhe dizia, suas carnes a moveriam.

Ela iria. Que os céus a ajudassem... ela iria.

E lidaria com as consequências, quaisquer que fossem, mais tarde.

Capítulo 50

Trez precisava admitir uma coisa: no que se referia a Storytown, ele só aguentava os brinquedos das criancinhas pequenas. Coisas como a Xícara Maluca e a Cauda do Dragão – que não passavam de brinquedos que mal saíam do chão e nem causavam uma brisa no rosto –, o maldito carrossel com seu elevador musical e aqueles cavalos e unicórnios duros e empalados subindo e descendo.

E por falar em mastros que subiam e desciam...

– Pronta para voltar pra casa? – perguntou.

Selena o fitou.

– Estou. Isto foi tão divertido.

– Foi, não foi? A melhor noite da minha vida.

Ela se recostou no corpo dele e o apertou.

– Isso não é bem verdade. Pensei que você fosse ter um ataque na montanha-russa.

Ele parou. Virou-a. Afastou-lhe o cabelo do rosto.

– Eu estava com você. Por isso foi perfeito.

O beijo era para ter sido um daqueles rápidos, apenas uma afirmação daquilo que ele acabara de dizer. Mas ele passara a noite inteira desejando-a e, antes que se desse conta, a trouxera de encontro ao corpo, os seios apertados contra seu peito, o quadril capturado pelas suas mãos, a língua atiçando a dela.

– Quer sair daqui? – ele grunhiu.

– Sim – ela respondeu ao encontro da boca dele.

Já devia estar mesmo na hora, ele pensou ao relancear para o relógio – isso mesmo, 11h15.

Embora seu pau estivesse com pressa de sair dali, ele não queria perder a caminhada de volta ao carro estacionado. Com o braço dele ao redor dos ombros dela e os passos sincronizados, andaram pelos caminhos que os conduziram por todos os brinquedos em que estiveram, ao largo da mesa de piquenique onde comeram o hambúrguer e o cachorro-quente, ao redor da barraquinha de algodão-doce onde pediram um imenso cone de cabelos de Marge Simpson, de onde pegaram porções que deram um para o outro.

– Não peguei um bichinho de pelúcia pra você – ele comentou.

– Comprado? Você não precisa...

– Não, conquistado. Na barraca de tiro.

Ela lhe lançou um olhar sensual.

– Sei o que pode fazer pra compensar. Lembra de quando comeu o algodão-doce?

– Sim.

– A sua língua se saiu muito bem naquilo.

Quando todo tipo de imagens felizes dela nua com as pernas afastadas o atingiu, ele ficou se perguntando se não existia nenhum hotel no caminho dali até o complexo.

– Deus, eu queria que fosse verão – gemeu.

– É?

– Assim eu poderia levá-la para um cantinho escuro e arrancar essa sua calça.

– Ainda pode fazer isso. Você sabe, não é?

Ele parou.

– Está frio demais.

– Está? – Ela segurou as mãos dele e as puxou. – Olhe ali. Está escuro. Abrigado do frio.

O centro de informações aos visitantes – que estava fechado porque eram apenas eles dois ali – era uma construção em formato de estrela, com múltiplas entradas salientes do corpo central, criando nichos escuros e reservados.

– Ninguém vai ver – ela sussurrou ao encontro do pescoço dele.

Sem nenhuma luz externa acesa, a junção para a qual ela o puxou estava completamente escura, e o sexo dele deu partida antes mesmo que o seu cérebro o fizesse. Virando o rosto dela para o seu, ele a beijou com sofreguidão e pressionou as costas dela contra a lateral pintada, as mãos se esgueirando por baixo da parca a fim de encontrar os seios. Os mamilos estavam rijos e ele os apertou por cima da blusa e do sutiã, atiçando-os e depois esfregando o polegar enquanto encaixava uma coxa entre as pernas dela.

– Cacete, quis fazer isso a noite inteira – disse, antes de tomar seus lábios de novo.

Ela estava sensual e fluida sob seu toque e ao encontro do seu corpo, pronta, ah, tão pronta, tão no seu ritmo. Ele queria desnudá-la por inteiro – havia algo de sensual pra cacete na ideia dela daquele jeito e ele ainda todo vestido; sem falar que assim ele teria acesso aos mamilos dela com a boca. Mas estava frio demais para esse tipo de aventura, e, além disso, ele topava uma rapidinha naquele lugar escondido, mas não gostava muito da ideia de que alguém pudesse vê-la naquele estado, em toda sua gloriosa entrega e ardente como o inferno.

O macho vinculado dentro dele seria capaz de dilacerar algum bom samaritano humano com suas presas.

Não seria o fim romântico que queria para aquela noite.

Suas mãos subiram para a cintura da calça e o desabotoar, o descer do zíper e da calça foram muito eficientes. A calça era de boca larga, graças a Deus, e uma perna passou pelo sapato como num sonho.

– Quer que eu tire a calcinha? – ela perguntou entre arquejos.

– Não, vou te comer com ela.

E foi o que ele fez. Segurou o traseiro perfeito e a suspendeu do chão, fazendo com que ela o enlaçasse pela cintura. Passando a mão por trás, afagou-a, sentindo o quanto ela estava pronta, como ela estava quente e úmida, o quanto ela estava ansiosa e desesperada...

Queria passar a noite inteira ali, mas, em vez disso, afastou a seda e...

– Ai, Deus, Selena... – sibilou.

Úmida e quente, estreita e vibrante, a penetração o desnorteou e o manteve firme ao mesmo tempo. Quando começou a se mexer, segurou-a pela bunda e a movimentou para frente e para trás. O cabelo dela estava em seu rosto, o perfume dela em seu nariz – ela era uma maré gigantesca que o fazia querer se afogar.

Mais rápido. Mais fundo.

Ela gozou antes e ele adorou isso, os espasmos rítmicos ordenhando-o ainda mais. E então ele entrou na montanha-russa na qual desejava ficar até a eternidade, o pau atingindo-a por dentro, o orgasmo aproximando suas almas.

Quando tudo terminou, arfou junto dela até se preocupar em estar esmagando-a.

– Desculpe...

– Hummm. – Ela procurou a boca dele, sugando seu lábio inferior e mordiscando-o. – Mais.

No mesmo instante, ele ficou pronto para outra, mas mesmo quando seu quadril voltou a se movimentar, ele teve que parar.

– Vamos para casa – grunhiu. – Precisamos fazer isto em casa.

– Ainda preocupado com o frio? – ela provocou, traçando com as presas um caminho do maxilar até a jugular. – E aqui estou eu, tão quente.

Trez gemeu e cambaleou dentro das botas.

– Sou ganancioso. Quero ter maior acesso a você do que estou conseguindo aqui.

O riso dela foi como uma carícia sobre a sua pele.

– Então não se faça de rogado, me leve para sua cama.

Voltar a cobri-la com aquela calça foi algo traiçoeiro. Especialmente quando ele se abaixou e acabou de frente com a boceta dela.

Cerrando os dentes, conseguiu, de algum modo, se ajeitar por trás do zíper sem acabar bancando o homem das cavernas. Em seguida, só precisaram sair das sombras como se nada tivesse acontecido, andando com ela aninhada em seu braço.

– Isso foi incrível – ela sussurrou. – Ainda consigo te sentir dentro de mim.

Trez começou a andar de um jeito estranho. Era isso ou quebrar uma coisa na qual não se pode colocar um gesso.

Quando chegaram ao carro, ele já calculava o horário estimado de chegada em seu quarto – dirigindo a 240 quilômetros por hora.

Bem, era um Porsche, não era?

Abrindo a porta para ela, acomodou-a e fechou a porta, depois disparou para o lado do motorista. No instante em que sentou a bunda no banco, ligou o motor.

– Ai! Frio! Frio! – ela exclamou.

O sistema de ar estava ligado quando chegaram, e agora aquela ventoinha potente lançava ar ártico para dentro do carro. Os dois esticaram os braços e fecharam as diversas alavancas e apertaram vários botões...

A música explodiu do sistema de som, graças à estação Sirius e, antes que ele conseguisse desligar, a canção "Hold You Down" de DJ Khaled começou.

– Espere – ele disse. – Não, não desligue.

Saindo do carro, ele voltou para o lado dela, abriu a porta e lhe estendeu a mão.

– Dance comigo.

– O quê?

– Dance comigo, minha rainha.

Impulsionando-a para fora, levou-a para a frente do Porsche, na parte iluminada pelos faróis, atraindo-a para perto. Juntos se moveram, os corpos balançando, os dedos entrelaçados, a batida transformando o estacionamento e o parque de diversões numa pista de dança particular.

– Para sempre – ele murmurou junto dela. – Eu vou te segurar...

Trez curvou a cabeça na direção do pescoço dela, fazendo com que seu corpo tão maior a envolvesse, protegendo-a e amando-a.

Juntos, dançaram, entrando e saindo da faixa iluminada pelos faróis.

No alto da torre de segurança, iAm viu o irmão tirar Selena do carro e levá-la para a frente do para-choque. Não havia como saber o que estava tocando, mas isso não era relevante. Só olhar para aqueles dois juntos, movendo-se como um só, acompanhando a música abraçados, bastava.

iAm percebeu que tinha que esfregar os olhos para desturvá-los.

Era difícil demais olhar para eles.

Dando-lhes as costas, andou de um lado para o outro, pensando em quanto Trez odiaria estar ali em cima, com apenas a visão de uma águia e a queda até o chão para se concentrar. O macho sempre detestara alturas, a ponto de ter sido um milagre fazê-lo concordar em comprar o apartamento no 18° andar do Commodore.

Estava olhando para a montanha-russa quando, alguns minutos mais tarde, seu telefone emitiu um alerta no bolso da sua jaqueta de couro. Pegou o aparelho.

Hora de ir, era só o que a mensagem dizia.

Quase imediatamente, uma segunda mensagem do seu irmão apareceu: *Muito obrigado.*

Trez nunca escrevia as mensagens na íntegra. Ele devia estar falando sério.

iAm hesitou com a resposta. Depois enviou: *Fliz p/ ajudar. Até a ksa.*

Ia guardar o aparelho quando parou. *Dpois xekar coisas.*

Era um texto que ele enviara milhões de vezes nos últimos anos. Na verdade, era o que pretendia fazer. Iria ver como estavam o restaurante e as boates – se estavam funcionando bem, se alguém precisava de alguma coisa.

Era exatamente isso o que precisava fazer a seguir. E exatamente o que o impediria de ir até o maldito chalé.

Hora de ir.

Sem ninguém como testemunha, estava livre para se desmaterializar até o local em que estacionara o BMW X5 que ele e o irmão vinham dividindo. Um momento depois, o Porsche passou pelo portão de segurança e ele seguiu a uma distância discreta em meio à vasta área do estacionamento, assim como Manny, na ambulância convencional.

Durante todo o trajeto até o complexo da Irmandade, iAm ficou com a imagem do irmão e de Selena gravada na mente, o casal dançando na luz dos faróis como adolescentes.

Uma pena que estivessem num romance de John Green.

Quantas noites mais eles teriam?, ficou se perguntando.

Merda, sentia-se mórbido pensando assim, mas existia um relógio em contagem regressiva ali. A cada hora que passava, era mais provável que Selena voltasse a ter um colapso.

E depois, que porra faria com o seu irmão?

Jesus Cristo, seria impossível lidar com Trez.

Com pensamentos alegres como esse percorrendo-lhe a cabeça, ele perdeu a noção do tempo, e antes que percebesse ter percorrido qualquer distância, já iniciavam a subida coberta pelo *mhis* até a mansão, Manny tendo disparado na frente para estacionar a ambulância nos fundos.

Com um pouco de sorte, Selena jamais ficaria sabendo das precauções tomadas em seu benefício.

Acabaria com a alegria de qualquer um. Como poderia ser diferente?

iAm tomou cuidado de manter distância quando a última curva antes da mansão se aproximava, dando tempo para que Trez a levasse para dentro. Quando, por fim, parou no pátio, foi até a fonte e estacionou ao lado do GTO de Rhage.

Que não ficaria ali por muito mais tempo. O Irmão sempre o levava para a garagem coberta durante o inverno.

O Porsche de Manny estava ao pé da escadaria, a capota erguida, sua chave sem dúvida de volta às mãos do médico para que ele também o levasse à garagem subterrânea do Centro de Treinamento.

iAm desligou o BMW. Saiu e trancou, mesmo não sendo necessário.

E ficou por ali.

Olhando para o céu, viu sua respiração se condensar no ar e desaparecer. A imagem de Trez e de Selena dançando era como um cão com presas aguçadas em sua massa cinzenta, e a lembrança se recusava a ceder. Não, tinha vergonha de admitir, porque pensava em tudo que seu irmão corria o risco de perder, ou porque estava se preocupando em como levantar o maldito do chão quando tudo aquilo chegasse a um mau fim.

Não, em vez disso, ele estava pensando...

Merda, ele estava tentando imaginar como seria aquilo. Segurar uma fêmea bem perto do corpo. Ter o perfume dela em seu nariz e suas mãos nos ombros, na cintura, no quadril dela. Ele queria saber como era virar o rosto dela para o seu e...

Ok, ele tinha que parar de pensar nisso tudo.

Porque nada disso aconteceria para ele. Não agora. Nem em uma hora naquele chalé. Tampouco dali a uma semana, um mês ou um ano...

Como se aproveitasse uma deixa, uma brisa fria o atingiu. Como se o universo quisesse enfatizar todo o frio e a solidão que ele sentia.

O som da porta externa do vestíbulo se abrindo o fez prestar atenção. Ele gostava de Manny, mas não precisava que o cara aparecesse e o encontrasse...

Não era o médico.

Trez estava saindo da casa. Trotando pelos degraus. Atravessando o pátio.

Merda.

iAm pegou o celular para o caso de ter que ligar... para quem quer que fosse.

– Ei, ela está...

Não conseguiu terminar o "bem".

O irmão o envolveu num abraço de urso.

– Muito obrigado por hoje à noite.

A princípio, iAm não sabia o que dizer. Ele e o irmão não eram de abraçar muito.

– Eu fiquei tão feliz por você estar lá. Isso significou muito para mim.

iAm teve que pigarrear.

– Eu, hum...

Trez apenas o apertou ainda mais.

Com cautela, iAm passou os braços ao redor de Trez. O movimento lhe pareceu estranho, mas, quando por fim retribuiu o abraço, sentiu o irmão estremecer.

Sinto muito, cara, disse em sua mente. *Eu não queria nada disso pra você.*

O vento frio persistia e, depois de um momento, afastaram-se.

Trez tirara a jaqueta e enfiou as mãos nos bolsos da calça.

– Recebi sua mensagem. Me sinto mal por ter largado tudo nas suas costas.

– Está tudo bem.

– Não, não está.

– Trez, você precisa ficar com ela, cuidar da sua fêmea. Isso é o mais importante. O resto é papo.

Os olhos negros fixaram-se em algo acima do ombro esquerdo de iAm. Ou, talvez, em algo acima da sua orelha.

– Sério, não sei por que você está aqui perdendo tempo comigo – murmurou iAm.

– Quero mais do que isso para você.

– Acontece que eu gosto bastante do meu trabalho no Sal's.

O olhar do irmão se fixou no seu.

– Não é disso que eu estou falando, e você sabe.

iAm se juntou ao clube dos que tinham as mãos enfiadas no bolso.

– Chega de conversa. Volte para a sua fêmea.

Trez era um puta teimoso, capaz de tremendos atos de "droga, não". Mas iAm, como de costume, conseguiu dobrá-lo.

O macho se virou, mas só chegou à metade do caminho, até a entrada, antes de parar e olhar por sobre o ombro.

– Não desperdice toda a sua vida comigo, ok? – Trez meneou a cabeça. – Não valho a pena, e você vale muito mais do que isso.

iAm revirou os olhos.

– Pare de pensar. Comece a andar de novo.

– Pergunte a si mesmo o que restará para você depois que eu me for. Se você for franco, não acho que gostará da resposta mais do que eu. E poupe-me dos "tudo vai ficar bem". Nenhum de nós é ingênuo para acreditar nisso.

– Por que está se distraindo com isso? Sério, Trez.

– Não é uma distração. É o tipo de merda que te come vivo quando você ama alguém.

Dito isso, Trez continuou andando, subindo os degraus de pedra e desaparecendo por trás da porta do vestíbulo.

iAm fechou os olhos e se deixou cair ao encontro do SUV. Não precisava daquele pequeno monólogo do irmão na sua cabeça agora. De jeito nenhum.

Capítulo 51

As mãos de Selena estavam duras.

Ao lado da bancada da cozinha da Irmandade, tentou abrir uma lata de Coca-Cola e descobriu que seus dedos se recusavam a levantar o aro de metal. Escorregavam em vez de levantá-lo.

Enquanto todo tipo de sinal de alerta disparava na sua cabeça, ela tentou se lembrar de que passara as últimas três horas no frio sem luvas.

Abriu e fechou os dedos, assoprou-os, depois sacudiu os braços. Estalou as juntas. Tentou não procurar por outros problemas em outras partes do corpo.

Pessoas com a sua doença ainda podiam ter ulceração pelo frio.

Pegou a latinha mais uma vez, com o coração acelerado enquanto parecia ver tudo de uma grande distância, enquanto se aproximava do aro de novo. Viu as mãos e os dedos com indiferença, como se fossem de outra pessoa, movidos por outra pessoa.

Crac! Fziiiii!

Exalou fundo e teve que se equilibrar no granito.

– Você está bem?

Encobrindo seu alívio, sorriu quando Trez entrou pela sala de jantar.

– Só vim pegar um refrigerante. Estou com sede.

– Como está o seu estômago?

– Muito bem. E o seu?

Quando ele se aproximou, ela teve a sensação de que ele estava escondendo alguma coisa. E foi uma surpresa descobrir que, apesar do seu discurso de viver segundo a verdade surgido depois do seu último episódio da Prisão, ela queria que ele guardasse o segredo dele, assim como desejava manter o seu. Tiveram uma noite maravilhosa; a última coisa de que ela precisava era arruiná-la com conversas pesadas que apenas exporiam problemas que não tinham como ser resolvidos, e perguntas para as quais não teriam resposta a não ser quando fosse tarde demais.

– Está ótimo.

Ela forçou outro sorriso.

– Quer subir?

– Adoraria.

Pegando a lata, aceitou a mão que lhe era oferecida e foi com ele para a sala de jantar e depois para o átrio. A casa estava praticamente vazia, os Irmãos trabalhando, Wrath atendendo o povo, Beth, Marissa e Mary no Lugar Seguro, Bella cuidando de L.W. e de Nalla na brinquedoteca, os *doggens* cuidando dos afazeres.

Tudo aquilo continuaria, ela pensou, depois que ela se fosse. Todas aquelas portas continuariam se abrindo e fechando, menus sendo planejados e consumidos, as pessoas vivendo as suas vidas.

Santa Virgem Escriba, queria continuar com eles. Não desejava ir para o que poderia muito bem ser o nada, um completo desligamento daquilo que ela era, do que lhe importava e de como ela pensava e sentia.

Sumindo. Sem deixar nada para trás.

Fora treinada – não, na verdade, fora programada – a acreditar na vida após a morte, e em servir à Mãe da Raça, e aderir a tradições que não estabelecera nem tampouco se prontificara a atender. E fizera tudo isso sem questionar nada.

Chegando ao fim da vida, desejou ter feito perguntas, ter desafiado, ter emitido opiniões.

Tanto tempo desperdiçado.

E, ao começar a subir as escadas com Trez, descobriu-se questionando por que, se existia um Fade e as pessoas continuavam a existir lá em cima... por que a Virgem Escriba exigira que tudo na Terra fosse registrado no Santuário? Por que todos aqueles volumes de vidas vividas... se, depois da morte, as pessoas ainda existiam, ainda que numa forma diferente?

Era preciso preservar apenas o que podia ser perdido.

O coração dela começou a bater forte, um terror súbito...

– Ai, merda – Trez arfou.

Evidentemente, ele lera sua mente.

– Não sei o que estou pensando. Só pode ser um absurdo...

Ele lançou a mão livre na direção do corrimão e cambaleou.

– Trez! O que aconteceu?

– Merda. Caralho. – Ele olhou para ela, mas seus olhos estavam desfocados. – Pode me ajudar até o quarto? Não consigo enxergar...

– Santa Virgem Escriba! Deixe-me chamar a doutora Jane!

– Não, não. É só uma enxaqueca. – Equilibrou-se com a ajuda dela. – Não tenho muito tempo. Tenho que subir até o quarto escuro e me deitar.

– Vou chamar a doutora Jane...

– Não, tive isso a vida inteira. Sei o que está por vir. Um inferno por seis ou oito horas, mas nada que me faça muito mal.

Selena tentou sustentar o peso dele o máximo que conseguia enquanto avançavam aos trancos e barrancos até o segundo andar, e depois até a porta que conduzia até o terceiro. O corpo imenso dele se mexia com vagar e, a certa altura, ele desistiu da visão por completo e fechou os olhos.

De algum modo, conseguiu levá-lo até o quarto e deitá-lo na cama.

– A escuridão vai ajudar – disse ele, levando o antebraço ao rosto. – Pode me trazer o cesto de lixo?

Apressando-se, ela desligou todas as luzes, exceto a do banheiro, e certificou-se de deixar o cesto ao lado dele na cama.

– Quer que eu tire as suas roupas?

– Ok.

Não era exatamente a experiência que ela estava esperando, mas, em retrospecto, seu humor fora arruinado antes daquilo. E, enquanto o despia sendo cuidadosa, ajudou-o a tirar a jaqueta, as botas e as meias, e, por fim, as calças.

– Vou ficar com a camisa. Estou sem forças para tirá-la. – Capturou a mão dela e a puxou para que se sentasse perto do seu quadril. – Não foi assim que planejei encerrar a noite.

Ela lhe beijou a palma.

– O que mais posso fazer por você?

– Só me deixe ficar deitado aqui por umas seis, oito horas. E não se preocupe, como já disse, tudo isso, da dor de cabeça à náusea, é normal. Infelizmente.

– O que provoca isso?

– Estresse.

– Quer que eu chame iAm?

– Não, nem pensar. Ele já está cuidando de muita coisa. Na verdade, acho que fiquei com isso por causa dele.

– Algo errado com ele?

Quando Trez se calou, ela quis insistir, mas ele estava mal.

– Você não tem que ir – disse ele.

– Não quero atrapalhar.

– Não vai. – Esfregou a mão dela. Seus lábios, que eram a única parte do corpo evidente, se abriram num sorriso. – Adoro as suas mãos. Já te disse isso, não? Elas são tão suaves e macias... e os dedos longos...

Enquanto ela ficava com ele, que passava a ponta dos dedos na parte interna do pulso dela e na base dos dedos, sentiu seu pânico se diluir. Não sentia mais nada de estranho nas juntas. Portanto, definitivamente, fora o frio.

Um pouco depois, ele emitiu um gemido, a boca se esticando, o corpo enrijecendo. E depois começou a engolir em seco.

– Preciso que você saia – ele murmurou. – Desculpe... Não quero que veja isto.

– Tem certeza...

– Por favor. *Agora.*

Era a última coisa que queria fazer, mas ela se levantou.

– Vou ficar na casa, ok? Não vou sair. Me chame se...

Ele se virou de lado e apanhou o cesto. Parando com a cabeça acima do objeto, abriu os olhos e a prendeu com um olhar exaurido.

– Preciso que você saia agora.

– Eu te amo – disse ela, apressando-se para a porta. – Queria poder ajudar.

Ela ficou sem saber se ele a ouvira ao sair e, assim que fechou a porta, os sons dele vomitando fizeram com que se retraísse.

Por uma fração de segundo, pensou em acampar no corredor do quarto dele. Mas depois, enquanto pensava se deveria se sentar no chão, percebeu que não conseguia soltar a maçaneta.

Sua palma ficara imobilizada no latão.

– Claro que não vou desistir. Não sejam tolos.

Enquanto Assail se dirigia aos primos na cozinha da casa envidraçada, seu humor estava péssimo, e ficando ainda pior com a pergunta de Ehric.

– Mas o Rei...

– Não tem direito nenhum de interferir no meu comércio com os humanos. – De maneira conveniente, deixou de pensar ou de comentar sobre o conflito de interesses. – E não tenho intenção alguma de acatar a ordem dele.

– Então, como faremos?

– Ele mandará alguém nos seguir. É o que eu faria se fosse ele. Quero que vocês dois deem o alerta ao meu colega. Suspenderemos as operações momentaneamente para fazer um reconhecimento de campo.

– Ok.

Depois que os dois se foram, ele ficou na cozinha para que o Irmão estacionado ao redor da sua casa tivesse uma ampla visão dele. Pegando seu frasco de cocaína, descobriu que mais uma vez estava quase vazio, mas pelo menos havia o bastante para alegrá-lo.

Quando terminou de se servir, foi até o escritório do lado oposto da casa. Que também era envidraçado. Acendeu a luz do abajur para que pudessem enxergá-lo. Sentando-se, olhou para a pilha de papéis que ele formara. Contas de investimentos. De valores imobiliários. Somas de dinheiro nos Estados Unidos e no exterior.

Aumentando. Crescendo. Se multiplicando.

A fortuna a seu dispor dera uma guinada no mês anterior, quando ele transferiu o resultado da lavagem de dinheiro das Ilhas Cayman para contas mais legais no Reino Unido e na Suíça.

Tanto dinheiro e todo ele acumulando juros, dividendos e valorização.

Quando começara a traficar drogas, pouco depois de chegar à América do Antigo País cerca de um ano antes, ele já estava muito bem de vida, mesmo segundo seus padrões. Agora, o montante de suas contas havia duplicado.

Pegando um papel qualquer na pilha, olhou para o relatório mensal. O diário em seu computador estava ainda mais atualizado.

Apesar da abundância, a ideia de que Wrath atrapalharia as suas atividades o enfurecia sobremaneira.

Mas não por um motivo que pudesse revelar para outra pessoa.

Sem aquilo... ele não teria nada.

O que se iniciara como uma extensão dos seus negócios europeus acabara se tornando uma *raison d'être*, o único propósito da sua vida e a única razão para se levantar da cama ao anoitecer, vestir-se e sair por aquela porta.

Para ser franco, sempre apreciara ganhar dinheiro.

Todavia, desde o inverno passado...

Praguejando, apoiou as costas na cadeira de couro e apoiou a cabeça nas mãos. Depois, sem olhar, enfiou a mão no bolso interno do paletó e pegou o celular.

Memorizara o número de Sola há muito tempo.

Mas não ligara. Não desde que ela se mudara de Caldwell para Miami com a avó. Não desde que ela partira para se livrar exatamente da vida criminosa que ele levava.

Com o celular na mão, procurou o teclado numérico digital. Como em tantas outras vezes, apertou a sequência de dez números, um depois do outro, a ponta do dedo encontrando e seguindo o padrão que conhecia de cor.

Não, não telefonara para ela. Mas, com certa frequência, fazia isso: dez números que nada tinham de aleatórios para ele, digitados no aparelho... E depois apagados sem que ele apertasse o botão de "ligar".

Se o Rei acabasse com o seu meio de vida? Então ele não teria porra nenhuma para fazer a não ser ficar pensando na única mulher que queria, mas que era inalcançável.

Mulher. Não fêmea.

Ela era humana, não vampira. Inferno, ela sequer sabia da existência dos vampiros.

E ali estava o problema. Mesmo que ele parasse de traficar? Não poderia ir até Miami, aparecer na soleira da casa dela e dizer: "Ei, vamos recomeçar de onde paramos?"

Isso não aconteceria – porque, cedo ou tarde, ela saberia qual era a espécie dele, e então como ficariam?

Por algum motivo, a tranquilidade e o silêncio em sua casa envidraçada se fizeram perceber, lembrando-o exatamente o quanto estava sozinho – e também o estaria, se parasse de traficar. Inferno, seus primos não ficariam felizes em ficar parados, enlutados por uma fêmea pela qual não estavam apaixonados – com isso, os perderia também.

Deus, ele era patético, não era?

Indo direto ao ponto, o que faria?

Com a cocaína borbulhando nas veias, seu cérebro fez um rápido cálculo do tipo A + B = C, baseado numa ideia... totalmente absurda.

Que, mesmo assim, lhe oferecia uma solução formidável para tudo aquilo.

Endireitando-se na cadeira, franziu o cenho e olhou ao redor, os olhos desfocando enquanto a mente desmembrava cada parte do plano. Quando não encontrou nenhuma falha, apagou os dígitos do número de Sola na tela do seu telefone e ligou para Ehric. Quando a secretária eletrônica atendeu, imaginou que eles ainda estivessem desmaterializados.

Um segundo depois, seu telefone tocou e ele atendeu, sem se dar ao trabalho de cumprimentar.

– Já lhe deixaram o símbolo?

A resposta de Ehric foi abafada pelo vento à margem do rio.

– Acabamos de chegar.

– Espere por ele. Não apareçam.

Assail continuou a dar instruções e, no final, a resposta de Ehric foi perfeita:

– Como desejar.

Assail terminou a ligação e se recostou na cadeira. Inspirando fundo, praguejou. Aquilo demandaria bastante trabalho, mas parecia ser a única solução.

Além disso, o fato de que aquilo o consumiria num futuro próximo? Era exatamente disso que precisava. Caso não desse certo? Bem, então estaria morto e não teria que se preocupar com nada mais.

Nem com a mulher que desejava com cada parte de seu corpo e com o coração negro e maldito.

Marisol, de fato, roubara-lhe a alma.

Capítulo 52

iAm não tivera a intenção de permitir que as palavras de Trez o afetassem mais do que a brisa que os atingira enquanto estiveram no pátio. Ele planejara entrar, comer alguma coisa rápido e se esquecer por completo daquela conversa. Seguir a noite. Ir para as boates e ao restaurante. Cuidar da papelada, assumir o controle, tomar algumas decisões que fossem concretas, sólidas.

Em vez disso, ficou parado no átrio, olhando para o teto alto de três andares que fora pintado por algum grande artista. O assunto era inspirador, concluiu: heróis em cavalos respeitáveis, lutando nas nuvens, guerreiros celestiais que eram valentes e fortes e lutavam pelo que era certo.

Mas não foi toda aquela glória que o fez parar ali.

O destino de Trez era como um castelo de cartas, uma coisa delicada e enganosa a ser administrada por ambos. Cada movimento que iAm fazia tinha que ser deliberado, atento e calculado, com a sobrevivência como único objetivo.

A sobrevivência do irmão.

Era um virgem centenário por causa disso.

Inferno, jamais sequer olhara para uma fêmea.

Quer Trez estivesse transando nas boates, vendo pornografia na TV, ou falando sobre as coisas que fizera em sua mesa, no banco de trás do carro, na porra do estacionamento, iAm nunca tivera interesse algum por aquilo.

Um filho da puta fodido.

Fodido, não fodedor.

E, sim, pensara no aspecto gay, imaginando que talvez se sentisse atraído por machos e homens.

Nada disso.

Chegara ao ponto de acreditar, a não ser pelo fato de lavá-las todas as noites, que não tinha bolas.

Pergunte a si mesmo o que restará para você depois que eu me for. Se você for franco, não acho que gostará da resposta mais do que eu.

Sem ter consciência de ter tomado uma decisão, iAm girou sobre os calcanhares e saiu pelo vestíbulo. No primeiro degrau da imensa mansão cinza, parou no vento...

... e flanou.

No trajeto até o seu destino, imagens do passado o açoitaram: Trez fugindo do palácio. iAm sendo mantido em cativeiro até prometer levar o macho de volta – a última coisa que ele pretendia fazer. A caçada tresloucada.

O chalé na montanha Black Snake.

Quando reassumiu sua forma, iAm sentiu um instante de náusea ao ver a estrutura gasta pelo tempo, com suas paredes ásperas e telhas de cedro, e aquela chaminé grossa saliente no teto como se fosse um dente torto. Estava... exatamente igual. Não estava *quase* a mesma coisa, cortinas diferentes, ou moitas e árvores crescidas demais ou caídas.

Não, por uma fração de segundo, ele não sabia se estava no passado ou no presente.

Estremecendo, andou até a porta de entrada. As dobradiças rangeram quando a abriu, e pelo menos ele estava mais preparado para o que encontrou.

A mesma coisa. Desde a disposição até a simplicidade da mobília, o aroma de lareira antiga, até mesmo as correntes de vento que encontravam o caminho pelas paredes.

Fechou a porta atrás de si e andou ao redor, as botas provocando gemidos e reclamações das tábuas do piso. Ao lado da lareira feita com pedras do rio, encontrou um estoque generoso de lenha – pelo visto os últimos caçadores a usarem o local eram bons samaritanos dispostos a ajudar o próximo.

Suas mãos tremiam enquanto ele ajeitava as achas e colocava espinhos de pinheiro embaixo. Pegando o isqueiro que sempre carregava consigo graças aos fogões temperamentais com que trabalhava, acendeu o fogo e fez as chamas aumentarem.

Disse a si mesmo que aquilo era perda de tempo e de calor. Ela não viria. Não havia como ela acabar aparecendo.

Ele só ficaria ali, esperando por uma meia hora, mais ou menos, testemunhando enquanto seu cérebro mergulhava em algum território negro e perigoso, e depois apagaria o fogo e voltaria para Caldwell.

As boates. Primeiro iria às boates, e depois...

O som da porta rangendo ao abrir o petrificou.

O cheiro de *maichen* invadiu o interior do chalé.

Virando a cabeça, ergueu o olhar. Ali, na soleira da porta, ela estava em carne e osso, as vestes tremulando com o vento frio.

Ela tanto era um fantasma... quanto um ser vivo e esmagador.

E, ao fitá-la, entendeu exatamente por que os dois estavam ali.

Capítulo 53

Selena seguiu bem devagar pelo longo corredor subterrâneo que conduzia até o Centro de Treinamento. Colocou um pé diante do outro, desde a base da escadaria que levava até a passagem subterrânea até a porta que se abria no armário do escritório. Toda vez que tinha que inserir uma senha ou passar por um batente, esperava para ver se uma reconsideração a atingia. Se uma reviravolta aconteceria. Se a volta para o lance superior se manifestaria.

Em vez disso, ela acabou não só entrando no local de trabalho de Tohr como passando pelas portas de vidro e saindo para o corredor de concreto logo adiante.

A clínica ficava uns trinta metros à frente, após várias portas com destinos diferentes se apresentando: sala de ginástica, de levantamento de pesos, vestiário.

Seus pés não pararam diante de nenhuma delas.

Não, levaram-na diretamente para o local a que ela havia decidido não retornar de livre e espontânea vontade.

Sua batida foi leve, uma oportunidade para não obter uma resposta porque não havia ninguém ali (bingo!), ou estavam ocupados ajudando outra pessoa (triste, mas também um alívio), ou, quem sabe, envolvidos demais em suas tarefas que não a ouviriam (nesse caso seria o mesmo que deixar um recado para alguém com quem você, na verdade, não quer falar).

A doutora Jane abriu a porta. E pareceu se assustar ao vê-la, antes de cumprimentá-la:

– Selena! Olá.

Ela levantou a palma, meio sem jeito.

– Oi.

Houve uma pausa. E depois a médica disse:

– Isto é uma visita social ou você precisa...

– Você deve estar ocupada, certo?

– Na verdade, depois de ter ficado três dias inteiros aqui, eu só estava atualizando os registros. – A fêmea recuou um passo. – Entre, se quiser.

Selena se preparou mentalmente. Passou pela porta. Tentou desesperadamente não olhar para a mesa de exames.

Nesse meio tempo, a doutora Jane seguiu em frente e sentou numa cadeira com rodinhas, fechando o avental branco e cruzando as pernas. A roupa de médico debaixo era azul. Os Crocs vermelhos.

Os olhos eram verde-escuros. E estavam sérios.

Selena começou a andar de um lado para o outro, mas para todo lugar que olhava, ela via os armários de aço inoxidável com portas de vidro repletos de instrumentos de tortura. Incomodada, olhou para a porta que se fechava sozinha lenta e silenciosamente.

Como a tampa de um caixão.

– Olha só – disse a doutora Jane –, eu estava saindo para esticar um pouco as pernas. Quer me acompanhar em uma volta?

– Ah, sim. Deus, sim. Obrigada.

As duas saíram juntas, seguindo na direção de uma série de portas e muitos, muitos metros de corredor. Quando chegaram ao destino, a doutora Jane abriu a porta de ferro pesada e acendeu as luzes do teto.

– Sei que é estranho, mas adoro este lugar – disse Jane. – A madeira nesse lindo tom amarelo mel e tudo cheirando a desinfetante. O que é loucura, porque odeio produtos químicos no ar e nas coisas.

Enquanto a médica a fazia andar na direção do fundo da quadra de basquete, Selena estava quase certa de que ela mantinha a passada lenta de propósito.

Completaram o lado mais curto, por baixo da cesta, e viraram à esquerda para andar ao longo da arquibancada antes de Selena dizer qualquer coisa.

– Acho... – Lágrimas surgiram e ela percebeu que estava aterrorizada.

– Leve o tempo que precisar – disse a doutora Jane, com suavidade.

Selena enxugou os olhos.

– Tenho medo de falar sobre isso. Como se, caso eu fale...

– Está com algum sintoma?

Ela não conseguia falar. Mas se viu assentindo.

– Acho que... sim.

A médica emitiu um *uh-hum*.

– Quer me contar quais são?

Selena estendeu a mão, aquela que ficara imobilizada na maçaneta, e esticou os dedos. Enquanto os dedos flexionavam e esticavam, sua mente começou uma viagem louca com perguntas do tipo: *Estão piores? Ou melhores? Estão a mesma coisa?*

– Suas mãos? – Quando Selena voltou a assentir, ela perguntou: – Mais alguma coisa?

Pelo menos desta vez ela podia menear a cabeça.

– Você se lembra, quando um ataque aconteceu antes, se você apresentou um estágio de pródromo?

– O que isso significa?

– Algum tipo de aviso?

Selena esfregou os olhos de novo e limpou as mãos nas calças que Trez tirara do seu corpo não mais do que uma hora antes. Com uma onda de agonia, quis retornar para aquele momento, para o tempo antes de a doença voltar a dar sinais.

– Eu não sei. Não me lembro de ter notado nada. Mas, antes... eu costumava ignorar a doença o máximo que podia. Não queria pensar a respeito – relanceou para a médica. – Lamento não ter vindo procurá-la antes... Sabe, depois do...

A doutora Jane mexeu a mão no ar.

– Deus, não se preocupe com isso, garota. Não existem regras aqui, e você tem que fazer aquilo com o que se sente bem. As pessoas têm que poder decidir sobre suas vidas.

– Existe algo que possa fazer por mim? Alguma coisa... que devamos fazer?

A médica demorou a responder.

– Vou ser franca com você, está bem?

Ah, certo. Não havia nada a fazer.

– Eu ficaria grata.

– Nas últimas 48 horas, muitas pessoas foram procurar soluções. Manny foi atrás dos seus contatos humanos. Eu conversei com Havers. Rehv foi até o território *symphato*... E recebi uma mensagem de iAm dizendo que foi até o s'Hisbe.

– Nada?

– Havers só tem ciência de pacientes que sofrem com episódios localizados, como artrite nas mãos, nos joelhos, no quadril ou nos ombros. Nada com os sintomas sistêmicos severos como os que você apresenta. Ele trata esses pacientes com anti-inflamatórios e analgésicos. Mesmo tendo testado medicamentos humanos, ele não tem nenhuma novidade no que se refere a prevenção e cura. Nem os *symphatos* nem os Sombras têm qualquer familiaridade com o assunto.

Administrar o fato. Era o melhor que ela podia esperar.

– Pode me dizer quanto tempo eu tenho?

Jane balançou a cabeça.

– Posso avaliar seus indicadores inflamatórios. Mas, na verdade, não tenho nada para compará-los... e os ataques acontecem de repente, pelo que estou sabendo. Isso sugere um acesso repentino, como um terremoto.

Continuaram andando pelo ginásio, andando e andando até a ponta oposta, onde havia uma placa escrita: SALA DE EQUIPAMENTO E FISIOTERAPIA.

– Acho que devíamos voltar e verificar as minhas... você sabe. – Selena fez um círculo no ar com a mão. – Coisas inflamatórias.

– Podemos fazer isso, se quiser. Acho que o importante aqui é fazermos o que te deixar mais calma e amparada.

– Ok. Tudo bem.

Um momento depois, ela sentiu a doutora pegar a sua mão e apertá-la. E, ao fitá-la, ficou surpresa com a emoção no rosto da médica. Tanta tristeza, uma dor muito profunda.

Selena fez a outra fêmea parar.

– Não é culpa sua.

Aqueles olhos verde-escuros passearam pelo espaço cavernoso sem demorar em nenhum lugar específico.

– Eu só... quero ajudar. Quero lhe dar o restante dos muitos, muitos anos que você deveria ter. Quero que viva. E o fato de eu não conseguir encontrar uma solução... Sinto muito, Selena. Sinto muito... Mas vou continuar lutando. Vou continuar tentando, procurando...

Pareceu-lhe que a coisa mais natural do mundo a fazer era passar os braços ao redor da mulher e abraçá-la.

– Sinto muito – a doutora Jane disse emocionada.

Mais tarde, Selena se daria conta...

... de que aquela era a primeira das suas despedidas.

maichen teve dificuldades para encontrar o chalé. A montanha Black Snake foi fácil o suficiente. Lado leste do seu pico também não foi um problema. E o cheiro de fumaça deveria ser simples, porque, mesmo em sua forma molecular, seu olfato era potente, e não existia nada mais claro do que fumaça numa noite outonal. Mesmo assim, foi difícil. Viajara pelos ares procurando, procurando...

Estivera pronta para recuar e voltar, uma tristeza dolorosa se apoderando dela, quando uma fumaça surgiu na brisa e ela seguiu sua trilha, rastreando a força do cheiro, localizando sua fonte.

E lá estava o chalé a que ele se referira.

Aproximara-se em seu estado de Sombra até lá, permanecendo em sua forma energética, passando acima do piso acidentado, dando a volta na pequena estrutura, certificando-se de que era ele, e apenas ele, quem estava ali.

Reassumindo sua forma, aproximou-se da porta e bateu. Quando não houve resposta, abriu-a.

Ele estava ao lado da lareira, agachado, cuidando das chamas.

No mesmo instante, o corpo grande se ergueu, a luz tremeluzente atrás dele criando uma aura.

Quando ela entrou, o vento soprou e fechou a porta, a batida sobressaltando-a.

– Está frio aqui dentro – ele disse, rouco. – Estou tentando aquecer.

Vê-lo bastava para que ela perdesse a noção do ambiente que a cercava. Ele poderia estar num deserto, no oceano, num dos polos, e nada além seria notado.

– Aproxime-se – ele a chamou com a mão. – Do fogo.

O corpo dela obedeceu sem hesitação, embora ela tenha se aproximado dele, não das chamas. E, quando chegou ao seu lado, ele recuou um passo, como se não desejasse afugentá-la.

– Deixe-me pegar algo para você se sentar.

Antes que ela pudesse lhe dizer que não se incomodasse com isso, ele foi até a cama e pegou o acolchoado de cima, junto com algumas mantas. Com mãos firmes, ele dispôs tudo e mais uma vez se afastou.

O sexo emanando dele era irresistível.

Por mais composto que tentasse parecer, por mais respeitoso que estivesse se mostrando, ela sentia o desejo dele.

E, sim, percebeu... era exatamente por isso que ela se arriscara a vir até ali.

Ela também o queria. Mesmo que isso criasse uma crise. Mesmo sendo algo irresponsável. Mesmo que não fizesse sentido.

Ela seguira as regras a vida inteira. Mas não existia nenhuma responsabilidade nem obrigação tão cativante quanto ele, nem mesmo metade – e seu tempo de relativa liberdade estava chegando ao fim.

Abaixando-se no colchonete, cruzou as pernas por debaixo das vestes.

– Por favor. Pode se sentar comigo?

– Tem certeza de que quer isso? – Ele pairou acima dela, o rosto escuro absorvendo a luz bruxuleante.

– Sim – sussurrou.

Ele se ajoelhou, as pálpebras pesadas se movendo sobre as vestes que a cobriam do alto da cabeça até as solas dos pés.

– Permitirá que eu a veja? – ele perguntou com voz grave.

maichen engoliu com dificuldade. Depois ergueu a mão para a máscara que lhe cobria o rosto, mas para garantir que ela estava bem colocada.

– Tenho medo.

– Do quê?

E se ele não gostasse do que visse?

– Já sei que você é bela – disse ele, como se tivesse lido sua mente.

– Como?

Ele tocou o centro do peito amplo.

– Eu vejo você aqui. Conheço você... Aqui dentro. Você é muito bela para mim, não importa a aparência.

Muito ciente de tudo que não revelara sobre si, ela sussurrou:

– Não nos conhecemos.

– Isso importa para você?

– Não.

– Nem pra mim – ele franziu o cenho e olhou para o fogo. – Nas duas últimas noites, com tudo o que tem acontecido com o meu irmão, foi como se algo se revelasse para mim. Não quero mais perder tempo. Quero viver, em vez de ficar numa zona mórbida de pesadelos, à espera de um golpe da morte.

– O seu irmão... vai voltar para o Território, um dia? Dizem que... que se recusa a cumprir seu dever, mesmo a rainha tendo decretado que após o período de luto...

Ela teve que parar. A ansiedade era grande demais.

Ela deveria ir intocada para o leito matrimonial.

E isso não aconteceria.

Mas o que o Ungido poderia fazer com ela? Ambos estavam sendo forçados àquela união, e a tradição ditava que ele era, essencialmente, propriedade dela.

Um protesto da parte dele seria o mesmo que uma cadeira reclamando quando alguém se sentasse.

iAm balançou a cabeça.

– Depois que Trez perder Selena, tudo pode acontecer, mas francamente... Aquela princesa? Ela não vai querer o que sobrar dele, não a menos que se ligue em necrofilia. Ele vai estar morto, quer esteja andando ou enterrado num túmulo.

maichen nunca soubera nada sobre o casamento que a aguardava. Fora parte da sua educação a suposição de que o Ungido fosse destinado pelas estrelas a ser o companheiro reprodutor – e que com ele, por meio dele, ela garantiria a continuação da linhagem da sua mãe no reinado do s'Hisbe.

Predeterminado. Escrito nas estrelas sagradas.

Aceitara o que era seu dever do mesmo modo como aceitara todo o resto em sua vida, da sua posição social à solidão, a sensação perene de estar perdendo tantas coisas na vida, ainda que não por escolha nem falha sua.

Ela pigarreou.

– Imagino que a princesa o deixaria ir, se pudesse. Ela jamais desejaria que alguém sofresse, ainda mais alguém que tivesse perdido uma fêmea de valor.

– Você a conhece?

– Já cuidei dela.

– Como ela é? – Antes que ela pudesse responder, ele ergueu uma mão. – Na verdade, não preciso saber disso.

– Acredito que ela diria que se sente tão aprisionada quanto seu irmão. Acredito que... ela também esteja na cela do destino.

Ele esfregou o rosto.

– Isso, de fato, me faz odiá-la menos. Acho que nunca pensei como isso tudo a afetava.

– Ela ficou sabendo de seu destino assim como o seu irmão. Não escolheu nada disso.

iAm riu rápido.

– Talvez os dois possam mandar a rainha se ferrar. Se os dois se recusarem a continuar nesse jogo, tudo pode terminar. Não que isso vá poupar meu irmão de perder o seu amor.

– Mas as estrelas revelaram o destino deles.

O olhar negro se voltou para ela.

– Acredita nisso? Quero dizer, acredita mesmo que o alinhamento de um punhado de planetas desinteressados a milhões de anos luz daqui deva ser usado como um mapa para as vidas das pessoas? Eu não.

– Tem sido assim há gerações – disse ela numa voz sem emoção.

– Mas isso não faz com que seja certo. Na verdade, torna tudo ainda mais ofensivo. Pense em quantas vidas foram arruinadas.

O peito de *maichen* ficou apertado quando ele disse em voz alta as coisas sobre as quais vinha pensando... desde que ficara sabendo há muitos anos que o macho que deveria ser seu companheiro considerara seu destino tão desagradável que conseguira escapar do Território, mesmo com a ameaça de morte e com o castigo da expulsão.

– Chega de falarmos sobre isso – disse ele. – Não foi por isso que viemos aqui. Foi?

Os olhos dela desviaram para os dele debaixo da máscara.

– Não, não foi.

O olhar dele passou pelas vestes como se, em sua mente, ele já estivesse desnudando-a.

O coração dela voltou a bater forte, as palmas ficaram suadas.

– Preciso que saiba que eu ainda não... eu não...

– Nem eu.

Ela se retraiu. Não conseguiu evitar. Ele era tão másculo, tão bem formado, tão...

– Mudou de ideia? – ele incitou. – Não é muito sexy, é...

– Como isso pode ser possível? – ela disse num rompante. – Você é tão *ríhgido*.

Houve uma pausa. E, então, sem aviso, ele jogou a cabeça para trás e gargalhou. O som foi tão inesperado e... cativante... que ela quase saltou de surpresa novamente.

Quando ele voltou a pousar os olhos nela, estava sorrindo pela primeira vez. E roubou sua respiração.

– Esse é o melhor elogio que já recebi.

Ela sentiu que sorria debaixo da máscara, mas logo ele voltou a ficar sério, assim como ela.

Não havia como recuar, pensou. Se não fosse embora nesse instante, antes que ele lhe tirasse a máscara... ela não iria mais até terem consumado o fato.

Tendo tomado uma decisão, as mãos de *maichen* se ergueram até a máscara.

Segurando sua ponta, começou a erguê-la. A ansiedade fez seu coração esquecer de dar algumas batidas, mas ela não recuou, não parou.

Os planetas não devem determinar as escolhas dos seres vivos, nem o legado dos mortos, ela pensou quando o ar mais fresco atingiu seu pescoço, seu maxilar... sua boca.

Ela estava escolhendo aquilo.

Ela *o* estava escolhendo.

Capítulo 54

iAm sentiu como se estivesse suspenso no tempo conforme o rosto de *maichen* era revelado centímetro a centímetro. Os lábios eram cheios e muito rubros, a pele macia e ligeiramente mais escura que a dele, as maçãs do rosto altas e amplas.

Ele foi incapaz de continuar raciocinando assim que os olhos dela foram descobertos.

Profundos e com longos cílios, eram de um verde-esmeralda brilhante. Pensando bem, ela estava muito emocionada, e isso era um sinal, algo que o olhar dos Sombras fazia.

Talvez os seus também estivessem assim.

E também havia o cabelo. Cachos pequenos desciam do alto da cabeça e cobriam os ombros e além. Eram tão compridos que ele não conseguia ver onde terminavam.

Ela era, simplesmente, a coisa mais extraordinária que ele já vira.

Era exótica – porque fazia tanto tempo que ele vivia entre humanos que já não reconhecia mais as feições de seu povo – e também completamente normal, porque a beleza e a cor dela eram tão parecidas com a dele.

– Mantê-la encoberta é um crime – ele suspirou. O rubor que subiu pelo pescoço dela fez suas presas descerem, e as mãos se fecharam com a necessidade de tocá-la.

– Verdade? – ela sussurrou.

– Juro pelo meu sangue.

Como se o olhar dele lhe desse coragem, deixou a máscara de lado e continuou a se descobrir, soltando o fecho simples de latão na base do pescoço, deixando que a primeira camada das suas vestes saísse dos ombros.

Ela tinha um corpo delicado, era toda feminina, e por mais que ele tentasse não apreciar a aparência daquele corpo, seus olhos se recusavam a se desviar para qualquer outra parte.

Aquela pulsação na lateral do pescoço era o convite para uma mordida.

A área do seio era uma súplica ao toque.

O cheiro do sexo dela era um chamado a ser ouvido.

iAm engoliu a imprecação que queria escapar da sua boca. Ela era demais, linda demais, viva demais. O coração dele batia forte, e seu pau estava duro como mármore debaixo do zíper da calça.

Desejou ter tomado um drinque antes de vir ali.

Ou seis.

– Você está com fome – ela sussurrou.

– Sim.

– Gostaria de tomar da minha...

Ele não conseguia acreditar o que ela estava sugerindo...

– Da sua veia?

– Se você assim o desejar.

Ah, caralho, como desejava...

– Eu seria capaz de implorar por...

– Não há necessidade disso.

Ele esperou que ela fosse lhe oferecer o pulso, mas, quando ela levantou o queixo e expôs a garganta, ele ficou totalmente inebriado.

iAm sabia que devia perguntar se ela tinha certeza, pressioná-la a reavaliar a decisão. As coisas se sucederiam bem rapidamente se a perfurasse com as presas.

Em vez disso, ele gemeu.

– Por favor, me diga o seu nome.

– É *maichen*. Eu lhe disse. Esse é o único nome que sinto que seja meu.

Ele cerrou os molares.

– *maichen*, precisa saber... Acho que não vou conseguir parar... se eu a sorver aí.

– Sei disso. E é por isso que o quero na minha garganta. Para não existir volta.

Os olhos dele reviraram e o tronco cambaleou.

– Mas você não tem um pai? Alguém que se importe caso você...

Ele sabia que os padrões eram diversos para os membros da classe servil – não se esperava que as fêmeas fossem virgens, pois lhes era requisitado que cumprissem tudo o que delas fosse exigido. Mas, mesmo assim...

– Tem certeza disso? – ele perguntou.

A ereção dele gritava "mas que porra é essa", mas a consciência era ainda mais forte que o desejo.

– Tenho.

Aqueles olhos verdes estavam firmes, fortes, determinados.

Era hora de parar de conversar.

iAm se aproximou dela, adiantando-se, segurando-a pela nuca, inclinando-a para trás, segurando-a em seus braços, levando a boca à pele dela. Ele jamais tomara sangue de uma fêmea daquele modo, e não avançou de uma vez. Estava impressionado com o cheiro dela, com a maciez da pele sob seus lábios quando ele esticou a língua e lambeu a pulsação.

Ele tinha a intenção de continuar a acarinhá-la com o nariz e a boca, mas quando ela o segurou pelos ombros e arqueou o corpo ao seu encontro, não conseguiu mais esperar. Sibilou e penetrou-lhe a pele.

Ante a mordida, ela gritou, mas, em vez de afastá-lo, o puxou ainda mais.

O sangue dela foi uma explosão em sua boca, tinha sabor de vinho tinto e a promessa de uma intoxicação que começou a tomar conta dele assim que engoliu. Sugando, ele passou as mãos pelo corpo dela, encontrando a curva da cintura e do quadril. Sorveu mais quando a pélvis avançou, buscando a junção vital ainda escondida debaixo das dobras de tecido.

Tonto e, ao mesmo tempo, hiperciente, deitou-a de costas e montou sobre seu corpo, como um animal selvagem protegendo sua presa. Contudo, também queria lhe dar. Movendo o antebraço, apoiou o pulso na boca dela, esfregando-o em seus lábios.

Aproveitando a deixa, ela também o mordeu, sugando-lhe a veia enquanto ele sugava a sua, fechando o círculo que explodiu em calor entre eles.

Antes que ele soubesse o que estava fazendo, começou a puxar as vestes dela, subindo-as, cada vez mais para cima, pela barra e dobras, todo o peso daquele tecido. As coxas eram suaves e maleáveis, e se abriram, dando o acesso que ele mais queria.

Nada de roupas de baixo. Os Sombras não usavam.

Quando ele passou a mão pelo sexo dela, ela gemeu e o sugou com maior intensidade – e ele desejou que ela o drenasse. Mas não o contrário. Forçando-se a soltar a veia, ele lambeu as perfurações de sua mordida e depois se viu descendo os lábios, atravessando a curva graciosa da clavícula dela. Dirigindo-se aos seios, agarrou a parte superior das vestes com as presas e rasgou-as, o tecido cedendo até...

– Ah, Deus amado... – arfou.

Os seios dela eram empinados e firmes, os mamilos pequenos, para onde ele não aguentou ficar muito tempo apenas olhando. Não, ele os atacou com a boca, adorando-os enquanto ela continuava sugando seu pulso.

E, ainda assim, ele quis mais dela.

Bem quando ele estava ansioso para descer ainda mais – mesmo sem ter ideia alguma do que fazer – ela soltou sua veia e o libertou. Sem lhe dar a oportunidade de fechar a mordida, ele ergueu as mãos e puxou aquilo que havia começado a rasgar antes.

Riiiiip.

Com isso, as vestes de baixo ficavam divididas ao meio, e ela ficou nua diante dos seus olhos.

A pele escura trêmula foi banhada pela luz da lareira, e o corpo ficou marcado pelo seu sangue – o que o fez desejar marcá-la com outra coisa.

Para todos saberem que ela era sua.

Vagamente, bem no fundo da mente, ficou impressionado que todas as histórias que ele ouvira e deduzira serem apenas ficção – aquelas histórias de machos que imediatamente se vinculavam a uma certa fêmea –, de fato fossem a mais completa e absoluta verdade.

Vira seu rosto há apenas poucos minutos, e agora se via caindo num buraco, perdendo-se e encontrando-se em turnos, saciado e sedento por muito mais ao mesmo tempo.

– Minha – ele rugiu.

Despida ante os olhos do amante, *maichen* pensou que ficaria desconcertada ou envergonhada. Somente suas auxiliares de banho a tinham visto como iAm a via agora.

Mas, em vez disso?

Ela se livrou do resto das vestes e levou as palmas das mãos aos seios, acomodando-os em conchas.

– Seus – ouviu-se dizer. Depois desceu uma mão e tocou o sexo exposto: – Seu.

O lábio superior de iAm se curvou para trás das presas e ele emitiu um rosnado que era tanto reverente como malicioso.

Depois, despiu o casaco, a camisa, sapatos, calças.

A luz do fogo na lareira se moveu sobre sua pele, lançando sombras por debaixo dos contornos dos músculos que formavam os braços, o peito, o abdômen.

A ereção dele era enorme.

Aquela extraordinária série de eventos tão descontrolada, e o auge ainda para acontecer. O que viria em seguida?, pensou ela. Fora instruída verbalmente em relação ao sexo como preparo para a sua vinculação, a curandeira instruindo-a anatomicamente quanto a como as coisas se sucederiam – além do que ela vira s'Ex fazer com aquelas fêmeas humanas. Mas nenhuma dessas duas desconcertantes visões lhe explicou como as coisas seriam eletrizantes. O quanto ela ansiaria pela união. Como se sentiria desesperada. Plantando as mãos ao lado dela, iAm se suspendeu acima do corpo dela e lentamente aproximou os lábios. O contato foi leve e fugaz, deixando-a querendo mais – mas, então, ele lentamente se abaixou sobre ela, o peso impossivelmente erótico, os contornos firmes se ajustando a ela.

O sexo rijo resvalando seu centro.

Ela começou a se arquear debaixo dele, mexendo as pernas, à procura de algo que ela não sabia bem o que era.

– Pode deixar – disse ele. – Vou cuidar de tudo.

Mas ele não fez nada. Apenas a beijou e piorou tudo, lentamente lambendo-lhe os lábios, esfregando-se em seus seios, no interior das coxas – tudo isso sem uni-los.

– Por que está esperando? – ela gemeu.

– Tenho que garantir que esteja pronta... Ou isso pode te machucar.

Os olhos dela se arregalaram.

– Não vai doer? Vai?

– Quanto você... hum... sabe sobre...?

A boca dela começou a se mover, e ela devia estar falando; ele assentia, respondendo algo. Mas ela não fazia ideia do que estava dizendo.

Só que a mão dele, àquela altura, estava descendo, interpondo-se entre eles, esfregando seu sexo, mergulhando. O prazer que ele lhe causou foi como um incêndio, quente e espalhado por todo o seu corpo, levando a outro estado de consciência.

Em seguida, sentiu uma pressão dentro de si, mas nada doloroso. Apenas um empurrão, um empurrão suave que a fez ceder por dentro.

Quando a mão dele reapareceu ao seu lado, ela percebeu que era a ereção dele que estava dentro dela, e não os dedos.

Mudando a posição do quadril para acomodá-lo ainda melhor, ela percebeu um fisgão surpreendente, uma barreira sendo rompida – e então a união deles se aprofundou, e ela sentiu como se ele tivesse entrado em todo o seu corpo. Deus, aquilo era tão bom. Ela se refestelou com a proximidade dele, o contato de pele contra pele aquecendo-a por dentro e por fora, o tratamento impessoal de uma vida inteira desaparecendo por completo.

E então ele começou a se mover. Devagar no começo, progressivamente mais rápido, e ela foi transportada com ele para um prazer crescente e tremulante.

Deslizando as mãos pelas costas ondulantes, ela adorou a força dele, e saber que aquele macho em especial era o primeiro a invadir seu corpo.

Em seguida, uma represa se rompeu e tudo se tornou muito mais vívido, um ímpeto elevado forçando-a ao encontro de seu corpo.

Sua boca se abriu e ela gritou. Mas não de dor.

Ele também gritou, e houve uma pulsação no centro dela.

Mas aquele não foi o fim. Ele não parou. Continuou, seguiu em frente, estocando dentro dela, acima dela.

A curandeira não lhe contara que seria tão bom assim.

Capítulo 55

Ele entrou na vida dela vestindo um boné de Syracuse e calça jeans com buracos.

Paradise estava sentada à sua mesa, fazendo entradas no sistema, respondendo a perguntas por e-mail, acomodando os visitantes nas cadeiras da sala de espera, quando outra brisa fria invadiu a sala. Àquela altura, já estava acostumada com as correntes de ar geladas – havia uma toda vez que a porta da frente era aberta e fechada após a entrada de um novo visitante.

Mas ela não levantou o olhar até sentir uma presença à sua mesa.

Ao erguer os olhos, seu sorriso profissional estava pronto para atuar, mas ela logo se perdeu.

Parado diante dela, havia um macho com mais de dois metros de altura, com ombros largos como a porta de entrada e um maxilar reto como uma flecha. Ele vestia uma espécie de jaqueta, mas já estava frio o bastante para um casaco mais pesado e luvas.

Sem falar no boné laranja e naquele jeans.

– Posso ajudá-lo?

A aba do boné estava tão abaixada que ela não conseguia ver seus olhos, mas sentia o impacto deles.

– Vim aqui por causa do programa de treinamento.

A voz dele era grave e surpreendentemente tranquila. Considerando-se sua compleição física, ela esperava ouvir algo muito mais alto.

– Programa de treinamento?

– Para os soldados da Irmandade da Adaga Negra.

– Ah, sim, sei... Mas não é aqui, quero dizer, não é aqui nesta casa.

Quando ele olhou ao redor, ela tentou vislumbrar seus olhos.

– Eu sei – respondeu. – Quero dizer, preciso de um formulário, e pensei que encontraria um aqui.

– Foi passado um e-mail. Gostaria que eu o encaminhasse para você?

– Eu... hum... – Ele relanceou ao redor de novo. Enfiou as mãos nos bolsos das calças. – Você não teria uma ficha já impressa?

– Posso mandar para você agora mesmo... Qual é o seu e-mail?

Enquanto ele parecia se concentrar na parede atrás dela, ela decidiu que o cabelo dele devia ser escuro. Escuro e bem curto.

– Não tenho e-mail – disse ele com suavidade.

Paradise piscou surpresa.

– Hotmail é grátis.

– Tudo bem – disse o macho, recuando um passo. – Encontro outro modo de arranjar um.

– Espere. – Ela abriu a gaveta. – Pegue o meu, digo, este aqui.

Ele hesitou. Esticou o longo braço. Aceitou o que ela apanhara do cesto de lixo.

– Obrigado. – Ele baixou o olhar e franziu a testa. Ou pelo menos ela achou que ele estivesse fazendo isso. – Este aqui já está preenchido no topo...

Quando ele lhe devolveu, ela imprecou.

– Desculpe. Eu... Deixe-me imprimir um pra você.

Usando o mouse, entrou na sua conta de e-mail, encontrou a mensagem de Peyton, o Cretino, e após abrir o arquivo anexo, imprimiu-o.

Enquanto a máquina atrás da sua escrivaninha despertava e começava a ranger, o macho deixou o formulário dela na mesa.

– Você vai se inscrever no programa?

Maravilha. Como se ela precisasse ouvir O Sermão de um completo desconhecido.

Ela pegou o papel de volta.

– Permitem a inscrição de fêmeas, sabia? Está no e-mail. Podemos nos inscrever.

– Acho que você deveria. Mesmo que escolha não lutar, acho que as fêmeas deveriam ser treinadas, você não tem como saber quando e em que circunstâncias vai precisar se defender. É o mais lógico.

Paradise só o encarou.

– Eu... – pigarreou – ... eu, por acaso, concordo com você.

Quando a impressora se calou, ela se virou na cadeira e pegou as páginas quentes da HP. Não havia necessidade de grampear ou juntar com um clipe, mas ela se ocupou, abrindo e fechando as gavetas, procurando por alguma coisa em meio ao material de escritório.

– Pode trazer o formulário para cá – disse quando lhe entregou os papéis. – Depois que preencher, entrego para um dos Irmãos.

Ele dobrou os papéis uma vez e guardou dentro da jaqueta.

– Obrigado.

E nessa hora ele tirou o boné e se curvou.

Ao se endireitar, ela conseguiu vê-lo melhor, e o categorizar na lista "Ai, meu Deus".

Ou melhor: "Caramba! Ai, meu Deus".

Os olhos dele eram do azul perfeito do céu de inverno, profundos, com sobrancelhas e cílios negros. O rosto tinha as faces encovadas, por ele estar magro demais, mas isso apenas acentuava a estrutura óssea masculina. E a boca era...

Se ele lhe chamara a atenção antes, agora praticamente a deixara sem chão...

Graças a Deus pela cadeira.

– Qual é o seu nome? – ela perguntou de repente, quando ele se virou.

Ele voltou a colocar o boné.

– Craeg.

Ela se pôs em pé e estendeu a mão.

– Sou Paradise... Bem, você já deve saber, porque leu o formulário.

Maravilha, agora ela estava tagarelando.

– Prazer conhecê-lo, Craeg – disse, quando ele não fez menção de se aproximar.

Ele assentiu uma vez, depois se afastou, deixando a mão dela pendurada na brisa.

Corando, ela se sentou e percebeu... Puxa, umas cinco pessoas tinham testemunhado tudo aquilo. E agora estavam tentando parecer ocupadas folheando revistas *People* e *Time*. Um dos homens chegou até a pegar a edição do *Diário Caldwell Courier* e cobrir o rosto com ele.

Bem, ela também podia fingir que estava ocupada.

Produzindo todo tipo de barulho nas teclas do computador, tentou camuflar o embaraço que sentia.

Nunca o vira antes. Nunca mesmo. Então, talvez ele tivesse acabado de chegar do Antigo País... Mas quais seriam as chances? A maioria da população já estava em Caldwell há quanto tempo? E o sotaque... Ele devia ser... bem, estrangeiro, obviamente. Mas tinha que ser um membro da aristocracia se ouvira falar do programa de treinamento, certo?

Relanceando pela passagem pela qual ele entrara, viu-se desejando que ele voltasse para entregar o formulário pessoalmente.

Quem seria ele?

– Paradise?

Ela deu um salto. E se concentrou no pai, que acabara de surgir de algum lugar.

– Pois não? – Percebendo que sua voz saíra muito próxima de seu tom normal, e ela ainda deveria estar brava com ele, pigarreou: – O que posso fazer pelo senhor?

Como se ele fosse uma pessoa como outra qualquer.

– Eu só queria saber como você está.

Ele não parecia nada agressivo. De fato, parecia tão preocupado, maldição... Ela queria continuar brava com ele.

Suspirou.

– Estou bem, pai.

– Você tem feito um trabalho maravilhoso, de verdade. Tudo tem corrido muito bem. O Rei está muito satisfeito... Eu estou muito orgulhoso.

Isso era bem característico dele. Era impossível ficar brava encontrando essa... sinceridade, sua versão de um pedido de desculpas.

– Posso lhe trazer algo para comer ou beber?

– O senhor não é um *doggen*, pai.

– Talvez precise de um descanso?

– Não. – Revirou os olhos. Levantou-se. Deu a volta até perto dele. – O senhor me deixa louca.

E lhe deu um abraço, porque era isso o que ele queria. Depois recuou um passo.

– Oster, filho de Sanye, é o próximo.

Ao indicar o cavalheiro em questão, o cidadão se pôs de pé, o pai o cumprimentou com um aperto de mão e retomou seus assuntos profissionais.

Seguindo seu exemplo, ela voltou a se sentar. Olhou para a tela do computador. E ainda se sentia acuada.

O que faria? Mesmo que, tecnicamente, ele não pudesse impedi-la – visto que era maior de idade, e por não existir uma especificação de que um macho mais velho tivesse que aprovar a inscrição – ela, mesmo assim, se sentia paralisada.

Era difícil se rebelar contra seus pais quando só restava um deles.

E quando ele era a única coisa que você tinha no mundo inteiro.

Selena odiou basicamente tudo a respeito dos exames, a coleta da amostra de sangue, o procedimento de raios-X. E se sentiu mal com isso, pois a doutora Jane foi mais do que gentil e atenta. Contudo, ficar numa daquelas camisolas hospitalares, sendo examinada e cutucada, virada e escaneada, foi o mesmo que acompanhar uma contagem regressiva de algum tipo de detonação bem na sua frente.

Além disso, detestava o cheiro artificial de limão do antisséptico que usavam em tudo.

E o fato de ainda estar com frio mesmo depois de terem coberto suas pernas com uma manta.

E também havia aquela luz forte pendente do teto acima da sua cabeça.

O pior, porém, não era o ambiente externo que teve que suportar. Era o grito interno que achava que tinha que conter com todas as suas forças.

– Ok, acho que esta é a última radiografia – anunciou a doutora do outro lado, junto a uma mesa.

Na tela do computador, uma imagem fantasmagórica do joelho de Selena estava bem evidente, mas ela se recusava a olhar para ela.

Tinha que continuar deitada até a doutora Jane se aproximar e retirar o braço da máquina de raios-X do caminho. E quando ela se sentou, a médica retirou a chapa debaixo da perna e a deixou de lado.

– E agora...? – perguntou Selena.

Estava atordoada. Estava com frio. Estava suando.

Mas, acima de tudo, estava se sentindo enrijecida. E não apenas nas mãos.

– Deixe-me dar uma bela olhada nas imagens com Manny. E depois viremos falar com você.

Selena virou as pernas de lado e olhou, pela beirada da cama, para os pés. Flexionou um, depois o outro, o cérebro girando com perguntas como: Melhor? Pior? Do mesmo jeito?

– Quando? – perguntou rouca.

– Por que não nos encontramos ao amanhecer? Trez pode vir, se você quiser...

Um baque veio do lado de fora do quarto e as duas olharam para a porta. Quando o som se repetiu, a doutora Jane se apressou para lá... assim como Selena.

Afinal, ela ainda não estava imobilizada, e aquela lhe pareceu uma boa hora para se lembrar disso.

As duas correram para o corredor e prestaram atenção. O Centro de Treinamento estava silencioso, pois os Irmãos estavam se exercitando no campo de batalha e, felizmente, não havia ninguém ferido nos outros quartos da clínica...

O barulho surgiu de novo, e elas avançaram na direção de duas portas mais à frente.

A doutora Jane abriu a porta.

A médica teve que se abaixar quando uma coisa saiu voando para fora do quarto. Uma bandeja. Uma bandeja metálica que deslizou pelo piso de concreto como se a coisa estivesse bem contente de se livrar dali... e se distanciar ainda mais.

Lá dentro, Luchas estava descontrolado na cama. Metade dele parecia estar presa, mas um braço e a mão estavam livres, e ele destruía tudo que estivesse ao seu alcance. Derrubara um monitor junto com a haste de sustentação do acesso intravenoso, fez o mesmo com um carrinho sobre rodas no qual houvera algum tipo de comida. Agora tentava alcançar a cabeceira da cama como se fosse destruí-la.

– Luchas – disse a médica, com uma calma admirável. – O que está...

– Vá se foder!

Selena se retraiu. Estivera ali para alimentar o irmão de Qhuinn nos últimos meses, e ele sempre se mostrara um cavalheiro.

– Foda-se tudo! – Ele desistiu da cabeceira e agarrou a mesinha lateral, dando-lhe um empurrão tão forte que a coisa caiu, suas gavetas se abrindo numa explosão como se aquele fosse seu modo de sangrar. – Fodam-se!

A doutora Jane recuou e murmurou.

– Preciso ir buscar um sedativo. Não entre aí.

Assim que a médica se virou, Selena se postou na soleira.

– O que está olhando? – ele gritou para ela. – Que porra você quer?

Havia uma mancha vermelha na cama. O lençol, na altura da metade da cama, estava manchado de um dos lados... Ele estava sangrando. Devido a algum tipo de ferimento.

– A sua perna – ela arfou, ciente da infecção que o acometera. – Cuidado com a sua perna...

– Eu queria morrer! – ele disparou. – Eu estava tentando morrer!

O rosto dele era uma réplica retorcida das feições que ela conhecia, a pele pálida demais esticada quase a ponto de se romper sobre a estrutura óssea que, antes de ele ser torturado pela *Sociedade Redutora*, devia ter causado muita inveja.

– Arrancaram a porra da minha perna para me salvar! – Ele se livrou dos lençóis. – Para me salvar!

O toco estava meticulosamente enfaixado por gaze cirúrgica, mas, embaixo, não estava muito bem – o sangue escorria para todos os lados.

Ele começou a agarrar aquilo que restara e foi nesse instante que ela teve que intervir.

Atravessando o quarto, agarrou as mãos que se debatiam e imprensou-as na cama ao lado da cabeça.

Luchas ficou enlouquecido.

Gritou, se revirou, xingou-a.

E tudo o que ela fez foi balançar a cabeça até que ele se exaurisse – o que não demorou muito para acontecer.

Quando ele parou de brigar, ela disse:

– Você tem tanta sorte. Tanta, mas tanta sorte...

Isso fez com que ele se calasse. Muito provavelmente de um modo que um confronto direto não teria conseguido.

– O q-que disse? – ele gaguejou

– Estou morrendo – disse pura e simplesmente. – E se alguém pudesse arrancar uma parte da minha perna para me salvar? Para que eu pudesse continuar com a pessoa que amo? Eu faria isso num piscar de olhos. Por isso, acho que você tem muita sorte.

Ele ainda arfava, mas a tensão em seu corpo o abandonara.

– Morrendo...?

– Sinto dizer que sim. – Ela o soltou e recuou. – Não desperdice o tempo que possui. Sei que está sofrendo e não tenho dúvidas de que tem raiva do que está acontecendo. Mas, sendo bem sincera, eu trocaria de lugar com você num piscar de olhos.

A doutora Jane retornou... E parou quando viu que o quarto não estava mais pegando fogo.

– Vou me vestir – Selena disse ao seguir para a porta. – Estou com frio nesta camisola. Precisa de ajuda para limpar aqui?

A médica olhou de um para outro, evidentemente se questionando sobre o que fora dito ou feito para que a situação mudassse tanto.

– Hum, não, deixe que eu cuido disso.

– Ok. – Selena acenou com a cabeça para a médica e depois relanceou para Luchas. – Cuide-se.

Ela conseguia sentir os olhos dele sobre ela quando caminhou para o corredor. Conseguia senti-los mesmo enquanto se trocava.

Quando ela voltou para o túnel, começou a ficar paranoica quanto a ter um ataque no meio do caminho até a casa principal e acabar morrendo debaixo das luzes fluorescentes. Ou talvez acontecesse na escada que levava até o átrio... ou...

Ok, era melhor por um fim naquilo.

Ela já tinha muito com que se preocupar sem ter que ficar procurando mais problemas.

Capítulo 56

Ele não conseguia parar de olhar para ela.

iAm permanecia deitado nu diante do fogo que morria, o corpo entrelaçado ao de *maichen*, as pernas enroscadas, os quadris ainda juntos, os sexos próximos, ainda que não mais unidos. Ela estava com a cabeça apoiada no braço dobrado; o dele estava soerguido.

– Quero te ver de novo – ele sussurrou.

Queria lhe dizer quanto queria mais daquele momento especial, daquela completa ruptura de toda a porcaria que não tinha como mudar e de que não faria diferença alguma em Caldwell. Ao vir para ali, foi como se ele tivesse dado um passo para o lado, alterado seu curso, tirado uma folga. Não era uma realocação permanente, e não queria que fosse, pois de jeito nenhum abandonaria o irmão.

Mas era o bastante para lhe dar mais fôlego.

– Foi difícil sair. – Ela lhe beijou as pontas dos dedos. – Só tenho alguns poucos dias mais em que isso será possível. Depois do luto será ainda mais difícil.

– Amanhã à noite, então. Meia-noite.

maichen assentiu.

– Estarei aqui.

Ele olhou ao redor do chalé decrépito.

– Não, vá até Caldwell. Encontre-me na cidade.

Quando ela hesitou, ele disse:

– Tenho um lugar lá. É particular. Ninguém saberá... e poderei deixá-la mais confortável.

Ele a queria numa cama. No chuveiro. Talvez sobre a bancada da cozinha.

A fim de persuadi-la, iAm se abaixou e a beijou na boca, afagando-lhe os lábios com os seus, abrindo caminho para dentro com a língua.

– Siga o sinal do meu sangue e você me encontrará.

O som que ela produziu na base da garganta foi de entrega, e antes que ele se desse conta, rolava-a de costas de novo, montando sobre ela. O fato de terem feito sexo de verdade era tão monumental que ele não conseguia pensar a respeito enquanto estava com ela.

Era um marco importante demais.

Guiando-se para dentro, gemeu e enfiou a cabeça na junção de seu pescoço. Com estocadas poderosas, cavalgou-a, encontrando um ritmo, penetrando cada vez mais fundo. Seu corpo sabia exatamente o que fazer, e foi um choque, enquanto atingia o orgasmo, descobrir que estava contente em ter esperado por aquela fêmea em especial.

Também era loucura que uma parte sua estivesse começando a planejar uma maneira de libertá-la do s'Hisbe.

Então, agora ele tinha dois em sua lista.

As unhas dela cravaram sua pele, e as coxas se apertaram ao redor do quadril quando atingiu o orgasmo, a ordenha sutil incitando-o a lançar-se em mais uma onda de prazer.

Depois, ele se deixou cair sobre ela.

– Desculpe – murmurou, tentando encontrar forças para fazer outra coisa que não apenas respirar. – Sou pesado.

– Não, eu gosto do peso. – Ela afagou a pele dele. – Você é tão forte quanto aparenta.

– Não quero que você vá.

– Nem eu.

No fim, ele estava na terra dos sem-escolha. Primeiro, o fogo acabara e estava ficando frio; mais importante, não queria que ela ficasse em apuros por não realizar suas tarefas.

Pelo menos ele não tinha que se preocupar com ela e com o amanhecer que se aproximava.

Acabaria ficando psicótico.

Saindo de cima dela, escorregou para fora de seu sexo e percebeu que, caramba, ela estava coberta com o seu cheiro.

– O que foi? – perguntou, os olhos esverdeados encarando-o.

– Deveríamos banhá-la. – Mas o maldito chalé não dispunha de água corrente. – Da próxima vez, faremos isto em Caldwell.

– Tomarei cuidado. Há uma fonte de águas quentes no limite do Território... Posso me lavar lá.

– E quanto às suas vestes? – Ao entregar-lhe o tecido, praguejou. A coisa toda estava amassada. Rasgada. Suja de poeira. – Maldição.

Ele deveria tê-las pendurado. No que diabos estava pensando?

Levantando-se, ajudou-a a se vestir, arrumando a veste de baixo, prendendo a camada de cima com o broche de latão, ajeitando o capuz e a máscara.

– Deixe que eu faço isso – disse ele ao cobrir seu rosto e cabelo.

Odiou ter que escondê-la, o estômago se revirava, a boca ficava seca: aquilo deixava ainda mais claro que a estava mandando de volta desprotegida ao Território. Deu um passo atrás e viu o que antes estivera imaculado e limpo – e que agora estava uma bagunça só.

Ele meio que sentia como se tivesse tomado algo que não lhe pertencia, arruinando-a no processo.

– Eu deveria voltar com você. Garantir que você...

– Isso seria mais difícil para mim. Ficarei bem. Tenho sido bem-sucedida em me esconder todos estes anos.

E, assim, não sobrou muito mais para dizerem, não havia nenhuma combinação de palavras que o faria se sentir melhor a respeito de tudo aquilo.

Com uma imprecação, iAm a segurou pelo braço e a acompanhou até a porta.

– Tome cuidado. Aquele é um lugar perigoso.

– Tomarei.

Quando foi se curvar diante dele, ele a impediu.

– Não. Não faça isso. Somos iguais, você e eu.

Por um instante, ela apenas o encarou. Ele sentiu através da máscara que escondia seus olhos.

– Não somos – disse ela. – Infelizmente, não somos.

Dito isso, ela saiu pela porta e sumiu antes que ele pudesse detê-la. E, quando o ar frio açoitou seu corpo nu, ele sentiu dor em todo o corpo – mas não era nada físico.

Depois de voltar a se vestir, foi ver se o fogo na lareira estava de fato extinto e depois saiu do chalé. Ao fechar tudo e se afastar, pensou em como era totalmente estranho que parte tão significativa de sua vida tivesse acontecido naquele lugar aleatório: encontrar seu irmão, conhecer Rehv... e agora, esta noite...

Desmaterializando-se, voltou para a Irmandade, reassumindo sua forma no pátio. Ao fitar a imensa mansão de pedras, com suas gárgulas góticas empoleiradas nas torres, suas janelas com painéis de vidro formando diamantes, e todas as sombras que aguardavam nos cantos, ele percebeu que testava sua segurança e posição defensiva.

Sim, estava pensando na possibilidade de trazer *maichen* para lá.

A não ser pelo fato de não saber que tipo de vida ela teria. Ele ainda estava com a cabeça tomada pelo problema com Trez e Selena. E o que aconteceria se a única maneira de manter seu irmão livre do s'Hisbe fosse os dois desaparecerem no mundo, sem nunca mais se fixarem num local por tempo o bastante?

Ela concordaria com essa vida de fugitiva? E se o s'Hisbe a encontrasse com eles?

Ela acabaria morta em apenas um respiro.

E, mesmo assim, ele a desejava. Até não poder mais.

Outra situação sem vencedores.

Era o que ele precisava.

A bunda de Rhage estava dormente.

Pensando bem, fazia quanto tempo que estava sentado sobre uma pedra vigiando a casa envidraçada de Assail em meio à floresta? Horas. E só o que o cara fizera fora mexer em papéis em sua mesa do escritório.

Pelo menos o traficante tinha uma poltrona confortável para se sentar.

Rhage olhou para o relógio. O amanhecer não tardaria a chegar.

– Estamos ficando sem tempo, pessoal...

Bem quando ele estava para pegar seu celular e descobrir como V. estava se saindo no rastreamento dos primos do traficante, o Irmão se materializou ao seu lado, e o Range Rover no qual os dois traficantes tinham saído apareceu no caminho de carros da península.

– Para onde eles foram? – Rhage perguntou.

– Para o centro da cidade. Foram para um cais de barcos mais adiante no rio. Ninguém apareceu para encontrá-los, até onde vi. É bem possível que um deles tenha se desmaterializado de lá por um período curto e tenha ido para outro lugar. Não tenho como saber.

Enquanto V. esfregava os olhos como se estivessem cheios de areia, Rhage perguntou:

– Irmão, quando foi a última vez que você dormiu?

V. abaixou a mão e ficou pensativo, como se estivesse calculando o número *pi* em milhares de casa decimais.

– Foi... Hum... Acho que... Quero dizer...

Rhage voltou a olhar para a porta da garagem, que estava se fechando.

– Eles não vão mais sair. Vamos embora.

– O que Assail fez?

– Além de cheirar muita coca?

– Então ele não saiu?

– Não. Além de mexer na papelada e dar dois telefonemas que não duraram nem trinta segundos, ele ficou com o dedão enfiado no cu. – Apoiou a mão no ombro de V. – Amanhã à noite a gente pega os caras.

V. ainda estava praguejando quando saíram de lá, transportando-se para casa pelo ar frio noturno. Ao chegarem ao pátio diante da mansão, encontraram iAm encarando a fachada da casa como se estivesse esperando o Godzilla aparecer no alto do telhado e derrubar tudo com sua cauda escamosa.

– Ei, cara , tudo bem? – Rhage perguntou.

iAm se sobressaltou.

– Ai, caralho.

Quando o vento mudou de direção e carregou o cheiro do macho, Rhage ergueu as sobrancelhas. O Sombra estava coberto por cheiro de fêmea – e não do tipo que se compra em perfumarias.

Ai, caralho – mesmo.

Durante todo o tempo que conhecia o cara, iAm nunca deu muita atenção às fêmeas. Nem aos machos. Pessoalmente, Rhage sempre achou que o pobre bastardo sofresse de síndrome de Phury – uma condição na qual um irmão estava tão fodido que o outro acabava engolido por um buraco negro na tentativa de salvá-lo.

Infelizmente, não parecia que Trez sairia daquele vórtice tão cedo. Mas, evidentemente, iAm fizera algo por si mesmo.

Dando um trato em alguém.

Que bom para ele, Rhage pensou. Já era hora de o macho ter um respiro.

– Então – V. disse de modo arrastado enquanto acendia um cigarro. – Como foi sua noite, Sombra?

Ficou claro que ele também notara o cheiro.

– Foi boa – iAm respondeu.

– Uh-hum – V. exalou a fumaça. – Fez alguma coisa específica?

– Não. E vocês?

– Nada, não – Rhage respondeu enquanto os três subiam até o vestíbulo. – As coisas de sempre.

Na verdade, a noite com Assail fora extremamente frustrante, porém, mais do que isso, ele ficara esperando notícias de sua Mary, a respeito da fêmea que fora levada em coma à clínica de Havers. Nada. Não ficara sabendo de nada. Estaria ainda viva? Teria morrido?

Maldição, vira aquela *mahmen* apenas uma vez – na noite terrível em que a resgataram do macho abusivo, junto da filha. Mas a situação vinha incomodando sua Mary, pesando nos ombros dela – e isso significava que também estava no seu radar.

Além disso, já fazia duas noites que sua *shellan* não voltava para casa.

E ele estava começando a ficar desesperado.

Telefonemas não substituíam contato físico.

Pelo menos não do tipo que ele precisava.

Ao entrarem no vestíbulo, Rhage mostrou a cara para a câmera de segurança. Um segundo depois, a trava foi aberta e eles entraram no átrio. A Última Refeição estava sendo servida, os *doggens* se ocupando de levar a comida para a sala de jantar, as pessoas se reunindo no arco de entrada, mais residentes descendo pela escada.

iAm parecia pronto para sair correndo dali, os olhos fixos no carpete vermelho que cobria os degraus para o segundo andar – como se, mentalmente, ele já estivesse na metade do caminho para seu quarto. Longe das vistas.

Sem dúvida correndo para o chuveiro.

Mesmo tendo acabado de olhar para o celular, e o aparelho estar em modo vibratório, Rhage o pegou novamente, para ver se deixara passar alguma coisa...

Lassiter saiu da sala de bilhar, o cabelo castanho-escuro com loiro preso numa trança que descia pelos peitorais. Segurava uma caixinha de achocolatado Yoo-hoo numa mão e uma embalagem de balas Starburst na outra, e tanto dourado sobre si que seu corpo pesava um quilate a mais.

– Mais alguém assiste a *Real Housewifes of New Jersey*?

As pessoas se viraram e o encararam.

– Como é que você ainda é hóspede nesta casa? – alguém perguntou. – Ainda não foi embora?

– Posso chamar um táxi para ele – outro resmungou. – Ou talvez possamos mandá-lo por via aérea para longe da montanha.

– Tenho um lançador de bolas – disse Butch. – É coisa pequena, mas acho que conseguimos enfiá-lo dentro.

– Ah, mas eu não vou embora – Lassiter sorriu. – Até parece que eu deixaria para trás toda essa comida boa e a TV a cabo... ei, esperem um minuto. – Aqueles estranhos olhos reluzentes se fixaram em iAm... e ele exclamou: – Puta que o pariu, você transou!

No silêncio paralisante que se seguiu, Rhage se deu um tapa na cabeça.

– Anjo, o seu tato é ainda mais defeituoso que o meu, cara.

Capítulo 57

— Então, o que tem em mente, Primeiro Conselheiro?

Abalone se curvou quando Wrath se dirigiu a ele.

– Obrigado, meu senhor. – Entrando na sala de audiências, ele fechou as portas corrediças atrás de si. – Muito obrigado.

– Deve ser algo sério para você nos fechar aqui – murmurou o Rei.

– Meu senhor... – ele pigarreou. – É meu desejo servi-lo sempre. De todas as maneiras.

– Isso já ficou claro. Então, o que está acontecendo?

Não pela primeira vez, Abalone desejou poder ver os olhos do macho. Mas, pensando bem, talvez fosse melhor que aqueles óculos escondessem tanto. Ele preferia ter o controle do seu esfíncter.

As presenças de Phury e Zsadist foram percebidas, assim como a realidade do tempo. Não tinham mais do que cinco ou dez minutos antes que tivessem que acompanhar Wrath de volta ao complexo. Mas aquilo não podia esperar.

– Meu senhor, agradeço ter permitido que Paradise permanecesse aqui. Foi muito generoso de sua parte...

– Mas você a quer de volta à sua casa e não gosta de Throe hospedado lá.

Abalone fechou os olhos.

– Sim, meu senhor. Ela... Esta separação está sendo mais difícil do que antecipei. Mas, por favor, saiba que não penso que ela esteja correndo perigo aqui... Provavelmente está mais protegida aqui do que...

– Eu te coloquei numa situação de merda, não foi? – Wrath o interrompeu. – Não é justo pedir que banque a babá de um idiota como aquele às custas da sua segurança pessoal. Peço desculpas.

Abalone piscou. Dentre todas as maneiras que acreditou que aquilo se daria, Wrath expressando arrependimento nem figurava na lista.

– Meu senhor, por favor, sou eu quem o está decepcionando...

– Quer que o ajudemos a expulsá-lo de lá?

Phury se pronunciou:

– Rhage se prontificaria a fazer isso num piscar de olhos.

– Meu senhor, o senhor é tão...

Wrath o ignorou e se concentrou nos guerreiros.

– Qual o plano, então? Vocês dois vão lá agora com ele para fazer a evacuação?

Os olhos de Zsadist mudaram de amarelo para preto.

– Vamos lá fazer isso...

– Esperem, esperem. – Abalone levantou as mãos. – Eu falarei com ele.

Wrath meneou a cabeça.

– Não, sozinho não. Você é valioso demais para mim. Diga a Paradise que fique aqui mais uma noite até que o terreno seja limpo.

E foi assim que, uns dez minutos mais tarde, ele acabou se desmaterializando até sua casa flanqueado pelo par de seguranças pessoais do Rei.

Ao retomarem suas formas diante da porta pesada da mansão ao estilo Tudor, ele olhou para as janelas iluminadas e se perguntou onde Throe estaria, o que estaria fazendo – o que estava descobrindo. Seus empregados lhe disseram que o macho dormira direto na primeira noite, e isso muito dificilmente aconteceria duas vezes seguidas. Pensando nisso, Abalone trancara muitas portas antes de partir, e dispunha de muitos *doggens* com olhos vigilantes ali.

Aprumando os ombros, relanceou para os Irmãos que estavam de cada lado seu, como apoios de livros.

– Eu gostaria de conversar com ele.

Phury assentiu.

– A casa é sua. Seria melhor você desconvidá-lo.

Abalone abriu o trinco de cobre com sua chave, e não sentiu o ânimo costumeiro ao passar pela soleira de sua casa, nenhuma tranquilidade quando seu querido mordomo se aproximou para pegar seu casaco.

– Mestre – disse o mordomo, curvando-se profundamente. – Posso servir a Última Refeição para os seus convidados?

– Eles não vão se demorar. Onde está Throe, por favor?

– Ele permaneceu no quarto. Tenho ido verificar. A porta continua fechada e ele não desceu nem para as refeições. Na única vez em que bati à porta, no começo da noite, ele respondeu que estava descansando.

Abalone não hesitou. Subiu a escada, mantendo a chave de cobre na mão. Quando chegou ao topo, seguiu em frente, passando por algumas portas até chegar à sua segunda melhor suíte de hóspedes.

Pareceu-lhe indigno acomodar o macho no seu melhor quarto – mesmo que Throe não soubesse disso.

– Throe – Abalone o chamou com rispidez. – Uma palavra, por favor.

Quando não houve resposta, ele bateu à porta com os nós dos dedos.

A porta se abriu sozinha, revelando o interior mal iluminado. Ele já estava para entrar quando uma mão pesada pousou em seu ombro e o segurou.

– Permita que meu irmão entre – Phury disse com suavidade. – Não sabemos o que encontraremos.

Z. entrou segurando a pistola junto à coxa. Um momento depois, após ouvirem passadas pesadas por todo o quarto, ele disse:

– Podem entrar.

Abalone entrou na frente. O quarto estava vazio, até a cama estava arrumada. Não havia indícios de que alguém estivera ali.

A não ser pela janela entreaberta do lado oposto.

De fato, uma das janelas de múltiplas folhas em sua guarnição de aço fora deixada aberta.

– Ele não era um prisioneiro – disse Abalone ao se aproximar para fechá-la. – Por que fugir?

– A pergunta mais importante – disse Phury – é: podemos ter certeza de que ele partiu mesmo? Esta casa é bem grande. Com muitos lugares para se esconder...

– Talvez isto possa explicar alguma coisa. – Z. foi até a escrivaninha num dos cantos e pegou um envelope lacrado. – O seu nome está aqui.

O Irmão levou o envelope até Abalone.

Com mãos trêmulas, Abalone abriu o envelope e pegou a única folha de papel dobrada duas vezes. O papel era seu, com um desenho da casa impresso no topo.

Prezado Abalone, filho de Abalone,

Perdoe-me por não expressar o meu agradecimento pessoalmente. A sua hospitalidade foi muito generosa e deveras apreciada. Reconhecendo a difícil posição em que a minha presença pode ter-lhe colocado, procurarei refúgio em outras paragens.

Prevejo que nossos caminhos voltem a se cruzar, meu primo.

Até então, obrigado mais uma vez por abrir sua casa para mim e, até lá, permaneço,

Seu parente consanguíneo,
Throe

– O que está escrito? – perguntou Phury.

Quando as persianas automáticas começaram a descer ao início de um novo dia, Abalone entregou a carta.

– Nada de importante. Concordo que tenho que vasculhar a casa, porém sinto que isso demorará tempo demais e vocês não conseguirão voltar de modo seguro ao complexo.

– Então passaremos o dia aqui com você – disse Phury, enquanto corria os olhos pela carta. – Mas até termos certeza que você e os seus empregados estão bem? Não iremos a parte alguma.

Abalone exalou aliviado.

– Abençoado sou pela sua presença.

Z. deu um riso curto.

– Acha que queremos voltar e dizer a Wrath que você teve a garganta cortada porque não fizemos nosso trabalho direito? Não é o tipo de relato que gosto de dar ao Rei.

Phury lhe devolveu a carta e pôs a mão no ombro de Abalone uma vez mais.

– Deixe que façamos o trabalho sujo, é mais seguro para todos assim. Onde fica o seu quarto?

– Descendo o corredor.

– Venha, vamos te acompanhar até lá e depois garantir a segurança de seus empregados. Depois disso, passamos o pente fino nesta casa até ter certeza que nada além da carta foi deixado para trás.

Abalone se pegou assentindo.

– Muito obrigado, senhores. Muito, muito obrigado.

– Estou muito satisfeita que tenha me procurado. E lamento tê-lo feito esperar.

Throe sorriu para a fêmea que se dirigia a ele e indicou o sofá em que esteve acomodado desde que chegara à propriedade.

– Não foi um sacrifício. Fiquei seco e aquecido. Digo-lhe que, desde já, você tem se mostrado tão graciosa como anfitriã quanto possível.

A fêmea aristocrática sorriu, revelando dentes que eram tão reluzentes quanto os diamantes que trazia ao pescoço. Nos pulsos. Nos dedos e nos lóbulos das orelhas. De pé na residência modesta da zeladora da sua imensa mansão, ela mais se parecia uma modelo que acabara aparecendo num cenário errado de fotografia.

– O meu companheiro não anda muito bem – disse ela com seriedade. – Tive que cuidar dele.

Vestida com aquele vestido colado em estampa de leopardo, era possível perguntar exatamente que tipo de necessidades o *hellren* dela tinha.

Throe pensou que, muito provavelmente, ela se vestira assim para encontrá-lo.

– Sim, recordo que ele não estava bem – disse com suavidade. – Lamento muito.

– Fico muito abalada.

– Como não ficaria?

– Logo serei viúva.

Enquanto ele assentia em empatia solene, deliberadamente deixou seu olhar vagar lentamente dos cabelos negros lisos dela até os pés delicados.

A última vez em que a vira fora ali mesmo, mas menos roupas estavam envolvidas – para ambos, bem como para seus companheiros Bastardos. Ela estivera deitada diante da lareira, e ele e os soldados aglomeraram-se sobre sua pele nua, sugando, trepando. Isso acontecera cerca um mês antes, sendo apenas a mais recente das sessões, que vinham acontecendo no decorrer do último ano em intervalos regulares.

– É só você hoje? – ela perguntou, rouca.

– Sim, e tenho que lhe informar que, infelizmente, Xcor e eu não trilhamos mais o mesmo caminho. Estou me afastando das lutas.

– Mesmo? – ela ronronou. – E onde está morando?

– Estou sem residência no momento.

– Verdade?

– De fato.

Ela se aproximou, atravessando a sala pequena para ficar ao alcance dele.

– A aurora se aproxima.

Ele baixou o olhar para o corpo dela uma vez mais.

– Sim. Bem, então tenho que ir.

– Tão cedo? – Ela fez um beicinho.

– É mais garantido. – Com vagar, ele desceu a ponta dos dedos pelo quadril dela, atravessando o abdômen... até a junção entre as coxas. Pressionando por cima do vestido, afagou-lhe o clitóris. – Portanto, receio ter que terminar as coisas por aqui...

– Talvez você e eu possamos chegar a um acordo – ela propôs.

– Hum?

– O meu *hellren* é muito mais velho que eu. Mas, claro, é meu verdadeiro amor.

– Claro.

– Porém, devido à idade avançada dele, existem certas necessidades que ele já não é capaz de atender regularmente.

– Acredito que esteja familiarizada com as minhas habilidades nesse quesito.

A fêmea sorriu de maneira selvagem.

– Sim, estou.

– E seria justo, caso você me oferecesse hospedagem e alimentação, que fosse recompensada da maneira que considerar mais apropriada.

A fêmea apoiou um salto alto no braço do sofá e levantou a barra do vestido até a cintura, expondo o sexo nu para ele.

– Talvez, primeiro, queira refrescar minha memória quanto aos seus talentos.

Throe rosnou no fundo da garganta e se inclinou na direção dela, estendendo a língua, lambendo até chegar ao clitóris. Quando inclinou o quadril para a frente, ela deixou a cabeça pender para trás, e ele sugou o sexo dela...

E depois parou. Recostou-se.

– Tenho um problema.

– Qual? – ela grunhiu, alinhando a cabeça.

– Não posso ficar neste chalé. Não se o Bando de Bastardos vier... lhe prestar homenagem. Por certo, numa propriedade vasta como esta, devem existir outras acomodações disponíveis?

Ela franziu o cenho.

– Você é da linhagem Bluerme, certo?

– Sou. Pelo lado materno.

– Então tem um parentesco distante com o meu *hellren*. Portanto, seria rude da nossa parte não lhe oferecer abrigo. Claro, se for ficar na casa principal, teremos que lhe comprar outras roupas.

Throe sorriu. Aquilo seria simplesmente perfeito.

Afinal, ela e seu companheiro tinham apoiado o golpe político contra Wrath – e não havia como eles estarem satisfeitos com a dispersão subsequente do Conselho por iniciativa do Rei.

Teria seus contatos, assim como uma base de operações.

– Isso seria aceitável – disse ele, escorregando as mãos por trás do quadril dela, atraindo a boceta para a sua boca.

Mergulhado em seu sexo, ele murmurou:

– Agora, permita-me demonstrar minha gratidão por sua natureza generosa.

Capítulo 58

— Eu trabalho sozinha – a prostituta disse ao pegar as roupas. – Não tenho nenhum cafetão. Se quiser me ver de novo, sabe onde me encontrar.

Xcor olhou através da sala de estar do chalé, vendo a fêmea se vestir com uma eficiência que era apenas um segundo mais lenta do que a velocidade do som.

A loira foi embora sem se despedir, tendo cumprido sua parte e recebido 2 mil dólares como pagamento. Quando a porta se fechou atrás dela, ele desviou o olhar para o fogo que morria na lareira. Pagara para trepar de todos os modos que quisesse, e assim o fez. Repetidamente. E também lhe sugara a veia.

Razão do bônus de outros 2 mil.

Graças à sua audição aguçada, ele a ouviu do lado de fora, andando sobre as folhas caídas. E a voz dela atravessou as paredes finas da estrutura.

– Sim, estou de saída. Uh-hum. Era feio, mas fode como um animal...

Foi a última coisa que ouviu, portanto, ela deve ter se desmaterializado.

Seu corpo estava nu ao se sentar no chão diante da lareira, os joelhos erguidos, os cotovelos colados, os braços pendurados. O suor esfriava na pele, as presas ainda à mostra após se alimentar, o pênis flácido, encolhido e vermelho depois da surra que empreendera.

O cheiro de tudo o que fizera pairava no ar, a cada respiração, seu nariz se lembrava do que o corpo fizera.

E com quem.

Pendendo a cabeça, esfregou o cabelo longo, pensando vagamente que deveria cortá-lo.

Imagens passaram em sua mente, ele atacando aquela fêmea de quatro e montando nela como um cachorro. As bolas golpearam-na no sexo enquanto ele a penetrava no cu, gozando inúmeras vezes, a ponto de deixá-la pingando.

Procurara transformar aquilo no ato mais sujo possível – e até beijara a fêmea. Em todo lugar.

Quisera manchar sua pele com a experiência. Mudar seu corpo. Alterar sua mente.

Apagar o passado.

Em vez disso, sentado no chão sozinho, descobriu que realizara o oposto. Layla era seu único pensamento agora: seu rosto lindo e adorável, os olhos verde-claros tão inteligentes e gentis, o corpo do qual tivera apenas pequenos vislumbres. A sessão com a prostituta só servira para ofuscá-lo, de tal feita que a iluminação oferecida por aquela que ele amava brilhava ainda mais em comparação.

Como estratégia, aquilo fora um fracasso total.

Portanto, teria que encontrar outra. Ou tentar aquilo de novo – isso, sim, tentaria de novo com outra, ou a mesma, ou três ou quatro. O dinheiro estava escasso, mas Balthazar e Zypher eram bons sedutores e Xcor tinha confiança que eles conseguiriam advogar em seu favor.

E também sempre existiria o álcool para ajudar.

E lutar, que era um excelente escoadouro de energia.

O que ele não podia fazer era ceder à necessidade quase incapacitante de telefonar para Layla e ouvir sua voz, implorar para que ela fosse se encontrar com ele apesar do que lhe dissera.

Isso seria apenas uma morte adicional para ele.

Bloodletter ensinara-lhe que parte de sua força crescia ao suprimir fraquezas, e, com o passar do tempo e uma exposição recorrente à Escolhida, suas emoções o castrariam: ele estava tomando decisões e encontrando distrações em coisas que comprometiam a integridade do seu guerreiro interior.

E, de alguma forma, ela descobrira isso, e o convidara a enxergar a verdade.

A consciência da fêmea sobre tudo o que ele sacrificara por ela fora um chamado de despertar, e somente um tolo não seguiria essa trilha; ele precisava alterar esse destino que ela traçava para ele, desviar-se da situação insustentável, voltar com rapidez para a claridade que um dia possuíra.

Afinal, qual seria o futuro deles? Mais encontros clandestinos ali? De tal modo que, no fim, a Irmandade a seguisse por causa de algum deslize infinitesimal, ou alguma suspeita alheia a ela? Seus soldados e ele precisavam de um local seguro para descansar e se recarregar durante as horas do dia, e ele não podia pôr isso em risco.

No que estava pensando? Trazê-la até ali?

Ele e os seus Bastardos não tinham dinheiro para se mudar tão logo, e o aluguel da propriedade já se mostrava um fardo sobre seu caixa escasso, agora que Throe se fora.

Pelo menos Xcor sentia que podia confiar nela. Ela tivera nove meses para delatar o local na campina onde sempre se encontravam, e ele sabia onde ficava o complexo da Irmandade. Era uma *détente* mútua – caso ela divulgasse aquele local, sabia que a ação seguinte dele seria atacar com força total a mansão sagrada da Irmandade.

Onde, se os boatos fossem verdadeiros, o primogênito do Rei dormia em seu berço.

Não, ela não diria nada.

Bing!

O som do seu telefone fez com que ele virasse a cabeça. O aparelho estava no chão ao lado da porta, no meio das calças emboladas.

Num salto, atravessou o cômodo, e suas mãos desastradas remexeram nas dobras do tecido, brigando com o bolso, até retirar o aparelho e sua tela de vidro.

Não tivera notícias da parte dela depois da mensagem que ele gravara em forma de texto.

Inserindo o código de quatro números, destravou o aparelho e foi verificar as mensagens. Seu analfabetismo era tão amplo que ele tinha que utilizar um tradutor de texto para áudio, a fim de entender as comunicações de seus soldados e dela.

Mas ele sabia o bastante para ver que aquilo que recebera não era da Escolhida.

Deixou o telefone de lado sem ouvir o que a mensagem dizia.

O fato de permanecer parado, à toa, ao lado da porta, o irritou ainda mais.

Não poderia permitir – não permitiria – que aquela castração continuasse. Muitas coisas em sua vida foram mais destrutivas do que abandonar a fêmea que, para início de conversa, não era sua: a mãe desgostosa da sua aparência, abandonando-o por conta do seu lábio leporino; os abusos inimagináveis no acampamento de Bloodletter; sem falar nos séculos de depravação naquela guerra, seu ódio desvairado pelo mundo definindo-o, motivando-o.

Aquela situação com Layla não o destruiria.

Forçando os pés a avançarem, foi até o banheiro e abriu a água do chuveiro. O sangue que a vadia oferecera lhe conferia uma força física que não sentia desde...

Não, não pensaria mais em Layla.

Ele tinha que excluí-la de seus pensamentos. Abafar suas emoções.

Era como uma morte, disse a si mesmo. E o destino sabia que ele estava muito bem familiarizado e à vontade com esse novo sistema.

Entrando debaixo do jato frio, pegou o sabonete e começou a lavar a pele, mas logo se deteve.

Não, tinha que continuar com aquele fedor nele.

O propósito daquele banho era somente o de despertar da letargia pós-alimentação que atordoava sua mente. Depois disso, ele se dirigiria aos seus soldados.

Chegara a hora de voltar a se concentrar e renovar seus esforços naquela guerra.

E retomar o curso natural da vida.

Capítulo 59

Trez voltou a se ligar ao mundo numa viagem intoxicante cheia de zumbidos, o único aspecto positivo de ter enxaquecas: seguindo a grande tempestade de dor e náusea, sempre havia um período pós-agonia quando ele ficava agradecido pra cacete de não ter mais o machado invisível enterrado em sua massa cinzenta, e simplesmente desejava abraçar o mundo.

Abrindo os olhos, piscou algumas vezes e olhou para a porta do banheiro. Onde estaria...

– Acordou?

Ao som da voz de Selena atrás de si, ele virou o tronco no colchão e olhou ao redor.

– Oi...

Ela estava deitada no canapé, lendo no Kindle, a luz suave da tela banhando suas feições com suavidade.

– Como está se sentindo? – Ela deixou o aparelho de lado e se aproximou dele.

– Melhor. – Mais ou menos. Agora voltara a se preocupar com ela. – Como você está?

Será que alguma coisa mudara enquanto ele estivera fora de jogo? Quanto tempo ele...

– Não, nada mudou. E você ficou umas oito horas assim.

Ah, falara em voz alta.

Ele segurou a mão dela e tentou ser sutil no modo como testava a força da pegada, enquanto ela se sentava ao seu lado no colchão.

– Algum motivo em particular para você não me olhar nos olhos? – ele perguntou.

– Está com fome?

– Não, ainda mais por você estar evitando minha pergunta.

Ele estava sendo muito direto, mas o traquejo social e o papo furado não eram suas especialidades nem numa noite boa.

– Eu... Hum... Fui ver a doutora Jane.

Agora o sangue dele corria frio como gelo.

– Por quê?

– Eu só queria me consultar.

– E?

– Ela fez alguns exames e...

Àquela altura, sua audição pediu um tempo e ele parou de ouvir.

– Desculpe, o que você disse?

Talvez, caso ela repetisse as palavras, as coisas, de algum modo, seriam mais bem assimiladas em meio aos barulhos de alarme que tocavam em seu crânio.

– ... quando estivermos prontos para vê-la.

Trez se sentou. Esfregou o rosto. Olhou para ela... enquanto ela olhava para o tapete.

– Descer até a clínica, é isso?

– E conversarmos com os dois. Manny também estará lá.

– Ok. Hum... Ok. – Ele relanceou para o banheiro. – Tenho que tomar banho primeiro.

– Não há pressa.

Certo, não era assim que ele estava se sentindo. Nem um pouco. Empurrando o colchão ao redor dela, levantou-se e andou até o banheiro, onde abriu a torneira, usou o vaso, entrou debaixo do jato d'água. Mãos rápidas com o shampoo e o sabonete, e não se deu ao trabalho de se barbear.

Saindo. Enxugando-se. Voltando para o quarto com uma toalha ao redor da cintura.

Ela ainda estava sentada onde estivera antes.

Quando ele passou quase correndo na direção do closet, a mão dela o agarrou pelo pulso.

Quando, por fim, ela o encarou, seu olhar estava firme, mas intenso o suficiente para queimar um buraco atrás da sua cabeça. E, por algum motivo, essa combinação o aterrorizou.

– Primeiro, tenho que falar com você – ela disse.

Fechando os olhos brevemente, Trez se afundou nos joelhos diante dela, e no fundo da mente, pensou: *não, não quero ouvir isso. O que quer que seja, não quero...*

As mãos dela, aquelas lindas mãos, alcançaram seu rosto e delinearam suas sobrancelhas, suas faces e maxilar. Quando um dos polegares resvalou seu lábio inferior, ele o beijou.

– Luchas perdeu as estribeiras hoje.

Trez franziu o cenho e balançou a cabeça.

– Desculpe... O que disse?

– Lá na clínica. Ele... perdeu o controle. Amputaram parte da perna dele para salvá-lo; acho que ele vai sobreviver. Mas não está nem um pouco contente com isso.

– Puxa... Ok... Hum...

Mesmo que isso fosse cruel, tudo o que ele conseguia pensar era: e daí?

– Ele queria morrer. Estava tão bravo porque não permitiram isso.

O que isso tem a ver com a gente?, ele gritou em sua cabeça. Quem se import...

– Não quero ir – disse ela. – Não quero te deixar. De certa forma, nem sei como... Quero dizer, quando a hora chegar, eu, literalmente, não consigo imaginar.

Trez engoliu através da garganta que estava apertada por um torno.

Antes que conseguisse responder, ela sussurrou:

– Estou morrendo de medo.

– Ah, minha rainha...

– Por você. – Enquanto Trez se retraía, porque essa era a última coisa que esperava que ela dissesse, Selena segurou-lhe o rosto. – Ver a raiva no rosto de Luchas, aquele ódio pelo mundo e todos nele... Tenho medo que depois que eu partir você fique assim.

Forçando-se a manter a calma, ele disse:

– Olha, eu...

– Não minta para mim nem para você. Se tiver algo a dizer, seja franco.

Claro, isso o calou.

– Você ficar com tanta raiva assim me assusta mais do que qualquer coisa que possa acontecer com o meu corpo ou com a minha alma. Quer exista uma vida eterna ou nada no fim, o que me preocupa de fato é você. – Os olhos dela cravaram-se nele. – Quero que me prometa, quero que jure por seu coração e pelo meu que você vai seguir em frente. Que ficará aqui com iAm e os Irmãos e permitirá que eles cuidem de você. Que não permitirá que a dor o destrua. Não posso... Não serei capaz de te ajudar, então você vai ter que mantê-los ao seu lado.

– Selena, antes de mais nada, você não vai a parte alguma...

– As minhas mãos estão começando a enrijecer. Meus pés e tornozelos também. Acho que não temos mais muito tempo, Trez.

Enquanto Selena falava, alisou as sobrancelhas de Trez quando elas ameaçaram se contrair. Ensaiara essas palavras por horas em sua mente, tentando encontrar a combinação certa a fim de ele não rejeitar a mensagem.

Aquilo era muito importante. Ela tinha que dizer aquelas coisas, e ele tinha que ouvi-las.

– Para mim, vai ser muito mais difícil passar por isso se estiver preocupada com você.

Ela sentia as emoções atravessando-o, e não se surpreendeu quando os olhos negros reluziram num tom verde brilhante no rosto escuro, e desejou como nunca poupá-lo daquilo, mas não tinha como.

– Preciso que jure para mim – disse ela –, aqui e agora, que você não vai se fechar para o mundo, que você...

Trez se pôs de pé numa explosão e andou ao redor, com as mãos no quadril, a cabeça pensa, como se estivesse tentando se controlar.

– Trez, quero que continue a viver depois que eu partir. – Quando ele começou a menear a cabeça, ela o interrompeu: – Porque essa é a única coisa que vai fazer tudo ficar bem para mim.

Ele lançou as mãos para o alto.

– Tudo bem. Vou continuar a viver. Agora posso me vestir para descermos até a clínica...

– Trez, não minta para mim.

Ele parou e girou sobre os calcanhares, o corpo magnífico cheio de tensão, os músculos das coxas e dos ombros tremendo debaixo da pele macia, desprovida de pelos.

– O que quer que eu diga?

– Que vai deixar as pessoas te ajudarem. Você vai precisar... eu precisaria, caso você...

– E eu vou deixar! Está bem? Vou até procurar Mary. Juro que vou pendurar uma porra de uma plaquinha no pescoço escrita "processando luto", puta que o pariu. Contente? Agora podemos parar de falar dessa porra.

Enquanto ele ralhava, ela fechou os olhos, exausta.

– Trez...

– Você diz que não consegue imaginar me deixar, certo? Bem, eu não consigo sequer pensar nisso. Não penso nisso, eu me *recuso* a elaborar na minha mente – ele cutucou a cabeça com o indicador – uma realidade na qual você não exista. Por isso, não só não consigo projetar como vou me sentir, mas juro pelo inferno que não posso prometer algo hipotético.

– É melhor você começar a pensar – disse ela com aspereza. – É melhor começar a se preparar. Estou te dizendo agora que o fim do jogo está chegando.

Ele pareceu desinflar diante dela, mesmo tendo o mesmo peso e a mesma altura.

– Não fale assim.

– E quero que conheça outra fêmea, em algum momento, num futuro distante. Quero que você... – Nesse ponto, sua voz se partiu por causa de uma dor tão intensa que ela poderia ter jurado que deixaria uma mancha de sangue no centro da blusa. – Não quero que passe mais novecentos anos dormindo sozinho.

Quando ela se calou, sua devastação foi tão grande que ele cambaleou para trás, quase caindo sobre o canapé.

– Pensei que me amasse – disse, numa voz que não parecia a sua.

– Eu te amo. Com todo o meu...

Ele esfregou o esterno.

– Então por que isso? Por que insiste em querer que eu saia e conheça outra fêmea...

– Trez, preste atenção. – Mas ele já não estava mais ali, tendo se retraído para algum canto em sua mente que ela não tinha como alcançar. – Trez, eu te amo, e é por isso que...

– Mas então por que você haveria de querer que eu ficasse com outra pessoa? – Os olhos dele estavam devastados ao fitarem-na. – Por que você haveria de querer algo assim? É uma violação de tudo que pensei que sentíamos um pelo outro.

– Trez...

– Eu me vinculei a você. Você sabe disso. Por que dizer a um macho vinculado que ele tem que sair e transar com outra pessoa?

– Você não está entendendo o que eu digo...

Caramba, não era para ter sido assim. Era para ele ter dado sua palavra e aceitar a sua permissão para que, dali a um milhão de anos, quando tivesse superado a perda – e tudo o que significaram um para o outro não fosse mais tão vívido –, ele não se sentiria culpado por encontrar uma pessoa com quem pudesse ser feliz.

Era a coisa certa a fazer.

– Acho melhor você ir embora – ele disse numa voz sem emoção.

– *O quê?*

Ele esfregou os olhos.

– Vá embora. Apenas vá. – Ele indicou a porta com a cabeça. – Eu estava preparado para suportar absolutamente qualquer coisa com você, mas não isto. Você não quer mais o meu amor, tudo bem. Entendo. Estas últimas noites foram meio intensas para você, grandes emoções contaminam a mente e fazem com que tudo pareça mais importante do que de fato é. Mas você não pode mais ficar aqui comigo.

Ela meneou a cabeça, como se assim, talvez, as palavras dele fizessem mais sentido.

– Do que você está falando?

– Eu não te culpo. A doutora Jane te contou que salvei a sua vida, por isso você deve estar sentindo muita gratidão, que pode ser confundida com amor. Entendo...

– Espere, o quê? Não estou entendendo o que você está dizendo.

– Mas não posso mais ficar perto de você. Você diz que não quer que eu me destrua? Tudo bem, uma boa maneira para começar é você ir embora agora.

Uma pontada de pânico estranha fez com que a nuca dela enrijecesse.

– Trez, você não ouviu o que eu disse. Está levando isso para outra direção... Uma direção errada. Eu te amo...

– Não diga isso – ele rebateu. – Não diga isso para mim...

– Digo o que eu quiser – ela rebateu de volta. – É com a sua audição que eu me preocuparia, se fosse você.

– Ah, mas os meus ouvidos estão funcionando muito bem, querida. Acabei de ouvir a fêmea que amo e adoro mais do que tudo no mundo me dizer que quer que eu encontre outra fêmea para transar. Talvez antes de você morrer, seja melhor escrever para a Hallmark e sugerir essa merda para um novo cartão de dia dos namorados, de tão romântico.

Foi a vez de ela se levantar.

– Não quero isso! Não quero nada disso! – a voz dela se elevou a um nível histérico, mas não conseguiu evitar. – Acha que estou contente em dizer essas coisas, em pensar essas coisas? Só Deus sabe quantas noites mais eu tenho, e desperdicei esta sentada nesse maldito sofá encarando uma porcaria de livro que nem estava lendo, imaginando você se enforcando no banheiro depois que eu morrer! Ou se embebedando e metendo o carro numa árvore! Ou se metendo numa nova onda de transas que vai durar não só uma década, mas um século!

Ela girou o dedo ao lado da têmpora.

– Estes pensamentos... Eu não os desejo! Acha mesmo que eu *quero* isso? Jesus Cristo, Trez, eu te amo! Não quero que fique com outra fêmea, nunca mais! Quero que fique sentado num cantinho e lamente a minha morte até você morrer, não quero que veja nem o sol nem a lua, não aprecie outra Refeição, tampouco tenha outro belo dia de sono! Quero te atormentar pelo resto da sua vida, até que você só consiga ver a mim em toda parte que for e com qualquer pessoa com quem falar... E assim eu saberei que não vai me esquecer!

Ele levantou as mãos.

– Selena...

– Quer saber o que é a morte? Vou te dizer o que é: a morte é os vivos se esquecerem de você! Como é o seu cheiro, a sua aparência, o som da sua voz, como você ri! Mesmo que exista vida após a morte, minha morte será você continuar vivendo até que não consiga mais se lembrar da cor dos meus olhos ou do comprimento do meu cabelo...

No fim, ela acabou parecendo Luchas.

De repente, a vista dela ficou toda branca, e ela já não tinha mais controle ao partir para cima do abajur, arrancando-o da mesinha de cabeceira, atirando-o pelo quarto na direção das janelas, jogando com tanta força que a cúpula de seda saiu e bateu no candelabro no meio do quarto.

Estilhaços. Tudo se quebrou. Vidro estilhaçado voando por todos os lados, a ponto de Trez ter que levantar o braço para proteger os olhos.

Ela se desfez em lágrimas.

– Não quero que viva sem mim.

Quando a alma dela se partiu ao meio, ele se adiantou para junto dela. Quando tentou abraçá-la, ela se debateu, batendo nele com os punhos.

– Você vai conhecer outra pessoa – ela gemeu. – Vai se apaixonar por outra fêmea, ela vai te dar filhos e te abraçar quando os pesadelos surgirem no meio do dia, e vai te preparar o jantar. – As lágrimas surgiram com tanta intensidade que ela não conseguia nem respirar. – E ela vai ser melhor do que eu, porque ela... – Selena deixou-se cair junto ao peito dele – ... porque ela vai ter sorte o bastante de estar viva.

Trez a amparou junto ao coração e afagou suas costas.

Pronto. A verdade fora dita. O mal que ela vinha tentando embrulhar num pacote bonito com um belo laço revelado, porque ela queria ser uma fêmea de valor em vez da praga patética e pegajosa que de fato era.

E, mesmo assim, ele estava com ela. Parado de pé, alma com alma, corpo a corpo, destemido, absolutamente determinado a amá-la durante todo aquele processo.

No fim, acabou percebendo as batidas do coração dele.

Tum. Tum. Tum.

Tão firmes e fortes.

Inspirando sofregamente, afastou-se. Quando ele enxugou os olhos dela, ela disse com voz rouca:

– Puxa, eu me saí muito bem, hein?

Capítulo 60

Quando Selena disse isso, Trez soltou uma gargalhada. E ela sorriu. Os dois estavam completamente desalinhados, o rosto dela inchado e vermelho por causa dos gritos e do choro, o braço dele sangrando por causa do vidro que o atingira, os corpos trêmulos ainda próximos um do outro.

– Você ensaiou isso tudo? – ele perguntou, alisando o cabelo dela para trás.

– Uh-hum. Durante horas.

Ele a conduziu para a cama e os dois se sentaram, antes que acabassem caindo sobre os cacos de vidro que sujavam o tapete.

– E na sua cabeça, como foi?

Selena se inclinou para apanhar a caixinha de lenços ao lado do rádio relógio. Ofereceu-lhe um lenço e pegou outro para si.

Depois de assoarem os narizes, ela inspirou fundo.

– Foi tão bem. Você ficou emocionado com a minha magnanimidade. Tocado pela pureza do meu amor. E quando eu começasse a chorar, seria como no filme *Sintonia de Amor*, nada deste jeito.

Quando ela indicou o próprio rosto, ele a inclinou na sua direção e a beijou.

– Você está mais linda do que nunca para mim.

Ela revirou os olhos.

– Ah, pare com isso. Acabei de dizer que quero que você tenha uma vida celibatária para a eternidade...

– E nada me deixaria mais feliz.

– Trez, por favor. Isso foi muito cruel da minha parte.

– Acha que comigo seria diferente? – Ele deu de ombros. – Puxa, se eu estivesse morrendo? Eu jamais haveria de querer que você olhasse para outro macho, quanto mais ficar nua com ele. – Ele não conseguiu disfarçar o desgosto ao pensar em tamanho pesadelo. – Caramba. De jeito nenhum. Merda nenhuma.

– Verdade?

– Cem por cento. Pode acreditar.

Quando ela ficou olhando para o tapete, o sorriso mais lindo do mundo se formou em seu rosto.

Caramba, como era bom estarem no mesmo ponto.

Mas logo sua expressão arrefeceu.

Ficaram em silêncio por um bom tempo. E ele teve a impressão de saber por onde a mente dela vagara.

– A vida pode ser bem longa – ela disse. Como se estivesse imaginando o tempo que ele tinha adiante, e em como as coisas poderiam mudar.

– É, pode. – Ele sentia como se tivesse vivido três vidas nas duas últimas noites. – Mas a minha memória é mais forte que o tempo. No que se refere a você, a minha lembrança será a minha parte imortal.

– Se acontecer... – ela pigarreou. – Se você conhecer alguém, quero que saiba... Eu jamais o culparia. Eu te amo demais para te culpar por uma coisa dessas.

– Não vai acontecer.

Selena pegou outro lenço, mas não o usou. Dobrou o frágil quadrado ao meio. Depois de novo. E uma terceira vez.

– Não quero que fique petrificado numa sepultura feita por você mesmo – disse, por fim. – Acho que é isso que estou tentando dizer. O meu maior medo é ficar presa no meu corpo para sempre, não é? Trancada? Temo isso para você também, mas com sua dor. Sim, claro, existe uma parte de mim que quer que você enfie a cabeça na terra e deixe os anos passarem, mas uma parte ainda maior não deseja esse tipo de cárcere para você. Acho que... o que estou tentando dizer é que, caso você se sinta mal, em algum momento, porque alguma coisa aconteceu, ou você achou algo engraçado ou gostou de uma comida ou... se houver um filme que queira assistir ou ficar contente com um presente que receber de alguém, por favor, saiba que eu vou te amar nesse momento. Talvez você possa até fingir que são presentes meus, enviados lá do outro lado. – Ela sorriu com tristeza. – Um beijo meu para você.

Ah, merda, agora ele ia começar a chorar de novo.

– Pode me prometer isso, Trez? Que vai permitir que coisas boas aconteçam depois que eu partir? – Ela passou os dedos pelo rosto dele. – Mesmo que essas coisas aconteçam porque outra fêmea está ao seu lado? A única coisa pior do que a minha morte é nós dois sumirmos, mesmo com seu coração forte continuando a bater dentro do peito.

Ele fechou os olhos.

– Não quero pensar nisso.

– Nem eu.

No silêncio que se seguiu, ele mais uma vez se viu confrontado com a realidade de que não havia nada contra o que lutar, ninguém para quem berrar, ninguém para apunhalar com a adaga, pondo um fim naquilo.

– Quer ir ver a doutora Jane agora? – perguntou.

– Prefiro que responda à minha pergunta.

Trez segurou as mãos dela nas suas.

– Se isso for te tranquilizar, então, tudo bem. Prometo que... – ok, ele não conseguia dizer aquilo – ... vou continuar.

O alívio relaxou as feições dela, os ombros, o corpo todo.

– Obrigada. Isso ajudou muito. Você não tem como saber o quanto isso me ajuda agora.

Ele a beijou com suavidade, depois se levantou e foi para o closet. Ficou sem saber o que vestir, mas acabou se cobrindo e até lembrou de passar desodorante. Quando retornou, sentia como se seu estômago tivesse sido dragado.

– Pronta para ir para a clínica?

Ela relanceou pelo quarto, como se procurasse por algo. Ou talvez só quisesse postergar um pouco mais o inevitável.

– Lamento por sua janela – disse.

– Tudo bem. A persiana ainda está intacta, então ela vai segurar o frio e o vento.

– E pelo abajur.

– E eu lá me importo?

Ela assentiu e se levantou. Estava vestindo uma calça jeans *skinny* preta e uma blusa branca solta, e ele ficou maravilhado em como ela ficava bem com roupas normais, sem as vestes formais das Escolhidas. E, engraçado, a linguagem dela estava mais solta também, mais coloquial.

Maldição, pensou... Adoraria ter filhos com ela.

O trajeto até a clínica pareceu interminável, e Selena ficou sem saber se aquilo era bom ou ruim. Por um lado, estava pronta para receber as notícias e poder lidar com o que fosse. Por outro, ficaria muito contente em viver mais um pouco na zona dos ignorantes.

Trez segurou a mão dela durante todo o caminho até o Centro de Treinamento, sem soltá-la mesmo quando inseria os códigos de acesso ou quando tiveram que ir um na frente do outro pelo armário no depósito. Caminhando pelo corredor até o consultório, ela pensou em todas as portas em que poderiam entrar em vez daquela para a qual se destinavam.

Assim que chegaram à sala de exames, ela o fitou.

– Eu não conseguiria fazer isto sem você.

Ele se abaixou e resvalou a boca na dela.

– A boa notícia é que não terá que passar por isso sem mim.

Juntos, entraram na clínica. No mesmo instante, Selena sentiu dificuldade para respirar, o cheiro dos produtos químicos e toda aquela superfície brilhante atingindo-a uma vez mais. E a sensação de sufocamento só piorou quando a doutora Jane e Manny se endireitaram diante da tela do computador sobre a mesa e ofereceram sorrisos profissionais idênticos.

– Más notícias? – disse ela. Quando os dois médicos começaram desconversar, ela os interrompeu. – Por favor. Respeitem a mim e ao meu tempo não desperdiçando palavras para atenuar tudo isso. Contem-me o que o meu corpo lhes mostrou.

– Percebemos algumas alterações nas juntas. – A doutora Jane recuou um passo. – Em todas as chapas.

Como isso a desanimava... Mesmo tendo esperado tal resposta.

Os dois médicos se alternaram ao explicar tudo, e Trez assentia como se estivesse acompanhando a conversa. Ela, entretanto, estava concentrada na tela do computador, onde havia uma comparação entre duas imagens, uma tirada após o último episódio... e a outra há poucas horas.

Com diferença de apenas dois dias... as juntas agora mostravam manchas acinzentadas nos espaços entre os ossos.

– É como se fosse uma infecção – explicou Jane. – Que talvez o seu organismo esteja combatendo...

– Por quanto tempo? – perguntou Trez.

– Não sabemos. – Manny esticou e ajustou e reajustou o contraste do monitor, como se procurasse algo. – Gostaríamos de sugerir que você venha a cada seis horas durante o próximo dia. Desse modo, podemos acompanhar as mudanças.

– Você está com dores agora? – a médica perguntou.

– Não.

– Porque podemos lhe dar algo para aliviar isso, caso precise.

Trez disse:

– Podemos tentar algum medicamento?

Santa Virgem Escriba, o cérebro dela parecia ter deixado de funcionar.

– Bem, já discutimos isso. – Manny olhou para Jane. – E não temos o que fazer.

A doutora Jane assumiu a conversa.

– Uma das coisas que consideramos são anti-inflamatórios. Esteroides via oral seriam um problema, porque suprimem o sistema imunológico, e não está claro se um novo episódio está sendo evitado precisamente pela defesa do corpo.

– A contagem dos seus leucócitos está bem alta – Manny interveio. – Por isso, definitivamente existe algo acontecendo agora.

– E injeções de esteroides, mesmo que nos atenhamos apenas às juntas principais, seriam apenas uma solução parcial. – Jane passou uma mão pelos cabelos curtos. – Parece lógico iniciarmos com anti-inflamatórios não esteroides, como ibuprofeno.

– Sem efeitos colaterais importantes – Manny acrescentou.

– Esse medicamento também aliviará a dor, mas funciona como um anti-inflamatório que não afetará o sistema imunológico.

Selena fechou os olhos e desejou estar em qualquer outro lugar. Desejou ser qualquer outra pessoa.

E pensar que o complexo estava tomado de pessoas que não temiam saber se acordariam ou não no entardecer seguinte.

Não que invejasse essa bênção deles. Nada disso.

Apenas queria fazer parte do clube.

Mais conversas, porém seu cérebro deixara a clínica e a discussão. Em vez disso, havia retornado para o quarto de Trez, revivendo a discussão acalorada que os aproximara ainda mais.

Trez tinha razão. Viveram uma vida inteira naquelas últimas 48 horas.

– ... o que acha? – ele perguntou.

– Desculpe... O que foi? – murmurou.

– Então, o que você acha? Quer tentar essas pílulas? – Quando ela continuou calada, ele se aproximou. – Você está bem? Quer um tempo pra pensar?

– Preciso preparar o seu jantar – ela disse de repente. Depois estremeceu. – Sim, hum... Desculpe. Claro, tentarei tudo o que me derem. Mas, depois que eu tomar essas pílulas... quero preparar o seu jantar após o pôr do sol. Nos Grandes Campos. Sem ninguém por perto.

Trez deu um sorriso leve.

– Ok. Quer planejar o nosso encontro de hoje, fique à vontade, minha rainha.

Ela inspirou fundo e assentiu para os médicos.

– É isso o que eu quero fazer. E depois passear de barco.

Os dois médicos disseram todas as coisas certas e atenciosas, esticando os braços e afagando-a nos braços, nas mãos – e ela apreciou esse afeto. Faziam-na sentir-se alguém amada e bem cuidada, e não uma máquina que consertavam a distância. Alguns minutos mais tarde, um frasquinho laranja com uma tampa branca foi colocado em sua palma, e instruções que ela não acompanhou foram dadas.

Mais assentimentos. Mais agradecimentos. Então ela e Trez saíram.

Ela aguardou até que a porta se fechasse atrás deles.

– Você entendeu alguma coisa? O que tenho que fazer com isto? – As pílulas dentro do frasco chacoalharam e ela abaixou o olhar. – Ah, tem uma etiqueta.

– Lembro de tudo – disse ele, passando o braço ao redor dos ombros dela. – Venha.

Ele a levou até o escritório. De volta ao armário. Retornando até o túnel imenso com cheiro de umidade.

– Posso te dizer uma coisa?

Ela levantou o olhar para ele.

– Claro. E prometo não jogar mais nenhum abajur... Bem, não tem nenhum por aqui, mas você entendeu.

– Você pode jogar o que quiser. – Ele parou e a virou de frente, afastando os cabelos dela. – Você é a pessoa mais corajosa que conheço.

Ela deu uma gargalhada.

– Ah, está bem, pode parar de querer alegrar os mortos.

– Estou falando sério. E não diga isso.

– Você mora com a Irmandade. Eles são as pessoas mais corajosas em toda a Raça.

– Não – ele sussurrou.

Quando ele a encarou, a admiração no rosto dele... era simplesmente atordoante. Mas equivocada.

– Trez, tenho medo de tudo. – Levantou o frasco. – Tenho medo de tomar isto. Tenho medo de ir dormir...

– Você é muito corajosa...

– Tenho medo de te preparar o jantar. – Ergueu um dedo. – E, para sua informação, você também deveria. Não consigo nem preparar uma torrada. Que é pão. Numa torradeira. Como isso pode ser difícil? E, mesmo assim, queimei um monte de fatias.

Ele meneou a cabeça.

– Coragem não significa que você não tenha medo. – Abaixou a boca e a beijou. – Deus, eu te amo tanto. Tanto, mas tanto... Te amo para sempre.

Passando os braços ao redor dele, ela o abraçou com força – e talvez tenha enxugado algumas lágrimas em sua camisa.

– Tudo bem, você me considera corajosa... Bem, você é o macho mais romântico que já conheci, vi ou ouvi falar a respeito.

Agora era ele quem estava rindo, e o estrondo soou agradável aos seus ouvidos.

– Ah, sim. Tudo bem. Uh-hum...

Fundindo o corpo ao dele, ela disse:

– Não existe nada mais romântico no planeta do que amar alguém com o coração pleno, mesmo sabendo que essa pessoa vai embora.

Ele ficou parado.

– Um macho não tem como amar uma fêmea de valor como você a não ser por inteiro. Por completo. Sem nenhum arrependimento.

Parados no meio do túnel, na metade do caminho para o complexo e para a mansão, ela pensou que era apropriado que aquilo que os cercava parecesse se estender até o infinito. Eles só dispunham daquele ponto, naquele instante, naquele exato local, e tinham que fazê-lo valer.

– Não preciso me vincular a você numa cerimônia – ela disse.

– Não?

– Estamos fazendo nossas juras agora.

– Então o que está dizendo é que não quer se comprometer comigo.

– Está me pedindo isso? – ela provocou.

– Quer que eu me ajoelhe?

Abaixando-se no chão sobre um joelho, ele a segurou pelas mãos.

– Selena, quer ser a minha *shellan*? Minha e apenas minha? Não tenho uma aliança, mas podemos comprar uma, é o que os humanos fazem. Além disso, não sei, estou com vontade de te comprar alguma coisa bem cara.

Seu primeiro instinto foi aquele para o qual fora treinada: um diferimento acanhado de toda a atenção, do espalhafato, do prazer.

Mas, tomando emprestadas as palavras do seu macho... Que. Se. Foda.

– Eu adoraria. Eu adoraria tudo, uma cerimônia, uma aliança, uma festa, tudo isso! – Abrindo bem o coração, ela deixou o amor entrar. – Tudo!

– Essa é a minha rainha – ele murmurou. – É disso que estou falando.

E foi assim que eles acabaram... noivos.

Quando ela se abaixou para beijá-lo, pareceu-lhe absolutamente bizarro que os dois ficassem ricocheteando entre emoções tão opostas. Mas a situação parecia amplificar os altos e os baixos, afunilando emoções e experiências num megafone até tudo ficar grande demais para ser contido.

– Uma aliança, é? – ela disse ao encontro da boca dele.

– Isso mesmo, uma aliança.

Ele percorreu as mãos por trás das coxas dela, subindo e descendo numa carícia.

– E talvez mais uma coisinha que não podemos comprar numa loja.

– E o que seria isso? – ela perguntou, sedutora.

– Ah, você sabe. Eu só tenho que te mostrar lá em cima...

Capítulo 61

– Pois é, ouvi vocês dois discutindo durante o dia.

Enquanto iAm falava, relanceava para o espelho sobre a pia do banheiro. Seu irmão estava atrás dele, na porta que dava para o quarto, e estava vestido todo de preto, parecendo saído de uma revista de moda.

Pelo visto, sairia com sua fêmea de novo.

– Pareceu intenso – iAm continuou.

– Foi feio por um tempo. – Trez se aproximou e se sentou na borda da Jacuzzi. – Mas nos entendemos. Pedi que se casasse comigo.

– Parabéns.

– Obrigado.

Pegando a lata de Barbasol, apertou o botão e depois espalhou o produto nas faces e no queixo.

– Como ela está?

– Ok.

iAm sabia que o macho estava mentindo. As pistas estavam em todas as partes, mas principalmente no modo como o irmão não o fitava nos olhos.

– No que está pensando, Trez?

Ele estalou os nós dos dedos um a um.

– Ela não quer que seu corpo fique... hum... lá em cima, como as irmãs dela. – Ele apontou para o teto, mas quis indicar os céus. – Então, sabe, quando chegar a hora, estou pensando em...

Quando aquela voz se partiu e ele não conseguiu continuar a falar, iAm deixou a lâmina de lado e se aproximou, apertando a toalha ao redor da cintura e se sentando ao lado dele na banheira.

– Merda.

Trez esfregou o rosto.

– É. É basicamente isso. De todo modo, estou pensando em construir uma pira para ela. O povo de Rehv faz isso. Dessa forma, ela estará... – pigarreou. – Ela estará livre. Ela quer ficar livre no fim. Sabe?

iAm balançou a cabeça.

– Odeio o que está acontecendo com você.

– Eu também. Acho que nasci sob as estrelas erradas, bem erradas.

– O que posso fazer?

– Nada. Apenas me empreste o seu ouvido e me perdoe se disser algo errado ou se ficar bravo. Esse estresse é de enlouquecer.

Ficaram sentados lado a lado em silêncio, porque, às vezes, isso é tudo o que você pode fazer por alguém que ama. Existem caminhos que têm que ser trilhados sozinhos. E isso era uma merda.

Ele queria perguntar quanto tempo dispunham. Mas era a pergunta da vez, e ninguém sabia a resposta.

– Vai organizar uma cerimônia? – iAm perguntou.

– Não acho que ela queira isso. Não sei bem o que as Escolhidas fazem nos funerais...

– Eu estava me referindo ao casamento.

– Ah! Hum... Sim, acho que sim. – Trez deu um tapa no joelho e se levantou. – Preciso ir. Vou levá-la para sair e escolher uma aliança. Quero pôr uma estrela do céu no dedo dela. Depois ela vai preparar o jantar lá na casa do Rehv, no norte.

– Parece uma boa ideia. – iAm olhou para o cara. – Olha só, isso não é da minha conta...

– Tudo é da sua conta. Você é meu gêmeo.

– Selena sabe o que está acontecendo no s'Hisbe? Sobre a sua... situação com a princesa?

Trez deu de ombros.

– Contei para ela. Um tempo atrás. Mas não estou pensando nisso agora.

Deus, faltavam poucos dias para o término do luto estabelecido. E depois...

Um pesadelo de cada vez, iAm pensou. Seu irmão estava certo.

– Escuta – disse iAm. – Estou com o telefone a postos. Se precisar, é só me chamar.

– Obrigado, cara.

Bateram as palmas, e Trez lançou um sorriso divertido.

– Você parece o Papai Noel.

Dito isso, retirou-se.

iAm continuou sentado um tempo, a borda desigual da banheira e da beirada de mármore fazendo com que seu traseiro se sentisse golpeado repetidamente por um pedaço de madeira.

O comentário de Trez mostrando que ele estava mais concentrado no funeral do que no casamento foi o mais triste de tudo.

Por um instante, considerou cancelar seu... encontro. Ou o que quer que tivesse com *maichen*. Mas ele podia muito bem esperar junto ao telefone na companhia dela.

Na companhia nua dela.

Quando se levantou e voltou para a pia, pegou sua Gilette com oitocentas lâminas ou algo assim para começar a desfazer seu disfarce de Papai Noel. A culpa que sentia em aproveitar algumas horas de sexo enquanto seu irmão sofria bastava para que ele quisesse vomitar.

Sua vida inteira estivera a serviço do macho, e pensar em si mesmo e no que desejava para si próprio era o mesmo que exercitar um membro que estivera imobilizado num gesso durante décadas: era desconfortável, incerto e, muito provavelmente, incapaz de sustentar qualquer peso.

Mas ele meio que se sentia como Trez... Como se existisse um período determinado para aproveitar, antes que tudo mudasse – e não para melhor.

Trez podia não querer pensar nisso. Mas seu tempo para o acerto de contas junto ao s'Hisbe chegaria, quer ele reconhecesse isso ou não. Os pais deles foram usurpados da posição social e dos ganhos ilícitos por terem, essencialmente, vendido Trez para a rainha. Não havia mais como negociar. E se o pai e a mãe fossem mortos? O que fora aventado nove meses antes? Isso não serviria de motivação nem para Trez nem para ele. E o s'Hisbe deve ter percebido isso, porque foi a última vez que ouviram esse tipo de ameaça.

Seria impossível se importar com duas pessoas que permitiram que você permanecesse enjaulado a vida inteira só para poder ascender à corte dos Primários.

Uma coisa que ele sabia com certeza? Quando se aproximasse da hora do ritual de acasalamento, a rainha teria de subir as apostas. O que significava que tanto ele quanto Trez teriam que proteger a retaguarda.

E seria uma boa ideia encorajar cenários de encontros futuros mais perto de casa. Ou, preferencialmente, dentro do complexo.

Merda, Trez odiaria isso.

– Hummm.

Quando Trez emitiu um grunhido, Selena se virou dentro do closet. Ele tinha aparecido atrás dela, os braços cruzados diante do peito, o corpo inclinado no batente da porta.

– Ah, oi – ela disse.

– *Adoro* o que está vestindo.

– Mas não estou vestindo nada.

– Exato.

Ele se aproximou, virou o rosto dela e a atraiu para perto.

– Me beija.

O beijo foi ardente, o quadril encaixando-se ao encontro do dela, a ereção um bom indicador de que corriam perigo de se atrasarem.

Ela riu e empurrou o peito firme dele.

– Não temos que estar no joalheiro em meia hora?

– E quem se importa?

E como ela poderia dizer não?

Passando os braços ao redor do pescoço dele, relaxou. Ou... tentou relaxar. Mesmo com as duas doses de remédio, suas juntas estavam doloridas, a luta do corpo chegando ao ponto de que a mente fora arrastada ao campo de batalha. As sensações já não eram uma paranoia inventada, mas uma pressão obstinada e real.

A boa notícia? A luxúria que sentia era tanta e tão difusa que se sobrepunha a tudo.

Trez a suspendeu e a levou até a cama. Deitando-a, beijou-a com avidez, as mãos acariciando os seios e atiçando os mamilos, sua pélvis empurrando e recuando. Quando ela começou a se contorcer debaixo do seu peso, ele se afastou dos lábios e começou uma lenta descida pelo corpo dela, demorando-se para lamber e sugar, dirigindo-se ao sexo.

Ela gritou seu nome quando o contato foi feito, abrindo-se para ele, embebedando-se nas sensações da boca úmida em seu centro. O orgasmo foi uma linda série de contrações, o prazer vibrando em seu corpo, preenchendo-a por completo.

E, durante todo o processo, ele a observou, os olhos erguidos de sua posição, as mãos espalmando os seios.

Ela pensou que ele fosse parar para que ela tivesse tempo de se vestir.

Não. Ele continuou, lambendo até a parte superior do sexo, mexendo a língua, dando-lhe muitas oportunidades de ver o que ele estava fazendo, ostentando-se ao atiçá-la, a carne rosada movendo-se com presteza...

Empurrando-se contra os travesseiros, alongou-se ao encontro do calor e da excitação de tudo aquilo.

E, ainda assim, ele continuou.

Em algum lugar no fundo da sua mente, ficou registrado que ele não estava fazendo aquilo apenas para lhe dar prazer, mas também para acumular lembranças; seus olhos não se desviaram, o olhar verde-esmeralda capturando seu rosto, sua garganta, seus seios, seu abdômen...

– Trez... – gemeu, arqueando-se.

Quando ele, finalmente, deixou seu cerne, afastou-se do corpo dela e faltou pouco para rasgar as roupas. A camisa foi caindo até o chão, e as calças tratadas sem nenhuma consideração quando ele as arrancou. E ela sorriu.

Estava mais do que pronta para ele.

Ele ergueu os joelhos dela com as mãos negras, dobrando-lhe as pernas e afastando-as com gentileza. Em seguida, ele agarrou a ereção e esfregou a ponta no centro do desejo dela. Afagando-a, ele subia e descia, lubrificando-se enquanto mantinha o olhar fixo no ponto em que os dois se uniriam.

Pressionando-a por dentro, recuou e a penetrou de novo, a palma fazendo essa tarefa mais do que o quadril. Cada vez que se libertava, ele mordia o lábio inferior, as presas pressionando a carne que idolatrava.

Por algum motivo, ela pensou em todo o seu preparo para se tornar uma *ehros*. Fora treinada para executar suas tarefas, até ficara curiosa em relação ao ato, mas aquelas experiências com ele, a escolha de tê-lo, a alegria de se entregar não por causa de uma obrigação, mas porque o amava e a ninguém mais, era muito maior e mais gloriosa do que qualquer coisa para a qual seu status poderia tê-la preparado.

Finalmente, seu controle acabou e ele grunhiu, enterrando-se até o fim. Apoiando-se nas mãos, moveu-se acima dela, os olhos passeando pelo rosto dela até se abaixar e beijá-la.

Em pouco tempo, as estocadas se tornaram mais rápidas e firmes, e ela esticou os braços, acariciando-lhe as costas, a bunda, o quadril.

Quando ele começou a gozar, ela parou e sentiu o clímax dele.

Foi longo e demorado, a respiração arquejante, os gemidos, o som do seu nome saindo estrangulado como se a alma dele estivesse sendo dilacerada. E ainda assim, o quadril dele se movimentava e o sexo golpeava, e então, uma vez mais, ela gozou junto com ele.

Quando ele se deixou cair sobre ela, Selena o envolveu com os braços. Ele era tão grande que ela mal conseguia enlaçá-lo, quanto mais juntar as mãos na coluna.

Ele arfava contra os seus cabelos. Contra sua garganta.

– Eu te amo tanto – foi só o que ele disse.

Capítulo 62

maichen entrou sorrateira na câmara ritual e espiou a mãe antes de tentar sair do palácio uma vez mais. A rainha ainda estava em sua pose de luto, as vestes agora vermelhas depois de terem sido trocadas pela criadagem em relação ao que vestira na noite anterior.

Tudo parecia perfeito para uma nova fuga.

Atravessando o piso de mármore nas pontas dos pés, seguiu para o armário no canto, abriu a porta e...

– *Achou que eu não fosse saber que era você?* – as palavras foram ditas no dialeto dos Sombras.

maichen parou no ato.

– *Enganou a todos, menos a mim. Conheço minha própria carne.*

Fechando a porta do armário, *maichen* se pôs na pose de cumprimento, colocando as mãos sobre os ombros e cruzando os braços ante o peito, e depois se ajoelhou, prostrando o tronco.

– *Minha rainha.*

– *Concedi-lhe sua liberdade no palácio.*

– *Obrigada, minha rainha* – ela disse para o piso de mármore.

– *Não abuse da minha boa natureza.*

– *Não farei tal coisa, minha rainha.*

– *Acredito que já o tenha feito.*

– *Minha devoção, assim como meus serviços, são seus e apenas seus.*

– *Posso ter mais uma como você se eu assim o desejar. Você é tão substituível quanto qualquer outra coisa em meu mundo. Nunca se esqueça de que sou o sol ao redor do qual esta galáxia gira, e que posso alterar o seu destino num piscar de olhos.*

A cabeça da mãe se voltou na sua direção, as vestes vermelhas torcendo-se ao redor como se ela fosse algum tipo de criatura maligna. Então, AnsLai, o sumo sacerdote, e o astrólogo principal entraram na câmara por uma porta camuflada.

Por debaixo das vestes, *maichen* começou a tremer, e como medida de autopreservação bloqueou a mente, repetindo a palavra *maichen* uma vez após a outra em sua cabeça. Se a mãe e aqueles dois conselheiros entrassem em seus pensamentos e memórias recentes, ela temia não apenas pela sua vida, mas também por iAm.

Como sua mãe soubera?

– *Peço licença para ir idolatrar, Majestade* – disse ela, como se não passasse de uma serva.

– *Faça isso. E pode muito bem contemplar a fragilidade da vida enquanto estiver em estado reverente.*

maichen saiu apressada da câmara sagrada e escapou daquelas paredes indo para os próprios aposentos. Ao se fechar ali, respirava rápido, os pulmões ardiam, as mãos tremiam ao tirar a máscara da cabeça.

Percebeu que fora poupada apenas porque a mãe considerava a aparência do decoro mais importante do que punir uma filha que tenha se desencaminhado: caso ficassem sabendo que a princesa se desonrara ao interagir com o povo, ou mesmo com os Primários, isso não repercutiria bem para a rainha.

Por um momento, *maichen* pensou em ficar em seus aposentos, mas não teria muitas outras noites como aquela. O período de luto estava chegando ao fim com a cerimônia do s'Hisbe onde os Primários e a população em geral se juntariam à rainha no que até então fora um "sofrimento" particular.

Depois disso? Ainda mais com a mãe ciente das suas incursões ao redor do palácio e do fato de que ela teria de se compromissar? Sair do Território seria algo impossível.

Muito provavelmente, teria dificuldades de sair dos próprios aposentos.

Ela tinha que ver iAm, ainda mais se aquela fosse a última vez.

Apagando a luz do teto, tirou todas as joias do pescoço, dos pulsos e as deixou sobre a cama. Como na noite anterior, informou à criadagem que gostaria de ter privacidade e os chamaria se necessitasse deles.

Dispunha de algum tempo.

Fechando os olhos, ela...

... se desmaterializou, encontrando os dutos de ventilação e usando-os para acessar o lado externo.

Não desconhecia Caldwell. Vira a cidade em mapas. Mas a realidade de encontrar a cidade e localizar uma residência em particular seria loucura.

No entanto, sentiu o eco de si mesma, do seu sangue. Era muito mais alto do que esperara, uma estrela-guia que a conduzia em meio aos edifícios densos da metrópole, aqueles espirais de vidro e aço que se assemelhavam a uma floresta feita pelos homens em meio a cenários asfaltados, tijolos e áreas verdes restringidas.

Seguindo o sinal, viu-se partindo na direção de um determinado terraço entre tantos outros em uma das construções mais altas – e, ao chegar, não reassumiu sua forma. Permaneceu em estado de Sombra, pairando numa espécie de varanda diante de uma parede de vidro.

Dentro da sala de estar, iAm ergueu o olhar como se tivesse imediatamente percebido sua presença. Adiantando-se, ele deslizou os imensos painéis.

– Você veio – disse ele.

Reagrupando suas moléculas, ela se tornou corporal novamente. Foi só então que a brisa fria vinda do rio penetrou em suas vestes, balançando-as e gelando-lhe os ossos.

– Entre – ele disse. – Venha se aquecer.

Ela não sabia o que dizer ao entrar, e a rajada de vento se extinguiu quando ele os fechou ali dentro.

– Alguma coisa errada? – ele perguntou.

Como ele a entendia tão bem, mesmo estando mascarada, ela não sabia.

Mas, de fato... Ela tinha que lhe contar a verdade. Mesmo que isso fosse estragar tudo entre eles – e como não poderia? Ela o seduzira, e *ele* fora seu primeiro, não o irmão. Ela também era a fêmea que, segundo ele próprio, ele odiara por tanto tempo, o motivo da ruína da vida do irmão.

– *maichen*?

Ela o avaliou por um bom tempo, tentando encontrar as palavras. Por onde começar? E por que desperdiçara as horas do dia fantasiando a respeito dele, quando deveria ter se preparado para se revelar?

Ela precisava de mais um momento para pensar.

– Não é nada – disse ela, mantendo a voz inalterada ao começar a andar em volta. – Este lugar é adorável.

Pelo menos isso não era mentira. Tudo era de um tom mel dourado no piso e branco em todo o resto, a mobília simples no espaço aberto, a vista ampla e espetacular.

– Está com fome? – ele perguntou, bem de perto.

Dando um salto, ela olhou por sobre o ombro. Ele pairava perto dela, o corpo parecendo pronto para alguma coisa.

Para o sexo.

Mas não, ela disse para si mesma. Precisavam conversar. Ela tinha que se revelar para ele; de outro modo, a paixão, da parte dele, seria uma manipulação vil da qual seria culpada.

– Está... – grunhiu com suavidade ao se aproximar do corpo dela – ... com fome?

Por debaixo da máscara, ela lambeu os lábios.

O quadril dele resvalou nas vestes dela, e o que sem dúvida era uma ereção bem dura e grossa empurrou o tecido que separava os corpos.

Haveria tempo mais tarde, ela disse a si mesma. Ela lhe contaria depois.

A culpa era grande. Mas o desejo era maior.

– Estou – sussurrou. – Mas não de comida.

Como se ele lesse sua mente, a luz que iluminava do teto foi apagada, eclipsando-os de possíveis espectadores externos com muita eficiência.

– Vou tirar isto – ele anunciou entredentes, como se odiasse a máscara.

De repente, ela se viu mais livre para respirar, para enxergar, para cheirar.

O grunhido no peito dele foi o de um animal, mas as mãos não foram rudes ao segurar suas vestes. Subiu-as pela cabeça, depois o tecido de baixo também desapareceu.

E ela ficou nua.

As mãos dele a idolatraram quando tocou os ombros e desceu pelos seios. Erguendo-os nas mãos, saboreou um mamilo, depois o outro, lambendo, sugando e, ah, como eram bons. As pernas dela bambearam, e como se pressentisse, ele a ergueu e a carregou daquele cômodo arejado, partindo para um corredor e entrando num quarto com um colchão erguido numa plataforma, que se mostrou macio como uma nuvem.

– Era assim que eu queria que a noite passada tivesse sido – ele disse ao deitá-la.

Havia uma luz saindo de um cômodo menor, talvez um com instalações hidráulicas, e, graças à iluminação suave, ela pôde se refestelar com a natureza de sua expressão: fitava-a com tamanha concentração extasiada que se sentiu bela sem que ele tivesse que lhe dizer nada em relação a isso.

As palmas amplas desceram pelas pernas dela.

– Quero te conhecer por inteiro.

– Eu te ofereço meu corpo – ela disse, rouca. – Faça o que quiser comigo.

Rhage estava na metade do caminho sobre o rio Hudson, dirigindo-se para a outra margem de Caldwell em seu GTO, quando a sensação de sufocamento e tontura o atingiu como uma tonelada de tijolos.

Engolindo a bile, entreabriu a janela e desligou o aquecedor. Não adiantou nada. Cerca de dois quilômetros adiante, ele quase parou no acostamento.

– Controle-se, imbecil.

Mas que merda. Qual era o seu problema? Não estava ferido, estava ansioso para resolver o caso de Assail e dos primos idênticos, a caminho de ver sua amada *shellan* em seu carro predileto. A vida não poderia estar melhor.

Ele só precisava se controlar.

Isso definido, agarrou o volante e começou a bater o coturno que estava livre, aquele que não pisava o acelerador.

Bem perto agora. Ele estava bem perto.

Talvez só estivesse precisando abraçar um pouco sua Mary.

A clínica de Havers fora transferida para uma localização nova e moderna, e Rhage só a visitara um punhado de vezes: uma vez quando tivera um ferimento abdominal que não podia esperar até que voltasse para o complexo da Irmandade; outra quando Mary precisou que a buscasse depois de ter cuidado de uma fêmea e seu filho. E talvez uma terceira vez. Não se lembrava.

Quando, por fim, chegou à saída, xingou sua falta de ar. Do jeito que estava indo? Ele ia acabar precisando de atendimento.

Talvez tivesse pegado um vírus. Os vampiros não se contaminavam com os que atacavam os humanos, nem tinham câncer – graças a Deus –, mas podiam ser acometidos por resfriados ou gripes que atacavam os membros da sua espécie.

Sim, devia ser isso mesmo.

Tinha que ser.

Quando os faróis do GTO iluminaram a fachada simples de concreto do prédio, ele sentiu aquela coisa indefinida diminuir um pouco, o que foi uma grata surpresa. Pelo menos não teria sua Mary olhando-o com estranheza.

Saindo do carro, deu a volta até o porta-malas e o abriu.

Ver a maleta de Mary, que ele mesmo havia preparado, trouxe de volta os sintomas: a cabeça girava e as palmas das mãos suavam, como se não estivesse sendo açoitado pelo vento frio, vestindo apenas a calça de couro e a camiseta de combate.

– Chega dessa merda. – Pegou as alças e suspendeu a maleta, depois fechou o carro. – Dê um jeito na porra dessa sua cabeça.

Aproximando-se do prédio baixo, foi até a recepção e deu entrada. Um momento depois, um elevador chegou e se abriu. Como muitas coisas que tinham que funcionar durante o dia, a nova clínica de Havers era subterrânea, a parte superior apenas um cenário para separar visitantes válidos de problemas potenciais.

Como humanos. Assassinos.

Descendo. Saindo para a sala de espera. Entrando na recepção, perguntou-se onde a encontraria...

– Ai, meu Deus, você está aqui.

Sua Mary foi em sua direção como se estivesse sendo perseguida e, quando pulou em seus braços, ele largou a maldita bolsa, fechou os olhos e abraçou-a com tanta força que era um milagre ela ainda conseguir respirar. Mas, como ela mesma dissera: ai, meu Deus...

O cheiro dela, a sensação do corpo junto ao seu, o modo como os braços o seguravam pelo pescoço, apertando, fizeram seu amor por ela fluir – era como água no deserto, saciando-o, nutrindo-o com o alimento de que ele tanto sentia falta, devolvendo-lhe sua força e seu poder.

– Senti tantas saudades – ela lhe disse ao ouvido. – Tantas, tantas, tantas.

Sem querer colocá-la no chão, inclinou-se e pegou a maleta; depois carregou tanto a bolsa cheia de roupas até o canto oposto, longe dos olhos da recepcionista.

Que estavam concentrados neles como se a fêmea estivesse escrevendo um diálogo romântico em sua cabeça.

Tanto faz, ele não iria se irritar com isso, mas tampouco pretendia transmitir seu encontro para o mundo.

Acomodando sua Mary no colo, passou as mãos pelos braços dela e lhe deu um beijo suave, fundindo sua boca à dela como uma forma de consolidar aquela reconexão. No entanto, não confiava em si, por isso se afastou rapidamente.

Muito contato labial e ele acabaria montando nela em público.

Ah, oiiii, Havers, tudo bem por aqui?

Sua Mary sorriu e passou os dedos pelo cabelo.

– Sinto como não te visse há um ano.

– Eu também, só que, para mim, parece uma década.

E daí que ele parecia um cachorro suplicante perto dela. Que se fodesse.

– Você está bem? – ela perguntou.

– Não, estou definhando. Não tenho comido, não consigo dormir, e sinto como se tivessem colocado pó-de-mico em minha cueca.

Ela gargalhou.

– Ruim assim, é? Puxa. Acho que eu devia encarar isso como um elogio, não?

Inclinando-se, ele sussurrou.

– E estou com o pulso esquerdo lesionado por esforço repetitivo.

– Por quê? – ela perguntou maliciosa.

– O que acha? – Ele afagou o pescoço dela com o nariz. Mordiscou-lhe a pulsação. – Eu tinha que fazer alguma coisa para me manter ocupado na nossa cama. E no chuveiro. E uma vez na despensa.

– Na despensa? Lá embaixo?

– Comemos batata na Última Refeição. Elas me fizeram pensar em você nua.

Mais daquela risada e ele teve que fechar os olhos, permitindo que a alegria ecoasse dentro de seu crânio oco.

– Como isso é possível? – ela perguntou.

– Elas se parecem com seios.

– Não parecem.

– Eu não disse que pareciam seios bonitos. – Ele a beijou na clavícula. – Nem os seus seios, que, por acaso, são os mais perfeitos que já vi. Na minha vida inteira. E na minha vida após a morte. Ou o que vier depois disso.

– Você está tão desesperado que fica excitado com carboidratos.

– Elas não são amido? E, para falar a verdade, me masturbei duas vezes na despensa. Porque, depois que cuidei de tudo da primeira vez, percebi que estava de frente para uma lata de pêssego enlatado. – Sorrateiramente, ele subiu a mão pela coxa dela. – E você consegue imaginar no que aquilo me fez pensar.

Ah, hummmmm, isso mesmo, ele pensou quando o cheiro de Mary mudou, a excitação dela eletrizando o ar.

De repente, ele se afastou.

– Ei, você tem um minuto?

Ela pigarreou como se estivesse tentando se concentrar.

– Sim, claro. O que foi?

– Eu só tenho que te mostrar uma coisa no carro.

– Você veio no GTO?

– Eu tinha que trazer as suas coisas, então achei melhor vir dirigindo.

– Quanta gentileza. – Pondo-se de pé, ela se espreguiçou de um jeito que o fez desejar espalmar seus seios. – Na verdade, eu adoraria tomar um ar fresco por um instante. Estou precisando de uma folga.

Ao passarem pela recepção, ele apoiou a bolsa no balcão.

– Tudo bem se eu deixar isto aqui por dez minutos?

Quando a recepcionista assentiu, pareceu que havia acontecido alguma coisa com a voz dela. E com o equilíbrio, pelo visto, porque quando voltou a se sentar, ela quase caiu pela lateral da cadeira.

Perto do elevador, Mary sussurrou.

– Acho que ela gosta de você.

– Quem?

– A recepcionista.

Inclinando-se para baixo, ele respondeu:

– Por mim, ela podia ser apenas um aspirador de pó. E digo isso com todo respeito.

Quando as portas se abriram, o sorrisinho furtivo no rosto de Mary, para ele, era um presente de Deus.

Subiram e, quando saíram, ele protegeu o corpo dela, passando o braço ao seu redor ao guiá-la até o GTO. Por um golpe de sorte, estacionara o carro num canto mais escuro, distante das luzes de segurança – o que era simplesmente perfeito.

Abrindo a porta do motorista, puxou o banco e indicou a parte traseira do carro.

Mary franziu o cenho, mas se inclinou e sentou-se no banco de trás. Quando ele se juntou a ela, fechando-os no carro, ficou muito satisfeito por ter mandado colocar filme escuro nos vidros recentemente.

– O que foi? – ela perguntou. – O que está acontecend...

Segurando a mão dela, pousou-a em sua ereção.

– Isto.

– Rhage! – ela exclamou. – Você me trouxe aqui só para...

Ele começou a beijá-la e a segurou pela cintura.

– Sou um manipulador. Você sabia disso quando se vinculou a mim.

Quando ela retribuiu o beijo, ele e sua besta estavam mais do que agradecidos, e ele foi rápido, porque não queria que os flagrassem – não porque tivesse algo contra sexo em locais semipúblicos, mas porque não desejava ter que arrancar a garganta de algum filho da puta inocente que tivesse ido até lá para receber um curativo e acabasse enchendo os olhos com o que estavam fazendo.

Seria um belo equívoco.

Ele libertou uma das pernas dela das calças largas e a colocou no colo antes de abrir o zíper da sua calça.

E era hora da ação.

Quando ele a penetrou com força, Mary imprecou quando bateu a cabeça no teto do carro.

– Ai, cacete, desculpa – ele grunhiu.

– E quem se importa? – respondeu ela, tomando a boca dele na sua. – Preciso de você.

Capítulo 63

Trez encostou o Porsche de Manny na frente da joalheria de Marcus Reinhardt, a joalheria mais antiga da cidade, tendo aparecido no *The New York Times* e até mesmo no *Robb Report*, pelo enorme estoque.

E por enorme, entenda-se peso em quilates.

Relanceando para Selena, disse:

– Pronta?

– Nunca tive um anel.

– Verdade?

Ela meneou a cabeça.

– Existiam joias no Tesouro... – Ela parou. – *Existem* joias no Tesouro, mas como uma Escolhida, não tínhamos adornos a não ser por nossa pérola, que, na verdade, não era nossa de fato.

Destrancando a porta, ele disse por sobre o ombro:

– Uma pena, na minha opinião.

Mas ele retificaria isso àquela noite. Indo na frente, abriu a porta dela, e quando a bela mão foi estendida, ele a segurou e cedeu ao impulso de se abaixar para beijá-la no dorso. Depois a puxou com cuidado para que ficasse de pé e lhe ofereceu o cotovelo.

Quando ela o segurou, ele ficou com a sensação de que os dois estavam ignorando como o gesto não era apenas o de um cavalheiro educado; era agora necessário.

Ela já não estava andando tão bem quanto antes.

Antes de chegarem à porta, a coisa com barra de ferro se abriu.

– Boa noite, Sr. Latimer.

O homem estava vestindo um terno formal e tinha o cabelo bem cortado e a barba bem aparada. Com seu sotaque aristocrático e o lenço dobrado mostrando três pontas no bolso do peito, ele basicamente era a figura óbvia que se imaginaria para um cara especializado em alianças que custavam até milhões de dólares.

– Obrigada por abrir a joalheria para nós – Trez disse ao cumprimentá-lo com um aperto de mão. – Esta é minha noiva, Selena.

– É um prazer conhecê-la, senhorita.

Ok, era preciso aprovar aquela reverência.

Lá dentro, tudo estava organizado para uma apresentação particular, e Trez subitamente se sentiu bem pra cacete em relação a tudo aquilo. As bandejas com seus recheios de pedras preciosas reluziam debaixo das luzes especiais, como se aplaudissem a sua chegada com Selena. Havia champanhe gelando num balde de prata, e um par de taças de cristal aguardando.

– Posso lhes oferecer uma taça de Veuve Clicquot?

– Acho que estou bem assim – disse ele. – Selena?

Ela levantou o queixo como se estivesse determinada a se divertir.

– Eu gostaria de uma taça, por favor.

– Duas, então – Trez mudou de ideia.

Pop! Fzzzzz!

As taças foram servidas e entregues.

Encostaram-nas num brinde.

– Vamos em frente.

O Sr. Reinhardt os levou a uma sala reservada com uma câmera de vídeo num dos cantos do teto.

– O Sr. Perlmutter me informou as especificações, e tomei a liberdade de preparar uma bandeja para a vossa consideração.

E lá vieram elas.

As fendas aveludadas estavam tomadas por anéis de diamante acomodados como criancinhas ansiosas sendo escolhidas para responder a uma pergunta.

A inspiração profunda de Selena equivaleu a um tapinha nas costas de Trez.

– Vê alguma coisa que gosta? – Trez perguntou.

Ela experimentou cada um dos que estavam expostos, colocando os anéis em todos os dedos que cabiam, virando o pulso de um lado, do outro, debaixo daquela luz. O *coup de grâce* foi ela colocar *todos* os anéis, dez dedos com cerca de vinte alianças espetaculares.

– Quanto custa tudo isso? – ele perguntou à toa ao sorver o champanhe.

– Alguns milhões – respondeu o Sr. Reinhardt.

Ante essa informação, Selena empalideceu e abaixou as mãos.

– O quê?

– Alguns milhões – o joalheiro repetiu.

– Quanto custam estas coisas? – ela perguntou. E quando foi informada sobre quanto valia a que estava no dedo mínimo, exclamou: – Santa Virgem Escriba!

Houve um momento desconcertante em que Trez desejou ter ficado de bico calado.

– Selena, não estou pensando no dinheiro.

– Mas deveria! – Ela começou a tirar as alianças rapidamente. – Não passei muito tempo deste lado, mas aprendi algumas coisas a respeito do dinheiro humano...

– Pode nos dar um minuto, por favor? – Trez pediu com gentileza. – E pode levar isto, se estiver preocupado com a segurança.

– As suas credenciais foram verificadas, Sr. Latimer. – O homem se ergueu sobre os sapatos muito bem lustrados. – Levem o tempo que precisarem.

No segundo em que a porta se fechou atrás do homem, Selena se voltou para ele.

– Trez, não quero que gaste tanto dinheiro assim comigo.

– Por que não?

– É um desperdício. Não vou usar essa coisa por séculos.

Ela expirou como se tivesse levado um chute no peito.

– Uau. Você não está entendendo o motivo disso tudo, se acha que estou preocupado com o tempo. – Ele segurou suas mãos. – Quero fazer as coisas direito. Eu quero... só quero ter esta experiência com você, entende? Este instante, aqui – ele indicou a mesa –, isto é o nosso para sempre. Está acontecendo aqui, agora. Por isso, vamos comprar o anel mais fodido de todos e juntar um par de brincos para completar. Vamos dizer foda-se para a morte, ok?

Ela piscou rapidamente.

– Ah, Trez...

Ele escolheu uma das alianças que ela jogara na bandeja de veludo e o colocou no dedo anular.

– Vamos, diga comigo.

– Dizer o quê?

– Foda-se, morte.

– Trez. Não seja ridículo.

– Vamos lá. Só para o caso da Dona Morte estar escutando, e acho que ela precisa saber o quanto odiamos a cara dela. Venha, minha rainha, diga comigo: foda-se, morte.

Ela ergueu a mão livre para esconder o sorriso torto.

– Você é louco.

– Conte-me uma coisa que eu não sei... E pare de se esquivar. Foda-se, morte! – Quando ela apenas murmurou as palavras, ele balançou a cabeça. – Não. Mais alto. Foda-se, morte!

Selena começou a rir.

– Isso não é engraçado.

– Concordo com você – ele sorriu e acenou na direção dela, ainda parado com o anel no começo do dedo. – Juntos, como se ela pudesse nos ouvir.

– Foda-se, morte! – ela exclamou. Depois deu um sorriso amplo. – *Foda-se, morte!*

Ele terminou de deslizar o anel no dedo e se recostou, fitando a pedra cintilante.

– Sabe, acho que gostei desse.

Selena deu uma olhada na mão e fitou a pedra em formato de pera, do tamanho de uma uva.

– Caramba, como é grande...

– Acho que já ouvi isso.

Quando os dois começaram a rir, ele a puxou pelo pescoço e a beijou.

– Quer continuar experimentando?

Ela balançou a cabeça.

– Não. Este é perfeito.

Esticando a bela mão, ela fez o que as fêmeas fazem com os anéis, contraindo os lábios e sorrindo para si mesma.

Deus, eu te amo, ele pensou, minha perfeita, absolutamente perfeita fêmea de valor.

– Tem certeza de que não é muito caro? – ela perguntou.

– O preço não importa. – Ele a beijou de novo. – Ele é seu.

iAm ficou nu bem rápido. Assim que ficou em seu estado de nascença, quis atacar *maichen* – ainda que não soubesse muito bem o que fazer com uma fêmea da cintura para baixo, ele tinha trezentos por cento de certeza de estar pronto para descobrir.

Não aconteceu.

A questão foi que, ao estar ao alcance dela, seu sexo se esfregando no dela enquanto ele se posicionava por cima...

Foi o que bastou.

– Preciso de você – grunhiu quando ela passou a mão pelas costas e laterais dele.

– Então me tome.

iAm se forçou a parar.

– Mas você está bem? Depois de ontem?

Deus, não conseguia se fartar daqueles olhos amendoados e daqueles cachos negros se espalhando em sua fronha branca, aquela pele resplandecendo. Ela era uma revelação constante, surpreendendo-o toda vez que ele a fitava.

– Estou bem – ela disse. – E estou forte, graças à sua veia generosa.

Ele adorava aquele sotaque, o dialeto falado no Território marcando seu inglês com os sons do lar...

Não, do lar, não. Caldwell era o seu lar.

Interpondo a mão entre eles, orientou o pau enquanto movia o quadril, querendo ter certeza de que não forçaria nada.

Em resposta, as unhas dela marcaram suas costas, e ela se arqueou, os seios túrgidos empinados.

– iAm...

O quadril dele assumiu o comando, para dentro, para fora, a fricção subindo à cabeça como se ele tivesse bebido a noite inteira. Mais firme, mais rápido... Até ela gozar, esfregando-se nele, debatendo-se debaixo dele, uma das mãos batendo no colchão e retorcendo a colcha.

Ele continuou, penetrando e penetrando. E quando saiu de dentro dela, masturbou-se, ejaculando sobre o sexo dela, sobre o abdômen, sobre os seios.

Mesmo sabendo muito bem o que estava fazendo, uma parte sua se recusava a reconhecer seu significado.

Não estava marcando aquela fêmea.

Ele só... Não, não estava.

Porque, se a estivesse marcando, se aquilo fosse mais do que uma sessão intensa com uma fêmea pela qual se sentia demasiadamente atraído?

Então isso o colocaria numa situação bem complicada. Ainda mais porque seu irmão estava prestes a se recusar a voltar para o Território para cumprir seu dever, e iAm teria que bater em retirada para impedir que o machado cortasse a cabeça do único parente que lhe importava.

Mas, de novo, disse a si mesmo quando caiu sobre o corpo nu dela, ele não estava marcando nada.

Não.

De jeito nenhum.

Capítulo 64

Ficaram de mãos dadas durante todo o trajeto da volta para casa.

Enquanto dirigia o Porsche até o complexo, Trez mantinha contato com a sua rainha, mexendo em sua palma com o polegar, brincando com sua aliança nova, levantando-lhe a mão para um beijo.

– Todos têm sido tão gentis – ela murmurou, a cabeça recostada no apoio do banco, as luzes dos postes nas junções da autoestrada tingindo seu rosto de azul.

– Sim, são boas pessoas.

Pensou no irmão. Em Rhage. Rehvenge. Até recebera uma mensagem de texto de Tohr – que trilhara uma diferente versão daquele caminho. E também havia a doutora Jane. Manny. Ehlena.

– Todos têm tentado ajudar tanto – ela disse.

– É.

– A doutora Jane e Manny têm trabalhado sem descanso, tentando encontrar soluções.

– É. – Ele beijou sua mão mais uma vez. – Têm mesmo.

– E Rehvenge foi até o povo dele.

– Foi.

– E iAm foi até o Território...

Trez virou a cabeça rápido.

– O quê?

Ela se virou para ele, os olhos pesados e sonolentos.

– iAm foi procurar os Sombras... – De repente, ela franziu o cenho. – Ai, você está me machucando.

Voltando a si, ele a soltou.

– Desculpe. Eu... O que foi que você disse?

Quando ela repetiu pela maldita terceira vez, o coração dele começou a bater forte. Mantendo a voz deliberadamente tranquila, ele perguntou:

– Você sabe quando ele foi?

– Não. A doutora Jane só mencionou isso quando fui vê-la. Você estava com enxaqueca. Trez, o que aconteceu?

– Nada. – Ele levantou a mão dela para mais um beijo. – Nada mesmo.

O resto do trajeto para casa foi uma experiência meio *Sybil**, uma parte sua conectada com Selena, a outra metade indo atrás de iAm e berrando no rosto do macho algo do tipo: *que porra você estava pensando, se colocando em perigo desse jeito?*

Ou algo assim.

– ... antes de irmos para o norte?

– Desculpe. – Ele pegou a saída da direita que levava para a montanha. – Pode repetir?

– Eu gostaria de trocar de roupa. Essa coisa de cozinhar vai causar bastante sujeira.

– Você poderia cozinhar nua. É só uma sugestão, afinal, limpar seria moleza, porque eu te levaria direto para o chuveiro. Sem falar que eu poderia lamber a massa de bolo se ela caísse... bem, em qualquer parte.

Ela riu.

– Eu poderia ficar com frio.

– Então eu manteria minhas mãos em você o tempo inteiro.

– E eu não conseguia preparar nada.

– Não subestime o poder da comida entregue em casa. – Ele se inclinou e a beijou no ombro. – Mas tudo bem. Faremos o que você quiser.

Quando a imensa mansão surgiu, ele estacionou o carro diante dos degraus como Manny pedira, depois deu a volta para abrir a porta para

---

* Filme da tevê norte-americana de 1976, que se baseia no livro de Flora Rheta Schreiber, sobre o tratamento de uma jovem que sofria de transtorno de múltiplas personalidades. (N.T.)

sua fêmea. Quando ela ofereceu a mão, o diamante captou a luz das lâmpadas de segurança da casa e reluziu como um arco-íris.

– Eu amei o anel.

– Que bom. A ideia foi essa.

Uma vez lá dentro, levou Selena até o quarto. Fritz e os *doggens* haviam levado as roupas dela para o seu closet, e ele tinha que admitir que adorava ver as coisas delas misturadas às suas.

Graças a Deus que ela precisava se trocar, pensou, ao se comportar da maneira mais natural que conseguia.

– Escute, vou para a porta ao lado – disse ele, mantendo a voz neutra. – Por um instante. Você sabe, falar com iAm.

– Tudo bem – ela disse, sorrindo.

No instante que saiu de perto dela, revelou as presas e deixou de lado a postura casual. Não se deu ao trabalho de bater à porta do irmão; simplesmente escancarou a coisa.

– iAm! – berrou, mesmo duvidando que o cara estivesse ali.

Sem esperar por uma resposta, sacou o celular e apertou o número do cara. Um toque, dois toques...

– Oi. Trez? O que foi...

– Que porra passou pela sua cabeça?

Houve uma pausa.

– Como?

– Você foi para a porra do Território? – Ele tentou manter o tom da voz baixo. – Perdeu a cabeça?

– Trez...

– Que merda você foi fazer?

– Não vou discutir isso pelo telefone.

– Então traga seu rabo para cá agora.

Desligou o telefone e começou a marchar pelo quarto. Em seguida, voltando ao presente, disfarçou sua expressão e voltou ao próprio quarto.

– Selena?

– Sim? – ela disse de dentro do closet.

– Vou ter que ficar ali por um tempo. Não muito. Se quiser, pode ir na frente e eu já vou em seguida, ok?

Ele sabia, bem no fundo da mente, que não estava pensando com clareza – ela não deveria ficar sozinha –, mas estava furioso, o cérebro centrado apenas nas ações idiotas do irmão.

Esticando a cabeça para fora do closet, ela sorriu e disse alguma coisa que ele não registrou. No entanto, se seu aceno servia de indicação, ela iria na frente. Ele se aproximou e a beijou, depois se fechou no quarto de iAm.

Pareceu demorar uma hora até ele aparecer, mas foram só uns cinco ou dez minutos. E quando o cara entrou no quarto, um cheiro estranho chegou com ele: um cheiro feminino. E daí?

– Mas que diabos, iAm! – ele exclamou. – Como se eu já não tivesse problemas suficientes?

– Você tem que se acalmar. Só fui lá porque queria ver se existia algum registro da Prisão na literatura médica. Só fui e voltei...

– Como? Com quem fez um acordo?

– Comigo mesmo.

– Mentira...

– Trez, sem querer ofender, mas por que está perdendo tempo com isso? Eu saí...

– Foi com s'Ex? Você usou s'Ex? – Quando iAm não respondeu, ele lançou as mãos para o alto. – Ah, caramba! Só pode estar de brincadeira...

– Acalme-se...

– Me acalmar? Não pensou que seria uma loucura completa da sua parte se entregar para o executor da rainha? A quem tenho subornado nos últimos nove meses com uma provisão contínua de prostitutas? Isso não te pareceu irresponsável, já que eles querem que eu volte pra lá?

– Sabe de uma coisa? Não vou falar sobre isso com você. Não vou...

– O caralho que não vai! Você expôs a nós dois! Eles poderiam ter te usado para me influenciar...

– Não fizeram is...

– ... para que eu voltasse e servisse à porra daquela princesa! Você me disse que eu teria até o fim do período de luto, apenas três dias, e eu tenho muita coisa pra tratar aqui! Não preciso que você dê uma de louco e...

– Trez, sei que está com esse problema com a Selena. Eu entendo. Mas você está exagerando...

– Exagerando? E se eles te prendessem? E se AnsLai tivesse me procurado, dizendo: estou com o seu irmão, hora de se comprometer? Você pensou, por um segundo que fosse, na posição em que me colocou? Escolher entre você e uma merda de vida de encarceramento para mim, e não estar ao lado de Selena no fim da vida dela! Mas que porra...

Por algum motivo, percebeu a abrupta mudança de expressão de iAm: o macho estava imóvel, olhando para alguma coisa atrás do ombro de Trez, absolutamente pálido.

Trez se calou e fechou os olhos. Mesmo antes de se virar, sabia o que encontraria na porta do quarto.

Sim. Selena abrira a porta e estava sob os batentes, pálida como um fantasma.

– Você vai se compromissar? – ela disse num fio de voz. – Em três dias?

iAm imprecou baixinho. Era bem daquele jeito que as coisas não deviam ter acontecido.

E o pior, quando Selena avançou pelo quarto, as passadas dela estavam desiguais, como se os joelhos ou talvez o quadril estivessem doendo.

– O que você... – Ela parou diante de Trez. – Você vai se comprometer com aquela fêmea em três dias?

Hora de ir embora, iAm pensou. Aquilo definitivamente era para ser apenas entre os dois.

– Não – Selena disse, quando ele fez menção de sair. – Você fica.

Como se o quisesse à disposição para complementar as informações caso seu macho não estivesse sendo franco.

– O que está acontecendo? – ela exigiu saber.

Mesmo que Trez tivesse se mostrado absolutamente furioso momentos antes, agora parecia tão composto quanto um objeto inanimado.

– Isso não é importante.

– Não foi o que acabei de ouvir. E, antes que me acuse de ficar ouvindo atrás da porta, vocês dois estavam gritando tão alto que consegui ouvir do quarto ao lado.

Trez esfregou o cabelo rente e andou ao redor.

– Selena...

– Você vai se comprometer?

– Isso não nos afeta.

– Claro que afeta.

Quando o silêncio se estendeu, iAm mandou tudo à merda mentalmente e disse:

– Ele foi vendido pelos nossos pais, quando ainda éramos crianças, à rainha do Território, para ser o companheiro da herdeira ao trono. Isso foi estabelecido pelo mapa natal dele. Ele tem feito de tudo para fugir disso, e o motivo de estar irritado comigo é porque sou o calcanhar de Aquiles dele. Está louco com o risco que corri, provavelmente porque o que o preocupa de verdade é você e o fato de não poder fazer nada a respeito.

Quando os dois olharam para ele, iAm deu de ombros.

– O que foi? Assisto ao programa do Dr. Phil com Lass lá embaixo quando não consigo dormir.

– Isso é verdade? – Selena perguntou.

– É – Trez foi até a cama e se sentou –, não falei sobre isso com você porque, na verdade, não importa o que façam em três dias, não vou me unir a uma fêmea que não conheço e com quem não me importo só para lhes dar uma segunda herdeira ao trono. Não vai acontecer, e isso é um fato, quer você estivesse na minha vida ou não, e se você viver outros cem dias ou mil anos.

Ele uniu as mãos como se estivesse fechando uma porta.

– E é isso.

Selena permaneceu calada por um tempo.

– Você devia ter me contado.

– Não gosto de pensar nisso.

iAm revirou os olhos.

– É verdade.

– E, Selena, estou falando sério. Não vou fazer nada em 72 horas, nem em sete milhões. – Trez o fitou. – Você viu os nossos pais enquanto esteve lá?

iAm meneou a cabeça.

– Só fiquei no palácio. – *Numa cela*, pensou. – E eles perderam o status social, portanto estão do outro lado daquelas paredes. Claro que não fui atrás deles. Estão mortos para mim. Não dou a mínima.

– Nem eu. – Trez olhou para Selena. – A minha vida é aqui. Ela está aqui, com estas pessoas, neste lugar, os meus negócios... e você, acima de tudo. Não vou deixar ninguém tirar isso de mim só porque um astrólogo olhou para as estrelas e decidiu que elas significavam alguma coisa.

Selena envolveu o corpo com os braços.

– Eu queria mesmo que você tivesse me contado.

– Eu teria contado se isso significasse alguma coisa para mim.

– E esses seus negócios... Você ainda vende fêmeas?

iAm olhou para a porta. Começou a ir lentamente em sua direção.

– Elas se vendem – Trez argumentou. – Eu lhes dou uma forma de conseguir isso, mas elas são responsáveis por si mesmas. Escolhem quem, quanto e com que frequência. Meu trabalho é mantê-las em segurança.

– Enquanto lucra com elas.

– Elas pagam à boate, não a mim.

– Mas você é o proprietário da boate.

– iAm – Trez disse com firmeza –, quero que você fique.

Ele fechou os olhos.

– Não é isso que está parecendo...

– Não – Selena disse. – Se ele não tem nada a esconder, que diga o que tem a dizer diante de uma plateia.

Maravilha. Era disso que ele precisava. Um trabalho como mediador. Hum, não mesmo.

E *maichen* ainda estava no apartamento.

– Sabe, tenho que ir. – iAm olhou de um para outro. – Nunca estive num relacionamento, então não tenho nenhum conselho para dar a vocês dois. Mas, Selena, acho que você deveria saber duas coisas. Primeiro, a vida inteira dele foi definida por ele se rebelar contra o s'Hisbe e os nossos pais. E, segundo, ele não esteve com nenhuma outra fêmea desde que ficou com você no ano passado. Foi fiel mesmo quando vocês não estavam juntos. Por isso, não o crucifique achando que as humanas que trabalham para ele estão com ele de alguma forma. Fui!

Ele não lhes deu uma chance de segurá-lo naquele drama. Já tinha o seu próprio. Deixara *maichen* nua em sua cama, e estava preocupado com a possibilidade de ela ir embora antes que ele voltasse.

Apressando-se pelo átrio, saiu pela porta do vestíbulo, deparou-se com a noite e se desmaterializou para o Commodore.

Ao reassumir sua forma no terraço, afastou as portas corrediças e se apressou pelo corredor que dava para os quartos.

– *maichen* – ele chamou.

Assim que fez a curva na porta do seu quarto, ela respondeu:

– Estou aqui.

Ele inspirou fundo ao vê-la reclinada nos travesseiros, os ombros nus revelados acima da colcha.

– Ufa, ainda bem.

– Está tudo bem? – Ela se sentou. – iAm?

Chutando os sapatos, ele não respondeu. Não conseguia. Havia muito a dizer sobre as coisas que não podia mudar, e ele odiava isso.

Em vez disso, porém, afastou os lençóis e se deitou na cama completamente vestido. O corpo dela estava quente, nu e maleável ao aproximá-la do seu.

Quando os braços dela o envolveram e ela o afagou na cabeça, ele estremeceu – e percebeu que, em todos aqueles anos de vida, aquela era a primeira vez que tinha algum lugar para ir quando sentia que o mundo era um lugar de merda e o tempo não passava de uma tortura a ser suportada.

Aquilo era muito melhor até do que o sexo.

Aquele momento em que buscou e encontrou um amparo? Isso o fez entender porque os Irmãos se iluminavam quando suas *shellans* entravam num cômodo, e por que aqueles machos dariam a vida por aquelas fêmeas.

– Obrigado. – Ele se ouviu dizer.

– Pelo quê? – *maichen* sussurrou.

– Por estar aqui.

– Selena não está bem? – ela perguntou. Porque fora essa a explicação que ele lhe dera para ter que sair.

– Nada muito grave. Mas ela e meu irmão discutiram.

– Por quê?

– Não há nada como a sua noiva descobrir que você está comprometido com outra quando ela está para morrer. Essa é uma conversa e tanto.

maichen ficou imóvel.

– Isso tem que terminar.

– Essa merda doTrez com a maldita princesa? Concordo. Se você tiver alguma ideia brilhante, pode me contar – ele disse, sério.

Capítulo 65

Foi bem fácil escapar da própria casa.

Assail simplesmente entreabriu uma das janelas do andar de cima e saiu da propriedade com tanta pompa e circunstância quanto uma brisa se misturando à noite.

Ele estivera acompanhando os movimentos dos Irmãos na floresta adjacente à sua casa pelas câmeras noturnas, as imensas formas dos machos se movimentando como tiranossauros em sua propriedade, a presença deles rente às árvores.

Após o desaparecimento do sol, manteve as persianas ilusórias no lugar, preservando com eficiência a aparência vazia do interior característica do período diurno. Isso faria com que os Irmãos tivessem algo para fazer enquanto imaginavam quando e onde ele e os primos fariam uma reaparição noturna.

O que não aconteceria até ele completar uma tarefa específica.

Com presteza, viajou em direção ao leste, para um local pré-determinado num pequeno shopping abandonado, uns oito quilômetros distante do centro da cidade.

O carro alugado da Hertz estava estacionado de ré para a parede de uma construção na qual se lia BOUTIQUE DE ANIVERSÁRIOS BLUEBELL, ENTREGAS SOMENTE numa placa quase apagada, pendurada torta sobre uma porta reforçada de pintura descascada.

Ehric abaixou a janela do motorista quando Assail retomou sua forma.

– Vai dirigir?

– Sim.

Quando o macho saiu e Assail assumiu o lugar do primo atrás do volante, Evale disse do banco de trás:

– O que quer que façamos?

– Nada.

Ligou o carro e partiu, dirigindo com presteza, porém dentro dos limites da lei. Percorrera alguns quilômetros quando a cocaína ingerida duas horas antes começou a perder o efeito.

Mas ele não pretendia se reabastecer. Precisava estar concentrado o bastante para o caso de ter que se desmaterializar.

Conduziu os três e o enfadonho Ford Taurus em meio ao subúrbio e além da concentração metropolitana, entrando numa área mais rural que formava uma borda ao redor das Montanhas Andirondack. Conforme seguia adiante, os caminhos se estreitavam, a linha amarela do meio e as brancas das laterais começando a se apagar, os faróis já não os delineando tão bem. E ainda assim seguiu adiante, sem ninguém atrás dele, nenhum carro nem caminhão vindo da direção oposta.

Alguns quilômetros mais adiante, chegou à fazenda de gado leiteiro que procurava. Como a Boutique de Aniversários Bluebell, ela também estava abandonada, e o sedã chacoalhou ao passar do asfalto para um caminho de terra que atravessava campos com grama crescida. Cruzando arbustos crescidos e milharais emaranhados, dirigiu até o limite da floresta e encontrou refúgio debaixo de bétulas e bordos que ainda tinham algumas folhas. Girando o volante, virou o carro para que ficasse de frente e aguardou, deixando o motor ligado. Odiou que as luzes continuassem acesas, mas não havia nada que pudesse fazer a respeito.

A presença dos Irmãos impossibilitara que ele saísse com seu Range Rover.

– Ele está atrasado – Ehric comentou pouco depois.

– Ele virá. – Para o *Redutor Principal*, havia muito em jogo para simplesmente não aparecer. – Ele não vai nos decepcionar.

Dito e feito: momentos depois, uma forma escura se aproximou vinda dos campos, seguindo o caminho trilhado por eles. Com as luzes apagadas. Por isso, Assail sabia que era quem estavam esperando.

– Vocês sabem para onde ir – disse com suavidade ao entreabrir um pouco as janelas de trás.

E assim os primos se desmaterializaram do carro... E o *Redutor Principal* chegou, parando ao lado dele. Como de costume, Assail e seu associado abaixaram as janelas ao mesmo tempo.

– Onde está o seu Range Rover, vampiro?

– Na funilaria.

– Fala sério, porra. Você foi descoberto?

– Por assim dizer.

O assassino franziu o cenho, as sobrancelhas escuras se abaixando sobre os olhos escuros. Por um momento, Assail relembrou o Antigo País, onde se reconhecia os malditos não apenas por seu fedor, mas porque estavam na *Sociedade Redutora* por tempo suficiente para ficarem pálidos. Não no Novo Mundo. Aqui, na sociedade descartável dos humanos americanos, os mortos-vivos não duravam o bastante para que sua pigmentação diminuísse.

– Pela ATF? – inquiriu o assassino. – Ou pela polícia de Caldwell?

Como se durante sua existência humana ele tivesse tido dificuldades com essas duas organizações.

– Pela Irmandade da Adaga Negra. E pelo rei cego, Wrath.

O morto-vivo jogou a cabeça para trás e gargalhou.

– Cara, o problema é seu.

– Lamento, mas acredito que seja seu.

Sem aviso, Assail projetou o corpo pela janela e apunhalou o assassino no olho, usando a adaga que discretamente apoiara sobre a coxa. Enquanto o *Redutor Principal* gritava, Assail libertou a adaga e cortou a garganta dele. Sons gorgolejantes e uma quantidade copiosa de sangue negro encheram o interior do SUV do assassino, e Assail foi forçado a desajeitadamente sair de perto do corpo para não ser encharcado por aquele visco.

Ehric se rematerializou com o outro primo e revistaram o veículo com rapidez, enquanto Assail vigiava para garantir que não haveria testemunhas. Enquanto o assassino engasgava e abria e fechava a segunda boca aberta em sua garganta, Ehric apareceu segurando três AK-47 e bastante munição. Sem nada ser dito, as armas e o chumbo foram colocados no porta-malas do Taurus, e os primos abriram as portas de trás para entrar no carro.

Assail enfiou a mão no outro carro e puxou um dos braços do *Redutor Principal.* Limpou a adaga numa parte substancial da manga antes de guardá-la... Para, em seguida, pegar uma faca de serra de seu cinto.

Rapidamente o decapitou.

Deixou o corpo onde estava, atrás do volante do SUV, as mãos e pés ainda se movendo, a mão direita ainda estreitando o volante.

Seria bem difícil dirigir, levando-se em consideração que não havia mais cérebro nem olhos para direcionar o veículo.

Não, ele segurava o chip central pelos cabelos.

Dando a volta no carro até a porta do passageiro, abriu-a e colocou a cabeça que ainda piscava os olhos numa caixa de papelão forrada com saco plástico.

Depois voltou a se acomodar atrás do volante do Taurus. Antes que as luzes internas se apagassem, espiou na direção da caixa e se deparou com olhos revirados e chocados.

– Você era um bom sócio – murmurou Assail. – Uma pena que nossa sociedade tenha que ser desfeita.

Dito isso, engatou a marcha no carro e saiu de lá.

Capítulo 66

Trez se deixou cair na cama do irmão, os braços pensos ao lado do corpo, os olhos fixos no teto. Mas que inferno, aquela sua maldição nunca deixaria de atormentá-lo. Lá estava ele, tentando agir de maneira honrosa com a única fêmea que lhe importava... e vinha a merda da situação com o s'Hisbe, como uma corda em seu pescoço.

– Você não esteve mais... com uma fêmea? – Selena perguntou. – Desde...

Ele ergueu a cabeça e olhou através do quarto até ela.

– Por que eu ficaria com alguém desde que fiquei com você? Não me interessei por ninguém.

Houve uma longa pausa.

– Mesmo?

– Mesmo.

Ela levou as mãos ao rosto.

– Isso é... – Ela meneou a cabeça. – Fantástico, na verdade.

Empurrando o colchão, ele se apoiou nos cotovelos e a encarou.

– Lembra do que você disse? Depois que você... bem, quando esteve na clínica pela primeira vez? Você estava preocupada por talvez ser outra obsessão minha?

– Sim, lembro.

– Bem, se você for, fiquei obcecado muito antes de ficarmos juntos. Você não deve se lembrar, mas... – balançou a cabeça. – Eu costumava te esperar no átrio todas as noites.

– O quê?

– É, eu sei, ridículo... Mas, veja, você vinha aqui alimentar V. ou Rhage, ou Luchas, e eu ficava à toa perto da porta de entrada só para o caso de você voltar do Centro de Treinamento, ou ir para lá, vindo de qualquer outra parte da casa. Uma noite... Merda, lembro disso claramente... Você estava no átrio, e quando te vi... fiquei olhando e pensei... essa é a fêmea mais incrível que já vi. – Deu de ombros e se sentou ereto. – Você me fisgou naquele instante, minha rainha. Fiquei obcecado por você, para o bem e para o mal, muuuuuito antes de saber que você estava doente.

Ela sorriu de leve.

– Eu não fazia ideia. Quero dizer, eu sabia, quando você e eu ficamos juntos na casa de campo de Rehv... bem, eu entendi que você gostava de mim.

Ele piscou e a visualizou naquela cama nos Grandes Campos.

– É, eu estava ligado em você naquele dia. Bem ligado. – Com uma careta, disse: – Olha só, não lidei muito bem com a situação. Eu deveria ter te contado os detalhes dessa coisa do s'Hisbe, mas fiquei com medo de você se assustar, e isso fazer com que não quisesse ter nada comigo. Perdi anos da minha vida aprisionado naquele palácio, e arruinei a existência inteira de iAm... Eu não queria perder uma chance com você por causa de toda essa porcaria. E quanto aos meus negócios? Não são legais segundo as leis humanas, mas sempre acreditei que as pessoas têm o direito de ganhar a vida como bem quiserem, contanto que não afetem ninguém. É por isso que, ao contrário de Rehv, nunca permiti que drogas fossem vendidas nos meus estabelecimentos. As humanas estão protegidas quando estão sob o meu teto, praticam sexo seguro, e ficam com 90% do que ganham. Os outros 10% pagam as contas de luz e os meus leões de chácara. Então... É isso. Essa é a minha parte.

Ela inspirou fundo.

– Estou muito contente por você estar se abrindo comigo.

– Quer saber de mais alguma coisa? Como já disse antes, não discuto sobre meus pais porque eles não passam de biologia para mim e para iAm. Nunca se preocuparam com o nosso bem-estar. Nunca estiveram ao nosso lado. O tempo todo sempre foi iAm e eu juntos, e isso nos basta. E é por isso que não falamos deles.

Selena avançou mancando e se ajoelhou ao lado dele no chão.

– Obrigada.

Os olhos dela estavam tão azuis e límpidos enquanto o fitavam.

– Pelo quê? – disse rouco. – Não gosto de demonstrar fraqueza. Odeio isso.

– Isso só me faz amá-lo ainda mais – ela sorriu. – Na verdade, essa honestidade de agora... É a coisa mais atraente em você.

Ah, merda. Ela ia acabar fazendo com que ele precisasse de mais lencinhos.

– Eu te amo tanto... – Quando a voz se partiu, ele pigarreou: – Mais até do que ao meu irmão.

– Isso está parecendo um relacionamento.

– E é.

Ficaram assim por um bom tempo, ele olhando para baixo, ela para cima, e, naquele silêncio, ele percebeu que chegaram à realidade do que eram individualmente e do que eram juntos. O cerne deles dois, suas fraquezas, percebidas e reais, expostas, nada escondido – não a doença dela, nem nada daquilo que ele não quisera que ela soubesse... e a eternidade deles ainda estava intacta.

Seu amor ficara ainda mais fortalecido.

– Você foi – ela sussurrou – a melhor parte da minha vida. Você é um milagre tão grande que quase compensa minha doença.

– Não sou uma bênção tão grande assim.

– Sim, você é.

Ele lhe acariciou o rosto com as juntas dos dedos. Resvalou os lábios dela com os seus.

– Então... Quer preparar meu jantar?

Ela assentiu, e quando ele lhe ofereceu a palma para que se levantasse, ela pousou a mão com o brilhante.

Aquela linda mão, com os dedos longos e o pulso fino.

A princípio não entendeu por que, quando se levantou e foi puxá-la, sua mão escorregara.

– Ah, desculpe, que atrapalhado...

Ela não estava se movendo.

Selena estava na exata posição em que estivera ao apoiar a mão na dele, o braço erguido, a cabeça inclinada para fitá-lo nos olhos, o corpo sobre os joelhos.

A única coisa que mudara foi o terror nos olhos dela.

– Ah, não... – ele disse. – Não, não, não agora...

Ajoelhou-se ao lado dela, mas ela não virou a cabeça na sua direção. Em vez disso, seu corpo começou a pender para o lado como se fosse um objeto, caindo, caindo...

– *Não*! – ele berrou.

Em seguida, Trez percebeu que estavam na clínica.

Não fazia ideia de como chegara ali com Selena nos braços, mas, de alguma maneira, deve tê-la suspendido do chão do quarto de iAm, descido as escadas e atravessado o túnel até sair pelo armário do depósito.

Ficou vagamente ciente das pessoas atrás dele. Lassiter, que provavelmente saíra da sala de bilhar. Tohr, que estivera em sua mesa no escritório. Outro Irmão que mancava.

Mas nenhum deles importava.

Empurrando a porta da sala de exames com as costas, ele entrou sem bater, o coração batendo forte, a audição ecoando, o cérebro tomado por uma palavra que continuava dizendo repetidamente para si mesmo.

Nãonãonãonãonãonãonão...

Aquilo não podia estar acontecendo agora, depois do momento transcendental que tiveram. Não agora, quando deveriam ir para a cozinha de Rehv, onde dançaria com ela nua. Não agora, sem que ele a tivesse levado para o passeio de barco.

Era cedo demais, cedo demais...

De repente, percebeu que a doutora Jane estava diante dele, os olhos verde-escuros presos aos seus, os lábios se movendo.

– Não consigo ouvir – ele disse. Ou pelo menos pensou ter dito.

Maldição, aquele sino em seu ouvido não estava ajudando.

Quando a médica apontou para a mesa de exames, ele pensou que era aquilo mesmo, tinha que colocá-la sobre a mesa.

Cruzando o piso azulejado, aproximou-se do móvel e se inclinou, na intenção de deitá-la de costas. Só que... o corpo dela não se moveu para acomodar a nova posição.

Ter que deitá-la de lado quase o matou.

Agachando-se para que ela pudesse vê-lo, segurou-lhe a mão, aquela que estivera esticada para ele, aquela da aliança.

– Está tudo bem, minha rainha. Está tudo bem. Você conseguiu superar da última vez, vai conseguir de novo. Você vai sair dessa.

Não se desviou dos olhos cheios de pânico. Nem quando as máquinas foram ligadas e os acessos intravenosos colocados, e novos raios-X tirados. Não enquanto os dois médicos e Ehlena trabalhavam fervorosamente, administrando remédios, verificando sua pulsação e pressão. Nem quando ela começou a chorar, gotas cristalinas se formando e caindo pelo nariz e pela lateral do rosto.

– Estou aqui, minha rainha. Não vou a parte alguma. Fique comigo. Você já saiu disso outras vezes antes, o mesmo vai acontecer hoje à noite. Acredite comigo, vamos... Você tem que acreditar comigo...

Ele teve que abrir a boca, porque estava respirando com tanta força que o nariz não dava conta. E continuava engolindo em seco. Era isso ou se arriscar a cair de lado e vomitar no chão.

Não pode ser, pensou.

Não estou pronto.

Não posso dizer adeus.

Não posso deixá-la ir embora hoje.

A hora não pode ter chegado...

Capítulo 67

Enquanto Rhage montava guarda diante da casa de Assail, ele sabia em seu íntimo que alguma coisa não estava certa. Desde que ele e V. chegaram, nada havia mudado. A parte interna, quer fosse a cozinha, a sala gigante do tamanho de um campo de futebol ou o escritório, tudo estava exatamente igual, só que ninguém lá dentro se movia.

– Talvez Assail esteja pintando as unhas no porão – murmurou Rhage. – De lilás. Ou quem sabe de vermelho cereja.

– Cedo ou tarde – V. ralhou –, se pretende continuar com o trabalho, ele vai ter que sair de carro. Não se pode carregar tanto dinheiro nem as drogas desmaterializado.

– Ao menos que levem todas as drogas consigo.

Os dois tinham que concordar que Assail e os rapazes dele vinham entrando e saindo desde o pôr do sol, e não havia nada que pudessem fazer a respeito disso. V, no entanto, instalara minúsculas câmaras de segurança antes de saírem no último amanhecer, e não houve nenhuma atividade durante as horas do dia – ninguém passou para apanhar ou deixar sacolas. Portanto, como V. disse, não havia como ele movimentar seus produtos...

Como se estivessem seguindo uma coreografia, ele e o irmão pegaram os celulares ao mesmo tempo.

190 QG alternativo.

Mensagem enviada por Phury.

Sem hesitação, os dois se desmaterializaram, viajando através do rio e reassumindo a forma na porta dos fundos da casa de audiências. V.

inseriu o código e entraram num rompante pela cozinha, assustando a *doggen* que estava ao fogão.

O fato de a acompanhante de Paradise, Vuchie, não parecer alarmada foi um bom sinal. Também não havia nenhum alarme disparado.

Mesmo assim, os dois sacaram suas pistolas e correram para a sala de jantar, empurrando a porta vai e vem no canto de trás...

... Bem a tempo de verem Assail tirar uma cabeça de dentro de uma caixa de papelão pelos cabelos.

– Pensei que gostariam de ser juntar à festa – Phury sussurrou pelo canto da boca. – Ele acabou de aparecer.

– Gostaria de lhes apresentar – Assail dizia – o meu sócio. Meu *antigo* sócio.

Os olhos castanhos do morto-vivo viraram pela sala, os lábios manchados pelo sangue negro entreabertos como os de um peixe largado no fundo de um barco em pleno sol.

Os vários Irmãos presentes praguejaram.

E quando George ganiu ao lado da cadeira de Wrath, o Rei abaixou a mão para afagá-lo.

– Como podemos saber que não é apenas um dos assassinos das ruas?

– Porque estou lhes dizendo.

– A sua credibilidade não é algo no qual alguém possa confiar a vida.

– Mas eu sim. – Assail guardou o crânio e colocou a caixa no chão. – Sei onde todos os *redutores* estão ficando.

Todos se calaram.

Wrath avançou sobre a cadeira, os óculos escuros fixos na direção do traficante.

– Sabe.

– Sei.

As narinas de Wrath inflaram enquanto ele testava o cheiro do macho.

– Rapazes, ele está dizendo a verdade.

A contrariedade marcou as feições do traficante.

– Claro que estou. Você me informou que eu deveria deixar de fazer negócios com a *Sociedade Redutora*. Obedeci ao seu comando. Se a Irmandade for até lá e os dizimar, eu não terei mais que provar que cumpri suas ordens, e poderei continuar com os meus empreendimentos. Os nossos interesses estarão, então, alinhados, e se precisar de reforços para essa luta, eu e meus primos nos dispomos como voluntários.

– Estou emocionado com sua magnanimidade.

– Isso não tem nada a ver com você. Como já lhe disse, sou um empresário. Não há nada que eu não faça para proteger os meus interesses, e ficou claro que você e o grupo aqui presente são capazes de acabar com aquilo que me é mais caro. Portanto, tomei as providências necessárias para me certificar que poderei continuar – mesmo que isso me custe muito e afete o meu fluxo de caixa, visto que terei que restabelecer a minha rede de distribuição nas ruas.

Quando o ar na sala começou a zunir, Rhage olhou para seus irmãos. Ele estava pronto para entrar naquela briga, para poder retribuir o que aqueles bastardos fizeram durante os ataques.

Aquela era uma bênção inesperada.

– Pelo que sei – Assail apontou para a caixa –, esse é o *Redutor Principal*. Ataquei-o reservadamente e não o enviei de volta ao seu Criador de propósito. Haverá uma janela na qual a sua ausência será tolerada.

V. falou:

– Então onde fica esse covil de perversidade?

– Na Escola para Garotas de Brownswick. O campus está abandonado há tempos, e eles estão morando nos dormitórios.

– E estão tentando aprender divisão de números grandes – alguém murmurou.

– Ou escrevendo a versão *redutora* de Our Bodies, Ourselves* – outro disse.

Assail interrompeu os comentários.

– Descobri a localização deles há vários meses. Afinal, é importante que eu conheça os particulares da vida dos meus associados. Meus primos investigaram a propriedade esta noite e confirmaram que eles ainda estão lá. Imagino que também queiram reconhecer o local antes de coordenar qualquer tipo de ataque.

No mesmo instante, todos os Irmãos começaram a falar oferecendo-se para ir, mas Wrath ergueu a mão, silenciando-os.

---

* Livro publicado em 1971 sobre saúde da mulher e educação sexual. (N.T.)

– Vai permitir que fiquemos com isso – perguntou ele, apontando na direção da cabeça na caixa. – Ou é um souvenir que deseja colocar na cornija da sua lareira?

– Assim como a informação que lhes dei, ela é sua para fazer dela o que bem desejar.

– Onde está o resto do corpo?

– Na Rota 149. Existe uma fazenda de gado leiteiro abandonada. Atravesse o pasto em direção à floresta, encontrará o resto do corpo e o SUV dele ali.

Wrath se recostou e apoiou o tornozelo no joelho.

– Este é um resultado muito melhor do que termos que te matar.

– Ter feito isso não me agrada.

– É melhor do que um caixão – insistiu Rhage.

O traficante relanceou em sua direção.

– É verdade. – Dito isso, Assail girou sobre os calcanhares e seguiu na direção da porta. – Sabem onde me encontrar se tiverem mais perguntas ou precisarem da minha ajuda no ataque.

Butch acompanhou o macho até a porta de entrada da casa.

Foi só quando o Irmão retornou e fechou a sala que alguém disse alguma coisa.

– Se esse for o *Redutor Principal* – disse Wrath –, Ômega saberá no mesmo instante.

– Mas ele os substitui a cada quinze minutos – disse V. – E não fomos nós quem o matamos. Talvez ele simplesmente consagre o seguinte e siga em frente.

– Talvez. – Wrath indicou a caixa de papelão. – Livrem-se disso quando forem checar o cadáver.

– Eu posso ir – ofereceu-se Butch. – Posso tirá-lo do jogo de uma vez por todas.

V. meneou a cabeça.

– Você não pode se desmaterializar. É perigoso demais...

De uma só vez, os telefones de todos tocaram, os diversos sinais diferentes de recebimento de mensagem mais parecendo a abertura de um episódio da Vila Sésamo.

Enquanto todos pegavam seus aparelhos no bolso, Rhage ficou imaginando que diabos podia ser. Tohr não estava escalado, por isso estava em casa. Rehv odiava telefones. E Lassiter fora forçado a parar de enviar mensagens para grupos depois que V. desabilitara a função no Samsung do idiota – além disso, teria acontecido um coro de "I'm an Asshole" de Denis Leary, que todos colocaram como toque para as chamadas do anjo.

– Ah, merda – alguém disse.

Rhage teve que ler duas vezes o que fora enviado. Depois abaixou o braço e fechou os olhos.

– É melhor alguém começar a me contar que porra está acontecendo – Wrath disse com rispidez.

– É a Selena. – Rhage se ouviu responder. – Ela foi internada.

Sentado na cama desarrumada do seu apartamento no Commodore, iAm se viu analisando as vestes de *maichen*, tentando ver se havia algo fora de lugar, amassado, torto. Não queria mandá-la de volta para o Território como se ela tivesse acabado de ser montada para valer.

O que, de fato, acontecera.

– Amanhã à noite – ele disse.

– Isso.

– Bom. – Merda, não sabia se conseguiria esperar até lá. – Dureza.

Aproximando-a, ajeitou a máscara na mão para que, quando colocasse sobre a cabeça dela, a malha ficasse ajustada. Odiava cobrir-lhe as feições de novo. Era como se a estivesse aprisionando, mesmo ela tendo a liberdade de ir e vir quando quisesse.

Bem, isto é, relativamente.

– Até amanhã – ela disse, a bela voz abafada.

Ele esticou o braço e segurou sua mão. Tinha a intenção de apertar e soltá-la, mas descobriu que não conseguia deixá-la ir embora.

– *maichen* – respirou fundo. – O que você diria se eu lhe oferecesse um lugar aqui? Isto é, em Caldwell. Eu cuidaria de você e você ficaria segura na cidade.

Definitivamente não seria no seu apartamento; isso era uma certeza, pois s'Ex, sem dúvida, voltaria a usar aquelas quatro paredes como lugar de transa assim que o período de luto chegasse ao fim...

Não, espere. Nesse momento, eles iriam atrás de Trez.

Tanto faz.

Seria em algum outro lugar.

Quando ela hesitou, ele disse:

– Você não teria mais que servir ninguém. Poderia ser livre.

E pensou, *você poderia ficar comigo.*

O que era loucura, mas ele achava que o tempo estava mais escasso ultimamente, e não queria esperar por nada. Ainda mais uma coisa que estava no espectro das coisas boas e não um chute no saco.

– Você ficaria segura – repetiu. – Juro pela minha vida, eu a protegeria. E existe um mundo imenso aqui, coisas para você fazer e lugares para explorar, cursos para frequentar. Os humanos, na maioria, são um bando de idiotas, mas não a incomodariam.

Num instante, a fantasia se desenrolou com um fio dourado, imagens dele cozinhando para ela no Sal's, apresentando-a cheio de orgulho para os seus garçons, até levá-la para o complexo para uma Refeição com o pessoal.

Ignorou de propósito a parte de ter que fugir do s'Hisbe.

– iAm – ela sussurrou.

Merda. Seu tom dizia tudo.

E ele não queria ouvir.

– Você poderia ter uma vida de verdade aqui fora. Você é muito mais do que apenas uma criada. Você poderia de fato viver.

Comigo, ele terminou em seus pensamentos.

Ah, Deus, estava caído por ela. E por mais que ele pudesse justificar isso por finalmente ter feito sexo, era muito mais. Em sua alma, de alguma forma, ele a conhecia.

Na mesinha de cabeceira, seu telefone anunciou a chegada de uma mensagem.

– Pense nisso – ele disse. – Sei que é pedir muito, por isso não me responda agora. Vá para casa, fique em segurança... Te vejo amanhã.

Pondo-se de pé, ele a acompanhou para a sala de estar e até a janela corrediça. Um momento depois, ela foi embora como se nunca tivesse estado ali – e, por um instante, ele se perguntou se não imaginara tudo aquilo.

Parecia tão surreal.

Estaria mesmo se apaixonando?

Fechando a porta balcão, teve a intenção de voltar para o quarto e arrumar a cama, só para que, caso s'Ex aparecesse, aquilo não parecesse estranho. Em vez disso, só ficou ao lado da porta de vidro, olhando para a noite, o cérebro se ocupando com os "e se" e "que tal".

O som do telefone tocando no quarto o fez se concentrar novamente, e ele percorreu o corredor, passou pela porta e pegou o aparelho do criado-mudo.

Aceitou a ligação ao pegá-lo.

– Rhage? Tudo be...

– Trez precisa de você. Agora.

– É a...

– É. Ela está na clínica.

iAm fechou os olhos.

– Diga que estou a caminho.

Ao desligar, deixou de lado a cama desarrumada e correu para as portas de vidro. Assim que saiu para o ar frio, tentou se desmaterializar, mas o coração batendo rápido e as emoções descontroladas atrapalharam seu foco.

Foi só por visualizar Trez tendo que lidar com uma tragédia sozinho que ele conseguiu se controlar e, um momento depois, estava nos degraus da mansão da Irmandade. Entrando apressado no vestíbulo, teve que esperar uma eternidade até que o *doggen* abrisse a porta, e mal dirigiu duas palavras ao macho antes de sair em disparada.

Rapidamente se dirigiu ao Centro de Treinamento, e quando finalmente saiu pelo armário do depósito e correu para fora do escritório...

iAm derrapou no corredor.

Devia haver umas... quarenta pessoas do lado de fora da sala de exames, algumas sentadas no chão duro, outras andando de um lado para o outro. V. fumava enquanto Butch batia um pé no chão como se alguém o tivesse ligado numa tomada. Phury andava de um lado para o outro como um maluco; Z. estava completamente parado. Bella embalava Nalla nos braços. Payne embaralhava cartas sem parar. John Matthew estava de mãos dadas com Xhex. Qhuinn tinha um braço ao redor de Blay. Autumn segurava Tohr pela cintura como se fosse a única coisa que o sustentava no chão de cimento. Rhage estava sozinho, distante dos outros. Até Wrath estava ali, com Beth, L.W. e George.

Todas as Escolhidas estavam presentes. Cada uma delas, inclusive Amalya.

E Rehvenge era o mais próximo da porta da clínica.

iAm fechou os olhos. Não conseguia acreditar que todos tinham ido para lá.

Quando começou a andar, as pessoas o abraçaram, tocaram nele, apertaram seus ombros. Deu o seu melhor para agradecer e corresponder, mas sua cabeça estava em parafuso. Quando se aproximou de Rehv, apenas balançou a cabeça.

– O que aconteceu?

– Ela teve uma crise, ou o que quer que chamem isso, uns vinte minutos atrás. Estão cuidando dela. Ele pediu que o chamássemos.

Aqueles olhos cor de ametista tinha um brilho avermelhado.

iAm bem que poderia usar um minuto para se recompor, mas perdera quantos, já? Só Deus sabia o que estava acontecendo ali dentro, e só havia um modo de saber.

Empurrando a porta, retraiu-se. Selena estava na mesa mais uma vez, mas vê-la toda retorcida foi como levar uma punhalada no coração.

Trez estava ao lado da sua cabeça, os olhos fixos nela. Os lábios se moviam como se ele estivesse falando baixinho com ela, com o pano de fundo do bipes do equipamento médico e os fios e tubos. As roupas que ela estivera usando haviam sido cortadas, e uma manta branca fina a cobria.

Acenando na direção de Ehlena, Jane e Manny, iAm se aproximou e se abaixou. Trez deu um salto e olhou ao redor como se tivesse esquecido que havia mais gente na sala.

– Você chegou – o macho disse.

– Sim, estou aqui.

Trez se virou para Selena.

– Olhe quem está aqui, é o iAm.

A voz costumeiramente forte estava aguda e entrecortada, como se estivesse sendo filtrada por um sintetizador.

– Olá, Selena – iAm lhe disse.

Quando os olhos dela se desviaram para ele, iAm se forçou a sorrir contra uma onda de tristeza e de medo. Ela estava aterrorizada. Completamente aterrorizada.

E por que não estaria?

Trez começou a murmurar de novo e iAm relanceou para Manny, erguendo a sobrancelha numa pergunta muda. O médico balançou a cabeça com lentidão.

Merda.

Capítulo 68

Trez esperou por um milagre.

Durante as seis ou oito horas seguintes, esperou e rezou e falou até perder a voz. Até mesmo cobrira a amada com sua energia, não apenas uma vez, mas duas. E, ainda assim, ela continuou como estava, aprisionada em seu corpo imobilizado, os sinais vitais lentamente enfraquecendo... Os olhos começando a se fechar de tempos em tempos.

Só para voltarem a se arregalar e ela arquejar em meio aos lábios cada vez mais pálidos.

Mais tarde, ele se lembraria do momento em que chegaram ao ponto em que não havia mais volta.

Foi quando a equipe médica desligou os alarmes que, a princípio, soavam de vez em quando, mas que depois de um tempo não paravam de soar.

– Está na hora... – sua voz se partiu e ele pigarreou. – Na hora de mais raios-X?

Jane deu a volta e falou baixo para ele:

– Trez, acho que seria bom conversarmos com você.

Manny assentiu.

– Talvez no corredor.

– Não, não vou deixá-la. – Afagou o cabelo adorável e ficou aliviado quando os olhos dela se concentraram nos seus. – Não vou te deixar, minha rainha.

iAm se inclinou e sussurrou ao seu ouvido:

– Quer que eles falem comigo?

Demorou um pouco até Trez responder. Ele não queria ouvir o que eles tinham a dizer. Mesmo que, bem fundo no seu coração, ele já soubesse... Soubesse que, daquela vez, a situação não mudaria... ele não queria ouvir essas palavras sendo ditas.

Mas o ciclo de terror e arquejos que acontecia sem cessar estava começando a exauri-lo.

– Sim, por favor – disse com educação. – Obrigado.

O grupo, inclusive Ehlena, foi para a sala ao lado.

E ele percebeu que ele e Selena estavam sozinhos. Inclinando-se na direção dela, afagou-lhe os cabelos e resvalou a boca na sua.

Merda, os lábios dela estavam tão gelados...

Ele queria fechar os olhos, mas morria de medo de perder alguma coisa. Em vez disso, deixou que algumas batidas de coração se passassem.

Quero ser livre. O que mais me assusta é ficar presa dentro do meu corpo.

– Selena – ele disse numa voz tão fina quanto sua pele. – Selena, consegue olhar pra mim? Consegue me ouvir?

Ela piscou duas vezes, que era o código estabelecido por eles para "sim".

– Preciso saber... – Engoliu com força. – Preciso saber se você quer ir... Você quer ir?

Em resposta, seus olhos... seus magníficos olhos azuis... se empoçaram com lágrimas, e ele também começou a chorar. Com uma sensação profunda de dor, ele esticou a mão livre e enxugou as lágrimas do nariz e do rosto dela. Suas lágrimas ele deixou onde estavam.

– Minha rainha, está na hora de partir? Conte-me se for.

O olhar dele não se desviou.

Ela piscou uma vez. E depois... de novo.

Ah, Deus.

– Eu entendi direito? – perguntou. – Você quer que isto... termine?

Os dois choravam copiosamente agora. E ela não precisava piscar a sua resposta de novo, porque bem fundo em seu coração e em sua alma ele sabia o que ela queria. Mas, mesmo assim, ele esperou pelo sinal uma vez mais. Aquele era um daqueles momentos em que se tem que ter certeza.

Ou jamais conseguiria se perdoar.

– Chegou a hora? – ele sussurrou.

Ela piscou uma vez... depois repetiu.

Então ele fechou os olhos e percebeu que seu corpo cambaleava como se um peso enorme estivesse sobre seus ombros, e mal equilibrado.

Quando abriu os olhos, iAm e os médicos tinham voltado para o quarto. Um olhar para o rosto rígido do irmão e ele soube que a conversa não fora marcada pelo otimismo.

Quando iAm se aproximou, teve o cuidado de olhar para Selena e sorrir – pelo que Trez ficou imensamente grato. Depois se inclinou e sussurrou:

– Trez, não há nada que eles possam fazer. Os anti-inflamatórios não estão funcionando, e as radiografias revelaram uma alteração em relação ao último episódio. As juntas, ou o que deveriam ser as juntas, estão brancas na imagem, com uma densidade como a dos metais. Não aconteceu isso antes. Os sinais vitais não estão bons, e piorando mesmo com eles administrando drogas para ajudar na ventilação e nos batimentos cardíacos. Eles acreditam que... que seja o fim.

Trez assentiu, depois se demorou um pouco cuidando do rosto de Selena.

– Ela está pronta para ir – ele informou com a voz partida. – Ela me disse. Existe... algo... que a gente possa...

Manny avançou.

– Podemos ajudá-la. Se ela tiver certeza.

– Ela tem.

iAm se aproximou de novo e sussurrou outra coisa.

Trez inspirou fundo.

– Selena, você quer ver suas irmãs? Phury? A *directrix*? Estão todos aqui. Estão ali fora.

Como resposta, ela fechou os olhos. Uma vez. E os manteve fechados assim até ele sentir uma pontada de pânico atravessá-lo.

Mas ela voltou a abri-los. Ainda estava com ele.

Agora as lágrimas escorriam com maior rapidez, e ele desejou poder se concentrar o bastante para ler a mente dela, mas não conseguia. Estava atormentado demais, emotivo demais, cheio de dor e sofrimento. E ele, de todo modo, entendia o que ela queria.

– Não quer que a vejam assim. – Piscada. – Mas você os ama e quer que saibam que sentirá saudades deles. – Piscada. Piscada. – Quer que eu diga adeus por você.

Piscada. Piscada.

– Tudo bem, minha rainha.

Então, ocorreu uma pausa estranha.

Mais tarde, quando ele obsessivamente reviu cada detalhe do que acontecera, cada hora passada durante a crise, cada nuance do quarto, das pessoas, cada torção no rosto dela e cada palavra que Trez lhe dissera, ele se demoraria naquele instante. Imaginou que foi como se estivesse olhando para o cano de uma pistola pouco antes de ser alvejado.

– Eu te amo – ele disse. – Eu te amo para sempre.

Carinhosamente, afagou seu rosto e implorou que ela estivesse sentindo seu toque. Não sabia se ela sentia ou não, pois sua pele estava ficando num tom acinzentado alarmante.

Trocando de mão para que a direita a segurasse, enquanto a outra tateava o ar, procurava...

iAm, como sempre, estava ao seu lado, segurando sua mão com firmeza, dando-lhe forças e equilibrando-o.

Ele não conseguiria passar por aquilo a menos que seu irmão estivesse lhe dando suporte.

– Ok – Trez disse para quem estivesse ouvindo. – Estamos prontos.

Manny se aproximou do acesso intravenoso com uma seringa cheia de um fluido na mão.

– Esta primeira injeção é um sedativo.

Trez se sentou mais para frente na cadeira que lhe tinham dado. Aproximando a boca do ouvido dela, ele disse:

– Vou te amar pra sempre...

Ele repetiu as palavras até não ter mais certeza de quantas vezes as dissera. Só queria que aquilo fosse a última coisa que ela ouviria.

– Esta é a injeção final – alguém disse. Talvez fosse Manny, talvez não.

Trez começou a dizer as palavras mais rápido. E mais rápido:

– Vouteamarprasemprevouteamarprasemprevouteamarprasempre...

Momentos depois, ele parou.

Não entendia como, exatamente. Mas soube.

Ela tinha partido.

Recostando-se, fitou os olhos ainda abertos. Estavam tão lindos quanto sempre foram... No entanto, não havia vida neles.

Aquela centelha mística que a animara se apagara.

E a alma dela, já não dispondo mais de um lar viável, se fora.

O silêncio e a imobilidade da morte eram vazios por si só, um buraco negro que sugara tudo e todos ao redor; e o puxão era tão forte que as vidas dos outros também faziam uma pausa, momentaneamente aleijadas por aquela tremenda força contagiosa.

Trez abaixou o rosto para a mesa de exames e soltou as duas mãos que o seguravam, a dela e a do irmão. Depois passou os braços ao redor da sua amada, e chorou sobre ela com tanto sofrimento que o vidro explodiu em toda a sala, as portas de aço inoxidável dos armários estilhaçaram e caíram das suas molduras, até mesmo a tela do computador e os filetes da luz forte pendente craquelaram.

Estivera se preparando para aquele momento terrível desde que a encontrara do lado de fora do cemitério do Santuário, inconscientemente se preparando, experimentando o luto como alguém que testa o calor de um forno ou a toxicidade de um cheiro.

A realidade era indescritivelmente pior do que ele previra, mesmo em seus momentos mais pessimistas.

Na realidade, ele era apenas mais um pedaço de vidro quebrado naquele quarto.

Completamente estilhaçado, sem conserto.

Capítulo 69

Agora ele sabia como era ver alguém que você ama ser atropelado por um carro, iAm pensou ao ver seu irmão soluçar.

As emoções de Trez puseram a clínica num gelo absoluto; o ar estava tão frio que a respiração saía das bocas de todos em lufadas, despindo-os metaforicamente do que quer que estivessem vestindo. Erguendo o olhar, iAm notou que os três profissionais também estavam *in extremis*, Manny esfregando os olhos com os polegares, Ehlena pegando um lenço do bolso do jaleco, Jane enxugando o rosto com as palmas.

iAm se acomodou sobre os joelhos e esfregou as costas do irmão. Não sabia se esse contato era incômodo ou útil, provavelmente nem uma coisa nem outra; nem seria percebido.

No fim, Trez inspirou trêmulo e se afastou.

Havia uma mesa ao alcance de iAm e, sobre ela, havia uma pilha de toalhas brancas e azuis. Pegou uma e a estendeu ao irmão.

Para Trez, um simples lenço de papel de nada serviria àquela altura.

Esfregou o rosto e inspirou fundo algumas vezes. Depois se recostou na cadeira que estivera usando e olhou adiante.

– Quero começar os preparos – disse rouco.

– Pode deixar – iAm respondeu. Quando a equipe médica ergueu as sobrancelhas coletivamente, ele lhes disse: – Tenho tudo o que ele precisa. Deixei no armário do vestiário há alguns dias.

Fora algo que ele fizera antes de ir para o Território, para o caso de não conseguir voltar.

Ainda que isso fosse meio estúpido; se ele tivesse sido capturado e mantido lá, ele não conseguiria contar a ninguém onde encontrar as coisas.

– Tudo bem se ele usar este quarto? – iAm perguntou, apesar de não ser um pedido de fato.

– Com certeza – respondeu Jane. – Ele terá privacidade.

– Obrigado. – iAm deu um tapinha no joelho do irmão. – Já volto, ok? Vou pegar as coisas.

– Obrigado, cara – Trez agradeceu mecanicamente.

iAm se levantou e, quando os joelhos rangeram, percebeu que passara um bom tempo agachado no chão azulejado.

Não suportava olhar para Selena. Era simplesmente difícil demais.

Aproximando-se de Manny, abraçou-o à maneira dos homens, e depois deu um abraço mais gentil em Jane e em Ehlena.

– Obrigado por cuidarem tão bem deles.

Manny apenas meneou a cabeça.

– O resultado teria sido diferente se tivéssemos conseguido fazer isso.

– Para algumas... – iAm deu de ombros – ... não há nada que se possa fazer.

Seguindo para a porta, empurrou-a... E franziu o cenho quando lascas da pintura saíram em suas mãos. Jesus, o aço envergara, e o ajuste no batente já não estava mais certo.

Do lado de fora não havia nenhum olho sem lágrimas.

– O que podemos fazer? – o Rei perguntou, adiantando-se e estendendo a palma no ar.

Aproximando-se de Wrath, iAm deu um aperto na mão estendida, e se surpreendeu quando se viu pressionado ao encontro do enorme peito. Por um instante, permitiu-se ficar apoiado em toda aquela força do corpo do Rei, a ponto de quase ter certeza de que Wrath era quem o mantinha em pé.

Mas logo teve que se controlar. Havia coisas práticas que necessitavam de atenção.

Ao recuar, o grupo das Escolhidas em suas vestes foi registrado, e ele sentiu uma ligação especial, como se também fossem suas irmãs.

– Trez vai lhes dizer depois – disse ele –, mas ela queria que todas vocês soubessem o quanto as amava. Foi difícil no fim... Ela não conseguia se comunicar de fato. Mas o amor por todas vocês estava ali. – Concentrou-se nos olhos amarelos de Phury. – E por você também.

– *Ela era uma fêmea de valor* – disse o Primale, no Antigo Idioma. – *Uma glória para a tradição e os deveres dela, e também um indivíduo de importância pelos próprios dons especiais. Existe um lugar no Fade aberto para ela esta noite e para todo o sempre.*

iAm assentiu, porque não conseguia suportar a ideia de que a vida daquela fêmea tivesse chegado ao fim. Aquele instante em que uma pessoa está em seu corpo e depois... *puf!*... desaparece como se jamais tivesse existido, nada além de lembranças translúcidas cada vez mais fracas dos outros como testemunho de que ela, de fato, nascera e vivera.

– Tenho que ir buscar umas coisas para ele. No vestiário. – Deus, ele sentia como se estivesse falando com a boca cheia de melaço. – É o nosso modo de cuidarmos dos...

Ele deixou a frase por terminar ao vento.

Ao passar por Tohr, parou. O macho estava branco como cera e tremia em seus coturnos, os olhos azuis escuros poças de sofrimento.

– Sinto muito – iAm se viu sussurrando.

– Jesus, mas por que você diz isso? – O Irmão disse, comovido.

– Não sei. Não faço a mínima ideia.

Abraçou o macho com força e sentiu uma conexão profunda com ele. Depois se afastou, apertou o ombro de Autumn e pensou: cara, vão ser algumas noites bem longas repletas de sofrimento para eles enquanto Tohr processa esse estresse pós-traumático.

O Irmão sabia exatamente em que pé Trez estava no momento.

Rhage foi o último da fila e, estranhamente, parecia quem estava se sentindo pior. Pelo menos Mary estava ao seu lado.

– Vai ficar tudo bem – iAm mentiu.

A verdade era que ele não tinha a mínima noção de o que aconteceria depois.

– Você tem que me dar alguma coisa pra fazer – Hollywood disse por entre os dentes cerrados. – Eu tenho que... tenho que fazer alguma coisa.

iAm abraçou o cara e foi na direção do vestiário. Empurrando a porta, parou e só respirou por alguns instantes. Depois avançou até os armários logo à direita.

Havia quatro mochilas da Nike em quatro armários diferentes, e ele as pegou, uma a uma. Segurando duas de cada lado, suspendeu os pesos e voltou para a porta.

Segundo a tradição dos Sombras, os restos mortais eram lavados com minerais sagrados e água purificada repetidas vezes, enquanto uma litania de orações era dita de frente para trás e de trás para frente. Havia um processo de envolvimento em tecidos perfumados, seguido de cera que tinha que ser derretida.

Ele já estava para passar por Rhage de novo quando parou e franziu o cenho.

Olhando para o Irmão, disse:

– Que horas são?

Rhage olhou para a tela do celular.

– Cinco da manhã.

– Na verdade, existe uma coisa que você pode fazer – murmurou. – Ao cair da noite.

Capítulo 70

Assim que o sol se pôs em segurança atrás do horizonte, Rhage foi o primeiro a sair da mansão. Saindo pelas portas francesas da biblioteca, atravessou o terraço vazio, visto que sua mobília de ferro fora guardada para os meses de inverno. A piscina também fora esvaziada e coberta, os guarda-sóis guardados, e até os arbustos de flores e as árvores frutíferas sarrafadas para proteger da neve vindoura.

Parecia tudo apropriado. Como se o complexo estivesse de luto junto com o restante deles.

Ao seu lado, uma serra elétrica Husqvarna 460 Rancher pendia na mão da adaga, pronta e ansiosa.

As horas do dia foram uma tortura, o resultado neutro e estranho da morte aliado ao fato de todos terem que ficar confinados transformaram a casa numa terra de zumbis.

A boa notícia era que ele finalmente estava livre e poderia cortar algumas coisas.

Caminhando até as árvores do limite do gramado, penetrou na fileira e prosseguiu até o muro de contenção de seis metros de altura que cercava o complexo. Havia uma porta reforçada cerca vinte metros adiante, e ele se dirigiu para lá. Inseriu o código de segurança num teclado e esperou pelo som metálico que indicava a barra interna se retraindo.

Empurrando a porta, saiu e deixou-a aberta para seus Irmãos, assim como para Beth, Xhex, Payne e os outros.

As árvores nessa parte eram, em grande maioria, pinheiros, e à luz do luar ele avaliou o tamanho dos troncos. Evitaria cortar os mais antigos, atendo-se aos jovens.

Dando a partida na serra, sentiu o cheiro de diesel e gasolina, e se deliciou com o poder que segurava nas mãos ao se aproximar de uma conífera de uns trinta centímetros de diâmetro. A serra cortou a casca e entrou no tronco como se fosse uma adaga penetrando na carne, o corte foi rápido e limpo como um corte cirúrgico. E quando o pinheiro de copa leve caiu num baque, ele partiu para a seguinte, aumentando a rotação do motor, cortando, monitorando as aterrissagens para que ninguém se machucasse.

Atrás dele, Tohr apanhou a primeira seção de seis metros e a arrastou através do portão no muro de contenção. Beth foi a próxima. Z., Payne. Butch. John Matthew e Xhex. Blay e Qhuinn. E assim eles prosseguiram, trabalhando em conjunto, sem dizer nada.

Nenhum deles se deu ao trabalho de vestir casacos nem luvas de proteção.

O sangue derramado naqueles troncos, conforme as palmas eram arranhadas, era parte do tributo deles.

No ar da noite outonal, o perfume doce da seiva dos pinheiros rescendia a incenso.

Rehvenge ajudara-o no planejamento durante o dia. Segundo a tradição *symphato*, a piras funerárias tinham duas partes: uma base triangular de postes verticais de três metros de altura encoberta com uma plataforma firme composta por nove tábuas de dois metros de comprimento, e uma porção superior construída com 96 toras, das quais 90 tinham três metros de comprimento e 6 tinham dois metros de comprimento. Nessa parte superior, cada uma das toras maiores ficava a uma equidistância de nove *zemuhs* – equivalente a aproximadamente 25 centímetros – e as camadas sucessivas eram colocadas perpendicularmente à camada inferior.

O objetivo era garantir uma corrente de ar e fogo vivo.

Então era assim que fariam – porque nenhum deles conhecia uma alternativa, e embora nem Trez nem Selena fossem *symphato*, todos concluíram que seria melhor optar por algo que comprovadamente funcionava do que arriscar uma solução caseira que pudesse fracassar.

Como resultado, Rhage cortaria umas 65 árvores de seis metros de altura. Em seguida, cortariam os galhos e o tronco usando uma combinação de adagas, serras e outras ferramentas, e armariam a pira na faixa de gramado a oeste da casa.

Conforme trabalhava, com a serra saltando a cada corte como se fosse um animal selvagem mal contido, ele regressou ao seu passado com Mary.

Passara por aquela situação, tal como Trez, ao lado do leito da amada. Conhecera o medo frígido e a descrença de que a vida, com todas as suas infindáveis trocas, chegara àquele ponto. Fora para casa, despira-se e se ajoelhara sobre diamantes cortados... e inclinara a cabeça para a única divindade que conhecia, implorando para que Mary fosse salva.

E a Virgem Escriba aparecera e lhe concedera o que fora pedido, mas a um preço tremendo.

A sua Mary poderia ser salva, mas, em troca, ela não poderia ficar com ele. Esse era o pagamento por uma bênção tão incrível, o equilíbrio pelo milagre.

Aquela dor fora uma galáxia se abrindo em seu peito, uma ferida infindável tão profunda e de natureza tão letal que ele se surpreendera por não começar a sangrar...

Rhage parou para ver outra árvore caindo letalmente desmaiada até o chão frio.

Ele sabia exatamente o que Trez estava sentindo naquele instante.

A diferença? No seu anoitecer uns dois anos antes, depois de ele ter jurado que desistiria dela para que ela fosse poupada da sua doença... sua Mary irrompera dentro do seu quarto viva, bem, saudável e salva, com a saúde completamente recuperada.

E com a permissão de se unir a ele.

Aquele fora o único raio de sol que ele conhecera em sua vida adulta: como se o teto sobre sua cabeça tivesse desaparecido e o sol nascido apenas para ele, calor e luz brilhando sobre eles quando abraçara sua fêmea.

Ambos foram agraciados com a misericórdia da Virgem Escriba naquele momento.

Mais tarde, descobrira que graças a Mary ser considerada estéril devido ao tratamento contra o câncer a que se submetera, a Virgem Escriba resolvera que aquilo bastava para equilibrar a bênção da vida eterna.

E, com isso, Mary e ele permaneciam juntos até hoje.

Trez não recebera tal milagre.

Selena não fora salva.

Era Tohr e Wellsie mais uma vez.

Mesmo que Rhage não admitisse para ninguém, ele não entendia por que ele e a sua *shellan* tinham sido poupados. Ainda mais depois que a Virgem Escriba o amaldiçoara com sua besta no passado, por ele ter sido tão descontrolado.

E, mesmo assim, ela considerara adequado devolver-lhe a sua amada.

Graças à mãe da Raça, sua Mary hoje era livre da morte até escolher o contrário – o que aconteceria quando ele fosse para o Fade.

O fato de terem sido poupados... parecia tão aleatório quanto Tohr e Trez terem sido condenados.

Pelo menos seu irmão conseguira seguir em frente.

Só lhe restava desejar que o mesmo acontecesse ao Sombra.

– Leve isto – iAm disse a Fritz – ao meu apartamento no Commodore. Coloque do lado de fora da porta de correr do terraço.

– Com prazer, senhor – o mordomo respondeu. Mas as sobrancelhas do *doggen* se ergueram. – Mais alguma coisa?

– Não.

Enquanto Fritz permanecia no corredor do lado de fora da sala de exames, parecendo confuso, iAm não conseguia entender...

Ah. Certo. Ele não estava soltando o bilhete.

Forçando a mão a soltar o papel, ele recuou um passo.

– Obrigado, cara.

– Se houver algo mais que eu possa fazer pelo senhor ou pelo seu irmão, por favor, me chamem. Qualquer coisa em que possa ajudar, principalmente agora.

O mordomo se curvou e depois partiu pelo corredor, desaparecendo pela porta de vidro do escritório.

iAm olhou ao redor, apesar de estar sozinho. Seus olhos só precisavam de algo para fazer, e nesse ponto, entendeu por que Rhage e os Irmãos imploraram por alguma tarefa – e também por que as fêmeas da casa – as que não estavam trabalhando na floresta – tinham subido para ajudar a preparar uma refeição cerimonial com pratos tradicionais servidos nos ritos funerários. E por que as Escolhidas e o Primale se trancaram no ginásio para executar rituais antigos, a fumaça perfumada das velas sagradas permeando o Centro de Treinamento com uma fragrância tanto sombria quanto adocicada.

Era um grande misto de sistemas de crença e de tradições, todas misturadas em volta do núcleo da dor do luto.

Seu irmão.

Por isso, iAm esperava ali.

Em algum momento nas três horas seguintes, o macho emergiria, nu e marcado pelo próprio sangue.

As marcas no peito e no abdômen de um macho enlutado eram a última parte do ritual de preparação da partida de uma fêmea vinculada.

E, como parente mais próximo do enlutado, iAm fecharia as feridas com sal, tornando-as eternas na pele.

Balançou o saquinho de veludo cheio de sal grosso nas mãos. Estava amarrado por uma cordinha dourada, e seu peso era considerável.

No fundo da mente, não conseguia deixar de pensar no outro lado de toda aquela coisa. O anoitecer do dia seguinte.

O fim do período de luto do s'Hisbe.

Já há algum tempo, ele vinha pensando que a solução seria uma vida de viagens. A dívida que tivera com Rehvenge já fora quitada, e, com a morte de Selena, Trez sem dúvida estava livre para repassar seus negócios em Caldwell e meter o pé na estrada.

A rainha dos Sombras não poderia resgatar o que não consegue apanhar.

E essa opção seria o mais sensato a fazer.

O problema agora... era a sua situação com *maichen*.

iAm se concentrou na porta fechada, imaginando o irmão envolvendo sua amada – e, por um instante, tentou visualizar Trez em forma para viajar.

Isso provavelmente não aconteceria.

Merda. Era bem possível que Trez fosse tentar resolver a situação por todos eles.

Botando uma bala na cabeça.

Capítulo 71

Trez não tinha lembranças do nascimento.

Porém, ao se aproximar da porta da sala de exames, sentiu como se a experiência estivesse acontecendo de novo com ele. Depois de horas e horas de nada além de sofrimento, acompanhado de uma exaustão existencial, ele pôs a mão na superfície craquelada da porta e percebeu que, mesmo que não existisse a barreira tangível entre ele e o que havia do outro lado, sair dali requeriam um empurrão, uma força, uma constrição que o expulsaria da cápsula densa na qual estivera.

Vidas separavam o macho que fora ao entrar ali com Selena nos braços... daquilo que era agora.

Vidas.

E, assim como no útero, ele já não podia mais ficar ali.

Só havia mais uma tarefa a cumprir; não que ele tivesse tido forças para fazer nada daquilo.

– Selena – sussurrou.

O nome dela pronunciado em meio aos lábios secos foi a chave que destrancou seu êxodo... E ele saiu para um mundo novo, como deve ter sido quando nascera.

E não estava mais capaz do que estivera quando bebê.

E, igual ao seu nascimento... iAm estava lá para esperá-lo.

O irmão levantou o olhar com tanta rapidez que acabou batendo a cabeça na parede de concreto na qual estava apoiado.

– Ei...

Aqueles olhos escuros fizeram uma varredura vertical, e Trez olhou para si mesmo. As calças pretas estavam manchadas com o seu sangue, e também com cera de vela e fibras de gaze utilizadas no envolvimento do corpo. Seu peito estava em carne viva num desenho de feridas. A mão livre também estava suja como as calças.

– Sal – disse Trez. – Precisamos de sal...

A voz dele parecia um clarinete com uma palheta ruim no bocal. Pensando bem, ele estivera falando com a sua rainha por quantas horas sem cessar? Tantas orações, e estranho como elas lhe vieram à memória... mesmo que ele não tivesse nem ouvido nem dito os versos no dialeto dos Sombras em...

O que estava mesmo fazendo ali?

Quando iAm suspendeu o saquinho de veludo preto, ele se lembrou. Ah. Certo. Isso.

Foi fácil demais deixar o corpo enfraquecido cair ao chão, os joelhos absorvendo o impacto que deve ter sido duro, mas que, por algum motivo, não foi sentido.

Inclinando a cabeça para trás, arqueou o esterno, o desenho de cortes feitos por ele mesmo se abrindo e voltando a sangrar.

– Está pronto? – iAm perguntou.

O som que ele emitiu podia tanto ser um "sim" ou... qualquer outra coisa. Mas a posição em que estava falava por si só.

A respiração explodiu da garganta quando o sal sibilou para fora da boca do saquinho, atingindo-o na clavícula. O fluxo carregava consigo uma dor tão grande que o coração dele saltou dentro das costelas e os pulmões sofreram um espasmo – no entanto, ele acolheu as sensações, dizendo a si mesmo que eram em favor de Selena.

Depois daquilo, estaria eternamente marcado para ela.

Imaginou que era o mesmo que acontecia numa cerimônia de vinculação – só que, ali, sua fêmea já não estava com ele. Com esse ritual de união sagrada em sua cabeça, fez sentido que em vez de uma imensa alegria, ele só conhecesse uma tristeza esmagadora; em vez de se tornar um junto a ela, Trez estava marcando sua solidão sem ela.

Quando não restava nenhum sal no saco, ele ficou onde estava, por não ter escolha e por necessidade. A parte da necessidade foi porque os músculos das costas e ombros tinham travado, talvez em solidariedade à sua fêmea, muito provavelmente porque permanecera inclinado por pelo menos dez (ou seriam quinze?) horas consecutivas. E quanto à parte da escolha? Por mais que ele odiasse os rituais porque eram como um gigantesco grito "ela está morta" em sua cabeça, não desejava que chegassem ao fim.

Cada momento passado, cada minuto decorrido dessa nova realidade era um passo para longe dela. E esses pequenos acréscimos, quando unidos em fila, logo se transformariam em noites, que se transformariam em semanas e meses... E a passagem do tempo seria a medida da sua perda.

Enquanto estivera cuidando dela no fim, uma parte da sua mente ficou obsessivamente revendo tudo. Desde a figura coberta pelo manto negro que o procurara em sua boate, ele erguendo Selena do gramado verdejante naquele outro lugar, eles lutando pela vida dela naquele primeiro episódio. E depois o ataque no quarto de iAm.

A primeira coisa que faria, depois que a parte final de tudo aquilo estivesse concluída, seria correr para o terceiro andar para ver o lugar exato em que os joelhos dela estiveram apoiados no tapete.

– Peça a Fritz para que não passe o aspirador no quarto – disse de repente.

– O que foi?

Forçou a cabeça à posição normal e abriu os olhos.

– Peça a Fritz... Ele não pode aspirar o quarto.

– Ok – a palavra foi dita no mesmo tom calmo com que alguém se dirige a outra pessoa que ameaça pular pela janela. – Está tudo bem.

Trez olhou para o peito. Havia grânulos espalhados, alguns brancos, outros rosados ou vermelhos pelo seu sangue.

Rezou para que o *doggen* não tivesse sido eficiente na limpeza àquela noite. Ele só precisava se lembrar exatamente onde tudo acontecera. Ele precisava... se lembrar do trajeto até a clínica, e onde a cadeira fora colocada ao lado da mesa de exames, e o que ele dissera a ela. A aparência da agulha com as injeções finais. Como... tudo acontecera.

Não era por causa de alguma sensação mórbida. Era mais pela convicção de que não queria perder nada em relação a ela.

Nenhuma lembrança.

Esforçando-se para ficar de pé, murmurou:

– Preciso construir uma...

– Já foi feito.

Trez meneou a cabeça e gesticulou com a mão.

– Não, escute. Preciso de um machado... ou uma serra...

– Trez. Preste atenção.

– ... e também gasolina ou querosene...

– Ei, por que não me dá isso aí?

– O quê? – Quando o pulso direito foi capturado com gentileza pelo irmão, ele franziu o cenho e baixou o olhar. Ainda estava segurando sua adaga. – Ah.

Ordenou que o punho relaxasse.

Quando nada se moveu, tentou com mais força.

– Não consigo soltar.

– Vire a mão. – iAm soltou dedo a dedo. – Pronto.

Quando o macho guardou o punhal atravessado no cinto, Trez tentou fazer com que o cérebro voltasse a funcionar.

– Mas posso precisar disso para...

– Os Irmãos e as fêmeas deles já cuidaram da pira.

Trez piscou.

– Cuidaram?

– Eles a estiveram construindo pelas últimas três horas. Está pronta.

Cambaleando nos sapatos, fechou os olhos e sussurrou:

– Como poderei retribuir isso?

– Vista este casaco, você deve estar congelando.

Rhage baixou o olhar para sua Mary.

– Desculpe. O que você disse?

Ela ergueu uma parca.

– Rhage, está zero graus hoje. Você só está de camiseta.

Não que ele duvidasse dela, mas olhou para os braços.

– Ah, acho que você tem razão.

– Deixe-me ajudá-lo.

Ele sabia que ela o estava tratando como a uma criança, mas, de certa forma, não se importou. E quanto ela passou uma manga pelo seu braço e depois envolveu-lhe o corpo com o casaco, deixou que ela fizesse o que queria.

Casaco. Nada de casaco.

Pouco importava.

Desviou o olhar para a pira. Estava mais alta do que ele imaginara, erguendo-se como uma casinha a partir da porção de grama afastada da piscina e dos jardins. Tiveram que construir uma espécie de escada para que a parte superior fosse acessível, e depois de uma discussão e seguindo os conselhos de Rehvenge, embeberam a base com gasolina.

Assim como todos os outros, estava virada contra o vento.

O grupo era grande, ponderou. Todos os que moravam na casa. Todos os empregados. E também todas as Escolhidas.

– E eu trouxe luvas também – Mary lhe disse.

Quando ela pegou sua mão, ele meneou a cabeça.

– Vou sujá-las de sangue por dentro.

– Não importa. Você já pode ter se queimado com o frio.

– Está tão frio assim? – Espere, ela já não lhe dissera a temperatura?

– Sim – ela sussurrou. – Está frio além do esperado para a estação.

– Parece justo. Não acho que a gente deva estar aquecido... Isso não seria...? Acho que também temos que sofrer.

Motivo pelo qual desejaria estar sem a parca. Mas ele era incapaz de negar qualquer coisa à sua *shellan*...

Pelo canto do olho, viu algo branco.

Ao se virar, sentiu a respiração presa na garganta. Trez surgira pela mesma porta da biblioteca que todos eles usaram; iAm vinha logo atrás.

Com isso, a caminhada derradeira começava.

Carregando aquilo que lhe era tão precioso, o Sombra pisou o gramado pé ante pé, aproximando-se daquilo em que estiveram trabalhando. Sem que combinassem nada, mas pensando como um grupo, todos formaram duas filas, fazendo um corredor para ele.

Trez estava transformado, e não de uma boa maneira. Como alguém que tivesse executado uma caminhada de um mês sem alimentação nem hidratação adequadas, ele estava emagrecido, um eco exausto de si mesmo, o rosto afundado, uma aura doente, mesmo que não tivesse uma doença física de fato.

Quando ele passou, Rhage estremeceu.

Os degraus improvisados rangeram quando Trez subiu, mas Rhage não estava preocupado que pudessem desmoronar. Ele e Tohr os testaram juntos algumas vezes.

E os degraus se sustentaram.

Contornada no céu iluminado pela lua, a forma escura de Trez bloqueava as estrelas que surgiram àquela noite, cortando uma faixa da galáxia como se algum deus tivesse usado tesouras no tecido que formava o universo.

Inclinando-se, ele a depositou no centro. Depois permaneceu no topo por um tempo, e Rhage imaginou que ele estivesse arrumando as coisas ali. E dizendo o adeus final.

Foi bom que isso estivesse longe das vistas, dos ouvidos. Algumas coisas, mesmo num ambiente de apoio, eram melhores quando feitas em privacidade.

A tocha que usariam para acender a pira viera da Tumba. V. fora ao *sanctum sanctorum* e pegara uma das muitas que perfilavam o grande salão – mais uma maneira de honrar o Sombra e sua perda. Tohr acendeu a tocha quando Trez se endireitou e desceu os degraus, as chamas nascendo em seu topo, prontas para se espalharem, destemidas ante o vento frio que soprava.

Ao pé da pira, Trez aceitou a tocha e os dois machos trocaram palavras. Na luz tremeluzente, ficou claro que o peito de Trez fora brutalmente cortado e selado, e havia sal, sangue e cera na parte da frente da sua calça.

Engraçado como a passagem do tempo podia ser percebida em algo que não fosse um relógio ou um calendário: as condições da roupa e da pele dele revelavam as horas que o macho despendera cuidando de sua falecida.

Em seguida, Tohr recuou para o lado de Autumn na fila.

Trez encarou a pira. Levantou o olhar para o seu topo.

Depois de um momento, foi até uma das pontas da base triangular, se inclinou e...

O fogo se espalhou como um animal selvagem libertado da jaula, disparando pelo caminho de gasolina, encontrando a sua versão de nutrição e iniciando sua refeição.

Trez recuou um passo, a tocha pensa ao seu lado como se tivesse se esquecido de que ela ainda ardia.

Com um movimento rápido, iAm se adiantou e removeu a coisa, e bem quando se virou, Trez começou a gritar.

Enquanto a fumaça da madeira, centelhas alaranjadas e dedos de fogo cascateavam no céu noturno, Trez gritava com fúria, o tronco se projetando a partir do quadril, as pernas se dobrando como se ele estivesse se preparando para se lançar no calor.

Antes que conseguisse raciocinar, Rhage saiu da fila e correu na direção dele; iAm, por certo, não poderia fazer nada, já que segurava a tocha. Travando os braços ao redor da pélvis de Trez, suspendeu-o e recuou uns três metros.

Mesmo com o vento vindo por trás deles e levando a fumaça e o calor na direção oposta, o calor era tremendo.

Trez não parecia notá-lo – tampouco o fato de ter sido realocado, nem mesmo a realidade de que, se o vento mudasse de direção, ele poderia ser incinerado.

Ele só continuava gritando para a pira, os músculos do pescoço esticados, o peito inflando e desinflando, o corpo projetado para frente a partir da pegada de Rhage.

Não havia como identificar as palavras com precisão, mas provavelmente não eram palavras.

Às vezes, a linguagem não adiantava.

Só o que se pode fazer é gritar.

Capítulo 72

— Na verdade... Acho que prefiro ficar aqui.

Enquanto Paradise falava, levantou o olhar da escrivaninha. O pai estava de pé diante dela, o relatório que ela acabara de lhe entregar penso ao lado do corpo como se ele estivesse surpreso.

– Mas por certo deseja retornar para casa.

Não havia ninguém na sala de espera, para falar a verdade não havia ninguém mais na casa além de Vuchie e outros criados. Algo acontecera no complexo da Irmandade, e Wrath cancelara todos os seus compromissos das noites seguintes, uma vez que a Irmandade estava em luto. Ela desconhecia os detalhes, mas o que quer que tivesse acontecido, fora repentino.

Ela rezava para que ninguém tivesse morrido em combate.

– Estou... feliz aqui. – Aquilo não era exatamente verdade, mas estava perto o bastante. – Gosto de ter o meu próprio espaço.

O pai olhou ao redor, depois puxou uma cadeira.

– Paradise.

Ah, sim. O seu tom "querida, seja sensata". E, normalmente, quando ele começava assim, ela acabava grudada onde estivesse sentada, como se o tom *pater familias* dele tivesse uma força centrípeda suficiente para superar a gravidade.

Não naquela noite.

– Não – disse ela. – Não vou voltar para casa.

Ah... maravilha. Algo pior aconteceu: a dor que surgiu no olhar dele.

Ela ergueu as mãos.

– Por favor, não.

– Eu só... não entendo.

Não, ela imaginou que ele não entendesse.

– Pai, preciso de alguma coisa só minha, e não estou me referindo a um companheiro e a um filho, e uma casa grande em algum lugar.

– Não há vergonha em termos uma família.

– E também não deveria existir vergonha quando uma fêmea quer ter vida própria.

– Talvez, se você conhecer o macho certo...

Ela abaixou as mãos para o tampo da mesa, acertando na ponta do teclado e fazendo-o saltar.

– Não estou interessada em me casar. Nunca.

Diante disso, o macho empalideceu. Como se ela tivesse lhe dito que queria correr nua à meia-noite.

– A temporada da sua apresentação está se aproximando.

– Tenho um emprego agora.

Houve um período longo de silêncio, no qual ele a avaliou e ela não recuou.

– Isto é porque discutimos? – perguntou.

– Não.

– Então, o que... mudou, Paradise?

– Eu mudei.

A derrota curvou os ombros do pai, e foi então que ela percebeu que, por mais que ele fosse seu *tuhtor* de acordo com as Antigas Leis, na verdade ele não podia forçá-la a fazer nada.

Triste, mas aquilo já deveria ter acontecido há muito tempo.

– É por causa do programa do Centro de Treinamento? – ele perguntou.

– Sim e não. Trata-se de eu fazer as escolhas da minha vida, em vez de aceitá-las forçadas. Eu só... quero ser livre.

O pai meneou a cabeça.

– Imagino que seja de uma geração diferente.

Cruzando os braços na escrivaninha, apoiou-se neles e pensou sobre o que aquele macho dissera, aquele que fora buscar um formulário – e lhe dissera seu nome, mas recusara seu aperto de mão.

Aquele que ela descobrira procurar toda vez que a porta da frente se abria.

– Trata-se de segurança, pai.

– Como assim?

– O fato de eu querer participar do curso de treinamento. Acho que eu gostaria de poder me defender. Não significa que eu acabe no centro da cidade, lutando contra assassinos. Contudo, significa que, se algo acontecer comigo, eu estarei muito mais preparada.

– Você está totalmente protegida. Quer esteja aqui ou em casa...

– Mas e se eu quiser ir para outros lugares?

Quando a nova onda de silêncio se abateu, ela sabia o que ele estava pensando. Embora ele raramente confessasse isso, sempre ficara claro para Paradise que dentre tantas coisas que o macho sentia saudades após o falecimento da sua amada *shellan*, ele desejava que a *mahmen* dela pudesse estar presente em conversas incômodas como aquela. Ele parecia imaginar que ter uma fêmea intercedendo produziria resultados mais harmoniosos – uma conclusão sempre disponível para ele porque não podia ser avaliada.

Talvez sua *mahmen* pudesse ajudá-lo em momentos como aquele. Talvez não.

Tantas coisas estavam naquele suspiro dele.

Ao lado, o telefone tocou e ela apanhou o fone no primeiro toque, porque, o que quer que houvesse do outro lado da linha, seria mais fácil de lidar do que aquele tipo de dinâmica familiar.

– Boa noite – disse ela.

Houve uma ligeira pausa, e depois uma voz masculina com um sotaque estranho disse no Antigo Idioma:

– Esta é a *casa de audiências de Wrath, filho de Wrath?*

Ela franziu o cenho, e respondeu do mesmo modo:

– Sim. Como posso ajudá-lo?

– Está localizada na avenida Wallace, 816?

Quando o macho lhe disse o endereço, ela olhou para o pai.

– De que forma posso ajudá-lo?

– Pode transmitir uma mensagem importante ao seu rei. Se ele não entregar a custódia do Sombra Ungido, TrezLath, até a meia-noite de amanhã nos limites do Território, a Sereníssima Alma Sagrada Rainha Rashth, governante

do s'Hisbe, interpretará que o refúgio dado a tal macho é uma declaração de guerra contra o nosso povo. Ela tem a intenção de que o casamento sagrado ocorra com a herdeira ao trono dos Sombras na primeira noite após o término do período de luto. O acato a esta ordem poupará todos os vampiros de um grande derramamento de sangue. O desacato garantirá o flagelo ao seu povo já assediado.

Clic.

Afastando o gancho do ouvido, Paradise só conseguiu ficar olhando para a alça de plástico com suas duas cabeças quadradas.

– Paradise? – o pai a chamou. – O que aconteceu?

– Considerando que isso não seja brincadeira... – Ela desviou o olhar para ele. – Os Sombras estão declarando guerra... contra nós.

CAPÍTULO 73

Algum tempo mais tarde, Trez tomou consciência de que já não estava mais do lado de fora.

Na verdade, estava sentado na sua cama no terceiro andar da mansão, as palmas sobre os joelhos, o corpo de alguma forma ainda se movimentando, apesar de parecer inerte.

Depois que ele permanecera ao lado da pira até ela desmoronar sobre si mesma e as chamas se apagarem, alguém deve tê-lo trazido até ali.

Aquele era o som do chuveiro?

iAm apareceu na soleira da porta do banheiro.

– Deixa que eu te ajudo.

– Não é sempre isso o que você faz...? – Trez murmurou.

– Se os papéis fossem inversos...

Enquanto seu irmão se aproximava, só o que Trez conseguia fazer foi olhar para o macho como se ele fosse um gigante.

Emoções borbulhavam em meio à sua exaustão.

– Você é – Trez disse com suavidade – o melhor macho que já conheci.

iAm parou de repente. Pigarreou.

– Hum... Bem, vamos começar tirando a calça, ok? E antes que diga qualquer coisa, sei que não está com fome, mas trouxe um pouco de comida para você e, sim, álcool também.

Quando iAm esticou uma mão, Trez piscou e viu a de Selena imobilizada em pleno ar, eternamente à espera que ele a segurasse e a salvasse.

Só que ele não fora capaz.

Pendendo a cabeça, estava cansado demais para chorar, e a sensação de que se sentiria mal assim pelo resto da vida era como um terno metálico com espinhos do lado interno.

– Venha – iAm disse numa voz emocionada.

Trez aceitou o que lhe era oferecido por simples reflexo, sem se preocupar com o corpo sujo, nem com as roupas sujas, tampouco com a comida.

Mas a bebida... Ah, essa poderia ajudar.

No mínimo, conseguiria desmaiar com ela.

Quando se dirigiram para o banheiro, seu celular começou a tocar na mesinha de cabeceira e, por um instante, ele parou e pensou que aquilo era estranho.

Só que era normal, não era? Pessoas ligando para pessoas quando queriam alguma coisa, quando precisavam de algo, quando tinham novidades para partilhar ou só queriam ver como andavam as coisas.

Lembre-se, disse a si mesmo. Era assim que as coisas funcionavam...

A vez seguinte em que teve um pensamento consciente foi quando entrou nu debaixo do chuveiro.

Ai.

Foi só o que pensou.

Apenas... ai. Quando toda aquela água atingiu suas feridas do peito.

Foi iAm quem se inclinou e lavou seu cabelo e seu corpo, mesmo encharcando a camisa na frente e nas mangas.

Em seguida, saíram, e hora da toalha.

A próxima parada foi a dele se sentando na cama com as cobertas dobradas na altura da cintura e uma bandeja de comida ao seu lado. iAm estava na beira da cama, a boca se movendo.

Com um distanciamento estranho, Trez observou o irmão de uma grande distância, vendo os movimentos elegantes das mãos, a expressão preocupada dele, os olhos astutos.

– Vou ficar bem – disse Trez quando uma calmaria se apresentou.

Não fazia ideia sobre o que o irmão estivera falando, mas tinha bastante certeza de que seu bem-estar fora o assunto.

– Pode me fazer um favor? – Trez perguntou ao olhar para a porta do lado oposto. – Pode... agradecer a todos? Por mim? Pelo que fizeram? Eu estava tão cansado... que nem saberia como construir.

Não havia motivo para acrescentar um substantivo ali. iAm sabia a que ele se referia.

– Sim. Claro.

– E quero que você descanse.

– O quê?

– Não vou a parte alguma. Não hoje. – Flexionou as mãos e sentiu a dor nos braços, nos ombros. Envolver todas aquelas bandagens exigira uma força que ele não sabia ser necessária nessa tarefa. – Estou... tudo... demais. Estou fodido demais em tudo...

iAm o cravejou com seu olhar de laser.

– Tem certeza? Por que eu ia dormir aqui com você.

– Obrigado. Mas acho que preciso de um tempo sozinho. E antes que você diga qualquer coisa, não, não vou fazer nenhuma estupidez. Pode pegar todas as minhas armas.

– Acreditaria se eu dissesse que já peguei?

Uma imagem dele com aquela pistola na noite em que Selena tivera o primeiro acesso lhe veio à mente.

– Sim. Acreditaria.

Só que havia uma .40 que o cara não teria encontrado. A menos que tivesse desmontado a Jacuzzi.

iAm começou a falar de novo e Trez o viu se afastar, assentindo algumas vezes, só porque não queria parecer mal educado. Sua mente começara a vagar de novo, e antes que se desse conta seus olhos seguiram o mesmo caminho, revirando em sua cabeça.

Em seguida, já estava deitado de costas.

A voz de iAm veio de cima, como a de Deus ou talvez a de um locutor numa sala de cinema.

– Vou deixar a luz acesa.

Como se ele tivesse quatro anos de idade.

iAm pairava acima do irmão enquanto Trez capotava em meio a um agradecimento. Quando um ronco baixo ecoou, ele balançou a cabeça.

Relanceando para o pé da cama, viu as calças que ele retirara caídas no chão, e foi até lá para apanhá-las. Seria bem melhor que elas não fossem a primeira coisa que o macho veria ao despertar – e iAm preferia jogá-las fora. Contudo, a ideia de que elas pudessem ser um símbolo importante da morte o deteve, e se contentou em dobrá-las e colocá-las numa prateleira do closet.

Deu mais uma espiada em Trez. Mas, a não ser que puxasse uma cadeira e ficasse olhando o cara respirar nas próximas quatro, seis ou dez horas, ele não tinha muito a fazer ali.

Recuando no quarto, iAm parou na soleira da porta...e não viu nada que o preocupasse a não ser o fato de que Trez já parecia morto.

Isso. Nada de estranho.

Era o que se esperava.

Deus, ele queria vomitar.

Descendo para o segundo andar, avançou na direção das portas duplas do escritório de Wrath. Todos os Irmãos e guerreiros estavam ali, alguns sentados, outros andando de um lado para o outro, alguns poucos recostados nas paredes.

Eles pararam de falar e olharam para ele.

Ele ergueu uma mão em saudação.

– Desculpe interromper. Imaginei que gostariam de saber que ele desabou lá em cima. Está muito agradecido por tudo que fizeram e me pediu que lhes contasse.

Houve alguns murmúrios, mas algo estava errado. Muito errado.

– O que está acontecendo? – perguntou com cautela.

Wrath se pronunciou do trono atrás de uma mesa ornamentada.

– Importa-se de entrar um minuto e fechar a porta?

Então tinham estado à espera dele.

– Sim, claro. Sem problemas.

Quando ele fechou a porta com todos dentro, cruzou os braços diante do peito.

– Pode dizer. Não faça rodeios. Não tenho nem paciência nem energia para isso agora.

Wrath mirou os óculos escuros na direção dele.

– Recebemos um telefonema cerca meia hora atrás na casa de audiências.

– Ok.

– O indivíduo não se identificou. Contudo, falava em nome do s'Hisbe. Indo direto ao ponto, ou entregamos o seu irmão amanhã à meia-noite ou a rainha declarará guerra não só a mim e aos Irmãos, mas a todos os vampiros.

iAm fechou os olhos.

Ele devia ter previsto isso. Devia mesmo.

E podia ter... sei lá... uns dez minutos de intervalo até que a próxima bomba caísse no seu colo.

Expirando, murmurou:

– Filha da puta...

– Mas não vamos entregá-lo.

iAm arregalou os olhos.

– O quê?

Wrath apoiou os braços fortes na mesa e se inclinou para a frente, expondo as presas.

– Não reajo bem a ameaças. E estamos preparados para entrar em guerra se chegarmos a esse ponto. Mas, não importando o resultado, não entregarei aquele macho a ninguém. E ponto.

Quando um grunhido baixo vibrou pelo ar, iAm olhou ao redor.

Ele não chorara desde o momento do falecimento de Selena, nem quando saíra pelos fundos da casa atrás do irmão até a pira. Foi como se, quando a Escolhida morreu, o fusível dessa parte dele tivesse estourado sob a pressão que tinha que carregar, e o meio do seu peito tivesse ficado às escuras.

No entanto, agora, ao se deparar com os olhares agressivos e determinados dos machos naquela sala, lágrimas começaram a rolar pelo seu rosto.

Ao que tudo levava a crer, depois de décadas a esmo, ele e o irmão tinham encontrado a tribo à qual pertenciam.

Aqueles guerreiros imponentes e suas fêmeas adotaram dois órfãos que estiveram perdidos no mundo por conta própria... e estavam preparados para lutar até a morte para proteger o que era deles.

Inspirando com emoção, procurou se controlar e meneou a cabeça na direção de Wrath, apesar de o macho não enxergá-lo.

– Sinto muito, não posso permitir que vocês...

– Como é? – Wrath o interrompeu. – Você não pode estar querendo me dizer o que fazer.

– Mas os Sombras são capazes de... – ele pigarreou, sem querer insultá-los. – Vocês não sabem o que o meu povo é capaz de fazer.

Eles tinham artimanhas que vampiros normais não tinham.

Wrath sorriu com sede de sangue.

– Talvez não tenha conhecido meu aliado. – Quando o Rei virou o braço para o lado, apontou para Rehvenge. – Quer que eu o apresente?

Os olhos cor de ametista de Rehvenge estavam gélidos.

– Como líder do meu povo, não me faltam recursos – e eu lhe garanto, somos mais do que capazes de contra-atacar qualquer investida daquela rainha.

Os *symphatos*, iAm pensou. Jesus...

Wrath relanceou pela sala.

– Ela quer guerra? Eu lhe darei uma. E garanto que uma política de terra arrasada vai parecer uma porra de jantar de domingo comparada ao que estou preparado para fazer, caso ela tente levar nosso garoto.

Dito isso, só o que iAm conseguia fazer era ficar ali, parado, e piscar como um bobo.

Puta. Merda.

Isso quase bastava para que sentisse pena daquela fêmea.

Capítulo 74

Quando iAm se materializou no terraço do apartamento no Commodore uns vinte minutos mais tarde, descobriu que o recado que pedira a Fritz para deixar ali ainda estava afixado com fita adesiva. Arrancou o papel, viu que fora aberto e lido, e o guardou no bolso da jaqueta de couro.

Depois abriu a porta deslizante e acendeu algumas luzes com a mente.

Quando se acenderam, ele piscou algumas vezes até seus olhos se acostumarem. O vento frio que entrava esvoaçava as cortinas e até mesmo derrubou uma almofada do sofá. Ele não fechou a porta ao entrar.

Tirando a jaqueta, andou ao redor.

Sua consciência não estava em paz. Nem um pouco. Ter encontrado sua tribo só para que eles acabassem em guerra por ele e pelo irmão? Seria difícil viver sabendo disso. Sim, claro, os Irmãos eram rapazes crescidos, especialmente treinados, e armados até o cu – e também tinham a retaguarda dos *symphatos*.

Mas pessoas morreriam.

Essa era a natureza de um conflito armado.

Qualquer que fosse a outra solução, ele tinha que encontrá-la. E rápido...

– iAm?

Quando ouviu a voz de *maichen*, virou-se.

– Ah, meu Deus, você está aqui.

Sem dar uma oportunidade para que a fêmea sequer o cumprimentasse, aproximou-se e a trouxe para junto do corpo, abraçando-a com força. Mesmo por cima das vestes, sentiu seu corpo, seu calor, sua alma, e se embebedou com isso, sugando as energias de que tanto necessitava.

Afastando-se, tirou-lhe o capuz e segurou-lhe o rosto, aproximando-a para um beijo.

– Graças a Deus.

– iAm, o que aconteceu?

Ele lhe segurou as mãos com urgência.

– Preciso que me ouça, e ouça com bastante atenção. Quero levá-la para algum lugar seguro.

– iAm, não posso ir com você.

– O Território não é seguro.

Ela parou. Franziu o cenho.

– Sobre o que está falando?

Maldito inferno, a última coisa de que precisava era a realidade de que, se não tratasse da situação impossível com a rainha adequadamente, *maichen* poderia ser ferida ou morta, pois ninguém seria poupado se houvesse uma guerra contra o s'Hisbe. E, depois de ter falado com Wrath e Rehv, ele sabia que ambos os líderes estavam preparados para atacar os Sombras em seu hábitat.

À meia-noite do dia seguinte.

– Coisas importantes estão acontecendo. O palácio não será mais seguro o suficiente...

– Vamos ser atacados? Por quem?

– Não quero entrar em detalhes.

Ela retrocedeu com firmeza.

– O que aconteceu?

Naquele instante, uma figura apareceu no corredor, uma figura imensa com vestes negras.

– Ora, ora, se isso não é uma surpresa – s'Ex disse, de maneira maliciosa. – *Princesa.*

Depois de um instante de confusão, iAm relanceou por sobre o ombro para a porta de correr, imaginando se havia uma quarta pessoa no apartamento. Levando-se em consideração a maneira dramática como tudo vinha acontecendo? Sim, a filha da rainha podia muito bem ter aparecido sem nenhum motivo.

As coisas estavam descontroladas a esse ponto.

– Ainda não se apresentou como deve? – s'Ex perguntou. – Gostaria que eu fizesse as honras, Vossa Alteza Sereníssima?

Enquanto iAm balançava a cabeça, resolveu que talvez existisse outra explicação: estava claro que s'Ex enlouquecera.

– Que diabos você está falando?

– Quer dizer que ela não lhe contou?

iAm desviou o olhar para *maichen*.

– Me contou o quê? Ela é a criada que cuidou de mim.

– Ela é a noiva do seu irmão. – O executor da rainha avançou pelo quarto, aproximando-se dos dois. – E, segundo as leis do palácio, agora sou obrigado a matá-lo, porque viu o rosto dela. – O macho se inclinou para baixo e abaixou o tom de voz para imitar um sussurro. – Embora, pensando bem, levando-se em consideração o modo como a cumprimentou... provavelmente viu muito mais do que isso. Não viu? A menos que queira que eu acredite que ela veio até aqui só para fingir que cuida da sua roupa?

Frio. Frio na cabeça, sobre os ombros, dentro do peito, até os pés.

iAm se sentiu imediatamente gelado.

s'Ex era muitas coisas, mas uma coisa ele raramente demonstrava... raiva. E o macho estava absolutamente furioso com aquela fêmea, como se ela tivesse colocado a todos numa situação com a qual nenhum deles conseguiria lidar.

Se ela fosse mesmo apenas uma criada? Ele pouco se importaria. A classe servil não valia mais do que a sua habilidade em executar as suas funções; s'Ex poderia mandá-la de volta ao Território e lhe daria algum tipo de castigo, mas não estaria alterado assim.

Virando-se para *maichen*, iAm fixou o olhar nela. Numa voz absolutamente calma, ele disse:

– Vou lhe perguntar uma vez e uma vez somente, e você não terá mais nenhuma oportunidade de ser honesta comigo. Portanto, pense bem antes de responder: quem... é... você?

Enquanto esperava pela resposta, ele recuou ante algo que ela dissera. Na época ele interpretara de maneira oposta. Agora? Temia que ela tivesse indicado a verdade; só que ele não havia percebido.

Nós somos iguais, você e eu.

Não somos, ela dissera, *infelizmente, não somos.*

A princesa Catra vin SuLaneh etl MuLanen deh FonLerahn fixou o olhar de iAm. Embora sua voz parecesse relaxada, ele não estava nem um pouco. A fúria se acomodava debaixo da pele dele conforme ele chegava às próprias conclusões e, obviamente, só esperava para ver se ela tinha coragem de se revelar.

– Dê-nos um minuto – ela disse ao executor.

– Acho que não, princesa.

– Sairá deste cômodo e aguardará ali. – Ela apontou para a porta aberta. – Até que eu o chame.

Os olhos de s'Ex se estreitaram, uma centelha de ódio reluzindo neles.

– Não exerça um poder que não tem, fêmea.

– E eu o aconselho a não me testar. Você *não* gostará do resultado, nem sobreviverá a ele.

Quando ela lhe cravou um olhar firme, o lábio superior de s'Ex se curvou, mas ela não pareceu se importar. Ele era um matador e um macho muito forte, mas era, e sempre seria, governado pelas tradições do s'Hisbe. Era isso o que nunca compreendia nele: jamais matara ou ferira sem provocação. E há tempos ela suspeitava que ele tivesse se entregado à mãe não por amor, mas para exercer equilibradamente uma influência política.

Poucos adivinhariam o real papel que ele desempenhava por trás dos bastidores, mas ela sabia, porque escutara sorrateiramente todos aqueles anos.

E, mesmo assim, apesar do controle que tinha e da sua influência no palácio, ele jamais tentara derrotar, nem sequer diminuir sua mãe de qualquer modo.

Em vez disso, sempre defendera as tradições. Protegera-as. Alimentara-as.

– Vá – ordenou ela.

Com uma imprecação, s'Ex virou-se e começou a andar. Quando chegou à porta de correr, murmurou:

– Você não faz ideia de com quem está lidando, iAm. Divirta-se.

Saindo para o terraço, ele fechou a porta. E permaneceu exatamente onde lhe fora ordenado.

Fechando os olhos, ela tentou encontrar as palavras certas. Não conseguira dormir durante o dia, mas se debatera com sua consciência durante horas. E quando chegara ali antes, estivera determinada: estava total e completamente apaixonada por iAm.

E sabia que havia sido um terrível engano levar a situação até onde levara.

Era hora de lhe contar... antes que ele tocasse nela. Depois disso, provavelmente estaria perdida de novo.

Pigarreando, ela disse.

– Eu sou...

– Na verdade – iAm a interrompeu –, não se dê ao trabalho. Essa sua pequena encenação com ele explicou tudo o que eu precisava. – Afastou-se e recomeçou a andar pelo cômodo, passando a mão pela cabeça. – Que porra você esteve pensando...

– Não tive a intenção de que isso acontecesse.

– Pare com isso, princesa, até parece que você escorregou e caiu no meu pinto? Nós dois sabemos que não foi bem assim.

Ela franziu o cenho.

– Não entendi muito bem o que disse, mas, dado o seu tom, preciso perguntar se tamanha grosseria é necessária...

– Tá de brincadeira? – Ele ergueu as mãos. – Você está *noiva*. Do meu *irmão*. E não só mentiu para mim, como transou comigo.

Catra cruzou os braços e o encarou.

– Talvez queira refazer a frase para que reflita a verdade.

– Então, além de mentirosa, você é lunática? Ótimo. Fabuloso. O que exatamente você contesta? A sua mentira ou a transa?

– Se me lembro bem, não tirei vantagem de você. E o que você diz faz com que pareça isso. – Ela empinou o quadril. – De fato, lembro-me exatamente do tom da sua voz no meu ouvido quando disse o meu nome.

Ele se retraiu. Piscou algumas vezes. Em seguida, também se inclinou para frente.

– Mas esse não era o seu nome, era? Até onde sei, eu estava deitado com uma criada, não com a herdeira do maldito trono!

– Você estava deitado comigo! – Ela apontou para o próprio peito. – Era comigo que você estava!

– Besteira! Não acha, nem na porra de um instante, que eu teria feito uma escolha diferente se soubesse quem você era de verdade? Ou você é tão convencida e egoísta, Vossa Alteza Sereníssima, que não consegue entender, ou se preocupar, nem por um minuto e meio, com as repercussões de mentir sobre a sua identidade e perder a virgindade para o irmão errado?

– Não tive a intenção de que a situação chegasse onde chegou!

– Nisso eu acredito – ele contra-argumentou com seriedade.

– iAm...

– Não. – Ele mostrou as duas palmas. – Apenas... não. Não vou reencenar essa merda com você. Não tenho nem tempo nem vontade.

– Eu ia lhe contar. Sei que o coloquei numa posição horrível...

– O meu irmão acabou de perder a *shellan* dele – ele disparou. – *Isso* é um problema. Ela morreu diante dele, e ele passou boa parte do dia e da noite preparando o corpo dela para o maldito funeral numa pira. Depois teve que assistir enquanto ela queimava até não sobrar nada além de cinzas no chão frio. *Essa* merda é real. Mas, espere, a diversão ainda não acabou! Para piorar ainda mais as coisas, acabei de saber que a sua mãe, como puta que é, está preparada para atacar as únicas pessoas que tentaram cuidar de mim e de Trez na nossa vida, se ele não for entregue como uma encomenda expressa na soleira da porta dela até a meia-noite de amanhã. Tudo isso para que ele tenha a honra e privilégio duvidosos de se comprometer com alguém como você. – Quando Catra arfou, ele continuou: – Portanto, o fato de eu ter feito sexo com você está tão embaixo na minha lista de prioridades que nem aparece no meu radar. Você não é tão importante assim, princesa.

Ela não iria chorar.

Não, não iria.

Mesmo que seu peito gritasse de dor, ela não sucumbiria diante dele. Ela causara aquilo aos dois, e mais do que aquela discussão particular, parecia que havia perigo real e iminente para o seu povo.

– Eu queria viver – ela se ouviu dizer rouca. – Uma vez só, eu queria viver. E eu não teria uma segunda chance. Você... você foi a única oportunidade que eu teria, e eu ia contar tudo hoje à noite. Eu sabia que não era justo. Sinto muito.

Dando-lhe as costas, ela foi para a porta de correr e a abriu.

– Devo me juntar aos pombinhos? – murmurou s'Ex.

– Você sabia que a minha mãe enviou uma declaração de guerra contra Wrath, filho de Wrath? Por causa do Ungido e do nosso compromisso?

O executor ficou muito imóvel, apenas as vestes rodopiando ao seu redor ao vento. Prendendo o olhar dela, ele balançou a cabeça com seriedade.

– Se isso for verdade, não seria aconselhável.

Capítulo 75

É por isso que as pessoas não devem se casar em Las Vegas após terem se conhecido por apenas 24 horas, iAm pensou.

Enquanto a fêmea que ele concluíra ser apenas uma criada – mas que no fim era a herdeira do maldito trono – confrontava o executor da mãe, ele quis pular de uma ponte. A única bênção em toda aquela confusão era que, apesar de ter se tornado o primeiro amante da noiva do irmão, pelo menos Trez não teria o coração partido.

Não por causa disso, pelo menos.

Grande coisa.

A vida não era uma maravilha?

A boa notícia? Ele não teria que se preocupar com essa coisa toda de fêmeas por um bom tempo. Depois daquela experiência? Ele voltaria a usar a mão esquerda. O celibato funcionara muito bem para ele até então, e ele estava pronto para se virar sozinho, por assim dizer.

s'Ex entrou de vez na sala e fechou a porta atrás de si.

– Que conversa é essa de guerra?

iAm revirou os olhos.

– Não tente me dizer que a rainha fez essa ameaça sem você saber. Você é o general do exército dela. Dá um tempo.

– Eu garanto – s'Ex murmurou ao arrancar o capuz – que teria dito não a ela. Somos guerreiros capazes, especialmente os meus guardas, e temos armamentos que ninguém conhece. Isso não significa que seja aconselhável considerar uma guerra contra Wrath. A reputação dele ao longo dos séculos o precede.

iAm olhou para o cara. Em outras circunstâncias, estaria convencido de que s'Ex dizia a verdade, mas depois de ter sido enganado por *maichen* – ou melhor, pela princesa –, ele já não tinha tanta soberba quanto aos seus poderes de percepção.

– Eles não vão entregar o meu irmão para o seu povo – ele disse. Depois relanceou para a princesa. – E eles têm o apoio dos *symphatos*. Não importa o que vocês façam ou ameacem, aonde forem ou o que tentarem forçar, Wrath e os Irmãos *não* o entregarão.

– Do jeito que você fala até parece que eu o quero – a voz dela estava rouca. – Não quero. Não permitirei nenhum macho em meu corpo nem em meu coração.

Ele deu de ombros.

– Isso seria poético. Se você já não tivesse provado o quanto sabe mentir.

A centelha de dor nos olhos dela foi algo que ele se recusou a ponderar. Inferno, até onde ele podia saber, ela só estava desapontada por ter sido apanhada em flagrante.

Jesus, se ela tivesse se comprometido com o irmão, será que esperaria continuar com aquelas incursões na cama...?

Pare. Apenas pare, disse ele ao seu cérebro. Dada a quantidade de coisas pelas quais podia começar a se socar na cabeça, ele não precisava acrescentar algo hipotético à lista.

– Como ficou sabendo disso? – s'Ex perguntou. – Sobre essa declaração?

iAm olhou para o macho.

– Foi um telefonema para a casa de audiências. Foi feito a partir de um número não identificado e com uma linha não rastreável, mas, mais especificamente, como ninguém em Caldwell sabe sobre a situação do meu irmão com o s'Hisbe – e sobre o período de luto da rainha –, só pode ser pra valer. Havia muita informação interna, e como eles conseguiriam o número? Isso não é segredo.

Interessante como disse "eles".

Sim, estava começando a se sentir um vampiro, não um Sombra, apesar do seu DNA. Mas, em retrospecto, Wrath e a Irmandade ofereceram a ele e ao irmão alimento, abrigo, amizade e lealdade.

No s'Hisbe só encontrou muitas exigências e prisão.

– Quando você voltar – disse iAm –, pode lhes dizer que meu irmão e eu não estamos mais com os vampiros, e que Wrath e os Irmãos não sabem para onde fomos. Vamos desaparecer, e ninguém de vocês – olhou para a princesa – conseguirá nos encontrar.

Outro benefício dessa revelação real dela?

A única coisa que o teria dilacerado com a ideia de partir, o único elo que ele poderia ter tido, agora já não existia.

Sair de Caldwell, dos Estados Unidos, sumir de vez e permanecer longe dali provavelmente seria o mais salutar para ele.

Deus bem sabia que ele tinha dinheiro suficiente para viver mais um século mesmo sem ganhar outro centavo. E por mais que ficasse triste em deixar o Rei e a Irmandade e todos dentro daquela casa, se isso evitasse a guerra, estava preparado para deixá-los.

Ele e Trez iriam embora.

De vez.

Quando iAm se direcionou para as portas de correr, Catra teve que gritar consigo para não correr atrás dele. Tudo lhe parecia um pesadelo, absolutamente tudo naquela noite.

Ele não olhou para trás quando foi embora.

E apesar de não poder culpá-lo, ela quis chorar.

Fechando os olhos, pendeu a cabeça e respirou nas palmas.

– Não me diga que se apaixonou por ele – s'Ex comentou com seriedade.

Forçando-se a abaixar as mãos e enfrentar o executor, ela o encarou.

– Por que veio para cá? Não pode ter me seguido. Tomei cuidado.

Ele desviou o olhar.

– Este lugar não me é desconhecido.

– Já esteve aqui antes?

– Você não é a única que deseja se libertar de tempos em tempos. Aqueles dois irmãos me deviam certos... favores, digamos.

Quando ele parou de falar, ela sentiu que havia sofrimento dentro dele. Um sofrimento profundo. E ela se perguntou se, talvez, ele não estivesse sofrendo pela filha naquele lugar, em luto por uma perda decretada pelas estrelas.

Fitando o macho altivo, descobriu-se forjando uma espécie de amizade com ele. Jamais teria imaginado que ele fosse infeliz ou se sentisse incompleto em seu meio, e talvez não fosse mesmo. Mas ele tivera que sacrificar a própria carne e o próprio sangue pelas tradições... e pela mãe dela.

Ou fora forçado, por causa das estrelas.

– Sinto muito – ela disse.

– Pelo quê?

– Você sabe muito bem.

Era raro que um macho como ele desviasse o olhar, mas foi o que ele fez então.

– Não sei do que está falando.

Voltando a se concentrar, ela sabia que tinham que ir, e por diversos motivos. Contudo, ela estava ciente de que aquela seria a última vez em que poria os pés naquele lugar com tantas lembranças para ela. Ainda que conhecesse iAm há apenas poucas noites, parecia-lhe... uma vida inteira.

Afastar-se dali seria o mesmo que fechar a porta para a única felicidade que tivera.

– Vamos – disse s'Ex, como se lesse a sua mente, sentindo-lhe as emoções.

Sem dizer mais nada, cobriram as cabeças, foram para a porta e saíram. O vento estava tão forte e tão frio que lhe tirou o fôlego e, por um momento, ela não conseguiu se concentrar para se desmaterializar. Contudo, pouco depois seguiu s'Ex, viajando até o Território.

Quando voltaram às suas formas, foi na floresta nos fundos da parede de contenção. Em seu disfarce de criada, ela jamais poderia entrar pela porta da frente...

Havia algo errado.

Vários guardas estavam reunidos à porta dos fundos, conversando animadamente.

– Fique aqui – ordenou s'Ex. – E não discuta comigo.

– Eles não saberão quem eu sou.

– A menos que alguém tenha descoberto que você saiu.

Mas ela pensou que havia tomado cuidado.

Só que... sua mãe estivera de olho nela, não estivera?

s'Ex deu um passo à frente. Parou. Girou e indicou a esquerda.

– Existe uma porta secreta uns quatrocentos metros naquela direção. Eu a encontrarei lá assim que puder.

Catra franziu o cenho e ficou curiosa ante esse traço protetor de s'Ex. No entanto, o executor da rainha era mais do que capaz de cuidar de si mesmo.

A menos que, claro, ele fosse descoberto deixando-a entrar às escondidas. Nesse caso, estaria correndo perigo mortal.

– Arrependo-me da posição em que o coloquei – ela disse.

– O arrependimento não é um luxo a que eu nem você possamos nos dar. Siga naquela direção. Farei com que volte aos seus aposentos de algum modo.

Dito isso, começou a andar, sem se dar ao trabalho de abafar as passadas. E ante o som de um graveto se partindo, os guardas sacaram suas armas, preparados para atacar.

– Sou eu – anunciou s'Ex.

O fato de os guardas não relaxarem o deixou preocupado.

– Você está sendo procurado – um deles disse cheio de suspeitas. – A princesa desapareceu.

– Eu sei. Saí para procurá-la.

– AnsLai o esteve procurando – outro acrescentou.

– Então vou até ele fornecer meu relatório. – Ele abaixou o tom para um de ameaça. – A menos que pretendam barrar a minha entrada.

– A princesa não está nos aposentos dela – um terceiro repetiu.

Catra engoliu em seco. Eles ainda não tinham guardado as armas.

– Não ouviu quando eu disse que estive procurando por ela na floresta? Ela vem se disfarçado de criada. Pode muito bem ter saído por aqui para uma caminhada noturna.

Com movimentos sutis, s'Ex levou uma mão às costas e a enfiou numa fenda encontrada nas vestes. Quando casualmente tirou o braço, a maior das adagas serradas que ela já vira surgiu junto com a mão.

E mesmo assim sua voz permaneceu tranquila.

– Ela está sem comida, sem abrigo, sem armas, e é incapaz de viver sozinha. Aonde exatamente acham que ela foi? É muito mais provável que esteja dentro do Território, até mesmo dentro do palácio.

– Disseram que você a ajudou a fugir.

– Quem disse?

– AnsLai.

Ah, sim, o sumo sacerdote que era a segunda mão direita da mãe dela. Seria esse um golpe contra o executor?

– Quem, exatamente, vocês acham que me mandou procurar pela princesa? – s'Ex perguntou. – Ou estão me dizendo que o comando da rainha não é tão poderoso quanto o do sacerdote? É isso o que gostariam que eu contasse para a nossa governante? Porque é o que farei, levando junto os seus cadáveres.

No mesmo instante, tudo mudou, a tensão se acalmou, os guardas embainharam suas armas, e s'Ex inseriu sua adaga nas dobras das vestes à coxa.

Um momento depois, ele estava do lado de dentro daqueles muros.

Sozinha na escuridão, Catra passou os braços ao redor do corpo e estremeceu. Enquanto a noite fria a envolvia e a enormidade do que estava acontecendo se abateu, só o que ela ouvia era a voz de iAm em sua cabeça.

O meu irmão acabou de perder a shellan dele

Ela morreu diante dele, e ele passou boa parte do dia e da noite preparando o corpo dela para um maldito funeral numa pira.

Depois teve que assistir enquanto ela queimava até não sobrar nada além de cinzas no chão frio. Acabei de saber que a sua mãe está preparada para atacar as únicas pessoas que tentaram cuidar de mim e de Trez na nossa vida, se ele não for entregue como uma encomenda expressa na soleira da porta dela até a meia-noite de amanhã.

Por tempo demais ela permanecera nas sombras, uma jogadora periférica para o poder real do seu povo. Como herdeira ao trono, ela não devia ter nenhuma influência presente.

Esse tempo havia passado.

Sempre respeitara as tradições. Mas depois de ter vivenciado pessoalmente uma perda e um coração partido? Não poderia permitir que aquilo continuasse.

O sofrimento e a raiva de iAm a transformaram de uma maneira significativa. Ela o magoara, o expusera, mentira para ele. Ele tinha razão, ela fora egoísta.

Devia existir um modo de acabar com aquilo. Impedir a guerra. Permitir que Trez e iAm fossem livres. Que ela ficasse...

Bem, se não livre, pelo menos não numa prisão que afetava outros, arruinando suas vidas – tudo por causa de um registro astrológico que não levava em consideração, nem por um segundo, escolhas pessoais, emoções pessoais, vidas pessoais.

Partindo na direção apontada por s'Ex, tentou se manter em silêncio, atendo-se à parte mais densa da floresta.

Ela não sabia exatamente onde estava essa porta secreta.

E não fazia a mínima ideia do que fazer caso s'Ex não voltasse. Ou... caso ele mudasse de ideia, quer por interesse próprio ou autopreservação, e a entregasse para a mãe.

Mas, depois de uma vida inteira de propriedade e decoro, ela estava pronta para cair lutando.

Capítulo 76

Planos tinham que ser feitos.

Quando iAm reassumiu sua forma no estacionamento dos fundos do Sal's, ele só pensava num paraquedas. Consultando o relógio, tomou nota do horário – tinha umas doze horas para organizar tudo antes que ele e Trez pudessem partir. As passagens ele podia comprar pela internet. O SUV já estava com o tanque cheio. Bancos e escritórios de advocacia abriam às nove – mesmo porque vinha mantendo essas duas frentes de prontidão, portanto teria liquidez bem rapidamente.

Xhex poderia ficar com o shAdoWs e o Iron Mask se quisesse. Caso não quisesse, poderiam deixá-los para Big Rob e Silent Tom. Deus bem sabia que aqueles dois eram coproprietários pelo mérito do trabalho suado. Quanto ao Sal's?

Bem, esse ficaria com o seu *chef*, Antonio diSenza. O cara era ótimo, bom no salão da frente e nos fundos na cozinha. E trataria o restante da equipe com respeito.

Os advogados cuidariam de todas essas transferências. Pelo menos fora esperto o suficiente em fazer com que Trez lhe passasse uma procuração há alguns anos, por isso poderia assinar toda a papelada no nome dele sem ter que incomodar o cara.

E quanto ao próprio Trez?

O macho ainda dormia profundamente; a mensagem enviada por Fritz chegara uns dez minutos antes. O plano era deixar o pobre bastardo descansar o máximo possível. Depois lhe contar que partiriam numa viagem ao redor do mundo.

Se o modo como Trez estivera no quarto servisse de indício, ele não se oporia muito. Estava tão fora do ar que iAm poderia ter realizado uma cirurgia cardíaca de peito aberto nele sem ter que colocá-lo numa máquina de manutenção artificial da vida.

Cedo ou tarde a bolha de exaustão e do choque se romperia, e do lado de lá por certo a situação seria bem complicada. Mas atravessariam essa fronteira quando chegassem nela. O primeiro passo era garantir uma rota de fuga de Caldwell. Segundo: fazer Trez se mexer. Terceiro: sumirem do radar.

Quanto aos Irmãos e ao Rei? Iria se despedir de todos enviando uma mensagem de texto, deixando o celular para trás.

Os Sombras conseguiam ler mentes se a situação exigisse. Caso ele não deixasse nenhum rastro e nenhuma maneira de ser contatado? Então, quando Wrath dissesse a s'Ex, AnsLai ou qualquer outro do s'Hisbe que não sabiam onde estavam e não os ajudaram a fugir, a verdade seria verificada e clara.

Dessa forma, a Irmandade e os vampiros ficariam a salvo.

Seguindo em frente, passou pelos carros das pessoas com que trabalhara nos últimos dois anos. Mesmo sendo humanos, sentiria falta deles – ainda que não devido a algum relacionamento pessoal estreito. Era mais porque gostara desse período da sua vida. O ato de cozinhar, a falsa sensação de estresse, as exigências.

Comparado ao que de fato pesava em seus ombros, aquilo fora um respiro, como ir ao cinema quando se precisa de um tempo para relaxar.

Além disso, ali no Sal's? Se alguma coisa desse errado, ele sempre conseguia dar um jeito e consertar.

Abrindo a porta dos fundos, parou. As vozes apressadas, o barulho dos talheres, o calor, os cheiros... Por um instante, ele teve que piscar rapidamente.

– *Chef!* – alguém disse. – Você voltou!

Na mesma hora, as pessoas se juntaram ao seu redor, cumprimentando-o batendo as palmas, falando com ele, fazendo perguntas.

Deus, como queria ficar ali.

Como em tantas noites, mudou a linha de pensamento rapidamente, desviando das coisas a respeito de Trez para o que gostaria de ser livre para pensar o tempo todo. O lugar estava fervilhando com a limpeza após o fechamento do salão, relatos passando de boca em boca de que, com o restaurante cheio, um crítico da *Food & Wine* viera para uma refeição completa de quatro serviços.

Não informaria a todos sobre a mudança de propriedade. Arranjaria tudo e enviaria a papelada por correio. E também cuidaria dos impostos de transferência, para não nenhum problema com a posse.

Aproximando-se do fogão, levantou a tampa da panela do molho marinara e cheirou. Depois pegou o pote de orégano e acrescentou um pouco.

– Eu disse na semana passada – disse ao *sous-chef* –, você precisa prestar atenção ao equilíbrio aqui.

– Sim, *chef*.

Ao tampar a panela novamente, pensou no dia em que imaginara trazer *maichen* até ali. Como, naquele momento perfeito, quando pensara em acomodá-la em Caldwell ao seu lado, ele os vira sentados naquela cozinha numa segunda-feira à noite, quando o restaurante estivesse fechado, junto ao fogão de duas bocas onde as estações de *mise en place* ficavam.

Chegara até a planejar o cardápio.

De certa forma, Trez e ele trilhavam o mesmo caminho. Seu amor não morrera literalmente... Mas a fêmea por quem se apaixonara já não estava mais naquele planeta.

Deus, como isso doía.

Na verdade, talvez ele precisasse acrescentar mais uma coisa à sua lista sobre a partida. Depois que desse uma olhada nas boates, talvez fosse uma boa ideia tomar um drinque.

Isso mesmo. Quando fosse a hora de voltar para a mansão, não haveria modo melhor de passar o que restava da noite do que agarrado a uma garrafa de Bourbon. Provavelmente seria a última vez durante um tempo em que conseguiria se desconectar.

Além disso, nunca ficava de ressaca. Portanto, estaria em plena forma pela manhã.

Para ele, esse era o único benefício de ser um Sombra.

Quatrocentos metros.

s'Ex lhe dissera quatrocentos metros. Catra não fazia ideia do que isso significava, mas tinha que ser uma grande distância. Ou não?

Conforme ela avançava, ia de árvore em árvore, escondendo-se atrás dos troncos – o que, imaginou, fosse estupidez e prova do que s'Ex dissera quanto a ela não saber cuidar de si mesma, pois um ataque poderia muito bem surgir às suas costas, e por mais que ela prestasse atenção aos ruídos, as batidas do seu coração eram como um tambor que abafava seus sentidos.

Seria muito melhor se desmaterializar, assumindo sua forma de Sombra, mas ela estava nervosa demais para isso – e não queria parar e desperdiçar tempo tentando se concentrar...

Uiiiiii-uuuuu.

Imobilizada ante o som agudo, olhou, cheia de pânico, na direção de onde ele viera. Um momento depois, uma figura se revelou na clareira.

Um criado macho... que parecia tão alto e forte quanto s'Ex.

Uiiiiii-uuuuu.

Quando ele repetiu o som, ela se adiantou, erguendo as saias. Afastando-se da fileira de pinheiros, rezou para que ele ainda estivesse do seu lado.

– Peço perdão pelas roupas – ele murmurou debaixo do capuz cinza das suas vestes *farshi*. – Mas pensei: já que deu certo com você por tanto tempo...?

Ela estava sem fôlego, mesmo não tendo corrido distância alguma.

– O que está acontecendo?

– Não é seguro para você ficar aqui. Os guardas estão em toda parte vasculhando. A sua mãe sabe que você saiu, não só do palácio, mas do Território, e ordenou uma purificação pública para você.

Catra fechou os olhos. Já vira essa tortura horrível, na qual um ácido especial é introduzido em seu sangue, de forma que o "paciente" se retorce de dor e vomita durante noites e noites até se livrar de quaisquer impurezas que supostamente o estivessem contaminando.

– Você não sobreviverá – s'Ex disse com seriedade. – A sua única esperança é voltar para Caldwell. Podemos encontrar um lugar para você ficar...

– Não – ela exclamou.

– Não tente bancar a heroína. Você só vai sair perdendo.

– Se eu fugir, eles só vão obrigar Trez a se casar com outra fêmea. A rainha tentará ter outra filha e, no fim, conseguirá. Isso não o salvará.

s'Ex balançou a cabeça.

– Você não tem que se preocupar com esse macho agora. Vai perder sua vida caso se aproxime daquele palácio. Pelo menos, se fugir, ainda terá uma chance.

– Mas eles vão me encontrar. Nunca deixarão de procurar por mim, sabe disso. – Aprumou os ombros. – Tem que haver outra solução.

– Não, não há. Escute. Eu ajudo você. Farei o que puder...

– Não seja tolo. Você disse para aqueles guardas que a rainha o mandara procurar por mim. Isso foi uma mentira. Cedo ou tarde, ela descobre tudo neste palácio. Ela saberá que você estava fora do Território bem na noite em que desapareci. Mesmo que você tente mentir e diga que não está envolvido na minha fuga, ela saberá. Mandará que o torturem e o matem pela traição de me ajudar e instigar, e desonrará o seu nome.

s'Ex começou a falar, mas Catra não ouvia nada.

Sua mente girava, mexia... e virava.

Sem aviso, como algo surgindo de águas profundas, ela se lembrou de algo que a rainha dissera:

Posso ter mais uma como você se eu assim o desejar. Você é tão substituível quanto qualquer outra coisa em meu mundo. Nunca se esqueça de que sou o sol ao redor do qual esta galáxia gira, e que posso alterar o seu destino num piscar de olhos.

Alterar... o destino...

Um súbito horror se apossou da sua garganta.

– s'Ex, você tem que me levar até a sala de astrologia.

– *O quê?* Ficou louca de vez? A ideia é se afastar de AnsLai e do astrólogo principal, e não ir na direção deles.

Ela balançou a cabeça lentamente.

– Não, eles estarão no luto com ela. Esta é a última noite. Eles têm que estar com ela para completar os rituais. – Ela o fitou. – Eu iria sozinha, mas talvez precise me defender... Preciso da sua ajuda para isso.

– Mas que diabos acha que vai encontrar lá?

– Só me leve até lá. *Por favor.*

Ele imprecou baixinho:

– O palácio está repleto de guardas.

– Sim.

– Não podemos simplesmente vaguear até o local mais sagrado do complexo da sua mãe.

– Se isso levar um minuto ou uma hora ou o resto da noite, não importa... contanto que me leve até lá.

Uma eternidade se passou até que ele a fitasse.

– Você vai acabar nos matando.

Ela enfrentou o olhar dele através da malha do capuz que cobria seu rosto. Balançando a cabeça, disse:

– Já estamos mortos. Você sabe disso.

Capítulo 77

Quando Trez despertou, seu rosto e o travesseiro estavam molhados. Enxugando o rosto, esticou os dedos e olhou para ele, reluzindo na luz do abajur.

Então...

Era assim o outro lado de tudo.

Deixando os braços penderem de volta para a cama, ficou olhando para o teto. De certa forma, não conseguia acreditar que ainda estivesse ali. Física e mentalmente.

Seu quarto fora sempre assim tão silencioso?

Jesus, toda vez que respirava seu peito doía como se tivesse quebrado todas as costelas. Cada uma em dois lugares.

E também havia o filme estilo roda da fortuna: a cada piscada dos olhos, outra parte da sua perda passava em suas retinas – e ele teve que se perguntar se era sobre isso que estivera sonhando, e o motivo de ter acordado como acordara.

Uma parte sua desejava que o processamento instantâneo parasse. Outra parte estava aterrorizada com essa possibilidade, pois significaria que aquela coisa do esquecimento com que tanto se preocupava já estaria começando.

Por quanto tempo dormira?

Permaneceu onde estava por um minuto ou dois – ou horas? Noites? E depois tateou ao lado à procura do telefone. Quando acendeu a tela para ver as horas, havia toneladas de notificações de mensagens de texto, chamadas perdidas e recados gravados, mas ele estava sem forças para ver todas elas.

Abaixando novamente o celular, percebeu, no segundo em que largou o aparelho, que não havia notado que horas eram.

Onde estaria Selena?, perguntou-se.

Dirigindo-se para o teto, perguntou:

– Onde você está?

O que ela vira? Existia mesmo um Fade?

Engraçado, ele não antecipara o medo que sentia agora, mas provavelmente deveria. A ideia de não saber se ela estava bem ou não após a morte era algo com que teria que aprender a lidar.

Até ele mesmo morrer, deduziu. E se houvesse apenas um imenso vácuo negro? Bem, nesse caso, já não existiria nada mais para se importar.

Que pensamento feliz.

Quando conseguiu se sentar, arfou ao sentir a dor explodir em todo o corpo – certo como se a agonia emocional em sua alma se manifestasse na carne, nos músculos enrijecidos, nos ossos doloridos.

Isso por causa do ritual de preparação.

Talvez sumisse em um ou dois dias.

Levantou-se e usou o banheiro. Escovou os dentes. Consultou seu estômago.

Não, comida não era uma prioridade.

Beber seria uma boa ideia.

No entanto, mesmo quando esses pensamentos internos surgiam, era a uma vasta distância, como se estivessem sendo gritados para ele do outro lado de um campo de futebol.

Voltando para o quarto, foi para o closet e abriu as portas duplas. Quando as luzes se acenderam, ele se retraiu.

Ainda sentia seu cheiro.

E duas das vestes dela estavam penduradas em meio às suas roupas.

Indo até elas, esticou a mão, mas, no fim, hesitou em tocar no tecido branco, ainda mais quando a dor lancinante aumentou atrás do seu esterno.

Concluiu que aquilo era como um corte no dedo que só dói quando você flexiona o polegar, e então começa a arder de verdade. Só que numa escala muito maior, claro.

Seria sempre assim? Ele atravessando noites e dias resvalando em coisas aleatórias e sendo lançado de volta às profundezas da sua dor?

– Não sei como fazer isto – ele disse olhando as roupas – sem você.

E ele não sabia se estava se referindo apenas ao ato de se vestir.

Quando não houve resposta alguma – ora, será que esperava que um fantasma respondesse? – pegou o par de calças e a camisa mais próximos, vestiu-os e saiu. Por uns bons dez minutos, permaneceu no meio do quarto e nutriu a ideia de vandalizar tudo ao seu redor. Mas seu corpo não tinha as forças ou a coordenação necessárias, e suas emoções não suportariam o borbulhar de raiva que sentia.

Olhou para a janela que Selena quebrara. Estivera magnífica em sua fúria, tão viva, tão...

Puta merda, acabaria ficando louco.

A caminho da porta, apanhou o celular por força do hábito e depois parou diante da porta do quarto. Tinha certeza de que não estava pronto para os olhares de pena e para as perguntas inquiridoras. Mas as persianas ainda estavam abaixadas, certo?

Estavam.

Por isso, com um pouco de sorte, a Última Refeição já teria sido limpa e os *doggens* teriam se retirado para seu breve descanso antes que a limpeza diurna começasse.

Ele achava que tinha visto um sete nas horas.

Sim. Sete e alguma coisa da manhã, disseram os números.

Segurando a maçaneta de latão, sentiu como se tivesse retornado à clínica, quando saíra da sala de exames após ter ficado tanto tempo com o corpo de Selena: aquele era mais um portal pelo qual teria que passar.

Virando o pulso, libertou o mecanismo e pôs um pouco de peso no...

No piso diante do seu quarto, iAm estava na horizontal, desmaiado no meio do corredor, a cabeça na curva do braço, uma garrafa de Bourbon consumida até a metade e tampada, aninhada contra o peito como um cachorro fiel, as sobrancelhas abaixadas como se, mesmo dormindo, ele estivesse lidando com problemas.

Trez inspirou fundo.

Era bom saber que o macho ainda estava com ele.

Mas não acordaria o cara.

Pisando com cuidado para não perturbar o irmão, descobriu-se querendo dar seus primeiros passos no mundo por conta própria.

No fim da escada, debruçou-se sobre outra maçaneta – e perguntando-se quanto tempo levaria para superar aquele hábito – e depois abriu a porta.

– ... seu bando de fotofóbicos esquisitos.

Estremecendo, franziu o cenho.

Lassiter, o anjo caído, estava na soleira da porta do escritório de Wrath, as mãos no quadril, o cabelo preto e loiro preso numa trança.

– É melhor mostrarem um pouco de respeito ou não vou dizer porra nenhuma sobre o que descobri na minha visitinha ao Território.

De dentro da sala, vieram todos os tipos de murmúrios.

– Não – disse Lassiter. – Quero que peça desculpas, Vishous.

Isso era estranho. Como a lente de uma câmera que lentamente entrava em foco, Trez voltou a se conectar, os sentidos se aguçando, uma sombra de seu antigo eu retornando.

– Estou esperando. – Houve uma pausa. – Muito bem. E também quero o controle remoto pela próxima semana – dia *e* noite.

Lamentação generalizada, e alguém jogou alguma coisa nele, o guarda-copos aterrissando no carpete do lado de fora da sala.

– Bem, se vocês vão se comportar mal de novo...

Seguindo seus instintos, Trez se desmaterializou – na mesma hora em que Lassiter deixou de lado seu papel de idiota e lançou um olhar perspicaz na direção em que Trez estivera parado.

Sua presença fora notada.

Mas ele não permitiria que isso acontecesse de novo.

Avançando em sua forma de sombra, entrou no escritório bem quando Lassiter entrava, fechava e se dirigia à Irmandade.

– Temos um mapa? – o anjo perguntou.

Tomando cuidado para ficar distante dos pés de todos (evitando que fisgassem seu estado alterado), Trez se alocou no canto mais distante do cachorro de Wrath. Felizmente, George estava profundamente adormecido junto ao trono de seu dono.

A Irmandade se reuniu ao redor da mesa de Wrath quando Butch desdobrou um papel azul e verde quadrado de um metro por um metro.

– Aqui – o anjo disse, apontando com o dedo. – Foi aqui que o localizei. Existe um muro de contenção ao redor de toda a propriedade. Há construções aqui e aqui. O palácio fica... bem aqui. A segurança está fortificada, e pelo que consegui ver, estão juntando reforços.

Juntando reforços?, Trez pensou.

– Precisamos atacá-los primeiro – Wrath murmurou. – O primeiro ataque é crucial. Não queremos eles em Caldwell.

Mas que diabos estava acontecendo?

– ... encontrar esta casa. Ninguém pode encontrar esta casa – V. disse. – Mas, sim, ficarei aqui. Não gosto disso, mas alguém precisa estar aqui, por precaução.

Lassiter olhou para o Irmão por sobre a mesa, provando que conseguia ficar sério quando necessário.

– Estou com você. Também ficarei aqui.

Houve uma fração de segundo na qual os machos sustentaram o olhar um do outro.

– Beleza – disse V. – Isso é muito bom.

– Onde está iAm? – Wrath perguntou.

– A última vez que o vi – Rhage respondeu –, ele estava subindo para dar uma olhada em Trez e descansar um pouco.

– Temos que garantir que ele mantenha Trez debaixo deste teto. Não quero que o Sombra seja sequestrado em meio a tudo isto. Não tenho problemas em lutar... merda, estou ansioso para isso... mas não quero que eles acabem conseguindo pegar o coitado. Essa é uma complicação com a qual não quero me preocupar.

Mas que porra?

Aquilo era por causa *dele*?

Trez permaneceu no escritório à francesa, com todos aqueles Irmãos e guerreiros, até descobrir tudo que precisava saber – e depois saiu antes que Rehvenge chegasse após ter reunido seu povo na colônia *symphato* ao norte.

Seu velho amigo devorador de pecados saberia que ele estava ali.

Quando chegou a hora de ir, não se arriscou. Saiu em forma de sombra por debaixo da porta e continuou pela grande escadaria, atravessando o piso de mosaico do átrio... Sempre em frente, passando pelas fendas minúsculas no batente da porta do vestíbulo da entrada até a saída.

Do lado de fora, o sol nascia no cenário outonal, raios dourados e rosados atingindo as folhas amarelas, laranjas e vermelhas, bem como o verde-escuro dos pinheiros e os galhos espetados dos cedros.

Não retomou sua forma até se distanciar da casa, embora as câmeras de segurança sem dúvida registrassem sua presença de todo modo. A boa notícia, se é que podia chamar assim, era que os Irmãos estavam todos discutindo a iminente batalha, portanto não estariam monitorando o sistema de segurança. Caso um dos *doggens* por acaso o visse ali? Simplesmente deduziria que ele havia saído para espairecer.

Não vestira a jaqueta, e por isso estava grato.

O frio o esbofeteou, fazendo com que despertasse ainda mais.

Mesmo que já fizesse uma hora que ficara sabendo, ainda não acreditava: a rainha declarando guerra contra Wrath e a Irmandade. Eles se recusando a entregá-lo. Os devoradores de pecado se bandeando com os vampiros.

Ele não acreditava que houvesse tantos preparados para brigar por sua causa.

– Selena? – ele disse, deixando a cabeça pender para trás para poder olhar para o céu.

Nenhuma estrela, por causa da luz do dia.

Nenhuma nuvem, por algum motivo.

Nada além de azul-claro.

Trez pensou na vez em que tentara fugir do palácio e acabara matando todos aqueles guardas de s'Ex. Tanto sangue derramado.

Só que, naquele dia, eram estranhos para ele.

Se ele já achava que aquilo fora triste, a situação seria muito pior se a Irmandade fosse para o Território. Acabariam prevalecendo no fim, com os devoradores de pecado ao lado deles... Mas haveria morte. Mutilação.

Mais vidas arruinadas.

Virando, olhou para a grande mansão cinza.

Por mais obscuro que o exterior parecesse, o interior era cheio de vida, de amor, de família.

Se aquela guerra acontecesse enquanto ele estivesse sofrendo, aquela porção terrível de dor acabaria se derramando naquela casa e nas pessoas que ali moravam.

Ele não colocaria nem mesmo alguém que odiasse em seu lugar, vivendo com aquela solidão e aquela dor no coração.

Não poderia colocar aqueles que amava no mesmo lugar em que estava agora.

Não se houvesse um modo de impedir isso.

No mesmo instante em que tomou a decisão, um raio de sol passou por cima do telhado, aquela luz incrível se espalhando sobre a fila ordenada de telhas.

Selena o fizera prometer que continuaria a viver sem ela, e ele lhe dera a sua palavra, mas só porque fora forçado.

Ele não acreditara no que dissera.

Agora, porém, enquanto imaginava todas as vidas que podia salvar, como proteger aqueles machos, fêmeas e crianças?

– É só até aqui que consigo chegar, minha rainha – disse para o céu.

Capítulo 78

Levaram uma eternidade para chegar à câmara de astrologia sagrada.

Ou pelo menos foi o que pareceu a Catra. A cada corredor que viraram, ou que seguiam em frente, ela esperava ser descoberta, presa e enviada para uma cela.

Ao longo do caminho, s'Ex revelou-lhe quartos secretos e passagens escondidas que ela desconhecia – e se provou além de qualquer medida: seguro de seus passos, mente clara, tanto cauteloso quanto agressivo.

No fim, não só conseguiram entrar no palácio, como avançaram para as áreas mais restritas do complexo da mãe, onde poucos eram permitidos e a segurança era maior. Pelo menos tinham uma vantagem: os guardas à sua procura estavam preocupados em vasculhar o exterior, convencidos de já terem procurado o suficiente nos domínios da rainha; e o restante dos machos de s'Ex estavam agrupados no centro do pátio, preparando-se para lutar.

A situação era séria. Toda ela.

Mas conseguiram avançar com presteza e, até então, sem serem notados.

Uma parte sua queria ir se certificar de que a mãe estava seguindo os rituais a fim de não ser descoberta na câmara de astrologia, mas não poderia arriscar ter sua presença percebida.

Tinham apenas uma chance de chegar aos registros.

– Aqui – s'Ex sussurrou ao parar de repente.

Ela franziu o cenho debaixo do capuz.

– A entrada para a câmara fica mais adiante, não?

– Não, a nossa entrada fica aqui.

Libertando a mão da manga volumosa de suas vestes, apoiou a palma na parede. No mesmo instante, uma porta camuflada se abriu, desaparecendo dentro da fenda.

No instante em que ela sentiu o cheiro de incenso, soube que estavam próximos, mas, mesmo assim, o espaço estava na mais absoluta escuridão.

Ela entrou sem hesitação, e sentiu o peso de s'Ex assomando-se atrás dela. Quando a porta se fechou, foi como se ela estivesse vendada.

Mantendo o tom de voz baixo, s'Ex disse.

– Estique a mão à sua frente.

Quando ela seguiu seu comando, sentiu algo áspero.

– Vá para a esquerda – ele ordenou. – Mantenha a mão na parede para se guiar.

Quando ela andou, chocou-se com o peito dele.

– Desculpe.

Ele a virou.

– A sua outra esquerda...

Avançando, ela mal conseguia respirar. Deviam estar seguindo o corredor externo, pensou; aquele espaço era uma sombra do outro, público.

– Construí estas passagens – ele sussurrou. – Conheço-as de cor.

– Muito sagaz da sua parte...

– Pare.

Obedecendo, ela abaixou a mão.

– E agora?

– Olhe para a direita.

Assim que o fez, ela não viu nada além de mais escuridão. Mas... não. Havia minúsculas fissuras de vermelho reluzente na parede, como se alguma mão fantasmagórica tivesse desenhado sequências de pontos com uma caneta mística.

Azulejos, ela pensou. Eles estavam do outro lado de uma partição azulejada.

Esticando a mão, ela os tocou.

– Deixe-me ir na frente – ele disse. – E não venha até que eu lhe diga para fazer isso.

Indo para o lado para que pudessem trocar de lugar, ela viu quando a imensa palma dele cortou uma faixa no desenho cúbico sutil.

Quando ele empurrou, os azulejos se afastaram numa junta desigual. Só que nada fora quebrado nem estilhaçado; não houve danos estruturais. Aquilo fora construído para acomodar tal acesso.

Do outro lado, havia uma incrível fonte de luz.

s'Ex entrou na câmara circular com uma lâmina de serra à frente do corpo, pronto para atacar.

– Pode vir – ele sibilou.

Inspirando fundo, ela saiu da escuridão para aquela luz incrível.

Só que não era nada especial. Eram apenas luzes de velas abrigadas num cômodo de mármore vermelho magnífico.

Espere, não, a luz não vinha das velas. Era o sol, jorrando de um imenso painel curvo de vidro no teto. E quanto fosse noite, ela concluiu, seria possível observar e monitorar as estrelas através daquele olho transparente.

Moveram-se em silêncio através do espaço, as solas macias dos sapatos fazendo com que suas passadas soassem abafadas no piso de mármore vermelho. No centro do cômodo, havia um corte circular no chão, talvez para um palanque que se erguia, como aquela da recepção do palácio? Não havia mobília, nada pendurado nas paredes, nada que impedisse a concentração devotada de alguém.

Mais importante, não havia ninguém por perto.

Três portas. Havia três portas... Uma que se abria para o corredor. Uma, provavelmente, que dava para os aposentos particulares do astrólogo principal. E a outra...

– A sala de registro fica por aqui – disse s'Ex, apontando para a terceira porta.

Simbolizado por um batente dourado, com inscrições acima dele, o local sagrado não podia ser confundido, e ela sentiu uma onda de admiração mesmo com a pressão do tempo e das circunstâncias abafando suas emoções.

Avançando adiante, ela ergueu a mão...

– Não, sua palma não funcionará.

s'Ex apoiou a dele na parte correta do painel liso e não demarcado e...

Nada aconteceu.

Tentou mais uma vez.

– Retiraram-me do sistema. E é grande a possibilidade de terem nos localizado. – Virando-se para ela, disse: – Temos que sair daqui. Agora.

– Não! Eu tenho que ver...

– Não temos tempo para discutir. – Segurando-lhe a mão, ele começou a arrastá-la para a passagem secreta. – Não quero sua morte na minha consciência.

Resistindo à força imensamente superior dele, ela disse de uma vez:

– Acredito que a minha mãe tenha alterado os registros de nascimento!

s'Ex parou.

– O que disse?

Catra continuou tentando se soltar, sem conseguir. Era como se estivesse amarrada a uma árvore.

– Não posso ter certeza até entrar ali. Mas acredito que ela tenha, deliberadamente, alterado os registros de nascimento para benefício próprio. Preciso entrar ali para ter certeza. *Por favor.*

s'Ex levantou a mão e tirou a máscara que lhe cobria a cabeça, deixando-a cair no chão. Os olhos estreitos reluziam numa cor esverdeada.

– Quão certa você está disso?

– A ponto de apostar minha vida nisso. E a sua.

A decisão de s'Ex foi anunciada quando ele olhou para a porta trancada e, em seguida, sem alarde, deu duas passadas à frente e... enterrou a faca serrada bem no que se revelou ser uma fenda.

Ou isso, ou ele simplesmente criou uma.

Apoiando as duas mãos no cabo, jogou seu tremendo peso nesse ponto e... *Crac!* Criou uma entrada para a sala dourada.

– Seja rápida! – ele disse com seriedade.

Catra não desperdiçou seu tempo. Correndo por entre as lascas de pedra, deu um salto para dentro e escorregou no piso dourado, abrindo os braços para se equilibrar.

Números. Ela viu milhares de gavetas douradas marcadas por números.

Tudo estava organizado por datas de nascimento, e não por nomes.

Fechando os olhos, praguejou. Não fazia ideia de quando Trez nascera.

Só que... Não, espere! Bem no alto à direita, havia duas gavetas que não eram douradas. Eram brancas.

Com o coração aos pulos e as mãos trêmulas, ergueu-se na ponta dos pés e puxou a de cima. A gaveta tinha a extensão do seu braço, e ela teve que sustentar o fundo para que o seu conteúdo não caísse.

Ela tinha uma tampa.

Apoiando-a no chão e levantando a tampa, ela encontrou quatro pergaminhos enrolados, cada um deles amarrado por uma fita de seda e selada com cera vermelha, com a marca da estrela da rainha. Fora isso, não estavam identificados. Um era menor que os outros.

Pegou o primeiro que viu e rompeu o lacre, desenrolando o documento no chão. Era tão antigo que o pergaminho craquelou em alguns lugares por estar sendo esticado, e ela teve que colocar uma das pontas sob a gaveta e se ajoelhar sobre outra para mantê-lo esticado e poder lê-lo.

Símbolos sagrados e escritos a tinta preta estavam intercalados com incontáveis pontos vermelhos e dourados que, quando ela se inclinou para ver melhor, formaram uma constelação.

Era o mapa astrológico da mãe.

Deixou que o pergaminho se enrolasse sozinho e o deixou de lado. O seguinte... era o seu mapa, e também resistira ao despertar de seu rolo. O terceiro...

O terceiro se desenrolou sozinho quando ela rompeu o lacre, e quando ela se inclinou para lê-lo, sentiu o cheiro doce de tinta fresca aplicada no pergaminho. Aquele mapa novinho era da criança, e o ritual de morte estava marcado em cada canto com estrelas pretas – mostrando que a alma fora devolvida para os céus. Ou pelo menos essa foi a sua interpretação.

Depois de um instante de tristeza, ela o deixou de lado.

O quarto, o menor, tinha que ser de Trez. E, de fato, quando ela o desenrolou, viu que estava certa. Primeiro, nas escritas, dizia que era de um macho, nascido junto com um gêmeo – foi esse nascimento significativo que provocou o interesse inicial por Trez e por iAm. Catra se lembrava de que, durante toda a sua vida, a criadagem do palácio comentava sobre essa ocorrência especial e rara.

Aquele mapa não era tão grande quando os outros três porque ele não era da realeza, mas nos cantos do pergaminho havia estrelas douradas, mostrando sua ascensão às alturas da corte dos Sombras.

Apoiando-se nos calcanhares, ela leu as anotações e os símbolos.

Depois balançou a cabeça.

Tivera tanta certeza... No entanto, nada parecia fora de lugar.

– Para trás – ela ouviu s'Ex dizer na sala circular. – Ou, por mais que eu desgoste, terei que matar todos vocês.

Virando-se, Catra espiou através do portal desordenado que s'Ex abrira.

Três guardas vestidos de preto cercavam o executor, com as adagas apontadas.

Oh, estrelas do céu... O que fizera?

Cometera um erro terrível ao vir até ali. Quanta arrogância pensar ter descoberto um segredo que poderia salvar a todos.

E agora não havia para onde fugir. Não havia como derrotar aquele que devia ser apenas o primeiro esquadrão de muitos enviados atrás deles.

Não queria morrer.

Esticando a mão, apanhou a gaveta longa, fina e pesada. Era a única arma de que dispunha...

Por algum motivo – e mais tarde ela descobriria exatamente qual – quando o pergaminho de Trez se enrolou sozinho, voltando à forma que fora treinado a preferir, ela abaixou o olhar para o rolo.

O chão estivera imaculadamente limpo quando entrara, nem mesmo pó sobre sua superfície, nenhum arranhão, nenhum desgaste.

Mas agora havia lascas... de tinta... e flocos pequenos... ao redor do lugar em que o pergaminho se enrolara sozinho.

Franzindo o cenho, deixou a gaveta de lado e voltou a esticar o pergaminho.

Enquanto os sons de luta começaram no cômodo adjacente, vestes se mexendo, grunhidos e gemidos tão altos e tão próximos, ela se inclinou sobre a escritura sagrada.

No centro do mapa, uma porção da tinta se lascara.

Revelando...

A expiração que escapou dos seus lábios foi o resultado das suas costelas se encolhendo.

E para se certificar que não estava imaginando coisas, releu o que achou que estava vendo.

Depois, com a ponta da unha, raspou o artifício realizado.

– Oh… – sussurrou.

Pondo-se de pé, correu para as caixas onde os mapas dos súditos do s'Hisbe eram mantidos. Seus olhos se moveram ao redor, à procura da data de nascimento correta e, quando encontrou a gaveta, retirou-a, colocou-a no chão e levantou a tampa.

Os registros dos civis eram amarrados em fitas com pequenas etiquetas, e não estavam organizados numa ordem específica – havia uns vinte pergaminhos armazenados juntos. Com a respiração saindo em lufadas pela boca e as mãos trêmulas, ela verificou-os o mais rápido que conseguiu.

Quando encontrou o que procurava, voltou para junto do documento adulterado.

Deixando-os lado a lado, a gaveta segurando na parte de cima, ela os esticou.

Conforme esperado, havia uma parte no meio do segundo documento, a área coberta com tinta com tamanho cuidado que a adulteração não seria notada na época. No entanto, não envelhecera bem no decorrer dos anos.

Lascando a tinta, descobriu… que… na verdade… o Ungido não era Trez.

Dos gêmeos, ele fora o segundo a nascer, não o primeiro.

iAm era o macho sagrado.

Apesar do perigo mortal do lado de fora, ela se deixou cair sobre os registros, levando as mãos ao rosto.

Por que os trocaram? Por que…

– Princesa – s'Ex exclamou. – Temos que sair daqui.

– Eles trocaram os registros.

– O quê?

Catra olhou para ele por sobre o ombro, e se retraiu ante a quantidade de sangue em suas mangas, nas vestes, no rosto e nas mãos. Mas não havia tempo para se comover.

– A rainha trocou os registros das crianças, de Trez e iAm. Mas não entendo o motivo. – Ela apontou para as partes adulteradas dos documentos. – Está bem aqui. O astrólogo principal é quem prepara os documentos mais sagrados da realeza, e não o Tretário. Portanto, ele deve ter feito isto, e AnsLai devia saber. Mas, por que… Atrás de você!

Bem quando um guarda apareceu às costas de s'Ex com uma faca apontada para a sua cabeça, o executor girou – com a adaga na altura do pescoço. Num piscar de olhos, s'Ex subjugou o guarda, abrindo a jugular do macho, o sangue se derramando copiosamente.

Horrorizada com a visão da morte, Catra sentia sua mente divagando, como um espectador que se retrai numa competição de luta que se tornara violenta demais.

Mas, assim como s'Ex se referira aos arrependimentos, ela não podia se dar a esse luxo.

Enrolando os mapas, colocou os de Trez e de iAm na caixa junto com o seu e o de sua mãe. O da filha de s'Ex ainda estava no chão – e ela quase o deixou para trás.

No último instante, porém, ela o pegou e começou a enrolá-lo, e foi nesse instante que sentiu uma parte do pergaminho mais fria.

Por que o pergaminho estaria frio?

Voltou a esticar o mapa... e passou as pontas dos dedos pela superfície. Quando chegou ao meio, havia uma mudança sutil de temperatura.

Porque uma porção mais grossa de tinta ainda estava secando.

Aquela era a fonte do cheiro adocicado.

Também tinham adulterado o mapa da criança.

– Nosso tempo acabou, princesa – s'Ex disse com urgência. – Nós...

– Me dê a sua faca.

– O quê?

– Limpe-a e me dê, a sua faca – ela ordenou, esticando a mão.

Capítulo 79

A última coisa que Trez fez antes de ir embora da mansão da Irmandade foi pegar o celular. Enviou uma mensagem de três palavras para o irmão.

Estou em paz.

E depois voltou andando até os degraus da entrada e deixou o celular na pedra fria.

Um momento depois, foi embora. Não olhou para trás... Não hesitou... Não teve nenhuma dúvida.

A guerra chegava ao fim. O longo período de lutas que definira sua vida chegara à sua conclusão.

Quando reassumiu sua forma, foi diante dos grandes portões do s'Hisbe.

Indo em frente, sabia que logo seria avistado pelas câmeras de segurança, e estava certo. Sem ter que fazer qualquer anúncio ao interfone da entrada, que estava ali apenas em benefício dos humanos, houve um som metálico e o meio dos painéis sólidos se entreabriu.

Pela primeira vez em muitos anos, ele colocava os pés no solo do seu povo, atravessando a divisa que estivera preparado para nunca transpor.

Os guardas arquejaram ao reconhecê-lo e, imediatamente, ele se viu cercado por um círculo de machos vestidos de preto. Contudo, não tocaram nele. Estavam proibidos de entrar em contato com o seu corpo sagrado.

Na verdade, não havia necessidade de forçá-lo. Ele estava ali por vontade própria.

No entanto, ele era uma dádiva falsa para as tradições.

Seu corpo, assim como o de um eunuco, não seria capaz de copular com o de uma fêmea. Estava morto da cintura para baixo nesse quesito, portanto, quaisquer esperanças dinásticas que a rainha pudesse ter não se realizariam como ela imaginava.

Ele pouco se importava. Podiam fazer com ele o que bem entendessem.

O que ele começara a perceber era que Selena o levara consigo. A sua alma partira assim como a dela – a única diferença era que o seu corpo ainda tinha que se deitar e deixar de funcionar.

Mas talvez a rainha cuidasse disso por ele.

Quando se tornasse óbvio que ele não conseguiria cumprir seus deveres, ela provavelmente teria que matá-lo.

Tanto faz.

Tudo o que ele sabia, tudo com que se importava, era que seu irmão estaria livre do fardo que há tempos sustentava, e que a Irmandade e as suas famílias estariam a salvo.

Era só isso o que importava.

Ao longo do caminho até o palácio, ele se viu removendo as peças de roupa, desabotoando a camisa e deixando que ela caísse no chão. Chutando os sapatos. Abaixando as calças.

Ficou nu no sol frio outonal ao chegar às portas do palácio.

AnsLai, o sumo sacerdote, estava à sua espera. E, ainda que a cabeça do macho estivesse coberta por um capuz, ele não usava nenhuma máscara para cobrir o rosto, portanto sua satisfação foi evidente.

– Chegou a uma bela decisão – entoou o macho, curvando-se à cintura. – Louvo a sua sensatez e a sua devoção, ainda que tardia.

Depois disso, a grande entrada de mármore branco se abriu ao meio, revelando um corredor branco que, quando Trez o fitou, pareceu se estender ao infinito.

Por um momento, pensou em Selena e nele no túnel subterrâneo no Centro de Treinamento, abraçados um ao outro.

O infinito a que tinham se referido, aquele que teria com ela, ainda o acompanhava.

E teria que sustentá-lo em meio ao que estava por vir.

Os guardas da frente se afastaram e ele seguiu adiante, colocando um pé descalço diante do outro nos degraus rasos.

Ao se aproximar de AnsLai, o sumo sacerdote se curvou uma vez mais.

– E agora prossigamos com o seu ritual de purificação.

– Pegue esta, terá mais sorte com ela.

Em vez de entregar a Catra a faca que ela pedira, o executor lhe entregou uma menor, com uma lâmina lisa.

Inclinando-se sobre o mapa da criança, ela trabalhou fervorosamente, usando a ponta afiada para tentar encontrar uma fissura ou uma borda debaixo da tinta acrescentada.

– Temos que fazer isto em algum outro lugar, princesa – ele disse. – Precisamos... Merda, fique aqui.

Ela mal notou a saída dele, sua concentração consumida pela operação delicada que executava. Se fosse rápido demais ou raspasse muito fundo, poderia arruinar o que estava embaixo...

Por fim, conseguiu soltar uma ponta e depois tudo.

Felizmente, a tinta original manchara o pergaminho, penetrando em suas fibras.

Fechando os olhos, ela cambaleou.

Também haviam adulterado o mapa da criança.

A recém-nascida fora a herdeira de direito ao trono, segundo as estrelas.

Conforme as implicações desse ato eram entendidas, Catra abriu os olhos e olhou por cima do ombro. s'Ex voltara para junto dela e estava se debatendo com alguém – ou melhor, alguém se debatia contra o executor.

Quando s'Ex se virou, o astrólogo principal, em suas vestes vermelhas, estava preso contra o imenso corpo com tanta força que ela ouvia a respiração dificultosa por baixo do capuz cerimonial.

Com um puxão forte, s'Ex puxou o que cobria a cabeça do macho. Debaixo do tecido, o astrólogo estava aterrorizado – e o medo só aumentou quando ele juntou os fatos e chegou à conclusão evidente de que estava olhando para uma fêmea para a qual não podia olhar.

– Sim, terei que matá-lo por ter visto a princesa – disse s'Ex. – Mas, primeiro, algumas respostas.

Catra relanceou para os mapas e pensou... aquilo que descobrira era algo que o conselheiro da rainha devia temer ainda mais.

Assim que s'Ex descobrisse...

– Vamos lhe contar o que descobrimos? – s'Ex disse, arrastando o macho muito menor consigo. – Vamos lhe perguntar por que os mapas foram alterados?

Catra levantou o olhar para o executor.

Algo em suas feições deve ter traído suas emoções, porque s'Ex franziu o cenho.

– Por que está olhando assim para mim?

Sem querer, notou que o disfarce cinza do executor estava ainda mais manchado de sangue. Ele não hesitara em acabar com os machos que atacaram, apesar do fato de tê-los treinado, de ter trabalhado com eles, sem dúvida ter forjado algum relacionamento com eles.

Se ela revelasse aquela parte que acabara de descobrir?

Bem, nesse caso, além do astrólogo principal e, sem dúvida AnsLai, a rainha... a mãe de Catra... a fêmea responsável pela liderança do s'Hisbe... morreria.

E Catra sentiu...

Na verdade, não sentiu nada.

Em retrospecto, aquela fêmea era sua líder, não a sua mãe – e a rainha violara as tradições em benefício próprio.

Era a única explicação, ainda mais com o que a fêmea lhe dissera na câmara ritual.

Catra se dirigiu ao astrólogo principal.

– Estes mapas foram adulterados. Presumo que seja o responsável por isso.

O macho virou a cabeça para não olhar para ela, mas s'Ex não toleraria isso. Mordeu a adaga serrada, segurando-a entre os dentes, e espalmou a mão agora livre no crânio dele, girando-o.

Depois falou entredentes:

– A princesa lhe fez uma pergunta. Sugiro que responda.

Quando ele apenas abriu a boca, mas nenhum som saiu, s'Ex olhou para a princesa.

– Feche os olhos.

Ela meneou a cabeça.

– Faça o que precisar. Ficarei bem.

s'Ex praguejou, mas depois agarrou a mão enluvada do astrólogo e a apertou com tanta força que o macho gemeu... e depois se retorceu e gritou quando os ossos foram quebrados.

Depois, s'Ex tirou a adaga dos lábios e a encostou na garganta do outro.

– Agora responda à pergunta...

– Sim! Eu alterei os mapas! – o macho exclamou. – Mudei os mapas! Não quis fazer isso, mas a rainha exigiu! Tive que jurar segredo!

– AnsLai sabe disso? – Catra perguntou.

– Não! Não sabe! Ninguém sabe!

A explosão de palavras parecia ser tanto por causa das ameaças que enfrentava como um expurgo da sua consciência que há tempos o incomodava.

– Não quis fazer isso! – O macho começou a chorar. – É uma violação da minha posição sagrada, mas ela me disse que mataria toda a minha linhagem – ela disse que mataria minha companheira, meus filhos... meus pais...

– Por que trocar o mapa de Trez Lath pelo do irmão? Não entendo por que foi necessário fazer essa troca.

– O verdadeiro Ungido, o primeiro a nascer do ventre da mãe, iAm, era fraco. Não se esperava que ele sobrevivesse à primeira noite, muito menos chegasse à vida adulta. A rainha queria um dos gêmeos sagrados para a senhora, Vossa Alteza, portanto ordenou que eu trocasse o mapa para o do segundo filho, que era mais forte e saudável. Esse foi o motivo.

Catra inspirou fundo.

No silêncio que se seguiu, ela sabia que o que diria em seguida mudaria tudo. Violentamente.

Desviou os olhos para s'Ex. O executor estava estranhamente imóvel, o imenso corpo exalando uma calma que ela sentia como se fosse a que precedia uma tempestade.

Num tom absolutamente neutro, ele disse:

– Conte-me.

Como se ele já soubesse.

Ela se voltou para o mapa, enrolou-o e colocou dentro da caixa pesada junto com os demais. Depois se levantou e se aproximou do executor e do macho.

– Dê-me a adaga – ela disse a s'Ex. Por um motivo diferente desta vez.

– Por quê?

– Porque precisamos dele vivo.

Ela antecipou que ele fosse discutir, e ficou surpresa quando s'Ex girou a adaga e lhe entregou com o cabo virado na sua direção, sem dizer nada.

Ela pesava quase tanto quanto a caixa.

– Agora solte-o. Você tem que soltá-lo – ela disse. – Ele não vai fugir porque sou a única que pode lhe salvar a vida. Solte-o, s'Ex. Ordeno que o faça.

Quando o executor acatou sua ordem, o astrólogo principal caiu no chão como se não passasse de um amontoado de tecido. E foi esperto. Afastou-se alguns metros se arrastando.

Com os olhos presos nos de s'Ex, ela disse em alto e bom tom:

– Agora, astrólogo, conte a ele por que o mapa astral da filha dele foi alterado.

Capítulo 80

O telefone estava tocando.

Enquanto se erguia e se apoiava na cabeceira da cama gigantesca, Paradise percorreu o olhar até o toque suave do lado oposto do quarto sobre a escrivaninha.

Pelo menos ao atender teria algo para fazer, além de ficar sentada ali na suíte subterrânea, ruminando sobre o que poderia acontecer à noite.

Seu pai empalidecera visivelmente quando ainda assim ela se recusara a voltar para casa com ele, mesmo ante a ameaça do s'Hisbe a todos os vampiros. Mas ela sentira que precisava manter sua decisão, apesar da mudança nas circunstâncias. Caso cedesse? Seria o mesmo que atrasar o relógio da sua vida.

E fincara os pés mesmo quando ele lhe lembrara, não que isso fosse necessário, que já perdera a sua *mahmen* e não queria que ela fosse para os braços frios da morte também.

Quando ela dissera seu último e derradeiro "não vou", ele a fitara como se fosse uma completa estranha.

E talvez fosse mesmo.

Riiing. Riiing.

Talvez fosse o pai dela. Imaginava que ele tampouco conseguira descansar. Ainda que fosse mais provável que ele lhe enviasse uma mensagem de texto ou telefonasse no celular.

Virando as pernas para a beirada da cama, saltou e correu até o telefone.

Levantando o bocal, disse:

– Bom dia, como posso ajudá-lo?

Era uma voz masculina, mas não a do seu pai. Era daquele que telefonara antes, por parte do s'Hisbe, aquele que declarara guerra em seu sotaque estranho:

– *Tenho uma mensagem para o seu rei, Wrath, filho de Wrath. A rainha deseja agradecer-lhe pelo retorno imediato do Ungido. A concordância de Wrath é a de um líder e estadista sagaz, e é meu prazer reassegurá-lo que nenhuma ação militar será tomada por nós e que existe um acordo renovado entre os nossos povos.*

Clic.

Paradise ficou olhando para o telefone.

Será que entendera direito?

Apoiando o dedo nos dois botões da base do aparelho, liberou a linha e apertou as teclas que compunham o número do pai. Ou tentou fazer isso. Tremia tanto que não conseguia acertar a sequência.

Quando conseguiu por fim, descobriu que estava respirando com dificuldade.

– Alô...

– Pai! – ela o interrompeu. – Pai, eles ligaram de novo...

– Paradise! Você está bem...?

– Sim, sim, ouviu o que eu disse? Eles ligaram de novo, o s'Hisbe, eles disseram que Wrath entregou o... – O que disseram mesmo? – ... o Ungido? Disseram que está tudo bem – quero dizer, eles cancelaram a guerra!

Uma maneira estúpida de explicitar a situação, pensou no fundo da mente. Como se aquilo fosse uma festa de aniversário cancelada devido ao meu tempo?

– Sobre o que está falando? – o pai falou devagar. – Wrath não iria entregar Trez...

– Talvez tenha mudado de ideia?

– Falei com ele ao amanhecer. A Irmandade tinha enviado um emissário que suporta a luz do sol para reunir informações sobre o Território. O que quer que tenha... Devo ligar para ele imediatamente.

– Pode tentar me manter a par do que está acontecendo?

– Farei isso.

– Eu te amo – disse num rompante.

– Ah, Paradise, eu também te amo. Fique no subterrâneo.

– Prometo.

Ao desligar, ela se viu rezando para ter uma chance de se desculpar pessoalmente com ele. Ainda que imaginasse que tal impulso se devesse à garotinha de quatro anos interna que queria ser uma boa menina.

Não importava o resultado do conflito com os Sombras, ela tinha que se manter firme.

A ameaça de guerra era um bom lembrete de que só se tem uma vida para viver.

Portanto, era melhor fazer valer.

Enquanto s'Ex se deparava com o olhar inflexível da princesa, ele concluiu que foi muito inteligente da parte dela desarmá-lo e afastá-lo do astrólogo principal antes de ele ouvir a resposta exigida do macho.

Mas a explicação era desnecessária; ele conhecia o motivo da alteração do mapa astral.

O astrólogo tropeçou em suas palavras.

– A criança era a herdeira por direito, suplantando-a, princesa. Mas a rainha não queria a linhagem de um homem do povo no trono. Ela sabia que o executor era o pai. Forçou-me a mudar o horário de nascimento em 4 minutos e 32 segundos, o que colocaria a criança sob uma posição desvantajosa no sexto planeta a partir do sol.

No mesmo instante, o choro da filha entrou na cabeça de s'Ex... e entrou em sua corrente sanguínea.

O peito começou a bater forte para acompanhar a respiração forçada.

Os punhos se cerraram.

O coração saltou uma batida... E depois passou a bater no ritmo lento e compassado de um assassino.

A princesa lhe estendeu sua adaga. Seus olhos estavam repletos de tristeza, mas também estavam muito, muito límpidos. Numa voz emocionada, mas poderosa, ela lhe disse:

– Faça o que tem que fazer.

Ela sabia que acabara de sentenciar a mãe à morte. Com aquela verdade sendo revelada, ele não hesitaria em vingar a morte da sua carne e do seu sangue.

Com a sua mão guerreira, ele aceitou a lâmina serrilhada – e virou a ponta na direção do rosto. Com dois cortes nas covas do rosto, marcou-se.

Um corte, pela filha que jamais conheceria.

Outro, pelo erro que seria retificado.

Quando se virou para a partição feita na parede azulejada, ele só tinha um pensamento – mas, mesmo assim, parou.

Virando a cabeça para trás do ombro, cravou o olhar no astrólogo principal. Enquanto o macho se encolhia aterrorizado, s'Ex perguntou:

– Se a minha filha devia ser a herdeira, quem sucede a rainha agora?

– E-e-ela. – O macho apontou para a princesa. – Ela tem direito ao trono. Os registros dela não foram alterados. Ela seria a segunda na linhagem, logo atrás da sua filha, e, com a morte dela, ela é a legítima herdeira...

– O *assassinato* – ele interrompeu – da minha filha, você quis dizer.

Ele relanceou para a princesa.

Ela parecia não se importar com as repercussões do que acabara de ser dito. Sequer pareceu ter ouvido as palavras de que estava prestes a se tornar rainha. Em vez disso, segurava a longa gaveta dourada junto ao seu disfarce de criada, com a cabeça pensa.

Lágrimas atingiram o metal brilhante, caindo de seus olhos.

– Você tem que governar – s'Ex anunciou. – Precisa assumir as rédeas desta comunidade e governar adequadamente. Ouviu bem? Livre-se de toda essa emoção e prepare-se para o que está para acontecer.

O olhar dela se deparou com o dele.

– Ela era minha irmã. Eles mataram... a minha irmã.

Por um momento, s'Ex se retraiu. Era a última coisa no mundo que ele esperava que ela fosse dizer.

E, de repente, a realidade de que a sua dor era partilhada o atingiu, e ele se sentiu estranhamente emocionado.

Caminhando na direção da princesa, segurou o rosto dela e o ergueu. Depois de lhe enxugar as lágrimas, inclinou-se e encostou os lábios na testa dela.

– Obrigado por isso – ele sussurrou.

– Pelo quê?

Ele apenas meneou a cabeça e recuou.

– Você. – Apontou para o astrólogo principal. – Você precisa cuidar dela. Acredita nas suas tradições, odiava suas mentiras? Prove, garantindo que ela sobreviva... Em dez minutos ela será sua nova rainha.

No mesmo instante, o macho se mexeu, prostrando-se no chão e apoiando a testa no piso de mármore manchado de sangue aos pés da fêmea.

– Por tudo o que está escrito nas estrelas, servirei à rainha Catra vin SuLaneh etl MuLanen deh FonLerahn até a última batida do meu coração e o último respiro dos meus pulmões.

s'Ex sentiu a sinceridade deles, e sabia que a nova rainha estaria a salvo.

– Você tem as vestes cerimoniais aqui, não tem?

O astrólogo principal respondeu para o chão:

– Sim, tenho.

– Vista-a. Em vinte minutos, a cabeça da mãe dela estará aos pés do trono. Leve Catra até lá para que a cerimônia de troca de poderes possa ser completada.

– E quanto a você? – Catra perguntou. – Você também estará lá? Por favor, diga-me que estará lá.

– Preocupe-se consigo, minha rainha. Você é muito mais importante do que qualquer indivíduo nesta sala, neste palácio, nestas terras.

Dito isso, ele se virou e desapareceu pela passagem secreta.

Capítulo 81

A limpeza e preservação das armas de um guerreiro eram um dever sagrado, uma forma de honrar a conexão entre o lutador e os seus instrumentos.

Sentado com a cabeça pensa, Rhage limpava a segunda das suas .40 favoritas, o cheiro doce do limpador de metais tão familiar quanto o som da própria voz.

Do outro lado do quarto, sentia a tensão de sua Mary. Mas não disse nada.

– Tomarei cuidado – ele disse, recolocando a lata de spray na sua caixa de limpeza de armas.

Fez esse juramento mesmo sabendo que prudência era apenas uma parte na sobrevivência em uma batalha. Estar ciente do ambiente ao redor, cuidar da retaguarda, ter seus irmãos também vigiando – tudo isso ajudava, claro. No entanto, sempre haveria o elemento sorte.

Ou o acaso.

Destino.

O que quer que se desejasse chamá-lo.

– Sei que vai – ela disse, taciturna.

Ele levou o tecido de algodão de um lado do tambor da arma até o outro.

– Mas... se eu não voltar... para casa...

Ele parou ali. Ela já sabia a pergunta que ele queria fazer. A pista fora forte o suficiente.

– Vou te encontrar – ela disse, emocionada. – De alguma maneira, eu te encontro.

Ele assentiu e pensou que, provavelmente, deveria ir até junto dela, mas não conseguiria lidar com essa proximidade. Do jeito que as coisas estavam, ele já estava prestes a desmoronar, e com uma guerra à sua espera ao anoitecer, simplesmente não conseguiria suportar a emoção.

– Eu só não consigo suportar a ideia de vê-lo ferido – ela confessou ao assoar o nariz e enxugar as lágrimas. – Isso me incomoda mais do que a própria morte.

Sim, mas isso porque tinham recebido aquele milagre, que pagaria dividendos quando a morte tentasse separá-los.

Ele pensou em Trez e quis vomitar.

Deus... a imagem daquele macho subindo até a maldita pira era como uma tatuagem em seu cérebro.

De repente, abaixou a arma e o tecido no joelho.

– Sou uma pessoa horrível. Sou um maldito filho da puta.

Do lado oposto, Mary fungou de novo.

– Do que você está falando?

Ele se forçou a continuar na limpeza, mais porque, caso a encarasse, ele não seria capaz de dizer.

Inferno, talvez não devesse dizer – embora nunca conseguisse esconder nada dela.

– Eu... hum... odiei o que Trez e Selena passaram. O mesmo em relação a Tohr.

De súbito, lembrou-se de estar sentado na ambulância de primeira linha de Manny, exigindo que o médico salvasse a Escolhida.

Como se o fato de ordenar que o cara encontrasse uma cura fizesse isso acontecer.

Em seguida, surgiu uma imagem de Layla, toda encasacada do lado de fora enquanto as chamas subiam aos céus. A gestante Layla, que estava carregando os gêmeos de Qhuinn, pelo amor de Deus.

Que parecia prestes a morrer por causa do sofrimento causado pelo falecimento da irmã, a ponto de Rhage não ser o único a se preocupar com a sua gestação, sua vida, seus filhos.

– Sou um idiota – sussurrou.

– Fale comigo, Rhage.

– Estou contente porque isso não aconteceu com a gente – ele disse emocionado. – Por mais que eu ame todos eles e sofra junto com eles... Estou feliz pra cacete porque não te perdi...

Lágrimas surgiram nos olhos dele.

E a sua *shellan* se aproximou.

Quando ela pegou sua arma e a deixou de lado, e depois o envolveu nos braços, murmurando palavras de apoio e compreensão em seu ouvido, ele se sentiu ainda pior.

Isso só o fez se lembrar do que Trez nunca mais teria...

Bum! Bum! Bum!

– Rhage – V. o chamou do corredor. – Trez se entregou.

Rhage se endireitou e enxugou as lágrimas.

– *O quê?*

Afastando Mary, ele saltou para a porta e a escancarou.

– Que porra você está dizendo?

– Você ouviu... Reunião com Wrath. *Agora.*

Quando o Irmão começou a se afastar, Rhage segurou o braço de V.

– Tem certeza?

– Acabaram de ligar do s'Hisbe.

– iAm está sabendo?

Isso deteve o Irmão, e ele ergueu o olhar para o teto.

– Caralho.

– Tem certeza de que Trez não está na casa?

– Não está, ele saiu. Verifiquei a filmagem das câmeras de segurança. Ele deixou o celular nos degraus e sumiu há uma hora.

– Puta... merda. Ok, tudo bem... – Só que ele não tinha muita certeza disso. Talvez não houvesse mais uma guerra... mas e quanto aos Sombras?

Os dois Sombras deles?

– Vou subir para falar com iAm – ele se ouviu dizer ao relancear para Mary.

– Quer que eu vá com você? – Mary perguntou.

– Sim, quero.

iAm despertou com dois pares de sapato na altura dos seus olhos. Um par de coturnos, grandes como poltronas reclináveis. Outro de tênis Coach, com o logo em cinza e preto e com velcro no lugar dos cadarços.

Ao levantar a cabeça, olhou para Rhage e Mary.

– Que horas são?

Mary se ajoelhou, e essa foi a primeira pista de que, qualquer que fosse o recado que tinham para dar, eram notícias ruins, muito ruins.

Mas foi Rhage quem falou:

– Hum... iAm, temos motivos para acreditar que o seu irmão se entregou.

As palavras chegaram a seu cérebro como uma série de pancadas e golpes, uma combinação de substantivos e verbos e outras coisas que não faziam sentido.

– Desculpe, pode repetir?

Conforme ele se sentou, a garrafa que estivera segurando afastou-se rolando, chocando-se com as botas de Rhage.

– Recebemos um recado do Território de que a rainha não vai mais atacar porque Trez se apresentou voluntariamente ao s'Hisbe...

– Jesus Cristo!

Saltando de pé, passou pelos dois e invadiu o quarto do irmão. A cama estava desarrumada, as portas do closet abertas... e não havia absolutamente nenhum sinal de Trez.

– Não... Não... Era para termos ido embora! – gritou para nada e ninguém. – Eu organizei tudo! Nós íamos embora!

Quando girou sobre os calcanhares, os dois estavam parados na soleira.

A voz de Mary estava aguda, como se soubesse muito bem que era provável que não a entendesse de outro modo.

– Sabemos que você vai querer ir atrás dele, iAm. Mas antes que você vá...

Ele saiu do quarto, preparado para atropelá-los se tivesse que fazer isso, por mais que apreciasse a preocupação.

Mas Rhage agarrou seu braço e o segurou.

– Primeiro, deixe-me armá-lo. E Lassiter vai com você. Ele pode se expor à luz do sol.

Por um instante, iAm não conseguiu entender o que o cara estava dizendo – mas depois entendeu. Merda. Se voltasse para lá e tirasse Trez... A rainha provavelmente atacaria Caldwell em retaliação.

Portanto, aquelas pessoas estariam sitiadas.

– Por que ele fez isso? – iAm gemeu. – Meu Deus, por que ele fez isso?

Mary segurou sua mão.

– Ele deve ter ficado sabendo da ameaça. De alguma maneira, deve ter ouvido alguma coisa aqui na casa.

iAm fechou os olhos.

– Isto tem que parar. Esta maldita situação tem que terminar.

Porque, imaginando que Trez finalmente tivesse caído sobre a espada que tanto amaldiçoava? O cara se casaria e faria sexo com a única fêmea que iAm já amara.

Porque ele e o irmão eram sortudos pra caralho. Pois é.

– Venha – disse Rhage. – Vamos colocar algumas armas em você. Lassiter já está pronto esperando.

O que aconteceu em seguida foi uma névoa vertiginosa. Segundo andar. Coldres no quadril, nos ombros. Armas. Adagas. Um casaco de couro preto longo, escondendo tudo isso.

Depois, desceram até o átrio, onde o anjo estava igualmente adornado, e sem fazer piadas.

Pouco antes que a dupla partisse, Rehvenge se aproximou e o abraçou.

– Tenho que ficar aqui. Para o caso de os Sombras atacarem Caldwell, preciso ser capaz de comandar os meus devoradores de pecados na defesa durante o dia.

Cacete. A penúria sua e de seu irmão transformara-se na de muitos.

– Eu sinto muito – disse iAm, relanceando para os Irmãos. Para Wrath. Para o resto dos moradores da casa. – Não consigo acreditar que chegamos a este ponto.

Rhage balançou a cabeça.

– Estamos do lado de vocês. Fazemos o que precisamos fazer para cuidar dos nossos.

E logo a conversa cessou e iAm e Lassiter saíram pelo vestíbulo, descendo as escadas da entrada da mansão.

O anjo caído esticou a mão e o segurou pelo braço.

– Pronto pra carona?

Franzindo o cenho, iAm olhou para o macho de cabelos negros e loiros.

– Do que está falando...?

Num instante, ele foi consumido por um raio de sol, subindo e saindo dali sem nenhum controle, nem pensamento, tampouco vontade própria...

... dirigindo-se para o lar que odiava e para um destino que ainda combatia.

Capítulo 82

As pedras preciosas eram frias e pesadas.

Enquanto o astrólogo principal envolvia Catra com malhas e mais malhas de diamantes, safiras, esmeraldas e rubis incrustados em platina, sua capacidade de respirar diminuía cada vez mais.

Embora talvez isso se devesse mais ao fato de que a enormidade do que estava acontecendo começava a ser compreendida, em vez do peso das vestes cerimoniais.

A parte final do vestido da rainha era um véu fino que recaía sobre o rosto tal qual uma brisa.

– Está feito – disse o astrólogo.

Em circunstâncias normais, a vestimenta teria sido entregue nos aposentos da rainha, onde seria limpa e preparada para ser vestida por um séquito de criadas. Mas aquilo não tinha nada de normal.

A rainha já estaria morta?

Como a morte se dera?

Enquanto essas perguntas giravam em sua cabeça repetidamente, ela...

– ... chegou! Ele chegou!

No corredor do lado de fora, o som de vozes gritando a mesma coisa permeava o silêncio denso da câmara.

Franzindo o cenho, ela suspendeu as saias e andou adiante – só para se lembrar de que não conseguiria ativar a porta do corredor.

– Pode abrir para mim, por favor?

– Imediatamente, Vossa Alteza.

O astrólogo principal se adiantou para a frente, apoiou a palma na parede e o painel deslizou obedientemente.

– ... o Ungido chegou!

O caos se instaurara do lado de fora, pessoas correndo e se esbarrando com alegria, uma celebração se iniciando. Por uma fração de segundo, ela ficou parada na soleira, absorvendo tudo – antes de se lembrar de que havia uma carnificina na câmara circular atrás de si.

– Venha para cá – sibilou para o astrólogo.

Bem quando ele passou, a porta se fechou automaticamente, e a sua presença foi notada pela turba que se apressava pelo corredor.

Todos pararam. Ajoelharam-se no chão. Prostraram-se.

Quando os súditos começaram a murmurar as exigidas saudações à realeza, obviamente já tinham deduzido que ela fosse a rainha atual.

Enquanto ela compreendia isso, outro pensamento lhe veio:

– Purificação... – Virou-se e se forçou a manter o tom de voz baixo. – Oh, estrelas do céu, eles vão purificá-lo... Rápido, temos que ir até o sumo sacerdote!

O astrólogo não fez nenhuma pergunta. Apenas seguiu-a conforme ela se apressava no palácio. Felizmente para eles, sua presença provocava uma série de genuflexões, e o que teria sido um trajeto congestionado foi liberado pelo fato de que todos, desde os cortesãos até os Primários e os servos, se ajoelhavam no chão assim que a viam.

A câmara sagrada de AnsLai não era longe do corredor cerimonial e, quando ela chegou lá, foi colocar a mão na parede – mas o astrólogo foi mais rápido e encontrou o ponto certo com sua palma.

Quando o painel deslizou, ela viu a forma de um grande macho nu esticada sobre uma prancha de mármore preto, os braços ao lado do corpo, os pés unidos.

AnsLai estava do lado oposto, de pé diante de uma fogueira, as palmas erguidas para os céus enquanto sussurrava um encantamento.

– Pare! – exclamou. – Ordeno que pare!

O sumo sacerdote se virou – e se ajoelhou de pronto.

– Vossa Alteza, pensei que ainda estivesse na sala de ritual?

Catra se apressou para junto do macho que estava deitado com os olhos fechados.

– Diga que ainda não o purificou...

– Acabei de administrar a solução nas veias dele...

– Oh, não, não, não – ela disse. – Não!

– O que está dizendo, Vossa Alteza? – disse o sumo sacerdote, endireitando-se. – Ele esteve no mundo exterior durante décadas. Está impuro para se unir à sua filha...

– Ele não é o Ungido.

Dito isso, o macho sobre quem discutiam virou a cabeça lentamente da direção dela.

E foi assim que, finalmente, depois de todos aqueles anos, ela conhecia TrezLath.

– Sinto muito – ela lhe disse, inclinando-se na direção dele e segurando-lhe a mão. – Não cheguei a tempo... Sinto muito...

Enquanto estava na mesa, Trez conseguiu sentir uma queimação dentro do antebraço onde eles injetaram a substância usando uma seringa moderna do mundo humano.

Ele teria imaginado, já que aquele ritual era tão antigo, que eles prefeririam usar algum tipo de junco ou seringa metálica antiquada.

Mas não. Era precisamente do mesmo tipo que usaram em sua Selena.

No mesmo instante, sentiu o veneno em suas veias, e, como um veneno de cobra, não perdeu tempo em se espalhar, multiplicando-se, tomando posse.

Enfraquecido como estava devido ao sofrimento e ao esforço físico, percebeu que eram grandes as chances de não sobreviver àquilo.

E isso o fez se concentrar no teto. Engraçado, toda vez que pensava naquele ritual, sempre se visualizara amarrado.

Estranho onde se podia chegar. Agora, ele acolhia a dor iminente – porque bem podia ser o seu bilhete para se encontrar com Selena. Boatos diziam que não se entrava no Fade cometendo suicídio, mas caso você fosse assassinado?

Não era culpa sua.

Claro, havia um assunto existencial a ser ajustado: a saber, como os dois, vindos de duas tradições diversas, podiam de fato se encontrar no outro lado da vida, se é que existia um.

Contudo, se a fé tinha algum poder, ele acreditava que poderiam.

Ele podia muito bem partir pensando isso.

Gradualmente, tomou ciência de duas presenças na sala junto com ele e AnsLai. E uma delas reluzia dos pés à cabeça num arco-íris de cores.

A rainha.

Ela começou a falar com AnsLai depois que o sumo sacerdote se curvou diante dela. E enquanto AnsLai se endireitava, foi falando, parecendo alarmado... depois, em pânico.

A rainha se aproximou de Trez – e depois de uma vida inteira odiando aquela fêmea, ele considerou erguer a mão e tentar estrangulá-la.

No entanto, já não tinha forças. Ainda mais quando a dor se intensificou mais.

Ele não tivera a intenção de se mover, mas começou a se debater, o corpo tentando escapar do veneno.

E então, de súbito, sua pele começou a queimar por dentro.

A última coisa de que se lembrava era de mais pessoas correndo para dentro da sala, e elas não se abaixaram para o chão. Confusos, fitaram a rainha.

No instante seguinte, o astrólogo principal em suas vestes vermelhas se dirigiu a todos eles.

Um momento depois, eles foram ao chão diante da fêmea.

Ah, mas o que isso importa, Trez pensou.

O que qualquer detalhe daquilo, até mesmo sua dor monumental, importava...?

Capítulo 83

Aquele anjo caído o levou até o Território.

E quando iAm voltou a se materializar, percebeu que foi bom Lassiter ter assumido o controle do voo. Tendo seu irmão nas garras da rainha, duvidava que tivesse conseguido se concentrar o suficiente para se desmaterializar.

– Assumo daqui – disse iAm.

– Estou contigo.

Com um aceno de gratidão, iAm caminhou até a entrada da frente do s'Hisbe. Dentre as coisas que a Irmandade lhe dera como presente de despedida, havia alguns quilos de explosivo plástico C4. Ele só precisava colocar um punhado ou dois nos imensos portões e...

Como se a entrada do s'Hisbe quisesse evitar prejuízos materiais, as gigantescas metades se afastaram e se abriram diante deles.

Mas não era uma partida fortuita de alguém do lado oposto.

s'Ex apareceu, alto e altivo, o perfeito guarda das terras da rainha.

Só que... algo estava errado. O macho estava vestindo o tipo de vestimenta *farshi* dado antes a iAm, e estava pingando sangue.

Também trazia na mão uma adaga de serra suja de sangue, tão longa quanto o braço do macho.

– Não temos muito tempo, venha – disse o macho com urgência.

Costumeiramente, iAm teria pensado duas vezes antes de ir a parte alguma com uma Dona Morte como ele. Mas já confiara no macho uma vez antes – e estava claro que algum golpe de Estado estava acontecendo.

Passando a correr, ele e Lassiter seguiram o executor para o complexo do palácio e entraram por uma porta secreta. Uma vez lá dentro, s'Ex os conduziu por corredores absolutamente vazios.

Nenhum criado. Nenhum cortesão.

E s'Ex não aparentava nenhuma preocupação de serem contidos, questionados... ameaçados.

Ou o macho perdera a cabeça ou...

– Que diabos está acontecendo? – iAm exigiu saber.

– Você é o Ungido, e não o seu irmão.

iAm parou tão rápido que Lassiter teve que saltar para o lado para não derrubá-lo.

– *O quê?*

– Não temos tempo. O seu irmão está sendo purificado, está à beira da morte. Se quer se despedir dele, é melhor se apressar.

Enquanto iAm continuava parado ali, como se alguém o tivesse desligado da tomada, Lassiter e s'Ex o agarraram debaixo dos braços. Erguendo seus pés do chão, carregaram-no.

Um segundo depois, ele se recobrou e se debateu contra os dois que o sustentavam, assumindo o comando dos próprios pés.

– Isso não é possível – gritou acima do som das suas passadas.

– A rainha forjou os mapas. Sempre foi você, mas não era para você ter sobrevivido ao parto. Trez era uma aposta melhor, para a rainha e para os seus pais.

Todos juntos, invadiram o salão principal de audiências, e iAm viu seus pés vacilando uma vez mais.

Num tablado acima... sua *maichen* – a princesa –, Cristo, quem diabos ela fosse, tinha a coroa do Território sendo depositada sobre seus cabelos escuros.

Enquanto cerca de dois mil Sombras caíam de joelhos sobre tapetes de seda, suas cabeças pendendo em sinal de súplica.

– Foi ela quem descobriu – disse s'Ex. – Ela descobriu isso tudo, apesar de quase ter lhe custado a vida.

– Onde está a antiga rainha?

– Aos pés da filha.

Foi então que ele viu a cabeça decapitada de lado, os olhos negros fitando a multidão, mas sem enxergar nada.

– Acredito no destino – o executor disse. – Acredito nas estrelas. Era assim que era para ser.

iAm estremeceu. Aquilo tudo era demais, e, na verdade, nada lhe dizia respeito. Trez, por sua vez...

– O meu irmão...

– Por aqui.

Quando, por fim, iAm invadiu o cômodo em que Trez estava, ficou sem fôlego. Seu irmão, seu sangue, estava sobre uma mesa de mármore, aquele seu corpo grande se retorcendo.

Seu primeiro pensamento foi que aquilo o fazia se lembrar de Selena, a maneira como ela se contorcera.

iAm correu sem dar conta das outras pessoas ao redor. Segurando a mão de Trez, caiu de joelhos.

– Trez... Trez...?

Mas não havia como alcançar o irmão. Ele partira; estava vivo, mas transportara-se para outro local, como se seu corpo tivesse decretado uma ordem de despejo temporária.

– Não – ouviu-se dizer. – Não depois de tudo... Trez, você está livre... Pode ficar comigo, estamos livres...

Bem, mais ou menos, se ele era o Ungido. Mas não podia se preocupar com isso agora.

Caralho.

– Não me deixe, irmão.

– ... antídoto. Teremos que aguardar.

iAm ergueu o olhar e encarou AnsLai, o sumo sacerdote, parado do outro lado da mesa.

– O que disse?

– Eu ministrei o antídoto... Assim que soube. – O macho relanceou para s'Ex. – Talvez seja tarde demais. Ele estava enfraquecido quando chegou aqui.

iAm começou a falar, a balbuciar... Merda, nem sabia o que dizia.

Era só o que conseguia fazer.

Enquanto seu irmão se virava e se retorcia, braços e pernas dobrando numa agonia que iAm sequer conseguia imaginar, iAm se via inútil. Tão inútil.

– ... ver você? – AnsLai lhe perguntou um tempo depois.

– O que foi? – ele disse com voz rouca. Pelo visto não parara de falar.

– Seus pais. Eles ouviram que vocês dois estão no Território – que você é o Ungido por direito, e eles gostariam de...

iAm expôs as presas e encarou os olhos preocupados do sumo sacerdote.

– Diga àqueles dois que, se quiserem viver, jamais deverão se aproximar de mim e do meu irmão. Entendeu? Diga a eles que a única coisa que poderia me afastar de Trez agora é matá-los onde estiverem.

O sumo sacerdote empalideceu.

– Sim. Claro.

iAm voltou a se concentrar no irmão.

E voltou a falar coisas sem sentido. Assim como Trez fizera com Selena enquanto ela estivera à beira da morte.

Algum tempo depois, ele ficou vagamente ciente de que uma fêmea entrara na sala. E soube quem era pelo eco em seu sangue, mas não agradeceu por sua presença.

Estava ocupado demais tentando manter Trez neste planeta, enquanto o macho se ocupava, obviamente, de encontrar o caminho para o outro lado.

Capítulo 84

Trez teve seu desejo atendido.

No processo da sua morte causada pela purificação, ele descobriu que, de fato, o Fade existia. E, sim, pessoas de diferentes tradições e crenças iam todas para o mesmo lugar.

A certa altura, a dor se tornou tão grande que seu corpo cedeu – e a abrupta ausência de qualquer sensação foi um choque. Ainda assim ele acolheu o torpor.

E a sensação de estar voando.

Flanando e flutuando... Até se encontrar num cenário vasto e branco, um cenário enevoado que, conforme ele avançava, fazia-o se sentir tanto sem peso quanto com os pés nos chão.

Logo uma porta surgiu à sua frente. Uma porta com uma maçaneta que ele sabia, instintivamente, que, se a girasse, teria permissão para entrar no que havia além e, com isso, nunca retornar para a Terra.

E foi nesse instante que viu Selena.

O rosto e a forma dela surgiram não à porta, mas dentro dela, como se, mesmo fechada, o painel contivesse um espaço tridimensional.

Alegria. Imediata. E o mesmo aconteceu com ela, seu sorriso irradiando através da distância que os separava, o contato visual se traduzindo numa carícia que ele sentia em todo o corpo.

Ela estava saudável. Ela estava forte. Ela estava inteira.

– Minha rainha! – ele exclamou, tentando alcançá-la.

Mas ela estendeu a palma, detendo-o.

– Trez, você tem que ficar.

Ele se retraiu.

– Não. Preciso ficar com você... É isso o que tem que acontecer...

– Não. Você tem mais coisas a fazer. Existem coisas que você precisa fazer, pessoas para conhecer. A sua jornada ainda não chegou ao fim.

– Porra, claro que chegou! – Cuidado com os xingamentos. Bela maneira de se reunir em sua fantasia celestial. – Você está morta e quero ficar com você.

– Estarei aqui, à sua espera. – Ela sorriu novamente, aquecendo-o ainda mais. – O lugar onde estou é maravilhoso, vim para cá por causa do que você fez, do modo como me libertou. Flutuei e estou livre, e vou te esperar até que a sua jornada chegue ao fim.

– Não – ele gemeu. – Não me mande embora.

– Não tenho esse poder. Mas você sim. Faça a escolha de ficar lá embaixo, você tem que cuidar de iAm. Tem que retribuir todos esses anos em que ele se dedicou a você. Não é justo deixá-lo sozinho. Ele jamais estará em paz, e ele merece isso.

Bem, inferno... Esse era provavelmente o único argumento que ela poderia usar que teria alguma chance de ser aceito.

Merda.

– E quanto a nós? – ele gemeu. Mesmo isso sendo egoísmo. Infantil. – E quanto a mim...? Não sou nada sem você.

– Eu irei até você no céu noturno. Procure por mim ali.

– Deixe-me tocar em você...

– Faça a escolha certa, Trez. Você tem que fazer a escolha certa. Você tem uma dívida a pagar com aquele a quem amou a vida inteira.

– Mas eu te amo – ele disse emocionado, começando a chorar.

– E eu também te amo... Para toda a eternidade. – O sorriso dela ressoou através dele. – Até o infinito e de volta, lembra? Estarei aqui esperando por você e por quem mais você amar. O outro lado é assim. Somente amor.

– Não vá. Ah, Deus, não me deixe de novo...

– Não vou. Estamos separados, mas não perdidos, nem verdadeiramente afastados. Não lamente por mim, meu amor. Eu não morri...

– *Selena!*

Quando iAm ouviu o grito, saltou da base da mesa de mármore. Cacete, que droga de salvador ele era. Acabara adormecendo segurando a mão do...

– Trez? – ele chamou ao perceber que, por algum milagre, quase 24 horas depois da purificação, o cara recobrara a consciência.

O irmão chorava, lágrimas caíam dos seus olhos, rolando pelas faces.

– Trez? Você voltou? – iAm se pôs de pé e imediatamente se inclinou sobre o cara. – Trez?

Aqueles olhos negros e tristes se desviaram para ele, e houve um longo momento em que Trez pareceu confuso quanto ao que era ou não real.

– Trez? – iAm sussurrou, subitamente preocupado que o veneno tivesse danificado seu cérebro. – Você está...

De repente, aqueles braços longos e fortes o envolveram e o suspenderam do chão.

E seu irmão o abraçou.

E estava falando.

– Estou aqui, estou aqui... Estou aqui por você, estou aqui...

A princípio as palavras não fizeram sentido, mas depois...

– Não vou te deixar – Trez disse num tom rouco, áspero. – Estou aqui e não vou te deixar.

Ah... caramba.

Essas eram as palavras que iAm dissera ao macho em tantas variações ao longo de suas vidas... Palavras que foram representadas pelos atos feitos, pelos dias passados se preocupando, e pelos anos em que rezara para que chegassem vivos até a noite seguinte.

iAm se deixou cair no peito agora cheio de cicatrizes do irmão, os joelhos subitamente cedendo debaixo dele.

Em suas fantasias, imaginara como seria estar livre da maldição de se preocupar com seu irmão.

Imaginara tantas coisas.

E nenhuma se aproximava da coisa real.

Capítulo 85

Devia ser quase meia-noite quando Mary saiu da mansão da Irmandade... e os irmãos Sombra retornaram.

Rhage acabara de mandar sua *shellan* para a clínica de Havers depois de garantir, de verdade, que ele absolutamente estaria bem, quando o posto de segurança da entrada principal tocou.

Pedindo licença para o bando inquieto de irmãos na sala de bilhar, chegou ao monitor antes de Fritz e, no instante em que viu aqueles rostos negros, ele gritou.

– Quem é? – Butch perguntou.

– Aqueles que estávamos esperando!

Soltando as travas, posicionou-se bem no meio das portas – e lá estavam eles, acabados, vultos fatigados e exaustos de seus antigos "eus".

Não era bonito de ver...

Mas estavam vivos. Estavam juntos. E a imagem deles em pé, andando e falando, aliviou um pouco a pressão que ele vinha carregando no peito já há algumas noites.

– E aí, cara? – disse ele, abraçando o mais próximo deles, depois indo para o seguinte.

A voz de Trez estava fina, mas forte o bastante.

– Ei, obrigado por tudo.

– Muito obrigado por...

– Trez, cara, que bom te ver...

– Jesus Cristo, mas que história, hein...

– iAm, bem-vindo de volta...

E assim foi, a Irmandade saindo da sala de bilhar juntamente com as fêmeas da casa, as saudações e os abraços como se eles fossem sobreviventes de guerra.

Ou quase-sobreviventes de guerra...

– Ah, que bom, vocês voltaram a tempo de assistir a Steve Wilkos!

Todos pararam e olharam para Lassiter, que estava parado no arco de entrada da sala de bilhar, nu até a cintura, vestindo apenas as calças de couro e um boné com uma protuberância em lamê prateado se projetando na frente com o bordado ESTOU COM TESÃO – e um par imenso de chinelos felpudos nos pés que, quando unidos, formavam um dálmata inteiro.

O anjo regressara umas doze horas antes, dizendo que os dois estavam a salvo, mas que não havia como saber se Trez sobreviveria. E, pela primeira vez, o cretino pareceu absoluta e completamente devastado com alguma coisa. A ponto de se mostrar inconsolável.

No silêncio que se seguiu ao anúncio vivaz da programação televisiva, Trez olhou para o outro lado do átrio... e explodiu numa gargalhada.

Riu com tanta vontade que teve que abraçar a barriga e enxugar as lágrimas dos olhos.

Quando todos se juntaram a ele, o Sombra inclinou a cabeça para o teto e disse:

– Obrigado, minha rainha. Eu precisava disso.

Em seguida, foi até o anjo caído e o abraçou. Palavras foram trocadas, algumas sérias, que fizeram com que Lassiter abaixasse o olhar.

Porque parecia que estava se emocionando.

Mas, em seguida, o cretino se afastou dizendo:

– Agora chega, tire as mãos da minha bunda. Não sou esse tipo de garota.

E isso deu o tom para o resto da noite. Como se estivesse enfaixando um machucado, a comunidade se envolveu ao redor dos dois Sombras, levando-os para a sala de bilhar, oferecendo-lhes comida e bebida.

Ficou claro que, apesar daquele momento de leveza, Trez sofria demais. Ele estava usando uma espécie de manto cinza, e sua pele estava quase da cor do tecido. Mas ele parecia determinado a ficar presente, participando.

iAm, por sua vez, parecia tonto. Como alguém que acaba de sair de um barco que aguentou ondas grandes, ele se apoiava em diversas coisas... na mesa de bilhar, no sofá, no bar.

Recusou bebida alcoólica. Preferiu Coca-Cola.

Rhage estava feliz por eles estarem em casa inteiros, mas, mesmo assim, não conseguia criar coragem para tanta interação. Disse a si mesmo que era por causa do ataque à *Sociedade Redutora* que fariam naquela escola preparatória com Assail e seus dois primos.

Poderia muito bem ser uma carnificina histórica.

E o Bando de Bastardos estava sempre em sua mente. Mesmo que ele e seus irmãos matassem todos os assassinos e Ômega precisasse de tempo para se recuperar das suas perdas, ainda haveria Xcor e seus garotos para se preocuparem.

Mas a realidade era que ele ainda não estava se sentindo bem.

E, depois de um tempo, percebeu que não era o único.

Layla também pairava na periferia, com uma mão sobre o ventre, os olhos fixos adiante, sem se concentrar em nada especificamente.

– Você está bem? – perguntou a ela ao se aproximar. – Precisa que eu chame a doutora Jane ou quer alguma coisa?

Quando ela não respondeu, ele se inclinou na direção dela.

– Layla?

Ela se sobressaltou e ele esticou a mão para acalmá-la, enquanto ela murmurava:

– Desculpe... o que disse?

– Você está bem?

– Ah. Sim. – Ela lhe lançou o mesmo tipo de sorriso tenso que ele dera a sua Mary. – Estou bem.

Ficou tentado a desafiá-la nisso, mas não teria apreciado se alguém fizesse o mesmo.

– Quer que eu chame Qhuinn?

O macho e Blay estavam conversando com iAm, ambos assentindo com a cabeça... e depois se retraíram em sinal de choque, como se não conseguissem acreditar na história que, até então, fora narrada em segunda mão pelo relações públicas de Steve Wilko com o símbolo fálico na testa.

– Ah, não. Não, obrigada.

Enquanto Rhage a observava, pensou que era um cara bem egoísta. Ela acabara de perder sua irmã Selena poucos dias atrás.

Claro que seria uma versão de Trez.

Parado ao lado dela, Rhage desejou poder ajudar de alguma forma. Mas se preocupou por ser tão incapaz de fazer algo por ela... assim como era ao definir a mudança sísmica que, de alguma maneira, acontecera debaixo da sua pele.

Aparentemente, tudo estava igual e tudo estava bem.

Ele apenas se sentia um macho diferente sem motivo aparente.

E era isso...

... que considerava tão aterrorizante.

Do outro lado da cidade, na mansão estilo Tudor de Abalone, Paradise estava sentada na própria cama, em seu próprio quarto, encarando a parede do lado oposto.

Ela achava que devia estar feliz. Segundo seu pai, a ameaça do s'Hisbe fora neutralizada e todos estavam a salvo... Mas ela estava absolutamente insegura.

Claro, voltara a morar na sua casa.

Apesar de sua postura independente, a realidade de morar longe do pai em tempos incertos de guerra era simplesmente perigosa demais. E isso era um retrocesso para a sua autonomia.

Pelo menos ainda tinha seu emprego...

A batida à porta foi bem baixa.

– Pois não? – ela disse.

Quando a porta se abriu, o pai apareceu entre os batentes. Vestia seu roupão de seda azul-marinho, aquele com o brasão da família no peito e o cinto longo até a barra.

– Está acordado?

– Não consegui dormir.

– Tantas coisas acontecendo...

– Isso. – Ele hesitou, olhando ao redor do quarto dela como se estivesse se renovando com aquela familiaridade. – Posso entrar?

– Claro, esta é a sua casa.

– Nossa casa – ele a corrigiu com gentileza.

Quando ele chegou apenas ao começo do tapete bordado que cobria o chão, ela franziu o cenho.

– Não está se sentindo bem?

Ele abriu a boca para falar. Fechou. Tentou mais uma vez.

Fracassou.

Virando as pernas na cama, ela se sentou ereta.

– Pai?

O pai por fim avançou, e foi então que ela viu que ele segurava algo. Um pedaço de papel.

– O que é isso? – ela disse, ao pegar a folha.

Abaixando o olhar, franziu a testa.

– Ai... meu Deus – ela respirou fundo. – Meu Deus...

Era o formulário para a inscrição no programa de treinamento da Irmandade. E estava preenchido, com a letra dele.

No seu nome.

– Pai! – Dando um salto, ela o abraçou. – Obrigada! Obrigada!

Ele a abraçou.

– É uma questão de segurança – ele disse rouco. – Eu só... Você tem razão. Você precisa aprender a lutar. A ideia de que em algum momento você esteja desprotegida por alguma razão... – Ele se afastou do abraço. – Você tem razão. Tem que aprender.

Ele estava, usando as palavras de Peyton, cagando nas calças com essa ideia, mas era isso que tornava o gesto tão significativo. Ele estava com medo, mas permitiria que ela participasse mesmo assim.

– Obrigada – repetiu ela, segurando-o. – Tomarei cuidado! Prometo!

Desde que fosse admitida. Puxa, era melhor começar a se exercitar, se pretendia passar no exame físico.

– Prometo – repetiu. – Serei cuidadosa.

– E eu ficarei rezando por isso. – Faltou pouco para ele grunhir. – Todas as noites.

– Eu te amo, pai!

Ele fechou os olhos como se estivesse numa montanha-russa à qual não sabia se sobreviveria.

– E você, minha querida Paradise, é dona do meu coração.

Capítulo 86

A rainha Catra vin SuLaneh etl MuLanen deh FonLerahn estava sozinha em seus aposentos, o silêncio ao seu redor criado quando ela pedira que suas criadas e servas a deixassem só.

Ela não se mudaria para os aposentos da antiga rainha.

Não, transformaria aquele espaço num berçário para os filhos daqueles que trabalhavam no palácio. Dessa forma, os pequenos preciosos estariam próximos aos pais e, pela primeira vez, os criados não teriam que deixar seus filhos e filhas com parentes ou no frio, nas instalações escuras mais parecidas com celas próximas aos dormitórios.

Este, contudo, não fora o seu primeiro decreto.

Não, a primeira coisa que realizara, depois de aceitar o manto de liderança de seu povo, foi abolir a maldição do Ungido.

Libertara iAm.

Não que ele soubesse disso. Todos os demais no s'Hisbe, porém, sabiam, portanto pelo menos ele não teria que temer voltar a ver o Território ou a ela novamente.

Cada respiro seu doía.

Estrelas do céu, que tantos estragos tivessem sido causados por uma pessoa tão gananciosa!

A boa notícia, supunha, era que ela, juntamente com s'Ex, a quem elevara a uma posição equivalente a um rei – ainda que, obviamente, eles não tivessem se unido – cuidariam para que ninguém jamais fosse tratado de maneira tão excêntrica e negligente de novo.

E, como ela jamais teria filhos, não precisava se preocupar com a possibilidade de um gene maligno latente surgindo.

De fato, com iAm fora de cena, ela estava disposta ao celibato. A quem mais desejaria, de todo modo? Ela encontrara seu par – que fora até determinado pelas estrelas.

Ele não a queria?

Bem, o destino de um não é necessariamente o de outro, pouco importando as emoções envolvidas.

Quando a porta deslizou se abrindo e o cheiro de comida precedeu a entrada de um criado, ela franziu o cenho e fitou o relógio de corda antigo acima de sua penteadeira. Estivera sentada ali por horas.

– Não estou com fome – disse sem olhar. – Mas obrigada.

Quando ela sentiu que a figura não se afastara da soleira, relanceou para o macho vestido com o *farshi*.

– Obrigada – repetiu entorpecida. – Mas ainda não estou com fome. Por favor, leve o prato de volta à cozinha... Não, espere, ofereça aos seus colegas machos e fêmeas, sim?

Em vez de se curvar e ajoelhar, o macho avançou, a porta deslizando atrás dele.

Em seguida, lentamente, ele se pôs de joelhos, apoiou a bandeja diante dele e esticou o tronco no piso de mármore na direção dela.

E foi nesse instante que ela sentiu o eco no sangue dele.

A menos que estivesse equivocada?

Espere... seria mesmo...

– iAm? – ela sussurrou rouca. – iAm, é você?

O macho se endireitou e retirou o capuz. E quando ela levou as mãos ao rosto, rezou para que não tivesse adormecido e aquilo fosse apenas um sonho.

Porque os olhos dele, aqueles lindos olhos amendoados e negros, brilhavam de amor.

– Então – disse ele com aquela sua linda voz. – Fiquei sabendo que fui destituído.

– Desculpe, o que disse?

– s'Ex ligou. Me disse que fui destituído. Acho que já não sou mais o Ungido, hum?

iAm se pôs de pé e andou até ela, o corpo grande fazendo as vestes se mexerem, o cheiro dele como de especiarias.

Quando ele ficou perto, abaixou-se sobre os joelhos.

– Está dizendo que não quer mais isto? – disse de maneira maliciosa, apontando para si mesmo. – Mesmo?

Ela fechou os olhos e se desviou dele, a dor grande demais para suportar.

– Por favor... Não me torture.

Ele segurou as mãos dela.

– Olhe para mim. Vamos, olhe para mim... *maichen*.

Quando ele usou o nome que lhe dera no início, ela abriu os olhos e o fitou. Sua vista estava embaçada por causa das lágrimas, e ele limpou seu rosto com os nós dos dedos.

– Você salvou o meu irmão – ele disse.

– Não, não salvei. Cheguei tarde demais.

– Ele sobreviveu.

– Quase foi morto. Este pesadelo todo... quase o matou.

– Você não foi a causa, foi a solução pela qual tanto supliquei.

– Menti para você.

– E eu te perdoei.

– Como? – ela disse emocionada.

Ele se inclinou para frente e resvalou seus lábios nos dela.

– É fácil perdoar você. Arriscou a vida em busca da verdade. Foi você quem descobriu as mentiras e transformou toda a história. Você é a salvadora pela qual passei a vida inteira rezando, Vossa Alteza.

Ela meneou a cabeça.

– Não me chame assim. Por favor. Escolhi *maichen* porque não acredito que sou melhor do que ninguém. Com corações batendo e mentes abertas, somos todos iguais.

– Veja – ele sussurrou –, acabou de se tornar ainda mais bela.

Ela o fitou por muito tempo. Depois, com uma mão trêmula, tocou-lhe o rosto. Em resposta, ele pressionou os lábios nas pontas dos dedos.

– Isto é real – ele lhe disse. – Pode confiar nisto. Você não vai acordar e descobrir que acabou. Você e eu? Este é apenas nosso começo.

– Eu te amo – ela disse com a voz rouca. – Não quero mais ninguém a não ser você.

iAm sorriu e se enfiou entre suas pernas, aproximando o corpo do dela.

– E eu me sinto do mesmo modo, *maichen*. Eu te amo, eu te amo... Eu te amo...

Quando ele começou a beijá-la, ela teve dificuldades em acreditar que aquilo estava acontecendo de fato. Que ele voltara. Que antes estavam separados, mas agora estavam unidos como um só.

Afastando-se um pouco, ela perguntou:

– Tem certeza de que isto é real?

Ele deu de ombros e sorriu.

– Claro que sim. Você e eu estávamos escritos nas estrelas...

Então, ele lhe beijou os lábios novamente.

E ela retribuiu o beijo.

Capítulo 87

A chuva de meteoros aconteceu à meia-noite em ponto.

Enquanto Trez saía do calor da mansão e descia os degraus da entrada, avançando um pouco no caminho de carros, afastou-se das luzes de segurança. Foi então que levantou o olhar e viu o céu claramente.

Em contraste com a escuridão aveludada e densa e em meio às estrelas cintilantes, uma chuva piscante se lançou pelo céu, como pó dourado sendo jogado de uma mão aberta.

Ele sorriu com tristeza.

– Obrigado, minha rainha. Eu precisava disso.

Observando o espetáculo, ele tanto se sentiu muito sozinho quanto absolutamente conectado, ainda mais enquanto refletia sobre a vastidão acima.

Se alguém desejasse a sensação do infinito de tempo e existência, só o que essa pessoa tinha que fazer era olhar para o céu noturno e sentir seus mortos mais queridos olhando para eles. Era a grande dualidade de união e separação.

Era como sua Selena lhe dissera à porta do Fade.

Ele a desejava ao seu lado com tanta intensidade que mais uma vez despertara com o rosto banhado de lágrimas num travesseiro ensopado. No entanto, lá estava ele, mais uma vez de pé em suas botas, preparado para, de alguma forma, descobrir como respirar enquanto aquela que fazia seus pulmões funcionarem estava do outro lado.

– Vou embora agora – disse. – Venha comigo...

Trez se virou.

Por mais que soubesse que não havia ninguém atrás dele, Trez podia jurar que uma mão suave pousara em seu ombro.

Rezou para que fosse o fantasma da sua *shellan*. Se não fosse, ele provavelmente estava perdendo a cabeça.

Viagem curta.

Beleza.

Fechando os olhos, teve que aguardar um instante para se concentrar... E logo sumiu, espalhando suas moléculas em meio à noite outonal límpida e fria.

Quando voltou à sua forma, estava diante do restaurante Sal's.

Imaginou que podia ter aparecido nos fundos, mas não. Aquela era uma noite importante, uma espécie de reapresentação para ele. Entraria pela frente.

Aproximando-se do teclado numérico ao lado da porta, inseriu a senha e entrou. No mesmo instante, a decoração Rat Pack antiga o infundiu, o papel de parede vermelho e preto misturando-se em suas retinas, o fato de ter estado lá umas mil vezes parecendo ao mesmo tempo certo e uma mentira.

Indo em frente, subiu os poucos degraus e deu a volta na mesa da recepcionista; depois avançou pelas salas de jantar e a área do bar até a parte de trás. As portas vai e vem da cozinha ficavam à direita, e ele tirou a jaqueta conforme avançava, deixando-a no bar.

O lugar estava vazio como em toda segunda-feira à noite.

Suas boates também estavam fechadas.

No entanto, iria até lá no dia seguinte. Porque... bem, era só o que ele iria fazer.

A menos que os Irmãos precisassem dele.

Jesus, e acreditava que antes devera a Rehvenge? Aquilo não era nada comparado com o que sentia pela Irmandade da Adaga Negra e pelo rei deles.

Por aqueles machos, qualquer coisa, a qualquer tempo.

Para sempre.

Viu-se hesitando diante da porta da cozinha, olhando para o par de portas, nas quais havia janelas redondas de vidro para que os funcionários não batessem a porta na cara dos outros enquanto passavam com bandejas carregadas de pratos.

Apoiando a mão na porta da direita...

... acabou entrando.

De pronto o aroma do famoso molho marinara do irmão atingiu suas narinas – e, na verdade, pela primeira vez desde que Selena se fora, ele sentiu uma pontada de fome.

iAm estava de frente para o fogão, mexendo numa gigantesca panela com uma colher de pau tão comprida quanto seu braço.

– ... a quantidade exata de orégano. Isso é essencial.

À esquerda, no fim da bancada de aço inoxidável, uma mesinha redonda fora posta com toalha de linho, a louça e flores no centro. E a rainha dos Sombras estava ali sentada, a cabeça e os cabelos expostos, o rosto belo e gentil inclinado na direção do seu irmão... os olhos iluminados com tamanha devoção e amor que Trez imediatamente adorou a fêmea.

Ela notou sua presença antes de iAm, o senhor Antes Calado Mas Agora Conversador.

Com um rubor rápido, a expressão do rosto dela se alterou, a tensão enrijecendo suas feições, contraindo seu sorriso.

iAm se virou.

– Ah, ei, irmão, conseguiu vir.

– Hum... sim. – Trez enfiou as mãos nos bolsos do jeans. – Cheguei.

– Que bom. – iAm se aproximou e, apesar de não serem de se abraçar normalmente, deu-lhe um abraço forte. – Hum... Bem... Obrigado por vir.

– Obrigado por me convidar.

Os dois olharam para a rainha, que se levantou lentamente, alisando as vestes reluzentes que a adornavam.

Diamantes. Era um tecido cravejado de diamantes.

E, por um instante, o pânico surgiu no peito de Trez, a imagem daquelas pedras preciosas cravejadas em metal fazendo-o voltar para...

Não, pensou. Isso não era necessário. Aquela já não era mais a realidade em que viviam.

Acabou. O pesadelo já havia sido superado, e ele precisaria confiar nisso, porque... aquela fêmea? Ela faria parte da sua família.

Não havia como aqueles dois não se casarem o mais rápido possível.

Ele sentia o cheiro da vinculação no ar sobrepondo-se a todos os temperos italianos.

Trez se afastou do irmão e se aproximou da fêmea delgada e alta.

Foi uma coisa muito bizarra, mas, caramba, ajoelhou-se e se prostrou diante dela.

– Oh, não, por favor, não – disse ela quando ele começou a recitar a saudação apropriada. – Não, por favor. Eu...

Quando ele ergueu o olhar, viu que ela se ajoelhara diante dele.

– Por favor – disse ela. – Me chame de *maichen*. É assim que iAm me chama.

maichen.

Como uma criada?, Trez pensou.

Puxa. Agora ele tinha mais um motivo para gostar dela.

Estendendo a mão, disse:

– Olá. Sou o irmão de iAm... Trez.

Ela começou a sorrir. Depois gargalhou e apertou a mão que lhe era oferecida.

– Olá. Eu sou a... Qual é a palavra?

– Esposa. Bem, em pouco tempo – iAm disse ao se aproximar. – Mas "esposa" é o que você será aqui em Caldwell.

Ela aprumou os ombros e tentou mais uma vez.

– Olá. Sou a esposa de iAm... *maichen*.

Trez retribuiu o sorriso.

– Prazer em conhecê-la... *maichen*.

Umas duas horas mais tarde, os três ainda estavam sentados à mesinha. Depois da estranheza inicial, foi chocante como tudo foi fácil. Pensando bem, mesmo sendo uma rainha, *maichen* era engraçada, doce, simples.

E, cara, ah, cara, como ela o amava. Ela não parecia capaz de desviar o olhar do macho dela, e toda vez que ele retribuía o olhar, ela corava.

Jesus, se Trez pudesse ter escolhido alguém para o irmão? Teria sido ela mesma.

– Mais *cannoli*? – iAm perguntou ao se levantar com seu prato. – Eu quero mais um.

– Não, obrigada – respondeu *maichen*. – Estou tão cheia que estas vestes vão explodir.

– Eu queria que você tivesse conhecido a minha rainha – Trez disse sem pensar.

Quando os dois ficaram parados, Trez balançou a cabeça.

– Não, não se assustem. Eu... Eu só quis dizer isso. Acho que Selena teria adorado você.

maichen olhou para iAm. Depois para ele de novo. Depois apoiou a mão sobre a dele.

– Eu sei que teria adorado Selena. iAm passou boa parte desta tarde falando sobre ela.

– Mesmo? – disse Trez, relanceando para o irmão. – Você fez isso?

iAm voltou com dois *cannolis*.

– Fiz. Eu queria que *maichen* soubesse quem era a cunhada.

Deixa para olhos marejados.

Merda.

Desviando o olhar para o fogão, Trez pigarreou algumas vezes.

– Acho isso incrível. Simplesmente... incrível. Obrigado.

Quando conseguiu voltar seu olhar, encontrou o par perdido, um nos olhos do outro, como se estivessem gratos por estarem lado a lado, como se soubessem exatamente o quanto tinham sorte... Como se tivessem intenção de apreciar cada uma das noites que teriam juntos.

E que fossem cem mil outras mais.

Enquanto Trez olhava para os dois, pensou que sua rainha estava certa. Caso tivesse ficado no Fade? iAm não teria esse momento, aquela fêmea, todos aqueles anos à frente.

Selena estava cem por cento certa.

Por mais sofrido que fosse ficar sem ela, agonizante como algumas noites sem dúvida continuariam a ser... Ver seu irmão feliz e apaixonado lhe deu paz a respeito de tudo aquilo.

De alguma forma, no meio do grande infinito, e apesar do seu sofrimento, sabia que estava exatamente onde devia estar naquele instante.

Devia ser o destino.

Enquanto iAm se inclinava para beijar sua companheira, Trez inclinou a cabeça para trás e sussurrou: *Obrigado, minha rainha. Nós precisávamos disso.*